MIRA®

New York Times und *USA Today* Bestsellerautorin **Gena Showalter** gilt als Shootingstar am romantischen Bücherhimmel des Übersinnlichen. Ihre Romane erobern nach Erscheinen die Herzen von Kritikern und Lesern gleichermaßen im Sturm. Die *Herren der Unterwelt*-Reihe gilt als ihre bislang stärkste Serie.

Gena Showalter

Die Herren der Unterwelt 9: Schwarze Verführung

Roman

Aus dem Amerikanischen von
Freya Gehrke

MIRA®

MIRA® TASCHENBUCH
Band 65074
1. Auflage: April 2013

MIRA® TASCHENBÜCHER
erscheinen in der Harlequin Enterprises GmbH,
Valentinskamp 24, 20354 Hamburg
Geschäftsführer: Thomas Beckmann

Konzeption/Reihengestaltung: fredebold&partner gmbh, Köln
Umschlaggestaltung: pecher und soiron, Köln
Redaktion: Daniela Peter
Titelabbildung: Harlequin Enterprises S.A., Schweiz;
Thinkstok/Getty Images, München
Autorenfoto: © Harlequin Enterprises S.A., Schweiz
Satz: GGP Media GmbH, Pößneck
Druck und Bindearbeiten: CPI – Ebner & Spiegel, Ulm
Printed in Germany
Dieses Buch wurde auf FSC®-zertifiziertem Papier gedruckt.
ISBN 978-3-86278-712-8

www.mira-taschenbuch.de

Liebe Leser,

ich freue mich, Ihnen nun nach langem Warten die Geschichte von Paris präsentieren zu können, Hüter des Dämons der *Promiskuität*. Ja, ich habe tatsächlich endlich das Gefühl, ihn genug gequält zu haben. Immerhin hat Paris seit Ihrer ersten Begegnung mit den Herren der Unterwelt

1) die einzige Frau verloren, mit der er mehr als einmal schlafen konnte,

2) seine Chance, sie wiederzufinden, aufgegeben – indem er sich entschied, stattdessen einen seiner Freunde zu retten,

3) eine ungesunde Affinität zu Drogen entwickelt,

4) jeden Funken Güte in seinem Inneren erstickt,

5) sich in eine Kampfmaschine verwandelt.

Sein Weg zum „Glücklich bis ans Ende ihrer Tage" war gepflastert mit Blut, Schweiß und Tränen. Größtenteils von mir. Na gut. Größtenteils von ihm. Wie auch immer. Das ist wohl Auslegungssache. So oder so wusste ich, dass er etwas Besonderes verdient – und *jemand* Besonderen. Tatsächlich hatte ich sogar eine Idee für ihn und setzte mich an den Schreibtisch, um sie niederzuschreiben. Vier Versuche und dreihundert zerknüllte Seiten später zeigte er mir ganz genau, was er wollte. Na gut, meinetwegen. Ich gab endlich nach und machte es auf seine Weise. Und wissen Sie, was? Er hat das „Besondere" bekommen, das ich für ihn wollte.

Die Charaktere besaßen so viel mehr Tiefe, als ich erwartet hatte, und während sie miteinander in Berührung kamen, begannen die Puzzleteile fast von allein an ihre Plätze zu rücken. Ich begriff, warum er wollte, was er wollte, und zum ersten Mal seit langer Zeit hörte ich Paris lachen. (Natürlich nur in meinem Kopf, aber ein Lachen ist ein Lachen.) Er hatte sein „Meins“ gefunden, und sie war und ist exakt das, was er die ganze Zeit über gebraucht hatte.

Werde ich meinen Charakteren je wieder im Weg stehen? Nun ... ja. (Hey, wenigstens bin ich ehrlich.) Aber dieses eine Mal war mein Nachgeben erwiesenermaßen das Beste, was ich tun konnte.

Ich hoffe, Sie sind mit Paris’ Geschichte genauso zufrieden wie er.

Alle guten Wünsche!

Gena Showalter

DANKSAGUNG

Über die Jahre habe ich gelernt, dass Familie wichtig ist. Ich bin mit einer der großartigsten Familien überhaupt gesegnet. Sie liebt mich, unterstützt mich und ist immer da, wenn ich sie brauche. Das Band, das Sie zwischen den Herren sehen, genau wie das Band zwischen den Harpyien-Schwestern – das ist das Band, das mich mit meiner Familie verbindet und für das ich über alle Maßen dankbar bin. Deshalb ist das hier für meinen Mann und meine Kinder, meine Mutter und meinen Vater, meine Schwestern und Brüder, die Angeheirateten (die so viel mehr sind als das), die Nichten und Neffen und die verrückten Tanten und Onkel. Ich liebe und verehre euch alle!

Ich bin aber nicht nur im Hinblick auf meine Familie, sondern auch auf meine Freunde gesegnet. Deshalb ist es auch für Jill Monroe, Kresley Cole und P.C. Cast. Ich liebe euch, Ladys!

Ich erhebe die Stimme, und die Menschen erbeben vor Furcht. Ich erhebe die Stimme, und mein Volk beeilt sich, zu gehorchen – und doch versuchen sie, mich zu vernichten. Mein rettender Engel gleitet dahin auf den Schwingen der Mitternacht, sie trägt meine Bürde. Sie entfesselt meinen Zorn und schickt alle in die ewige Verdammnis mit einem einzigen Streich ihres Schwerts. Ich erhebe die Stimme.

– Ausschnitt aus den privaten Tagebüchern von Cronus,
König der Titanen

Erheb die Stimme so viel zur Hölle, wie du willst. Ich nehme mir, was mir gehört.

– Paris, Herr der Unterwelt

PROLOG

Sein Zorn ..."
„Ich weiß."
Von hoch oben im Himmelreich beobachtete Zacharel die Welt zu seinen Füßen. Sah zu, wie der einst leutselige Paris einen weiteren seiner Feinde der Jäger tötete. Wie viele Opfer das allein in der vergangenen Stunde machte, hätte der Engel nicht sagen können. Schon lange hatte er aufgehört, mitzuzählen. Und selbst wenn er innegehalten hätte, um nachzurechnen, hätte sich die Summe eine Sekunde später wieder geändert. Als der nächste Leib den glitschigen blutüberzogenen Dolchen in den Händen des Kriegers zum Opfer fiel.

Natürlich wirbelte der keuchende, schweißüberströmte Paris augenblicklich herum, um zwei neuen Gegnern entgegenzutreten, mit fließenden Bewegungen, einer tödlichen Eleganz ... So unaufhaltsam wie eine Lawine. Zu Beginn spielte er mit ihnen. Ein Schlag, der Knochen zerschmetterte. Ein Tritt, der Lungen zerquetschte. Ein Lachen, eine Flut der schmutzigsten Flüche. Doch bald schon war nichts davon mehr genug für diesen dämonenbesessenen Soldaten, und er ließ seine Klingen über die Achillessehnen seiner Gegner tanzen, verstümmelte seine Beute, um sie leichter erlegen zu können.

Paris hatte sich zum Köder gemacht, um diese Jäger zu sich zu locken. Eifrig und bereitwillig waren sie gekommen, begierig, den bösartigen Dämon in seinem Inneren zu stehlen und ihm endlich das Leben zu nehmen. Aus dem, was er tat, um sich zu verteidigen, konnte Zacharel dem Krieger keinen Vorwurf machen. Selbst als sich weitere Leichen zu dem schon jetzt riesigen Berg um ihn herum gesellten, den ein See aus Rot und Schwarz umspülte. Und doch, preisen konnte er den Krieger ebenso wenig.

Dies war kein gnädiges Töten, nicht einmal ausgeführt mit

kalter, berechnender Rache im Sinn, die ihren Ursprung in einem ebenso kalten Zorn hatte. Nein, dies war ein Ausbruch von Feuer, Hass und Verzweiflung, der heißer loderte als alles, was die Hölle je hervorgebracht hatte.

„Er ist wie ein vergifteter Apfel", sagte Zacharel zu dem Engel neben ihm. Und weil Paris an den Dämon der Promiskuität gebunden war, fiel die Aufgabe, ihn unschädlich zu machen, nicht den Menschen zu, unter denen er lebte. Das mussten die Engel der Einen Wahren Gottheit erledigen, die sich mit anderen Dimensionen des Bösen befassten. „Ein Gift wie dieses breitet sich langsam aus, aber es bringt unausweichlich das Verderben."

Eiskristalle rieselten um Zacharel herab, wie immer in diesen Tagen. Der Atem stand ihm in Wolken vor dem Gesicht. Jede Schneeflocke sollte ihn an seine eigenen Verbrechen erinnern, die ihm erst so kürzlich vor Augen geführt worden waren. Doch im Gegensatz zu Paris trug er sein Elend nicht um sich gehüllt wie einen Wintermantel, eng an den Körper gezogen, um sich darauf zu stützen, es zu nähren, es wachsen zu lassen. Für Zacharel hatte nichts eine Bedeutung. Nicht mehr.

Auf seinem Feldzug gegen die Dämonen, die sein Leben zerstört hatten, hatte er „unschuldige" Menschen getötet, und dies sollte seine Strafe sein – das Missfallen seiner Gottheit immer mit sich zu tragen.

„So saftig und verlockend, wie dieser Apfel auf andere wirkt", verkündete Lysander, „werden sie bereit sein, alles zu kosten, was er ihnen bietet."

Zacharel wandte den Blick zu dem Mann, der ihm beigebracht hatte, wie man auf dem Schlachtfeld überlebte. Der Elitekrieger war ein muskulöser Fels ungebrochener Kraft. Gegen sein langes weißes Gewand strahlten seine Flügel wie Flüsse geschmolzenen Goldes. Auch um ihn herum wütete Zacharels Schneesturm, doch nicht eine Flocke wagte es, auf seinen Schultern zu landen. Vielleicht fürchteten ihn die Kristalle, wie unzählige andere Kreaturen – und das zu Recht. In ihrer Welt war er Richter und Geschworene zugleich, sein Wort war Gesetz.

„Befreien wir die Welt von dieser Versuchung?“, fragte Zacharel. Seit Jahrhunderten übernahm er die Rolle des Scharfrichters für Lysander.

„Ich werde nicht seine Hinrichtung befehlen, nein“, entgegnete Lysander entschieden. „Zu diesem Zeitpunkt kann Paris sich noch von seinen Sünden reinwaschen.“

Unerwartet. Selbst über die große Entfernung zwischen Himmel und Erde hinweg hörte Zacharel das Grunzen und Stöhnen, das Paris seinen Feinden entlockte. Ihre Schreie. Das Flehen um Gnade, das bis in alle Ewigkeit unbeachtet verhallen würde. Und so entschlossen, wie dieser Herr der Unterwelt seine Arbeit anging, war dies erst der Anfang.

„Was erwartest du dann von mir?“

„Paris sucht nach seiner Frau, um sie aus der Sklaverei des Titanenkönigs zu befreien. Du wirst ihm helfen, wirst ihn und das Mädchen beschützen. Aber sobald ihre Bindung an Cronus gebrochen ist, wirst du sie hierherbringen, wo sie den Rest der Ewigkeit verbringen wird.“

Noch unerwarteter. Der Befehl roch nach Nachsicht – etwas, das Lysander in all den Jahrtausenden seines Lebens nur einem einzigen anderen dämonenbesessenen Unsterblichen gewährt hatte: Amun, Paris’ Freund. Und das nur, weil die Harpyie Bianka, Lysanders Gemahlin, ihn darum gebeten hatte.

Sie musste auch diesen zweiten Gefallen eingefordert haben, denn es war weithin bekannt, dass Lysander ihren Listen gegenüber hilflos war. Aber selbst ein bis über beide Ohren verliebter Bräutigam mit der Verantwortung für ein Himmelreich und alles, was dort geschah, hätte keinen anderen Engel mit dieser Aufgabe betrauen sollen. Einem Dämon helfen? Ihn hierherbringen, damit er hier lebte? Entsetzlich.

Zacharel gab keinen Widerspruch von sich. Und trotz der Tatsache, dass er selbst noch nie Begehren verspürt hatte, würde er sein Bestes geben, Paris davon zu heilen – damit der Krieger im Moment der unausweichlichen Trennung von seiner Frau nicht wieder in seine Wut verfiele.

„Paris wird dagegen aufbegehren, sie wieder zu verlieren." Nach allem, was der Krieger bereits getan hatte, um sie zu finden und zu retten, und allem, was er in nächster Zukunft tun würde ... Oh ja, er würde aufbegehren – mit seinen bluttriefenden Dolchen als zusätzliches Argument.

„Du musst ihn davon überzeugen, dass er ohne sie besser dran ist", erklärte Lysander.

„Stimmt das denn?"

„Natürlich." Kein Zögern in der Verkündung, nur der glühende Klang der Wahrheit. Ein unnötiger Unterton, denn Zacharel wusste, dass Lysander nicht lügen würde, ja, es gar nicht konnte.

„Und wenn ich ihn nicht überzeugen kann?" Er musste es wissen, musste die drohende Strafe schwer auf seinen Schultern spüren, um sich zum Erfolg zu treiben.

Die erbarmungslos blauen Augen Lysanders schienen zu überfrieren und gaben den Blick auf den eisernen Kern des Kriegers frei. „Dann sind wir verloren, denn der gewaltigste Krieg, den die Welt je gesehen hat, steht kurz vor dem Ausbruch. Das Mädchen wird entweder uns zum Sieg führen – oder unsere Feinde zu ihrem. So einfach ist das."

Nun gut. Wenn die Zeit reif war, würde Zacharel sie hierherbringen. Egal, was das für Paris bedeutete.

Paris würde ihn hassen – und vielleicht mehr tun als vor Wut rasen. Das war nicht zu vermeiden. Nicht, wenn so viel Dunkelheit in ihm tobte, Moder in seiner Seele brodelte, schlimmer als jedes spirituelle Gift. Doch das würde Zacharel nicht davon abhalten, seine Pflicht zu erfüllen.

Nichts würde das tun.

1. KAPITEL

Paris kippte drei Fingerbreit Glenlivet hinunter und winkte dem Barmann. Er wollte noch einmal das Doppelte, und er würde es kriegen, was auch immer er dafür tun müsste. Bloß dass er kurz nach dem Eingießen realisierte, dass auch das Doppelte nicht reichen würde. Wut und Frustration waren wie lebende Kreaturen in ihm, schäumend und rasend trotz der gerade erst gewonnenen Schlacht.

„Lass die Flasche hier", befahl er, als der Barmann sich einem anderen Gast zuwenden wollte. Verdammt, plötzlich bezweifelte Paris, dass sämtlicher Alkohol in einem Umkreis von zehn Meilen reichen würde, aber hey. Verzweifelte Situationen erforderten verzweifelte Maßnahmen.

„Klar, sicher. Wie du meinst." Der Wunderknabe mit dem nackten Oberkörper stellte die Flasche ab und verzog sich.

Was? Sah er *so* gefährlich aus? Also bitte. Das Blut hatte er schließlich abgewaschen, oder? Moment. *Wirklich?* Er blickte an sich herab. Scheiße. Hatte er nicht. Er war von Kopf bis Fuß rot besudelt.

Egal. Er war nicht in einer menschlichen Bar, also würden ihm auch keine „Offiziellen" blöd kommen. Er war auf dem Olymp, wobei das himmlische Königreich kürzlich in Titania umbenannt worden war. Einst war es nur Göttern und Göttinnen erlaubt gewesen, sich hier aufzuhalten, doch als Cronus das Reich zurückerobert hatte, war einiges geändert worden – und jetzt durften Vampire, gefallene Engel und andere Kreaturen der Dunkelheit auch zum Spielen kommen. Ein nettes kleines „Fick dich" an den vorherigen König Zeus.

Ruf den Barmann zurück, forderte *Promiskuität. Ich will ihn.*

Promiskuität – der Dämon, der in seinem Inneren gefangen war und ihn ständig antrieb. Ihn nervte. *Weißt du noch, als ich Treue wollte? Monogamie?* erwiderte Paris im Geist. *Tja, man kriegt nicht immer, was man will, stimmt's?*

In seinem Kopf ertönte ein vertrautes Knurren.

Wäh, wäh, schmoll, schmoll. Mit einem Schluck vernichtete er die zweite Ladung Alkohol und kippte gleich eine dritte hinterher. Beide brannten so gut, dass er sich eine vierte gönnte. Der starke Scotch schnitt durch seine Brust, brannte Löcher in seinen Bauch und strömte durch seine Adern. Sehr schön.

Und trotzdem blieb seine Stimmung so düster wie eh und je, sein tief verwurzelter Zorn unbesänftigt. Seine Unfähigkeit, eine nicht ganz so unschuldige Frau zu retten, die er hassen sollte – *hasste*, wenigstens ein bisschen – und nach der er sich gleichzeitig mit Leib und Seele sehnte, ließ ihn nicht ruhen, peitschte ihn ständig voran.

„Wenn ich dich bäte zu gehen, würdest du es tun?", erklang eine monotone Stimme neben ihm. Eine Stimme, die von einem Schwall arktischer Luft begleitet wurde.

Er musste nicht hinsehen, um zu wissen, dass sich soeben Zacharel, Kriegerengel extraordinaire und berüchtigter Dämonenmörder, zu ihm gesellt hatte. Sie hatten sich vor gar nicht allzu langer Zeit kennengelernt, als der gefiederte Henker nach Buda gekommen war, um Paris' Freund Amun abzumurksen. Hätte der gute Zach Erfolg gehabt, würden sich in exakt diesem Moment zwei kristallene Klingen in sein Rückgrat bohren.

Ich will ihn, sagte der Dämon.

Fick dich.

Endlich verstehen wir uns.

Ich hasse dich, ehrlich.

Früher hatte der Dämon nervtötend oft mit Paris gesprochen. Dann hatte der dämliche Sexbesessene damit aufgehört und Paris nur noch dazu gedrängt, diese oder jene Person flachzulegen, ganz egal, welchen Geschlechts und was Paris davon hielt. Neuerdings ging das Gerede wieder los, und zwar schlimmer als zuvor. Jetzt wollte er jeden, *vor allem* diejenigen, die Paris nicht im Geringsten begehrte.

„Nun?“, hakte der Engel nach.

„Ich soll gehen, obwohl ich Lucien anbetteln musste, mich überhaupt herzubringen, und weiß, dass er nächstes Mal nicht so hilfsbereit sein wird? Vergiss es. Aber mich interessiert echt brennend, warum du dich darum scherst, wo ich mich aufhalte.“

„Dein Aufenthaltsort ist mir egal.“

Stimmte sogar. Zacharel war alles egal – eine Tatsache, die man im Umgang mit ihm sehr schnell begriff. „Genau das meinte ich, also verschwinde.“

Tief über seinen fünften Whisky gebeugt, studierte Paris den schmutzigen Spiegel hinter der Theke und checkte unauffällig das Etablissement in seinem Rücken. Juwelenbehängte Kronleuchter schwebten unter der Decke. Die Wände waren aus rosenrotem Marmor, durchzogen von glitzerndem Ebenholzschwarz, der Boden ein Meer von zerstoßenen Diamanten.

Im ganzen Raum redeten und lachten Männer und Frauen. Von niederen Göttern bis hin zu gefallenen Engeln, die versuchten, sich in ihre heilige Bruderschaft zurückzukämpfen. *Na klar, in einer Bar. Idioten.* Na ja. Wahrscheinlich war auch der eine oder andere Dämon unter den Besuchern, aber mit Sicherheit konnte Paris das nicht sagen.

Dämonen waren genauso raffiniert, wie sie böse waren. Entweder sie schlichen in ihren eigenen Schuppen durch die Gegend, präsentierten stolz ihre Hörner, Klauen, Flügel und Schwänze – und wurden von Kriegerengeln wie Zach geköpft. Oder sie ergriffen Besitz vom Körper eines anderen und schlichen in *dessen* Haut herum.

Mit Letzterem hatte Paris jahrhundertelange Erfahrung.

„Ich werde gehen, wie du so kurz und bündig vorgeschlagen hast", sagte Zacharel, „*nachdem* du mir eine weitere Frage beantwortet hast."

„Also gut." Noch etwas, das Paris aus Erfahrung wusste: Engel waren abartig stur. Es war definitiv klüger, den Kerl anzuhören – sonst hätte er bald einen neuen Schatten. Er wandte sich um, traf den jadefarbenen Blick des dunkelhaarigen Kriegers, der aussah wie ein männliches Supermodel, und holte überrascht Luft. Daran würde er sich niemals gewöhnen. Egal, welches Geschlecht sie hatten – oder wie sterbenslangweilig ihre Persönlichkeit war –, die himmlischen Boten zogen die Aufmerksamkeit auf sich und fesselten sie jedes verdammte Mal. Aus irgendeinem Grund tat Zacharel das noch intensiver als die meisten anderen.

Doch die Anziehungskraft war es nicht, die diesmal Paris' Aufmerksamkeit weckte. Über den breiten Schultern des Kriegers reckten sich majestätische, golddurchwirkte Flügel wie Wolken an einem Winterhimmel, von denen Eiskristalle herabrieselten wie Glitter in einer Schneekugel.

„Du schneist." *Puh, geht's noch offensichtlicher?*

„Ja."

„Warum?"

„Ich kann dir antworten oder meine Frage stellen und gehen." In dem langen weißen Gewand, das seine Art für gewöhnlich trug, hätte Zacharel unschuldig und brav aussehen sollen. Stattdessen wirkte er wie der böse Zwillingsbruder von Gevatter Tod: emotionslos, kalt wie der Schnee, den er verstreute, und bereit zu töten. „Deine Entscheidung."

Kein Überlegen erforderlich. „Frag."

„Willst du sterben?" Die Worte kamen ganz schlicht aus Zacharels Mund und bildeten kleine Wolken vor seinem Gesicht, einen traumähnlichen Nebel, der Paris an den Atem des Lebens erinnerte. Oder den des Todes.

Der Kerl ist definitiv bereit zu töten, stellte Paris am Rande fest. „Was denkst du?", fragte er zurück, denn – ganz ehrlich?

Er kannte die Antwort selbst nicht mehr.

Über Jahrhunderte hatte er um sein Leben gekämpft, doch jetzt ... Jetzt warf er sich wieder und wieder ins Feuer und wartete darauf, sich zu verbrennen. *Hoffte* darauf, sich zu verbrennen. Was für ein krankes Arschloch war er bloß geworden?

Unbeeindruckt erwiderte der Engel seinen Blick. „Ich denke, du willst eine spezielle Frau mehr als jeden – und alles – sonst. Mehr als selbst den Tod ... mehr als das Leben."

Stumm presste Paris die Zunge an den Gaumen. Eine spezielle Frau: die nicht ganz so Unschuldige.

Ihr Name war Sienna Blackstone. Ehemalige Jägerin und auf immer seine Feindin, denn die Jäger waren eine lästige Armee von Menschen, die versuchten, die Welt von Pandoras Dämonen zu befreien. Einmal war sie viel zu kurz seine Liebhaberin gewesen. Und dann tot, fort. *Irgendwann* war sie aus dem Grab zurückgeholt worden, um ihre Seele mit der des Dämons *Zorn* zu verbinden. Jetzt war sie da draußen. Irgendwo. Und sie litt. Cronus hatte sie zu seiner Sklavin gemacht, wollte ihren Dämon benutzen, um seine Gegner zu bestrafen. Und jetzt, nachdem er die Kontrolle über sie verloren hatte, plante er, sie zu foltern, bis sie sich seinem Willen ergab.

Paris mochten die Dinge missfallen, die Sienna ihm angetan hatte. Und ja, wie er sich bereits eingestanden hatte, ein Teil von ihm hasste die Frau an sich. Aber selbst sie hatte die grausame, bösartige – ewige – Strafe nicht verdient, die sie jetzt ertragen musste.

Ich werde sie finden, und ich werde *sie retten.* Vor Cronus ... und vor ihm selbst. Im Moment kam Paris einfach nicht über die Gewissheit hinweg, dass sie litt. Wenn er das erst einmal in Ordnung gebracht hatte, würde er aufhören, an sie zu denken. Er musste aufhören, an sie zu denken.

„Dann will ich sie eben", sagte er schließlich zu dem Engel. Sienna stand nicht zur Diskussion. „Und? Was dagegen?"

Zacharel schüttelte die Flügel aus und ließ noch mehr von diesem reinen, schimmernden Schnee herabrieseln. „Was dich angeht, denke ich, dass dein Dämon trotz deiner eigenen Bedürfnisse alles will, was einen Puls hat."

„Manchmal braucht's nicht mal einen Puls", murmelte Paris vor sich hin, und das war die unschöne Wahrheit. *Sex*, wie er seinen dunklen Gefährten meist nannte, wollte alle und jeden – aber immer nur ein einziges Mal. Mit Ausnahme von Sienna ließ *Sex* nicht zu, dass Paris für eine Person ein zweites Mal hart wurde.

Warum hatte er Sienna noch einmal haben können? Keinen verdammten Schimmer. „Aber trotzdem: Na und?"

„Ich denke, obwohl du nach dieser speziellen Frau hungerst, hast du mit der zukünftigen Ehefrau deines Freundes Strider geschlafen. Er ist der Dämon der Niederlage, und deine Taten haben ihm das Werben um die Harpyie sehr erschwert."

„Hey. Du betrittst gerade gefährliches Gebiet." Nicht, dass Paris sich für irgendetwas hätte entschuldigen müssen.

Der One-Night-Stand war Wochen vor Kaia und Strider gewesen. Bevor die beiden überhaupt daran gedacht hatten, etwas miteinander anzufangen. Also hatte Paris nichts falsch gemacht. Technisch gesehen. Und trotzdem – jetzt wusste er, wie Kaia nackt aussah, und Strider wusste, dass er es wusste, und das bedeutete, sie alle drei wussten, dass *Sex* ständig Nacktbilder von ihr ausspuckte, sobald sie aufeinandertrafen. Eine Konsequenz, die Paris verabscheute, gegen die er aber machtlos war.

Zacharel neigte den Kopf zur Seite, ganz die Denkerpose, die umso mysteriöser wirkte, weil sein Atem ihn immer noch in Nebel hüllte. „Ich wollte nur darauf hinweisen, dass du dich offensichtlich anderen Eroberungen zugewandt hast, und dass du nicht sehr wählerisch bist, weshalb ich mich frage, warum du deiner Sienna immer noch nachjagst."

Weil Sienna für Paris die eine und einzige Chance auf Monogamie gewesen war. Weil er unabsichtlich ihren Tod herbeigeführt hatte. Weil er bei ihrem Tod das Gefühl gehabt hatte, *alles* verloren zu haben.

„Du nervst", fuhr er Zacharel an. „Und ich hab dir nichts mehr zu sagen."

Doch der Engel blieb hartnäckig. „Ich denke, du fühlst dich schuldig für jedes Herz, das du brichst, für jeden Traum vom Happy End, den du zerschmetterst, und für jedes bisschen Selbsthass, das du verursachst, wenn deine Partner erkennen, wie mühelos du ihre Vorbehalte überwunden hast. Ich denke ebenfalls, dass du viel zu nachsichtig mit dir selbst bist und keinerlei Recht hast, deine Probleme zu beweinen."

„Hey! Ich hab noch nie geweint." Paris knallte seinen Tumbler so heftig auf die Theke, dass sich mit lautem Krachen ein Riss von oben bis unten im Holz auftat und das Glas splitterte. Aus den Schnitten in seiner Handfläche quoll Blut, aber der Schmerz war kaum zu spüren. „Und weißt du, was? Ich denke, du stehst wenige Sekunden davor, deinen Körper in Einzelteile zerpflückt in dieser Bar verstreut wiederzufinden."

Und dann, wenn er am Boden ist, können wir ihn nehmen!

Schnauze, Sex.

„Äh, hier, bitte", murmelte der Barkeeper, der sofort mit einem sauberen Lappen zur Stelle war, den er mit zitternder Hand in Paris' Richtung hielt. Der Junge hatte immer noch Angst vor Paris.

Ich will – Schnauze, hab ich gesagt! „Danke, Mann." Fest schloss Paris die Faust um den Stoff und drückte die Wunden ab, bevor jemand ihn und die ganz speziellen Pheromone roch, die sein Dämon absonderte.

Ein Hauch von dem betörenden Aroma, und jeder Einzelne in seiner Umgebung würde unbarmherzige Erregung verspüren, ohne einen Gedanken daran zu verschwenden, wo er war und mit wem. Größtenteils würde sich ihre Begierde auf Paris fokussieren. Und auch wenn das – zog man den Zeitdruck in Betracht, unter dem er stand – ein außerordentlich beschissener Ausgang des heutigen Abends wäre, hätte er ein gewisses Vergnügen daran gehabt, die Männer mit seinen Fäusten abzuwehren.

Bloß dass … die Pheromone ihn nicht einhüllten. Er runzelte die Stirn. *Sex* wollte jeden, den er heute Abend gesehen hatte. Warum nutzte er dann nicht seine Fähigkeiten, um die Gäste zu zwingen, sein Verlangen zu erwidern?

Misstrauisch wandte Paris den Blick wieder Zacharel zu, wobei er sich fragte, ob der Engel auf irgendeine Art dafür verantwortlich war.

Dessen klare jadegrüne Augen verengten sich zu Schlitzen. „Ich denke, du hoffst, deine Sienna retten zu können, und das ist gut. Ich denke aber auch, du willst sie bei dir behalten, und das ist schlecht. Egal, wie sehr du dich nach ihr verzehrst, egal, dass sie deine einzige Chance auf ein Happy End sein könnte: Früher oder später wird dein Dämon sie zerstören, denn Menschen sind nicht dazu gemacht, gegen Dämonen zu bestehen. Und tief in ihrem Herzen ist sie immer noch ein Mensch."

„Und was ist mit ihrem eigenen Dämon?", entgegnete er.

„Wenn einer ihr schon schadet, sind zwei mit Sicherheit schlimmer."

„Es reicht!" Wenn sie diesen Gedankengang weiterverfolgten, würden seine Wut und Frustration ihn verschlingen. Und er würde das Ziel dieser Nacht aus den Augen verlieren. „Ich werde sie nicht bei mir behalten." Er würde. Und wie er das würde – wenn er die Gelegenheit dazu bekäme und natürlich nur, wenn sie ihn wollte. Aber zum Teufel, sie würde ihn nicht wollen.

„Gut. Denn diese spezielle Frau würde den Mann nicht mögen, zu dem du geworden bist."

Schnaubend fuhr sich Paris mit der freien Hand durchs Haar. „Sie mochte mich auch vorher nicht." Und jetzt, nachdem er unwiderruflich die Grenze zwischen Richtig und Falsch überschritten hatte? Also bitte.

Er hatte gewusst, dass seine Taten verabscheuungswürdig waren, und hatte sie trotzdem begangen. Hatte herzlos getötet. Methodisch verführt. Gelogen und betrogen. Und er würde es wieder genauso machen.

„Und doch tust du alles, um sie zu retten", beharrte Zacharel.

Tja. Er war genauso ein Idiot wie die gefallenen Engel, die in diesem Laden abhingen. Das wusste er. Doch es war ihm egal. „Hör mal, ich schulde dir gar nichts. Vor dir muss ich mich nicht rechtfertigen. Und was sollen die ganzen Fragen? Du hast behauptet, du hättest nur noch eine."

„Und nur die eine habe ich dir gestellt. Alles andere waren Beobachtungen, und davon habe ich noch eine weitere für dich." Zacharel beugte sich vor und flüsterte: „Ich denke, wenn du diesen zerstörerischen Weg weiterverfolgst, wirst du alles verlieren, was dir lieb geworden ist."

„Ist das eine Drohung?" Zornig packte Paris den Engel am Kragen. „Tu mir den Gefallen und versuch's, Flattermann. Wirst schon sehen, was …"

Luft. Er schrie und prügelte auf Luft ein.

Aus seiner Kehle drang unwillkürlich ein dumpfes Grollen, während er die Arme sinken ließ. Der einzige Hinweis auf Zacharels kürzliche Anwesenheit war die Temperatur seiner Hände, die quasi Frostbeulen hatten.

„Äh, mit wem hast du geredet?", fragte der Barmann gespielt beiläufig, während er den blitzsauberen Tresen abwischte.

Wenn ein Engel nicht gesehen werden wollte, wurde er auch nicht gesehen. Nicht einmal von seinen Brüdern, ob gefallen oder nicht. Also hatte diesmal nur Paris den Flattermann wahrgenommen. Toll. „Offenbar mit mir selbst, und wir mögen unsere Privatsphäre."

War Zacharel noch hier? Oder hatte er sich an einem anderen Ort materialisiert? Und was sollte dieses ganze Gerede davon, Paris müsste Sienna fernbleiben? Dem Engel sollte das völlig egal sein.

Paris ließ den Lappen fallen und drehte sich zu den anderen Gästen um. Mehrere Krieger starrten wütend in seine Richtung – warum? – und liefen Gefahr, die Eleganz des Raums mit dem Blut zu ruinieren, das Paris zu vergießen versucht war. Verbissen massierte er sich den Nacken und drängte die Gedanken an Zacharel und seine Drohung in den Hintergrund. Er hatte Wichtigeres und Gefährlicheres zu tun. Er war wegen Viola hier, der niederen Göttin des Lebens nach dem Tod und Wächterin des Dämons *Narzissmus*. Sie hätte inzwischen schon längst hier sein sollen.

Vielleicht hatte sie gehört, dass er sie suchte, und war abgehauen – woraus er ihr keinen Vorwurf machen konnte. Zusammen mit seinen Freunden hatte er einst die Büchse der Pandora gestohlen und geöffnet und damit das Böse in ihrem Inneren freigelassen. Zur Strafe waren sie dazu verflucht worden, die entkommenen Dämonen in sich zu tragen. Unglücklicherweise hatte es mehr Dämonen als unartige Jungen und Mädchen gegeben, die sie aufnehmen konnten, und nachdem die Büchse in dem allgemeinen Chaos verschwunden war, hatten sie alle ein neues Heim gebraucht. Wer wäre in den Augen der griechischen Götter besser als Empfänger der bösen Geister geeignet gewesen als die unglücklichen Gefangenen im Tartarus, dem Gefängnis der Unsterblichen im Olymp – nein, in *Titania*?

Also: Ja, Paris war zum Teil verantwortlich für Violas dunkle Seite. Sie war eine dieser unglücklichen Gefangenen gewesen. Aber allein war er ganz sicher nicht verantwortlich. Schließlich war das Mädchen als kriminell genug eingestuft worden, dass man sie von selbst jenen Göttern fernhalten wollte, die in den Mythen und Sagen für ihre grausamen Taten gerühmt wurden.

Welches Verbrechen Viola begangen hatte, wusste er nicht, und es war ihm auch egal. Wenn es nach ihm ginge, könnte sie ihn in Fetzen reißen, solange sie ihm nur die Informationen gab, nach denen er hungerte. Das letzte Puzzlestück, um Sienna endlich zu retten.

Laut den Jägern, die er am selben Morgen abgeschlachtet hatte, kam Viola jeden Freitag hierher, um beim Poolbillard Unsterbliche abzuschleppen und über ein paar Bierchen von ihrer allgemeinen Großartigkeit zu schwärmen. Anscheinend hatten die Jäger sie verfolgt, um sie sich zu schnappen und zu „überzeugen", sich ihnen anzuschließen. Also schuldete sie ihm quasi was.

Wo zum Teufel bleibt sie? fragte er sich wieder, während er nach dem unverkennbaren langen blonden Haar Ausschau hielt, nach Augen in der Farbe von Zimt und einem umwerfenden Körper, der …

… in der Lage war, mit einem kleinen weißen Rauchwölkchen aus dem Nichts aufzutauchen.

Dort am einzigen Eingang zur Bar stand eine sinnliche Frau mit langem blondem Haar und Augen in der Farbe von Zimt. Paris setzte sich auf, die Nerven erwartungsvoll gespannt. So einfach ging das. Beute gesichtet. Ziel erreicht.

2. KAPITEL

Ich will sie, sagte *Sex*, als Paris die Göttin betrachtete.

Natürlich willst du das, gab er trocken zurück.

Die zarten Rauchschwaden, die Violas Ankunft begleitet hatten, verzogen sich nun und enthüllten ein hautenges schwarzes Kleid. Die breiten Träger auf ihren Schultern liefen zu einem tiefen V-Ausschnitt zusammen, der sogar noch einen Blick auf ihren gepiercten Bauchnabel erlaubte. Der ultrakurze Minirock endete direkt unter dem Saum ihres Höschens.

Trug sie überhaupt eins?

Paris gähnte. Er hatte umwerfende Frauen gehabt, hässliche Frauen und alles dazwischen. Eins hatte er schnell gelernt: Hinter einer Schönheit konnte sich ein Biest verstecken und hinter einem Biest eine Schönheit.

Sienna gehörte in die Kategorie „Biest hinter Schönheit" – jedenfalls für ihn. Während er vor Verlangen nach ihr verrückt geworden war, hatte sie seinen Untergang geplant. Und vielleicht war er genauso schlimm wie sein Dämon, denn ein Teil von ihm fand selbst jene Seite von ihr sexy. Eine gertenschlanke Frau hatte es einem schlachterprobten Krieger gezeigt – in seinen Augen war das teuflisch heiß.

Und okay, ja, sie selbst fand sich unattraktiv, und früher einmal hätte er ihr vielleicht sogar zugestimmt, aber an ihr war von Anfang an etwas Aufreizendes gewesen. Etwas, das ihn anzog, das seine Aufmerksamkeit gefangen hielt. Wenn er sie sich heute vor Augen rief, sah er einen lupenreinen Edelstein ohnegleichen.

Konzentrier dich. Ein Befehl von seinem Dämon, der die niedere Göttin immer noch wollte, und zugleich eine Rüge von sich selbst.

Lässig warf Viola sich das lange seidige Haar über eine sonnengebräunte Schulter und verschaffte sich einen Überblick über ihre Umgebung. Männer starrten sie unverhohlen an. Frauen versuchten, ihre Eifersucht mit (wenig überzeugenden) leeren Gesichtsausdrücken zu verbergen. Als ihr Blick auf Paris traf, hielt sie inne, betrachtete ihn von Kopf bis Fuß, verengte die Augen und – schockierend! – hakte ihn ab, um ihre Bestandsaufnahme des Publikums fortzusetzen.

Als sein Dämon das letzte Mal dabei versagt hatte, ein potenzielles Betthäschen zu betören, hatte er kurz darauf Sienna getroffen. Konnte das bedeuten ... Was, wenn ... Freudige Erregung durchflutete seinen gesamten Körper. Er würde seine Antworten bekommen – *heute Abend* –, koste es, was es wolle.

Ruhig schritt er auf Viola zu und kontrollierte sorgfältig seinen Gesichtsausdruck: Sie sollte nur Bewunderung sehen, während er im Kopf seinen Plan durchging. Zuerst die Charme-Offensive, falls er sich tatsächlich noch erinnerte, wie das ging. Dann erst Gewalt, und ja, wie *das* ging, wusste er ganz genau.

Völlig unberührt von seinem Näherkommen beugte Viola sich vor und zog ein glitzerndes pinkfarbenes Telefon aus ihrem schwarzen Lederstiefel. Zustimmendes Stöhnen erhob sich hinter ihr, und die Männer klatschten einander ab, als hätten sie gerade einen Blick in den Himmel erhascht. Auch Unsterbliche konnten kindisch sein. *Aber ich niemals.* Ahnungslos oder uninteressiert ließ sie ihre Finger geschickt über das winzige Tastenfeld des Telefons huschen.

Paris runzelte die Stirn. „Was machst du da?"

Als Anmache war der Spruch eine Katastrophe, genau wie sein anklagender Tonfall. Aber sollte sie versuchen, Hilfe herbeizurufen oder gar einen Jäger, um ihn umzubringen, wäre sie nur zu bald nicht bloß seine Informantin, sondern auch seine Geisel.

„Ich screeche. Das ist die unsterbliche Version von twittern oder tweeten oder wie auch immer ihr niederen Wesen es nennt", erklärte sie, ohne aufzublicken. „Ich hab über sieben Zillionen Follower."

O-kay. Damit hatte er nicht gerechnet. Er verbrachte viel Zeit mit Menschen und wusste, dass es ihnen gefiel, jeden noch so sinnfreien Gedanken mit der Welt zu teilen. Aber eine Titanin, die das tat – das war neu.

„Was schreibst du denen?" Gehörte Cronus zu den sieben Zillionen? Oder Galen, der Oberboss der Jäger? Und wie viel war eine Zillion?

„Vielleicht erzähle ich ihnen eventuell möglicherweise quasi alles über dich." Ein Grinsen zeigte sich auf ihren vollen roten Lippen, während sie ohne Unterlass tippte. „‚Der Lord of Sex ist schmutzig und gedenkt einzulochen. Ich bin nicht interessiert, aber sollte ich ihm helfen, bei jemand anders zum Stich zu kommen?' Senden." Jetzt richtete sie diese unglaublichen kastanienbraunen Augen auf ihn. „Ich sag Bescheid, wenn die Ergebnisse reinkommen. Gibt's bis dahin irgendetwas, was du über mich wissen willst, bevor ich weggehe und dich ignoriere?"

Lord of Sex hatte sie ihn genannt. Hm. Sie wusste also, wer er war, *was* er war, doch sie ergriff nicht die Flucht, warf ihm keine Beleidigungen an den Kopf und verlangte nicht kreischend nach seiner Enthauptung. Ein super Start. „Ja, gibt es, und es ist etwas Privates, das mir sehr wichtig ist." Sollte heißen: *Wage es ja nicht, darüber zu screechen!*

„Oooh. Ich liebe Privatsachen, über die ich nicht reden soll und es dann doch tue, weil ich so eine Gebernatur bin. Ich lausche gespannt."

Trotz ihres unmissverständlichen Hinweises, dass sie es ausplaudern wollte, tippte sie nicht weiter. Gut. Er fuhr fort. „Ich will die Toten sehen. Wie schaffe ich das?" Sienna war eine Seele ohne Körper, die er auf keine Weise wahrnehmen konnte. Nur jene, die mit den Toten verkehrten, konnten sie sehen, hören und berühren. Doch es ging das Gerücht, Viola kenne einen Trick, der diese Fähigkeit überflüssig machte.

Sie blinzelte, und er bemerkte, dass ihre Wimpern in dem glitzernden Pink ihres Telefons getuscht waren. „Lass mich dir kurz erläutern, was ich gerade gehört habe. ‚Schwall, schwall, schwall, *ich*. Schwall, schwall, schwall, *ich*.' Und was ist mit *mir*?"

Er spannte den Kiefer an. Es gab Charme, und es gab Schleim. Er war kein Schleimer. Na ja, nicht immer. „Ich sage dir etwas über dich. Du kannst die Toten sehen. Jetzt wirst du mir beibringen, das auch zu tun." Ein Befehl, und sie täte gut daran, ihn zu befolgen.

Sie rümpfte die Nase. „Warum willst du Seelen sehen? Wenn sie noch da sind, machen sie bloß Ärger und – oh, oh, warte!" Klatsch-klatsch, hüpf-hüpf, Pirouette. „Ich hab das Rätsel bereits gelöst, denn ich bin hochintelligent. Du willst deine ermordete menschliche Geliebte sehen."

Augenblicklich brannte sich seine Wut zischend an die Oberfläche. Er mochte es nicht, wenn jemand anders von Sienna sprach, egal in welchem Zusammenhang. Nicht bei Zacharel und ganz sicher nicht bei dieser seltsamen niederen Göttin mit ihrem Hang zum Tratsch. Sienna stand allein unter seinem Schutz, auch in jener Hinsicht. „Ich ..."

„Tz, tz. Nicht nötig, meine geniale Schlussfolgerung zu bestätigen." Viola tätschelte ihm die Wange, voll süßer Herablassung für seine Beschränktheit. „Vor allem, weil ich dir sowieso nicht helfen kann."

Sie wandte sich zum Gehen.

Er packte sie am Handgelenk. „Kannst du nicht, oder willst du nicht?" Da bestand ein großer Unterschied. Im ersten Fall konnte er nichts daran ändern. Im zweiten Fall konnte er, und wenn sie ihn herausforderte, würde sie erleben, wie weit zu gehen er bereit war.

„Ich will nicht. Bis dann." Ohne einen Schimmer, welchen Zorn sie zu entfesseln drohte, wand sie sich aus seinem Griff und tänzelte mit klickenden Absätzen weiter in die Bar hinein, den perfekten Hintern verführerisch wiegend.

Schäumend vor Wut folgte er ihr und pflügte rücksichtslos jeden zur Seite, der ihm im Weg stand. Um ihn herum brandete Grunzen und Knurren auf, mit dem die zwielichtigeren Gestalten in der Menge ihren Unmut über sein rüpelhaftes Vorgehen äußerten. Doch niemand versuchte, ihn aufzuhalten. Sie alle spürten, dass er eine weit größere Gefahr darstellte als sie selbst.

„Woher weißt du, wer ich bin?", fuhr er Viola an, sobald er sie erreicht hatte. Erst mal damit anfangen, dann würde er sich schon dazu vorarbeiten, ihre Meinung zu ändern – für den Fall, dass das eine vom anderen abhing.

Wieder drehte sie eine Pirouette, wie ein Model am Ende des Laufstegs. So groß, wie er war, hatte er sich daran gewöhnt, über Frauen aufzuragen, aber Viola war ein zartes Ding von höchstens eins fünfzig – neben ihm wirkte sie einfach winzig.

Sienna dagegen hatte genau die richtige Größe. Ob er stand oder kniete oder lag, ihre besten Stellen erreichte er immer ohne Probleme.

„Ich weiß alles, was es über die Herren der Unterwelt zu wissen gibt", erwiderte Viola. „Ich hab mir eure ganze Bande vorgenommen, als ich aus dem Tartarus entkam und erfuhr, dass ihr für meinen Zustand verantwortlich seid."

Also gab sie ihm tatsächlich die Schuld an dem Dämon, der in ihrem Körper festsaß. Und sie duftete nach Rosen, wurde ihm plötzlich bewusst, als sich der sanfte Geruch in seinen Stirnhöhlen festsetzte und ihn in ein tiefes Gefühl des Friedens einhüllte.

Lucien, Wächter von *Tod*, konnte mit seinen Feinden dasselbe machen. Sie beruhigen, bevor er ihnen den Todesstoß versetzte.

Doch vor Paris' Wut und Frustration verflüchtigte sich das Gefühl schnell. „Lass das."

„Wow, das ist mal ein düsterer Gesichtsausdruck. Steht dir leider nicht so gut, muss ich sagen“, fügte sie hinzu, bevor sie aus dem Augenwinkel ihre korallenroten Fingernägel wahrnahm und sie im Licht eingehend betrachtete. „So hübsch.“

Berühr sie.

Genervt blendete er seinen Dämon aus und beschloss, es noch mal mit der Charmeur/Schleimer-Nummer zu versuchen. Denn wenn er ehrlich war: Bisher hatte das Weibsstück noch keinerlei Anzeichen von Furcht gezeigt. Wenn sein nächster Versuch auch nicht fruchtete, würde er die Bestie von der Kette lassen – und damit war nicht *Sex* gemeint. In ihm war mittlerweile eine Dunkelheit, so viel Dunkelheit, die ihn dazu bringen würde, alles zu tun, was nötig war, egal, wie abscheulich.

Das hatte er sich selbst zuzuschreiben, denn er hatte sich dieser Dunkelheit geöffnet. Zuerst nur einen winzigen Spalt weit, wie ein gerade so geöffnetes Fenster. Doch der Witz war, sobald man erst mal einen Luftzug hineinließ, war alles, was danach kam, nicht mehr aufzuhalten. Wind, Sturm, Donner und Blitz, bis man nicht mehr in der Lage war, das Fenster zu erreichen, um es wieder zu schließen – und es auch gar nicht wollte. Das war seine neue Dunkelheit. Das Böse in seiner reinsten Form, ein Wesen, ganz ähnlich wie *Sex*, das ihn ständig antrieb.

Lügen, betrügen, verraten, dachte Paris. Hier und jetzt genau wie all die Male zuvor.

Langsam beugte er sich zu ihr hinunter, setzte einen sanften Gesichtsausdruck auf, ließ das Verlangen seines Dämons aus all seinen Poren strömen. Zwang sein Blut, sich zu erhitzen, sodass ein berückender Moschusduft von ihm ausging, so sinnlich wie Champagner, so berauschend wie Schokolade. Wenn *Sex* seine Pheromone nicht einsetzen wollte, würde Paris es eben tun. Obwohl er es hasste, denn sobald auch nur ein Hauch davon in seine Nase stieg, wurden er und

Sex zu ebenso willenlosen, fleischeslüsternen Kreaturen wie jeder andere. Schlimmer noch waren die Erinnerungen an die Dinge, zu denen er Leute gezwungen hatte … Was für Sehnsüchte er geweckt hatte …

„Viola, Süßeste. Sprich mit mir. Sag mir, was ich wissen will." Aus seinem Ton klang eine sinnliche Liebkosung, beseelt und selbstsicher, und doch – selbst unter dem Einfluss der Pheromone wollte er nur *eine* Frau, und das war nicht Viola.

„Ich wollte euch für meinen Dämon danken", fuhr sie fort, als hätte er nichts gesagt. Als würde er nicht in diesem Moment duften wie der Inbegriff der Lust. „Er ist der Beste! Aber dann auf halbem Weg nach Budapest zu eurer Burg hab ich euch einfach vergessen. Ich bin mir sicher, du verstehst das." Mit den Fingern bauschte sie ihr Haar auf und wandte sich von ihm ab, als sie jemandem zu ihrer Rechten zuwinkte. „Aber na ja, wo du schon mal hier bist – danke. Gib's gern an die anderen weiter. Und jetzt wirst du – argh! Wer hat da einen Spiegel angebracht?", kreischte sie.

Eine einzige Sekunde lang blitzte ungezügelte Wut aus ihren Augen, dicht gefolgt von hingerissener Ekstase, als sie ihr Spiegelbild betrachtete.

„Seht mich doch bloß mal an." Spielerisch drehte sie sich vor dem Spiegel hin und her, warf sich in eine Pose nach der anderen. „Ich sehe *umwerfend* aus."

„Viola." Einige Sekunden vergingen, doch sie hörte nicht auf, sich zu bewundern. Jetzt warf sie sich sogar eine Kusshand zu. Na gut. Dann würden sie es eben anders machen. „Ich kann dich dazu bringen, dass du um eine Berührung von mir bettelst, Viola. Vor allen Leuten. Und glaub mir, du *wirst* betteln. Du wirst weinen, aber niemals Erlösung finden. Dafür werde ich sorgen. Aber weißt du, was? Das ist nicht mal das Schlimmste, was ich dir antun werde."

Wieder verstrichen die Sekunden, doch es kam keine Antwort.

Zorn …

Frustration …

Dunkelheit … erhob sich … Er wollte zuschlagen, verletzen, töten.

Mühsam atmete er ein, hielt die Luft an, hielt an, hielt an … roch zarte Rosen … stieß den Atem aus. Okay. Gut. Diesmal hatte er die Lunte gekappt, bevor seine dunklen Emotionen explodieren konnten. Er beruhigte sich.

Vielleicht konnte Viola nicht anders, wurde ihm plötzlich klar. Wie er sehr gut wusste, hatte jeder von Pandoras Dämonen eine entscheidende Schwäche. Möglicherweise war dies ihre. Immerhin war sie *Narzissmus*, die Selbstverliebtheit in Person.

Um seine Theorie zu überprüfen, trat er vor sie und unterbrach ihren Blickkontakt zum Spiegel. Augenblicklich versteifte sich ihr Körper. Wild ließ sie den Blick von links nach rechts schießen, wie auf der Suche nach Angreifern, die versucht haben könnten, ihr Schaden zuzufügen, während sie außer Gefecht gesetzt war. Niemand hatte sich ihnen genähert, und die Spannung fiel von ihr ab. Ihr Atem ging ruhiger.

„Dem reiß ich die Eingeweide raus", fluchte sie leise.

Bingo. Ihre Schwäche, und offensichtlich eine, die sie verabscheute.

„Konzentrier dich auf mich, Viola." Er packte sie bei den Schultern, drückte härter zu als beabsichtigt und schüttelte sie, bis sie die zimtfarbenen Augen auf ihn richtete. „Sag mir, was ich wissen will, und du kommst hier ungeschoren raus."

Immer noch nicht das kleinste bisschen eingeschüchtert, schüttelte sie seine Hände ab. „*So was* von ungeduldig. Mittlerweile sollte ich das gewohnt sein, aber ach … Männer, die einfach nicht von mir lassen können … Das belastet mich."

„Viola!"

„Na gut. Lass uns mal sehen, was meine Verehrer zu sagen haben, was meinst du?" Sie hob das Telefon und blickte auf das Display. „485 Stimmen für ‚Ihm helfen, indem ich ihm meine Nummer gebe'. 207 Stimmen für ‚Bist du bescheuert? Besteig ihn wie einen Gletscher' und 123 Stimmen für ‚Er gehört mir, Schlampe, verzieh dich'." Leise lächelnd hob sie wieder den Blick. „Das einfache Volk hat gesprochen. Ja, ich werde dir von den Seelen erzählen."

Seine Erleichterung wurde gleich wieder ersetzt von einem Gefühl höchster Dringlichkeit. „Dann erzähl. Jetzt."

„Hey, du. Dämonen-Abschaum." Die raue Stimme erklang hinter ihm.

Uuund zu guter Letzt ergriff doch einer von den Kerlen, die Paris umgewalzt hatte, Gegenmaßnahmen. Paris knirschte mit den Zähnen. Wieder legte er die Hände auf die schmalen Schultern der Frau. „Viola. Sag's mir." Sie würde es ihm sagen, und er würde gehen, würde endlich wahrhaftig seine Suche beginnen.

„Nimm die Hände von meiner Frau!"

Oder auch nicht. Aus der Stimme des Mannes klang ungezügelte Aggression, und in Paris stieg ungebeten sofort wieder das Bedürfnis nach Gewalt auf.

Halt dich zurück, riet ihm sein gesunder Menschenverstand. *Der Sieg ist zum Greifen nah.* „Ein Freund von dir?"

„Ich habe keine Freunde." Mit einer eleganten Bewegung strich sie sich ein paar Haarsträhnen hinters Ohr. „Nur Bewunderer."

„Ich rede mit dir, Dämon." Wieder der Kerl.

Die Gier erhob sich … weiter und weiter … eine dicke, dunkle Wolke, die sich nicht verziehen würde, bis das Blut in Strömen floss. „Wenn du willst, dass dieser Bewunderer überlebt, beam uns hier weg." Nur per Gedankenkraft von einem Ort zum anderen zu reisen, bereitete ihm jedes Mal Übelkeit, aber lieber würde er kotzen, als sich ablenken zu lassen.

„Will ich nicht", sagte sie. „Dass er überlebt, meine ich."

„Hörst du mir überhaupt zu, Dämon?" Mittlerweile klang

der Ton härter und deutlich entschlossener. „Geh weg von ihr und sieh mir ins Gesicht. Oder bist du zu feige?"

Die Wolke umschloss seinen Geist, verschlang alles außer einem einzigen Gedanken. Der Mann war ein Hindernis auf seinem Weg zu Sienna, und Hindernisse mussten ausgelöscht werden. Immer.

Leise erklang eine zarte Stimme der Vernunft in ihm, ein goldener Funke mitten in dieser endlosen Öde der Dunkelheit. *Zacharel … zerstörerischer Weg … Alles, was dir lieb geworden ist …*

„Betrachte dich im Spiegel, Göttin", befahl der Fremde. „Ich will nicht, dass du mit ansiehst, was ich mit dem Dämon tun werde."

Obwohl noch ein wütender Fluch über ihre Lippen kam, gehorchte Viola bereits, trat um Paris herum, als könnte sie nicht anders und würde sich dafür hassen. Und schon war sie wieder vollkommen fasziniert von ihrem Spiegelbild, winkte sich mit dem kleinen Finger und warf sich Luftküsse zu.

Das goldene Flüstern war verstummt. Jetzt war der Tod unvermeidlich. Paris drehte sich um, um seinen Gegner wütend anzustarren.

Bald würde Blut fließen.

3. KAPITEL

In einer Sache hatte Paris sich geirrt. Er hatte nicht einen Gegner, sondern mehrere. Bei der Erkenntnis durchfuhr ihn berauschende Vorfreude. Der Tag wurde immer noch besser. Vor ein paar Stunden hatte er eine Handvoll Jäger getötet, und das Angebot der Stunde – anders gesagt: der Nachtisch – war ein Trio gefallener Engel, einer größer als der andere. T-Shirts trugen sie nicht – war das die neue Mode? –, wodurch Paris ihre vernarbten Rücken in dem Spiegel oben an der Wand sehen konnte.

Seite an Seite standen die drei da, förmlich Schaum vor dem Mund, eine Wand aus Muskeln, die Arme vor der Brust verschränkt, die Füße zum sicheren Stand breitbeinig aufgestellt. Die klassische Gleich-tu-ich-jemandem-weh-Haltung.

Ich will sie, raunte *Sex*, als würde das noch jemanden überraschen.

„Ihr werdet hier nicht lebend rauskommen", teilte er den Männern mit. In letzter Zeit konnte er sich keine Überlebenden mehr leisten. Die hatten diese lästige Angewohnheit, wieder aufzutauchen und sich rächen zu wollen.

„Ich hab dich schon öfter gesehen", sagte der Kerl auf der linken Seite. „Du lächelst bloß, und die Frauen liegen dir zu Füßen, aber das werde ich ändern, wenn ich dir das Rückgrat durch dein Maul rausreiße. *Dann* werde ich deinen Feinden verraten, wo du steckst. Ja, ich weiß, wer du bist, Lord of Sex. Ich weiß auch, dass die Jäger gern selbst das Privileg hätten, dich zu töten."

Der auf der rechten Seite lächelte Paris an, das perfekte bösartige Ich-hab-meine-Flügel-verloren-und-bin-froh-drüber-Grinsen. „Ja. Die Idee gefällt mir. Ich werd Mitglied bei denen, nur um zuzusehen, was sie mit dir anstellen, wenn wir mit dir fertig sind, du dreckiger …"

Der in der Mitte, der Größte, legte eine Hand auf Grinsebackes Schulter und ließ ihn verstummen. Um den Hals tätowiert trug er einen leuchtend weißen Heiligenschein. Das konnte bedeuten, dass er erst vor Kurzem gefallen war, dass er immer noch Verbindungen zu den Engeln hatte, oder dass er gern in Erinnerungen schwelgte. Was auch immer. Er würde dasselbe Schicksal erleiden wie seine Freunde. „Weniger Gerede, mehr Schmerz."

„Ja, mehr Schmerz", stimmte Paris zu. Mit einer fließenden Bewegung zog er seine zwei liebsten Dolche, deren klare kristallene Klingen im Licht regenbogenfarben blitzten.

„Hey, keine Waffen hier drin", brüllte der Barmann. „Nur Fäuste."

Sämtliche Unterhaltung in der Bar verstummte, während offenbar alle gespannt zusahen.

„Kannst ja mal versuchen, mir die wegzunehmen." Dann wären es noch mehr Gegner, noch mehr Blutvergießen. Noch mehr Befriedigung.

„Unfairer Vorteil", rief jemand anders.

Ganz genau. Wer nicht schummelte, versuchte es nicht richtig. Aber gut. Selbst versunken in den köstlichen Vorgeschmack der Gewalt wusste Paris noch, wie man so tat, als würde man mitspielen. Er befahl den Dolchen in seinen Fingern, unsichtbar zu werden. Magisch, wie sie waren, gehorchten sie.

„Mir ist egal, was für Waffen du benutzt", behauptete der mit dem Heiligenschein.

„Du hättest nicht herkommen sollen." Der Jägerfreund ließ die Arme sinken. „Das hier ist unser Territorium, und wir holen es uns zurück."

„Und jetzt sorgen wir dafür, dass du nie wieder hierherkommst." Grinsebacke ballte die Fäuste und knackte mit den Fingerknöcheln. „Das wird ein Spaß."

„Spaß. Klar. Für mich." Paris ging auf sie zu.

Das Trio ging auf ihn zu.

Zu viert trafen sie aufeinander. Sobald die drei in Reichweite waren, trat er den Jägerfreund und schlug Grinsebacke. Jägerfreund klappte vornüber und rang nach Luft. Grinsebacke starb. Paris hatte mit seiner unsichtbaren Klinge in der Hand zugeschlagen und sie bis zum Heft in der Halsschlagader des Bastards versenkt.

Einer erledigt. Blieben noch zwei.

Heiligenschein ließ eine fleischige Faust auf ihn zujagen, doch da Paris sich geduckt hatte, traf diese nur auf Luft, und der Schwung brachte den Exflattermann ins Wanken. Als Paris wieder aufrecht stand, hatte auch Jägerfreund seinen Elan zurückgewonnen und sprang ihn an, um ihm die Luftröhre rauszureißen – mit Klauen, die eine Sekunde vorher noch nicht da gewesen waren. Ob durch pures Glück oder Talent: Jägerfreund schaffte es, Paris' Bewegung zu folgen, und traf immerhin noch die Sehne zwischen Schulter und Hals. Brutal riss der Bastard daran und nahm einiges an Haut und Muskelfleisch mit, bevor Paris ihn abschütteln konnte.

Doch Paris ließ ihn nicht los. Eisern hielt er ihn fest, auch als Heiligenschein sich wieder einmischte und auf sein Gesicht eindrosch. Mit zwei schnellen Stichen metzelte er Jägerfreund nieder. Zuerst die Niere: Schock und Kampfunfähigkeit. Dann das Herz: Tod. Jägerfreund starb genau wie sein Kumpel.

Zwei erledigt. Blieb noch einer.

Achtlos ließ Paris den jetzt leblosen Körper fallen, hörte den dumpfen Aufprall. Grinste. Und die ganze Zeit prügelte Heiligenschein weiter auf ihn ein. *Krach, krach.* Schmerz in seinem Auge, in seiner Lippe. Warm lief ihm Blut das Kinn hinab, Sterne wirbelten durch sein Blickfeld, und *Sex* verkroch sich in die hinterste Ecke seines Bewusstseins. Jeder Treffer warf ihn rückwärts gegen Tische. Gläser fielen, Stühle und Gäste.

Endlich gelang es ihm, einem dieser Schwinger auszuweichen. Er gewann sein Gleichgewicht zurück und drehte sich tief geduckt um, wollte Heiligenschein die Sehnen in der Kniekehle durchschneiden und ihn lahm machen. Doch das ehemals himmlische Wesen kannte die dreckigen Dämonentricks und wirbelte ebenfalls herum, wich ihm in letzter Sekunde aus.

Eine Armeslänge voneinander entfernt standen sie sich nun gegenüber und starrten sich wütend an. Nicht einen Treffer hatte Paris bisher bei dem Typen gelandet. Er wollte einen Treffer landen. Er *würde* einen landen. Und dann, wenn Heiligenschein paralysiert war, würde Paris ihn vom Nabel bis zum Hals aufschlitzen.

Aus dem Augenwinkel nahm er einen Hauch von Alabaster wahr, das Schimmern von Gold in den Federn eines Kriegerengels und den Schnee, der Zacharels treuester Begleiter geworden war.

Der Mann begehrt seine Frau, genau wie du die deine begehrst. Dafür willst du ihn bestrafen?

Sanft glitten die Worte durch Paris' Inneres, Lichtstrahlen der Hoffnung. Zu seinem Entsetzen begann sich die Dunkelheit zurückzuziehen, und er dachte: *Nein, ich will niemanden dafür bestrafen, dass er die Frau zu erobern versucht, nach der er sich verzehrt. Nicht einmal, wenn* ich *das Hindernis bin.*

„Das werde ich wahrscheinlich bereuen", knurrte Paris und umfasste die Griffe seiner unsichtbaren Dolche fester, nur zur Sicherheit, „aber ich bin bereit, dich gehen zu lassen. Das ist ein einmaliges Angebot. Geh jetzt und überleb. Das ist alles. Nicht verhandelbar."

Wütend verzog Heiligenschein das Gesicht, hob das Kinn, verengte die dunklen Augen. Wie auch immer er heißen mochte, die Anziehungskraft seines Punkrock-Stils war nicht abzustreiten. Das Haar trug er so pink wie Violas Telefon und Wimpern. In einen seiner Augenwinkel waren blutige Tränen tätowiert. Seine Unterlippe war mit einem Stahlring gepierct.

„Ich werde nicht gehen. Sie gehört mir, und ich werde dir nicht erlauben, sie zu benutzen und dann wegzuwerfen, wenn du mit ihr fertig bist."

Darauf lief es jedes Mal hinaus, dachte Paris, angewidert von sich selbst und der Abhängigkeit seines Dämons von *Sex*. Allerdings hatte der Kerl das Einzige gesagt, das seine Behauptung von ‚nicht verhandelbar' außer Kraft setzte, also würde er es auf andere Art und Weise versuchen: „Will Viola dich auch?"

Ein wütendes Fauchen. „Das wird sie."

Genau das, was Paris einmal über Sienna gedacht hatte. Immer noch dachte, wenn er ehrlich war. Er hoffte, es gäbe irgendetwas, das er tun oder sagen konnte, um ihre Meinung über ihn zu ändern und sie dazu zu bringen, ihn genauso zu wollen, wie er sie wollte.

Hatte der gefallene Engel eine Chance? Hatte Paris eine? Frauen waren die stursten Kreaturen, die je geschaffen worden waren.

„Nur dass du's weißt, ich will Viola nicht." Geschickt wich er nach links aus, weiter und weiter, bis sie einander umkreisten, während Paris sich mit jeder Sekunde mehr in den Mann zurückverwandelte, der er gewesen war: ehrenhaft, mitfühlend, beherzt. Lange würde das nicht so bleiben, das wusste er, doch er würde mitspielen, solange er konnte.

„Du lügst!" Heiligenscheins Nasenflügel blähten sich bei jedem wütenden Atemzug. „Ich, der ich noch nie eine Frau begehrt habe, konnte ihr nicht widerstehen. *Jeder* will sie."

„Noch mal: ich nicht. Ich will eine Information von ihr, die mir helfen wird, *meine* Frau zu retten. Mehr nicht."

Erdrückendes Schweigen, während Heiligenschein unwillkürlich die Fäuste ballte und wieder öffnete und versuchte, den Wahrheitsgehalt von Paris' Worten zu bestimmen.

Ohne Unterlass umkreisten sie einander weiter. „Nur eine Information", wiederholte Paris. „Ich schwör's."

„Nein." Abrupt schüttelte der Typ sein pink gefärbtes Haupt – er war fast so stur wie eine Frau. „Ich glaube dir nicht. Du trägst die bösartige Natur eines Dämons in dir. Du wirst nicht anders können. Du wirst nach ihr gieren, sie ausnutzen. Sie flachlegen."

Nein, das würde er nicht. Er stand zu kurz davor, Sienna zu finden, und er würde so lange auf sie warten, wie es irgend ging, ohne seinen Tod zu riskieren. Na gut. Möglicherweise würde er es doch tun. Für sein Überleben hatte er schon schrecklichere Dinge getan. Vielleicht sollte er darauf hinweisen, dass Viola ebenfalls einen Dämon in sich trug. Andererseits hatte Heiligenschein den Zustand des logischen Denkens wohl schon lange hinter sich gelassen.

Paris seufzte. In ihm regte sich wieder die Dunkelheit. „Dann beenden wir das."

Paris …

„Nein!", knurrte er und verbannte Zacharels Stimme aus seinem Kopf. „Ich hab's auf deine Weise versucht, und es hat nicht funktioniert."

Er und Heiligenschein stürzten gleichzeitig aufeinander los und krachten mit voller Wucht zusammen. Genau wie zuvor prasselten die fleischigen Fäuste auf Paris ein. Sein Gesicht fühlte sich an, als würde eine Horde hufbewehrter Dämonen darüber hinwegtrampeln, doch er konnte erkennen, dass der Rumpf des Kerls vollkommen ungedeckt war. Anstatt ihn jedoch wie die beiden anderen mit zwei kurzen, tödlichen Stichen zur Strecke zu bringen – irgendetwas hatte Zacharel anscheinend doch in ihm bewirkt –, führte er den Arm in einem tieferen Bogen und schlitzte Heiligenschein so geschickt das Bein auf, dass er die Oberschenkelarterie nur ganz leicht streifte.

Die Schläge regneten weiter auf ihn herab, während der Gefallene überhaupt nicht registrierte, dass er ausbluten würde, wenn er nicht bald verschwand, um sich wieder zusammenflicken zu lassen. Mit wild herumwirbelnden Armen fielen sie ineinander verkeilt gegen einen Tisch, krachten zu Boden, rollten übereinander. Glassplitter bohrten sich in Paris' Arme und in seinen Rücken. Er landete einige harte Treffer, wobei er aus Versehen auch mit seinen Klingen nachzog, bis er Heiligenschein endlich hart von sich stoßen konnte und der andere außer Reichweite stolperte.

Heiligenschein stand auf, rang nach Luft und trat einen Schritt vor, dann zwei. Dann hielt er an und runzelte verwirrt die Stirn. Schließlich gaben seine Knie unter ihm nach. Wie ein Sack Mehl fiel er um, während seine gebräunte Haut einen unnatürlich weißen Ton annahm und seine Tattoos verblassten. Seine Augen wirkten fiebrig.

Gefallene Engel heilten nicht wie Unsterbliche, sondern wie Menschen: langsam. Oder gar nicht.

„Du … du …"

„Ich hab gewonnen." Erledigt, erledigt und erledigt. Alle drei von den Füßen geholt. „Besorg dir Hilfe, dann dürftest du dich vollständig erholen."

„Aber du …" Ungläubigkeit stand ihm ins Punkrocker-Gesicht geschrieben. „Du hast geschummelt. Das war ein Dolch, den ich gespürt hab. Mehrmals!"

„Tut mir leid, dir das sagen zu müssen, Großer, aber geschummelt wird öfter, als du denkst. Vielleicht versuchst du's einfach selber mal. Davon abgesehen hast du gesagt, dir wär' egal, mit was für Waffen ich kämpfe."

Hinter ihm erhob sich ein Raunen.

Mit erhobenen Armen drehte Paris sich im Zeitlupentempo um. Die Menge hatte sich noch nicht aufgelöst; die Leute waren mehr an ihren Wetten interessiert als daran, bloß nicht aufzufallen. „Wer ist der Nächste?" Von seinen immer noch unsichtbaren Dolchen tropfte Blut und sammelte sich in Pfützen am Boden.

Plötzlich mussten sie alle dringend weg. Das Meer von Gesichtern teilte sich und gab den Blick frei auf Zacharel. Der

Engel hielt die Arme vor der breiten Brust verschränkt und sah besorgt drein.

„Immer noch hier?" Herausfordernd hob Paris eine Braue. „Willst du auch mal?"

Stirnrunzelnd und ohne ein Wort verschwand Zacharel.

Jetzt mal im Ernst. Warum dieses Interesse?

Spielt das eine Rolle? Das Gefühl der Dringlichkeit ergriff wieder Besitz von ihm, und er stapfte hinüber zu Viola, die immer noch in ihren Anblick im Spiegel versunken war. Zügig verstaute er seine Waffen und zog die Göttin mit sich zur Tür. „Komm jetzt."

Es wurde definitiv Zeit, sich zu verziehen. Erstens wollte er nicht riskieren, dass sich noch jemand entschloss, gegen ihn zu kämpfen. Zweitens wäre der Anblick von Paris, wie er sich mit Viola unterhielt, möglicherweise zu viel für Heiligenschein. Und drittens hatte sie vielleicht ihre Meinung darüber, Paris zu sagen, was er wissen wollte, geändert. In dem Fall würde er Gewalt anwenden müssen.

Mit Sehnsucht im Blick betrachtete Heiligenschein sie – und kurz bevor die Tür hinter Paris ins Schloss fiel, wechselte der Ausdruck zu Hass. Super. Der Typ würde versuchen, sich zu rächen. *Ich hätte ihn umbringen sollen.* Das könnte er immer noch tun, doch Paris entschied sich, nicht umzudrehen, um den Job zu Ende zu bringen. Wenn Zacharel wieder auftauchte und Stunk machte, wäre sein toller Plan im Arsch.

„Hey", meldete sich Viola, als sie endlich aus ihrer Trance erwachte. Sie versuchte sich aus seinem Griff zu befreien, und ein kühler Windhauch wehte ihr seidiges Haar gegen seinen Arm. „Was glaubst du, was du da tust?"

Ich will sie, wisperte *Sex* und linste aus den tiefen Schatten seiner Seele hervor.

Ich hab zu tun. „Ich bringe dich in Sicherheit", log er. „Du willst doch nicht von deinen Bewunderern belagert werden, oder?"

Sie wehrte sich etwas entschlossener. „Und ob ich das will. Kleiner Tipp, was Frauen angeht: Wir mögen es, aus der Ferne bewundert zu werden und dann aus der Nähe Komplimente zu bekommen."

Tipps im Umgang mit Frauen brauchte er nun wirklich nicht. „Ich wollte sagen, deine Bewunderer bringen dir nicht die angemessene Ehrerbietung entgegen. Sie verdienen deine herrliche Anwesenheit nicht."

Und wer hätte das gedacht: Ihr Widerstand löste sich in nichts auf. „Das ist ein exzellentes Argument."

Natürlich war ihr sein Sarkasmus entgangen.

Mittlerweile hatten sie eine verlassene Gasse erreicht, und Paris blieb stehen. Perfekt. Der Mond wirkte so nah, als müsste man nur die Hand ausstrecken, um die sanft bernsteinfarben leuchtende Scheibe zu berühren. Noch näher waren die Wolken, hüllten ihn ein in einen feinen Nebel, der nach Tau schmeckte. Obwohl alles gut beleuchtet war, würde niemand, der vorbeikam, sehen, was in der schmalen Gasse vor sich ging.

Entschlossen drehte er sich zu Viola um und presste sie gegen die Wand aus massivem Gold in ihrem Rücken, drang in ihre Wohlfühlzone ein, um ihre volle Aufmerksamkeit zu gewinnen. Bloß dass ihre Aufmerksamkeit bereits zu ihrem Handy gewandert war – schon wieder flogen ihre Finger nur so über die Tastatur.

Ich will, ich will, ich will!

Ich hoffe, du verreckst unter Qualen.

„‚Der Lord of Sex ist noch blutiger als vorhin und … igitt … zugeschwollen. Meine Augen sind *not amused*.' Senden."

Er packte das Telefon und schob es – statt es zu zerschmettern, wie sein Instinkt es ihm befahl – zurück in ihren Stiefel. „Darüber kannst du später screechen. Jetzt wirst du erst einmal mit mir reden. Was kann ich tun, um die Toten zu sehen? Denk dran, deine Anhänger haben drauf bestanden, dass du's mir verrätst."

Schmollend schürzte sie die Wahnsinnslippen, doch dann ergab sie sich: „Verbrenn den Körper der Seele, die du zu sehen wünschst, und heb die Asche auf. Wo wir gerade dabei sind, hab ich dir je erzählt, wie ich einmal die Asche eines …"

Und weiter und weiter plapperte sie über Dinge, die sie getan hatte, dann über sich, über ihr Leben, und Paris blendete sie aus. In seinem Inneren erwachte ein zarter Hoffnungsschimmer. Er *hatte* Siennas Körper verbrannt und die Asche aufgehoben. Und seit jenem Tag trug er insgeheim eine kleine Phiole mit dieser Asche in seiner Tasche herum.

Irgendwie musste er eine Ahnung gehabt haben, er könnte sie noch einmal brauchen.

Als Viola schließlich verstummte, sagte er: „Um eine Seele zu sehen, muss man mehr tun, als die Asche aufzubewahren." Es konnte nicht anders sein. Vor ein paar Wochen war Sienna dem Götterkönig entkommen, hatte Paris ausfindig gemacht, doch Paris hatte sie nicht sehen können.

Wäre nicht William der Lustmolch bei ihm gewesen, ein weiterer Unsterblicher mit der Fähigkeit, mit den Toten zu verkehren, hätte er niemals davon erfahren. Ganz beiläufig hatte William das tote Mädchen zu seinen Füßen erwähnt. Natürlich hatte Cronus sie fast augenblicklich aufgespürt und zurück in ihr Gefängnis verschleppt.

Eine Tat, für die der König der Titanen bezahlen würde.

„Dummkopf, natürlich muss man das. Verrühr die Asche mit Ambrosia und tätowiere die Ränder deiner Augenlider damit", erklärte Viola. „Dann siehst du sie, ich schwör's. Wenn du sie berühren willst, tätowiere dir die Fingerspitzen. Wenn du sie hören willst, tätowiere dich hinter den Ohren, bla bla bla. Ich erinnere mich noch genau, einmal hab ich …"

Und wieder blendete er sie aus. Er konnte, er *würde* das schaffen. Den meisten Leuten mochte es ekelhaft erscheinen, sich mit der Asche einer Toten zu tätowieren, doch Paris hätte weit Schlimmeres getan als das. „Werde ich sie riechen können? Und schmecken?", fragte er und unterbrach damit Violas Monolog.

„Nur wenn du das Innere deiner Nase und deiner Lippen und die Oberseite deiner Zunge tätowierst. Einmal im Tartarus hab ich …"

„Moment."

Genug! Ich will sie nicht mehr, meldete sich *Sex* wieder zu Wort. *Such uns jemand anderen.*

Soso. Ausnahmsweise waren sie sich mal einig. „Sollte ich sonst noch was wissen? Irgendwelche Konsequenzen, auf die ich vorbereitet …"

„Paris." Die vertraute Stimme erklang hinter ihm. Abrupt fuhr Paris herum, während er bereits ein mulmiges Gefühl im Bauch spürte. Wann immer Lucien ihn aufsuchte, folgten die schlechten Nachrichten auf dem Fuße. „Was ist passiert?"

4. KAPITEL

Lucien, Hüter des *Todes*, war groß und stark, eine beeindruckende Präsenz selbst in dem dichten Nebel, der sie einhüllte. Genau wie Viola konnte der Krieger sich allein mit Gedankenkraft von einem Ort an einen anderen bewegen. Das dunkle Haar stand ihm in wirren Stacheln vom Kopf ab. Seine Augen – eins blau, eins braun – waren von Sorge erfüllt. Auf seinen vernarbten Wangen waren Schmutzspuren zu sehen, und seine Kleider waren zerknittert und zerrissen.

„Da ich dich gebeten habe, mich erst abzuholen, wenn ich dir eine SMS schicke, nehme ich an, du bist aus einem anderen Grund hier." Aus reiner Gewohnheit zog er wieder seine Dolche. „Jetzt mach endlich den Mund auf."

Lucien bedachte Viola mit einem misstrauischen Blick. „Erst musst du sie loswerden."

Die erwähnte *Sie* richtete sich plötzlich kerzengerade auf. „Der hat sie ja wohl nicht alle … Ich bin nicht irgendein Liebchen, das man einfach so wegschicken kann, wenn's einem – oh, hey. Du bist Anyas Mann." Jegliche Entrüstung fiel von ihr ab, und sie winkte ihm fröhlich zu. „Hi! Ich bin Viola. Als könntest du dir das nicht denken. Der Ruf meiner umwerfenden Persönlichkeit eilt mir voraus, ich bin mir sicher, Anya hat mich unzählige Male erwähnt."

Sie kannte Anya, die niedere Göttin der Anarchie? Eine Frau, die mehr Eier hatte als die meisten Männer – weil sie sie allen Kerlen abschnitt, die dämlich genug waren, ihr in die Quere zu kommen, und sie als Andenken behielt. Ach, natürlich wusste Viola, wer Anya war. Dem Titel nach mochten sie „Niedere" sein, aber in Wahrheit waren sie beide übergroß – und zwar übergroße Nervensägen.

Verwirrt zog Lucien die dunklen Brauen zusammen. „Nein, sie hat nie …"

„… aufgehört, von dir zu reden“, fiel Paris seinem Freund schnell ins Wort, bevor der die egomanische Göttin beleidigen konnte. Mit dem Zeigefinger fuhr er sich über den Kehlkopf – die universelle Geste für „Halt die Klappe oder stirb“.

„Genau“, log Lucien und runzelte die Stirn. „Ständig erwähnt sie dich.“

Viola lachte ein perlendes Lachen. „Es ist doch nicht nötig, etwas so Offensichtliches auch noch auszusprechen, du süßer Junge. Als wäre mir nicht bewusst, wie oft ich Gesprächsthema bin.“

„Du solltest wahrscheinlich screechen, dass du Anyas Mann gesehen hast“, schlug Paris vor. „Vielleicht kannst du ihn beschreiben. Ein Bild posten. Was auch immer.“

Mit ernstem Gesichtsausdruck beschied sie: „Nichts da, kein Foto. Die sind allein für *mein* Abbild reserviert, sonst werden meine Fans nervös. Aber das andere … absolut. Beschreibungen sind eines der vielen Gebiete, auf denen ich brilliere, denn ich brilliere in allem.“ Und schon hatte sie das Telefon wieder in der Hand und tippte drauflos. „Haar von tiefstem Indigo, Augen wie Kristall und Schokolade, so steht er vor mir …“

Amüsiert fing Paris den verwirrten Blick seines Freundes auf. „Sie ist die Hüterin von *Narzissmus* und registriert nur Gespräche über sich selbst.“ Ganz offensichtlich. „Du kannst frei sprechen.“

Luciens Augen weiteten sich, und er betrachtete Viola genauer. „Noch eine Hüterin? Wie hast du sie … Warum ist sie nicht … Egal. Spielt jetzt keine Rolle.“ Sein Blick schnellte zurück zu Paris. „Ich bin gekommen, weil Kane verschwunden ist.“

Und das mulmige Gefühl breitete sich weiter aus, fraß sich bis in seine Brust hinauf. „Seit wann?“

„Seit ein paar Tagen. Er und William waren zusammen. Irgendjemand hat sie gefangen genommen und in die Hölle verschleppt, um sie zu exekutieren. Vielleicht Jäger, vielleicht auch nicht. Diese Gruppe wurde von einer anderen angegriffen. William sagt, die Höhle, in der sie waren, sei eingestürzt und dabei sei er bewusstlos geschlagen worden, bevor die Männer ihm irgendetwas antun konnten. Als er aufgewacht ist, war er in einem Hotelzimmer in Buda – ohne Kane."

Sorgenvoll fuhr sich Paris mit der Hand übers Gesicht. „Ist Kane noch … am Leben?" Die letzten beiden Worte fielen ihm unglaublich schwer – und erst recht der Gedanke dahinter. Wenn sein Freund getötet worden war, während er selber nach willigen Frauen Ausschau gehalten hatte, würde er sich das niemals verzeihen.

„Ja. Ist er. Muss er sein."

Weil sie den Gedanken nicht ertragen konnten, ohne ihn zu leben. „Du stellst eine Truppe zusammen, um ihn zu suchen?"

„Darum bin ich hier."

„Wen hast du bisher?"

„Amun, Aeron, Sabin und Gideon."

Üble Kampfmaschinen, alle vier. Wäre Paris selbst verschwunden, diese Jungs würde er sich als Rettungstrupp wünschen. Ernsthaft, das einzige Team, das vielleicht bessere Ergebnisse erzielen würde, wären Jason Voorhees, Freddy Krueger, Michael Myers und Hannibal Lecter.

Amun war Hüter der *Geheimnisse*, und es gab keinen großartigeren Krieger, den man sich an seiner Seite wünschen konnte. Der Mann war wie ein Wurm im Gehirn, er brachte innerhalb von Sekunden Informationen zutage, die man vor Jahren tief begraben hatte. Es gab nichts, das irgendjemand vor ihm hätte verheimlichen können. Kanes Aufenthaltsort herauszufinden? Kein Problem.

Aeron hatte *Zorn* in sich getragen. Kürzlich war er geköpft worden und hatte danach einen neuen Körper bekommen – und zu diesem Zeitpunkt hatte sein Dämon sich mit Sienna verbunden. Doch selbst ohne seine dunklere Hälfte hörte

Aeron seine Beute gern quieken, bevor er zum Todesstoß ansetzte. Jeder, der es wagte, Kane wehzutun, würde dafür bezahlen. Und nicht nur einmal.

Sabin war der Hüter des *Zweifels*, ein Krieger von unvergleichlicher Kraft und Entschlossenheit, der einen barbarischen Zug an sich hatte, bei dem sich selbst hartgesottene Kriminelle vor Angst in die Hose machten. Er drang in jeden Kopf ein, erinnerte das Opfer an seine Schwächen und verwandelte es in nichts als ein sabberndes Nervenbündel, bevor er es mit einem Grinsen auf den Lippen ermordete.

Und Gideon, tja, der war der Hüter der *Lügen*. Die Haare trug er blau gefärbt, er war überall tätowiert und gepierct, und seinen schrägen Humor konnten nur wenige nachvollziehen. Sein neuestes Lieblingsspiel bestand darin, seinen Dämon aus seinem Körper in den seines Feindes hineinzukatapultieren und sich dann zurückzulehnen, um zuzusehen, wie der Mensch sich selbst zerstörte, während das Böse ihn verschlang.

Wer auch immer Kane entführt hatte, tat Paris beinahe leid. Beinahe.

„Also, bist du dabei?“, fragte Lucien.

„Ich …“ *hasse das.* Er wollte Ja sagen. Das wollte er wirklich. Er liebte seine Freunde. Mehr als sich selbst, wahrscheinlich sogar mehr als *Viola* sich selbst (und wo er gerade beim Thema war: Das verdammte Weib war immer noch am Tippen, und ihrem Murmeln nach zu urteilen beschrieb sie gerade, warum der Herr des *Todes* sie wesentlich attraktiver fand als die Göttin der Anarchie). Seite an Seite hatten seine Freunde mit ihm gekämpft, für ihn geblutet und ihm immer den Rücken gedeckt.

Sie würden mehr als eine Kugel in Kauf nehmen für ihn. Sie würden ein Leben geben – selbst ihr eigenes. Aber … „Ich kann nicht“, gestand er, ob er es sich nun verzeihen könnte oder nicht. „Nicht jetzt. Es gibt da etwas, das ich vorher erledigen muss." In ihm wirbelte immer noch seine Entschlossenheit umher, diese dunkle Wolke, die ihn antrieb. Er war so weit gekommen, er konnte jetzt nicht aufgeben.

Ohne Zögern nickte Lucien. „Verstanden." Kein Versuch, Paris umzustimmen, kein Einreden von Schuldgefühlen – es gab einfach keinen besseren Freund auf der Welt. „Willst du Hilfe bei deiner Mission?", fügte er hinzu, und Paris wollte verdammt sein, wenn er nicht doch Schuldgefühle bekam. „Wenn du irgendwas Gefährliches vorhast, biete ich dir mit Freuden William an."

William, Anyas bester Freund und eine Person, die Lucien nur zu gern mit einem Dolch im Rücken sähe. Und im Herzen. Und im Schritt. Willy trug keinen Dämon in sich, aber gerüchteweise war er der leibliche Bruder des Teufels und dazu noch verwandt mit den Apokalyptischen Reitern.

Vermutlich stimmten die Gerüchte. William fürchtete sich vor gar nichts. Nichts machte ihm etwas aus. Und das Sahnehäubchen? Würde Willy jemals eine Tür öffnen und der Schwarze Mann käme herausgesprungen – es wäre der Schwarze Mann, der sich erschrecken würde.

„Bring ihn zu mir", sagte Paris. „Er ist mir noch was schuldig." William hatte kampflos zugelassen, dass Cronus seine Sienna mitnahm. So wie Paris das sah, war der Kerl jetzt sein Sklave auf Lebenszeit.

„So gut wie erledigt." Wieder blickte Lucien zu Viola, die immer noch auf ihrem Handy tippte. „Was ist mit ihr? Wir können sie hier nicht allein herumlaufen lassen. Sowohl Cronus als auch die Jäger würden sich einen Ast freuen, sie in die Finger zu bekommen."

Cronus hasste die Jäger, und die Jäger hassten Cronus. Beide Seiten waren auf der Suche nach den verbliebenen dämonenbesessenen Unsterblichen, um sie für ihre Zwecke zu rekrutieren, und keiner würde dabei vor Gewalt zurückschrecken. Paris gefiel der Gedanke, beiden Lagern eins auszuwischen.

„Nimm sie mit", meinte er und berührte Viola an der Schulter, um ihre Aufmerksamkeit zu erregen.

So unschuldig die Berührung auch war, sie erschreckte sie, und innerhalb eines Herzschlags verwandelte sie sich von der bezaubernden Schönheit in den Dämon, der in ihr steckte. Zwei Hörner schoben sich durch ihre Kopfhaut. Statt seidiger Haut trug sie nun rote Schuppen, und ihre Augen glühten wie radioaktive Rubine. Tödlich scharfe Fangzähne traten zwischen ihren Lippen hervor. Ihre Fingernägel wurden zu Klauen. Anstelle des Rosendufts breitete sich ein scharlachroter Nebel aus, der nach Schwefel stank und *Sex* wimmern ließ wie ein Baby.

Zornig brüllend senkte sie die Krallen in Paris' Handgelenk und schleuderte ihn so brutal von sich, dass er unter Staub und Splittern an die Hauswand gegenüber krachte.

Sämtlicher Sauerstoff wich aus seinen Lungen. Schon wieder sah er Sterne. Was. Zum. *Teufel?* Als sein Blick wieder klar wurde, erkannte er, dass Viola wieder Viola war – zierlich, blond und unschuldig.

„Ups. Tut mir leid." Mit einem glockenhellen Lachen schob sie das Telefon zurück in ihren Stiefel. „Anfassen verboten. Ihr wolltet etwas von mir?"

Resigniert drückte sich Lucien mit Daumen und Zeigefinger die Nasenwurzel. „Das wird ein Spaß, das weiß ich jetzt schon."

„Macht's dir was aus, Lucien zu begleiten?", fragte Paris sie, während er sich aufrappelte. Mit jedem Atemzug scheuerten seine Rippen an seinen Lungen. Dummerweise war auch der Schnitt an seinem Hals wieder aufgeplatzt. Mit einer Bewegung hatte sie weit mehr Schaden angerichtet als die drei Amigos in der Bar zusammen. „Er bringt dich zu Anya, und ihr zwei Mädels könnt … äh … endlich mal wieder quatschen." Ursprünglich hatte er sie zwingen wollen mitzugehen. Jetzt würde er betteln, wenn nötig.

„Echt?“ Begeistert klatschte Viola in die Hände, wirbelte einmal um die eigene Achse und warf sich dann Lucien in die Arme. „Ja, ja, tausendmal ja! Ich komme mit, aber nur, wenn du versprichst, dass wir zwischendurch Prinzessin Fluffikans einsammeln. Aber sei gewarnt: Du wirst dich Hals über Kopf in mich verlieben und Anya mit gebrochenem Herzen zurücklassen.“

Wesentlich wahrscheinlicher würde einer der anderen – nicht vergebenen – Krieger Hals über Kopf mit ihr ins Bett steigen, aber dies war nicht der Zeitpunkt, um darauf hinzuweisen.

Mühsam befreite sich Lucien aus ihren tentakelartigen Armen, warf Paris einen genervten Blick zu und verschwand gemeinsam mit der schon wieder plappernden Viola. Paris hielt sich nicht damit auf, an Ort und Stelle zu warten. *Tod* konnte der Spur seiner Seele problemlos folgen und ihn aufsuchen, wo immer er war.

Zeit für ein paar Tattoos.

Die sterbliche und die unsterbliche Welt waren einander erschreckend ähnlich. Titania war eine pulsierende Metropole voller Einkaufszentren und Restaurants, die überquoll vor Unterhaltungsangeboten jeglicher Art. Keine große Aufgabe für Paris, das nötige Tätowier-Equipment und saubere Klamotten aufzutreiben, bevor er sich in eins der vielen Motels einmietete. Er fand es amüsant, dass offensichtlich auch Unsterbliche gern mal eine geheime Verabredung hatten.

Während er auf Lucien wartete, aß er etwas – aus bloßem Pflichtbewusstsein. Es war ein Sandwich, aber er hatte keine Ahnung, was zwischen den Brotscheiben lag. Er holte sich einen runter, weil sein Dämon das brauchte. Heute hatte er noch keinen Sex gehabt, und der Orgasmus lud seine Kräfte wieder auf. Nicht so dauerhaft wie der Adrenalinrausch, den er beim Geschlechtsverkehr erlebte, aber was sollte es. Er würde nehmen, was er kriegen konnte.

Dann duschte er, wusch das Blut und das ganze andere Zeug ab, das an seiner Haut klebte. Heute waren eine Menge Menschen durch seine Dolche gestorben. Jäger, seine Feinde. Größtenteils Männer. Doch mittlerweile rekrutierten sie immer mehr Frauen. Paris überlegte, was wohl passiert wäre, hätte er Sienna auf dem Schlachtfeld getroffen oder jemals versucht, sie zu verhören.

Das wäre sein Plan gewesen, hätte sie lange genug gelebt. Sie verhören – *nachdem* er noch einmal mit ihr geschlafen hatte. Hätte er ihr wehgetan? Er redete sich gern ein, dass er es nicht getan hätte, aber … verdammt. Sicher konnte er sich nicht sein. Sie hatte Dinge gewusst, die sie nicht hätte wissen dürfen. Wo er war, warum er sich dort befand. Wie sie ihn ablenken musste, wie sie ihn unter Drogen setzen konnte – einen Unsterblichen, dem die Gifte der Menschen nichts ausmachten. Jetzt wusste er, dass sie ihre Informationen von Rhea bekommen hatte, Cronus' Frau und der wahren Anführerin der Jäger. Nicht persönlich, das glaubte er nicht, aber weitergegeben durch die Ränge. Doch selbst wenn er das nicht gewusst hätte – dieses Mal würde er sich nicht damit aufhalten, sie auszufragen. Er wollte sie einfach nur.

In Sicherheit wissen, stimmt's? Du willst sie einfach nur in Sicherheit wissen? verhöhnte ihn *Sex*.

Was auch immer. Paris trocknete sich ab und betrachtete sich in dem beschlagenen Spiegel. Etwas Gewicht hatte er verloren, unter seinen Augen lagen dunkle Schatten, und seine Wangen und sein Hals waren von Kratzern übersät. Sein Haar war nicht besonders gut geschnitten, weil er in letzter Zeit selbst daran herumsäbelte, wann immer ihn eine Strähne nervte. Was würde Sienna heute von ihm denken? Trotz allem hatte sie ihn anziehend gefunden. Würde sie das immer noch? Momentan wäre er wahrscheinlich für jede Frau etwas zu verwildert.

Doch was, wenn das Unmögliche wahr wurde und sie ihn

tatsächlich wollen sollte? Von sich aus, ohne Hintergedanken. Was, wenn sie sich einfach danach sehnte, seinen Körper in ihrem zu spüren? Immerhin hatte sie sich aus Cronus' Gefängnis freigekämpft und nach ihm gesucht.

Es wäre dumm, seine Deckung sinken zu lassen. Er konnte ihr nicht vertrauen. Nicht wirklich. Nehmen konnte er sie, klar, das war immer noch der Plan. Wenn er auch in ihrer Nähe noch für sie hart werden konnte. Das würde die Zeit zeigen. Und wenn er konnte – und davon war er ziemlich überzeugt, denn allein beim Gedanken an sie wurde er schon hart –, konnte er vielleicht auch ein paar Tage mit ihr zusammenbleiben. Wenn er das tat, würde sein Begehren nach ihr endlich nachlassen? Oder nur noch intensiver werden? Würde er sie loslassen können, wenn die Zeit gekommen war?

Was, wenn sie bei ihm bleiben *wollte*?

Danach sehnte er sich mit ganzer Seele. So verdammt sehr. Aber Zacharel hatte recht, Paris würde sie zerstören, wenn er sie bei sich behielt. Nicht aus den Gründen, die der Engel genannt hatte, sondern wegen seines Dämons. Wenn er durch irgendetwas von ihr getrennt würde und nicht rechtzeitig zu ihr gelangen konnte, würde er sie betrügen. Er wäre dazu gezwungen. Die Alternative wäre der Tod, und bei dieser Wahl gewann immer das Leben – das Betrügen.

Das wusste er aus erster Hand. Einmal hatte er versucht, eine Beziehung mit einer Frau zu führen. Susan. Er hatte mit ihr geschlafen, hatte gewusst, dass er es nicht noch einmal könnte, und sich doch nach mehr gesehnt und ihr auf andere Weise Lust bereitet. Er hatte sie ehrlich gemocht, hatte ihre Gesellschaft genossen – und sie letzten Endes doch betrogen und ihr schlimmer wehgetan als jemals jemand zuvor.

Und noch eine Wahrheit war wie eine Ohrfeige: Wenn er Sienna betrog, würde er alles zerstören, was sie miteinander aufgebaut hätten, und dazu noch ihr Herz, ihre Fähigkeit zu vertrauen und auch den letzten Hauch von Unschuld. Dann hätte er jegliche Bösartigkeit verdient, die sie ihm zufügte – und trotzdem wollte er sie.

Die ganze Geschichte war *dermaßen* verkorkst.

Wütend schlug er mit der Faust gegen den Spiegel. Die fallenden Scherben zerbrachen am Boden noch weiter und übersäten alles mit glitzernden Splittern, wie Diamanten neben seinen achtlos hingeworfenen Waffen. Von seinen Knöcheln tropfte Blut, als er die Dolche und Pistolen in die Holster an seinen Hand- und Fußgelenken und unter seinen Armen schob. Wenn das so weiterging, würde er sich bald ritzen wie Reyes, Hüter des *Schmerzes*. Alles für ein Ventil, einen Moment, in dem er sich über nichts als seine Wunden Gedanken machen musste.

Egal. Mittlerweile hatte er sich an die Gedanken und Sorgen gewöhnt. Sie waren jetzt seine ständigen Begleiter, ohne sie wäre er vollkommen allein. Paris zog die neuen Sachen an, die er gekauft hatte, eine schwarze Hose und ein schwarzes Hemd. Dort, wohin er gehen würde, herrschte ewige Nacht. Er durfte nicht auffallen.

Vor Kurzem war er in Cronus' geheimen Harem eingedrungen und hatte eine der Konkubinen verführt, Sex gegen Informationen getauscht. Nun wusste er, dass Sienna im Reich der Blutigen Schatten gefangen gehalten wurde, einem Teil von Titania … und doch wieder nicht. Das Gebiet war ein Königtum innerhalb dieses himmlischen Reichs, für die meisten unsichtbar und bewacht von etwas Bösem. Wer dort hinging, starb – bla, bla, bla, das ganze Zeug.

Paris konnte das Reich auch allein finden, kein Problem. Mittlerweile war er sehr gut darin, im Himmel mit Bestechung weiterzukommen, selbst in den abgelegeneren Gegenden. Er fuhr sich mit den Fingern durchs nasse Haar und breitete sein neues Tätowierzubehör aus. Ein Teil von ihm wünschte, er wäre jetzt irgendwo da draußen und könnte Jäger abschlachten oder wäre schon auf dem Weg ins Reich der Blutigen Schatten. Solche Verzögerungen waren echt ätzend.

Zu seiner immensen Erleichterung tauchte Lucien kurze Zeit später mitten im Raum auf. „Ich hab mich mies gefühlt, dir William aufs Auge zu drücken, deshalb hab ich dir einen Bonus mitgebracht."

Unsanft schubste *Tod* den triefnassen und lautstark protestierenden William in Paris' Richtung und wies dann auf Zacharel, der an seiner anderen Seite stand. Der „Bonus" – als wäre er eine Figur aus einem Überraschungsei.

„Eigentlich", merkte Zacharel mit seiner kühlen Stimme an, „habe ich mich selbst mitgebracht. Lucien war auf der Suche nach dir, und ich habe ihm die Zeit und Mühe erspart."

Paris knackte mit dem Kiefergelenk. „Tausend Dank", wandte er sich an Lucien und ignorierte den Engel. „Das meine ich ernst."

William, mein süßer William! Ich will ihn, geiferte *Sex*. Der Dämon wollte *immer* ein Stück von William. Nicht, dass Paris das jemals laut zugegeben hätte oder zugeben würde.

„Ich find's so schade, dass ich nicht bleiben kann", spottete Lucien mit falschem Bedauern. „Übrigens, Violas Haustier, Prinzessin Fluffycakes, oder wie auch immer das Vieh heißt, ist ein Tasmanischer Teufel *und* ein Vampir. Sei froh, dass ich verschwinde, ohne dir die Kehle aufzuschlitzen." Und schon war der Krieger fort.

Während winzige Schneeflocken um ihn herumwirbelten, blickte Zacharel sich angewidert im Zimmer um. „Was tust du hier?"

„Echt, Mann, das ist ein Drecksloch", fiel William ein. „Wenn ich im Himmel bin, steige ich ausschließlich im West Godlywood ab. Können wir wenigstens eine Suite verlangen?"

Oh nein, das Frage-und-Antwort-Spielchen würde er nicht nach den Regeln dieser Männer spielen. Sondern nach seinen. „Warum schneit es in letzter Zeit immer um dich herum?", fragte er Zach.

„Es gibt einen Grund."

So was von nicht hilfreich. „Wirst du ihn uns mitteilen?"

„Nein."

„Verfolgst du mich?"

„Ja."

Wenigstens versuchte er nicht, es abzustreiten. Das hätte er auch gar nicht gekonnt. Engel sprachen die Wahrheit und nichts als die Wahrheit, was Zacharels Drohung aus der Bar, ihn umzubringen, umso realer machte. „Warum?"

„Du bist noch nicht bereit dafür, die Antwort zu hören."

Paris liebte diesen kryptischen Scheiß, echt jetzt. „Wenn du hier weiter rumhängen willst, dann mach dich nützlich und tätowier den Rest von mir." Für die Linien um seine Augen herum brauchte er jemanden mit einer ruhigen Hand. „Dann kannst du mir helfen, ein paar gepflegte Arschtritte zu verteilen."

Der Blick, den Zacharel ihm zuwarf, war genauso kalt wie die Schneeböen, die von seinen Flügeln herabfegten. „Ich habe noch nie jemanden tätowiert. Wahrscheinlich verunstalte ich dich."

Und trotzdem würde er es besser machen als William, das stand außer Frage. „Das Schlimmste, was passieren kann, ist, dass du mir ein Auge ausstichst, was aber keine wirkliche Rolle spielt, weil es mit der Zeit sowieso nachwachsen würde."

Die Minuten verstrichen. Zacharels Blick wurde immer eisiger. „Nun gut. Ich will es mal versuchen."

„Genau, mach dich nützlich, Engelchen. Ich geh so lange ins Bad." Williams pechschwarzes Haar war klatschnass und klebte ihm am Kopf. Um die Hüfte gewickelt trug er ein flauschiges weißes Handtuch, das Muskeln enthüllte, die denen von Paris Konkurrenz machten, sowie eine tätowierte Schatzkarte, die zu seinen Kronjuwelen führte. Ihm war sein animalisches Temperament anzusehen. Jeder, der auf wundersame

Weise eine Auseinandersetzung mit ihm überlebte, würde danach eine Therapie brauchen. Und Windeln. „Ich muss mir den Conditioner aus den Haaren waschen."

Vielleicht war er doch nicht *ganz* so animalisch.

Egal. Noch nie war Paris seinem Ziel je näher gewesen, Sienna zu finden und zu retten. Mit diesen beiden Kriegern an seiner Seite würde er es schaffen. Garantiert.

5. KAPITEL

Sienna Blackstone, frischgekrönte Königin der Ungeheuer, Prinzessin der Blutigen Schatten und Herzogin des Schreckens, stand mit dem Rücken zur bröckelnden Steinwand des Schlosses, das ihr unfreiwilliges Zuhause war. Schwer hingen ihre Flügel herab, zerrten ohne Unterlass an gerade erst gewachsenen Sehnen und Knochen. Alles schmerzte, sie krümmte sich, wand sich und – wie beschämend – musste manchmal sogar weinen.

Schwarz wie die Nacht erhoben sich die Flügel über ihre Schultern, ergossen sich wie Wasserfälle über ihren Rücken und die ganze Länge ihres Körpers, sodass die scharfen Spitzen den Boden berührten. Genau diese Flügel hatte sie bereits an Aeron gesehen, ihrem Vorgänger als Hüter des Dämons *Zorn*. An seinem muskulösen, mit düsteren Bildern über und über tätowierten Körper hatten sie zart wie Spinnweben gewirkt, so leicht und wunderschön wie Gewitterwolken. Hinter ihrer schmalen Gestalt erschienen sie übermächtig und überwältigend, bereiteten ihr Schwierigkeiten, die Balance zu halten.

Traurigerweise war das nicht das schlimmste ihrer Probleme. Cronus, Gott aller Götter (wenn es nach ihm ging) und Arschloch par excellence (wenn es nach ihr ging), stolzierte vor ihr auf und ab und redete sich immer weiter in Rage. Zu sagen, er wäre „erzürnt", wäre ungefähr so, als würde man den Atlantik als Pfütze bezeichnen.

Als sie ihn zum ersten Mal gesehen hatte, war er äußerlich ein alter Knacker gewesen. Das volle Programm mit grauen Haaren, runzliger Haut und gebeugten Schultern. Mittlerweile sah er aus wie ein GQ-Covermodel, makellos und barbarisch durchtrainiert. Dunkel kastanienfarbenes Haar reichte ihm bis auf die breiten Schultern. Seine Haut war seidig und perfekt gebräunt. Außerdem hatte er die lahme Toga gegen ein schwarzes Netzhemd und eine schwarze Lederhose eingetauscht.

Die Veränderung war gigantisch – und gruselig. Am liebsten hätte sie gefragt, was ihn zu dieser Entscheidung bewogen hatte, und dann angeboten, seinen Stylisten kostenlos zu bestrafen. Ob sie sich das traute? Hölle, nein. Dann würde seine Tirade nahtlos in brutale Schläge übergehen. Zumindest wirkte er so.

„Ich habe dich gerettet", blaffte er, und in seiner Stimme lag eine tödliche Drohung, während er weiter auf und ab stiefelte. „Ich habe dich stark gemacht. Dich mit deinem Dämon gesegnet. Und wie dankst du es mir? Indem du mir ohne Unterlass deinen Gehorsam verweigerst. Das ist schlicht unverschämt!"

Gesegnet? *Im Ernst?* Wenn die neue Definition von *gesegnet* lautete: *für immer und ewig verflucht zu Elend und Schmerz*, oh ja, dann hatte er sie gesegnet. „Ich habe dir gehorcht", erinnerte sie ihn. *Am Anfang.*

„Am Anfang", gab er zurück, ein Echo ihrer Gedanken. Aus seinem Mund kam es wie ein Peitschenhieb. „Und nur, weil du dazu gezwungen warst. Inzwischen hast du gelernt, mich abzublocken."

Das stimmte. Und dass es so war, bewies, wie eisenhart ihr sturer Kern war. Kraft eines bloßen Gedankens konnte dieses hustende, prustende Wesen endlose Qualen verursachen. Mit einem Wedeln seiner Hand konnte er ganze Städte in Schutt und Asche legen. Sie täte gut daran, das im Kopf zu behalten.

Ihre nächsten Worte wählte Sienna mit Bedacht. „Um bei der Wahrheit zu bleiben: Du hast mich reingelegt." Okay, dann hatte sie ihre Worte eben nicht mit Bedacht gewählt. Wenigstens war ihr Tonfall so flach und frei von Schuldzuweisungen gewesen, wie es eben ging.

Mit einem kurzen Blick aus schmalen Augen zwang er sie beinahe in die Knie. „Wie denn das?"

Schutz suchend drückte sie sich dichter an die Wand. „Du hast mir versprochen, ich würde meine kleine Schwester wiedersehen."

Du siehst so hübsch aus, Enna.

Wirklich?

Wirklich. Du bist das hübscheste Mädchen auf der ganzen Welt!

Skye, ihre einzige Schwester, ein kleines Mädchen, das sie von ganzem Herzen geliebt hatte, war vor Jahren entführt worden. Niemand hatte jemals wieder etwas von ihr gehört oder gesehen. Sienna vermisste sie furchtbar, betete, dass sie gesund und unverletzt war und keine unvergleichlichen Grausamkeiten hatte erleiden müssen.

„Und dann hast du mir bloß einen einzigen kurzen Blick auf sie gewährt", fügte sie hinzu und strich sich unwillkürlich über den Bauch, wie sie es immer tat, wenn sie an ihre Schwester dachte. Eine Geste, die sie an ein weiteres kleines Mädchen erinnerte, noch jemanden, den sie geliebt und dann verloren hatte, ihre … Diesen Gedanken würgte sie ab, bevor sie ihn zu Ende denken konnte. *Vor dieser Kreatur werde ich nicht zusammenbrechen.*

Cronus knirschte mit den Zähnen. „Dieser eine Blick … Ich hätte wissen müssen, dass mich das immer wieder einholen würde." Für einen Moment hielt er inne, bis ein leises Knurren aus seiner Kehle drang. „Ich schätze, dann sollte ich dir endlich die Wahrheit sagen. Ich habe dir ein Trugbild deiner Schwester gezeigt, nichts weiter."

Moment, Moment, Moment. Ein *Trugbild*? Sienna biss sich auf die Zunge. Warum sollte er … Wie konnte er nur …? Wie auch immer die Frage lautete, die Antwort war klar. Um sein Spielchen mit ihr zu treiben, wie Paris es einmal von *ihr* behauptet hatte. *Bastard* war kein ausreichendes Schimpfwort für dieses Ungeheuer.

Ruhig, entspann dich. „Ist sie überhaupt noch am Leben?", presste sie hervor.

„Natürlich."

Bei Cronus war gar nichts *natürlich*. Er lebte nach seinen

eigenen Regeln, und selbst an die hielt er sich nicht immer.

Jedes Mal, wenn er vor ihr erschien, zeigte ihr Dämon ihr die verachtungswürdigen Dinge, die er in seinem Leben getan hatte. Die Leben, die er genommen hatte. Wie er nicht nur seine Feinde, sondern auch seine eigenen Leute getötet hatte, Menschen, *jeden*, der es wagte, sich gegen ihn zu stellen. Und er hatte gestohlen. Und wie er gestohlen hatte. Uralte Artefakte, Kräfte, die anderen gehörten, Frauen. Er kannte keine Scham. Keine Grenzen.

„Woher soll ich wissen, dass du diesmal die Wahrheit sagst?"

„Gar nicht. Dein Dämon weiß es."

Ein Moment angespannter Stille, während sie in ihrem Inneren nach der Antwort suchte. *Zorn* war ruhig, nicht aufgeputscht von der rasenden Begierde, Cronus für eine Lüge zu bestrafen. Der kurze Blick auf Skye war tatsächlich eine Illusion gewesen, doch Cronus glaubte ehrlich, dass sie noch lebte. Mit zusammengebissenen Zähnen verlangte sie: „Bring sie zu mir, die *echte* Skye, und lass sie bei mir bleiben. *Dann* tu ich alles, was du verlangst."

„Nein."

„Warum nicht?" Wütend stampfte sie auf. Gut, das war kindisch, aber sie hatte keine andere Möglichkeit, ihren Ärger über diesen Mann auszudrücken. „Willst du damit sagen, du, ein angeblich allwissendes Wesen, weißt nicht, wo sie ist?"

Innerhalb eines Sekundenbruchteils stand er direkt vor ihr, stierte zornig auf sie hinab, während sein Atem über ihr Gesicht strich. „Genug von deiner Schwester! Willst du gar nicht wissen, warum ich dich mit *Zorn* gesegnet habe? Dich, eine zerbrechliche Menschenseele, die einen meiner stärksten Krieger aus dem Gleichgewicht gebracht hat? Bist du nicht neugierig, warum ich für meinen Krieg deine bereitwillige Mitarbeit will?"

Komm nicht auf die Idee, dem König der Titanen ein Pfefferminz anzubieten. Sie schluckte. *Und wage es ja nicht, an diesen Krieger zu denken, den du aus dem Gleichgewicht ge-*

bracht hast. Wage es nicht, an Paris zu denken. Oh nein, nein, nein. „D-doch.“ Und jetzt stotterte sie auch noch? *Lass dir ein paar Eier wachsen, Blackstone!*

In Cronus’ Augen blitzte es rot auf. Dämonisch rot. Ein grauenhaftes Blutrot, bei dem sie an nukleare Verseuchung denken musste. Er war nicht nur der König der Titanen, sondern auch besessen von *Gier* – und in diesem Moment hatte sein Dämon das Heft in der Hand, trieb ihn zu allem, was er tat und sagte. Um sie herum begann das Schloss zu beben, bis in die Grundfesten erschüttert von seinem Zorn.

„Du kennst die Jäger. Du weißt, wie sie arbeiten. Du hast einmal zu ihnen gehört.“

„Ich weiß.“ Als könnte sie das je vergessen oder sich davon freisprechen. Einst hatte sie sogar ihr Zeichen auf dem Handgelenk getragen, die liegende Acht für Unendlichkeit. Eine ständige Erinnerung an ihre „Ziele“. In dieser Form als bloße Seele hatte sie keine Tattoos außer dem Schmetterling auf ihren Flügeln, und dafür war sie extrem dankbar. „Dasselbe gilt für Tausende andere.“

Bis auf die Tatsache, dass diese Tausenden keine Ahnung hatten, was für Narren sie waren. Und wie austauschbar, nichts weiter als Marionetten, die an ihren Schnüren tanzten. Genau wie sie – bis ihr die Wahrheit eine schallende Ohrfeige verpasst und die Schnüre mit brutaler Effizienz durchtrennt hatte.

Kurz nachdem *Zorn* in sie gefahren war, hatte Cronus sie zu einem Stützpunkt der Jäger gebracht. Da der Götterkönig die Fähigkeit besaß, sich vor neugierigen Augen zu verbergen, und die Menschen Sienna nicht sehen konnten, hatte niemand sie beachtet. Es war genauso gewesen wie mit den Sünden des Königs: Ohne Unterlass hatte sie die Verfehlungen der Jäger gesehen. Diebstahl, Vergewaltigung, Mord, alles im Namen der „guten Sache“. Dass sie einst ein (angeblich überaus wichtiger) Teil ihres Feldzugs gewesen war, ihnen geholfen hatte …

Bestrafe sie … Stiehl, vergewaltige, töte …

Da war er wieder. *Zorn*. Ihr dunkler Gefährte. Selbst bei der bloßen Erinnerung an das, was er gesehen hatte, und Welten entfernt von den Übeltätern, drängte er sie, an den Jägern Rache zu nehmen. Keine Gnade zu zeigen, nicht einmal den Unschuldigen unter ihnen für all das Unglück, das sie verursacht hatten, zu verzeihen. Sie weit schlimmer zu verletzen, als sie es mit anderen getan hatten.

Bestrafe sie …

Verzweifelt krümmte sie sich zusammen und drückte die Hände auf die Ohren. „Halt die Klappe, halt die Klappe, halt die Klappe", murmelte sie immer wieder vor sich hin. Manchmal konnte sie sich ihm widersetzen; manchmal nicht. In jenen Momenten übernahm er die Kontrolle über sie, und ihre Welt wurde schwarz. Zumindest für eine Weile.

Auch wenn sie dazu verflucht war, in dieser verfallenden Monstrosität von einem Schloss zu bleiben, *Zorn* war es aus irgendeinem Grund nicht. Wenn er ihren Geist kontrollierte, konnten sie von hier fort. Und dann benutzte er ihren Körper, um andere zu bestrafen, wie auch immer es ihm gefiel.

Tage später erwachte sie dann über und über mit Blut besudelt. Dann brachen die Erinnerungen an die Tage des Dämons über sie herein. Sadistische Taten, bei denen sich ihr der Magen umdrehte. Und doch war nichts – *nichts!* – von dem, was er sie zu tun gezwungen hatte, abstoßender als das, was die Jäger unschuldigen Menschen antaten.

Menschen. Wie seltsam das Wort sich neuerdings für sie anhörte. Früher war sie selbst ein Mensch gewesen. So ein törichter Mensch. *Wie habe ich je glauben können, das Ziel der Jäger wäre die* Auslöschung *allen Übels?*

Na ja, okay, das war leicht zu beantworten. Als Jugendliche hatte sie einen widerwärtigen Dämon bei seinem Tun beobachtet – oder etwas, das sie für einen Dämon gehalten hatte. Das Erlebnis hatte sie fast um den Verstand gebracht, hatte sie davon überzeugt, solches Übel wäre schuld an der Entführung ihrer Schwester. Und das in Verbindung mit der schockierenden Erkenntnis, dass die Menschheit nicht allein war, dass es eine ganze Welt von Kreaturen gab, die um sie herum lebten und handelten …

Wenigstens das mit der anderen Welt hatte sich als wahr erwiesen. Aber der Rest, der Dämon, den sie gesehen hatte? Auch wenn sie tatsächlich existierten, in jener Nacht war sie keinem von ihnen begegnet. Ihr Freund, ein Jäger, hatte sie unter Drogen gesetzt – seine liebste Rekrutierungsmethode –, eine ausreichend beängstigende Situation geschaffen, und ihr halluzinierendes Hirn hatte den Rest erledigt. Danach hatte er ihre Angst genährt mit Geschichten über das Böse, das sie bekämpfen, und das Gute, das sie tun könnten. Hatte behauptet, sie könnte vielleicht sogar ihre Schwester finden und retten.

Was er ihr nicht gesagt hatte: Menschen trafen ihre eigenen Entscheidungen, ob sie nun von Dämonen beeinflusst waren oder nicht. Sie selbst entschieden sich, die Dunkelheit willkommen zu heißen oder sich dem Licht zuzuwenden.

Nicht alle Jäger verbargen hinter ihrer rechtschaffenen Entschlossenheit in Wahrheit Böswilligkeit; das wusste sie, wirklich. Manche von ihnen sehnten sich ehrlich danach, die Welt von allem Bösen zu befreien, und würden nie selbst etwas Böses tun, um das zu erreichen. Doch dass *sie* einst an einer so verzerrten Sache mitgearbeitet hatte, würde sie niemals verwinden. Schlimmer noch: Sie hatte Paris verletzt, einen Krieger, der sein Leben geben würde für die, die er liebte.

Unaufhaltsam wandten sich ihre Gedanken dem Mann zu, den sie einst unheilbar verletzt hatte. Sie hatte Paris niedergeschlagen, als er am schwächsten gewesen war. Und wäre er nicht mit ihr geflohen, hätte sie dabei geholfen, ihn kaltblütig zu ermorden.

Während dieser Flucht war sie erschossen worden, und selbst dafür hatte sie ihm die Schuld gegeben. Hatte gedacht, er hätte ihren Körper als Schutzschild benutzt. Oh, wie sie ihn gehasst hatte. Jetzt hasste sie nur noch sich selbst.

Nein, das stimmte nicht ganz. Genauso hasste sie die Jäger und alles, wofür sie standen.

Cronus wollte, dass sie sie bestrafte. Ihr Dämon wollte sie bestrafen. *Sie* wollte sie bestrafen. Doch Cronus weigerte sich, sie so ohne Weiteres auf sie loszulassen. Stattdessen verlangte er von ihr, in ihre Mitte zurückzukehren und Galen auszuspionieren, die rechte Hand ihrer Anführerin und zugleich Hüter der *Hoffnung*. Ja, ein Dämon war der stellvertretende Befehlshaber der Dämonenjäger, und keiner von ihnen hatte davon auch nur den blassesten Schimmer. Sie hielten ihn für einen Engel.

„So aufopfernd, wie du dich der Sache der Jäger im Leben gewidmet hast, wird Galen dir sofort abnehmen, dass du auch nach deinem Tod wieder an seiner Seite sein willst", behauptete Cronus, als hätte er ihre Gedanken gelesen. Vielleicht hatte er das auch. „Er wird dich mit offenen Armen empfangen."

„Er wird mich gar nicht sehen können."

„Doch, das wird er. Lass das meine Sorge sein."

„Und er wird sich nicht fragen, warum ich von einem Dämon besessen bin? Wie es überhaupt dazu gekommen ist?"

„Er weiß es. Meine Frau, *seine* Anführerin, hat es ihm gesagt. Aber er ist sich seiner Anziehungskraft und seiner Stärke zu sicher, deshalb wird er glauben, *er* würde *dich* beobachten."

„Wenn das der Fall ist, wird er mir nie etwas erzählen."

„Nein, er wird dich mit Fehlinformationen versorgen, aus denen ich dann die Wahrheit schließen kann."

„Was, wenn er von mir verlangt, meine Loyalität zu beweisen?"

„Das wird er."

Und um ihre Scharade aufrechtzuerhalten, würde sie gehorchen müssen. Würde er ihr befehlen, den Kriegern zu schaden, denen sie jetzt helfen wollte? Unschuldige Menschen zu verletzen? Bei beidem würde ihre Antwort gleich lauten: Niemals!

Seht mich an. Erst ein Mensch, der nichts von der Welt des Übernatürlichen wusste, dann eine Jägerin, verzehrt vom Hass auf die Dämonen, die ich verfolgte, und jetzt bin ich einer dieser Dämonen – und will den anderen helfen. „Tut mir leid, ich werde bei meiner ersten Antwort bleiben müssen."

Wieder blitzte es rot auf in Cronus' Augen, heller als zuvor. Besäße sie auch nur einen Funken Intelligenz, würde sie das als Warnung für ihren Widerstand verstehen.

Aber warum sollte sie jetzt noch anfangen, sich klug zu verhalten? „Das war ein fettes Nein, falls du's vergessen hattest", erklärte sie mit fester Stimme.

„Dein menschlicher Vorgesetzter hat dir befohlen, mit Paris zu schlafen", knurrte er, „und du hast gehorcht. Versuch nicht, mir auf die selbstgerechte Tour zu kommen."

Das stimmte, doch Paris hatte sie augenblicklich und unwiderstehlich angezogen. Sie hatte nach ihm gelechzt.

Nach ihm *gelechzt*, obwohl sie fest geglaubt hatte, sein Dämon wäre verantwortlich für Untreue, zerstörte Ehen, minderjährige Schwangere, Vergewaltigungen und die rasante Ausbreitung von Geschlechtskrankheiten. Obwohl Paris auf ein unaufhörlich wachsendes Defilee von Geliebten zurückblickte. Durch einen Kollegen, der den Krieger tagelang verfolgt hatte, war ihr diese Tatsache unmissverständlich vor Augen geführt worden: Nachdem sie ihn zur Strecke gebracht hatte, zeigte man ihr Fotos von all den Frauen, die Paris flachgelegt hatte. Und trotzdem hatte sie gegen eine Woge der Eifersucht ankämpfen müssen. Etwas, das sie im Dienst niemals hätte empfinden dürfen.

Hatte sie erwähnt, dass sie unter geistiger Umnachtung litt?

„Wenn er von dir verlangt, für ihn zu töten, verführ ihn stattdessen", meinte Cronus. „Das wird dich davor bewahren, irgendetwas Unangenehmes tun zu müssen."

Seine Definition von „unangenehm" war definitiv eine andere als ihre. „Genauso gut kannst du dir wünschen, dass ich dir auf dem Rücken eines Pegasus über den Regenbogen reitend Galens Kopf in einer Schachtel aus Sternenlicht bringe – denn er wird mich nicht wollen. Ich war noch nie die Art Frau, die die Aufmerksamkeit von Männern weckt."

Sie wusste immerhin, wie sie aussah. Haselnussbraune Augen, die zu groß für ihr Gesicht waren – gewöhnlich. Ebenfalls zu große Lippen – unattraktiv. Sommersprossen – aus der Mode. Und gewelltes braunes Haar, weder seidig-glatt noch verspielt-lockig – gewöhnlich, unattraktiv *und* aus der Mode.

Davon ließ sich Cronus nicht beirren. „Du hast recht. Das warst du nicht."

Die Wahrheit kann dich nicht verletzen, rief sie sich in Erinnerung – und war verletzt.

„Aber jetzt", fuhr er fort, „wird dein Aussehen keine Rolle mehr spielen. Galen wird sich von deiner dämonischen Macht angezogen fühlen. Er wird dich kontrollieren wollen, dir all seine Fehlinformationen einflößen wollen, dich benutzen wollen. Ja, je mehr ich darüber nachdenke, desto besser gefällt mir das. Du wirst mit ihm schlafen."

Sienna fuhr sich mit der Zunge über die Zähne. „Galens Tod wird das Herz und die Seele der Jäger unverhältnismäßig effektiver zerstören, als wenn ich ihm Vergnügen bereite."

„Das mag sein, aber der Tod ist nicht sein Schicksal."

„Was ist es dann? Was genau, glaubst du, kann er für dich tun?"

Schweigen.

Tief einatmen … ausatmen … „Okay, bei deinem Plan gibt es zwei Probleme. Galen ist ein Mistkerl, und ich bin eine Niete im Bett." Moment. So hatte sie das nicht sagen wollen. „Ich meine, selbst wenn er mich nur wegen meiner *dämonischen Macht* will" – allein es auszusprechen zerrte an ihren Nerven – „oder weil er glaubt, er könnte mir falsche Informationen zuspielen oder mich kontrollieren oder was auch immer du dir noch ausdenkst: Er wird es kein zweites Mal versuchen. Uns beiden wird die Geschichte unendlich peinlich sein, und dein ganzer schöner Plan war vergebens."

Der einzige Grund, aus dem sie Paris' Interesse auf sich hatte ziehen können? Er war verzweifelt gewesen, hatte unbedingt Sex gebraucht – egal mit wem –, um zu überleben. „Galen wird mich eher auslachen, als mir seine Geheimnisse anzuvertrauen."

Eine perfekt gezupfte Augenbraue herablassend hochgezogen, beschied ihr Cronus: „Das kann man dir beibringen."

„Hunden kann man auch Kunststücke beibringen, aber es besteht die Gefahr, dass sie einen trotzdem beißen." Was sie tun würde, wäre weitaus schlimmer, als nur zu beißen.

Einen Moment herrschte Stille, während er ihre Herausforderung verdaute. „Weib, du frustrierst mich! Ich verlange nicht von dir, dich bereitwillig foltern zu lassen. Ich erwarte nur, dass du einem Mann gestattest, dich zu nehmen – im Dienst der Sache, wie du es schon einmal getan hast."

„Zu so viel Einsatz bin ich nicht bereit. Entweder ich töte ihn, oder ich mache gar nichts mit ihm."

„Galen ist ein unsterblicher Krieger, der Jahrtausende auf den Schlachtfeldern des Himmels und der Erde verbracht hat. Wie willst du den umbringen, hm?"

„Lass das meine Sorge sein", äffte sie seine Worte von vorhin nach. „Und hey, ich hab noch eine Idee: Warum bringst *du* ihn nicht einfach um? Ich dachte, du wärst allmächtig."

„Genug!" Mit einer Miene so finster wie eine mondlose Nacht ließ Cronus die Fäuste neben ihren Schläfen gegen die Wand krachen. Steine und Mörtel rieselten zu Boden, und eine Staubwolke stieg auf.

Rumpel, rumpel …

Na toll. Und wieder bebte das gesamte Schloss.

„Wie kannst du, eine Sklavin, es wagen, mich infrage zu stellen? Ich bin dein Herr, dein Besitzer. Der Lenker deines Schicksals. Ich lege niemandem Rechenschaft ab."

Außer deiner Frau. Wenn man einen der königlichen Herrscher verletzte, tat man auch dem anderen weh, der Schmerz fuhr durch das Band zwischen ihnen. Doch an dieses hübsche kleine Detail würde Sienna ihn nicht erinnern. „Ist mir egal, wer du bist. Ich werde mich nicht an Galens Seite stellen."

Ehe sie auch nur blinzeln konnte, schloss Cronus die Finger um ihren Hals und drückte so lange zu, bis sie nicht mehr atmen konnte, bis ihre Lungen brannten und ihre Kehle sich anfühlte wie mit Säure gefüllt. *Rumpel, rumpel,* bebten die Wände, als würde gleich das gesamte Gebäude einstürzen. „Ich kann deine Seele hinrichten, sodass du auf jeder Ebene zu existieren aufhörst, oder ich kann dein Retter sein, dir endlich ein kleines bisschen Frieden gewähren." Fester ... fester ... Und dann plötzlich ließ der Druck nach. „Denk daran, denn du selbst bist es, die ihr Schicksal entscheidet."

In letzter Sekunde schaffte sie es, den Drang zu unterdrücken, ihm die Fresse einzuschlagen. „Wofür auch immer ich mich entscheide", fauchte sie, ohne sich um die Folgen zu kümmern, „so oder so bist du ein Arschloch."

Zu ihrer Überraschung grinste er breit. „Das bin ich, nicht wahr?"

Früher einmal war Sienna zaghaft gewesen, ständig besorgt, die Gefühle anderer zu verletzen, immer darauf bedacht, jegliche Verärgerung gleich wieder zu besänftigen. Vielleicht war die schlechte Laune des Dämons auf sie übergegangen. Möglicherweise kam ihre spitze Zunge aber auch nur daher, dass sie mittlerweile wusste, wie wertlos ihr gesamtes Leben gewesen war. So oder so, nie hatte sie mehr zu verlieren gehabt – und sich weniger darum geschert.

„Du hättest jemand anders auswählen sollen, um *Zorn* in sich zu tragen. Denn ... Trommelwirbel ... *meine Antwort lautet immer noch Nein.*"

Statt sein kochendes Temperament noch weiter anzuheizen, schienen ihre Worte ihm einen Dämpfer zu versetzen. Seine Züge entspannten sich, die mörderische Wut verschwand aus seinem Blick. Er senkte die Arme.

Schockierend.

„Nein", sagte er sanft, plötzlich so sanft. „Du warst die beste Wahl."

Das Herz schlug unregelmäßig in ihrer Brust. Obwohl sie tot war, hatte ihre geisterhafte Gestalt in dem Moment, in dem der Dämon in ihren Seelenkörper gefahren war, einen Herzschlag entwickelt, das Bedürfnis, zu atmen. Unglücklicherweise bedeutete das auch, dass sie Schmerzen spürte und bluten würde, wenn man sie verletzte.

„Warum ich?", fragte sie schließlich. „Irgendetwas *musst* du mir sagen."

„Muss ich das?" Er wandte ihr das Profil zu und ignorierte ihre Frage. „In diesem Reich, versteckt vor dem Rest des Himmels, wo dich niemand jemals finden wird, *muss* ich gar nichts."

An seinem Kiefer zuckte ein Muskel, und bevor sie etwas erwidern konnte, setzte er hinzu: „Gefällt es dir, hier zu leben, Sienna?"

„Nein." Nicht, weil sie durch Magie gezwungen war, in diesem Schloss zu bleiben, sondern weil er alles in seiner Macht Stehende getan hatte, um ihr die Zeit hier zur Hölle zu machen. Einschließlich der Tatsache, dass er tief in ihren Erinnerungen gegraben hatte, um ihre schlimmsten Erlebnisse herauszusuchen. Diese Szenen spielten sich in jedem Raum, den sie betrat, wie ein Film ab, ein niemals endender Strom von Verfolgung, Schuld und Scham.

Jeden Tag durchlebte sie erneut Skyes Entführung. Wie sie dabei versagt hatte, ihre Schwester vor dem Mann zu retten, der sie fortzerrte. Jeden Tag erlebte sie die Fehlgeburt des Babys, das sie nicht hatte austragen können – eine Erinnerung, die sie *hasste*, mit der sie sich niemals willentlich beschäftigt hätte. Jeden Tag wurde sie Zeugin ihres törichten Betrugs an dem wunderschönen Paris. Wie sie dem ersten Mann wehgetan hatte, der je in ihr die Sehnsucht nach *mehr* geweckt hatte. Wie sie ihn allein wegen seiner Rasse verdammt hatte.

„Zu schade. Denn du wirst hierbleiben, bis du dich bereit erklärst, zu deiner Herde zurückzukehren und meine Spionin zu werden."

Und schon schoss ihr Kopf in die Höhe. „Wenn das meine einzigen Optionen sind, bleibe ich für immer hier."

Wieder warf ihr Cronus ein Grinsen zu, ein grausames Verziehen seiner Lippen, in dem kein Funken Humor zu sehen war. „Wirklich? Was, wenn ich dir sage, dass ich dich wegen deiner *Schwester* ausgewählt habe?"

„Ich würde verlangen zu wissen, warum." Misstrauisch verengte sie die Augen, behielt den König der Titanen ganz genau im Blick. Er war gerissen, ohne jegliche Moral und unglaublich hinterhältig. Sie musste vorsichtig sein. „Außerdem würde ich dich darauf hinweisen, dass du diese spezielle Karte auch früher hättest ausspielen können."

„Nicht, wenn ich fürchten musste, dass du dich in die Sache hineinsteigerst und mein Ziel vergisst. Jetzt hast du mir allerdings keine andere Wahl gelassen."

Äußerlich unbeeindruckt betrachtete sie ihre Fingernägel.

Er fauchte sie an. „Was, wenn deine kostbare Skye einmal mit Galen zusammengelebt hätte? Was, wenn sie ihm ein Kind geschenkt hätte?"

Geh mit mir schwimmen, Enna. Bitte, bitte, bitte. Ich bitte dich auch nie wieder um was.

„Ich glaube dir nicht", brachte sie krächzend hervor. *Er lügt. Er muss lügen.* „Zeig sie mir." Sie zwang sich, hinzuzufügen: „Bitte", obwohl sie das Wort nur gepresst herausbrachte.

Er war noch nicht fertig. „Was, wenn Galen der Einzige ist, der weiß, wo sie sind? Was, wenn er sie foltert? Was, wenn seine Hure zu werden der einzige Weg für dich ist, die Wahrheit herauszufinden? Der einzige Weg, sie zu retten?"

„Ich … ich …“ Sie hatte keine Antwort. *Er lügt!* hallte der Schrei der Verzweiflung durch ihre Gedanken – ihre eigenen, nicht die ihres Dämons. Sie musste stark bleiben. Musste darauf bestehen, dass er wenigstens den Funken eines Beweises erbrachte, bevor sie reagierte.

„Denk einmal über alles nach, was ich dir gesagt habe, meine liebste Sienna. Bald werde ich zurückkommen, und wir werden über alle neuen Pflichten sprechen, die du möglicherweise anzunehmen gedenkst.“ Mit diesen Worten verschwand er – im einen Moment hier, im nächsten fort.

Sienna sank auf die Knie. Mit dem König war auch ihre Kraft verschwunden. Ihr brannten die Augen, ihr Kinn zitterte. Ihre Flügel zogen und zerrten in Richtungen, für die sie nicht gedacht waren, und ein scharfer Schrei brach aus ihr hervor. *Jeder verdammte Tag* brachte ihr eine neue Dimension des Horrors.

Tränen liefen ihr kochend heiß über die Wangen. Wie viel konnte sie noch ertragen? Wie lange noch, bis sie zerbrach?

Für Skye würde sie so ziemlich alles tun, und Cronus wusste das. Skye war alles, was ihr noch geblieben war, war in ihren Gedanken irgendwie zu einer Mischung aus Schwester und Tochter geworden. Wie sollte es auch anders sein. Ihre Schwester hatte sie nur als kleines Mädchen gekannt, und dem Baby, das sie verloren hatte, war nie die Chance gewährt worden, groß zu werden. Und dann die Hoffnung auf eine Nichte oder einen Neffen? Oh ja, dafür würde sie alles tun.

Kein Wunder, dass Cronus sich gezügelt hatte. Er musste ihr nicht körperlich wehtun, um zu bekommen, was er wollte. Kein Wunder, dass er sich für seine Spielchen gerade Sienna ausgesucht hatte. Sie war noch immer eine Marionette. Die Fäden, von denen sie gedacht hatte, sie wären durchtrennt, lagen bloß in der Hand eines anderen Meisters.

Und das Schlimmste: Bei diesem gab es keine Möglichkeit des Widerstands.

6. KAPITEL

Paris lag auf einem fremden Bett ausgestreckt, eine Hand mit dem kristallenen Dolch an seiner Seite, die andere über die Augen gelegt. Nach einigen Tagen Reise befand er sich in einem weiteren Motel in Titania und war seinem Ziel näher denn je. Zacharel war ... irgendwo, und William döste friedlich auf dem Bett neben seinem.

In stillen Momenten wie diesem machten Paris' Gedanken immer einen Abstecher in die Vergangenheit, brachten ihn zurück zu dem Tag, als er Sienna das erste Mal getroffen hatte. Heute war es nicht anders. Er erinnerte sich, wie er durch die Straßen von Rom gestreift war, verzweifelt auf der Suche nach einer Liebhaberin, während jede Frau, der er begegnete, ihn fortscheuchte, als wäre er abstoßend. Dann hatte ihn jemand von hinten angerempelt, und schwach, wie er durch den Mangel an Sex war, hatte er nur mit Müh und Not verhindern können hinzufallen.

„Oh, das tut mir so leid." Die sinnliche Heiserkeit der weiblichen Stimme hatte ihn sofort gefesselt.

Er hatte sich ganz langsam umgedreht, aus Angst, sie würde weglaufen, wenn er sich zu schnell bewegte. Lose Blätter lagen um sie herum verstreut, und sie ging in die Knie, um sie aufzusammeln. Das Erste, was er von ihr sah, waren ihre dunklen Haare, die wie ein Vorhang über ihr Gesicht fielen.

„Das wird mir eine Lehre sein, nicht noch mal im Gehen zu lesen", murmelte sie.

„Ich bin froh, dass Sie gelesen haben", entgegnete er und beugte sich hinunter, um ihr zu helfen. „Ich bin froh, dass wir ineinandergelaufen sind." Froher, als sie jemals ahnen würde.

Daraufhin sah sie ihn unter ihren dichten Wimpern hervor an, und ihre Blicke trafen sich. Sie keuchte. Er schwankte. Vom Aussehen her war sie eher unspektakulär, die Augen und

Lippen zu groß für ihr mit Sommersprossen übersätes Gesicht. Doch sie besaß eine Anmut und Präsenz, auf die nur wenige Sterbliche je hoffen konnten.

„Ihr Name fängt nicht mit einem A an, oder?", fragte er plötzlich, argwöhnisch und voller Gedanken an Schicksal und Masterpläne. Vor Kurzem war Maddox einer Frau namens Ashlyn verfallen. Lucien hatte sich für Anya von seiner Männlichkeit verabschiedet. Paris weigerte sich, für irgendjemanden dasselbe zu tun.

Verwirrt runzelte sie die Stirn und schüttelte den Kopf, wobei ihr das üppige braune Haar um die zarten Schultern schwang. „Nein. Mein Name ist Sienna. Nicht, dass Sie das interessiert, und nicht, dass Sie tatsächlich danach gefragt hätten. Tut mir leid. Ich wollte damit nicht so herausplatzen."

„Es interessiert mich", erwiderte er mit dunkler Stimme, während er sich ausmalte, wie er es genießen würde, sie auszuziehen. Ihre Kleider hingen wie ein Sack an ihrem Körper und verbargen die Geheimnisse ihrer Weiblichkeit vor jeglichen Blicken. Dazu war sie scheu und unberechenbar, ihr Geplapper bezaubernd, und er rechnete mit einer ganz ähnlichen Reaktion, wenn sie erst im Bett wären. „Sie sind … Amerikanerin?"

„Genau. Ich mache hier Urlaub, um an meinem Manuskript zu arbeiten. Ich weiß, danach haben Sie auch nicht gefragt … Aber Ihren Akzent kann ich nicht einordnen."

„Ungarisch", erwiderte er der Einfachheit halber. Die Herren lebten seit einiger Zeit in Budapest, und es bestand keine Chance, ihr – ohne verrückt zu klingen – zu erklären, dass er Sprachen kannte, von denen sie noch nie gehört hatte. „Sie sind also Schriftstellerin?"

„Ja. Na ja, ich hoffe, ich werde eine. Moment, das stimmt auch wieder nicht. Ich *bin* Schriftstellerin, aber ich habe noch nichts veröffentlicht."

Mittlerweile kannte er natürlich die Wahrheit. Die Seiten

ihres Liebesromans hatten bloß als Ausgangspunkt ihrer sinnlichen Unterhaltung gedient, nicht mehr.

Als sie ihn kurz danach gefragt hatte, ob er nicht einen Kaffee mit ihr trinken wollte, hatte er Ja gesagt. Schon da spürte er die Begierde nach ihr in sich pulsieren. Die ganze Zeit hatten sie miteinander geredet und gelacht, und er hatte jeden Moment genossen. Mit ihr hatte er sich entspannt – etwas, das er bisher mit wenig anderen geschafft hatte. Aber sie hatte ein ansteckendes Lächeln, einen wachen Geist und diese Eleganz in den Bewegungen, die ihr Auftreten perfektionierte.

In der Zwischenzeit hatte sein Dämon Wolken seiner Pheromone verströmt, sodass es für Paris kein Problem gewesen war, sie zu überzeugen, sich mit ihm ein Hotelzimmer zu nehmen. Das hatte er zu dem Zeitpunkt zumindest gedacht. Auf dem Weg zum Hotel hatte sie so getan, als habe sie ihre Meinung geändert. Oder, verdammt, vielleicht *hatte* sie ihre Meinung auch geändert. Vielleicht hatte sie ihn wirklich gemocht und sich entschlossen, ihn nicht ihren Jäger-Kumpels zu übergeben. Aber sexbesessen, wie Paris nun einmal war, hatte er sie zu mehr gedrängt, hatte sie in eine verlassene Gasse gezogen und geküsst, bis sie kaum noch atmen konnte.

Und *dort* hatte sie ihn betäubt, mithilfe einer Nadel in einem ihrer Ringe. Aufgewacht war er an eine Liege geschnallt, nackt und benebelt. Sie hatte vor ihm gehockt, und er hatte angenommen, die Jäger hätten auch sie gefangen genommen. Bis sie vier kleine Wörter gesagt hatte, die ihre Beziehung vollkommen verändert hatten.

„*Ich* habe dich eingesperrt."

Seine brillante Erwiderung? „Warum solltest du so etwas tun?" Noch immer hatte er nicht glauben wollen, dass diese Frau, nach der er sich so verzehrte, mit seiner aktuellen Situation etwas zu tun hatte.

„Kannst du dir das nicht denken?", hatte sie entgegnet und seinen Kopf zur Seite gedreht, um seinen Hals zu betrachten.

Mit der Fingerspitze war sie über eine schmerzende Stelle gefahren. Ein Einstich, hatte er begriffen, während die Antwort langsam zu ihm durchdrang.

„Du bist mein Feind."

„Ja." Dann hatte sie stirnrunzelnd hinzugefügt: „Die Wunde verheilt nicht. Ganz so heftig wollte ich nicht zustechen. Das tut mir leid."

Mit verengten Augen nahm er sie ins Visier, während ihn ein Gefühl von Verrat und Ungläubigkeit durchströmte. „Du hast mich reingelegt. Mit mir gespielt."

Und noch einmal: „Ja."

„Warum? Und erzähl mir nicht, du wärst ein Köder. Dafür bist du nicht hübsch genug." Er hatte grausam sein wollen, doch bei der Erinnerung wurde ihm schlecht. Kein Wunder, dass sie später getan hatte, was sie getan hatte, gesagt hatte, was sie gesagt hatte.

In ihren Wangen war Röte aufgestiegen. „Nein, ich bin kein Köder. Oder na ja, für keinen Krieger außer dir hätte ich das sein können. Aber dir ist es ja egal, wen du fickst, nicht wahr, *Promiskuität*?" Aus jedem Wort war der Ekel getrieft, seine bezaubernde, plappernde Liebesroman-Schriftstellerin längst verschwunden. Aber diese Grazie ... oh, die konnte sie nicht ablegen.

„Offensichtlich." Als ihre Röte tiefer geworden war, hatte er mit seidiger Stimme, nur um sie noch weiter zu schmähen, hinzugefügt: „Hast du keine Angst, ich könnte dir wehtun?"

„Nein. Dazu bist du nicht stark genug. Dafür habe ich gesorgt."

Ihr neu entdeckter Widerstand gegen ihn, egal, wie armselig er sich benahm, hatte ihn geärgert. Frauen liebten ihn. Immer. Na ja, fast immer. „Du hast es genossen, in meinen Armen zu liegen. Gib's zu. Ich kenne mich aus mit Frauen, und ich weiß, wie Leidenschaft aussieht. Du hast gebrannt für mich."

„Halt die Klappe", hatte sie ihn angefahren.

Gut. Er zerrte an ihren Nerven. „Willst du 'ne schnelle Runde mit mir, bevor deine Freunde auftauchen?"

Nach diesem Seitenhieb hatte sie sich wütend erhoben, den Raum jedoch nicht verlassen. Aus sicherer Entfernung hatte sie ihren Status zugegeben – Jägerin – und genau erklärt, was ihre Freunde mit ihm zu tun gedachten.

„Wir werden Experimente an dir durchführen. Dich beobachten. Dich als Köder benutzen, um noch mehr Dämonen zu fangen. Und dann, wenn wir die Büchse der Pandora finden, werden wir damit den Dämon aus deinem Körper holen, dich dabei töten und das Monster in der Büchse einsperren."

Als kampferprobter Krieger hatte er es besser gewusst, als ihr seinen inneren Aufruhr zu zeigen. „Das ist alles?"

„Fürs Erste."

„Dann kannst du mich auch gleich umbringen, Süße. Meine Freunde werden sich nicht ergeben, um mich alte Haut zu retten."

„Das werden wir dann schon sehen, nicht wahr?"

Als er begriffen hatte, dass es ihm nicht helfen würde, sie gegen sich aufzubringen, hatte er in seinen Standardmodus gewechselt: Verführung. Hatte Sexbilder in ihren Geist projiziert, was er hasste. Was er eigentlich *nicht mehr tat*. Und als sie sich ausgemalt hatte, was er wollte – sie beide gemeinsam, nackt und auf einem wilden Ritt in Richtung Höhepunkt –, war ihr Atem unregelmäßig geworden, ihre Brustwarzen unter dem T-Shirt hart. Ein weißes T-Shirt, das die Spitze ihres BHs kaum verdeckte, der bewies, dass sie eine sinnliche Seite besaß.

Fast hätte er sie gehabt, doch am Ende hatte sie sich zusammengerissen. Er hatte den Fehler begangen, sie weiterhin „Süße" zu nennen, ein Kosename, den er schon bei unzähligen anderen Frauen benutzt hatte, und das hatte sie gewusst. Von da an hatte es nicht lange gedauert, bis sie begriff, dass er sie so nannte, weil er sich nicht an ihren Namen erinnern konnte – oder an den von irgendjemandem sonst.

Schließlich war sie gegangen und erst ein paar Tage später zurückgekehrt, als er nur noch ein paar Atemzüge vom Tod entfernt gewesen war. Und dann hatte sie sich endlich für ihn ausgezogen, ihm endlich Lust bereitet.

Das war der Tag, an dem er sie umgebracht hatte.

7. KAPITEL

Am nächsten Morgen stand Paris auf der höchsten Klippe eines Felsenzugs, der den Blick über das Reich der Blutigen Schatten eröffnete, seine ganze Haltung auf Krieg eingestellt. Endlich hatte er sein Ziel erreicht, gut versteckt in einer verlassenen Ecke von Titania, das Portal für jeden außer William unsichtbar. Was sagte man dazu? Der Kerl hatte seine Vorteile.

Jetzt würde Paris endlich Sienna finden.

Sein Blut kochte vor viel zu lange unterdrückter Wut, am ganzen Körper bebte er aus dem Bedürfnis heraus, jemandem wehzutun. Vielen Jemanden.

Bald.

Immer wieder fegten scharfe Windböen über ihn hinweg, ohne je die Fetzen dichten schwarzen Nebels zu zerstreuen, der um ihn herum, fast schon *in ihm* waberte. Der Geruch nach altem Kupfer erfüllte die Luft und hinterließ einen feuchten Film in seiner Nase. Aus allen Richtungen ertönten erstickte Schreie, so viele Schmerzensschreie. Am Himmel stand die fahle Sichel des Mondes, deren zerfaserte Ränder in eine endlos weite, gnadenlose Nacht ausbluteten. Unter ihm brodelte und zischte ein Ozean von tiefroten Tränen.

Und dort, mittendrin, thronte ein Albtraum von einem Schloss. Dunkles, langsam verfallendes Gestein. Die Blätter des verdorrten Efeus klammerten sich wie fette Spinnen an das Mauerwerk. Das Dach lief an mehreren Stellen spitz zu, von jeder Spitze hing eine gepfählte Leiche, deren Blut auf die Fenster tropfte. Es gab mehrere Balkone, die von zahllosen monströsen Wasserspeiern in allen Formen und Größen bewacht wurden.

Monster, die offensichtlich zum Leben erwachen würden.

Sich windende, ölig schimmernde Schatten wirbelten um den Bau herum, ohne die Steine zu berühren. Stattdessen hielten sie einen respektvollen Abstand, als würden sie von einer unsichtbaren Eisenstange zurückgehalten. Doch Paris nahm an, sobald das Startsignal ertönte, was auch immer das sein mochte, würden sie sich auf alles stürzen, was sich zufällig in der Nähe befand.

„Sie ist da drin", sagte er zu seinen Begleitern. „Ich weiß es." Er wollte mit Feuer und Schwert drauflosstürmen, wollte es mit verzweifelter Macht, doch er konnte nicht. Noch nicht, noch nicht. Vorher brauchte er Informationen.

Der Teufel steckte im Detail.

„Das ist toll, hervorragend, aber warum bin ich noch mal hier?", wollte William wissen und kratzte sich am Kopf. Er stand links von Paris, angezogen wie für den Laufsteg, nicht für die Schlacht. Seidenanzug, keine Waffen. Eine Flasche Conditioner in der Tasche. Ja. Conditioner. Schon wieder. Gegen Spliss. Ein kleiner Ausflug in die Hölle hatte ein paar der „kostbaren Strähnen beschädigt", weshalb er seine „notwendige tägliche Behandlung" jetzt *überall* mit sich herumschleppte.

Der Klang seiner Stimme brachte *Sex* zum Schnurren wie ein Kätzchen. Es war ekelerregend.

„Ich bin immer noch dabei, mich von einem grauenvollen körperlichen und seelischen Trauma zu erholen", fügte William hinzu. Es stimmte, der Krieger war bei seinem Ausflug in die Hölle gerade so entkommen, aber unter Felsen zerquetscht und von hungrigen Dämonen zerfleischt zu werden, war ja wohl kaum grauenvoll.

„Sieh das hier einfach als, hm, ich weiß nicht – deine Strafe dafür, dass du Kane im Stich gelassen hast?", entgegnete Paris. Mit wie vielen Gargoyles würde er es aufnehmen müssen? Er überschlug grob. Sechzig an der Vorderseite. Wahrscheinlich warteten auf der Rückseite noch einmal genau so viele. Die Hälfte von ihnen waren so groß wie Drachen, aber einige auch klein wie Ratten.

Wie William ihm zweifellos hätte sagen können, spielte die

Größe nicht immer eine Rolle. Welche der Kreaturen würden den meisten Schaden anrichten?

„Genau genommen habe ich ihn nicht im Stich gelassen.“ Lässig wischte sich William einen Fussel von der Schulter. „Eine Gerölllawine ist über mich hereingebrochen, und dann bin ich in einem Motel in Budapest aufgewacht. In meinem angeschlagenen Zustand dachte ich, eine brünstige Dämonendame hätte einen Blick auf meinen Traumkörper geworfen und uns gerettet. Ich war überzeugt, Kane hätte sie von meiner zerzausten tierischen Anziehungskraft fernhalten wollen und auf einen Kaffee nach draußen geschleppt, ohne zu begreifen, dass er damit nur ihre Kräfte auflädt für den bevorstehenden Matratzensport. Mit mir, falls ich mich da unklar ausgedrückt habe.“

Paris machte sich nicht die Mühe, die Augen zu verdrehen. Unverkennbar war William das männliche Gegenstück zu Viola. Was für eine Zusammenstellung.

„Eigentlich bist du hier, weil du Paris einen Gefallen schuldest.“ An Paris’ anderer Seite stand Zacharel, dessen Schneesturm nun über seinem Kopf wütete. Der Wandel hatte sich vollzogen, sobald er dieses Reich betreten hatte. Noch immer trug der Engel seine Robe, doch überall an seinem muskulösen Körper waren Dolche festgeschnallt. Er war definitiv einem Krieger angemessen ausgerüstet. „Außerdem gehst du deiner Freundin aus dem Weg.“

Entrüstet keuchte William auf. „Erstens: Ich schulde *niemandem* etwas. Und zweitens: Ich habe keine Freundin, du schlappschwänziges geflügeltes Stück Scheiße.“

„Hast du nicht?“ Ein Blinzeln, vollkommen unschuldig. Die Beleidigungen schienen Zacharel nichts auszumachen. „Was ist die junge Gilly dann für dich?“

Gilly. Ein Menschenmädchen, das für William schwärmte. Der Krieger behauptete, sie wären bloß Freunde und mehr nicht, aber wenn irgendjemand geheimes Verlangen im Blick eines anderen erkennen konnte, dann Paris. Und William empfand definitiv eine Menge geheimes Verlangen nach diesem Mädchen. Schockierenderweise hatte er jedoch nichts in der Hinsicht unternommen. Hatte sie nur verhätschelt und behütet, was der Grund dafür war, dass Paris ihn nicht aufgeschlitzt hatte. Gilly hatte in ihrem kurzen Leben genug durchgemacht, auch ohne dass William seinen tödlichen Charme auf sie losließ.

Mit einer Stimme so gefährlich wie der Klang sich kreuzender Schwerter flüsterte William: „Du findest gleich raus, wie deine Leber schmeckt, mein Freund."

„Das weiß ich bereits", erwiderte Zacharel in seinem üblichen unbewegten Ton. Mehr Schneeflocken fielen, zuerst winzig, doch mit der Zeit immer größer. Um ihn herum wehte ein arktischer Wind. „Sie war etwas salzig."

Was zum Teufel sollte man auf *so etwas* erwidern?

Offenbar wusste William es auch nicht, denn er starrte den Engel mit offenem Mund an. Dann: „Vielleicht ein bisschen Pfeffer dazu?"

O-kay. Es war offiziell. William hatte auf alles eine Antwort.

„Genug", befand Paris. Momentan hatte er seine innere Dunkelheit unter Kontrolle. Das konnte sich jeden Augenblick ändern. Näher als jetzt war er noch nie daran gewesen, Sienna zu retten. Er konnte es kaum erwarten, sie wiederzusehen, zu berühren – was bescheuert war. Das wusste er.

Er kannte sie nicht wirklich, hatte nur diese zwei Male mit ihr zu tun gehabt. Und doch, rückblickend war er sich sicher, dass er zu niemandem sonst in seinem Leben je eine solche Bindung empfunden hatte. Noch immer hatte er das sanfte Kratzen ihrer Stimme im Ohr. Konnte ihren süßen Wildblumenduft riechen. Spürte, wie sich ihre weichen Rundungen gegen seinen festen Körper pressten.

Jetzt fragte er sich, ob er sie überhaupt auf irgendeiner Ebene außer der sexuellen mögen würde. Fände er sie nervig? Und was war mit ihr – würde sie ihn immer noch als böse ansehen, obwohl sie jetzt selbst einen Dämon in sich trug?

„Konzentrieren wir uns, Ladys." Das gilt auch für dich, fügte er an seine eigene Adresse hinzu. Wenn er die äußeren Verteidigungslinien des Schlosses unverletzt passieren könnte, würde er das Innere in perfekter Verfassung betreten. „Zacharel, du wirst mich ins Schloss beamen."

„Nein, das werde ich nicht."

Er runzelte die Stirn, ersparte es sich aber, nach dem Grund zu fragen. Wie immer hatte er den Klang der Wahrheit vernommen, der Zacharels Stimme bei jedem Wort begleitete. Zacharel konnte oder wollte ihn nicht beamen; der Grund spielte keine Rolle. „William?"

„Ich habe erst kürzlich damit begonnen, mich selbst zu beamen, und ja, ich bin verdammt gut für einen Anfänger – nicht, dass ich dir das erzählen muss, denn jeder, der Augen hat, würde das bemerken –, aber meine erstaunlichen Fähigkeiten benötigen immer noch ein wenig Feinschliff. Auf keinen Fall bekomme ich deinen Kadaver da hinein."

Paris unterdrückte ein Seufzen. William würde ihn also auch nicht beamen. „Kann man in dem Wasser schwimmen?"

„Nein. Das Zeug ist nicht nur giftig, die Viecher da drin haben auch einen riesigen Appetit auf Fleisch." William winkte in Richtung der verfallenen Brücke, die zum Vordereingang führte – einer großen gotischen Doppeltür, die mit Dornen übersät war, von denen eine klare Flüssigkeit herabtropfte. „Du musst die Zugbrücke benutzen, und du musst dich von den Wächtern tragen lassen. Einen anderen Weg gibt es nicht."

„Ich habe noch nie mit Wasserspeiern gekämpft." Zacharel schüttelte den Kopf, und eine dunkle Locke fiel ihm über sein smaragdgrünes Auge. Feucht vom Schnee klebte sie an seiner Schläfe. Er schien es nicht zu bemerken. „Aber ich bin mir sicher, dass diese hier Paris töten werden, bevor sie ihn freiwillig ins Innere bringen."

Als wäre er das einzig verbliebene intelligente Lebewesen, breitete William entnervt die Arme aus. „Und wo ist das Problem? Trotzdem wird er drinnen sein, genau da, wo er sein will. Und übrigens", fügte er hinzu und blinzelte Paris mit flatternden Wimpern zu, die so lang waren, dass sie eigentlich einer Frau gehören sollten, „dein neuer permanenter Lidstrich ist wirklich hübsch. Du wirst eine gut aussehende Leiche abgeben."

Geh nicht drauf ein. Wenn er das tat, würden die Sprüche über seine Asche-Ambrosia-Tattoos nie aufhören. „Danke."

„Aber der Lipliner gefällt mir noch besser. Ein netter kleiner weiblicher Touch, der deine Augen so richtig zum Leuchten bringt."

„Noch mal danke", erwiderte er mit zusammengebissenen Zähnen.

Er will uns!

Dämlicher Dämon.

William grinste. „Vielleicht können wir nachher ein bisschen rummachen. Ich weiß, dass du mich willst."

Sag Ja!

Noch ein Wort von dir und …

„Paris? Krieger?", unterbrach Zacharel seinen inneren Streit. „Hörst du mir zu?"

„Nein."

Zach nickte, offenbar nicht im Geringsten beleidigt. „Ich weiß deine Ehrlichkeit zu schätzen, aber ich glaube, du leidest an dem, was die Menschen ADS nennen."

„Oh ja, ich habe definitiv eine Aufmerksame Dämonen-Schlampe."

„Um mal das Thema zu wechseln, denn ich höre dem Engel auch nicht zu", schaltete William sich wieder ein, „da wir nach meinem diabolisch genialen Plan vorgehen, wirst du die Klippen hinuntersteigen und die Zugbrücke betreten müssen." Er legte die Hände zusammen und trommelte die Fingerkuppen aneinander, während er die Brücke betrachtete. „Sobald du das tust, werden die Steinmonster zum Leben erwachen. Sie werden dich angreifen. Oh, und je mehr du dich wehrst, desto fester werden sie zubeißen und ihre Klauen in dich schlagen. Wenn du also ruhig bleibst, werden sie dir nur ein ganz kleines bisschen wehtun, bevor sie dich nach drinnen schleppen und an eine Wand ketten. Theoretisch."

Wundervoll. Aber das war es, womit seine Frau jeden Tag zu kämpfen hatte. Er musste es ihr gleichtun. Und wenn die Wasserspeier sie gebrochen hatten ...

Gebrochen ... Ein, aus, ein, aus atmete er, und der Sauerstoff brannte in seiner Kehle, warf Blasen in seiner Lunge. Mühsam beherrscht drehte er den Kopf erst nach links, dann nach rechts, ließ seine Halswirbel knacken. Immer stärker kochte seine Wut an die Oberfläche, strömte durch seine Adern. Er würde Sienna retten und dieses Schloss bis auf die Grundmauern niederbrennen – zusammen mit jedem Lebewesen darin.

Zacharel verschränkte die Arme über der massiven Brust, der Schnee fiel mittlerweile so dicht, dass keine der Flocken noch schmolz. In seinem Haar glitzerten ganze Strähnen von Weiß. „Woher weißt du so viel über diesen Ort und seine Beschützer, William aus der Dunkelheit?"

William aus der Dunkelheit? Das war neu, aber treffend. „Genau. Woher eigentlich?" Paris beobachtete die angesprochenen Steinfiguren. Abscheuliche Viecher. Die Großen waren geflügelt, trugen gebogene Hörner, Reißzähne wie Säbel und Dolche statt Krallen – an Händen *und* Füßen. Die Kleinen sahen bloß hungrig aus. Oh, und tollwütig.

Ein weiteres unsichtbares Staubkörnchen musste von Williams Schulter weichen. „Vielleicht war ich früher einmal einer der Herrscher der Unterwelt und habe alle Verstecke von Cronus und seinen Anhängern ausfindig gemacht, um sie zu erpressen – und dabei dieses kleine Liebesnest entdeckt. Möglicherweise kann ich aber auch in die Zukunft sehen und wusste, dass wir eines Tages herkommen würden. Oder die Wasserspeier haben mir eventuell mal gedient und mich Eure Heißheit genannt.“

Paris las zwischen den Zeilen. „Vielleicht hast du mal eins von diesen Monstern genagelt, das die Klappe nicht halten konnte.“ Wenn es eine größere männliche Schlampe gab als Paris, dann William.

Der zuckte nur mit den Schultern. „Oder das.“

Hinter seinem Rücken erhob Zacharel die golddurchwirkten weißen Flügel, schüttelte den Schnee ab und ließ sie wieder sinken. „Und was lässt dich so sicher sein, dass deine Sienna dort drinnen ist, Dämon?“

Geh nicht drauf ein. „Ich bin's einfach.“ Arca, die Göttin, die er in Cronus' Harem verführt und nach Siennas Rettung zu befreien versprochen hatte, war sich sicher gewesen, es gebe nur zwei Orte, an denen sie sich aufhalten könnte. Wäre Sienna an den anderen gebracht worden, wäre ihre Seele innerhalb weniger Tage verdorrt. Deshalb war sie hier. Ende der Geschichte.

„Ich werde die Wächter provozieren“, dachte er laut, „aber ich werde sie nicht in Rage versetzen. Sie werden mich reinschleppen, um mich einzusperren. Bevor sie das schaffen, werde ich mich befreien und nach Sienna suchen, sie finden und mit ihr fliehen. Ganz leicht.“

Na klar. Sicher.

„Ich bleibe hier und stehe Schmiere.“ Sichtlich zufrieden mit seiner Idee nickte William. „Wenn du nicht zurück bist, bevor … sagen wir … meine Kur bis in meine Kopfhaut eingedrungen ist, hole ich Hilfe.“ Er kicherte. „Ich hab ‚eingedrungen‘ gesagt.“

Echt jetzt? „So wie ich dich kenne, vergisst du mich einfach und spazierst zum nächsten Maniküre-Pediküre-Salon.“ Darüber hinaus war sich Paris nicht sicher, ob Zach ihm den Rücken frei halten oder eher ein Messer hineinstechen würde.

„Also, dreimal darfst du raten – du kommst mit mir. Zach steht Schmiere."

„Vielleicht hast du so lange in Ungarn gelebt, dass du kein Englisch mehr sprichst und nicht verstanden hast, was ich eben sagte." Zuerst auf Französisch, dann auf Spanisch, dann auf Russisch erklärte er: „Ich bleibe hier, Ende der Diskussion." Lässig fuhr William sich mit den Fingern durch die blauschwarze Mähne und runzelte die Stirn, als er einen Knoten fand. Mit ärgerlicher Miene holte er seinen Conditioner hervor, drückte sich ein paar Tropfen der cremigen Mixtur auf die Fingerspitzen und massierte sie ein, bis sein Haar wieder die gewünschte Seidigkeit erreicht hatte. „Ich bin ein Hengst im Bett, kein Ochse auf dem Schlachtfeld."

„Ich wette, du hast direkt nach deiner Geburt deine Mutter erdolcht. Also tu mir einen Gefallen und benimm dich wie ein großes Mädchen, denn so wird's laufen: Wenn du jetzt verschwindest, werde ich dich bis ans Ende deiner Tage verfolgen und jede Frau verführen, die du für dich willst."

Eine lange Pause, aufgeladen mit einer Wut so kalt wie der Schnee um den Engel herum. „Meinetwegen", murmelte William schließlich. „Ich komme mit, aber nur, weil ich mal wieder ein anständiges Kardiotraining brauche."

Gut. Paris hatte jedes Wort ernst gemeint. Er war nicht so weit gekommen, um jetzt eine Niederlage hinzunehmen. Was immer auch nötig war, er würde es tun: lügen, betrügen, zerstören. Jetzt und bis Sienna in Sicherheit war.

Zügig kontrollierte er seine Waffen. Alle Dolche steckten in ihren Scheiden. Ein kurzer Blick bestätigte ihm, dass die Pistolen entsichert waren.

„Kugeln werden sie nicht töten, nur dass du's weißt", erklärte William. „Da fangen sie bloß an zu fauchen."

„Mir egal." Ein paar Sekunden würden seine Kugeln ihm sicher bringen, und manchmal war das alles, was man brauchte, um den Sieg davonzutragen.

William schlug ihm auf die Schulter und versetzte *Sex* in verzücktes Schaudern. „Bevor wir das hier angehen, musst du mir noch eine Frage beantworten. Und du darfst nicht lügen. Zu viel steht auf dem Spiel."

Mit einem unbehaglichen Gefühl in der Magengegend bei dem Gedanken, was ein solcher Lüstling wollen könnte, richtete Paris seine volle Aufmerksamkeit auf den schwarzhaarigen, blauäugigen Teufel. „Frag."

„Wirst du verlangen, dass ich dir einen Kuss gebe, als Talisman oder zur Stärkung oder was auch immer dein Sex-Dämon so braucht?"

Die Antwort bestand genau aus einem erhobenen Finger.

„Das heißt also Nein?", hakte William nach.

Paris knackte mit dem Kiefergelenk. „Komm, ich helfe dir die Klippen hinunter auf die Brücke." Ohne weitere Warnung schubste er William über die Kante. Er glaubte, ein immer leiser werdendes „So was von uncool" von dem Krieger zu hören, während er fiel … fiel …

Flatsch.

Sex keuchte entrüstet auf.

„Das war nicht wirklich nett", merkte Zacharel an, doch in seinen Augen leuchtete etwas auf, das Paris dort noch nie gesehen hatte. Etwas wie Freude.

„Wie ist dein Plan?", fragte Paris ihn.

„Das wird nur die Zeit zeigen."

„Du wartest hier, oder?"

„Vielleicht."

Na dann. Die kryptische Nichtantwort des Engels im Ohr, klemmte sich Paris einen Dolch zwischen die Zähne und machte sich an den Abstieg über die zerklüfteten Felsen. Schon bald waren seine Hände vollkommen zerfetzt. Kletterpflanzen schlängelten sich aus Spalten hervor, versuchten seine Hand- und Fußgelenke zu fesseln. An einer Hand hängend hielt er lange genug an, um den dicksten grünen Stängel durchzusäbeln.

Bald schon machte sich der nächste an ihn heran, und den schnitt er ebenfalls durch. Doch verdammt, sie waren überall. Einer wand sich um den Arm, mit dem er das Gleichgewicht hielt. Ihm überschlug sich das Herz in der Brust vor Abscheu – und Vorahnung. Ein kurzer Blick hinab zur Brücke. *Es gibt keinen anderen Weg.*

Paris hackte auf die Ranke ein, die ihn gepackt hatte, stieß sich mit den Beinen von den Felsen ab und fiel. Der Aufprall presste ihm sämtliche Luft aus den Lungen.

Plötzlich ragte William über ihm auf, das Gesicht verzerrt, knurrend und blutverschmiert, sein Anzug verdreckt und zerrissen. „Hast du. Die geringste. Ahnung. Wie viele Strähnen. Meiner Haare. Ich auf dem Weg nach unten. Verloren habe?"

Was auch immer. „Mathe war noch nie mein Ding, aber ich vermute mal ... eine Menge."

Elektrisierend blaue Augen funkelten bedrohlich. „Du bist ein grausamer, sadistischer Bastard. Mein Haar braucht liebevolle Pflege und du ... du ... Ich hasse dich! Ich hab schon Leute für kleinere Vergehen aufgeschlitzt."

„Ich weiß. Ich war dabei." Paris rappelte sich auf und betrachtete die felsige Landzunge, auf der sie standen, in allen Richtungen umspült von dem rauschenden, blubbernden blutigen Ozean. Bis zur Brücke war es nur ein Sprint von fünfzig Metern. „Ich sag's ja nur, aber ich denke, du solltest dein Profil auf den Dating-Plattformen umstellen auf ‚Halbglatze'."

Williams Wangen wurden knallrot, während er verzweifelt nach einer Erwiderung suchte.

Keine Spielchen mehr. Heute ist D-Day. Bald werde ich Sienna retten, dachte Paris. Vielleicht würde sie ein paar Tage bei ihm bleiben. Dann könnten sie einander lieben, wieder und wieder, und für kurze Zeit könnte er so tun, als hätten sie noch die Ewigkeit vor sich.

Vielleicht würde sie ihn aber auch sofort verlassen. Nicht ein einziges Mal würden sie Liebe machen, und er wäre gezwungen, jemand anders zu nehmen, sobald die Tür hinter ihr ins Schloss fiel.

Wem versuchte er hier etwas vorzumachen? Definitiv würde sie ihn verlassen. Zwischen ihnen gab es zu viele Hindernisse. Seinen Dämon. Ihren Dämon. Die Tatsache, dass er mit ihr und dann mit unzähligen anderen geschlafen hatte. Dass er ihren Körper unabsichtlich als Schutzschild benutzt und sich damit gerettet hatte. Ihren ehemaligen Beruf. Dass sie ihn reingelegt hatte, damit er unachtsam wurde, und sie ihn betäuben und den Jägern ausliefern konnte. Dass sie zugesehen hatte, wie sie ihn folterten. Dass sie ihn hasste.

Und vielleicht würde er nach der Rettung auch feststellen, dass sie gar nicht die eine für ihn war. Vielleicht wäre *er* es, der *sie* verließ. Oder er würde herausfinden, dass er doch nicht noch einmal mit ihr schlafen konnte. Dass er sich getäuscht hatte.

Vielleicht. Und trotzdem würde er das hier durchziehen.

„Eines Tages wirst du aufwachen“, drohte William schließlich, „und ich werde dich rasiert haben. Überall.“

„Spielt keine Rolle. Die Frauen werden mich immer noch wollen. Aber weißt du, was? Was ich gerade mit dir gemacht habe, war nicht grausam, Willy.“ Freundlich grinste er den Krieger an, ein Friedensangebot. Ein Trick. Eine Lüge. „Aber das hier.“

Er packte William am Handgelenk, wirbelte ihn herum und herum und ließ ihn schließlich los, sodass sein Körper in hohem Bogen direkt auf die Zugbrücke flog. Die zerfaserten Seile sangen, und unter seinem muskelbepackten Gewicht krachten die Bretter.

Atemlos lag William da und versuchte, Paris mit Blicken zu erdolchen. Von den Brüstungen des Schlosses ertönte ein vielstimmiges Kriegsgeschrei.

8. KAPITEL

Sollte sie, oder sollte sie nicht? Stunden waren vergangen, seit Cronus ihr sein Angebot gemacht hatte und verschwunden war, doch noch immer quälte Sienna sich mit derselben Frage herum. Sollte sie sich Galen hingeben und damit vielleicht ihre Schwester retten, vielleicht aber auch einfach nur einer Lüge ihres Erpressers erliegen? Oder sollte sie sich weiterhin weigern und damit möglicherweise dafür sorgen, dass ihre Schwester noch weiter gefoltert wurde?

Eine weitere, noch viel wichtigere Frage: Wenn auch nur die geringste Chance bestand, Skye zu retten, sollte sie die dann nicht ergreifen? Sie hatte geschworen, alles, wirklich alles zu tun, und dazu gehörte auch Galen, oder nicht?

Ach, zum Teufel. Da hatte sie doch ihre Antwort. Ein klares, *schnörkelloses Ja.* Ihr gesamtes Leben hatte sie mit der Suche nach Skye verbracht. Wenn es sein musste, würde sie auch ihren Tod damit verbringen. Zumindest war sie jetzt die Scheuklappen los und wusste, was für ein Monster sie verführen sollte.

Im Bett. Mit Galen. Mühsam unterdrückte sie ein Würgen.

Sie wünschte sich, sie wäre stärker, fähiger, ihr Erfolg sicher. Sie wünschte, die Schlacht um Skye könnte nach ihren Regeln verlaufen, ohne dass Cronus im Hintergrund die Fäden zog.

Und vielleicht ... vielleicht ließ sich das arrangieren. Wenn sie vor der Rückkehr des Königs aus diesem Höllenloch floh, könnte sie zum Hüter der *Hoffnung* gehen, die Informationen aus ihm herausfoltern, die sie brauchte, und ihn danach umbringen, *ohne* ihn zu vögeln.

In der Theorie war das einfach. In der Praxis höchstwahrscheinlich unmöglich. Ihr entschlüpfte ein bitteres Lachen – die einzige Art Lachen, die sie in letzter Zeit parat hatte. Sie fröstelte. Wieder und wieder hatte sie versucht, aus diesem Schloss zu entkommen. Auch wenn sie die Türen und Fenster nach draußen öffnen konnte, war sie nicht in der Lage, über die Schwellen zu treten – oder zu kriechen. Wenn sie es versuchte, begann sie am ganzen Körper zu beben, grauenhafte Schmerzen durchfuhren ihr Inneres, tausende Nadeln stachen auf sie ein, und sie brach jedes Mal bewusstlos zusammen.

Die Schmerzen machten ihr nichts aus. Das konnte sie ertragen. Aber gegen die Bewusstlosigkeit war sie machtlos. Gern hätte sie gewusst, ob es anderen gelang, das Schloss zu verlassen. Wie gut, dass es oben drei Kandidaten gab, an denen sie das testen konnte. Sie musste nicht mehr tun, als sie zu befreien.

Zeit, sie mal wieder zu besuchen, beschloss sie mit einem Schaudern, das nichts mit der plötzlichen Kälte zu tun hatte. *Wann* war die Temperatur eigentlich so gefallen – und warum?

Mit schwer über den Boden schleifenden Flügeln stapfte sie den Flur entlang, um eine Ecke und hinein in den weitläufigen Ballsaal. Das Herz wurde ihr schwer, als die Wände verblassten und die Erinnerungen, die Cronus von ihr gestohlen hatte, sich abzuspielen begannen. Zu ihrer Linken schrie eine junge Skye um Hilfe. Rechts zerrte eine Horde Gargl, wie Cronus die Wasserspeier einmal genannt hatte, die hier Wache standen, einen zusammengesunkenen, aber definitiv wachen Paris hinter sich her.

Sienna blieb stehen. Plötzlich hatte sie einen Kloß im Hals. *Paris.* Ihr wurde zugleich heiß und kalt, Gänsehaut breitete sich auf ihrem Körper aus, Hitze erwachte in ihren Adern. Cronus wusste ganz offensichtlich, wie er sie foltern konnte, wusste ganz genau, welche Bilder sie in den Wahnsinn treiben würden.

Und er hier … Wer auch immer ihn geschaffen hatte, war ein Meister seines Fachs. Wie betörend schön Paris war. Kein Sterblicher konnte sich je mit ihm messen. Kein anderer Unsterblicher oder mythischer Gott konnte es mit ihm aufnehmen. Er besaß ein Gesicht, das für den Luxus des Schlafzimmers ebenso gemacht war wie für die Grausamkeit des Schlachtfelds. Augen von einem leuchtenden Blau, verführerisch umrahmt mit Kajal, den sie noch nie an ihm gesehen hatte. Seine Haare ein Meer an Farben: Schwarz, Braun, sogar ein paar Strähnen Flachsblond. Ein hochgewachsener, köstlich muskulöser Körper.

Er war die Perfektion in Person – und nichts weiter als ein Trugbild. Trotzdem wollte sie nichts mehr, als zu ihm zu laufen, ihn mit Küssen zu übersäen, während sie um Vergebung bettelte.

Vergebung, die sie nicht verdiente.

Wenigstens war er in dieser Erinnerung nicht verletzt. Das war nur ein kleiner Trost, doch sie nahm, was sie kriegen konnte.

Eine weitere Vision entfaltete sich hinter Paris, eine zweite Horde Gargl, die einen zweiten dunkelhaarigen Krieger hinter sich herschleppten. Dieser Mann war genauso groß wie Paris, genauso muskulös und, Wunder über Wunder, fast genauso schön – aber *er* war definitiv verletzt. Bissspuren überzogen seine Arme, und auf seiner Brust erstreckten sich Stichwunden von den Hörnern der Gargl, ein abstraktes Kunstwerk der Schmerzen. Seltsam. Von ihm hatte sie noch nie eine Vision gesehen. Sie erinnerte sich nicht einmal, ihn je getroffen zu haben.

Ihr Blick wanderte zurück zu Paris. Zwei der Gargl … versuchten, ihn zu bespringen? Tatsächlich. Die Zungen hingen ihnen aus den Mäulern, die Unterkörper rieben sie rhythmisch an seinen Beinen. Warum sollte Cronus ihr so etwas zeigen? Um sie eifersüchtig zu machen? Auf die Gargl?

Irgendetwas daran war … seltsam.

Bevor sie weiter darüber nachdenken konnte, warf sich *Zorn* von innen gegen ihre Schädeldecke, wieder und wieder, und lenkte sie ab. Ihre Schläfen hämmerten im Takt seiner Angriffe, während die Hitze in ihr wuchs, das Frösteln besiegte, sie schwitzend und mit geröteten Wangen zurückließ. Jedes Mal, wenn sie eine Erinnerung an Paris sah, reagierten ihr Dämon und ihr Körper auf diese Weise.

Himmel … Hölle … Immer wenn sie Bilder von Paris erblickte, raunte *Zorn* diese zwei Wörter. *Er kann uns helfen.*

„Ich weiß, dass er das kann", wisperte sie, nicht länger überrascht, dass sie mit dem Ungeheuer sprach. „Und er ist definitiv unser Himmel, nicht wahr?" Ihr einziger Funken Hoffnung.

Soso. So weit war es mit ihr also gekommen. Von Hass zu … Liebe? Liebte sie ihn? Sicher nicht. Sie kannte ihn ja kaum. Aber wenn er mehr als ein grausamer, herzloser Trick wäre, mit dem Cronus mich bloß gefügig machen will, könnte ich mehr über ihn in Erfahrung bringen, dachte sie wehmütig.

„Sienna?" Das war Paris' Stimme, tief, schroff und rau.

Ein weiterer Schauer überlief sie, als ihr Blick den seinen traf. Ihr gesamter Körper schien ihn plötzlich wahrzunehmen, sehnte sich nach ihm. Genug, hätte sie beinahe geschrien. *Du hast mich genug gefoltert. Ich gebe nach.*

„Sienna!" Ein heiserer Schrei voller Verzweiflung und Erwartung. „Sienna!"

„Genug!" Diesmal konnte sie den Befehl nicht zurückhalten. In ihren Augen brannten Tränen. Ihr Kinn zitterte, dass ihr die Zähne klapperten. Fest klammerte sie sich in den Stoff ihres Hemdes, um nicht nach ihm zu greifen, als die Gargl ihn an ihr vorbeischleppten.

Am Anfang hatte sie die Illusionen für real gehalten. Sie hatte sich mit aller Macht hineingestürzt, doch jedes Mal feststellen müssen, dass sie keine Verbindungen zu den Menschen in den Illusionen herstellen konnte. Das hatte sie Stück für Stück zerstört.

Himmelhölle. Hilfe. Hilfe!

„Sienna!" Paris kämpfte so wild gegen die Gargl, wand sich, drehte sich, trat und schlug um sich, dass er sich einen Arm auskugelte. „Ich bin deinetwegen hier. Ich werde nicht ohne dich gehen. Sienna!"

HIMMELHÖLLE. HILFE!

Es fühlte sich an, als rollten Eisenkugeln in ihrem Magen umher. In ihrer Kehle stieg Galle auf. Sie ließ das Hemd los, um die Fingernägel in ihre Oberschenkel zu bohren, durchstieß die Haut, versuchte, bis auf den Knochen durchzudringen. *Bleib ruhig.* Obwohl sie irgendetwas, *alles* tun wollte, um Paris zu besänftigen, wusste sie: Je mehr sie unternahm, desto heftiger würde er kämpfen. *Das hier ist nicht real. Er ist nicht real.*

„Sienna!"

Endlich verschwand die Meute um die Ecke, und wäre es real gewesen, hätten sie sich auf den Weg in den Kerker gemacht. Paris brüllte weiter aus voller Kehle, und fast wäre sie ihm gefolgt, ob Trugbild oder nicht.

„Es tut mir leid", krächzte sie. „So leid."

Zorn wimmerte.

Auch wenn sie nichts mehr wollte, als zusammenbrechen, sich schluchzend zusammenrollen, zwang sie sich, wieder klarer zu denken und in die entgegengesetzte Richtung zu gehen. Und schon flackerte eine weitere Erinnerung auf, spielte sich neben ihr ab. Ihre längst verstorbene Mutter saß im Dunkeln und hielt sich an einem Glas Wodka fest.

Ich wünschte, sie hätten dich *mitgenommen!* Tiefes, herzzerreißendes Schluchzen. *Es tut mir leid. Das hab ich nicht ernst gemeint, Liebes. Es tut mir so leid.* Eine schallende Ohrfeige. *Ich hasse dich! Geh weg von mir.* Noch mehr Schluchzen. *Es tut mir leid. Ich hätte dir nicht wehtun sollen.*

Andere Familien hatten Ähnliches durchgemacht, ähnlich gestritten, und Sienna versuchte, diese Erinnerung nicht an sich heranzulassen. So oder so war sie sicherer als die Vision von Paris. Trotzdem tat sie ihr Bestes, um sie auszublenden und sich auf ihre Aufgabe zu konzentrieren. Die dämonenbesessenen Unsterblichen im oberen Stockwerk zu befreien, von ihnen zu lernen.

Cronus mochte den Herren befohlen haben, die anderen

Hüter von Pandoras Dämonen zu finden und gefangen zu nehmen, doch auch der Titanenkönig selbst hatte niemals mit der Suche aufgehört. Jetzt waren drei in die Zimmer dort oben eingesperrt. *Obsession, Gleichgültigkeit* und *Selbstsucht.* Und keiner von ihnen wusste, dass sie hier war.

Da sie bisher noch nicht fliegen konnte und sich nicht sicher war, ob sie jemals stark genug dafür wäre, stieg Sienna die Wendeltreppe zu Fuß hinauf. Mindestens tausendmal blieben ihre Flügelspitzen in dem ausgefransten Teppich hängen und zerrten noch mehr an ihren verspannten Muskeln. Von der Anstrengung, ihr neues Gewicht nach oben zu stemmen, brannten ihr die Oberschenkel. Zweimal musste sie anhalten und vornübergebeugt nach Luft schnappen.

Als sie das obere Stockwerk erreichte, straffte sie die Schultern, hob das Kinn. Die Krieger hier spürten auch die kleinste Schwäche, selbst wenn sie ihren Ursprung nicht sehen konnten. Und wenn sie Schwäche wahrnahmen, schlugen sie auf die unsichtbaren Türen ein, die sie gefangen hielten, stießen die abscheulichsten Obszönitäten aus und schworen Vergeltung auf jede nur mögliche Weise, als wäre sie für ihre Gefangenschaft verantwortlich.

Komm schon, komm schon, du kannst das, du kannst es schaffen. Überleg doch mal, was du schon alles überlebt hast. Die Worte wirkten. *Gutes Mädchen, los jetzt.* Das erste Zimmer, an dem sie vorbeikam, beherbergte Cameron. Es hatte nicht besonders lange gedauert, und Sienna hatte erkannt, dass er *Obsession* in sich trug. Er war ein Gewohnheitstier, und weil die Dämmerung hereingebrochen war, befand er sich auf dem Fußboden und machte Liegestütze. Hoch. Runter. Hoch. Runter.

Wie immer brach *Zorn* bei seinem Anblick in Raserei aus. Schmerz explodierte in ihrem Kopf, ein Vorbote der Bilder, die der Dämon ihr gleich zeigen würde. Gewalterfüllte Bilder aus Camerons Vergangenheit. Blutige Schlachten, eine Frau in seinen Armen, schlaff, tot, dann eins von ihm selbst, wie er dem Himmel Flüche entgegenwarf, schrie und schrie … Rache gelobte …

Sienna huschte vorbei, aber nicht, bevor sich das sehr reale Bild seiner bronzefarbenen, glänzenden Haut in ihr Hirn gebrannt hatte, Schweißtropfen auf seinen sexy Muskeln. Sein Haar schimmerte in einem dunkleren Bronzeton und klebte ihm an der Stirn. Die Augen hielt er auf den Boden gerichtet, doch sie wusste, dass sie von einem erstaunlichen Violett waren, mit einem silbernen Ring um die Iris.

In dem Zimmer nebenan befand sich Púkinn. *Gleichgültigkeit.* Wenn er ihn erblickte, wurde *Zorn* tödlich still. Eine Reaktion, die Sienna nicht verstand und die der Dämon nicht erklären wollte.

Púkinns ägyptische Wurzeln waren in seiner scharf geschnittenen Knochenstruktur und der Sinnlichkeit seiner dunklen Augen deutlich zu erkennen. Das glatte schwarze Haar trug er lang. Der Rest seines Körpers war jedoch mehr Tier als Mensch. Hörner zierten seinen Kopf, und seine Hände waren dauerhaft zu Klauen verkrümmt, seine Beine muskulös und mit Fell überzogen.

Cameron nannte ihn Irish, denn trotz seines Aussehens und seiner Herkunft klang in jedem seiner Worte der singende Akzent der grünen Insel mit. Sienna nannte ihn in Gedanken ebenfalls so.

Schließlich erreichte sie Winters Zimmer. *Selbstsucht.* Was sie anging, war *Zorn* unentschlossen. Er warf weder mit Bildern um sich, noch stieß er wüste Drohungen aus – auch etwas, das Sienna nicht verstand.

Winter stand gegen den Türrahmen gelehnt, die Arme vor der Brust verschränkt. Mit korallenen Fingernägeln trommelte sie einen ungeduldigen Rhythmus. Sie sah Cameron so ähnlich, dass sie blutsverwandt sein mussten. Bronzefarbene Haut, bronzefarbenes Haar und lavendelfarbene, silbern umrahmte Augen. Ellenlange Beine; Kurven, die nicht bloß gefährlich, sondern tödlich waren.

Ihre üppige Weiblichkeit wäre das perfekte Gegenstück zu Paris' exquisiter Maskulinität.

Sienna verspannte sich, als allein der Gedanke Wogen der Eifersucht durch ihren Körper sandte und ihr die Brust eng werden ließ. *Er gehört mir.*

Nein, das tut er nicht, zwang sie sich zu denken, und würde es auch niemals tun. Sie hatte versucht, zu ihm zu gelangen, doch er hatte sie nicht sehen können. Und wahrscheinlich war es auch besser so. Nach allem, was sie ihm angetan hatte, nach all den Arten, auf die sie ihm Schmerz zugefügt hatte, würde er ihr niemals vertrauen können.

„Wer zum Teufel ist da draußen?", grollte Cameron. Er war – wen wunderte es – besessen davon, sie zu enttarnen. Und vielleicht hätte sie nicht so oft hierherkommen sollen, aber sie plante schon seit Längerem, die drei zu befreien. Irgendwie, auf irgendeine Weise. „Ich weiß, dass da draußen jemand ist. Zeig dich. Jetzt."

„Wir haben's mit einem von Cronus' Spionen zu tun, da bin ich mir sicher." Winters Stimme klang wie eine samtige, glutheiße Liebkosung. Fast traf ihr Blick den von Sienna, aber nur fast. „Ich hab ihn vorhin reden hören."

„Ich … werde … dich … aufschlitzen", fauchte Cameron. Nicht Winter war gemeint, sondern Sienna. Er mochte Winter anraunzen, sie anfahren und manchmal sogar anschreien, aber niemals bedrohte er sie. Und wenn irgendjemand einen Weg finden konnte, eine Geister…kreatur – oder was auch immer sie sein mochte – umzubringen: Sienna würde auf Cameron setzen. Denn, wenig überraschend, würde er nicht aufgeben, bis er hatte, was er wollte.

„Findest du mit deinen Tiraden denn niemals ein Ende?", fragte Irish, und bei seinem Akzent wurden Siennas Knie ganz weich.

„Tatsächlich, Irish, du mythologischer Idiot", feuerte Winter zurück, „findet er das nicht, und er wird dich in Tiraden ertränken, wenn du nicht endlich die Klappe hältst."

„Dir hätte schon vor langer Zeit mal jemand den Hintern versohlen sollen, Kleine", erwiderte Irish.

„Fass sie an, und du darfst deine Eier verspeisen. Und das ist bloß die Vorspeise. Das Hauptgericht kommt dann noch." Cameron.

Sienna machte ihr Geplänkel nichts aus. Das war gar nichts im Vergleich mit dem, was sie ihr an den Kopf geworfen hatten. Und auch wenn sie es liebten, sich gegenseitig zu piesacken, waren sie wie ein Mann, sobald Cronus auftauchte, verbunden durch ihren gemeinsamen Hass.

Sie streckte die Hand aus, tastete nach dem unsichtbaren Schild, der sie von Winters Zimmer fernhielt. Kontakt. Sie seufzte, als die Barriere nicht nachgab. Gestern hatte sie die obere Hälfte abgetastet und nach Schwachstellen gesucht. Sie hatte keine gefunden. Heute war die untere Hälfte dran.

„Sienna!" Paris' Stimme hallte von den Wänden wider. „Sienna! Wo zum Teufel bist du?"

Etwas hob sich in ihrer Brust, und wieder kämpfte sie mit den Tränen. *Verdammt sollst du sein, Cronus.* Von all seinen Foltern war dies die schlimmste. Mit zitternden Händen tastete sie weiter den Schild ab.

„Sienna!"

Heiß schossen ihr die Tränen in die Augen und ergossen sich über ihre Wangen. Nie zuvor waren ihr die Erinnerungen gefolgt. Wenn sie in einen anderen Raum ging, erschien eine neue, ein Horror ausgetauscht gegen den nächsten. Dies war die erste Vision, die sie verfolgte.

Und … Sie hielt inne und runzelte die Stirn. Das kann keine Erinnerung sein, wurde ihr klar. Darüber war sie vorhin gestolpert. Soweit sie wusste, war Paris nie in diesem Schloss gewesen, und die Gargl hatte sie nirgendwo sonst gesehen.

Also hatten sie nie in ihrer Gegenwart mit Paris gekämpft.

Konnte er … War er …

Ihr Herz setzte einen Schlag aus.

„Sienna!"

Noch ein Schlag.

„Wer *ist* das?", wollte Winter wissen.

„Ein weiterer Gefangener?" Cameron.

„Und wer ist diese Sienna?" Irish.

Sie hörten Paris' Stimme. Niemals zuvor hatten sie die Erinnerungen gehört. Das war nicht … Das konnte nicht … Ihr Herz blieb endgültig stehen.

„Sienna! Verdammt." *Ächz, krach.* „Runter von mir, du perverses Stück Stein." *Krach.* „Sienna!"

Das war keine Erinnerung, keine Vision. Es war real, es passierte *genau jetzt.* Paris war hier. Er war gekommen, um sie zu retten. Suchte nach ihr, versuchte, zu ihr zu gelangen. Eine Sekunde später begann ihr Herz wieder zu schlagen, raste viel zu schnell, machte sie atemlos. Vielleicht hatten die Gargl ihn verletzt, taten ihm möglicherweise in diesem Augenblick weh.

„Paris!" Voller Panik richtete sie sich auf und stürmte den Flur entlang, die Stufen hinunter. Wie zuvor blieben ihre Flügelspitzen im Teppich hängen, und durch ihren Schwung krachte sie voll aufs Gesicht. Sie krümmte sich zusammen, stöhnte, doch zwei Sekunden später war sie wieder auf den Beinen und sprintete weiter. „Paris, ich bin hier!"

Wenn er weiter gegen die Gargl ankämpfte, würden sie mit seinen Innereien eine Party feiern. Sie hatte es schon öfter gesehen, als sie zählen konnte. Und sobald die Gargl einmal die Organe eines Mannes gekostet hatten, war das anschließende Festmahl unausweichlich.

Sie rannte noch schneller und hoffte, nicht zu spät zu kommen.

9. KAPITEL

Cronus teleportierte sich in das Schlafzimmer seines liebsten Geheimpalastes. Er hatte einen jämmerlichen Schwächling von einem Jäger beim Kragen gepackt. Sobald die Wandmalereien sichtbar wurden und das große Bett aus schwärzestem Ebenholz vor ihm erschien, zwang er den Jäger auf die Knie, während er ihn weiter fest im Griff behielt. Ein dicker, tiefroter Teppich bewahrte den Menschen davor, sich die Kniescheiben zu brechen – die einzige Gnade, die er heute erfahren würde.

Auf dem Bett klirrten Ketten. Als die nackte Frau, die an die Bettpfosten gefesselt dalag, ihn erblickte, versuchte sie sich freizukämpfen. Natürlich versagte sie. Die Ketten waren nicht bloß aus gehärtetem Stahl, sondern dazu noch mystisch verstärkt. Und diese Gefangenschaft hatte sie nun wirklich sich selbst zuzuschreiben. Cronus hätte sie niemals gekriegt, wäre sie nicht mit dem Plan hierhergekommen, *ihn* zu verführen und in Ketten zu legen.

Würde er nicht den Allschlüssel sein Eigen nennen, wäre es ihr gelungen. Aber so konnte ihn nichts mehr aufhalten.

Grinsend betrachtete er sie. Das dunkle Haar hing ihr verknotet um die mit Blutergüssen übersäten Schultern, der Beweis, dass sie schon lange vor seiner Ankunft versucht hatte, sich zu befreien. Ihre Haut, sonst sahnig weiß, wirkte erheiternd blass. Als aus ihren Augen, mal kristallfarben, dann wieder glutrot, purer Hass auf ihn einstürmte, wurde sein Grinsen nur breiter.

„Dafür werde ich dich *abschlachten*", fauchte sie. Bevor er darauf reagieren konnte, wurde sie plötzlich ruhig und erwiderte sein Grinsen mit einem ihr eigenen bösartigen, lüsternen Lächeln. Dann schnurrte sie: „Aber erst, nachdem ich ein bisschen mit dir gespielt hab."

„Also wirklich, Liebling." Cronus schnalzte tadelnd mit

der Zunge. Wenn irgendjemand ihm etwas anhaben konnte, dann diese Frau, doch das würde er *niemals* zugeben. „Begrüßt man so den Mann, mit dem man seit unzähligen Jahrhunderten verheiratet ist?“

Rhea, Königin der Titanen, beobachtete ihn, als wäre er ein Tier, nach dessen Pelz es sie als Trophäe verlangte. „Angemessener wäre es, wenn ich dich mit weit ausholendem Schwert begrüßen könnte.“

Nachlässig winkte er ab, als könnte nichts ihn weniger interessieren. Damit würde er sie wieder zum Kochen bringen. „Pass auf, Liebste. Du protestierst auffällig viel.“

„Argh!“ Wütend verdoppelte sie ihre Anstrengungen, während ihr Dämon, *Unfrieden*, mit seinen blutroten Schuppen und verformten Schädelknochen durch ihre Gesichtshaut schimmerte. „Dafür wirst du bezahlen.“

„Wie du mir bereits unzählige Male versichert hast. Ein Jammer“, seufzte er spöttisch, „wie du dich demütigst, mein Herz, aber bitte, mach weiter. Meine liebste Stelle ist die, wenn du begreifst, dass nichts, was du sagst oder tust, dich noch retten kann, und du resigniert zusammensinkst.“

Trotz seines Hohns kämpfte sie weiter gegen die Ketten an. Und als seine eigenen Handgelenke dadurch schmerzhaft zu pochen begannen, verlor er den Spaß an der Sache. An diese grausige Kreatur war er gebunden. Gebunden auf eine Weise, vor der es kein Entkommen gab.

Wenn jemand sie verletzte, erlitt auch er eine Wunde. Egal, wo er war oder was er gerade tat. Genauso verspürte er Lust, wenn sie Lust empfand. Oh ja, er wusste es immer, wenn sie mit einem anderen Mann ins Bett stieg. Aber na ja, sie bekam es schließlich auch mit, wenn er mit anderen Frauen schlief.

Vielleicht war das der Grund dafür, dass sie einander so inbrünstig verabscheuten – und dass sie gegnerische Seiten gewählt hatten in dem Krieg, der zwischen den Unsterblichen und ihren menschlichen Feinden tobte. Cronus hatte sich hinter die Herren der Unterwelt gestellt, Rhea hinter die Jäger.

„Der Tod ist noch viel zu gut für dich", fuhr sie ihn an, bevor sie auf der Matratze zusammensank, genau, wie er es vorausgesagt hatte. Schweiß überzog ihren Körper, brachte ihre Haut zum Leuchten.

Er genoss es, sie so zu sehen. Hilflos, nackt und absolut nicht in der Lage, sich zu schützen oder auch nur zuzudecken. Ihre üppigen Brüste hatten hübsche hellbraune Brustwarzen. Ihr Bauch war weich, ihre Oberschenkel waren sogar noch weicher. Und vor langer Zeit hatte er sie wahrhaftig geliebt. Hätte ihr alles gegeben, *alles*, um sie glücklich zu machen. Um ehrlich zu sein, er *hatte* alles gegeben.

Obwohl er es eigentlich besser wusste, hatte er seinen Thron mit ihr geteilt. Hatte selbst seine göttlichen Fähigkeiten mit ihr geteilt. Er hatte sich so nach ihr verzehrt, dass er nicht weiter existieren wollte, sollte sie einmal nicht mehr an seiner Seite sein, um gleichberechtigt mit ihm zu herrschen.

Im Lauf der Jahrhunderte veränderte sie sich jedoch langsam. Aus Sinnlichkeit wurde Besitzergreifen, aus Güte wurde Grausamkeit, und ihr Durst nach Macht überstieg bald den seinen. Letzten Endes hatte sie ihn betrogen, hatte versucht, ihn zu stürzen. Sie war der Grund für seine Gefangenschaft im Tartarus. Durch ihre Schuld waren die Titanen den Griechen unterlegen. Wenigstens hatten die, denen sie bei ihrem Aufstand gegen ihn geholfen hatte, sie genauso hintergangen.

Jetzt würde sie seinem ewigen Zorn nicht mehr entkommen.

„Es ist mal wieder so weit, mein Hase", verkündete er.

Während einer ihrer vielen Auseinandersetzungen im Gefängnis, nachdem er ihren Liebhaber umgebracht hatte und sie seine Geliebte, hatten sie einander geschworen, niemals mehr jenen Schaden zuzufügen, die dem anderen am nächsten standen. Einen solchen Schwur zu brechen, war unmöglich. Deshalb konnte Cronus weder ihren ach so kostbaren

Galen noch einen seiner wichtigsten Ratgeber anrühren – obwohl er endlich das Versteck des Bastards gefunden hatte. Und bei ihm war seine neue oberste Befehlshaberin, seit Kurzem Hüterin von *Misstrauen*, Fox. Dafür konnte Rhea keinem der Herren etwas tun.

Doch dem Fußvolk konnten sie problemlos Leid zufügen. Wie er bald beweisen würde.

„Du hast die Wahl, Rhea. Entweder ich schlage dich, oder ich bringe einen von deinen Jägern um."

Der Mensch, der neben Cronus kniete, zuckte bei dieser Drohung zusammen und gab wimmernde Laute von sich, brachte jedoch kein Wort über die blutigen Lippen. Es war nur eine Vermutung, aber es könnte daran liegen, dass Cronus ihm die Zunge herausgerissen hatte.

Cronus wollte, dass Rhea ihre Strafe selbst wählte. Dabei war es ihm gleichgültig, dass er damit im Grunde ebenso sich bestrafte. Solange sie litt, war ihm alles andere egal. „Was darf's sein?" Jeden Tag stellte er sie vor die gleiche Wahl, und jeden Tag gab sie die gleiche Antwort.

„Du glaubst, ein zerbrechlicher, nutzloser Mensch würde für mich eine Rolle spielen?" Ohne die kleinste Spur von Angst oder Gnade hob sie das Kinn und beobachtete Cronus aus verengten Augen. „Töte ihn."

Dem Jäger entwich ein Schluchzen.

Nein, ihre Antwort hatte sich nicht geändert. Cronus hätte sie trotzdem schlagen sollen, und eines Tages würde er das vielleicht auch tun. Fürs Erste reichte es ihm, ihr zu geben, was sie verlangt hatte. Ihm gefiel die Idee, dass die Erinnerung an ihre Selbstsucht sie noch jahrzehntelang verfolgen würde.

„So soll es sein." Cronus streckte den Arm aus, griff sich das Schwert, das sich aus der Luft materialisiert hatte, und schlug zu. Mit einem dumpfen Plumpsen fiel der Kopf des Jägers zu Boden. Sein Körper ließ nicht lange auf sich warten.

Kupfergestank erfüllte die Luft.

An Rheas bedrohlich düsterer Miene hatte sich nichts verändert, kein Funken Reue war zu sehen. „Fühlst du dich jetzt besser, mein Hengst? Fühlst du dich wie ein großer, starker Mann?"

Schlampe. Er würde nicht zulassen, dass sie die Oberhand gewann. „Bedeutet dir deine ständig schrumpfende Armee denn gar nichts? All die Männer, die für *deine* Sache kämpfen?"

Gespielt lässig hob sie eine Schulter. „Für meine Armee empfinde ich sicherlich dasselbe wie du für deine. Nichts."

Nein, es kümmerte ihn nicht, was mit seinen Herren geschah, aber er respektierte ihre Stärke und Entschlossenheit. Zumindest hatte er das einmal. In letzter Zeit waren die Krieger viel zu beschäftigt – damit, sich zu verlieben, ihre eigenen Grabenkämpfe auszufechten und, seit Neuestem, Kane zu retten –, um Cronus' Befehlen Beachtung zu schenken. Doch sie waren immer noch der Schutzschild zwischen Cronus und dem endgültigen Tod, deshalb brauchte er sie.

Beim Gedanken an all die Geschehnisse, die ihn zu exakt diesem Moment geführt hatten, runzelte er die Stirn. Vor langer Zeit hatte das erste Allsehende Auge unter seinem Befehl – ein Wesen mit der Fähigkeit, in den Himmel und in die Hölle zu blicken, in die Vergangenheit, die Gegenwart und die Zukunft – prophezeit, dass ein Mann voller Hoffnung auf weißen Flügeln zu ihm fliegen und ihn enthaupten würde. Zu jenem Zeitpunkt hatte es Galen noch gar nicht gegeben. Deshalb hatte Cronus angenommen, es würde ein Kriegerengel sein, und den Kampf gegen die Elitekrieger der Einen Wahren Gottheit aufgenommen. Ein Krieg war ausgebrochen – zwischen Engeln und Göttern, Griechen und Titanen –, und selbst die Erdenmenschen hatten darunter gelitten.

Geschwächt durch die ständigen Kämpfe war Cronus von Zeus besiegt und in den Tartarus geworfen worden. Wenig später hatte Zeus die Herren erschaffen, unter ihnen auch

Galen. Sie hatten seine persönliche Armee gebildet – allzeit bereit, ihn zu verteidigen, sollten die Titanen sich aus ihrem bröckelnden Gefängnis erheben. Doch in einem Anfall törichter Beleidigung hatten genau diese Krieger die Büchse der Pandora geöffnet. Das Unheil, das aus ihrem Inneren hervorbrach, brachte noch mehr Zerstörung über eine Welt, die sich erst langsam von den Götterkriegen erholte. Als Zeus ihre Strafe verkündet hatte, war Galen mit dem Dämon der *Hoffnung* vereint worden, und weiße Flügel waren aus seinem Rücken gewachsen. Und dann, nachdem Cronus aus dem Gefängnis der Unsterblichen entkommen war, hatte das jüngste Allsehende Auge dieselbe Zukunft ausgemalt, die schon früher vorausgesagt worden war – nur dass Galens Sieg über Cronus diesmal zu *sehen* war.

Doch das erste Auge hatte ihm etwas gesagt, wovon das heutige noch keine Ahnung hatte: Es gab einen Weg für ihn, sich zu retten. Eine Frau auf den Schwingen der Mitternacht, die unter seinen Feinden gelebt hatte, sich jedoch nach einem Leben mit seinen Verbündeten sehnte, sollte seine Rettung sein.

Diese Frau war Sienna. Alles an ihr stimmte mit der Beschreibung des Allsehenden Auges überein, von ihrem Aussehen bis hin zu ihren Lebensumständen.

Deshalb musste sie tun, was das Auge vorhergesagt hatte. An Galens Seite herrschen, trotz ihres Wunsches, den Herren zu helfen. Nur sie konnte Galens Aufmerksamkeit fesseln, auch wenn sie noch nicht wusste, wie oder weshalb, und Cronus es ihr sicher nicht verraten würde. Nur sie konnte gegen Rhea bestehen, sollte seine Frau jemals entkommen. Nur sie konnte die Herren davon abhalten, Galen anzugreifen, denn den Hüter der *Hoffnung* zu töten, würde die Prophezeiung nicht außer Kraft setzen. Der Dämon würde mit jemand anderem verbunden, der sich dann wiederum in den weiß geflügelten Mörder des Titanenkönigs verwandeln würde.

„Ich werde entkommen, das ist dir ja wohl klar“, verkündete Rhea und klang dabei ziemlich selbstsicher.

Ob diese Selbstsicherheit von ihren Fähigkeiten herrührte oder von seiner Kapitulation, konnte er nicht ausmachen. Es war ihm auch egal. Nachlässig fuhr er sich mit dem Daumen über eine Augenbraue, eine weitere Geste des Desinteresses. „Nein, ist es nicht. Ich habe noch nie eine so schwache Göttin gesehen.“

Nur er konnte ihre Ketten lösen, und das gedachte er niemals zu tun. Eines ihrer jüngsten Verbrechen hatte darin bestanden, ihre Schwester zu überreden, seine Geliebte zu werden und ihn auszuspionieren. Noch ein Grund, warum Cronus so darauf bestand, dass Sienna mit Galen dasselbe tat.

„Eines Tages …“, knurrte sie.

Gelassen trat er an die Seite des Betts, weg von der Leiche und näher zu seiner verhassten Ehefrau. „… wirst du mich ruinieren. Mich einsperren. Mich … Womit hast du mich sonst noch so bedroht, hm?“

„Ich werde dir die Haut abziehen, auf deine Knochen spucken und in einem See aus deinem Blut tanzen.“

„Klingt wie ein wahrhaft spektakulärer Abend. Bis dahin gönne ich mir noch ein wenig Spaß, glaube ich.“ Mit einer Handbewegung ließ er eine der zahllosen Frauen an seiner Seite erscheinen, die derzeit in seinem Harem weilten – eine Rothaarige mit tief gebräunter Haut und rosig strahlenden Wangen. Im Gegensatz zu manchen anderen, die er besaß, fand sie wirklich Gefallen daran, seine Bedürfnisse zu befriedigen.

Heute trug sie eine transparente Toga aus Seide und Spitze, Juwelen, die einst Rhea gehört hatten, und ein Lächeln, das heller strahlte als die Sonne. Die Königin der Titanen dort so hilflos liegen zu sehen und gleichzeitig zu wissen, dass sie selbst einer seiner Lieblinge war, ließ ihre Brust vor Stolz schwellen. Süffisant winkte sie Rhea zu und warf sich das Haar über die Schulter.

Rhea fauchte.

Und genau deshalb habe ich sie ausgewählt, dachte er innerlich grinsend.

Als sie die Diamanten wiedererkannte, die sich um den Hals des Mädchens wanden, spie Rhea eine Flut von Beschimpfungen aus.

„Eure Majestät", sprach ihn das Mädchen mit einem graziösen Knicks über den Ausbruch der Königin hinweg an, um zu beweisen, wie bedeutungslos sie war. Zitrusduft ging von ihr aus. „Was kann ich für Euch tun?"

„Du kannst der Frau dort auf dem Bett zeigen, wie sehr dich dein Mann befriedigt." Er winkte sie zu sich, platzierte sie mit dem Rücken zu sich und beugte sie nach vorn, sodass ihr Gesicht genau vor Rheas war.

„Befriedigt *sie Euch* denn nicht?", fragte das Mädchen.

Wieder fauchte die Königin und versuchte, sie zu beißen.

„Das reicht jetzt." Den Blick unverwandt auf seine Frau gerichtet, zog er den Reißverschluss seiner Lederhose nach unten. Er verabscheute so enge Sachen, doch Rhea fand diese Art Kleidung attraktiv, und sein Drang, sich zu rächen, überstieg bei Weitem jeden Wunsch nach Komfort. „Du weißt, was du sagen musst, um das zu verhindern", erinnerte er seine Frau. Rhea musste nur ihre Niederlage eingestehen und geloben, ihm auf ewig zu gehorchen.

„Eher sterbe ich."

„Wie du willst."

Er nahm die Sklavin und genoss es in vollen Zügen – auch wenn er niemals eingestehen würde, dass es nur deshalb so befriedigend war, weil er den Blick auf seine Frau gerichtet hielt. Sie dagegen schloss die Augen, um seinen Anblick auszublenden. Egal. Sie spürte jede seiner Empfindungen mit, und das reichte ihm für den Moment.

Als er gekommen war, richtete er seine Kleider mit zitternden Händen – was demütigend war; ein König sollte sich auch von einem solchen Höhepunkt augenblicklich erholen – und schickte die grinsende Sklavin fort.

„Bastard", keuchte Rhea atemlos. „Ich hasse dich. Aus tiefster Seele hasse ich dich."

„So, wie ich dich hasse."

Plötzlich verzog sie ihre Mundwinkel in ehrlicher Belustigung. „Weißt du, Cronus, mein Liebling, du hast deine Hure nicht halb so sehr genossen, wie ich meine."

Ihre Worte waren sorgfältig kalkuliert, ein schmerzhafter Stich für seinen männlichen Stolz. Doch er achtete darauf, eine ebenso amüsierte Miene aufzusetzen. „Weißt du, Liebling", sagte er, „du magst deine Männer genossen haben, aber du hattest sie immer nur ein einziges Mal, bevor ich sie aufgespürt und umgebracht habe. Ich dagegen freue mich schon jetzt darauf, den Rotschopf morgen noch einmal zu nehmen."

10. KAPITEL

Reißzähne bohrten sich in seine Arme. Klauen in seine Beine. Hörner stießen ihm in den Bauch. Eine Weile lang hatten einige der Steinmonster ihn bestiegen wie die Hunde, während ihre Freunde versuchten, ihn anzuketten. *Nicht würgen.* Eigentlich hätte er ihnen erlaubt, ihn zu fesseln – hätte er nicht Sienna gesehen. Sie war hier. Am Leben. Ohne Fesseln.

Sie hatte ihn angesehen, hatte seinen Blick erwidert und eine unglaubliche Traurigkeit verströmt. Traurigkeit und Reue und sogar Entsetzen. Die Hornbrille, die sie damals getragen hatte, war fort, wahrscheinlich war ihre Sehkraft im Leben nach dem Tod perfekt – aber ihre Züge waren noch dieselben. Große haselnussbraune Augen, volle rote Lippen. Mahagonifarbenes Haar, das ihr mittlerweile bis zur Taille reichte.

Seine Frau. Seine. Einer nach dem anderen hatten seine Freunde sich verliebt, und er war so neidisch gewesen. Doch hier war sie nun, die Frau, die ihn faszinierte wie keine andere. Er hatte gedacht: *Ich muss zu ihr ... muss dieses Entsetzen auslöschen ...*

Sex hatte gedacht: *Ich muss sie haben.*

Jetzt zog sich der Dämon in den hintersten Winkel seines Geistes zurück, der Feigling, während Paris sich unter den Gargoyles hervorkämpfte, um hinter ihr herzulaufen. Einen Augenblick später überliefen ihn seine Angreifer erneut, jetzt noch verbissener. Er warf sie ab, erst einen, dann noch einen, dann wieder einen, schleuderte die spröden Steinkörper gegen die Wände. Sekundenschnell erholten sie sich und griffen ihn wieder an. Mehr Klauen, mehr wild zustoßende Hörner.

Sie verlangsamten sein Vorankommen, doch sie konnten ihn nicht aufhalten. Aber er war schwach und wurde kontinuierlich schwächer, denn er hatte den ganzen Tag noch keinen Sex gehabt. Wenn er so überlegte, wahrscheinlich auch gestern nicht. Er hatte es bereits vergessen. Es spielte keine Rolle. Sienna war hier, und bei ihrem Anblick war er augenblicklich hart geworden.

Er *könnte* wieder mit ihr schlafen. Daran gab es keinen Zweifel mehr.

Er musste es nur bis zu ihr schaffen.

Als sich in ihm die Dunkelheit erhob und seinen Geist mit Gedanken an Zerstörung und Tod vernebelte, wehrte er sich nicht mehr dagegen. Er ließ zu, dass sie ihn immer weiter auf den Punkt zutrieb, an dem nichts mehr eine Rolle spielte außer den Hindernissen in seinem Weg. Diese Steinfiguren wollten ihn von seiner Frau fernhalten. Sie verdienten es nicht, zu leben.

Einen Schritt, zwei, drei, schleppte er sich zurück in den Ballsaal, die Wesen in seine Oberschenkel gekrallt, in seine Waden, festgeklammert an seinen Fußknöcheln. Die ganze Zeit über prügelte er auf Köpfe ein, trat und stach nach Körpern. Stein krachte. Splitter rieselten zu Boden.

„Sienna! Wo …“

Sie fegte um die Ecke, wenige Meter von ihm entfernt, das dunkle Haar wirr, die braunen Augen wild leuchtend. Augenblicklich spielte sich alles nur noch in Zeitlupe ab, und er nahm Details wahr, die ihm bisher entgangen waren. Ihre Lippen waren voller als sonst, geschwollen, und in ihren Mundwinkeln klebte getrocknetes Blut. Auf ihrer Wange blühte ein Bluterguss, ein schwarzblaues Zeugnis der Schmerzen, die sie hatte ertragen müssen. Einer ihrer nachtschwarzen Flügel stand in einem unnatürlichen Winkel ab, offensichtlich gebrochen.

Sie war verletzt. Jemand hatte sie verletzt.

Brüllend warf er zwei weitere Steinmonster ab. Das nächste packte er beim Hals und schlug, schlug, schlug darauf ein, hieb ihm ein Loch in die Wange, aus dem immer mehr Steinsplitter zu Boden fielen. Und immer noch kämpfte die Kreatur gegen Paris an, schlug die Zähne in die Faust, die sie festhielt.

„Lass dich von ihnen fesseln“, rief Sienna. „Bitte, lass sie einfach machen.“

Sie wollte ihn gefesselt sehen? Hasste sie ihn so sehr, wie er gefürchtet hatte? Egal. Ihre Bitte fegte er beiseite, seine Entschlossenheit ungebrochen. *Muss töten … Knack, krach. Feind muss sterben. Krach, krach, klirr. Hindernisse auslöschen. Knack, klirr.* Trümmer flogen in alle Richtungen. Mittlerweile hatten die Wasserspeier ihren Durst nach Befriedigung vergessen, oder was auch immer sie dazu getrieben hatte, sich an seinem Körper zu reiben. Jetzt gingen sie voll zum Angriff über.

Endlich war Sienna bei ihm, mit ihrem Duft nach Wildblumen und … Ambrosia? Tief atmete er ein. Oh ja. Das süße, süße Parfüm von Ambrosia durchdrang ihn völlig, überschattete alles andere, selbst seinen Drang zu töten. Oh, brauchte er jetzt einen Schuss. Und wie er den brauchte. Das Wasser lief ihm im Mund zusammen, doch gleichzeitig fragte er sich, warum sie nach einer Droge der Unsterblichen riechen sollte. Einer Droge, der er vor Kurzem abgeschworen hatte, als er bei einem Kampf verletzt worden war, den er nüchtern gewonnen hätte. Durch seine Verletzungen hätte er fast ein Treffen mit einer Göttin verpasst, die ihm seine Kristalldolche verkauft hatte, und in jener Sekunde hatte er beschlossen aufzuhören. Glücklicherweise hatte er den schlimmsten Teil des Entzugs schon hinter sich; das konnte er sich nicht noch einmal leisten. Nichts wäre mehr von Bedeutung für ihn außer seinem nächsten Schuss.

Ich will sie. So nah, wie sie jetzt war, wurde *Sex* munter, pumpte Kraft in Paris' Körper und veränderte auch den Fokus seiner Gedanken. *Muss sie berühren … Muss sie besitzen …*

Ausnahmsweise waren sie sich mal einig.

„Du musst dich von ihnen fesseln lassen.“ Als sie versuchte, zwei der Steinmonster von ihm loszureißen, gingen sie auf sie los, schlugen ihre Klauen in sie, bissen sie, rammten ihre Köpfe gegen ihren Körper. Unter ihrem Gewicht ging sie in die Knie.

Ein weiteres Brüllen entrang sich seiner Kehle. Sie hatte versucht, ihn zu retten? Der bloße Gedanke war unvorstellbar. Ohne die Biester zu beachten, die ihn zu fesseln versuchten, befasste er sich mit denen, die auf ihr herumkletterten. Packte eins und schleuderte es fort. Noch eins, weg damit.

„Lauf!“, befahl er ihr.

Sofort gingen die Viecher wieder auf ihn los. Er versuchte, sie aus dem Weg zu stoßen, ihr einen Gang zu bahnen, doch sie lief nicht fort. Keuchend lag sie da, rührte keinen Finger, versuchte nicht einmal, sich zu schützen.

Mit Tränen in den Augen flehte sie ihn an. „Bitte, Paris. Halt still. Wehr dich nicht.“

Der heiße Atem stockte ihm in der Kehle, alles in ihm schrie danach, weiterzukämpfen, allem wehzutun, das ihm im Weg stand. Doch er stemmte die Fersen in den Boden, steckte seine Dolche weg und senkte die Arme. Sie hatte versucht, ihn zu retten; er würde ihr vertrauen.

Er würde sich ergeben.

Einen Moment lang nutzten die Biester das voll aus und umschwärmten ihn wie die Fliegen den Honig. *Ruhig*. Wie Sienna blieb er reglos liegen. Unglaublich, aber wahr – bald schon ließ ihr Kampfdurst nach. Die Steinfiguren packten ihn bei den Armen und begannen erneut, ihn auf das Gefängnis zuzuschleifen, in dem sie bereits William festgekettet hatten.

Sienna rappelte sich auf und folgte ihnen, ohne den Blick auch nur einmal von ihm zu wenden. Und das war auch gut so. Hätte sie es getan, wäre er wieder explodiert. *Nicht mal das bisschen darf ich verlieren.*

„Wenn sie dich erst angekettet haben, lassen sie dich in Ruhe.“ Schmerz schwang in ihrer bebenden Stimme mit. „Sie müssen einfach ihre Aufgabe erfüllen, danach kannst du tun, was du willst.“

Ich will sie …

Trotz seiner Verletzungen wurde er wieder hart, und der Duft seines Dämons strömte von ihm aus, edle Schokolade vermischt mit teuerstem Champagner. Hätte er noch einen Beweis gebraucht, dass er diese Frau ein weiteres Mal haben konnte, das wäre er gewesen. Er konnte sie so oft haben, wie er nur wollte, sooft sie es ihm erlaubte. Ehrfurcht erfüllte ihn. Er war frei.

Er war verloren.

Endlich war er bei der Frau, die er mehr als jede andere begehrte.

Die Monster, die ihn nicht an Armen und Beinen gepackt hielten, sprangen ihn an und rieben sich erneut auf diese abartige Weise an ihm. Diesmal noch härter, entschlossener. Offenbar konnte nicht einmal ihr Drang, ihre Pflicht zu erfüllen, die Anziehungskraft seines Dämons außer Gefecht setzen. Er blendete sie aus, konzentrierte sich nur auf Sienna.

Sie war hier – dieses Gedankens würde er nie müde werden –, und sie war atemberaubend bezaubernd, die Essenz der Weiblichkeit. So dreckig und blutverschmiert sie auch war, nie hatte er eine wundervollere Frau gesehen. Selbst über die lange Trennung hatte er sie sich nicht schöner geredet, als sie war. Im Gegenteil, er war ihr nicht einmal gerecht geworden. In diesen haselnussbraunen Augen schimmerten kupferne und smaragdene Einsprengsel, Sommer und Winter aufs Köstlichste vereint, umrahmt von langen schwarzen Wimpern. Ihre Lippen waren wie geschwollen, jede Sünde wert. Die Art Lippen, für die Frauen Schönheitschirurgen bezahlten – und Männer Frauen.

Ihr Haar war weder zu dunkel noch zu hell, sondern glänzte in einer perfekten Nuance von Rotbraun, durchzogen von Strähnen in schimmerndem Gold. Mittlerweile trug sie es länger als zuvor, in Wellen so faszinierend wie der Ozean.

Ihre Sommersprossen waren etwas verblasst, aber so zahlreich wie eh und je, eine Schatzkarte für seine Zunge. Der Rest ihrer Haut, in der Farbe von Sahne und Rosenblüten, schimmerte, als trüge sie die Sonne in sich. Schlank und elegant war ihr Körper, so graziös wie der einer Ballerina. Ihre Brüste waren klein, aber sie würden perfekt in seine großen Hände passen, während er ihre Nippel leckte. Die langen Beine würde sie um seine Hüfte schlingen und ihn damit fest an sich drücken.

Meine, dachte er. *Meine.*

Nimm sie. Sex hatte das *Will* und *Brauche* drangegeben und versuchte es jetzt mit Befehlen. Als würde Paris ihm da widersprechen. Doch eine Frage quälte ihn: Würde es ihn tatsächlich stärken, wenn er noch einmal mit ihr schlief?

Hinter der nächsten Ecke wartete William – und grinste Paris mit einem süffisanten Ich-hab's-dir-doch-gleich-gesagt-Ausdruck in den elektrisierend blauen Augen an. Er hatte sich bereits von seinen Ketten befreit und winkte, als Paris an ihm vorbeigeschleift wurde. Die Biester schenkten ihm keine Beachtung, klammerten sich weiter an Paris und bestätigten Siennas Behauptung. Endlich entspannte Paris sich. Er stand so kurz davor, sie zu halten, sie zu berühren, wie er es sich erträumt hatte.

Oh, die Sachen, die er mit ihr anstellen wollte …

Vielleicht würde sie ihn von sich stoßen, vielleicht auch nicht. So oder so, endlich würde er es herausfinden.

11. KAPITEL

Paris beobachtete, wie William sich neben Sienna in Bewegung setzte. Immer noch wandte sie den Blick nicht von ihm ab, und er fragte sich, was sie gerade dachte. Reagierte ihr Körper auf ihn, so wie er auf sie reagierte?

Blutbespritzte Wände rahmten sie ein, und Paris fluchte. Er hätte alles getan, um sie umgeben von Samt und Seide zu sehen. Er schwor sich, dafür zu sorgen, bevor er sie gehen ließ – wobei ihn der Gedanke, sie ziehen zu lassen, innerlich aufheulen ließ.

„Schön, dich wiederzusehen, Sienna", behauptete William so freundlich, wie es ihm eben möglich war. Der frostige Ausdruck in seinen Augen strafte seine charmante Fassade Lügen.

Paris verspannte sich. Wenn der Krieger ihr wehtat …

„Kennen wir uns?", fragte sie.

Einen Moment lang schien William vollkommen verblüfft. Dann wurde der verwirrte Ausdruck auf seinem Gesicht von einem zuckersüßen Lächeln ersetzt. „Es schmerzt mich, dass du dich nicht daran erinnerst, aber es macht mir nichts aus, dein Gedächtnis aufzufrischen. Erlaube mir, die Szene zu beschreiben. Wir waren in Texas, und du hast wie ein Hund auf dem Boden gekauert und wie ein Blutegel an Paris geklebt." Mit seinem höhnischen Tonfall wollte er sie offensichtlich einschüchtern, sie zurechtweisen für alles, was sie Paris angetan hatte.

„Pass auf, wie du mit ihr redest", fuhr Paris ihn an. Sie mochte ihm schlimme Dinge angetan haben, aber er würde nicht erlauben, dass sie respektlos behandelt wurde.

Sienna zuckte mit den Schultern, offenbar unberührt von Williams Worten. „Du wirst mir verzeihen müssen, dass ich dich damals nicht bemerkt habe. Neben ihm wirkst du eher unscheinbar."

Fast wäre William an seiner Zunge erstickt.

Zum ersten Mal seit Ewigkeiten war Paris ehrlich belustigt. Das einzige andere Mal, dass er sie so schlagfertig erlebt hatte, war gewesen, als sie ihn betäubt hatte. Damals war es ihm unsympathisch gewesen, aber jetzt gefiel es ihm – vor allem, da jemand anders das Ziel war.

William kam wieder zu Atem und setzte nach: „Nur dass du's weißt, ich bring dich um, wenn du ihm auf irgendeine Weise Schaden zufügst. Und es ist mir egal, wie sehr ihn das aufregen wird." Die Erklärung erfolgte so ruhig, dass kein Zweifel an der Ernsthaftigkeit des Kriegers aufkommen konnte. „Paris ist erwiesenermaßen hirnverbrannt, wenn's um dich geht, und das bedeutet, seine Freunde müssen die geistige Lücke füllen."

Und vorbei war es mit Paris' Amüsiertheit. Aus seiner Kehle drang ein animalisches Knurren, und er bleckte die Zähne. Wieder begann sich die Dunkelheit in ihm zu erheben ... Die Wut kehrte zurück ... Paris kämpfte darum, seine Arme zu befreien, um die Finger um Williams Hals zu schließen und zuzudrücken. Niemand bedrohte Sienna. Niemand. Jemals.

Du willst ihm nicht wirklich wehtun. Hör auf. Ein Flehen tief aus seinem Inneren, wo immer noch ein Schatten des alten Paris zu wohnen schien. Williams Loyalität war eine schöne Überraschung und etwas, das er auf einer instinktiven Ebene zu schätzen wusste.

Wenn es um Sienna ging, dachte Paris jedoch nicht unbedingt rational, und er verstärkte seinen Widerstand. *Ich muss sie verteidigen ...*

Die Wasserspeier hörten auf, ihn hinter sich herzuschleifen und zu bespringen, und fingen wieder an, ernsthaft mit ihm zu kämpfen. Sie stießen ihn zu Boden und in einen Haufen Knochen, schlugen erneut die Klauen und Zähne in sein Fleisch.

„Siehst du?" William breitete die Arme aus, um seine vorherigen Worte zu bekräftigen. „Hirnverbrannt."

Paris biss sich in die Innenseite seiner Wange und zwang

sich ein zweites – drittes? – Mal, ruhig zu werden. Er hustete und prustete wie der große böse Wolf, der er war, und wusste, dass er seine Meinung über Sienna später würde klarmachen können. Wenn er an seine Messer kam. Zu ihm konnten seine Freunde alles sagen, was sie wollten, aber nicht zu ihr.

Wieder verloren die Biester das Interesse am Kampf und nahmen erneut den Weg ins Gefängnis auf.

Sienna und William kamen weiter hinterher, und kurz darauf waren Paris' Hand- und Fußgelenke in einer winzigen, schmucklosen Zelle an die Wand gekettet. Steinklauen kratzten über den Boden, als die Kreaturen, glücklich krächzend über ihre gute Arbeit, endlich abzogen.

Jetzt löste Sienna den Blickkontakt, um sich neben ihm niederzuknien und mit zitternden Fingern an einer der Handfesseln herumzuhantieren. Er hätte sich auch allein befreien können. Oder, verdammt, William hätte ihn befreien können – doch Paris gefiel es, ihre weichen, grazilen Hände auf sich zu spüren. Sie waren ihm das Liebste an ihrem Körper, jede ihrer Bewegungen ein exotischer Tanz.

Bebend holte sie Luft und erklärte: „Sie haben die Aufgabe, jeden anzuketten, der den Weg von der Zugbrücke zum Schloss überlebt, und sobald sie das erledigt haben, verlieren sie das Interesse. Du kannst dich hier frei bewegen."

Einen Moment lang schloss er die Augen, ließ ihre Stimme durch seinen Geist strömen. Leicht rau, dunkel, eine Liebkosung, die er mehr vermisst hatte, als ihm bewusst gewesen war. Bis in alle Ewigkeit hätte er ihr zuhören können.

Empfand ein Teil von ihm immer noch Hass auf sie? Oh ja. Definitiv. Hass auf das, was sie ihm angetan hatte, Hass auf das, was er *für sie* getan hatte. Hass auf ihren unglaublichen Einfluss auf ihn. Und unter all diesem Hass nahm er es ihr tierisch übel, dass sie vor all diesen Monaten nicht über ihren eigenen Hass hinausgesehen und sich für ihn entschieden hatte, so wie er sich für sie entschieden hatte.

Er hätte sie mit nach Hause genommen. Hätte sie verwöhnt. Zumindest redete er sich das jetzt ein. Was er vor dem Verwöhnen mit ihr gemacht hätte, blendete er aus. Verdrängte jeden Gedanken an die Befragung, die er geplant hatte, oder an die Ketten, die er für sie hatte kaufen wollen.

„Ich kann nicht richtig ... kann nicht ... Muss mir bei dem Sturz schlimmer wehgetan haben, als ich dachte." Bei den letzten Worten war ihre Stimme zu einem bloßen Hauchen geschrumpft. „Tut mir ... leid ..." Schlaff fielen ihre Hände herab, und sie sank nach vorn, hing federleicht auf Paris' Brust.

„Sienna?", hakte er nach, doch sie antwortete nicht. Jeder, der sie sehen und berühren konnte, konnte auch ihren Geisterkörper verletzen, das wusste er. Und die Steinmonster hatten sie definitiv sehen und berühren können. Doch ohne Herzschlag oder Sauerstoffbedarf sollte sie sich schnell erholen. Richtig? Nur ... Diese Blutspuren in ihren Mundwinkeln ... Wie hatte sie bluten können?

„Sie muss beim Anblick meiner Schönheit in Ohnmacht gefallen sein", seufzte William. „So viel zu der Kitzelschlacht, die ich geplant hatte."

Ohne William Beachtung zu schenken, riss Paris mit einem Ruck seines linken Arms die Kette aus der Wand. Vorsichtig legte er den Arm um Sienna, hielt sie an sich gedrückt, stützte sie.

Sie war wie für ihn gemacht.

Nachdem er auch den anderen Arm losgerissen hatte, legte er sie sanft auf den Rücken und blickte auf sie hinunter, während sein Herz wilde Purzelbäume in der Brust schlug.

Schlaff rollte ihr Kopf zur Seite. Sie war blass, noch blasser als zuvor. Noch zweimal ruckte er, dann waren auch seine Beine frei. Schließlich zerrte er an den metallenen Fesseln, bis sie von seinen Gelenken abfielen. *Dann* tat er das, was er schon vom ersten Moment an hatte tun wollen: Er berührte sie, strich ihr das Haar aus der Stirn. Ihre Haut war genauso weich, wie sie aussah, und warm, so herrlich warm. Nach einem Moment wie diesem hatte er sich so verzweifelt gesehnt, hatte immer und immer wieder davon geträumt und sich Hunderte Male fast umgebracht, um ihn zu erreichen. Zu seinem Entzücken war die Realität so viel wundervoller als sein Traum. Nicht bloß, dass er ihre Wärme spürte – er roch auch ihren Duft, war darin eingehüllt. Die Wildblumen und das süße Kokosnuss-Aroma der Ambrosia, die sich zu einer erregenden Komposition vereinten.

Doch warum Ambrosia? Darüber kam er nicht hinweg. War sie süchtig? Wenn ja, dann hätte er alles darauf verwettet, dass irgendjemand – zum Beispiel Cronus – sie dazu gezwungen hatte. Sie war nicht der Typ dafür, sich bereitwillig auf Drogen einzulassen. Zwar kannte er sie kaum, doch er wusste, dass sie es gern ordentlich hatte und alles unter Kontrolle behalten wollte.

Ich werde sie davor bewahren, weiterzumachen, dachte er dann. Sie gehörte ihm. Wenigstens für eine kleine Weile gehörte sie ihm.

In seinem Kopf hüpfte *Sex* auf und ab. *Nimm sie, nimm sie, nimm sie.*

Sein Instinkt verlangte dasselbe. Und doch hielt er stand. *Nicht so. Nicht, wenn sie bewusstlos ist.*

Ein frustriertes Seufzen, vielleicht sogar ein gerauntes *Spielverderber*, während Paris sie untersuchte. Sorgsam verdeckte er sie vor Williams Blicken, als er ihre Kleidung beiseiteschob, um nach Verletzungen zu suchen. Jeder Zentimeter enthüllter Haut war wie ein Funkenschlag für *Sex*, brachte den Dämon zum Zischen und Beben. *Vielleicht bist du doch nicht so ein Spielverderber.*

Auch wenn Paris den Körper unter seinen Händen genauso ehrfürchtig bestaunte wie sein dunkler Gefährte, zischte und bebte er aus anderen Gründen. Wieder erhob sich die Dunkelheit, wieder brodelte die Wut in ihm. Unter verblassenden Blutergüssen war seine Frau genauso zerbissen und zerkratzt wie er. Blut rann in schmalen Bächen des Schmerzes aus ihren Wunden.

Schon war seine nächste Mission klar: herausfinden, wie man diesen Wasserspeiern wehtun konnte, und sie für jede ihrer Verletzungen bezahlen lassen.

So richtig bezahlen lassen, beschloss er, als er einen tiefen, hässlichen Riss in ihrer Seite entdeckte. Mit einem tiefen Atemzug versuchte er, sich zu beruhigen, doch augenblicklich verkrampften sich seine Muskeln, sein Kopf vernebelte sich, und ihm lief das Wasser im Mund zusammen. Er *schmeckte* die Ambrosia förmlich in der Luft. Stirnrunzelnd beugte er sich hinab und schnupperte an ihrem Hals entlang. Je näher er ihr kam, desto stärker wurde der Geruch.

„Perversling", kommentierte William.

„Kannst du auch mal ernst bleiben?"

„Das *war* ernst gemeint. Ich dachte ja schon immer, dass du mehr der Rein-raus-Typ bist. So ein bisschen verstohlen, sodass sich die Mädchen hinterher fragen, ob du wirklich da warst oder ob sie das bloß geträumt haben. Aber ich hatte ja keine Ahnung, dass du *so* verstohlen bist."

„Schön zu wissen, dass du dir Gedanken über mein Sexualleben gemacht hast", knurrte er.

„Hat das nicht jeder?"

„Fick dich."

„Ich wiederhole: Hat das nicht jeder?"

„Das hier führt zu nichts." Noch einmal schnupperte er. Immer dichter wurde der Nebel, bis sein Gehirn praktisch darin schwamm. Konnte der Duft von Siennas Blut ausgehen? Noch ein Schnuppern, noch dickerer Nebel. Oh ja, es war definitiv in Siennas Blut – und eine ganze Menge. Mehr, als selbst ein Süchtiger vertragen könnte. Ihr Geruch war so stark, als wäre sie auf einem Ambrosiafeld gewachsen.

Was unmöglich war. Oder? Ambrosia wurde auf speziellen Feldern ganz woanders im Himmel geerntet, so weit von diesem dunklen Reich entfernt wie der Mond von der Erde. Man pflückte die lavendelfarbenen Blütenblätter, presste den klaren, berauschenden Saft aus ihnen heraus und trocknete sie dann, um sie gemahlen zu verwenden. Niemand konnte den klaren Saft trinken, nicht einmal Unsterbliche, und Menschen waren nicht einmal dem Pulver gewachsen.

Aber Sienna war kein Mensch mehr …

Zu seiner Schande musste er sich eingestehen, dass er sie am liebsten gebissen hätte, um sie auszusaugen und bis auf den letzten Tropfen zu genießen. Er war in diese Sucht hineingeraten – hatte sich hinein*gestürzt*, um ehrlich zu sein –, doch irgendwie hatte er es auf dem Weg hierher geschafft, seinem Verlangen auszuweichen. Hatte gewusst, dass er bei Sinnen sein musste, um erfolgreich zu sein. Hätte das doch nur auch jetzt diese süße, betörende Verlockung abgeschwächt … Aber nein.

„So interessant das auch ist – und ehrlich, ich will dich nicht bei deinen *Verführungstechniken* stören“, behauptete William, „aber kommst du jetzt mal zur Sache oder was?“

„Ich dachte, ich hätte dir gesagt, du sollst die Klappe halten.“

„Nein, du hast mir gesagt, ich soll mich ficken, und das war vor fünf Minuten. Seitdem hat sich einiges verändert. Zum Beispiel, dass ich mich langweile.“

Paris biss sich auf die Zunge, bis er Kupfer schmeckte, während er seine Suche nach Verletzungen abschloss. Und verdammt, jetzt durchfuhr ihn ein neuer Stromschlag des Verlangens – diesmal sein eigenes, nicht das seines Dämons. Diese wunderhübschen rosa Brustwarzen sollte er gar nicht bemerken, genauso wenig wie die weiche Kuhle, in der ihr Bauchnabel lag, oder die langen, schlanken Beine. Sollte nicht ihre Sommersprossen zählen und sich dabei bereits den Weg ausmalen, den er mit seiner Zunge nehmen würde (zu Beginn die dunkleren Sprenkel auf ihrem Bauch und sich dann langsam hinunterarbeiten zu den helleren auf ihren Oberschenkeln). Er war ein Bastard. Er war krank, verabscheuungswürdig. Man sollte ihn auspeitschen.

Wenn sie aufwachte, würde sie das für ihn erledigen, darauf hätte er gewettet.

Ich hasse mich. „Sie ist doch schon tot", presste er hervor. An ihrem linken Handgelenk prangte nicht länger das tätowierte Unendlichkeitszeichen, ein Symbol, das die Jäger benutzten. „Warum blutet sie? Sollten ihre Wunden nicht genauso schnell heilen wie unsere?"

„Ach, jetzt willst du mit mir reden?", gab der Krieger schnippisch zurück.

„Beantworte einfach die Frage, bevor ich dir die Zunge herausreiße und an die Wand nagle."

„Du hast echt keinen Sinn mehr für Humor, weißt du das eigentlich? Aber meinetwegen. Na gut. Ich spiele mit. Sie ist tot, ja, aber sie ist auch besessen von einem Dämon, der sehr lebendig ist. Sein Herz schlägt für sie. Sein Blut fließt durch ihre Adern. *Dir* sollte ich nun wirklich nicht erklären müssen, wie ein Dämon funktioniert. Und was zum Teufel riecht hier so gut? Mir läuft das Wasser im Mund zusammen. Ein wahres Fest für meine …"

„Hör auf zu atmen!" Paris wollte nicht, dass irgendjemand anders sie einatmete.

„O-kay. Bist du immer so besitzergreifend?"

„Lass uns wieder auf ein Thema zurückkommen, bei dem ich dich nicht zerfleischen werde. Sie ist besessen von einem Dämon, ja, aber sie ist ebenfalls der Geist eines toten Menschen. Deshalb …"

„Deshalb kannst du sie trotzdem noch berühren."

Um es mit den Worten des Bastards zu sagen: War er immer so stumpf? „Was ich wissen will, ist: Wird sie wieder gesund?"

„Klar, ihr Dämon wird heilen."

Okay. Alles klar. Gut. Sie würde gesund werden. Vorsichtig hob Paris sie in seine Arme – von Neuem stinksauer auf die Steinmonster. Was sie auf ihm hinterlassen hatten ... besudelte jetzt seine Frau.

Sex war verzückt von dem engen Kontakt und schnurrte zustimmend.

„Ich bringe sie nach oben und suche ein Schlafzimmer." Paris würde sie waschen und verbinden. Jedenfalls, wenn sie nicht vorher aufwachte und ihm befahl, sie verdammt noch mal in Ruhe zu lassen. „Du bist nicht eingeladen."

Sosehr er sich danach sehnte, sie wach zu sehen, wie sie ihn anblickte, mit ihm redete, hoffte er doch, sie würde das Waschen verschlafen. Er musste sie unbedingt berühren, so richtig berühren. Ja, er war ein unglaublich kranker Bastard. Aber das war nicht der Hauptgrund, redete er sich ein. Er wollte nicht, dass sie Schmerzen litt, während er sie verarztete.

Für den Bruchteil einer Sekunde beäugte er die Ketten, überlegte, dass es eine gute Idee sein könnte, sie ans Bett zu fesseln, solange er die Gelegenheit hatte. So könnte sie nicht weglaufen, bis sie ein paar Dinge besprochen hatten. Doch er war nicht diesen weiten Weg gekommen, hatte nicht all diese Dinge getan, nur um sie dann selbst zu einer Sklavin zu machen. Sein Ziel war von Anfang an ihre Freiheit gewesen.

Und Scheiße noch eins – vielleicht würde sie gar nicht weglaufen. Vorhin hatte sie ihn ignoriert, hatte tatenlos zugesehen, als er an ihr vorbeigeschleppt wurde, aber ein paar Minuten später war sie zu seiner Rettung herbeigeeilt. Was auch immer der Grund für den Sinneswandel sein mochte, sie hatte nicht versucht, ihn loszuwerden.

Selbstvergessen rieb er die Wange an ihrem Haar, genoss das Gefühl der seidigen Strähnen auf seiner Haut, während er sie aus der Zelle trug. Die Wasserspeier hatten sich nicht die Mühe gemacht, die eisernen Gitterstäbe zu schließen, um ihn und William wirklich festzusetzen – zumindest, bis sie das Schloss geknackt hätten.

„Du bist so ein Weichei", sagte William, der neben ihm herging. „Ich hoffe, das ist dir klar."

„Ach, tatsächlich? Ich bin nicht derjenige, der eine Haarkur mit sich herumträgt."

„Das könnte der Grund sein, warum du so splissige Spitzen hast."

„Laber mich noch einmal mit deinen Haaren voll, und das nächste Mal, wenn du aufwachst, bist du kahl."

„Das ist nun wirklich eine lächerliche Behauptung. Wir wissen beide, dass ich dir die Eingeweide rausgerissen hätte, bevor du mit einer Rasierklinge auch nur in meine Nähe kommst." William hob das Kinn. „Übrigens: Nur ein echter Mann kann seine feminine Seite akzeptieren."

„Ich weiß nicht, wer dir diesen Müll erzählt hat, aber ich kann dir versprechen, dass derjenige dich gerade auslacht."

„Überraschung! Es war deine Mutter – nachdem ich's ihr besorgt hatte."

Ein Deine-Mutter-Witz. Wie originell.

Die steinernen Wächter hatten den Ballsaal bereits verlassen. Beim ersten Mal hatte Paris die Einrichtung nicht wirklich wahrgenommen; er war ein bisschen zu sehr damit beschäftigt gewesen, sich den Hintern versohlen zu lassen. Jetzt sah er sich um. Der Raum war dunkel, halb verfallen wie der Rest des Palastes, getrocknetes Blut an den Wänden und wild verstreute Knochen überall.

Die Stufen hinauf ging es über einen fadenscheinigen Teppich. Auf dem Absatz in der Mitte standen Statuen, eine Menge verdammter Statuen. Männlich, weiblich, alt, jung. Das Einzige, das sie vereinte, war der Ausdruck des Entsetzens, der auf all ihren Gesichtern lag.

„Ich nehme mal an, du wirst für ein paar Stunden beschäftigt sein, denn schätzungsweise wird es so lange dauern, bis sie wieder zu Bewusstsein kommt und du dein Ding nicht weiter durchziehen kannst." Interessiert strich William mit den Fingerspitzen über ein riesiges Paar marmorner Brüste. „Ich meine, aus dem Grund bin ich ausgeladen, nicht wahr?"

„Du tätest gut daran, die Fresse zu halten, solange du noch einen Kopf hast." So ärgerlich er auch über Williams Unterstellung war, durchfuhr ihn doch pulsierendes Verlangen bei der Vorstellung, mit Sienna allein zu sein und sie so mühelos zu berühren, wie William die Statue berührt hatte. Ein Aufflackern der Lust, von dem er sich nicht sicher war, ob er es begrüßen oder im Keim ersticken sollte.

„Ruf mich, wenn du mich brauchst. Wenn du ihr zum Beispiel nicht gewachsen bist."

„Dieser Tag wird niemals kommen." Paris bog links ab, als der Krieger nach rechts schwenkte. „Damit das klar ist: Wenn du an meiner Tür klopfst, liegst du besser im Sterben. Denn wenn nicht, werde *ich* dafür sorgen." Wahllos betrat er den ersten Raum, an dem er vorbeikam. Seine Glückssträhne riss nicht ab, es war ein möbliertes Schlafzimmer. Nur die dicke Staubschicht und die Planen, mit denen alles abgehängt war, würde er entfernen müssen.

Vielleicht sollte er die Planen aber auch an Ort und Stelle lassen. Denn wenn Sienna aufwachte, würde sich das Zimmer möglicherweise in einen Kriegsschauplatz verwandeln.

12. KAPITEL

Kane, Hüter der *Katastrophe*, konnte sein Glück kaum fassen. Normalerweise nahm sein Leben den Expresszug zur Hölle, ob er ein Ticket dafür hatte oder nicht – mit Felsen, die ihm auf den Kopf krachten, durchbrennenden Glühbirnen und Löchern, die sich unter seinen Füßen auftaten. Solche Dinge konnten einen wirklich versauen, deshalb hatte er sich über die Jahre eine Philosophie zurechtgelegt, die ihm das Leben gerettet hatte: Scheiße passierte, aber was immer es war, er würde damit klarkommen und weitermachen.

Jetzt befand er sich wortwörtlich in der Hölle, doch niemand folterte ihn. Niemand verhörte ihn, und es passierten keine Katastrophen. Er wurde angebetet. Von Dämonenlakaien, aber Anbetung war Anbetung, oder etwa nicht? Mit ihren schuppigen Klauenhänden liebkosten sie ihn, die gehörnten Köpfe rieben sie an ihm, und mit dem Rest ihrer Körper … würde er sich nicht befassen.

Meins, wisperte *Katastrophe* in seinem Kopf, und Stolz strömte aus dem Geist des Dämons durch Kanes gesamten Körper.

Oh ja, Kane wusste, dass diese Lakaien allein *Katastrophe* gehörten. Vor langer Zeit hatte der Hohe Herr in dieser Gegend der Hölle gelebt, hatte hier geherrscht – und dann beschlossen, das alles hinter sich zu lassen und zu fliehen. Und obwohl seitdem Tausende von Jahren vergangen waren, hatte diese Verbindung sie überdauert. Die Lakaien, niedere Dämonen, hatten ihren Anführer in Kane gespürt und ihn vor seinen Angreifern gerettet.

Im Moment saß Kane auf einem Thron aus frisch … ausgegrabenen Knochen. Okay, okay. Das war die nette Art, zu sagen, dass diese Knochen die der Jäger waren, die Kane zu verletzen versucht hatten, und dass sie ihnen erst vor ein paar Tagen herausgerissen worden waren. Und wenn man bedachte, dass Kanes Kleider aus den sorgsam gegerbten Häuten der Kerle bestanden – in der Hitze hier war das ganz schnell gegangen –, hey, was machte da schon ein Stuhl aus Oberschenkelhalsknochen? Keine große Sache.

Das alles waren Geschenke, hatten die Lakaien behauptet. Als hätte er wirklich sagen können: „Nein danke, ich hätte lieber einen Toaster." Als Gegenleistung wollten sie bloß sein Sperma.

Oh ja, richtig gehört. Seine Wichse.

Scheinbar besaß sein Dämon eine eifersüchtige Ader und hatte einst getreu seines Namens eine Katastrophe verursacht, die all seine männlichen Lakaien ausgelöscht hatte. Nur Weibchen waren übrig, die nun allesamt verdammt scharf drauf waren, sich mit ihrem liebsten dämonischen Herrscher fortzupflanzen.

Schon seit Jahrhunderten hatte Kane keinen Sex mehr gehabt; es war einfach zu riskant für seine Partnerinnen. Also ja, sein Körper war scharf und bereit. So knorrig die Dämonenhände auch waren, streicheln und zupacken konnten sie ganz hervorragend. Mental allerdings war er *so was* von raus …

„Zurücktreten, Ladys", befahl er. Klar, er hätte auch nett fragen können, aber wenn er eins gelernt hatte, dann, dass Dämonen nur auf Stärke reagierten. Mit Nettigkeit würde er gar nichts erreichen.

Und trotzdem hatte er mit Widerstand gerechnet. Stattdessen erklang von allen Seiten enttäuschtes Stöhnen, und sie hörten auf, ihn zu berühren. Widerwillig gehorchten sie, schoben sich ein wenig zurück. Doch sie blieben in seiner Nähe, auf Knien ausgestreckt, die Arme weiterhin in seine Richtung gereckt. Offensichtlich hofften sie, er würde seine Meinung ändern.

In seinem Kopf tigerte *Katastrophe* angespannt umher, unglücklich über den Abstand. Die Weibchen gehörten ihm, er hatte ein Recht auf sie, und er wollte sich mit ihnen paaren. *Nehmen*, befahl er.

Nein. Kane war nicht der Typ Mann, der seine Kinder zurückließ, selbst halb dämonische, und das würde er in dieser Situation tun müssen.

Nehmen!

Ich sagte Nein. Viel lieber wollte er einen Weg hier raus finden. Aber er konnte sagen, was er wollte, sobald er sich erhob, umschwärmten ihn die Lakaien innerhalb von Sekunden und zogen ihm die Hosen auf die Knöchel herunter. Er war sich nicht sicher, ob *Katastrophe* ihnen beigebracht hatte, so schnell zu reagieren, oder ob er selbst so etwas Besonderes war.

Bei zwei Dingen *war* er sich allerdings sicher. Seine Freunde machten sich Sorgen um ihn und suchten nach ihm. Er wollte nicht, dass sie hier herunterkamen und ihr Leben riskierten, obwohl er sich gar nicht mehr in Gefahr befand.

Dann nimm eben eine. Nur eine.

Ach, jetzt wollte er also verhandeln, ja? Tja, die Antwort lautete immer noch: Verdammt noch mal, nein! Aber … vielleicht könnte ich so tun, überlegte Kane. Wenn er sich eine aussuchte und sich mit ihr zurückzog, hätte er vielleicht bessere Chancen, sich aus der Höhle davonzustehlen.

Erneut ließ er den Blick über die knienden, sich windenden Körper wandern. Manche hatten Hörner, die aus ihrer Wirbelsäule hervortraten, manche spitze Flügel. Manche hatten rote Schuppen, manche grüne. Hinter ihnen erstreckte sich die Höhle, getrocknetes Blut überall an den Wänden und lodernde Feuer in jeder Nische, die Schreie der Verdammten in der heißen, schwefeligen Luft. Als er einen kleineren Körper entdeckte, an dem *weder* Hörner *noch* Flügel zu sehen waren und dessen Schuppen in einem hellen Jadegrün schimmerten, zeigte er darauf.

„Du." Sollte er dieses eine Mal in seinem ewigen Leben Glück haben, wäre sie die Schwachstelle.

Überraschtes Keuchen. Eifersüchtiges Zischen.

„Ich will dich", bekräftigte er.

Seine Auserwählte erhob sich. Ihre Beine waren verdreht, zeigten in die falsche Richtung. Statt Füßen hatte sie Hufe, und als sie lächelte, erblickte er ein Maul voller blutverschmierter Fangzähne. Verzweifelt warf sich *Katastrophe* von innen gegen seinen Schädel, wollte unbedingt nach draußen, wollte sie berühren, in sie hineinstoßen.

Meine. Sie ist meine!

Und wie genau würde der Bastard reagieren, wenn Kane sie – natürlich rein hypothetisch – nagelte? Ihn ermorden, wie er damals seine Untertanen ermordet hatte? Wahrscheinlich. Denn wenn er es schaffte, Kanes Leben zu beenden, könnte er hierbleiben. An einem Ort, aus dem er sich einst mit Klauen und Zähnen freigekämpft hatte und der ihm jetzt fehlte. Sicher, wenn das geschah, würde *Katastrophe* durch den Verlust seines Wirts den Verstand verlieren. Aber er könnte ficken, wen auch immer er wollte, ganz ohne Konkurrenz.

Wenn das mal keine verzwickte Situation war.

Humpelnd kam das Dämonenmädchen auf den Thron zu, und dem lüsternen Glitzern in ihren Augen nach zu urteilen würde sie ihn besteigen wie ein Zirkuspony, sobald sie ihn erreicht hatte – vor aller Augen.

Krach, krach, warf sich der Dämon gegen seine Schläfen. *Katastrophe* war voll dabei.

Kopfschüttelnd hob Kane die Hand und bedeutete ihr, anzuhalten. „Nein, tut mir leid. Komm nicht näher."

Unzufrieden zog sie die Mundwinkel nach unten, gehorchte aber.

„Privatsphäre", verlangte er. *Krach, krach.* Härter, schneller. „Ich will … dich in einem Zelt nehmen." Er war sich nicht sicher, wie viel Fachsprache diese Dämonen verstanden.

„Meisssster?", fragte sie, und eine gespaltene Zunge fuhr über zu dünne Lippen.

„Ich werde dich nicht hier draußen nehmen." Oder überhaupt irgendwo. *Krach, krach.* Verdammt noch mal. Sein Dämon musste sich dringend beruhigen. „Also los, baut mir ein Zelt." *Krach.* „Alle." *Krach.* Und verdammt, wenn er Glück hatte, musste er nicht mal warten, bis es fertig war. Vielleicht wären die Weibchen mit dem Bau so beschäftigt, dass er schreiend, pfeifend und mit den Armen wedelnd davonmarschieren könnte, ohne dass sie es überhaupt bemerkten.

„Zelt?“, fragte sie, offensichtlich immer noch verwirrt.

„Genau. Ich will eins. Bau jetzt das Zelt, und später kannst du Babys haben.“ *Mit jemand anders.*

Krach! Krach!

Der größte Teil der Lakaien stob davon, um das benötigte Material zusammenzusuchen, doch einige blieben auch zurück und starrten ihn an. Und *einige* bedeutete in diesem Fall ungefähr hundert. Er seufzte. Also kein Schreien, Pfeifen und Mit-den-Armen-Wedeln.

Er wünschte, er wäre mehr wie Paris. Wünschte, er könnte einfach durch sie hindurchpflügen – sowohl im Bett als auch im restlichen Leben – und dadurch stärker werden, während er emotional auf Abstand blieb und sich nicht um die Konsequenzen scherte.

Natürlich wäre er dann außerdem drogenabhängig und davon besessen, die Frau zu finden, die ihn zu töten versucht hatte – aber momentan wirkten Drogen und Besessenheit wie eine nette Abwechslung. Und verdammt – wenn Kane erst wieder zu Hause war, würden sie ihn gnadenlos mit seinem kostbaren Samen aufziehen, mit seinen gierigen Haremsdamen und seiner Weigerung, ihre Beete zu wässern.

Na dann los, Jungs. Wenigstens wäre er zu Hause.

Zu Hause … Das Wort hallte in seinem Geist wider, und eine Woge der Vorahnung überrollte ihn. Etwas würde geschehen, das wurde ihm mit übelkeiterregender Klarheit bewusst. Schon bald würde etwas Schreckliches geschehen. Eine Katastrophe … eine Tragödie der schlimmsten Art … und mitten in der Festung in Buda, in der alle Herren mit ihren besseren Hälften lebten. *Seiner* Festung. Sein Dämon wusste es, spürte es, und durch ihn auch Kane.

Schon war er auf den Beinen und rannte auf den Ausgang zu, wurde selbst dann nicht langsamer, als sich ein Dämonenweibchen nach dem anderen für den wilden Ritt an ihn krallte.

13. KAPITEL

Ohne Eile spazierte Viola dem umwerfenden Krieger namens Maddox hinterher, der seine hochschwangere Frau Ashlyn die Stufen hinauftrug. Vorbei an Aktporträts seiner Freunde, auf denen sie regenbogenfarbene Bändchen herumwirbelten und flauschige Teddybären in den Armen hielten. Das war jetzt das vierte Mal, dass einer der Bewohner der Budapester Festung sie zu jemand anderem abgeschoben hatte, und sie verstand nicht, warum niemand mehr Zeit mit ihr verbringen wollte.

Von Lucien zu Anya, die sie vor Jahrhunderten im Tartarus kennengelernt hatte. Sie hatten gemeinsam in Block B gesessen. Natürlich war Anya schon immer eifersüchtig auf sie gewesen. Wer nicht? Vor ein paar Stunden hatte die Göttin so getan, als würde sie Viola nicht erkennen, doch Viola hatte die Lüge als das erkannt, was sie war: ein Flehen, alles über Violas glorreiches Leben zu erfahren.

Eine Stunde später hatte Anya sie an Reyes und seine Danika übergeben. Viola rätselte immer noch an Anyas Abschiedsworten herum: „Bitte sehr. Nur für euch. Und gern geschehen. Du wirst dich mindestens ein Jahr lang nicht mehr ritzen müssen, um deinen Dämon glücklich zu machen, Reyes."

Wie genau sollte Viola einen Schmerzjunkie wie Reyes glücklich gemacht haben? Er war besessen vom Dämon der *Schmerzen*, doch sie war absolut … perfekt, eine Augen- und Ohrenweide, eine unerschöpfliche Quelle wahrer Perlen der Weisheit mit einem untrüglichen Gespür für Mode und einem Talent für Inneneinrichtung.

Wo sie gerade bei diesen kleinen Überlebensfähigkeiten war: Sie hatte bereits beschlossen, sie großzügig einzusetzen. Von jetzt an würde sie jeden hier einkleiden und den Wohnsitz designtechnisch runderneuern. Und das alles für keinen Cent – unter ein paar Hunderttausend.

Tränen stiegen ihr in die Augen, während sie die Hände flatternd über ihr Herz legte. Sie war ja *so* gutherzig.

Einmal, vor Hunderten von Jahren, hatte sie etwas getan, das nicht ganz so gutherzig gewesen war und sie in eine Spirale der Scham geschleudert hatte, doch sie konnte sich nicht entsinnen, was das gewesen sein mochte. Das konnte sie nie. Negative Erinnerungen versteckte ihr Dämon an einem geheimen Ort, auf den sie keinen Zugriff hatte. Alles, um ihre Liebesgeschichte mit sich selbst fortsetzen zu können. Als würde sie die jemals aufgeben.

Aber zurück zum Thema. Eine Stunde *da*nach hatte Reyes sie an Aerons Engel Olivia weitergereicht. Und fünfzehn Minuten später hatte Olivia ganz reizend fürsorglich vorgeschlagen, sie sollte doch auch Maddox in den Genuss ihrer Gesellschaft kommen lassen. Fünf (für ihn) herrliche Minuten später war er davongestapft und hatte irgendetwas davon gemurmelt, er müsste seine Frau finden und Viola könnte ihn begleiten, wenn es sein müsste. Da waren sie nun also, auf dem Weg zum Schlafzimmer des Paars.

„Ich bin mir sicher, ich könnte eine Art mechanischen Stuhl zusammenbasteln, in dem deine Frau herumfahren könnte“, erklärte Viola dem Krieger. Sein Oberkörper war nackt, und das blutrote Schmetterlingstattoo, das sich über seine Schulterblätter erstreckte – das Zeichen seines Dämons –, schien sie böse anzustarren. „Ich habe ein Händchen für Technik, wie du dir vermutlich schon gedacht hast, und dein Rücken muss total überlastet sein von ihrem unglaublichen Gewicht.“

Mit einer Hand unterdrückte Ashlyn ein Lachen, doch Maddox’ Knurren konnte sie mit der anderen nicht ersticken.

„Sie ist federleicht“, fauchte er. „Ich mag es, sie zu tragen. Ich mag es auch, wenn ich sie für mich allein habe.“

„Meinetwegen, es ist dein Rücken. In ein paar Jahren brauchst du bestimmt ein Korsett.“ Tatsächlich – sein Tattoo erdolchte sie mit Blicken. Ein verformtes knöchernes Gesicht war zwischen den Flügeln aufgetaucht, mit langen Fangzähnen in einem winzigen Mund. Die Flügelspitzen schienen sich messerscharf in ihre Richtung zu krümmen.

Cool, aber nicht annähernd so cool wie ihres. Die Vorderseite ihres Schmetterlings erstreckte sich über ihre Brust, ihren Bauch und ihre Beine. Die Rückseite bedeckte ihre Schultern, ihre Oberschenkel und ihre Waden. Ein Ganzkörpertattoo, das glitzerte wie winzige rosafarbene Diamanten.

Über Maddox' Schulter hinweg richtete Ashlyn ihre honigfarbenen Augen auf sie. „Er versucht nicht, dich loszuwerden ..."

„Und wie ich das versuche", widersprach Maddox.

„... er ist bloß schlecht gelaunt", schloss die Menschenfrau.

Viola legte die Stirn in Falten, während sie versuchte, zu begreifen, wie die arme verwirrte Schwangere auf eine derart absurde Idee kommen konnte. Sie loswerden? Also bitte. Männer, Frauen und Kinder, Sterbliche und Unsterbliche würden sich darum reißen, sie an ihrer Seite zu behalten. „Zerbrich dir nicht dein hübsches Köpfchen über mich", beruhigte sie Ashlyn. Sagten die Menschen das nicht zueinander, um zu zeigen, dass sie nicht beleidigt waren von den dummen Ideen des anderen? „Ich bin mir sicher, er ist einfach überwältigt von meiner Herrlichkeit."

Diesmal war es Maddox, der ihr einen bösen Blick zuwarf, bevor er vor einer geschlossenen Tür haltmachte. Doch dann kicherte Ashlyn, und sofort war all seine Aufmerksamkeit auf sie gerichtet. Sein gesamter Körper wurde weicher, schmolz wie ein Eiswürfel in der Sommersonne.

Ein schmerzhaftes Ziehen durchfuhr Violas Brust. So weit sie auch zurückdachte, sie konnte sich an niemanden erinnern, der sie jemals so angesehen hätte – als wäre sie die Morgensonne, der Mond in tiefster Nacht und jeder einzelne Stern, der am endlosen Firmament hing. Obwohl sie Tausende, nein, Zillionen von Verehrern hatte!

„Wo ist dein Hund?“, fragte Ashlyn.

„Prinzessin Fluffikans erforscht die neue Umgebung ohne jegliche Einflussnahme durch Mami.“

„Das erklärt die panischen Schreie da unten“, murmelte Maddox.

Ashlyn gab ihrem Ehemann einen Kuss auf die Lippen und öffnete die Tür. Frische, saubere Luft strömte ihnen entgegen, als Maddox sie hineintrug. Aus reiner Gewohnheit spähte Viola mit einem einzigen Blick in die Runde das gesamte Zimmer aus, auf der Suche nach Spiegeln und reflektierenden Oberflächen. Links stand ein Schminktisch, und sie nahm sich vor, ihm aus dem Weg zu gehen, während ihr Dämon sie schon dazu drängte, sich näher heranzuwagen ... einen klitzekleinen Blick zu riskieren ... nur einen, nur für ein Sekündchen, denn sie würde so wunderschön aussehen ...

Sie knirschte mit den Zähnen. Auf jeder Oberfläche im Raum außer dem Bett waren farbenfrohe Vasen mit taufrischen Blumen verteilt. Doch selbst in die eisernen Bettpfosten waren Blumen eingewoben worden, die sich wie Efeu darumrankten.

In der Mitte der gegenüberliegenden Wand hing ein Porträt. Und gütiger Himmel. Langsam trat Viola näher. Der Detailreichtum war atemberaubend. Nur stückchenweise konnte Viola das Bild aufnehmen; einen Fleck ansehen, dann den Kopf abwenden, wieder hinsehen und einen anderen Fleck studieren – wieder und wieder, bis sie sich jeden Zentimeter eingeprägt hatte.

Auf dem Bild rekelte sich Ashlyn in einem üppigen Garten, der in allen Juwelenfarben strahlte. Im Haar trug sie Blütenblätter, ihr Körper war davon bedeckt, überall um sie herum lagen sie verstreut. Doch in Wahrheit waren die Blütenblätter Gesichter. So viele Gesichter. Die Krieger in dieser Festung; ihre Frauen; Gesichter, die Viola noch nie gesehen hatte und solche, die sie erkannte – einschließlich ihres eigenen. Schnell löste sie den Blick von ihrem Abbild und beschloss, es zu einem sichereren Zeitpunkt in Ruhe zu betrachten.

Einer von Ashlyns Armen war nackt und bis zum Ellbogen von einem Tattoo bedeckt. Darauf tanzten Flammen und Schneeflocken umeinander, und statt zu schmelzen oder zu ersticken, nährte beides einander, wurde immer leuchtender, immer intensiver, je höher das Bild sich ihren Arm hinaufwand.

Vor ihr lag ein spiegelnder Teich, und aus seinen Tiefen blickte Maddox zu ihr empor. Sie hielt ihren tätowierten Arm nach ihm ausgestreckt, der silberne Ring am Zeigefinger schimmerte majestätisch.

Violas Nervenenden vibrierten. Bilder wie dieses hatte sie schon einmal gesehen, doch sie wusste nicht, wann oder wo. Doch was sie wusste: Jede Farbe, jedes Gesicht, jeder Zentimeter hatte eine *Bedeutung*. Dies war Symbolismus in seiner reinsten Form. Nur, wie sie es dechiffrieren konnte, wusste sie nicht.

„Wer hat das gemalt?", fragte sie unüberhörbar ehrfürchtig. Sie straffte die Schultern und wandte sich ab, bevor sie Stunden ihres Lebens damit vergeudete, an dem Bild herumzurätseln. So wie sie jedes Mal Stunden ihres Lebens verlor, wenn sie irgendwo ihr eigenes Abbild entdeckte.

„Danika, die Frau von Reyes", brummte Maddox.

Danika. Hmmm. Nun, da das Bild in ihrem Rücken war, wagte sie es, sich mit ihrem Auftauchen darin zu befassen. Heute Morgen hatte sie Danika zum ersten Mal in ihrem Leben getroffen. Die Frau wirkte wie ein Mensch, doch nach diesem Anblick wusste sie, dass mehr an ihr dran sein musste. „Ein außergewöhnliches Stück."

„Das sind ihre Werke immer", bestätigte Ashlyn stolz.

„Sie sieht die Zukunft?"

„Darüber werden wir nicht sprechen", mischte sich Maddox ein.

Also ja. „Natürlich wird sie eins von mir ganz allein malen wollen. Ich muss meinen Terminkalender checken und sicherstellen, dass ich Zeit habe, für sie zu posieren.“ *Und wenn ich die nicht habe, dann nehme ich sie mir. Ich muss sie ausfragen. Muss mehr über mich erfahren.*

Wieder ein Kichern von Ashlyn. Noch ein missfälliges Stirnrunzeln von Maddox.

Inzwischen hatte er seine Frau auf das Bett gelegt und sorgsam zugedeckt. Nun strich er ihr das Haar aus der Stirn, so sanft, als läge ein zerbrechliches Kind vor ihm. „Was brauchst du, Liebling? Sag's mir und es gehört dir.“

Mit zarten Fingern strich sie sich über den prallen Bauch und lächelte ihren Mann sanft an. „Ich hätte wirklich, *wirklich* Lust auf eine Orange. Aber diesmal wirklich nur eine. Letztes Mal hast du mir gleich den ganzen Obstgarten mitgebracht.“

„Ich werde dir die beste, saftigste Orange holen, die du jemals gegessen hast.“ Liebevoll berührte er ihre Wange, als könnte er es nicht ertragen, die Augen von ihr abzuwenden. Dann zwang er sich dazu und warf Viola einen drohenden Blick zu.

„Du wirst sie mit deinem Leben beschützen. Und wenn du sie verletzt, selbst aus Versehen ...“ Unwillkürlich ballte er die Hände zu Fäusten.

„Fällt dir gerade keine Drohung ein, die bösartig genug wäre?“ Einen Moment lang überlegte Viola. „Darf ich Ausweiden vorschlagen? Du kannst mich an meinen Gedärmen von der Decke baumeln lassen. Das wäre wirklich grauenvoll.“

Mit offenem Mund starrte er sie an.

„Aber ich muss dich warnen. Eingeweide sind rosa, und Rosa steht mir am besten. Ach, wem mache ich hier was vor – alle Farben stehen mir am besten. Also wenn du diesen Weg weiterverfolgen willst, mach dich drauf gefasst, dich gleich noch einmal in mich zu verlieben.“

Jetzt schloss er den Mund wieder, die Lippen wütend verzerrt. „Das reicht. Ich bleibe hier. Viola, du holst die Orange."

„Keine Chance. Außer, wir gehen zusammen, und du trägst mich." Von der ganzen Lauferei taten ihr die Füße weh.

Er sah zwischen der Tür und Viola hin und her.

Echt jetzt? „Eure Engel-Mitbewohnerin hat euch doch schon gesagt, dass ich reinen Herzens bin, dass man mir vertrauen kann und bla, bla, bla." Das hatte Viola überrascht, denn sie war sich nicht sicher, ob sie überhaupt je ein reines Herz besessen hatte. Und die Tatsache, dass die Krieger dem dunkelhaarigen Mädchen ohne das kleinste Zögern glaubten, hatte sie *richtig* überrascht. Es hieß, sie seien die misstrauischsten Wesen auf der Erde. „Oh, und bring mir auch eine Orange mit, aber leg sie neben einen Burger mit Pommes. Ich hab noch nicht zu Mittag gegessen."

Nach ein paar weiteren Todesdrohungen stapfte er schließlich aus dem Zimmer.

„Überfürsorgliche Grizzly-Mama", murmelte Viola. „Himmel."

„Warst du noch nie verliebt?", fragte Ashlyn.

„Hallo? Ich bin doch nicht bescheuert."

„Das heißt also Ja?"

„Äh, ja, das heißt Nein."

Ihre Vehemenz entlockte Ashlyn ein gelassenes Lächeln. „Warum diese Panik davor?"

Der Schmerz in ihrer Brust kehrte zurück. Sie rieb und rieb, schälte sich fast das Hemd und die Haut darunter ab, doch der verdammte Schmerz blieb. „Ich weiß es nicht." Zeit, das Thema zu wechseln. „Ich denke darüber nach, eine Singleparty hier in meinem neuen – hoffentlich ab jetzt ständigen – Zuhause zu veranstalten, damit die ungebundenen Krieger um mich werben können." Sie schlenderte zum Bett und setzte sich auf die Kante. „Vielleicht so etwas Speed-Dating-mäßiges, denn normalerweise kann ich einen Typen nicht länger als ein paar Minuten am Stück ertragen. Danach gebe ich denen, die mir gefallen, eine Rose. Die anderen werden ihre Sachen packen und die Festung auf Dauer verlassen müssen."

„Hmm. Na ja." Ashlyn tippte sich mit dem Finger ans Kinn, während ihre Mundwinkel zuckten, als unterdrückte sie schon wieder ein Lachen. „Ob du's glaubst oder nicht, so viele Singles gibt es hier gar nicht mehr."

„Wen denn zum Beispiel?"

„Tja, lass mich mal sehen. Da wäre Torin."

Vor Violas geistigem Auge erschien sein Bild. Weißes Haar, schwarze Augenbrauen, strahlend grüne Augen. Umwerfendes Gesicht und muskelbepackter Körper. „Der ist ganz in Ordnung. Du darfst fortfahren."

„Na ja, nicht, dass er nicht wundervoll wäre, aber ich sollte dich warnen, dass es einen kleinen Haken gibt, wenn du mit ihm zusammen sein willst. Er ist der Hüter der *Krankheit* und kann kein anderes Lebewesen Haut an Haut berühren, ohne eine Epidemie auszulösen. Du würdest nicht krank werden, denn du bist unsterblich, aber du könntest auch kein anderes Lebewesen berühren, ohne selbst die Krankheit weiterzugeben. Abgesehen von ihm natürlich."

Viola schürzte die Lippen. „Du hast recht. Ich würde nicht krank werden, wenn ich ihn berühre. Ich weiß, du hast bemerkt, was für ein Killer-Immunsystem ich hab. Aber trotzdem, ich bin mir nicht sicher, dass ich mich von jemandem mit einem solchen Makel umwerben lassen möchte. Wen gibt es sonst noch?"

„Da wäre noch Kane, aber der …" Traurigkeit verdunkelte Ashlyns Augen. „Er hält sich fern von der Damenwelt. Er meint, das ist die Mühe nicht wert."

„Für mich würde er seine Meinung natürlich ändern, aber das ist nicht der Grund, aus dem du traurig bist, oder? Ich glaube, ich habe gehört, er wird vermisst."

„Ja."

„Mach dir keine Sorgen. Sobald er mitkriegt, dass ich hier bin, findet er schon den Weg zurück. Selbst wenn er tot ist. Ich prahle ja nicht gern, aber ein paarmal ist das schon passiert. Ich setze nur kurz einen kleinen Screech ab, und, schwups, wird er sich beeilen, zu mir zu kommen."

Anstatt die andere Frau aufzumuntern, streuten ihre Worte zusätzliche Sorge in den Sturm aus Traurigkeit. „Äh, du sollst doch nicht screechen", erinnerte Ashlyn sie. „Weißt du noch?"

Violas Schultern sanken nach unten. Ach ja. Keine fünf Minuten nach ihrer Ankunft hatte Lucien sie zu dem leckeren Torin geschleppt und ihm gesagt, er solle ihren Blog und ihre Website kontrollieren – offenbar war er der hiesige Computerguru. Danach hatten ihr beide dieselbe Warnung gegeben: Wenn sie irgendetwas über ihren Aufenthaltsort oder ihre neuen Kumpels screechte oder online stellte, würde sie nie wieder herkommen dürfen.

„Wer noch?", fragte sie.

Ashlyn knabberte an ihrer Unterlippe. „Da ist noch Cameo, aber ich bin mir ziemlich sicher, die steht auf Männer."

Viola schüttelte den Kopf. „Natürlich könnte ich sie vom Gegenteil überzeugen, kein Problem, aber die Phase hab ich so was von hinter mir. Wer noch?"

„William der Lustmolch. Er ist kein Dämonenhüter, aber auch irgendeine Art Unsterblicher."

William der unartige Lustknabe. Oh ja, sie kannte ihn. Genau wie Anya war sie ihm im Tartarus begegnet. „Er ist mehr als unsterblich, aber egal." Außerdem war er arrogant, eingebildet und höchst enervierend. „Der kommt in die Vielleicht-Kategorie."

„Mehr als unsterblich? Was bedeutet das? Er hat ein paarmal behauptet, er wäre so eine Art Gott, aber ich hab immer gedacht, er gibt bloß an, plustert die Wahrheit ein bisschen auf. Was …"

„Genug von William. Wir reden über mich. Mit wem könnte ich sonst noch ausgehen?"

Und wieder das Knabbern an der Lippe. „Es gibt auch noch Paris, aber der ist gerade etwas besessen von einer anderen Frau."

„Die Tote. Jaja, ich weiß. Ich könnte seine Meinung trotzdem ändern, aber ich glaube, das will ich nicht, denn ..." Es gab doch einen Grund, war da nicht etwas? Während Viola darüber nachgrübelte, ließ sie die Zähne aufeinanderklicken.

Paris hatte sie gefragt, wie man die Toten sehen konnte, und sie hatte es ihm gesagt. Dann hatte er noch etwas gefragt, aber da war Lucien erschienen und hatte ihre Unterhaltung beendet. Was hatte er gefragt? Noch einmal ging sie ihr Gespräch durch, und als sie die Antwort fand, weiteten sich ihre Augen.

Konsequenzen. Er hatte wissen wollen, ob es Konsequenzen haben würde, wenn er sich mit Siennas Asche tätowierte. Ups. Sie hatte ihn ziehen lassen, ohne ihm zu sagen, dass es definitiv welche haben würde.

Ach, na ja. War ja nicht ihr Problem, sondern seins.

14. KAPITEL

Wie betäubt schritt Sienna einen langen Flur hinunter. So, wie sich Szenen aus ihrer Vergangenheit an den Wänden des Schlosses abgespielt hatten, spielte sich Paris' Vergangenheit hier ab, ein Konzert von Farben, Gesichtern, Stimmen … Körpern. Zu beiden Seiten, über und unter ihr, wanden sich Frauen, so viele Frauen. Zuerst sah sie sie lächeln, hörte sie lachen, begierig auf das, was er ihnen bot, während sie schnell seinem Charme verfielen.

Warum auch nicht? Was auch immer sie wollten, er gab es ihnen. Eine Berührung, einen Kuss, ein Lecken. Einen sanften Ritt. Harte Stöße. Mit allen von ihnen machte er Liebe, wusste genau, wo er sie streicheln und kosten musste, um ihnen maximale Lust zu bereiten. Er kannte genau den Druck, mit dem er ihre Brüste kneten musste, ihre Schenkel. Sanft bei einigen, fest bei anderen.

Er wusste, in welche Position er sie bringen musste. Auf dem Rücken, auf Händen und Knien, aufgerichtet, auf dem Bauch. Wusste, dass manche es langsam wollten und manche schnell. Dafür liebten sie ihn und erlebten Lust ohnegleichen.

Dann verließ er sie, und sie weinten, stießen qualvolle Schluchzer aus, während ihnen das Herz brach. Zwischen den Frauen tauchten auch Männer auf. Auch mit Männern hatte Paris geschlafen – und sie in derselben Verfassung zurückgelassen wie die Frauen. Sie wollten ihn, und auch wenn sie nicht seinen Vorlieben entsprachen, nahm er sie, um zu überleben. Danach baten sie ihn zu bleiben, und er verschwand.

Für eine Frau, Susan, eine wahre Schönheit, hatte er wirklich etwas empfunden. Er hatte versucht, eine Beziehung mit ihr zu führen, doch weil er so war, wie er eben war, hatte er sie auf die schrecklichste Weise verletzt. Hatte sich, wie immer, fürs Überleben entschieden statt für ihr Herz.

Als Sienna aus dem Augenwinkel sich selbst erblickte, blieb

sie aufkeuchend stehen. Dort, fast überdeckt von den anderen Bildern, lag Paris, auf den Tisch ihres Chefs geschnallt – nackt, bei gedämpftem Licht, und sie auf ihm. Die Vision hätte sie nicht gebraucht, um sich zu erinnern. Das würde sie niemals vergessen.

Sie hatte ihn kaum sehen können, hatte die Dunkelheit gebraucht, um sich zu entspannen. In stetigem Wechsel hatte er sie angefahren, sie gehasst, sich gehasst – und ihr geholfen, die Hüften bewegt, um ihre Lust zu steigern. Doch jetzt sah sie seine Gedanken. Ein Teil von ihm hatte gehofft, sie danach bestrafen zu können. Ein Teil von ihm – der am tiefsten verborgene, geheimste Teil von ihm – hatte sie festhalten und nie wieder loslassen wollen. Sie war Balsam für seine Seele gewesen.

Übelkeit stieg in ihr auf. So wunderschöne Dinge hatte er über sie gedacht, und trotzdem hatte sie ihn verteufelt.

Ungeduldig warf sich *Zorn* von innen gegen ihre Stirn, drängte sie voran. Wollte mehr sehen, alles sehen. Mit schweren Füßen stolperte sie weiter.

Andere Szenen überlagerten das Bild von ihr und Paris, und irgendjemand musste am Lautstärkeregler gedreht haben, denn plötzlich hörte sie Keuchen, Stöhnen und Schreie. Schreie der Lust, der Schmerzen und sogar der Wut. Anschuldigungen wurden ihm an den Kopf geworfen, gefolgt von flehentlichen Bitten.

Auf die Bitten folgten Flüche.

Manchmal, wenn Paris niemanden fand, der mit ihm schlafen wollte, schwanden seine Kräfte, sein Lebenswille ließ nach, und sein Dämon übernahm das Ruder. Ein dunkler, köstlicher Duft strömte ihm aus allen Poren, berauschte jeden in seiner Nähe, lockte sie näher. In Massen kamen sie dann zu ihm, ungeachtet ihrer vorherigen Vorbehalte ihm gegenüber oder ihrer Abneigung gegen bedeutungslosen Sex. Sie nahmen ihn – oder erlaubten ihm, sie zu nehmen.

Wenn das geschah, kämpfte Paris jedes Mal mit überwältigenden Schuldgefühlen, denn er wusste, wie niederträchtig das war, was er tat – und nahm trotzdem, was er kriegen konnte.

Jene Sexpartner weinten nicht, wenn er ging. Sie beobachteten ihn mit verengten Augen, verabscheuten ihn, schämten sich für das, was sie mit ihm getan hatten. Erwarteten mit Grauen, den Respekt eines geliebten Menschen zu verlieren.

Er hatte Ehen zerstört und sexuelle Praktiken vollzogen, bei dem es ihm kalt den Rücken hinunterlief. Dann hatte er anderen gestattet, dieselben Praktiken an ihm zu vollziehen. Als eine Art Strafe, nahm sie an. All das hätte sie sich auch denken können. Aber was sie sprachlos machte? Er selbst hasste sich viel stärker, als es je einer der Menschen hätte tun können.

Oh Paris, dachte sie. Er war Himmel und Hölle, genau, wie *Zorn* gesagt hatte, alles in einem sündhaft verlockenden Paket.

Sienna wollte sich die Augen zuhalten, um diese Bilder auszublenden. Sie wollte schreien und schreien und schreien, um die Geräusche zu übertönen. *Alle* weinten nun, selbst Paris. Ihre Tränen strömten von der Decke, regneten auf sie herab. Doch ihre Hände blieben an ihren Seiten, ihr Mund blieb geschlossen, ihre Füße bewegten sich automatisch. Ihr Körper war nicht länger mit ihrem Gehirn verbunden.

Zorn wollte, dass sie es erfuhr, also würde sie es erfahren.

Wieder wurde es lauter, und zu ihrer Linken ertönte ein Schrei, bei dem ihr das Blut in den Adern gefror. Ihr wurde übel. Die Tränenströme versiegten. Wieder erklang ein Schrei, und dann erwachte eine Schlachtenszene nach der anderen zum Leben. Blut, alles voller Blut. Bedrohlich schimmernde Klingen. Waffen, die Schuss um Schuss abfeuerten. Explosionen. Abgetrennte Gliedmaßen, spritzende Gedärme. Tod, so viel Tod. Und jeder einzelne von Paris herbeigeführt.

Paris, der FedEx-Bote der Lust und des Todes.

Hier gab es jedoch keine Schuld. Keine Scham. Nur kalte,

harte Logik. Töten oder getötet werden. Kein Raum für Gefühle oder Reue. Keine Hoffnung auf etwas Besseres. Dies waren die Regeln, nach denen er auf ewig spielen musste: Kämpfe um das, was du willst, oder leg dich in die Ecke und stirb.

Er würde sich nicht in die Ecke legen und sterben.

Obwohl Siennas Dämon Paris auf einer gewissen Ebene zu mögen schien, hegte er trotzdem die Hoffnung, den Krieger bestrafen zu können für all die Untaten, die er begangen hatte. *Zorn* drängte sie, mit Paris zu schlafen und ihn dann zu verlassen. Ihm das Herz zu brechen. Ihn schluchzend um eine zweite Chance mit ihr flehen zu lassen. Danach sollte sie ihn natürlich erdolchen, ihm Schmerzen zufügen, wie er es mit so vielen anderen getan hatte.

Nein! Nein, nein, nein. Sie riss sich los von der seltsamen Fessel, mit der *Zorn* ihren Willen an seinen band, und legte sich die Hände flach auf den Bauch – als könnte sie mit dieser lächerlichen Geste die Übelkeit bezwingen, die in ihr aufstieg.

„Ich werde ihn nicht bestrafen", schrie sie, stolz auf ihre Stärke und Überzeugung. All diese Dinge hatte Paris getan, ja. Und nein, dafür gab es keine Entschuldigung. Auch wenn er unter dem Einfluss der bösen Kreatur in seinem Inneren stand, war er verantwortlich für seine Entscheidungen. Er hätte einen anderen Weg finden können.

Doch wer war sie denn, dass sie jemanden verurteilte? Hatte *sie* bisher einen anderen Weg gefunden? Nein.

Darauf erwiderte *Zorn* nichts, und sie runzelte die Stirn. Das war ungewöhnlich. Normalerweise tobte er so lange, bis sie einknickte. Aber vielleicht hatte Aeron, der ehemalige Hüter des *Zorns*, diesen speziellen Kampf bereits ausgefochten. Schließlich hatten Aeron und Paris jahrhundertelang zusammengelebt. Reichlich Zeit für den Dämon, zu bekommen, was er wollte, oder in die Schranken gewiesen zu werden.

Sollte sie Aeron jemals treffen – und sollte er sie sehen können und nicht versuchen, sie umzubringen –, würde sie ihn fragen. Und sie würde alles tun, um ihm *Zorn* zurückzugeben, ungeachtet der Tatsache, dass sie dabei sterben würde.

„Sienna." Wärme strich über ihre Wange, glitt an ihrem Kiefer entlang.

Ihre Nervenenden erwachten wieder zum Leben, brachten ihre Haut zum Prickeln.

„Wach auf für mich. Komm schon, ja, genau so."

Ja. Diese Stimme ... Sinnlich und ursprünglich, so überwältigend in ihrer Männlichkeit ... Ein Lockruf, dem sie einfach folgen musste. Wo diese Stimme herkam, erwartete sie Lust. So viel Lust.

Blinzelnd öffnete sie die Augen. Anfangs war alles verschwommen, doch je mehr sie blinzelte, desto besser konnte sie sehen. Sie befand sich in einem der oberen Schlafzimmer im Schloss. Die Luft war muffig und doch schokoladig und ... Paris lag neben ihr, beugte sich über sie, schaute sie an.

Ihr stockte der Atem. Er war einfach so wunderschön. Auf den Wangen hatte er ein paar Kratzer und unter den Augen tiefe Schatten, doch nichts davon störte seine Perfektion. Es unterstrich vielmehr seine Anziehungskraft, gab ihm Tiefe. Liebhaber, Krieger ... Beschützer derer, die er auserwählte. Und er war hier. Bei ihr.

„Wie fühlst du dich?", fragte er mit rauer Stimme.

Hörte sie da einen Unterton der Besorgnis heraus? Wenn ja, dann musste das hier eine Halluzination sein. Nach allem, was zwischen ihnen vorgefallen war, wäre Paris ihr Wohlergehen egal. Mit zitternden Fingern berührte sie seine rosigen Wangen. Fest. Warm. Real.

Mit einem Keuchen brach es aus ihr hervor: „Du bist wirklich hier."

„Ja. Ich ... ja." Seine Pupillen weiteten sich, verdeckten sämtliches Blau unter einem Spinnennetz aus Schwärze, bevor sie in ihre ursprüngliche Form zurückschnappten. „Wie fühlst du dich?"

„Gut." In ihrem Magen zwickte es etwas, die Flügel taten ihr definitiv weh, aber das war nichts, womit sie nicht zurechtkommen könnte. Das war wohl einer der Vorteile, wenn man nicht nur Hüter des *Zorns*, sondern auch noch untot war. Egal, wie schwer sie verletzt war, der Tod konnte ihr nichts anhaben, und ihre Wunden heilten schnell.

„Ich hab dich gewaschen und deine schlimmsten Wunden verbunden." Schuldgefühle klangen aus seiner Stimme, und seine Wangen nahmen ein tieferes Rot an. Wieder weiteten sich seine Pupillen, und diesmal blieben sie so – nein, sie schnappten wieder zurück.

So etwas hatte sie noch nie gesehen. „Danke." Als sie sich mit den Fingern durchs Haar fahren wollte und in den verknoteten Strähnen hängen blieb, verzog sie das Gesicht. Sie musste aussehen wie der letzte Dreck. „Und du? Wie geht es dir?" Ihre Stimme zitterte genauso wie ihre Hand.

„Gut", wiederholte er ihre Antwort, ohne mehr preiszugeben als sie.

Er straffte die Schultern, vergrößerte den Abstand, doch seine Hüfte berührte weiterhin ihre. Mit einem Arm stützte er sich neben ihrem Körper ab.

So verharrten sie lange Zeit, blickten einander stumm an, um dann die Augen abzuwenden.

Es war ... unbehaglich. So *richtig* unbehaglich. Sie hatten einander so lange nicht gesehen, und bei ihrer letzten Begegnung, na ja – gut war es nicht ausgegangen. Und das hab ich allein mir selbst zuzuschreiben, dachte sie traurig.

„Eine Menge ist passiert, seit wir das letzte Mal zusammen waren", setzte er an und verfiel dann wieder in Schweigen, als ginge er die Ereignisse im Kopf noch mal durch.

„Ja", stimmte sie zu, obwohl sie selbst bereits zu viel Zeit damit verbracht hatte, alles Revue passieren zu lassen.

„Ich weiß, dass dir ein Dämon verpasst wurde. Was ich nicht weiß, ist, wie du mit ihm zurechtkommst", gestand er und starrte irgendetwas an, das in weiter, weiter Ferne hinter ihrer Schulter lag.

„Wir haben so unsere Sternstunden."

„Er zeigt dir die Sünden anderer?"

„Ja."

„Und zwingt dich, die Übeltäter zu bestrafen?"

„Ja."

Er nickte. „Aeron, der Kerl, in dem *Zorn* vorher war, hat das gehasst. Er hat sich immer so lange gewehrt, wie es irgend ging."

„Und dann hat *Zorn* die Kontrolle übernommen", grummelte sie.

„Ja."

„Ich hab dasselbe Problem." Normalerweise sah sie die Missetaten einer Person, wenn sie bei Bewusstsein war, und die Dinge entwickelten sich von dort aus. Entweder sie kämpfte gegen das Drängen des Dämons an und gewann, oder sie kämpfte dagegen an und verlor. Was sie davon halten sollte, dass sie Paris' Verfehlungen im Schlaf gesehen hatte, war ihr nicht so ganz klar.

Wieder herrschte eine ganze Weile unbehagliches Schweigen. Es gab so vieles zu sagen, doch sie wusste nicht, wo sie anfangen sollte.

„Paris", wisperte sie im selben Moment, als er seufzte und anhob: „Sienna."

Jetzt starrten sie einander an, suchend, unsicher.

Uuund wieder herrschte Stille, so drückend, dass sie das Gefühl hatte, von dem Gewicht in die Matratze gepresst zu werden. Wild bäumte sich ihr das Herz in der Brust auf, als versuchte es zu entkommen. Liefe das verdammte Ding mit Strom, sie hätte den Stecker herausgezogen. Alles, um diese angespannte, unentschiedene Situation zu erleichtern, in der ihre Angst, Paris zu verjagen, sie daran hinderte, all das zu sagen, was sie sich so oft ausgemalt hatte.

„Du zuerst", sagte er, und an seinem Kiefer zuckte ein Muskel.

Also gut. Sie konnte es schaffen. Sie *konnte*. „Ich hab mich nur gefragt, wie du hierhergekommen bist und warum du … warum du nach mir gesucht hast." Und er war definitiv ihretwegen gekommen, *nur* ihretwegen. Warum hätte er sonst so verzweifelt ihren Namen brüllen sollen? Wollte er sie bestrafen für das, was sie ihm damals angetan hatte?

Er verengte die Augen. „Ich hab's mir anders überlegt. Ich zuerst. Sag mir, warum *du* zu *mir* gekommen bist in dieser Nacht in Texas, als William dich zu meinen Füßen gesehen hat. Mein *unscheinbarer* Freund William." Unter seinen gesenkten Lidern konnte sie trotzdem erkennen, dass das Blau seiner Iris eisig geworden war, die Dunkelheit lauerte immer noch dicht unter der Oberfläche. Seine Miene wirkte hart wie Stein, jede andere Empfindung war von rücksichtsloser Entschlossenheit überdeckt.

Der Mann, der jetzt vor ihr saß, war nicht der, der gegen die Gargl gekämpft hatte, um zu ihr zu gelangen; er war nicht der, der ihre Wunden so sorgfältig verarztet hatte. Und das hatte er. Sie war gewaschen und verbunden, genau wie er gesagt hatte.

Nein, der Mann, der vor ihr saß, war der, den sie in Rom kennengelernt hatte. Der, der sie in der einen Minute geküsst hatte und in der nächsten an einen Foltertisch gefesselt erwacht war. Der, der sie mit einem Atemzug verflucht und mit dem nächsten gepriesen hatte.

Wer auch immer er war, sie würde ihn nicht anlügen. Nie wieder würde sie ihn anlügen. „Ich hab Hilfe gebraucht", gestand sie, „und *Zorn* wusste, wo du warst, wie wir dich erreichen konnten. Er hatte die Kontrolle übernommen, und ich bin erst dort zu deinen Füßen wieder zu Bewusstsein gekommen."

„Brauchst du immer noch Hilfe?"

„Im Umgang mit *Zorn*? Ja."

Er nickte, und der Ausdruck der Rücksichtslosigkeit wurde etwas milder. „Es tut mir leid, dass ich dich an dem Abend nicht sehen konnte."

„Du musst dich für nichts entschuldigen."

„Wie dem auch sei", sagte er und räusperte sich, „ich hab mir schon gedacht, dass du Probleme haben würdest, dich daran zu gewöhnen, obwohl du dich wesentlich besser hältst als ich in diesem Stadium. Deshalb hab ich Aeron gefragt, ob er irgendwelche Tipps für dich hat. Er sagte, du hättest es relativ leicht, wenn du den Bastard jeden Tag mit einer Kleinigkeit fütterst. Wenn jemand dich anlügt, lügst du zurück. Wenn dich jemand betrügt, betrügst du denjenigen auch. Wenn dich jemand schlägt, schlägst du zurück."

Wie bereitwillig er ihr diese Informationen gab. Er ließ sie nicht darum betteln. Verhöhnte sie nicht damit, dass er diese Dinge wusste und sie nicht. Und Aeron hatte seine Hinweise nicht für sich behalten, obwohl er sie dafür hassen musste, dass sie jetzt seinen Gefährten in sich trug – und sie *waren* Gefährten gewesen. *Zorn* war ein Teil von ihm gewesen, und er vermisste Aeron noch heute. Doch so dankbar sie auch für die Ratschläge war ... Was für eine furchtbare Art zu leben, dachte sie. „Danke dafür."

„Gern geschehen", erwiderte er steif. Dann: „Glaubst du immer noch, ich wäre böse und müsste ausgelöscht werden?"

„Nein! Du bist nicht böse." Dass sie je den Mann mit dem Dämon über einen Kamm geschoren hatte ... Sie schämte sich so sehr. Wie töricht sie gewesen war. Wie leichtgläubig. „Es tut mir leid, dass ich das je gedacht habe."

Mit dem Blick, den er ihr zur Antwort zuwarf, entblößte er sie, ließ sie nackt und zitternd zurück. „Und das soll ich dir glauben?"

Er würde ihr niemals vertrauen, aber warum sollte er auch? „Meine Verbindung mit *Zorn* hat mir die Augen geöffnet. Zum ersten Mal habe ich die Wahrheit begriffen. Was ich getan habe … Was ich gern tun würde … Damit schlägst du dich schon seit Tausenden von Jahren herum, und trotzdem kämpfst du immer noch dagegen an. Glaub mir oder nicht, ganz wie du willst, aber ich schwöre dir hier und jetzt …" Sie ballte die Hände zu Fäusten, um sie nicht nach ihm auszustrecken. „Ich werde dir nie wieder wehtun."

In seinen verschatteten Augen blitzte Wut auf – und lodernde Erregung. Dann waren sie wieder undurchdringlich.

Er wandte den Kopf ab, und sein Blick landete auf dem einzigen Fenster. Die dicken schwarzen Vorhänge standen einen Spaltweit offen, ein einsamer Mondstrahl stahl sich ins Zimmer. Paris zuckte mit den Schultern. „Du hast gefragt, warum ich nach dir gesucht habe."

Enttäuschung überflutete sie. Eine Antwort auf ihren Schwur wäre schön gewesen. Andererseits hatte sie auch keine verdient. „Ja."

„Ich – verdammt. Ich konnte dich nicht leiden lassen."

Er konnte … sie nicht … leiden lassen … oh … Das war eine Art Gnade, die sie anderen nicht länger gewähren konnte, deshalb wusste sie, wie wertvoll sie war. Tränen stiegen ihr in die Augen und rannen ihre Wangen hinab. Immer mehr, bis ihr Körper so heftig bebte wie die der Frauen aus dem Gang in ihrem Traum. Bis sie weder das Zimmer noch Paris klar sehen konnte.

Hattest du nicht vor, dir ein paar Eier wachsen zu lassen? Jetzt vor seinen Augen zusammenzubrechen war demütigend, doch sie konnte nicht anders.

Scham durchströmte jede Zelle ihres Körpers. Ihr ganzes Leben lang hatte sie sich nur auf sich selbst verlassen können. Der Alkoholismus, in den ihre Mutter nach Skyes Entführung abgerutscht war, hatte jegliche Liebe für Sienna ausradiert. Ihr Vater war irgendwann abgehauen und hatte eine neue Familie gegründet – das kleine Mädchen, das er zurückließ, hatte er vergessen.

Auf dem College hatte sie dann angefangen, mit Hugh auszugehen. Er hatte sich die Geschichten aus ihrer Vergangenheit angehört, hatte ihr Mitgefühl und Hilfe angeboten. Dann hatte er ihr von sich erzählt und von seinem Glauben an das Übernatürliche. Als sie Zweifel geäußert hatte, hatte er versprochen, es ihr zu zeigen – und dieses Versprechen hatte er gehalten. Sie war verängstigt und freudig erregt zugleich gewesen, denn jetzt hatte sie endlich jemanden, dem sie die Schuld für jedes einzelne ihrer Probleme geben konnte.

Wie befreiend das gewesen war. Wie wundervoll, zu begreifen, dass ihre Mutter nichts falsch gemacht hatte. Ihr Vater hatte nichts falsch gemacht. *Sie* hatte nichts falsch gemacht. Wie tröstlich, zu denken, ihre Eltern würden sie immer noch lieben, gäbe es nicht das Übel, das die Herren auf die Welt losgelassen hatten. Also hatte sie sich Hals über Kopf in das Spiel Gut gegen Böse gestürzt.

Und doch hatten die Jäger sie erschossen, um Paris zu erwischen.

Paris, der nicht wollte, dass sie litt.

So heftig schluchzte sie, dass sie bald hickste und Rotz und Wasser heulte, was das Ganze auf eine neue Ebene der Peinlichkeit brachte. Starke Arme legten sich um sie, ohne ihre empfindlichen Flügel zu berühren, hoben sie hoch, drückten sie an eine heiße, muskulöse Brust. Sein Herz hämmerte genauso schnell wie ihres.

Und wer hätte das gedacht, als sie das spürte, weinte sie noch heftiger.

„Beruhige dich“, befahl er, offensichtlich unangenehm berührt. Und wow. Eigentlich sollte man denken, nachdem Paris mit so vielen Frauen zusammen gewesen war, wüsste er, wie man eine beruhigte, die am Rande der Hysterie stand, aber nein. Er tätschelte ihr den Rücken einen Tick zu grob und bedachte sie dann mit einem bösen Blick, als sie nicht gehorchte.

Wie konnte er *nicht* wollen, dass sie litt? Wie hatte sie je so hart über ihn urteilen können?

„Sienna. Hör auf damit."

„Kann … nicht … anders. Hab dir … so furchtbare … Dinge angetan. Und doch bist du … du bist hier. Und du bist so *nett* zu mir."

Kurzes Schweigen, als wüsste er mit ihren Worten nichts anzufangen. Dann antwortete er mit sehr sanfter Stimme: „Aber ich hab dir doch auch schreckliche Dinge angetan. Oder etwa nicht?"

15. KAPITEL

Sienna befahl sich, die Klappe zu halten, kein Wort mehr zu sagen, aber die Sätze purzelten ohne ihr Zutun weiter aus ihr heraus. „Du hattest vor, mit mir zu schlafen und dann abzuhauen. Nicht unbedingt ritterlich, aber dafür hattest du wohl kaum verdient, unter Drogen gesetzt, gefoltert und fast umgebracht zu werden. Ich hab dich reingelegt, hab zugelassen, dass sie dir wehtun. Und dann hab ich dich vergewaltigt. Für mich war das eine Vergewaltigung." Sie bekam kaum Luft, doch immer noch strömte mehr aus ihr hervor. „Es tut mir leid, Paris. Es tut mir so leid. Ich weiß, das ist nicht genug. Nichts, was ich sage, wird je gut genug sein, aber …"

„Sienna."

„Es tut mir leid. Wirklich. Und danach, als ich im Sterben lag, hab ich dir die Schuld gegeben, aber du konntest nichts dafür. Ich hab dir an den Kopf geworfen, dass ich dich hasse, und auch das tut mir furchtbar leid. Das alles hattest du nicht verdient."

Wieder Schweigen. Mittlerweile strich er ihr sanft über den Rücken, zärtlich, tröstend. „Du hast mich nicht vergewaltigt", erklärte er schließlich, und in seiner Stimme lag ein überraschend amüsierter Unterton. „Ich wollte dich. Ich wollte dich so sehr, obwohl ich dich nicht wollen wollte." Vielleicht hatte sie sich seine Belustigung aber auch nur eingebildet. Jetzt lag ein aufreibend rauer Ton unter seinen Worten.

„Ich habe mit dir geschlafen, weil man es mir befohlen hat, weil ich dich vernichten wollte", sagte sie.

„Ich hab mit dir geschlafen, weil ich meine Kräfte auftanken wollte."

„Aber ich wollte dich trotzdem", fügte sie flüsternd hinzu.

Mit den Fingerspitzen drückte er die Muskeln unter der Stelle, wo ihre Flügel ansetzten, doch viel zu schnell ließ der Druck nach. „Und *ich* wollte *dich*, immer noch. Das ist einer der Gründe, weshalb ich dich bei meinem Ausbruch mitgenommen habe – weil ich wieder mit dir schlafen wollte."

Wieder schluchzte sie auf. „Ich dachte, du hättest mich als Schutzschild benutzt, und ich … ich …" Scheiße. Jetzt schluchzte sie so ununterbrochen, dass sie kein Wort mehr herausbrachte.

Er küsste sie auf die Schläfe. „Ich habe dich nicht als Schild benutzt. Jedenfalls nicht absichtlich. Es tut mir leid, wie die Dinge geendet sind, so furchtbar leid. Wenn's dir hilft, ich hab mich tausendmal dafür bestraft und werd's wahrscheinlich noch tausendmal tun. Hätte ich gewusst, was noch geschehen würde, hätte ich dich dort gelassen … und wäre dich später holen gekommen."

Die letzten Worte hatte er nur zögernd ausgesprochen, als fürchtete er sich vor ihrer Reaktion auf dieses Geständnis.

„Ich bin froh."

Eine gefühlte Ewigkeit verstrich, sie beide aneinandergeklammert, die Stille nicht länger unangenehm, sondern beruhigend. Okay. Vielleicht war sie diejenige, die klammerte, aber ihm schien es nichts auszumachen. Er streichelte sie weiter.

Bis zu diesem Moment war ihr nicht klar gewesen, wie sehr sie sich nach Körperkontakt sehnte. Dass dieser Körper Paris gehörte, machte es nur noch besser. Er war so stark, roch so gut, und wenn sie nicht aufpasste, würde sie bald die Wange an seiner Brust reiben, die Nase an seinem Hals vergraben und sich wie eine Kletterpflanze um ihn schlingen.

Als sie sich schließlich beruhigt hatte, überrollte sie eine gnadenlose Erschöpfung, und sie sank gegen ihn, den Kopf an seine Schulter gelehnt. Ihre Augen waren geschwollen, ihre Nase verstopft und ihre Kehle rau vom Weinen.

„Besser?", fragte er.

„Ja, danke. Ich … ich … Paris." Ihre Lippen teilten sich, und sie holte Luft. „Trotz allem bist du hergekommen, um mir zu helfen. Du hast dich in Gefahr gebracht."

„Gefahr hat für mich keine Bedeutung." Sein Ton war

grummelig, als gefiele ihm die Richtung nicht, in die die Unterhaltung sich bewegte.

Gefahr mochte für ihn keine Bedeutung haben, aber sie hatte ihn mit seinen Freunden gesehen. Sie bedeuteten ihm *alles*, und trotzdem hatte er sie zurückgelassen, um sie zu retten. Eine surreale – und noch viel beschämendere – Erkenntnis.

Er *musste* Gefühle für sie haben. Unmöglich und offenbar doch wieder nicht. Sie sah auf ihre Hände hinab. Unbewusst hatte sie ihr Shirt gepackt, daran herumgezerrt und geknetet, ohne es zu bemerken. Sie sollte ihn nach seinen Gefühlen fragen. Sie sollte –

„Warum bist du weggegangen, als du mich da unten gesehen hast?", fragte er, eher neugierig als anschuldigend. „Als die Wasserspeier mich in den Fängen hatten."

„Ich hab dich für eine Halluzination gehalten. Eine Erinnerung. Die spielen sich überall um mich herum ab, wie Filme in Endlosschleife."

Er runzelte die Stirn, und seine Lippen wurden schmal. „Auch jetzt?"

Schnell blickte sie sich im Raum um, und ihr blieb der Mund offen stehen. Alles, was sie sah, war bröckelndes Gestein, abgehängte Bilder – aber keine Erinnerungen. „Nein. Wir sind allein." Wahrscheinlich, weil nichts ihre Aufmerksamkeit von Paris ablenken konnte. „Paris, ich will dir Sachen erzählen. Über die Jäger. Sachen, die dir und deinen Freunden helfen könnten. Ich …"

„Nein", schnitt er ihr das Wort ab.

„Aber …"

Abrupt schüttelte er den Kopf. „Nein", wiederholte er.

„Das verstehe ich nicht."

„Ich will nicht, dass du mir irgendetwas über sie erzählst."

„Aber … warum nicht?" Selbst als sie auf seinem hilflosen Körper gesessen hatte, sich auf ihm bewegt hatte, selbst als er ihr berechtigterweise die Schuld an seiner Situation gegeben hatte, war sein Blick nicht so hart und entschlossen gewesen. Rot blitzte in seinen Pupillen auf, und Schatten huschten über das Blau seiner Augen.

Sie brauchte nicht lange, um zu begreifen. Er glaubte, sie würde ihn belügen, würde ihn geradewegs in eine Falle locken, und nichts, was sie sagte, könnte ihn vom Gegenteil überzeugen. Das tat weh, doch sie hatte es verdient.

Da sie nicht wusste, was sie dagegen tun konnte, ließ sie von dem Thema ab. „Wie ist es möglich, dass du mich sehen und hören kannst? Mich berühren? Letztes Mal konntest du das nicht."

Das Rot verblasste, die Schatten kamen zur Ruhe. Wieder dehnten sich seine Pupillen so seltsam aus und schnappten dann zurück.

„Ich hab ein paar Tricks über die Toten gelernt", antwortete er. „Das ist alles."

Und weder diese Tricks noch irgendetwas anderes würde er preisgeben; so viel hörte sie aus seinem Ton heraus. In ihrem Herzen erwachte ein Stechen, breitete sich in ihren Magen aus und löschte jedes Fünkchen Glück aus, das seine Anwesenheit entfacht hatte.

„Hast du zufällig auch gelernt, wie man Flüche bricht und Leute aus einem Schloss befreit, das sie nicht verlassen können?", fragte sie. Gut. Zurück zum Geschäftlichen. *Ohne* wieder zusammenzubrechen.

Er wurde beunruhigend still. „Ich wusste, dass du hier gefangen gehalten wirst, aber wie, da bin ich mir noch nicht sicher."

„Weißt du, wo ‚hier' ist?" Natürlich hätte sie auch raten können, aber bei den Antworten, die ihr einfielen, wurde ihr schlecht.

„Ein verborgenes Königreich im titanischen Teil des Himmels."

Ihre Augen wurden groß. „Im Himmel? Wirklich? Ich hätte gewettet, dass ich in der Hölle bin."

„Was geschieht, wenn du zu fliehen versuchst?“

„Es gibt eine Art unsichtbare Blockade. Wenn ich einer Tür oder einem Fenster zu nah komme, fängt alles in mir an zu schmerzen, und wenn ich zu lange dort bleibe, falle ich in Ohnmacht. Aber manchmal ... Manchmal übernimmt *Zorn* das Ruder, und die Blockaden spielen keine Rolle. Dann lande ich irgendwo draußen, aber nicht weit von hier, glaube ich. Und ich tue Dinge. Furchtbare Dinge“, flüsterte sie. „Am Ende komme ich immer wieder hierher, ich kann nichts dagegen tun. Ich betrete das Schloss, und augenblicklich sind die Blockaden wieder da.“

Kurz streckte er die Hand aus, als wollte er sie tröstend an ihre Wange legen. Dann knurrte er, tief und kehlig, und ließ den Arm sinken. Am liebsten wäre sie schon wieder in Schluchzen ausgebrochen, aber diesen Luxus gestattete sie sich nicht. Nicht einmal, als er ruckartig aufstand, zum Fenster marschierte und die Vorhänge zur Seite riss, womit er einen riesigen Abgrund der Distanz zwischen ihnen schuf – symbolisch.

Staub wirbelte um ihn herum. Ein kurzes Ruckeln, und er hatte das Fenster hochgeschoben. Heiße, stechend riechende Luft drang ins Zimmer, brannte in ihrer Nase. Er zog einen Dolch, streckte den Arm in die Dunkelheit – und traf auf keinerlei Widerstand.

Andere konnten also gehen, begriff sie. Nur sie war gefangen.

Entschlossen schob er das Fenster wieder zu und wandte sich zu ihr um. Statt an ihre Seite zurückzukehren, lehnte er sich an die Wand. Sein schwarzes T-Shirt spannte über seinen harten Muskeln. Eng umhüllte die schwarze Hose seine Beine – und eine beeindruckende Erektion.

Konnte es wirklich sein, dass er ... sie wollte? So, wie sie ihn wollte?

Wem versuchst du hier was vorzumachen? Er ist der Lord of Sex. Die Reaktion hat er vermutlich bei jedem.

„Kannst du *Zorn* deinen Körper übernehmen lassen, ohne dass er deinen Geist kontrolliert?“, fragte er mit leicht rauer Stimme.

Sie zwang sich, ihm in die Augen zu sehen, während ihre Wangen heiß wurden. „Ich, äh … Er übernimmt beides, aber gelassen hab ich ihn noch nie. Ich gewinne zwar nicht immer, aber ich kämpfe jedes Mal gegen ihn an.“

„Hör auf, ihn zu bekämpfen. Lass ihn deinen Körper übernehmen, aber versuch, ihn ein Stück weit durch deinen Geist zu kontrollieren.“

Ihr fiel die Kinnlade herunter, und ihre Zähne klackten, als sie den Mund wieder schloss. Einfach so sollte sie einem Wesen, das nur dafür lebte, *jeden* zu bestrafen, gestatten, sie zu übernehmen und jede ihrer Handlungen zu steuern? „Du hast keine Ahnung, was geschehen würde, wenn ich das zulasse.“

Ihm entfuhr ein bitteres Lachen, das sein perfektes Äußeres nicht verzerrte, sondern nur noch unterstrich. Vielleicht, weil diese Bitterkeit in ihr den Wunsch weckte, ihn zu küssen, bis er sich besser fühlte. „Oh doch, und wie.“

Tatsächlich, so musste es wohl sein. „*Zorn* verletzt Menschen. *Ich* verletze Menschen. Und was, wenn ich *dich* verletze?“

Seine Augen schimmerten wie schmelzender Stahl. „Ich kann schon auf mich aufpassen, und ich will dich hier rausbekommen.“

„Das will ich auch.“ Nur nicht so sehr, dass sie riskieren würde, ihm Schmerzen zuzufügen. Und um ehrlich zu sein, war ihr Dämon nicht ihre einzige – oder auch nur die schlimmste – Sorge. Wieder weiteten sich ihre Augen. Wie hatte sie das vergessen können, auch nur einen Moment lang? „Cronus“, keuchte sie. „Wenn du mir hilfst, wird Cronus dich dafür bestrafen. Ich bin überrascht, dass er das nicht schon längst getan hat.“

„Nach dem, was ich so höre, ist der momentan viel zu beschäftigt, um sich um mich zu kümmern." Paris grinste, langsam und teuflisch. Voller Vorfreude. „Aber er und ich haben noch eine Rechnung offen, und bald werden wir uns darüber unterhalten."

Ängstlich hob sie die Hand an die Kehle. „Nicht meinetwegen. Ich will nicht, dass du …"

„Hast du Familie?", unterbrach er sie. „Irgendjemanden, wo ich dich hinbringen kann, wenn ich dich aus dem Himmel geschafft habe?"

Sie blinzelte. Er hatte sie gerettet, und er begehrte sie immer noch, wenn man seiner Erektion Glauben schenken konnte. Doch er wollte sie nicht bei sich behalten, nicht einmal mit ihr schlafen. Stattdessen wollte er sie so schnell wie möglich loswerden. Natürlich. Dämliche Sienna, dass sie sich je etwas anderes erhofft hatte.

Zwischen ihnen würde es sowieso nie funktionieren. Sie kannte sich jetzt besser aus mit seinem Dämon und wusste, dass er kein zweites Mal mit ihr würde schlafen können, trotz … dieses Monsters in seiner Hose. Nicht wahr? Bei ihm gab's nur eine einzige wilde Nacht. *Nicht wahr?*

„Sienna", fuhr er sie an. „Sieh mir ins Gesicht. Bitte."

Die Hitze in ihren Wangen drohte sie zu verbrennen, als sie den Blick ein zweites Mal von seinen Kronjuwelen losriss. „Tut mir leid. Ich wollte dich nicht so begaffen. Ich war nur mit meinen Gedanken woanders."

„Bei meinem Schw… äh, Ding?"

„Na ja, klar."

Vor Überraschung fiel ihm die Kinnlade herunter, und sie fragte sich ernsthaft, warum der Gott des Sex eine solche Enthüllung so unglaublich finden sollte.

Wie dem auch sei. Was hatte er sie noch mal gefragt? Ach ja. Ihre Familie. „Nein. Es gibt niemanden, bei dem ich unterkommen könnte, niemanden, der mich überhaupt sehen könnte." Während sie das sagte, ließ sie den Blick über den

Rest seines Körpers wandern. Noch immer trug er die Bisse und Kratzer der Gargl, auch wenn die Wunden mittlerweile verschorft waren. Er heilte, aber langsam. Außerdem hatte seine Haut etwas von ihrem schimmernden Leuchten verloren. Wurde er schwächer, weil er Sex brauchte? So war es damals in seiner Gefangenschaft bei den Jägern gewesen.

„Wann hast du das letzte Mal eine Frau gehabt?", fragte sie und versuchte, nonchalant zu klingen bei diesem Reizthema zwischen ihnen.

Das Eis, das sie vorhin in seinen Augen gesehen hatte, schien nun seinen gesamten Körper zu überziehen. Er verengte die Augen, ein steinernes Glitzern in dieser herrlich ozeanblauen Iris.

„Ich weiß es nicht", presste er hervor.

Zu ihrer Schande durchfuhren sie Erleichterung und Erregung zugleich. Er litt offensichtlich Schmerzen. „Äh, na ja, ich ... äh, ich wäre ... du weißt schon ... stünde zur Verfügung. Für dich. Wenn du kannst, meine ich. Und wenn du, na ja, mich willst und ... der auch bei mir funktioniert." Wie erbärmlich sie sich anhörte, doch sie wollte ihn noch einmal berühren, noch ein letztes Mal mit ihm schlafen. Selbst wenn sie den Akt auf eine bloße klinische Prozedur reduzieren musste. „Ich schulde dir was." Oder auf einen Gefallen unter Pseudofreunden.

In ihm schien ein Kampf zu toben zwischen Eis und Feuer, das Eis wurde dicker, brach, wurde wieder dicker ... Das Eis behielt die Oberhand. „Tatsächlich? Du *stehst zur Verfügung* für mich? Du schuldest mir was?" Er knackte mit dem Kiefergelenk. „Danke für dieses *großzügige* Angebot. Wie könnte ein Typ wie ich da jemals ablehnen?"

Ein Typ wie er? „Ich wollte nicht ..."

„Nur damit du's weißt, ich bin nicht diesen weiten Weg gekommen, um deine *Dienste* in Anspruch zu nehmen oder eine Schuld einzutreiben. Obwohl ich dich also *tatsächlich* ein zweites Mal ficken könnte, hoffe ich, du hast Verständnis, wenn ich das Undenkbare tue und dein Angebot ausschlage. Aber mach dir keine Sorgen, ich helfe dir trotzdem. Dafür musst du mich nicht ficken."

Sie nagte an ihrer Unterlippe, um eine Antwort zurückzuhalten. Verdient, verdient, verdient, sagte sie sich wieder. Und vielleicht hatte es sein Gutes, dass er abgelehnt hatte. Er verabscheute sie immer noch. Und wie er bereits bewiesen hatte, vertraute er ihr nicht. Mit ihm zu schlafen und ihn danach ziehen zu lassen, würde sie so zerreißen, dass sie nie wieder ganz werden könnte.

Außerdem musste sie zu Galen gehen. Der Gedanke traf sie so heftig, dass sie erbebte. Bisher hatte sie nur mit der Idee gespielt, aber nichts entschieden. Jetzt erkannte sie die Wahrheit. Paris hatte gesagt, sie hätte keine Familie, aber was, wenn doch? Und was, wenn nur sie sie retten konnte? Wenn auch nur die kleinste Möglichkeit bestand, dass Galen ihre Schwester und ihr Kind folterte, musste Sienna handeln, was bedeutete, dass sie möglicherweise … Dinge mit ihm tun musste. Nötige Dinge. Dinge, die sie nicht über sich bringen würde, wenn sie irgendeine Art Bindung zu Paris aufbaute. Ihr Blut schien sich in Säure zu verwandeln, jagte brennend durch ihre Adern.

„Du siehst aus, als würdest du dich ekeln und fürchten", bemerkte Paris schneidend. „Wovor?"

„Keine dieser Empfindungen ist auf dich gerichtet", antwortete sie leise. Niemals auf ihn. Nicht mehr.

Von der Tür erklang ein lautes Klopfen, gefolgt von der rauen Stimme des unscheinbaren Kerls. „Paris. Es geht zwar nicht unbedingt um Leben und Tod, aber da drin ist es ruhig, also geh ich mal davon aus, du hast noch nicht geschnallt, wie man ihren BH aufmacht. Mach mal Pause und komm zu mir nach draußen. Das musst du sehen."

Paris sah aus, als wäre ihm gerade eine lang ersehnte Feuerpause gewährt worden. Er stieß sich von der Wand ab. „Schon unterwegs“, rief er. Einen Moment stand er noch da, knirschte mit den Zähnen, dachte offenbar über etwas Unangenehmes nach. Dann stapfte er zum Bett und hielt ihr die Hand hin, half ihr aufzustehen.

Köstlich rieben seine Schwielen an ihrer Handfläche, und ein Schauer überlief sie. „Danke.“

„Was auch immer.“ Statt sie nach draußen zu führen, richtete er einen strengen Blick auf sie. „Versuch ja nicht, von meiner Seite zu weichen. Verstanden?“

Fürchtete er, sie würde weglaufen? Dass sie jemandem verraten würde, wo er war, der ihn umbringen wollte?

Verdient, rief sie sich in Erinnerung. Was an dieser Situation wirklich ätzend war, war die Tatsache, dass sie nicht um eine zweite Chance mit ihm bitten konnte – oder auch nur um eine Möglichkeit, Buße zu tun. Wie ihr gerade klar geworden war, stand ihr Weg bereits fest, und ihre Beziehung war dem Untergang geweiht.

Und noch etwas wurde ihr klar. Wenn sie diesen Weg verfolgte, konnte sie ihm geben, was er sich am meisten wünschte: den Sieg über die Jäger. Nicht, dass er je erfahren würde, welche Rolle sie dabei gespielt hätte. Wenn es nach Cronus ging, würde Paris sie für Galens Geliebte halten. Sein Sexspielzeug. Und … und das wäre sie auch, zumindest, bis sie die Wahrheit über Skye herausgefunden hätte. Dann würde sie ihn umbringen, so wie *sie* es wollte, ungeachtet der Konsequenzen für sie selbst.

„Sienna“, fuhr Paris sie an und riss sie aus ihren Gedanken.

Stumm blickte sie zu ihm auf. Wie auch immer das alles ausging, sie würde ihn verlieren. Das war hart, wenn man bedachte, dass er ihr gerade erst wiedergegeben worden war. Aber für heute war sie bei ihm. „Ich werde nicht von deiner Seite weichen.“

16. KAPITEL

Galen, Hüter der *Hoffnung*, Anführer der Jäger, erkundete ohne jede Eile die Zimmer in der Festung seiner Feinde. Erst vor Kurzem hatte er sich von den Kampfwunden erholt, die er dank der Herren der Unterwelt erlitten hatte. Zeit, es ihnen heimzuzahlen.

Die Klinge, die er in der Hand hielt, war neu und hatte noch keinen Tropfen Blut gesehen. Das würde sich heute ändern.

„... endlich das verdammte Ding zum Schweigen", sagte Cameo, die Hüterin des *Elends*, als sie um die Ecke bog und an ihm vorbeimarschierte. Von Galen, eingehüllt in den Tarnumhang, bemerkte sie nichts.

Im Vorbeigehen betrachtete er sie. In all den Jahrhunderten seit ihrer Erschaffung hatte sie sich nicht verändert. Sie hatte langes dunkles Haar, wie gemacht, um die Hände darin zu vergraben, und den schlanken Körper einer Tänzerin, wie gemacht, um sie zu ficken. Ihre Augen schimmerten wie flüssiges Silber – und waren wie gemacht dafür, an einer Kette um seinen Hals zu baumeln. „Wenn nicht, bringe ich euch beide um. Und zur Information, jede Sekunde sterben eins Komma acht Menschen. Macht mir gar nichts aus, die Quote zu steigern."

Vielleicht hatte sie sich doch verändert. In dem dunklen, heiseren Klang ihrer Stimme schwang die erdrückende Last des Kummers einer ganzen Welt mit. Genug, um einen Schmerz in seiner Brust zu wecken, der unaufhaltsam durch seinen Körper sickerte und mehr und mehr von ihm verschlang. Im Himmel hatte ihre Stimme nur Genuss mit sich gebracht.

Mit einem Stirnrunzeln zog Galen seine ausladenden Flügel an und presste sich an die Wand. Durch die Bewegung löste sich eine Feder und schwebte zu Boden, nicht länger verborgen durch den Umhang. Er beugte sich vor, um sie aufzuheben, und stockte.

Eine kleine, kurvige Blondine, die ein schwarzes ... hundeartiges Wesen auf dem Arm trug, flitzte hinter Cameo her. „Alles, was ich sage, ist, mit ein bisschen Make-up könntest du aussehen wie meine Cousine vom Land statt wie mein unterernährter Onkel. Vielleicht hat dir das noch keiner gesagt, aber Säcke sind für Packesel, nicht zum Unter-den-Augen-Tragen."

Der Kopf des – Mutanten-? – Hundes drehte sich, weiter und weiter, den Blick fest auf Galen gerichtet. Ein tödliches Knurren erfüllte die Luft, und Fangzähne schoben sich unter seinen Lefzen hervor. Offensichtlich funktionierte die Magie des Umhangs nicht bei allen Kreaturen (was zum Teufel *war* das für ein Ding?). Er zeigte dem Vieh den Stinkefinger, und es begann zu kläffen.

„Still, Prinzessin. Mama bringt das Beauty-Einmaleins unter die ungebildeten Massen. Außerdem wollen wir doch nicht, dass die dummen Herren sich wieder über dich aufregen, nicht wahr?"

Weder die Blondine noch ihre hässliche „Prinzessin" hatte Galen schon einmal gesehen. Was wusste er über sie? Die Herren ließen nur wenige Auserwählte in ihren exklusiven Kreis. Das bedeutete, sie war entweder eine neue Verstärkung ihrer Armee oder die Freundin eines der Krieger. Erbärmlich, wie viele der einst standhaften Männer in letzter Zeit der *Liiiebe* verfallen waren.

Was oder wer auch immer sie war, sie würde mit den anderen sterben.

Die zwei Frauen und ihr Nicht-ganz-Hund verschwanden in einem Zimmer. Eine Tür knallte zu. Niemand schlug Alarm.

Sein Stirnrunzeln verwandelte sich in ein Grinsen. Sie konnten ihn nicht sehen, aber sie hätten ihn spüren können. Dass sie das nicht getan hatten, bedeutete, das hier würde einfacher werden, als er gedacht hatte.

Strider, der Idiot, hatte den Tarnumhang den Unaussprechlichen gegeben – Wesen von solcher Bösartigkeit, dass selbst Herkules bei jeder Erwähnung das Zittern gekriegt hätte. Cronus hatte sie versklavt, bevor er selbst gefangen genommen worden war. Er hatte einst geglaubt, er könnte sie kontrollieren. Dafür wollten sie seinen Tod. Jetzt waren sie auf ihrer eigenen kleinen Insel bei Rom gefangen und dazu gezwungen, zu verhandeln.

Eine Tatsache, die Galen sehr entgegenkam. Sie wussten, dass er vom Schicksal dazu bestimmt war, den Titanenkönig einen Kopf kürzer zu machen, deshalb hatten sie seine Unterstützung gesucht, als er sie besucht hatte. Ihre erste Geste des guten Willens: Sie hatten ihm den Umhang gegeben. Dann hatten sie ihm beigebracht, wie man das Ding richtig benutzte. Er hatte angenommen, es wäre bloß ein Schutz vor wachsamen Augen, doch da hatte er sich geirrt. Der Umhang war auch eine Waffe. Und zwar eine sehr effektive.

Er brauchte jeden Vorteil, den er kriegen konnte, selbst wenn das bedeutete, sich mit den übelsten Kreaturen zu verbünden, die jemals auf Erden gewandelt waren. In letzter Zeit verschwanden seine Männer direkt von der Straße und wurden nie wieder gesehen. Auch seine Königin war verschwunden. Schon seit Wochen hatte er nichts mehr von ihr gehört.

Mittlerweile kannte sie ihn gut genug, um zu wissen, dass er immer zuerst seine eigenen Schäflein ins Trockene bringen würde. Um zu kriegen, was er wollte, würde er jeden verraten. Wenn sie beschlossen hatte, sich von ihm abzuwenden, ihn zu verraten, wie er es mit so vielen anderen getan hatte, war das ihr Problem. Sie würde er genauso entschlossen jagen wie ihren Ehemann. Mit allem, was er hatte.

Galen hatte vor, die Herrschaft über das Himmelreich zu gewinnen. *Und diesmal werde ich es schaffen.* Er wusste es, doch andererseits „wusste“ er immer, dass seine Pläne funktionieren würden. Sein Dämon konnte jeden von allem überzeugen – einschließlich Galen. *Hoffnung* nährte die Träume eines jeden, um dann laut zu lachen, wenn diese Träume zersprangen wie Glas.

Doch heute war es nicht *Hoffnung*, der ihn antrieb. Heute war es *Eifersucht*. Sein zweiter Dämon.

Oh ja. Seine ehemaligen Freunde mochten zwar so dumm sein, dass sie es noch nicht kapiert hatten, aber Galen war von *zwei* der Dämonen aus Pandoras Büchse besessen.

Indem er die Krieger an seiner Seite überredet hatte, die Büchse zu stehlen, um sie dann zu verraten, weil er selbst an Luciens Stelle Anführer der Eliteeinheit werden wollte, hatte er zwei Verbrechen begangen. Damit hatte er sich zwei Strafen verdient. Das hatte jedenfalls Zeus gesagt, als er sich darangemacht hatte, jeden Herren mit seinem Dämon zu verbinden und die Ordnung im Himmel wiederherzustellen.

Er *hasste* es, mit zwei Dämonen geschlagen zu sein. *Hoffnung* baute ihn auf, nur um ihn fallen zu sehen, und dann stachelte *Eifersucht* ihn wieder an und flüsterte ihm Dinge ein wie: *Dieser Mann hat eine Frau, aber wir sind viel besser. Warum nehmen wir sie ihm nicht weg?* Daraufhin erfüllte *Hoffnung* ihn jedes Mal mit dem Verlangen, genau das zu tun, sie zu nehmen; bis das Bedürfnis zu einem lebenden Wesen in seinem Inneren mutierte und er sich mit jeder Faser seines Körpers sicher war, dass er es schaffen würde – und dann irgendwie doch immer knapp an einem Sieg vorbeirauschte.

Nun, heute würde er nicht versagen.

Heute würde er seinen Feinden einen schweren Schlag versetzen.

Er würde Legion entführen, das teuflische Weib, das sie einst geschickt hatten, um ihn zu töten. Die Wildkatze, die ihn verführt hatte. Die unschuldige Jungfrau, die im Körper eines Pornostars wohnte. Sie hatte ihn fast besinnungslos gefickt, bevor sie ihn mit ihren giftigen Fangzähnen gebissen hatte. Während er sich vor Schmerzen krümmte, hatte sie ihn zum Sterben zurückgelassen, nur um dann durch einen missglückten Handel mit ihrem Schöpfer in die Hölle verschleppt zu werden.

Seitdem jagte Galen sie, doch die Herren waren schneller bei ihr gewesen. Sie hatten sie hierhergebracht, und Galen wollte sie zurück. Wollte sie noch einmal vögeln. Wollte sie bestrafen. Sie töten und das Band durchtrennen, mit dem sie ihn an sich zu fesseln schien.

Er hatte es so satt, über sie nachzugrübeln, hatte es satt, überhaupt an sie zu denken.

Mit wie vielen Kriegern hatte sie geschlafen, seit sie zurück war?

Genau das. Er hatte es satt, sie vor seinem geistigen Auge mit Tausenden anderen zu sehen und *Eifersucht* ihretwegen ständig in seinem Kopf rasen zu spüren.

Doch er würde die Antwort herausfinden, und wenn einer der Herren in den Genuss ihres sinnlichen Körpers gekommen war, würde er einen noch höheren Preis bezahlen als seine Freunde. Oh ja, sterben würden sie alle, aber einige würden noch monatelang qualvolle Schreie ausstoßen, bevor er sie enthauptete.

Bloß ... Er hatte die Festung von oben bis unten durchsucht, in jedes Kämmerchen gesehen, jeden der anwesenden Krieger ausfindig gemacht – und nicht einmal Torin, der die Burg überwachte, hatte ihn bemerkt –, aber von dem Mädchen fehlte jede Spur.

Na gut. Dann eben Plan B. Er würde es machen wie die Unaussprechlichen und „verhandeln", bevor er zuschlug.

Verärgert über die Verzögerung stapfte er zum Schlafzimmer von Maddox und Ashlyn und glitt durch das Holz der Tür. Er war nicht nur unsichtbar, sondern auch körperlos. Maddox, Hüter der *Gewalt*, war nicht mehr dort. Doch auf dem Bett ruhte seine hochschwangere Frau und las ihrem ungeborenen Kind aus einem Buch vor. Einem Kind, für dessen Rettung Maddox alles tun würde.

Ashlyn war ein hübsches Ding, mit Haar, Haut und Augen in allen Schattierungen einer Honigwabe. Wahrhaftig, sie war so golden wie der Mond in den hellsten Nächten und so zart und zerbrechlich, wie es nur Menschen sein konnten. Ihre Stimme war sanft, melodiös und erfüllt von Liebe.

Keine Frage, Maddox würde Himmel und Erde in Bewegung setzen, um sie zurückzubekommen.

Galen spazierte an die Seite des Betts und schob den Umhang von einer Schulter. Während er sich materialisierte, hob ein weiteres Grinsen seine Mundwinkel. Als Ashlyn ihn bemerkte, verstummte sie, am gesamten Körper steif vor Furcht.

„Galen“, keuchte sie.

„Schrei für mich, kleine Ashlyn“, befahl er und streckte die Hände nach ihr aus. Und sie gehorchte.

William erwartete, pulverisiert zu werden, sobald Paris aus dem Schlafzimmer kam. Fäuste, die auf sein Gesicht einhämmerten, Zähne, die ihm die Halsschlagader aufrissen, so was in der Art – schließlich hatte er es gewagt, die glückliche Wiedervereinigung zu stören. Und Wahnsinn und Zerstörung waren ein Markenzeichen von Herrn Paris. Womit William nicht gerechnet hatte, war ein halb dankbares und halb drohendes Starren, doch genau das kriegte er.

„Was wolltest du mir zeigen?“, knurrte der Lord of Sex knapp.

Paris hatte Berge versetzt, um es bis hierher zu schaffen. Hatte Dinge getan, die einen Unverbesserlichen wie William neben ihm wie einen Chorknaben aussehen ließen, nur um das Mädchen zu retten, das er jetzt an sich gedrückt hielt. Und dass er sich an sie klammerte, als wäre sie ein Rettungsring und die Flut im Anmarsch, statt dem Kerl eine zu verpassen, der ihm gerade eine Nummer versaut hatte … Mann, das war echt seltsam.

Zwei Dinge konnte das bedeuten. Entweder hatte Paris

schon mit ihr geschlafen, sodass es keine Nummer mehr zu versauen gab. Aber seit sie ihn zurückgelassen hatten, war erst eine Stunde vergangen, und *das* würde bedeuten, dass Paris ziemlich schnell kam. So viele Frauen, wie der schon genagelt hatte, würde William wetten, dass der Kerl die ganze Nacht durchhalten konnte.

Möglichkeit Nummer zwei war ein wenig realistischer, aber immer noch unwahrscheinlich: Paris hatte nicht gewusst, was er mit dem Mädchen anfangen sollte, und die Gelegenheit ergriffen, sich zu drücken.

Aber warum sollte er sich drücken wollen? Und wo er gerade dabei war, warum wirkte er mit jeder verstreichenden Sekunde angepisster denn je? Hatte Sienna ihn abblitzen lassen?

Unmöglich, dachte William gleich darauf. Sie hielt sich genauso verzweifelt an Paris' Hand fest wie er sich an ihrer.

Gemächlich betrachtete William sie von oben bis unten. Sie war blass, ihre Sommersprossen ein harter Kontrast, und noch war sie etwas wacklig auf den Beinen. Hmm. Wenn er sie so ansah, fragte er sich, was Paris in ihr sah.

Auf den ersten Blick, und verdammt, vielleicht auch auf den zweiten, wirkte sie unscheinbar. Doch er schaute weiter in die Tiefe, und erst dann kam ihre zarte Knochenstruktur zum Vorschein. Dazu diese unglaublich bezaubernden riesigen Augen in einem Haselnussbraun, das genau die richtige Schattierung zwischen Smaragdgrün und Kupfer traf. Ihr Haar war ein Wasserfall von Mahagoni, der sich um sie herum ergoss. Und ihre Lippen ... Oh ja, um die um seinen Schaft zu spüren, hätte er selbst ein paar Verbrechen begangen.

Insgesamt war sie eher schlank, fast schon untergewichtig, mit kleinen Brüsten, aber er wollte verdammt sein, wenn sie nicht jeden Beschützerinstinkt ansprach, den ein Mann nur in sich tragen konnte.

„Willst du sie die ganze Zeit anstarren?" Wieder knurrte Paris die Worte. Diesmal strömte er pure Bedrohlichkeit aus, und die Gefahr eines Angriffs schien plötzlich doch ziemlich real.

Und William bezweifelte, dass nur sein Gesicht eine Runderneuerung erfahren würde. Auch sein bestes Stück könnte in naher Zukunft die Hauptrolle in einem Splatterfilm spielen. *Soso.* Die größte männliche Schlampe, die je erschaffen worden war, meldete einen höllischen Besitzanspruch auf die Frau an, die ihn einst hatte töten wollen. So viel zum Thema „Jedem das, was er verdient". Doch wenn er so darüber nachdachte – war das nicht *Zorns* Spezialgebiet?

Paris trat einen Schritt auf ihn zu, die Drohung noch offensichtlicher. „Ich hab dich was gefragt."

Mühsam unterdrückte William ein Grinsen und hob abwehrend die Hände, während Fragen über Fragen durch seinen Kopf wirbelten. Wie sehr wollte Paris das Mädchen wirklich? Bereute er, hergekommen zu sein? Wie viel Einfluss hatte sie auf seine Emotionen? Lautete der Plan immer noch: reingehen, rausgehen und sie loswerden? Es gab nur einen Weg, es herauszufinden.

„Antworte", fuhr Paris ihn an.

„Nope", erwiderte William, „ich will sie nicht nur anstarren."

Aus der Kehle des Kriegers brach ein tiefes Grollen hervor. Sie wussten beide, dass William gerade impliziert hatte, er wollte mehr tun als das.

Gut. Vielleicht würde William das überleben, was als Nächstes kam, vielleicht auch nicht. „Mir gefällt dein Hemd", sagte er zu Sienna. „Und deine Hose gefällt mir *richtig* gut." Sie trug ein schlichtes weißes Hemd, dreckig und zerrissen, und eine schlabbrige Cargohose. An ihren Turnschuhen fehlten die Schnürsenkel.

„Ich … danke?" Verwirrt zog sie die Augenbrauen zusammen.

„Aber darf ich dir dazu einen Vorschlag machen?"

Wieder knurrte Paris, bevor sie etwas erwidern konnte, und seine Hand schnellte vor, um sich um Williams Kehle zu schließen. Rote Funken blitzten in seinen ozeanblauen Augen. Nein, blau waren Paris' Augen nicht mehr. Jetzt glühten sie schwarz, ohne erkennbaren Unterschied zwischen Iris und Pupille. „Willst du jetzt behaupten, ihre Kleider würden noch besser aussehen, wenn sie auf dem Fußboden in deinem Schlafzimmer liegen?"

Was für ein Heidenspaß. „Wer, ich?" Da er keine Luft kriegte, kamen die Worte als Quieken heraus. Nein, Paris bereute nicht, hergekommen zu sein.

„Paris", sagte Sienna, vollkommen ruhig. „Ich weiß, ich habe kein Recht, dich das zu fragen, aber würdest du ihn bitte nicht umbringen? Ich bin kein Fan von Leichengestank."

Fester ... fester ... dann ließ der Druck nach und verschwand. „Zeig uns, was du gefunden hast."

Interessant. Sie hatte eine *Menge* Einfluss. Er fragte sich, ob Paris klar war, wie viel – und was genau der Krieger von dieser Entwicklung hielt. Doch wie dem auch sei, William nahm an, dass der Plan immer noch in Richtung Loswerden ging. Ohne Vertrauen konnte keine Beziehung bestehen, und zwischen diesen beiden gab es nicht den kleinsten Funken davon. Selbst jetzt, während er William betrachtete wie ein Stück Fleisch, aus dem er Geschnetzeltes machen wollte, ließ er Sienna nicht einen Moment aus den Augen. Als hätte er Angst, sie würde abhauen oder selbst ein bisschen schnetzeln.

„Kommt schon, bevor ihr beleidigt seid, dass ich's euch nicht schon viel eher gezeigt hab." William drehte sich auf dem Absatz um und marschierte den Flur entlang und eine weitere Treppe hinauf in den dritten Stock. Er musste nicht zurückschauen, um zu wissen, dass das Paar ihm folgte. Paris' Schritte klangen wie eine Horde Büffel.

Oben wurde er langsamer, und Paris schloss zu ihm auf. Irgendwann zwischendrin hatte er Sienna hochgehoben. Nun lag sie in seine Arme geschmiegt, die Flügel um ihren Körper geschlungen, den Kopf an seine Schulter gelegt. Noch interessanter war die Tatsache, dass sie keinen Widerspruch geäußert hatte.

Unbeeindruckt begegnete sie Williams Blick, dann runzelte sie die Stirn. „In deiner Nähe wird *Zorn* ganz still. Er zeigt mir nicht eine deiner angeblichen Sünden. Woran liegt das?"

Oh nein. Darüber würde er sich nicht unterhalten. Nicht mit einer ehemaligen Jägerin und zugleich Toten, aber wieder zum Leben Erweckten, frisch Besessenen, was auch immer sie war. „Das musst du ihn fragen."

„Hab ich."

Er presste die Zunge an den Gaumen. „Und?"

„Und er hat nicht geantwortet, also hab ich beschlossen, es liegt daran, dass du mit dir selbst leben musst und das eine schlimmere Strafe ist, als *Zorn* dir jemals verpassen könnte."

Wunder über Wunder. Der Dämon plapperte also nichts aus. „Dann wird die Antwort wohl ein Mysterium bleiben müssen. Oh, und nur so zur Warnung: Mit 'ner großen Klappe kann man mich so richtig auf Touren bringen. Also sag mir weiter so versaute Sachen, Baby."

Sie verdrehte die Augen.

In dem Moment schaltete sich Paris zögerlich ein: „Hat er dir meine Sünden gezeigt?" Dass er William nicht mit dem Tod bedrohte, verdeutlichte, wie sehr ihn verunsicherte, was *Zorn* über ihn ausgespuckt haben mochte.

William hatte Paris bereits erregt gesehen (nicht absichtlich), spielerisch, angepisst, blutverschmiert, stur, zugedröhnt, entspannt, gestresst und alles dazwischen. Aber noch nie hatte er den Krieger ängstlich gesehen. In diesem Augenblick jedoch hatte Paris Angst, sah sie mit gequälter Miene an, von Kopf bis Fuß vollkommen verkrampft.

„Ja", antwortete sie so leise, dass er sich anstrengen musste, es zu verstehen.

Ein Moment angespannter Stille. „Willst du, dass ich dich runterlasse?“

„Nein!“ Röte stieg ihr in die Wangen, als sie realisierte, wie laut sie das gerufen hatte. „Nein. Mir gefällt’s, wo ich bin.“

Vom Mäuschen zur Löwin. Wirklich süß. William dachte ernsthaft darüber nach, sie auch selbst noch mal zu beglücken, wenn Paris mit ihr fertig war. Denn so besessen er sich im Augenblick auch anstellte, irgendwann würde er sie gehen lassen. In seine Angst mischte sich Entschlossenheit. Auch wenn sie Paris’ Befürchtung, sie wolle von einem so verdorbenen Mann nicht berührt werden, widerlegt hatte, war er offensichtlich entschlossen, ohne sie zu leben.

„Ich meinte nur, äh, mein Rücken tut weh“, fügte sie hinzu. „Ich brauche deine Hilfe.“

„Feine Krücke“, lobte William und klopfte seinem Freund auf die Schulter. „So ist er, unser Paris.“

Selbst mit Sienna auf den Armen schaffte Paris es, ihm beidhändig den Mittelfinger zu zeigen. Natürlich nur im Geiste, aber William sah es trotzdem.

„Ich hätte ihn lieber bitten sollen, dich um die Ecke zu bringen, statt darum, dich loszulassen“, murmelte sie. Dann: „Geht’s in den fünften Stock?“

Ah. Also wusste sie, was dort oben war. „Ja.“

„Warum?“, fragte Paris.

„Das wirst du dann schon sehen“, erwiderte William.

Sienna entschied sich, die Überraschung zu ruinieren. „Da oben sind noch andere von Dämonen besessene Unsterbliche.“

„Andere von Dämonen …“ Auf einmal zog Paris das Tempo an, und William konnte ihm nur noch hinterherblicken. „Sind sie bewaffnet?“

„Nein“, erklärte sie, „aber sie sind gefangen.“

„Zeig sie mir.“

„Das wollte *ich* gerade“, murrte William und trabte ihnen

hinterher. Es wäre schön, wenn eines Tages mal jemand *ihn* an erste Stelle setzte. Aber keine Geliebte und nicht das Mädchen, das ihn in seinen Träumen verfolgte. Das Mädchen, das er für jetzt und alle Zeit mit seinem Leben beschützen würde. Sie war nicht für ihn bestimmt.

Seine eine wahre Liebe würde sterben – oder ihn umbringen. So war es prophezeit, und es gab keine Alternative.

17. KAPITEL

Sorgsam bedacht, sich auf die vorliegende Situation zu konzentrieren statt auf seinen schmerzenden, bettelnden Körper, blieb Paris in der Mitte des Flurs im fünften Stock stehen. Was er sah, schockierte ihn. Nur Siennas Federgewicht in seinen Armen und ihr tropischer, femininer Duft in seiner Nase halfen ihm, Ruhe zu bewahren.

Was seltsam war. Eigentlich hätte diese geballte Ladung des betörenden Geruchs ihn geradewegs zurück in die Hölle des Entzugs schicken sollen – oder ihn dazu bringen, an ihrem Hals herumzukauen. Doch sein Bedürfnis, sie zu beschützen, sogar vor ihm selbst, überlagerte alles andere.

Hier oben waren drei Unsterbliche, eine Frau und zwei Männer. Sie alle standen an den Rückwänden ihrer Zimmer und machten keinerlei Bewegung auf ihn zu. Keinem von ihnen war er bereits begegnet, was bedeutete, dass er sie nicht vor seiner Verbindung mit dem Dämon in den Tartarus geworfen hatte. Und trotzdem starrten sie ihn wütend an. Wussten sie, wer er war? *Was* er war?

Ich will sie, meldete sich *Sex*.

Wow. Welche Überraschung.

Darauf folgte ein weinerliches *Aber ich werde mit jeder Minute schwächer.*

Glaub mir, das weiß ich. Wie er sich zurücksehnte zu den Zeiten, als *Sex* sich ins Land des Schweigens zurückgezogen und ihn nur durch Triebe gesteuert hatte. *Jetzt tu mir einen Gefallen und halt die Klappe.*

Das versuch ich doch die ganze Zeit!

Dämlicher Bastard.

Als wäre Paris besser. Über die Jahre hatte er mit Tausenden verschiedenen Menschen aus Tausenden verschiedenen Gründen geschlafen, und nicht immer hatte es sich um Leidenschaft gedreht. Er brauchte dringend eine Frau, am besten gestern, und das war einer der Gründe, warum er hier war. Um wieder mit Sienna zu schlafen. Doch bisher hatte er sie nicht mal geküsst, obwohl er sich verzweifelt danach sehnte – weil er mit ihr aus keinem anderen Grund als aus Leidenschaft schlafen wollte.

Gegenseitiges Begehren war wichtig.

Sie begehrte ihn, ja. Zumindest war er sich ziemlich sicher, dass er den Duft ihrer Erregung wahrgenommen hatte, als sie ihm ihre „Dienste" angeboten hatte, doch er hatte sie schäbig behandelt. Sie hatte ihn angesehen mit diesen großen, glänzenden Augen, hatte auf Vergebung gehofft, und er hatte sie angefahren.

Verdammt, er wollte keine Entschuldigungen oder Dankbarkeit von ihr. Wollte kein Mitleid, und ganz sicher wollte er nicht, dass sie ihn nur wegen der Pheromone seines Dämons wollte. Hätte er ihr Angebot angenommen, wären Dankbarkeit und Mitleid jede Sekunde bei ihnen im Bett gewesen, und ebenso Wut, Misstrauen und Reue. Gruppensex machte er schon lange nicht mehr.

Andererseits hätte er vielleicht nehmen sollen, was er kriegen konnte. Jetzt zu warten, war irgendwie dämlich. Der beste Beweis: seine aktuelle Schwäche. Davon abgesehen würde Sienna ihm vielleicht keine weitere Chance geben. Vielleicht rannte sie davon, wie er insgeheim befürchtete. Es war nur … Sie war so anders als all die anderen Frauen, mit denen er geschlafen hatte, und er wollte sie nicht genauso behandeln wie die.

Was unterscheidet sie von den anderen?

Tief aus seinem Inneren kam diese Frage – und warf ihn vollkommen aus dem Konzept. Sie war mutig, aber das waren andere auch. Sie hatte einen scharfzüngigen Humor, aber das hatten andere auch. Manchmal war sie süß und manchmal scharf, aber auch hier: Das waren andere auch.

Mmmh, scharf.

Dämlicher Dämon. Wie auch immer. Außerdem war Sienna zurückhaltend und trotzdem verletzlich. Entschlossen, aber gütig. Sie war bereit, alles zu tun, um eine Mission zu Ende zu bringen. Genau wie er. Und sie hatte Visionen von seiner Vergangenheit gesehen und ihn trotzdem nicht verurteilt.

Einmal hatte Paris seinen Freund Aeron gefragt, was der Dämon über ihn enthüllte. Die Antwort war brutal gewesen: *All die Herzen, die du gebrochen hast, all die Tränen, die du verursacht hast.* Das war es, was Sienna gesehen und ihm vergeben hatte. Also ja, sie war anders – und er mochte diese Unterschiede.

Als Paris sich der ersten Tür auf dem Flur näherte, versteifte Sienna sich. Daraus schloss er, dass sie und der Mann dort drin schon einmal aneinandergeraten waren. Also betrachtete er den Kerl natürlich ganz genau. Groß und muskulös blickte er noch finsterer drein als die anderen, als wäre Paris schon längst tot und auf dem Obduktionstisch. Gut sah er aus – wenn man auf gebräunte Haut und unheimliche zweifarbige Augen stand. Nicht, dass Paris eifersüchtig wäre.

Aber wie viel Zeit hatte der Typ eigentlich mit Sienna verbracht?

„Das ist Cameron. Er ist der Hüter der *Obsession*", erklärte sie mit zitternder Stimme.

Ein Zittern der Angst … oder des Begehrens? *Ich werde nicht danach fragen. Werde ich nicht.* So wie das unten im Schlafzimmer ausgegangen war, und bei allem, was Paris seit ihrem letzten Abschied getan hatte, ging ihn die Antwort auch gar nichts an.

„Hat er dich je angefasst?" Verdammt. Er hatte gefragt, und auch noch ziemlich scharf.

Überrascht blickte sie auf. „Nein. Dieselben unsichtbaren Kraftfelder, die mich hier im Schloss gefangen halten, halten sie in ihren Zimmern."

Ihre Stimme. Würde er je genug davon kriegen? Bei jedem

ihrer Worte summte es in seinen Ohren. „Wolltest du, dass er dich anfasst?“ Er musste damit aufhören.

„Niemals!“

Eine wundervolle Verneinung. „Dann darf er weiterleben“, murmelte Paris. Vorsichtig rückte er sie in seinen Armen zurecht, streckte die Hand aus und … Ja, tatsächlich, eine unsichtbare Blockade hinderte ihn daran, den Raum zu betreten.

„Du wirst ihn also nicht umbringen? Das ist ja so großzügig von dir“, bemerkte sie trocken.

Es schockierte ihn immer noch, wenn sie ihren respektlosen Humor auf ihn richtete. Jedes Mal. Bei all ihren Begegnungen – und zugegeben, viele waren es nicht gewesen – war die Situation ernst gewesen, sehr ernst. Es gefiel ihm, dass sie sich jetzt wohl genug fühlte, um ihn zu necken.

„Ich geb mir Mühe.“ Nun stand er vor dem zweiten Durchgang.

„Das ist Púkinn, auch Irish genannt. Er ist mit *Gleichgültigkeit* gepaart“, informierte sie ihn.

Gleichgültigkeit war halb Mensch, halb Tier. Mit Hörnern, Klauen und Fell. Ein fleischgewordener Albtraum. Unbeeindruckt betrachtete das Biest Paris von oben bis unten und wandte sich dann ab, als hätte er keine Bedeutung.

An der dritten Tür wickelte Sienna sich eine Haarsträhne um den Finger. „Hier haben wir *Selbstsucht*“, sagte sie mit einer Spur … Zorn in der Stimme? Oder war es dieselbe brennende Eifersucht, die er (nicht) verspürt hatte?

„Sie ist ziemlich hübsch, nicht wahr?“, wollte Sienna wissen.

„Ja.“ Die Frau hatte die gleichen zweifarbigen Augen wie der erste der Männer, die gleiche tief gebräunte Haut. Sie war attraktiv, das konnte er nicht leugnen, doch ihn verlangte es nur nach der Frau in seinen Armen.

„Ihr Name ist Winter.“

„Hervorragend. Wie lange bist du schon hier?“, fragte Paris und blickte hinab auf Sienna statt zu der Unsterblichen. Ihre Lider waren gesenkt, und ihre Wimpern warfen lange Schatten auf ihre Wangen. „Wie lange sind *die* schon hier?"

„Ich hab den Überblick verloren." Mit ihrer rosa Zungenspitze fuhr sie sich über die Lippen und hinterließ einen feuchten Schimmer. „Aber sie waren vor mir hier."

Ich will sie schmecken. Ich werde *sie schmecken.*

Sein Blut erwärmte sich. *Stell dich hinten an.*

Bei all der Erfahrung, die Paris besaß, war er bei dieser Frau doch hilflos. Womit könnte er sie erweichen? Nicht bloß ihre Sympathie anfachen, sondern sie ernsthaft verführen? Seit ihrer Begegnung in Rom hatte sie sich verändert, doch sie war ihm immer noch ein Rätsel.

Dass sie geweint, sich entschuldigt und dabei auch noch ehrlich geklungen hatte, war weit mehr, als er je erwartet hätte. Beziehungsweise so schockierend, als wäre tatsächlich die Hölle zugefroren. Doch all das hatte sie getan, und sie hatte ihn auf eine Weise angesehen wie nie zuvor. Als wäre er ein Mann, der ihrer Zuneigung und Aufmerksamkeit würdig wäre. Als wäre er nicht irgendetwas Dreckiges, Ekelerregendes unter ihrer Schuhsohle. Als wollte *sie ihn* beschützen.

Wie zum Teufel sollte er damit umgehen? Wie sollte er darauf reagieren?

War er ein Narr, dass er ihr glauben wollte? Hölle, er wollte es nicht bloß, er tat es bereits.

Vielleicht hätte er auf ihr Angebot nicht so beleidigt reagieren sollen. Vielleicht hätte er es einfach annehmen sollen. Sie hatte schon auf dem Bett gelegen. Er hätte sie nur noch ausziehen und sich in sie versenken müssen. Am ganzen Körper hätte er ihre Hände gespürt, ihre Lustschreie hätten in seinen Ohren widergehallt.

Mit Mühe unterdrückte er ein bitteres Lachen. Er war vollkommen verdreht, verwirrt, schwafelte nur Unsinn und widersprach sich ständig. Er vertraute ihr nicht; er vertraute ihr.

Ohne Leidenschaft würde er sie nicht berühren; er würde sie auf jede Weise berühren, auf die er sie kriegen konnte. Und verdammt noch mal. Warum war sie trotz ihres Schwurs nicht vor ihm weggelaufen? Oder bereute sie ihr Angebot zu sehr, um sich in Bewegung zu setzen?

Und mal im Ernst, was bedeutete das für sie? Dass er sie hier und jetzt nehmen könnte, jederzeit, oder dass sie ihm einen blasen würde? *Denk an etwas anderes.* Er würde bloß wieder einen Steifen kriegen.

Nun brach das bittere Lachen doch hervor. Er würde bloß *noch steifer* werden, hätte es heißen müssen. Noch immer hielt sich seine Erektion und benahm sich wie eine Wärmesuchrakete, während die Unsterbliche mit einem katzenhaften Hüftschwung zur Tür geschlendert kam. Dass Paris sich nicht von ihr angezogen fühlte, spielte keine Rolle. Sein Dämon sah, sein Dämon wollte.

Ein Teil von ihm hatte gehofft, dass das in Siennas Anwesenheit ein Ende haben würde. Aber nein. Obwohl er sie offensichtlich noch einmal haben konnte, hungerte sein Dämon immer noch nach anderen Frauen – und so würde es immer sein.

Ich bin so ein Sechser im Lotto. Kein Wunder, dass sie ihn hatte töten wollen.

So vorsichtig er konnte, stellte er Sienna auf die Beine. Als sie an seine Seite treten wollte, zog er sie wieder vor seinen Körper, presste seine Erektion zwischen die Kurven ihres Hinterns. Er zischte vor Lust bei dieser Berührung. Reine, unverwässerte Lust. Doch …

Sie hatte sich versteift, bemerkte er. Wenigstens sprang sie nicht von ihm weg und schalt ihn auch nicht. Nach einer Weile entspannte sie sich sogar, als wäre sie genau dort, wo sie sein wollte. Oh Hölle. Sie musste gedacht haben, er wollte sie fortschieben, sie abweisen. Deshalb war sie so stocksteif geworden, und deshalb hatte sie sich so entspannt, als er es nicht getan hatte. Das ging ihm runter wie Öl. Am liebsten hätte er sich wie King Kong auf die Brust getrommelt.

„Sag mir, was du über sie weißt", verlangte er und hielt sich in letzter Sekunde davon ab, die Hände flach auf ihren Bauch zu legen, die Finger unter ihren Hosenbund zu schieben und ihre warme, feuchte Grotte zu suchen.

„Über wen?", fragte die Unsterbliche vor ihnen. „Und wer bist du eigentlich?"

Eine Antwort hatte er nun wenigstens. Sie wussten ebenso wenig, wer er war. „Mit dir hab ich nicht geredet", erwiderte er.

Fragend breitete die Frau die Arme aus. „Mit wem dann? Du bist allein."

„Von wegen …"

„Sie können mich nicht sehen", unterbrach ihn Sienna. „Ich habe bei ein paar ihrer Unterhaltungen zugehört, deshalb weiß ich, wer und was sie sind." Während sie sprach, knurrte ihr Magen.

Das Geräusch bot ihm die Entschuldigung, die er gesucht hatte. Er legte die Hände auf ihren Bauch und rieb sanft. „Hungrig?"

„Ja."

Dann würde er ihr etwas zu Essen besorgen. Das wäre schön, dachte er. Schön zu wissen, dass er wenigstens eins ihrer Bedürfnisse befriedigte. „Was isst du?" Was *konnte* sie essen?

„Gar nichts. Und ich hab auch erst seit ein paar Wochen überhaupt wieder Appetit." Sie legte die Hände auf seine, während ihre Haut klamm wurde. „Einmal die Woche bringt mir Cronus ein Glas mit einer süßen Flüssigkeit. Diesmal hat er es vergessen."

Eine süße Flüssigkeit. Süß. *Süß*. Das Wort hallte durch seinen Kopf, während ihm die Antwort auf eine seiner Überlegungen von vorhin klar wurde. Ihm drehte sich der Magen um, als er fragte: „Ist die Flüssigkeit klar, mit kleinen lila Tröpfchen darin?"

„Ja." Sie reckte den Kopf, um ihn anzusehen, und er beobachtete, wie sie die Stirn in Falten legte. „Woher weißt du das?"

Dieser *Bastard*! Doch Paris hielt den Fluch zurück und seine Miene neutral. „Schmeckt sie nach Kokosnuss?", hakte er nach und ignorierte ihre Frage.

„Ja. Aber noch mal, woher weißt du das? Weißt du, was das ist? Er hat's mir nie gesagt."

Ja, er wusste, was es war, und jetzt verstand er, warum sie so köstlich roch wie Ambrosia. Cronus hatte mehr getan, als sie zu versklaven. Er hatte sie verdammt. Und dafür würde er bezahlen. Und wie er bezahlen würde.

Ich hätte früher hier sein müssen. Es gab keinen Weg, wieder in Ordnung zu bringen, was Cronus ihr angetan hatte. Für ihren Zustand gab es kein Heilmittel. Paris würde es ihr sagen müssen, würde sie auf das vorbereiten müssen, was passieren würde, wenn sie hier raus und auf sich gestellt war. Doch nicht jetzt. Es würde sie nur aufregen, und zwar zu Recht. Außerdem wollte er zuerst ihr Blut kosten, um sich zu vergewissern.

„Yo. Kumpel. Mit wem redest du da?", wollte die Unsterbliche wissen. „Du willst lieber nicht, dass ich noch mal fragen muss."

„Sonst was?", fuhr er sie an. „Zeigst du mir den Stinkefinger? Beschimpfst du mich?"

Winter öffnete den Mund, um etwas zu erwidern, und nach dem Feuer in ihren Augen zu urteilen wäre es nichts Nettes geworden, doch dann wanderte ihr Blick zu seiner Rechten, und sie schürzte abfällig die Lippen.

Oh, super. Soeben hatte William sich entschlossen, sich ebenfalls einzuklinken.

„Du schon wieder", murrte sie.

„Ich weiß", erwiderte der Krieger und seufzte tief. „Du bist so ein Glückspilz, mich gleich zweimal an einem Tag sehen zu dürfen. Du fühlst dich geehrt von meiner Anwesenheit und bla, bla, bla, alles schon tausendmal gehört. Lass uns das überspringen, okay? Mit Schmeicheleien kann ich nichts anfangen."

Wütend bleckte sie die – Fangzähne. Paris traute seinen Augen nicht. Fangzähne? Sie war ein Vampir? Er wusste, dass solche Kreaturen existierten, wusste, dass William gern mit ihnen in die Kiste stieg, aber er selbst hatte noch nie einen getroffen.

„Die können hier nicht weg, und Sienna hat Hunger", stellte er fest. „Lasst uns nach der Küche suchen. Ich …"

Unvermittelt stolperte die Unsterbliche rückwärts und landete auf dem Hintern. Jegliche Farbe wich ihr aus dem Gesicht, und während sie weiter und weiter von der Tür wegkroch, schoss ihr Blick wild durch ihre Zelle. Panisch begann sie von Schatten und Schmerzen zu brabbeln. Aus den anderen Zimmern erklang das gleiche Gebrabbel.

Schmerzhaft grub Sienna die Fingernägel in Paris' Arm, während sie am ganzen Körper erbebte. „Nein. Nein, nein, nein."

„Was?" Schnell sprang die Panik auch auf ihn über. Er zwang sie, sich umzudrehen, ihm ins Gesicht zu sehen. „Was ist los?"

„Sie kommen." Entsetzen stand in ihren Augen, als sie zu ihm aufsah.

„Wer?"

„Die Schatten. Die Schmerzen."

„Ich verstehe nicht, wovon du redest."

„Ich glaube, ich schon", erklang Williams Stimme, dieses eine Mal völlig ohne Spott oder Selbstdarstellung im Ton. „Und wenn ich richtigliege, haben wir ein Problem, Paris." Noch nie hatte er so ernst geklungen. „Halt dein Mädchen gut fest, denn ich bin mir nicht sicher, wie viele von uns hier lebend rauskommen."

18. KAPITEL

„Wo ist meine Frau! Meine … Frau … brauche … sie …“

Viola sah zu, wie der breit gebaute schwarzhaarige Riese auch den Rest des Wohnzimmers zerlegte. Den Fernseher, den Billardtisch und eine Menge anderer Sachen hatte es schon erwischt. Genauso wie alles im Zimmer nebenan – und in dem Zimmer *da*neben. Das wusste sie, weil Maddox die Wände zwischen den Räumen eingerissen hatte, sodass sie freies Sichtfeld bis zur anderen Seite der Festung hatte. Alles, was blieb, war Schutt.

Wieder stürzten sich die anderen Krieger auf den Riesen, warfen ihn zu Boden und hielten ihn fest. Immer weiter kämpfte er, brüllte die schmutzigsten Flüche, die sie je gehört hatte – selbst im Tartarus. Zuvor hatten ihn seine Freunde nicht halten können. Dieses Mal schafften sie es, ihn zu fixieren. Trotzdem verspürte sie eine gewisse Furcht, eine fremdartige Empfindung für sie.

„Wo ist sie? Ich muss sie finden!“

Nach dem letzten Wort brach er einfach nur noch zusammen, schluchzte so heftig, dass ihm die Rippen brechen mussten. Selbst ihr stiegen Tränen in die Augen, doch sie blinzelte sie zurück. Er wollte seine Frau zurückhaben, war am Boden zerstört durch ihren Verlust.

„Wir finden sie“, sagte jemand.

„Ihr und den Babys wird nichts passieren.“

„Beruhig dich, Kumpel.“

Die Krieger sprachen mit ruhigen Stimmen, doch selbst sie hörte die Anspannung und den Zweifel aus ihren Worten. Maddox weinte nur noch heftiger.

Viola fühlte sich wie eine Voyeurin. Nutzlos. Hier gab es zu heftige Emotionen, zu viel Verlust, und mit so etwas hatte sie noch nie gut umgehen können.

„Ruhig bleiben, wir müssen alle ruhig bleiben."

„Bald haben wir Antworten, und dann können wir losziehen."

„Nur noch ein paar Minuten."

„Er hat sie", würgte Maddox zwischen zwei Schluchzern hervor. „Dieser Bastard hat sie. Ich weiß nicht, wo ich nach ihr suchen soll. Es gibt keine Spur … nichts … Nur die Feder, nur die Feder."

Einer nach dem anderen ließen die Krieger von ihm ab und wichen zurück. Maddox blieb freiwillig liegen, die Hand über die Augen gelegt, um sie vor dem viel zu hellen Licht zu schützen. Wie sehr er seine Frau und ihre ungeborenen Kinder lieben musste. Viola hatte sich so etwas schon gedacht, als sie sie vorhin zusammen gesehen hatte, aber dieser Anblick bewies, dass sie keinen Schimmer von der grenzenlosen Tiefe seiner Liebe gehabt hatte.

„Wir werden auf die Jagd gehen", erklärte Cameo; sie sprach das erste Mal, seit sie Ashlyn schreien und Maddox brüllen gehört hatten.

Viola wünschte, die Kriegerin hätte auch jetzt nichts gesagt, und musste sich das Brustbein reiben, um den Schmerz abzuwehren, den Cameos niederschmetternde Stimme jedes Mal hinterließ.

„Heute Nacht", knurrte der, der Reyes hieß. Am Hals hatte er eine tiefe Wunde, aus der Blut tropfte. „Nicht später."

„Wir haben Amun erreicht, er ist schon auf dem Weg zurück nach Buda." Strider, der wildeste der anwesenden Krieger, zitterte. Immer wieder wanderte sein Blick zu seiner Frau, die ein paar Meter von ihm entfernt neben ihrer Schwester stand, als müsste er sich vergewissern, dass sie immer noch hier und unverletzt war. „Er wird etwas herausfinden. Uns die richtige Richtung weisen."

„Und wenn nicht er, dann wird Lucien das regeln", behauptete Anya, ganz die stolze Freundin. Lucien hatte sich aufgemacht, Galens spirituelle Spur zu verfolgen.

„Galen würde es nicht wagen, Ashlyn oder den Babys etwas anzutun.“ Haidee, die Freundin von Amun, tigerte auf und ab, auf und ab, zu angespannt, um an einem Fleck zu verharren.

„Gideon und Scarlet kommen gemeinsam mit Amun nach Hause. Scarlet kann dir sagen, ob die Babys noch … noch …“ Hilflos rieb Aeron sich mit der Hand über den rasierten Schädel. Eigentlich sollte er den anderen bei der Suche nach Kane helfen, doch aus irgendeinem Grund, den ihr keiner verraten wollte, war er hiergeblieben.

Viola war noch nicht lange hier, doch schon jetzt hatte sie sich die Namen, Gesichter, Dämonen und Fähigkeiten der Krieger eingeprägt. Scarlet war die Hüterin der *Albträume*, und wenn sie in die Traumwelt eintrat, konnte sie nach der geistigen Tür einer bestimmten Person suchen. Eine geschlossene Tür bedeutete, derjenige schlief. War sie geöffnet, träumte er. Gab es keine Tür, war dieser Jemand tot. Doch Maddox und Ashlyn waren aneinander gebunden, vom Schicksal dazu bestimmt, zu sterben, wenn der andere starb, deshalb musste sich bei ihr keiner fragen, ob sie noch lebte. Die Babys jedoch … *Denk nicht darüber nach*. Scarlet konnte auch Leute ermorden, während sie träumten, sodass sie im wahren Leben ebenfalls starben. Vielleicht würde Galen schon heute Nacht seinen letzten Atemzug tun. Andererseits vielleicht aber auch nicht. Hätte Scarlet in seine Träume eindringen können, hätte sie es schon längst getan, deshalb vermutete Viola, dass irgendetwas sie davon abhielt.

Ich könnte ihn mitnehmen.

Genug davon, dachte sie stirnrunzelnd. Sobald sie einmal auf den Zug der Selbstherrlichkeit aufgesprungen war, gab es kein Zurück mehr.

Sie konzentrierte sich. Die Krieger. Ja. Sie vertrauten ihr nicht, und es verwunderte sie etwas, dass sie sich nicht längst gegen sie gewandt und ihr die Schuld an der Katastrophe gegeben hatten. Immerhin war sie die Fremde, und die Entführung war kurz nach ihrer Ankunft geschehen. Allerdings hatte Olivia, der Engel, der das Misstrauen der Krieger schon beim ersten Zusammentreffen besänftigt hatte, klipp und klar gesagt, dass Viola in keiner Weise verantwortlich war. Sie alle hatten ihr sofort geglaubt.

Abgesehen von Olivia, Scarlet, Anya, der immer noch umherstapfenden Haidee und Danika, die den Arm um ein Mädchen namens Gilly gelegt hatte, gab es da noch zwei Harpyien, die Halbschwestern Gwen und Kaia. Gwen gehörte zu Sabin und Kaia zu Strider. Die beiden hatten die Köpfe zusammengesteckt und flüsterten miteinander. Galen war Gwens Vater, und wenn Violas überdurchschnittliches Gehör sie nicht täuschte – was es niemals tat –, plante Gwen, ihn selbst zur Strecke zu bringen, ihm den Brustkorb aufzubrechen und sein schwarzes, verrottetes Herz herauszureißen. Ihre Art, eine frühere Nachgiebigkeit wiedergutzumachen.

„Hat dieser Torin denn keine Aufnahmen von Galen?“, fragte Viola, als sie sich an die Monitorwand in seinem Zimmer erinnerte.

Niemand sah in ihre Richtung oder schenkte ihr die geringste Aufmerksamkeit. Wütend kratzte ihr Dämon mit scharfen, spitzen Hörnern von innen an ihrer Schädeldecke, und sie unterdrückte ein Stöhnen. Sie zu ignorieren war der schnellste Weg, *Narzis* Aufmerksamkeit zu gewinnen. Und wenn *Narzi* sich erst mal auf etwas eingeschossen hatte … Möge der Himmel sie retten. Das gab Ärger. Immer. Viola wollte nicht, dass ihre andere Hälfte sich in diesen herzzerreißenden Moment drängte, entschlossen, alle Aufmerksamkeit auf sich zu ziehen.

„Nein, es gibt keine Aufnahmen“, erklang eine leise, sanfte Stimme neben ihr.

Keuchend wirbelte sie herum. Sie hatte niemanden kommen hören, doch jetzt stand eine große, schlanke Frau mit langem blonden Haar an ihrer Seite. Das Mädchen sah zerbrechlich aus … heimgesucht. Schmerz loderte in seinen dunklen Augen. Mehr Schmerz, als je ein Wesen allein sollte ertragen müssen. Es betrachtete Maddox, und eine Träne lief ihr die blasse Wange herab.

Viola hatte geglaubt, sie hätte mit allen Bewohnern der Burg schon zu tun gehabt, doch dieses Mädchen war neu. Es hatte sich in eine Decke eingewickelt, den Stoff fest an seine Brust geklammert, seine Knöchel weiß vor Anspannung. „Hast du mit ihm gesprochen? Mit Torin?“

Das Kinn des Mädchens zitterte zu heftig, als dass es hätte antworten können; es schüttelte den Kopf.

„Woher weißt du das mit den Aufnahmen dann? Bessere Frage: Wer bist du?“

Noch mehr Tränen fielen. Sie mussten brennen, denn sie hinterließen rote Striemen, wo sie entlangrollten. „Ich bin … Ich bin Legion.“ So leise, leise gewispert.

Legion. Ah, richtig. Eine ehemalige Dämonin, die einen Handel mit dem Teufel eingegangen war. Dem Teufel, der ihr einen menschlichen Körper gegeben hatte. Doch diesen Handel hatte sie verloren und war gezwungen worden, in die Hölle zurückzukehren, wo sie auf grauenhafte Weise gefoltert worden war, vergewaltigt, misshandelt, weitergegeben und noch ein bisschen mehr gefoltert.

Viola betrachtete das Mädchen. Betrachtete es, wie nur Viola es konnte. Vorbei an Haut und Knochen bis in seine Seele. Legion lag im Sterben, ein Teil von ihr war schon tot. Ihr Lebenswille war ausgelöscht worden. Sie war wie ein vertrocknetes Blatt, das nur noch lose an seinem Ast hing und nur auf den nächsten kalten Windhauch wartete, der es losriss und endlich davonwirbelte.

Kraft ihrer Geburt lag es in Violas Natur, dieser Windhauch zu sein. Alles, was sie tun musste, war, die Hand auszustrecken, die Finger um Legions Handgelenk zu legen und sie zu sich zu ziehen. Normalerweise nicht so leicht und so schnell, doch Bereitwilligkeit machte den Unterschied. Ein tiefes Einatmen, und von Legions Seele wäre nichts mehr übrig. Sie würde auf jeder Ebene aufhören zu existieren.

Vielleicht hatte Viola sie ein wenig zu lange oder ein wenig zu intensiv angestarrt, denn Legion begann am gesamten Körper zu beben und von einem Fuß auf den anderen zu treten. Als das nicht reichte, wich sie Stück für Stück vor Viola zurück.

„Ich tu dir nichts", sagte Viola.

Legion erstarrte, als hätte sie sie angeschrien. Armes gebrochenes Mädchen. Wie eine zersprungene Porzellanpuppe. Schutz suchend zog sie die Decke enger um sich, als wollte sie darin verschwinden.

„Lucien." Anyas Erleichterung war im ganzen Raum spürbar, als der Hüter des *Todes* erschien.

Viola wandte sich um, beobachtete, wie sich die Halbgöttin in die Arme ihres Mannes warf. Fest umarmte er sie, während ihre Liebe fast greifbar das Zimmer erfüllte. Wieder schmerzte Violas Brust. Das wollte sie. Wollte es so sehr, dass sie dafür töten würde. Doch natürlich könnte sie es niemals haben, war dazu verdammt, sich selbst zu lieben, immer nur sich selbst.

Alle wurden still und warteten, was der Krieger zu berichten hatte, zum Zerreißen angespannt. Einen nach dem anderen sah der Krieger sie an, öffnete den Mund, schloss ihn wieder.

„Sag's endlich", befahl Maddox. Er hatte sich wieder aufgerappelt, überprüfte das Magazin in einer seiner Waffen. „Sag mir, was du rausgefunden hast."

Mit zusammengepressten Lippen ließ Lucien den Blick noch einmal durch den Raum wandern. Diesmal blieb er an Legion hängen, die sich tapfer wieder an Violas Seite gewagt hatte. „Legion, Süße", sagte er so sanft, als würde er mit einem Kind sprechen, das sich vor lauter Angst vor dem Monster unter seinem Bett im Schrank eingeschlossen hatte. „Geh doch nach oben in dein Zimmer. Das hier ist nichts für dich. In Ordnung? Okay?“

Nachdem sich alle Blicke auf sie gerichtet hatten und sie unter der geballten Aufmerksamkeit in sich zusammengesunken war, wirbelte sie herum und rannte davon. Mehrere quälende Herzschläge verstrichen, bevor Maddox es nicht mehr aushielt.

„Sag's mir. Jetzt.“

Lucien zog Anya enger an sich. „Galen hat gar nicht erst versucht, sich zu verstecken. Er wusste, dass ich seiner Spur folgen würde, also hat er auf mich gewartet, damit ich ihn einhole. Ashlyn war nicht bei ihm“, fügte er hinzu, als Maddox den Mund öffnete. „Er sagte, ich würde ihm nicht weiter folgen können, dass ich ihn nur gefunden hätte, weil er es so wollte. Und er hatte recht. Nach unserem Gespräch habe ich es versucht. Ich habe es nicht geschafft. Es tut mir leid.“

„Sag's mir!“ Mittlerweile hatte Maddox seine Pistole weggesteckt und umklammerte zwei Messer. Eines hielt er an der Klinge statt am Griff, und schon jetzt troff Blut aus seiner Handfläche. Er schien es nicht einmal zu bemerken. „Bring es zu Ende.“

Ein steifes Nicken. Lucien sah aus, als würden ihm die Worte aus der Kehle gerissen, und zwar auf schmerzhafteste Weise. „Er sagte, sie wäre fürs Erste in Sicherheit und dass er dir zum Beweis ein Video von ihr schicken wird. Und er sagte ... Er sagte ... Wenn wir sie lebend zurückhaben wollen, müssen wir Legion für sie eintauschen.“

Viola war sich nicht sicher, ob irgendjemand außer ihr das Keuchen und die panischen Schritte hinter der zerstörten Wand gehört hatte. Doch sie hatte. Und sie wusste, was das bedeutete. Legion war nicht in ihr Zimmer gegangen. Sie war in der Nähe geblieben, um zuzuhören. Doch jetzt rannte sie endlich zurück nach oben, zweifellos, um Schutz in ihren eigenen vier Wänden zu suchen.

Die Krieger diskutierten derweil, feuerten messerscharfe Argumente hin und her.

„Wo soll die Übergabe stattfinden? Wann?“ Maddox.

„Rom. Der Tempel der Unaussprechlichen. Morgen. Mitternacht.“ Lucien.

„Bring mich hin. Jetzt.“ Maddox.

„Seid doch vernünftig.“ Strider. „Diese Bastarde sind eiskalt, und wenn die auf seiner Seite stehen ...“

„Ist mir egal! Kriegt das in eure Schädel. Nichts spielt eine Rolle außer meiner Frau und meinen Kindern. Und du *wirst* mich hinbringen, und ich *werde* ihn jagen, und wenn ich ihn finde, *werde* ich ihn umbringen. Hast du mich verstanden? Bring mich zu dieser Insel. Du hast fünf Sekunden, mich hinzubeamen, oder das Rotauge übernimmt, und dann kann niemand auf dieser Welt oder irgendeiner anderen den Sterblichen helfen, die mir in den Weg geraten.“

Viola beschloss, Luciens Antwort nicht mehr abzuwarten, und stahl sich aus dem Zimmer. Niemand bemerkte es, und wieder empörte sich *Narzi*.

Sei ein braves Mädchen, befahl sie ihrer anderen Hälfte, *und ich zeig dir, wie hübsch du bist.*

In ihrem Kopf hüpfte der Dämon auf und ab. *Wann?*

Bald.

Jetzt. Ein Winseln.

Bald.

Jetzt. Ein Befehl.

Niemals.

Bald? Noch ein Winseln.

Bald. Du bist echt 'ne harte Nuss. Viola folgte Legions spiritueller Spur – Lucien war nicht der Einzige, der das draufhatte – und beamte sich in ihr Zimmer. Aufgewühlt tigerte das Mädchen hin und her, das Haar wild zerzaust. Die Decke hielt sie immer noch umklammert, fester um sich geschlungen denn je.

„Ich kann nicht, ich kann nicht, ich kann nicht. Ich kann hier nicht weg. Ich kann nicht zu ihm."

„Legion", sprach Viola sie sanft an. Ja, die Gefühle anderer bereiteten ihr Unbehagen, doch sie hatte in die Seele dieser zerbrochenen Puppe geblickt und wollte helfen.

Wie seltsam. Einst hatte Viola sich von Seelen ernährt, von ihrer Energie. Sie hatte sie ausgesaugt, sie ausgelöscht. Doch eines Tages hatte sie die falsche Seele zum falschen Zeitpunkt genommen – die einzige furchtbare Erinnerung, die ihr geblieben war – und sich im Tartarus wiedergefunden. Später dann war sie natürlich mit *Narzi* verbunden worden, und seitdem konnte sie sich nur noch von ihrer eigenen Seele nähren.

Wie die Gliedmaßen der Unsterblichen wuchs auch ihre Seele immer wieder nach, und sie konnte sich weiter daran laben, doch niemals wurde sie wieder ganz, denn sie hörte niemals auf, daran zu nagen. In Ermangelung eines besseren Ausdrucks. Im Grunde genommen war sie also nur eine halbe Person und dazu noch eine seelische Kannibalin, und niemals beschäftigte sie sich mit anderen.

Warum war sie noch mal hergekommen? Sie sollte gehen.

Doch dann richteten sich diese dunklen Augen auf sie, Tränen sammelten sich in ebenso dunklen Wimpern, und Viola fühlte sich wie festgenagelt. „Ich kann nicht. Ich kann das nicht. *Ich kann das nicht*. Er wird mich anfassen wollen. Mir wehtun. Ich … kann nicht."

Abrupt rannte Legion in ihr Badezimmer, fiel vor der Toilette auf die Knie und übergab sich. Jetzt konnte Viola sich wieder bewegen, doch sie ging immer noch nicht. Stattdessen trat sie ins Bad und hielt das Haar des Mädchens aus dem Weg, nur um zu erkennen, dass das Mädchen sich gar nicht wirklich übergeben hatte. Es hatte nur trocken gewürgt. Armes Ding. Wahrscheinlich hatte es seit Wochen nicht mehr anständig gegessen.

Stunden schienen in endlosem Elend zu verstreichen. Wenn

sie nicht würgte, schluchzte das Mädchen. Und wenn sie nicht schluchzte, zitterte sie so heftig, dass ihre Zähne klapperten. Doch niemand kam, um sie zu holen, und schließlich beschloss Viola, dass sie sich wohl dagegen entschieden hatten, das Mädchen gegen Ashlyns sichere Rückkehr einzutauschen.

Endlich, dem Himmel sei Dank, war Legion ausgelaugt. Erschöpft sank sie über der Toilette zusammen, keine Träne mehr in sich.

Viola trat zurück, und der Blick dieser roten, verquollenen Augen folgte ihr.

Jetzt muss ich aber wirklich gehen, dachte sie. Viel zu lange war sie schon geblieben, und langsam kehrte ihr Unwohlsein zurück. „Ich sag den Kriegern, dass das nicht drin ist, okay?" Möglicherweise würde Maddox sie dafür zu töten versuchen, aber *Narzi* wäre begeistert von der ganzen Aufmerksamkeit, also, was sollte es.

„Ich kann nicht zu ihm, ich kann nicht", flüsterte Legion. „Er war hier, ich hab ihn gerochen, ich wusste, dass er hier ist, aber ich hatte keine Gewalt über meine Stimme. Ich habe nicht gesprochen, seit ich wieder hier bin, ich konnte nicht einmal schreien, obwohl ich schreien und schreien und schreien wollte. Ich hab mich unter dem Bett versteckt. Ich hätte schreien sollen, ich hätte schreien sollen."

Schwer lasteten Schuldgefühle auf ihren Worten, eine Emotion, mit der Viola sich grundsätzlich nicht auseinandersetzte. „Na sicher, also, äh, viel Erfolg damit. War nett, dich kennenzulernen und so." Einen Schritt, zwei, tastete sie sich nach draußen. Mit diesem Freundschaftsding hatte sie nichts am Hut. Niemals. Mit niemandem. Vor allem nicht mit zerbrochenen Porzellanpuppen, die viel zu viel Zeit und Mühe kosten würden.

Offenbar waren Legions Tränendrüsen doch noch nicht ausgetrocknet, denn jetzt begann ein neuer Wasserfall. „Aber ich kann auch nicht Ashlyn in seiner Gewalt lassen." Sie schniefte, schluckte. „Ashlyn ist so nett, und die Babys, sie hat mich einmal fühlen lassen, als sie getreten haben. Sie ist jetzt jeden Tag so weit. Sie muss zu Hause sein. Maddox braucht sie zu Hause. Was soll ich nur tun?"

So gern hätte Viola ihr Handy hervorgeholt und die Frage gescreecht, um die Massen von Ratschlägen zu befolgen, die daraufhin eintrudeln würden, doch sosehr sie sich auch aus diesem Zimmer fortwünschte, in der Festung wollte sie bleiben.

Bei all ihren Macken hatten die Herren doch nie versucht, sie auszunutzen. Hatten sie nicht hinterlistig dazu gebracht, in einen Spiegel zu blicken. Und außerdem beteten sie sie an. Und okay, vielleicht war das Letzte nicht ganz wahr und bloß eine Spinnerei ihres Dämons, aber nichts war eine Lüge, solange man es glaubte. Also beteten die Herren sie sehr wohl an.

„Ich würde sagen, du solltest, äh, deinem Herzen folgen?" Uäh. Das war ein beschissener Ratschlag. So richtig beschissen. Das Mädchen wusste nicht, was sein Herz wollte, darum fragte es ja um Rat.

„Was würdest du tun?", fragte Legion.

Natürlich hätte sie sich jetzt eine Rede ausdenken können darüber, dass sie immer bereit war, anderen zu helfen. Die Typen da unten würden das vorziehen, nahm Viola an. Das Problem war nur, wenn man irgendjemanden außer sich selbst belog, zog das nur Chaos nach sich. Viola hasste Chaos.

„Ich würde mich selbst retten, egal, was das die Leute um mich herum kosten würde. Allerdings hat für mich noch nie irgendwas außer mir selbst eine Rolle gespielt, also ..." Sie zuckte mit den Schultern. „Es liegt ganz bei dir. Wen liebst du mehr? Dich oder die, die dich aufgenommen haben?"

19. KAPITEL

Nackt an einen Felsen gefesselt, knirschte Kane gedemütigt mit den Zähnen. Lange hatten die Lakaien nicht gebraucht, um ihn wieder einzufangen. Seine *unschuldige kleine* Auserwählte war die Schlimmste von der ganzen Bande gewesen, hatte ihm die Achillessehnen rausgerissen, um ihn lahmzulegen.

Jetzt versuchte die gesamte Meute reihum, sich zu stehlen, was er ihnen verweigert hatte.

Er würde ihnen nicht geben, was sie wollten. Das würde er nicht. Aber wie lange konnte er diese Folter noch überleben? Der Druck wuchs, wurde so stark, dass er schon schmerzte.

So was hast du schon mal überlebt. Auch dies könnte er überleben. *Atmen, einfach atmen.* Fest presste er die Lider zusammen, während ihm das Blut in den Adern kochte. Und die ganze Zeit über lachte sein Dämon in seinem Kopf. *Lachte.* Genoss die Katastrophe, während sie ihren Lauf nahm.

Vielleicht war Überleben nicht die richtige Strategie, überlegte er, als sich seine Demütigung in Rage verwandelte. Kane hatte seinen Dämon noch nie gemocht, doch jetzt – jetzt hasste er die Kreatur aus tiefster Seele. Wollte frei von ihr sein, und das bedeutete, er musste sterben. Er wollte *Katastrophe* dafür bestrafen, dass er sich an seinem Elend ergötzte, egal, welches Schicksal das mit sich bringen würde.

Und das würde er. Oh ja. Er würde ihn bestrafen. Was auch immer er dafür tun müsste, er würde es tun.

Paris drängte Sienna an die Wand, beugte sich hinab und stieß Nase an Nase mit ihr zusammen. Ihr Atem ging unregelmäßig, ihre Augen waren riesig und ihre Pupillen vor Panik geweitet. *Sex* genoss den Körperkontakt, bettelte schon jetzt um mehr. Genervt blendete Paris ihn aus und versuchte, alles so asexuell zu halten wie möglich. Sienna war viel zu aufgewühlt für mehr.

„Du musst dich verstecken“, raunte sie mit brechender Stimme. „Ich versuche, sie auf mich zu ziehen, weg von allen anderen. Okay? Ja? Aber du musst dich wirklich, *wirklich* verstecken.“

Sanft legte er die Hand an ihr Kinn und zwang sie, ihm in die Augen zu sehen, statt weiter fieberhaft nach einem Versteck zu suchen. Als würde er sich je vor einem Feind verstecken und eine Frau an seiner Stelle allein kämpfen lassen. „Was kommt? Sprich mit mir, Baby.“ Er wusste, dass sie nicht besonders scharf auf Kosenamen aus seinem Mund war – zumindest war sie das früher nicht gewesen –, andererseits hatte er noch nie eine Frau *Baby* genannt. Nur *Süße* und *Schätzchen*, bedeutungslose Wörter dieser Art, und nie mit solcher Zuneigung.

Diese sinnlichen Lippen öffneten sich zu einem überraschten Keuchen, und sie blinzelte überrumpelt. „Baby“, wisperte sie, und er beschloss, dass es ihr gefiel. In *ihrer* Stimme hatte ein fast ehrfürchtiger Ton gelegen. Plötzlich wurde sie ruhig. „Die Schatten. Sie jagen durch die Wände, und sie ernähren sich von uns. Von uns allen. Selbst die Gargl verstecken sich. Es sind so viele. Sie hüllen dich ein, sie sind alles, was du noch siehst, alles, was du kennst, und sie fressen von dir.“

Körperhafte Schatten mit einem Appetit auf Fleisch. Er hatte gedacht, er hätte jeden Winkel des Himmelreichs gesehen, doch von derartigen Kreaturen hatte er nie zuvor gehört.

William allerdings schon, denn er murmelte: „Verdammte Scheiße. Das ist gar nicht gut. Genau das, was ich befürchtet hatte.“

Paris hielt seinen besorgten Blick fest. „Was muss ich tun?“

„Bleib einfach, wo du bist.“ Mit grimmigem Gesicht griff der Krieger über seine Schulter und zog ein Messer hervor. Dann schlitzte er sich vom Ellbogen bis zur Handfläche den Arm auf. Augenblicklich troff dunkles Rot zu Boden. Er trat auf sie zu, beugte sich zu Boden und schmierte einen blutigen

Kreis um Paris und Sienna. „Geht da nicht raus, verstanden? *Bleibt, wo ihr seid.* Missachtet das, und ihr werdet es bereuen."

Ohne auf eine Antwort zu warten, sprintete er zur Zellentür der unsterblichen Frau und zog seine Wunde über den unsichtbaren Schild zwischen ihnen. Die Frau war viel zu sehr mit dem Versuch beschäftigt, sich durch die Wand zu graben, um ihn zu bemerken. Bevor William das zweite Zimmer erreichte, hatte seine Wunde sich bereits geschlossen, und er musste sich noch einmal schneiden. Auch dort zog er eine Linie aus seinem Blut über das Kraftfeld.

Bis zum dritten Zimmer schaffte er es nicht mehr.

Genau, wie Sienna es beschrieben hatte, barsten Schatten aus den Wänden hervor. Augenblicklich war es dunkel, die Schwärze so dicht, dass die Luft auch aus Erdöl hätte bestehen können.

Das Schloss erbebte in den Grundfesten. Schreie hallten durch die Luft, fiebrige Gesänge von Schmerz und Leid. Die Dunkelheit in Paris streckte sich, schien vor Freude zu schnurren, so wie *Sex* bei jeder Berührung schnurrte, genoss jeden grauenhaften Ton. Wollte raus, wollte frei sein. Wollte ebenfalls allen um ihn herum Qualen zufügen.

Paris stand kurz davor, nachzugeben; aus Williams Kreis zu treten und mit den Schatten zu kämpfen; Hölle, mit *William* zu kämpfen; als Sienna vor ihm erzitterte. Er drückte sich enger an sie. Ich *muss beschützen*, dachte er. Darum war er hier. Ihretwegen. Um bei ihr zu sein. Um für ihre Sicherheit zu sorgen.

Wieder bebte sie, diesmal besorgniserregend heftig. Er wusste nicht, was hinter ihm oder um ihn herum geschah oder wie lange es dauern würde, doch sie wusste es, und es versetzte sie in Panik. Und trotzdem hatte sie ihn beschützen wollen, wurde ihm klar. Trotzdem hatte sie ihn verstecken wollen. *Ihn*, nicht sich. Schon richtig, der Krieger in ihm hatte das als beleidigend empfunden, aber jetzt konnte er nicht anders, als Begeisterung zu spüren ob ihrer Besorgnis. Sie sorgte sich um sein Wohlergehen.

Ich will sie, verkündete *Sex*. Und natürlich wurde weiter geschnurrt.

Genau wie ich. Und er würde sie kosten. Endlich, hier und jetzt, geschissen auf die äußeren Umstände. Sie war zu besorgt für sexuelle Aktivitäten? Wohl kaum. Sie brauchte eine Ablenkung, und nichts war dafür besser als Begehren.

Vorsichtig ertastete Paris sich den Weg zu ihrem Hals, schob die Finger in ihr Haar und legte den Daumen an ihre Wange, hielt sie fest, während er die seidige Wärme ihrer Haut genoss, ihre feingliedrige Gestalt unter seinen Händen. „Konzentrier dich auf meine Stimme, Baby. Schaffst du das?"

Ein zittriges Nicken.

Er wünschte, er könnte sie sehen und erkennen, ob wieder Farbe in diese zarten Wangen stieg. Ganz dicht an ihrem Ohr raunte er: „Du bist so weich. Ich hab noch nie etwas so Weiches gespürt. Und dein Duft berauscht mich. Ich kann nicht anders, als mir auszumalen, wie viel süßer du zwischen deinen langen Schenkeln riechen musst."

Ihr stockte der Atem, und ihre Hände fanden seine Brust, legten sich flach auf die breiten Muskeln.

„Wenn ich meine Finger tief in dich hineinschiebe, wirst du so nass für mich sein, nicht wahr, Baby? Ich werde dich aufessen, jeden Tropfen von dir auflecken, und du wirst schreiend um mehr flehen."

Jahhh, zischte *Sex* stöhnend. *Bitteee.*

„Paris", hauchte Sienna.

Eine lustvolle Bitte um mehr? Das war es, was sein Dämon aus ihrer bebenden Stimme heraushörte. Unwillkürlich beugte Paris sich vor, vergaß den Rest der Welt, vergrub die Nase in ihrem Haar und schnupperte an den üppigen Wellen. Wieder roch er Wildblumen und Kokosnuss, diesmal gemischt mit etwas Seltenerem, einer Blüte, die nur nachts zu finden war.

Oh, Hölle, ja. Das war der Duft ihrer Erregung.

Sex gefiel es ebenfalls, und er verströmte sein eigenes verführerisches Parfüm. Gemeinsam hüllten die Düfte sie in ein wundervolles Bouquet – wundervoll und quälend zugleich. Augenblicklich war er auf Hochtouren, mehr als bereit, sehnte sich verzweifelt danach, sich in seine Frau zu versenken und immer wieder in sie hineinzustoßen auf dem Weg zum Orgasmus. Alles, was er tun musste, war, ihrer beider Hosen aufzureißen und ihre Beine auseinanderzustoßen. Tief und hart würde er sie nehmen, und sie würde heiß sein, tropfnass und so eng.

Scharfe kleine Fingernägel bohrten sich durch das Shirt in seine Haut, als wollte sie ihn an Ort und Stelle halten. Er spürte ihre Hitze, wie sie pulsierte, in seinen Körper sickerte, sich mit seiner eigenen verband und direkt in seinen Schwanz fuhr. Unerträglich schmerzhaft war sein Begehren. Bevor er auch nur eine Bewegung registrierte, hatte er ihr mit dem Fuß die Beine auseinandergeschoben und sich an sie gepresst, seine Erektion der Länge nach an ihre weibliche Mitte gedrängt.

Hallo, süße Verdammnis. Entweder hatte er gerade den schlimmsten Fehler seines Lebens gemacht oder den besten. Sie passten zusammen wie zwei Teile eines Puzzles. Langsam rieb er sich an ihr, gerade genug, um sie beide anzuheizen und zu quälen. Mit dem Druck wuchs auch die Lust. Oh ja, er hätte sie definitiv schon früher nehmen sollen. Sein Dämon stand kurz davor, aus seiner Haut hervorzubrechen.

Durch die Schreie um sie herum konnte Paris die Reaktionen seiner Frau nicht hören, also schob er eine seiner Hände an ihren Hals, berührte sie nur ganz leicht. Nichts konnte ihn davon abhalten, ihr Stöhnen zu *fühlen*, und diese Vibrationen waren so verdammt betörend.

„Paris." Ihre Lippen drückten sich an sein Ohr. Diesmal definitiv kein Flehen, aber auch keine Warnung. „Du kannst mich nicht wollen."

Er kreiste mit den Hüften, drückte, ließ nach, drückte. „Und was ist dann das?"

„Ein Leckerbissen für die einzige zur Verfügung stehende Frau im Raum."

Wie ein Schlag ins Gesicht trafen ihn ihre Worte, und seine instabile innere Dunkelheit reagierte unschön darauf, raste in ihm und verlangte von ihm, demjenigen wehzutun, der ihm dieses Leid zugefügt hatte. Gerade so unterdrückte er diesen Drang und schnappte: „Ein Kerl wie ich kann also nur wollen, was gerade zur Verfügung steht?"

„Vorhin im Schlafzimmer wolltest du mich auch nicht. Also ist das hier vielleicht bloß eine Bestrafung." Nun mischte sich Wut in ihren Ton.

Eine Bestrafung? Reflexartig ballte er die Hände zu Fäusten, seine eigene Wut ein Echo der ihren.

Leider war sie noch nicht fertig. „Glaub mir, mittlerweile verstehe ich das Konzept besser als je zuvor. Vielleicht bist du gar nicht hergekommen, um mich zu retten, sondern bloß um mich zu verwunden, wie ich dich damals verwundet habe."

Er hatte ihr nicht vertraut, konnte es nicht, egal, wie sehr er es wollte. Jetzt erkannte er, dass auch sie ihm nicht vertrauen konnte, es nicht wollte. Nicht wirklich. Er hatte befürchtet, dass das passieren würde. Bisher hatte ihm das nichts (jedenfalls nicht viel) ausgemacht, aber jetzt tat es das. Er hasste es, dass zwischen ihnen so viele Barrieren standen. Kleider, Vorbehalte, Zweifel und Sorgen.

„Ich bin nichts im Vergleich zu den Frauen, die du gewohnt bist", fuhr sie fort. „Das weiß ich. Ich weiß, dass ich nicht hübsch bin."

„Du hast recht. Du bist mehr als bezaubernd."

Ein Keuchen. „U-und meine Lippen sind lächerlich."

„Wenn *lächerlich* die neue Umschreibung für einen feuchten Traum ist."

Mit ihren kleinen Fäusten trommelte sie auf seine Brust ein. „Lass das! Hör endlich auf damit. Du brauchst Sex, und du versuchst, das Ding unter Dach und Fach zu bringen. Das

Gleiche hab ich vorhin mit dir gemacht, weil ich ein letztes Mal mit dir schlafen wollte. Ich hätte mich dir nicht so an den Hals werfen sollen."

Er richtete sich auf. Also hatte sie sich ihm nicht aus Schuldgefühlen angeboten, sondern weil sie ihn gewollt hatte. Das hätte sie nicht zugeben sollen. Jetzt würde ihn nichts mehr aufhalten können. Er würde mit ihr schlafen, so oder so.

Spielerisch leckte er an ihren Lippen und murmelte: „Baby, *versuchen* musste ich das noch nie. Ich atme, und die Frauen bieten sich mir an."

Endlich hörte sie auf, ihn zu misshandeln, und ein Maunzen entwich ihrer Kehle. „Dann – dann versuchst du, mir einen Dämpfer zu versetzen. Versuchst, mich mit etwas zu reizen, das ich niemals werde haben können."

Und ob du das haben kannst. „Du weißt, dass das nicht stimmt. Nicht, weil du mir vertrauen würdest, sondern durch deinen Dämon." Hätte Paris sich auch nur eine Flunkerei erlaubt, wäre *Zorn* gleich auf ihn losgegangen.

Eine Pause, drei quälende Herzschläge lang. „Du … hast recht. Wie seltsam", gab sie zu, erstaunt und hoffnungsvoll zugleich. Wieder bohrten sich ihre Fingernägel in seine Brust. „Von Anfang an habe ich es gehasst, dass mir ein Dämon eingepflanzt wurde, wollte ihn loswerden, habe gewettert und geflucht und sogar geplant, ihn zurückzugeben, und doch habe ich begonnen, mich auf seine Fähigkeiten zu verlassen."

Einmal besessen, immer besessen. Größtenteils jedenfalls. Und sie wollte *Zorn* an Aeron zurückgeben? Na, wenn da mal kein dickes, fettes *Nein, verdammt noch mal* anstand. Das würde sie umbringen. Noch einmal. „Du kannst mir glauben, wenn ich dir sage, dass ich dich will, Sienna. Du bist alles, woran ich seit Monaten denken kann. Dir in diesem Zimmer da unten zu widerstehen, war eins der härtesten Dinge, die ich jemals getan habe."

Am Vibrieren ihrer Kehle erkannte er, dass sie stöhnte. „Du

findest mich wirklich anziehend, trotz allem?" Staunen erfüllte ihre Stimme, überlief ihn wie warmer Honig.

Er hatte einiges übrig für warmen Honig.

„Ja." Vor und zurück bewegte er die Hüften, fuhr endlich fort mit der herrlichen Berührung. Er wollte mehr, doch noch würde er sie nicht dazu drängen. Nicht jetzt. Jetzt wollte er, dass sie sich allein auf ihre Lust konzentrierte und alle Ängste vor irgendwelchen Hintergedanken seinerseits vergaß. „Daran gibt es keinen Zweifel."

Wieder vibrierte es, und diesmal fuhr ihm die Empfindung tief in den Unterleib. „Warum ich?" Sie löste die Fingernägel von ihm, strich ihm über die Brust. „Ich meine, du könntest jede haben."

„Genau. Das könnte ich, und ich hab mich für dich entschieden. Aus so vielen Gründen. Du bist klug."

„Darüber lässt sich streiten."

„Du hast Humor."

„Nicht mehr als tausend andere."

„Du diskutierst gern und kannst keine Komplimente annehmen."

„Hey!" Sie griff nach oben und zog ihm an den Haaren.

Trotz ihrer verfahrenen Situation und der düsteren Umgebung spürte Paris sich grinsen. „Du bist wunderschön."

Jetzt schob sie die Finger in sein Haar, massierte ihm die Kopfhaut. „Nicht nur mehr als bezaubernd?", fragte sie trocken.

„Du bist exquisit, und ich will nicht noch mal hören, wie du dich kleinredest. Hast du verstanden?" Andere hatte er dafür getötet. Ihr würde er nur einen Klaps verpassen. „Die Folgen könnten dir gefallen oder auch nicht."

„Warum? Willst du mir den Hintern versohlen? Ich krieg gerade Kopfkino."

„Soso. Noch etwas Liebenswertes an dir. Du verstehst mich."

Ein Schnauben. Eines, das er genoss, denn er hatte die Belustigung dahinter verursacht. „Du musst geblendet sein von deiner Rattiger-Dämon-Brille“, befand sie.

Und sie glaubte ernsthaft, es gäbe tausend andere, die genauso stur waren wie sie. Gerade hatte er einen Befehl und eine Drohung ausgesprochen, und beides hatte sie ignoriert und fröhlich weitergemacht.

„Hat dein Dämon dich je zweimal mit derselben Frau schlafen lassen?“, fragte sie, und in ihren Worten schwangen verlockende Erregung und zugleich Nervosität mit. „Ich hab gehört, du … Ach, egal.“

Viele ihrer Informationen stammten von den Jägern. Er versteifte sich, verabscheute diese Erinnerung an ihre Vergangenheit, doch das hielt ihn nicht davon ab, einzugestehen: „Mit keiner außer dir.“

Köstlich strich ihr warmer Atem über seinen Hals, als sie ihre Wange an seine legte. „Warum ich?“

„Keinen Schimmer. *Sex* weiß es auch nicht. Ich hab ihn gefragt.“

„Tja, hätte er sich mal lieber jemand anders ausgesucht. Ich hab kleine Brüste“, flüsterte sie, als würde sie sich schämen.

Er umfasste die angesprochenen zarten Bissen. Sie. Waren. Perfekt. Unter seinen großen Händen wurden ihre Brustwarzen fest, drängten sich an seine Handflächen, und er wollte verdammt sein, wenn das nicht das großartigste Gefühl der Welt war. Er neigte den Kopf zur Seite, knabberte an ihrem Ohrläppchen.

„Ich will sie in meinem Mund spüren“, sagte er mit rauer Stimme.

Ein zustimmendes Stöhnen. Jetzt krallte sie die Fingernägel in seine Kopfhaut, fester und fester.

Paris küsste und knabberte sich zu ihren Lippen vor, die geöffnet auf ihn warteten, warm, während die Süße ihres Atems ein- und ausströmte, gewürzt mit dem Aroma der Kokosnuss.

Dort verharrte er, nahm sich immer noch nicht, was er wollte. Was sie *beide* wollten. Wenn er damit anfing, würde es ihm schwerfallen aufzuhören. *Sehr* schwer. Zu lange hatte er keine Frau mehr gehabt, sein Dämon war zu ausgehungert, aber …

Er wollte Sienna nicht in einem Flur nehmen, vor den Augen anderer. Sicher, so etwas hatte er schon öfter getan, aber es hatte verdammt schnell seinen Reiz verloren. Sie wollte er ganz für sich allein, ihre Schreie nur für seine Ohren bestimmt, jede ihrer Reaktionen auf seine Berührungen eine persönliche Entdeckung. Ihr Geruch, nur für ihn. Ihre Haut, nur für ihn. Für ihn, für ihn, für ihn.

Nimm dir, was dir gehört! Nimm, nimm, nimm!

Na ja, so allein, wie man mit einem Dämon im Kopf eben sein konnte.

„Paris?", fragte sie, ihr Ton undeutbar.

„Ja."

„Eine Warnung noch. Ich bin echt schlecht darin."

Verwirrt hob er die Brauen. „Worin?"

„Küssen."

Bevor er ihr widersprechen konnte, drückte sie den Mund auf seinen und saugte ihm augenblicklich sämtliche Luft aus der Lunge. Sie war nicht schlecht darin; sie war zögerlich, unsicher und vorsichtig, doch sein Verlangen nach ihr war zu groß, als dass er es ihr besser hätte beibringen wollen. Er übernahm die Führung, konnte sich nicht zurückhalten. Kraftvoll drang er mit der Zunge in ihren Mund, verlangte, dass sie sich seiner Kunstfertigkeit hingab.

Was sie nicht tat. Nachdem ihre Zähne zum dritten Mal aneinandergestoßen waren, biss sie ihn in die Unterlippe, fest, bis Blut kam.

Er zuckte zurück, bevor sie ihn noch verstümmelte. „Verdammt, Weib."

Sex vollführte eine Art Kickbox-Trick an seiner Schädeldecke. Nicht aus Frust oder um der Gewalttätigkeit zu entkommen, sondern vor Aufregung, weil er der Gewalttätigkeit *näher* sein wollte. *Mehr, mehr! Küss sie weiter!*

„Ich mag vielleicht schlecht darin sein, aber ich merke schon, wenn jemand anders es auch ist. Jetzt gib dir mal Mühe“, verlangte Sienna.

Wollte sie ihn verarschen? „Über meine Technik hat sich noch nie jemand beschwert.“

„Weil sie deine Gefühle nicht verletzen wollten“, feuerte sie zurück. „Du und ich sind über das Stadium hinaus, deshalb sehe ich mich in der Lage, dir zu sagen, dass ich von Carl Knickerbocker in der dritten Klasse einen besseren Kuss bekommen habe.“

Und da war es, dieses Temperament, das ihn gleich wieder anheizte und jede letzte Spur von Ärger auslöschte. Er wünschte, er könnte ihr Gesicht sehen. Diese haselnussbraunen Augen würden funkeln, ihre Haut wäre gerötet, die Lippen geschwollen. Sie wäre die Leidenschaft in Person. „Meinst du, du solltest mit dem Finger zeigen? Du bist *wesentlich* schlechter darin als ich.“

„Irgendwer muss es dir ja beibringen.“ Sie tätschelte ihm die Wange. „Schätze mal, wir müssen es zusammen lernen.“

Mehr, mehr, mehr!

Seine Mundwinkel zuckten amüsiert. Komisch. Er war belustigt, während sein Körper und sein Dämon in Flammen standen und für diese Frau brannten. *Ich arbeite dran.*

20. KAPITEL

Okay, dann lass mich mal sehen, was ich tun kann, um klein Carl Konkurrenz zu machen.“ Langsam fing Paris wieder an, drückte seinen Mund sanft an Siennas, wich zurück, drückte sich wieder an sie, neckte sie mit der Berührung, kostete sie kaum. Weich schmiegte sie sich an ihn, fuhr mit den Fingernägeln über seine Kopfhaut und hinab, hinab, bis sie die Arme um seinen Hals schlang und ihn an sich zog.

Er leckte am Saum ihrer Lippen entlang, kostete sie, gab ihr, was sie wollte, langsam und leicht, und als sie sich ihm öffnete, leckte er sich nach innen, tiefer, schmeckte mehr von ihr, nahm sich mehr. Schließlich begegnete ihre Zunge der seinen, tanzte in sinnlichen, langsamen Bewegungen mit ihm. Stück für Stück lernten sie einander kennen, erforschten jede Nuance von Zunge und Zähnen, Atem und Geschmack, und es war die erregendste Erfahrung, die er je gemacht hatte.

Bei ihrer ersten Begegnung hatte sie ihn geküsst und seine Ablenkung ausgenutzt, um ihm eine Nadel in den Hals zu jagen. Jetzt hätte sie genau das Gleiche tun können, und es wäre ihm egal gewesen. In seinem Körper glühte das Verlangen, wie Lava floss ihm das Blut durch die Adern, heißer, als er es je gespürt hatte. Das Herz in seiner Brust trommelte einen Schlachtruf nach mehr von dieser Frau, dieser Obsession. Er bebte am gesamten Körper.

Durch die undurchdringliche Dunkelheit um sie herum war er noch immer blind, seine anderen Sinne umso empfindlicher. Siennas Blumenduft hatte sich in seine Nase eingebrannt, und schon wieder schwamm ihm der Kopf. An seinen tätowierten Fingerspitzen prickelte es, und er prägte sich das seidenglatte Gefühl ihrer Haut ein. Seine Ohren zuckten, jedes Geräusch, das sie ausstieß, eine Liebkosung. Und ihr Geschmack … Hölle, ja … Ambrosia in ihrer reinsten Form.

Denn genau das war es, wozu Cronus sie gemacht hatte. Eine Bezugsquelle. Ein lebender Ambrosiaspender. Wer ihr einen Strohhalm in die Blutbahn steckte, konnte bis in alle Ewigkeit high werden.

Wenn Sterbliche sie zu sich nahmen, war Ambrosia tödlich. Maddox' Frau war einmal fast daran gestorben. Doch Sienna war schon tot und nicht länger ein Mensch. Indem er ihr den Nektar gegeben hatte, vermischt mit den Kapseln, die für das Wachstum der Pflanze benötigt wurden – eine Mischung, die selbst Unsterbliche umbringen würde –, hatte er sie zu einer unerschöpflichen Quelle dieser Droge gemacht.

Was durch ihre Adern rann, machte schneller abhängig als das Zeug, das Paris sich immer in seinen Schnaps gekippt hatte. Und sollte je ein Unsterblicher von ihrem Blut kosten, wäre er augenblicklich abhängig von *ihr*. Würde sie brauchen, sie bei sich behalten und jeden bis auf den Tod bekämpfen, der sie ihm wegzunehmen versuchte.

Warum in drei Teufels Namen sollte Cronus ihr so etwas antun? Warum sollte er sie zu einer solchen Zielscheibe machen?

Noch etwas, das sie miteinander zu klären hatten – mit Klingen in der Hand.

Denk jetzt nicht darüber nach. Du hast sie. Sie ist in Sicherheit, und sie will dich genauso wie du sie. Er packte sie an der Hüfte und hob sie von den Füßen, presste sie noch fester an die Wand. „Schling die Beine um mich, Baby."

Sie gehorchte, und er rieb seine Erektion so hart an ihr, dass sie lustvoll aufschrie. Das war … das war … Ihm fehlten die Worte.

Mehr.

Alles. Immer. Ein paar Worte gab es doch. „Bist du feucht für mich?" Normalerweise überhäufte er seine Partnerinnen mit einem Strom lieblicher, bedeutungsloser Worte. Sienna konnte sich glücklich schätzen, wenn sie mehr als *meins*, *mehr* und *ja* aus ihm herausbekam.

Kurz zögerte sie, dann wisperte sie scheu: „Bin ich."

Laszive Hingabe mit einem Spritzer Zurückhaltung ... eine sinnliche Verbindung.

Schneller und schneller wanden sich ihre Zungen umeinander. Ihr Kuss war wie Sex. Überwältigend, verzehrend, nötig. Er konnte nicht genug davon kriegen, glaubte nicht, dass er das jemals würde. Alles, was er getan hatte, um hierherzugelangen, war es absolut wert gewesen.

Mit so vielen Leuten hatte er geschlafen, so viele Dinge getan. Manche hatte er gemocht und manche nicht. Neunzig Prozent der Zeit arbeitete er unter Autopilot, tat, was nötig war, um zu kriegen, was er brauchte, und seine Partner mit einem befriedigten Lächeln zurückzulassen. Selbst wenn er die Person hasste, mit der er zusammen war, die Gerüche verabscheute, die klammernden Hände, das Wissen, dass er in jemandem war, den er nicht kannte.

Jetzt stand er nicht auf Autopilot. Ihn trieb der pure Instinkt, das Bedürfnis, zu besitzen und besessen zu werden. Ein Bedürfnis, eins zu werden, so schmalzig das auch klang. Also küsste er sie erneut, weil er nicht anders konnte. Weil er mehr von ihrem Geschmack kennenlernen musste, mehr von ihr. Er beugte den Kopf, suchte noch tieferen Kontakt, bewegte seine Zunge immer noch schneller, nahm ihren Mund, wie er ihren Körper nehmen wollte.

Diesmal beschwerte sie sich nicht. Und die ganze Zeit über rieb er sich an ihr. Seine Nervenenden waren so überreizt, dass er fürchtete, sie wären wund, wenn er schließlich käme.

„Ja", stöhnte sie, und dieses Mal gefiel ihr seine Inbrunst offensichtlich. „Paris ... ich ... gleich ... du musst ... aufhören ... hör nicht auf ... bitte hör auf. Paris!"

Von Aufhören konnte nicht die Rede sein. Noch fester presste er sich an sie, hörte sie vor Wonne aufschreien, und Hölle, er stand in Flammen. Brannte für sie, wollte sich so verdammt tief in sie versenken, dass sie wüsste, dass sie zu ihm gehörte.

Mehr!

„Paris … Hör auf … Bitte."

Schon wieder dieses Wort. „Aufhören." Hartnäckig zog sie an seinen Haaren, zwang ihn, den Kopf zu heben.

„Ich will dich", keuchte sie, „aber nicht hier. Irgendwo anders. Wo wir allein sind."

MEHR.

Ich werde sie ins Schlafzimmer bringen, dachte er benebelt vor Verlangen. Genau. Das würde er tun, denn er musste sie ausziehen, musste sie sehen, musste *in* sie, jetzt, jetzt, *jetzt*.

Entschlossen richtete er sich auf und zog sie hinter sich her. Doch nach einem Schritt, einem einzigen nur, schossen Tausende Nadelstiche durch seinen Unterschenkel. Augenblicklich war er wieder klar und sprang zurück in den Kreis aus Blut. Er keuchte, spürte das Blut warm an seiner Wade herabrinnen. Es würde ihn wundern, wenn da noch das kleinste Stück Muskel übrig war. In einem Wimpernschlag hatten diese Schattenwesen ihn abgenagt, als wäre er ein Steak und sie verhungernde Hunde.

Das hatte Sienna ertragen müssen?

Sex zog sich in den hintersten Winkel seines Geistes zurück, hielt den Schmerz nicht aus.

Dunkelheit … erhob sich … Schon lag seine Hand auf dem Heft seines Dolches, während er sich ausmalte, wie er mitten in die Schwärze sprang und um sich stach und schlitzte.

Dann legten sich Siennas Finger auf seinen Bizeps, und er wurde ruhiger. Auch sie atmete schnell. „Geht's dir gut?"

„Verletzt?" Er tastete sie ab, suchte nach Verletzungen.

„Ich nicht. Du?"

„Mir geht's gut." Noch immer waren ihre Brustwarzen hart, noch immer bebte ihr Bauch. Und doch hatte sie die Kraft besessen aufzuhören, als er nicht dazu in der Lage gewesen war. Beeindruckend. Enervierend.

„Bist du …"

Und so plötzlich die Schattenkreaturen aufgetaucht waren, verschwanden sie auch wieder. Das Schloss hörte auf zu beben, die Schreie verstummten. Licht durchströmte den Flur auf ein Neues. Paris musste blinzeln gegen das Brennen in seinen Augen.

Siennas Wangen waren rosenrot, ihre Lippen weich, geschwollen und leicht geöffnet, schimmerten noch von seinem Geschmack. Unzählige Male musste er ihr mit den Händen durchs Haar gefahren sein, so zerzaust hingen die Strähnen um ihre Schultern. Wollüstig und verrucht sah sie aus, und so sexy, dass sein Schaft pulsierend gegen seinen Reißverschluss drückte.

Schnell wandte er sich von ihr ab, bevor er über sie herfiel und sie gleich hier verschlang. In der Mitte des Gangs hatte William sich seinen eigenen Kreis aus Blut gemacht und hockte mit gebeugtem Kopf darin. Die unsterbliche Frau stand an ihrer Tür, die Augen groß, unsicher. Der Mann, den William hatte beschützen können, war ebenfalls an seiner Tür.

Der andere Mann, der, den William nicht mehr erreicht hatte, lag auf dem Boden seiner Zelle, in einem See von Blut und … anderen Dingen. Er wand sich unter Qualen, während er verbissen darum kämpfte, sich wieder zusammenzusetzen.

„Wisst ihr, was diese Dinger waren?“, verlangte Paris zu erfahren. Als die Welt sich langsam um ihn drehte, streckte er stirnrunzelnd die Hand aus, um sich an der Wand abzustützen. Doch das kam nicht vom Blutverlust oder den Schmerzen.

Sex winselte, pumpte lähmende Schwäche direkt in Paris’ Blutbahn. Zu oft in den letzten Tagen war der Bastard angeheizt und dann enttäuscht worden, und mit Siennas Weigerung hatte der Countdown zur Kernschmelze begonnen. Das bedeutete, wenn er nicht bald Sex hatte, sehr bald, würde er rapide verfallen, bis er vollkommen nutzlos war. Bis er zusammenbrach und die Pheromone aus seiner Haut strömten, Leute anlockten. Bis irgendwann einfach jemand auf ihn draufkletterte.

Auf keinen Fall würde er das zulassen. Zwar hatten sich seine Gründe, Sienna zu widerstehen, nicht in Luft aufgelöst, doch davon würde er sich nicht mehr abhalten lassen. Er würde sie nehmen, wie auch immer er sie kriegen konnte, denn die Alternative war, jemand anders zu nehmen, und dazu war er nicht bereit.

„Ja, ich weiß, was sie sind", brachte William schließlich hervor, nachdem er etwas zu Atem gekommen war. Augen in einem Blau von einer anderen Welt richteten sich auf Paris, hielten ihn an Ort und Stelle gefangen. Die Luft zwischen ihnen knisterte vor Spannung. „Vor langer Zeit hat Cronus sie genauso geschaffen, wie Zeus euch geschaffen hat. Ich habe gehört, dass sich während seiner Gefangenschaft jemand anders um sie gekümmert hat. Cronus muss wieder Anspruch auf sie erhoben haben. Und jetzt werde ich mich mal mit ihm über Hausgäste und Manieren unterhalten müssen." Pure Bedrohlichkeit sickerte William aus allen Poren.

Offenbar plante er ein Privatgespräch unter vier Augen, aus dem nur einer lebendig hervorgehen würde. Oh ja. Paris hatte dasselbe vor.

„Ist das jemals mit *dir* geschehen?", fragte er und wirbelte zu Sienna herum, während er mit dem Daumen auf den aufgeschlitzten Kerl hinter sich wies. Wegen dem, was mit ihrem Blut geschehen war, wären die Kreaturen bei ihr vollkommen ausgeflippt. Wären in Massen auf sie eingeprasselt, hätten sich nur noch auf sie konzentriert und nicht eher von ihr abgelassen, bis sie auch den letzten Tropfen Blut aus ihr gesaugt hätten.

Er bekam keine Antwort.

„Sienna. Was …" Ihre Augen waren trüb, bemerkte er, glasig, und leuchteten in einem glühenden Rot.

„Bestrafen", flüsterte sie.

Zorn hatte ihren Körper und Geist übernommen.

„Muss sie bestrafen", wiederholte sie mit einer Stimme, die er noch nie von ihr gehört hatte, harsch und vollkommen leidenschaftslos. Eine Sekunde später barsten die Flügel an ihrem Rücken empor, erhoben sich hinter ihr wie Wolken aus Mitternacht mit violetten Spitzen. Auf und ab rauschten sie, streckten sich zu ihrer vollen Spannweite und kratzten an den Wänden, am Boden.

„Sienna", sagte er. Ruhig, er musste ruhig bleiben. Sonst würde *Zorn* diesen Drang, zu bestrafen, gegen ihn richten. Vorsichtig schnipste er vor ihrem Gesicht mit den Fingern. „Ich will, dass du mir zuhörst, okay, Baby?"

„Bestrafen." Immer schneller glitten ihre Flügel, bis sie in der Luft schwebte.

„Sienna."

Ohne ein weiteres Wort schoss sie geradewegs auf das einzige Fenster zu, zertrümmerte das Glas und verschwand in die Nacht.

Paris stürzte sich auf sie, verfehlte sie jedoch und endete halb drinnen, halb draußen, kurz vor zu vielen Stockwerken freien Falls bis hinunter in diesen brodelnden See der Verdammnis. Tja, Hölle. Er hatte sie gebeten, dem Bastard das Ruder zu überlassen, nicht wahr? *Idiot*. Es war nicht abzusehen, wohin *Zorn* sie verfrachten oder wozu er sie zwingen würde.

So oder so, er würde nach ihr suchen.

So sehr musste ich noch keiner Frau hinterherlaufen. Vorsichtig schob er sich wieder ins Innere des Schlosses und betrachtete den Abstieg, versuchte den besten und schnellsten Weg auszumachen, auf dem er nicht die Aufmerksamkeit der Steinmonster auf sich ziehen würde. War ja klar. Es gab nur *einen* solchen Weg. Er würde doch den Kopfsprung aus fünfzehn Metern Höhe machen müssen – und beten, dass er sich beim Aufprall nicht das Genick brach.

Das Problem war nur: Jetzt, da er sich in der Abwärtsspirale in Richtung Sex-haben-oder-sterben befand, *würde* er sich verletzen, und er würde nicht besonders schnell heilen. Egal. Sie war in Gefahr, er würde tun, was nötig war. Entschlossen hievte er ein Bein über das Fensterbrett.

„Bleib hier“, rief er über die Schulter. „Sieh nach, ob du den Unsterblichen helfen kannst.“

„Bin dir um Längen voraus“, erklang Williams gemurmelte Antwort. Als auch sein anderes Bein draußen war, zählte Paris runter. Drei. Zwei. So *dämlich*. Eins –

Und plötzlich war Zacharel da, die weißen Flügel ausgebreitet und elegant in der Luft schwebend. Schneeflocken wirbelten um ihn herum, die perfekte Umrahmung für seine emotionslosen Züge. Er hob eine dunkle Braue. „Brauchst du eine Mitfahrgelegenheit?“

„Wo warst du, als die Schatten hier waren?“, gab Paris schroff zurück.

„Ich kann dir antworten, oder ich kann dir helfen.“

Diese Manipulationen hängen mir so zum Hals raus, aber ich kann nicht leugnen, dass ich seine Hilfe gut gebrauchen könnte. Und bin ich nicht die süßeste Jungfrau in Nöten, die es je gab? Auch Aeron hatte Paris ein- oder zweimal durch die Lüfte getragen, deshalb wusste er, dass daran nichts Sexuelles war. Er hoffte bloß, Zacharel war klar, dass seine aktuelle Erektion nichts mit der körperlichen Nähe zu dem Engel zu tun hatte.

Der legte Paris die Arme um die Taille. „Du wirst bemerken, dass gute Taten Balsam für die Seele sind.“

„Ein Traum.“ Um sich etwas sicherer zu fühlen, schob Paris die Arme um den Hals des Engels. Feste Muskeln, eiskalte Haut. So aufgekratzt und ausgehungert *Sex* auch war, er blieb still. „Aber können wir das ohne Unterhaltung hinter uns bringen?“

„Können wir? Ja. Werden wir? Nein. Während du mein gefesseltes Publikum bist, möchte ich mit dir über deine ungesunde Obsession bezüglich dieses toten Mädchens sprechen und über die Tatsache, dass sie ohne dich besser dran ist."

O-kay. Paris zog die Knie an, stieß sich von Zacharel ab und sprang.

21. KAPITEL

Blut troff von Siennas Händen, verklebte ihre Kleidung und ließ ihre Schuhe bei jedem Schritt widerlich schmatzen. Wie jedes Mal, wenn er die Kontrolle über ihren Körper an sich riss, hatte *Zorn* sie gezwungen, die Schatten bis zu ihrem Nest zu verfolgen, sodass er sie angreifen und weit schlimmer verletzen konnte, als sie andere verletzt hatten. Aus ihren Augen hatte sein glutroter Blick geleuchtet, hatte sich durch die Haut ... oder den Schleim ... oder woraus auch immer die äußere Hülle der Monster bestand ... gebrannt und sie in Flammen aufgehen lassen. Er hatte gelacht und gelacht und gelacht.

Von ihrem Festmahl waren die Schatten zu satt und träge, um sich zu wehren, und ihre Hilflosigkeit war für *Zorn* wie ein Aphrodisiakum gewesen. Er wollte immer mehr, mehr, *mehr*, und als er mit den Schatten fertig war, hatte er sich augenblicklich auf die anderen Wesen gestürzt, die in diesem versteckten Reich lebten, und gejubelt, als auch sie in Schmerzensschreie ausbrachen.

Als sein Hunger endlich gestillt war, versuchte er, sie zu zwingen, zurück zum Schloss zu laufen. Zum ersten Mal hatte sie gewusst, was er tat, während er es tat, weil ihr Geist sich weigerte, die Verbindung zu Paris aufzugeben, und sie hatte sich gegen ihn gewehrt. Oh, hatte sie gekämpft. Schließlich, vollgestopft, wie er war, hatte er nachgegeben und sich in die hinterste Ecke ihres Kopfes zurückgezogen. Jetzt war sie am Steuer.

Leider war das nicht der letzte Kampf, den sie ausfechten musste. Zwischen dem Schloss und ihrem Hals spannte sich ein unsichtbares Band, zog sie näher und näher. Sie war sich nicht sicher, wie lange sie noch widerstehen könnte. Ihre Flügel waren zerfetzt – nicht, dass sie ohne *Zorns* Anleitung gewusst hätte, wie man flog –, und auch wenn sie in ein paar

Stunden verheilt wären, könnten sie ihr Gewicht augenblicklich nicht tragen. Stur stemmte sie die Fersen in den Boden, und es gelang ihr, langsamer zu werden. Schmerz vibrierte ihr durch Mark und Bein. Sie krümmte sich, als sie sich abwandte ... umdrehte ... und Schritt für Schritt in die entgegengesetzte Richtung ging. Ja. *Ja!*

Zurückzugehen – selbst um Paris zu sehen, sich zu verabschieden, ihn ein letztes Mal zu küssen, mit ihm zu schlafen – würde bedeuten, sich wieder in Gefangenschaft zu begeben. Und auch wenn die Versuchung groß war, und wie groß, sie musste das hier durchziehen. Für ihn. Für Skye. Bevor Cronus von ihrer Flucht erfuhr, auf die Idee kam, Paris zu bestrafen, und sie wieder tanzen ließ wie eine Marionette.

Wenn sie zu Galen gelangte, ihn verhörte und tötete, bevor Cronus mitbekam, dass sie fort war, müsste sie ihn nicht verführen. Und trotzdem würde der Krieg zwischen Herren und Jägern endlich enden. Selbst wenn der Hüter der *Hoffnung* ihr nicht verriet, wo ihre Schwester sich befand: Wenn er tot war, konnte er ihr nicht wehtun. Das würde genügen müssen.

Hinter ihr ertönten Schritte und rissen sie aus ihren Gedanken. Es waren mehrere Wesen, die ihr folgten, wurde ihr klar. Sie musste sich nicht umsehen, um zu wissen, dass es Männer mit leeren Augen und schlaffer, gräulicher Haut waren, deren Mäuler mit vier Reihen rasiermesserscharfer Zähne vollgestopft waren. Sie waren Killer ohne Gewissen, das Blut ihrer Opfer ihre Nahrung.

Vor ein paar Wochen war *Zorn* in ihr Lager eingefallen und hatte eine Spur von Blut und Tod hinterlassen. Damit war Sienna – das Gesicht, das die Überlebenden gesehen hatten – zum Staatsfeind Nummer eins geworden. Seitdem hatten sie es auf sie abgesehen, und gäbe es nicht die Gargl, hätten sie schon längst das Schloss angegriffen.

Der Drang, wegzurennen, war fast unüberwindbar. Durch die flüchtigen Eindrücke, die *Zorn* ihr vermittelt hatte, wusste sie, wie diese Wesen jagten, wusste sie, wie gnadenlos sie töteten. Wusste, dass sie die Jagd noch mehr genossen als das Blutbad danach. Wenn sie also einen kühlen Kopf bewahrte und nicht von ihrem Weg abwich, würden sie vielleicht das Interesse verlieren.

Tja, vielleicht. Nicht.

„Du hassst unsss unsssere Sssklaven genommen, Weib. Jetzzzt wirssst *du* unsssere Sssklavin."

Das Lispeln hatte er seinen Fangzähnen zu verdanken.

„Die Sssachen, die wir mit dir machen werden ..." Ein berechnendes Kichern. „Die Ssschreie, die du ausssstosssen wirst ..."

Ohne sie einer Antwort zu würdigen, aber konzentriert auf jede ihrer Bewegungen, zwang Sienna sich, weiter und weiter vom Schloss fortzugehen. Ihre Umgebung wurde dunkler, die Luft dicker, erfüllt von dem Geruch nach Blut und anderen Dingen. Sie marschierte vorbei an Haufen von Knochen, blutroten Teichen und Höhlen, die die Mäuler riesiger gemeißelter Schädel bildeten. Weder hatte sie Waffen, noch war sie sich sicher, wo der Ausgang aus diesem Reich lag – sie wusste nur, dass er hier irgendwo sein musste, weil Cronus sie hier entlanggetragen hatte, als sie halb bei Bewusstsein gewesen war; davon abgesehen, wie sonst hätten Paris und sein Freund herkommen sollen? – oder wo im Himmelreich sie sich befinden würde, wenn sie erst draußen war.

Ich hätte Paris fragen sollen. Verspätete Erkenntnis war zum Kotzen.

„Ja, lauf weiter, Weib. Du gehssst geradewegsss auf unsser Lager zzzu."

Wahrheit oder Lüge? Diesmal war *Zorn* ihr keine Hilfe. Sollte sie anhalten? Mit ihnen kämpfen? Ihre Selbstverteidigungskünste waren lachhaft, wenn man dazu noch das Gewicht ihrer Flügel bedachte, das sie kaum balancieren konnte. Was sie auch tat und wohin sie auch ging, die Männer würden sie angreifen, so viel stand fest. Darauf zu warten, dass sie zuschlugen, würde nur das Unvermeidliche hinauszögern.

Dann erklang hinter ihr ein schmerzerfülltes Grunzen und gleich darauf ein weiteres. Dann noch eins. Die Männer müssen sich gegenseitig bekämpfen, dachte sie erleichtert. Sie nahmen ihr die Arbeit ab.

Ein Kopf – ohne Körper – kullerte an ihr vorbei. Immer wieder blitzte der leere Blick auf, verschwand, blitzte auf, verschwand. Als ein weiterer Kopf an ihr vorbeirollte, stolperte sie über ihre Füße. Auch wenn sich ihre Erleichterung verdreifachte, drehte sich ihr der Magen um.

„Musst du so sinnlos töten?", ertönte eine männliche, vollkommen emotionslose Stimme – und doch lag etwas darin, das ihre Ohren liebkoste.

„Ja. Muss ich."

Paris! Mit hämmerndem Herzen wirbelte Sienna herum. Wild suchte sie die dunkle Umgebung ab. Wo war – dort! Vor Glück wäre sie fast in die Knie gegangen.

„Warum?" Sein Begleiter war ein dunkelhaariger Mann, der ein langes Gewand trug. Er hatte ein außergewöhnliches Gesicht, fast sündhaft in seiner herzlosen Schönheit. Über seinen Schultern ragten majestätische weißgoldene Flügel auf. Er sah aus wie ein gefallener Engel, doch das tat Galen ebenfalls. Trotzdem: Wenn Paris ihm vertraute, würde auch sie es tun. Schnee rieselte um ihn herum – nur um ihn. Fast schienen die Flocken mit seiner Haut zu verschmelzen.

„Die haben sie angesehen, sie bedroht", erklärte Paris, doch wenn er wusste, wo Sienna stand, gab er es mit keinem Zeichen zu erkennen. „Mein Dämon hat ihre Gedanken gelesen. Die hatten weit Schlimmeres verdient, als sie bekommen haben."

„Ich habe dich aufgefangen, habe dich davor bewahrt, deine Eingeweide gleichmäßig über zehn Quadratmeter Felsgestein zu verteilen. Du warst mir einen Gefallen schuldig, und ich habe dich um einen einzigen Tag ohne Blutvergießen gebeten."

„Ja, aber du hast nicht gesagt, *welchen* Tag." Damit wandte Paris sich von dem Engel ab und richtete endlich die Aufmerksamkeit auf Sienna.

Groß und stark, mit finsterer Miene, stapfte er auf sie zu. Seine Augen waren blutunterlaufen, Schnitte und Kratzer überzogen seine Arme, doch sein Gang war fest, wenn auch langsam. Hinter ihm türmten sich die Leichen. Sie hatte geglaubt, nur zwei oder drei der Kreaturen folgten ihr, doch da hatte sie sich gründlich verrechnet. Mindestens elf waren ihr auf den Fersen gewesen.

„Was zur Hölle glaubst du, wo du hingehst?", fuhr Paris sie an, sobald er sie erreicht hatte.

Unwillkürlich senkte sie den Blick auf seine Lippen. Diese sinnlichen roten Lippen, die sie geküsst und von ihr gekostet und sich gegen ihre gepresst hatten. Lippen, die sie am ganzen Körper spüren wollte. „Irgendwo anders hin. Ich versuche zu entkommen, und ich finde, ich mache das ganz hervorragend, vielen Dank auch", erwiderte sie.

„Ohne Abschied?" Entschlossen packte er ihr Handgelenk, drehte es mal so, mal so herum, um nach Verletzungen zu suchen. „Nett, Sienna. Echt nett."

War er deshalb wirklich sauer? In ihr regten sich Schuldgefühle, gefolgt von Scham und schließlich zarter Freude. Sie hob das Kinn, weigerte sich, unter seinem strengen Blick einzuknicken. „Wäre ich zum Schloss zurückgekehrt – und glaub mir, mein Körper will genau das, allein hier zu stehen ist schon hart –, säße ich wieder fest. Du hast gesagt, du wolltest meinen Fluch brechen. Tja, ich tu mein Bestes, das selbst zu schaffen."

Seufzend ließ er sie los. „Na gut. Du hast das Richtige getan, aber ich hasse die Tatsache, dass ich dich nie wiedergesehen hätte, wäre ich nicht hinter dir hergekommen." Genauso gut hätte er ihr an den Kopf werfen können, sie hätte ihn im Stich gelassen, ihn seinem Leid überlassen, alle möglichen anderen Dinge. Dass er das nicht tat …

„Ich hasse es auch“, gestand sie.

Er räusperte sich, als wäre ihm das Thema unangenehm, und massierte sich den Nacken. „Na ja, jedenfalls will ich nicht, dass du allein hier draußen bist. Das ist zu gefährlich.“

„Tja, ich will auch nicht allein hier draußen sein.“ Plötzlich überrollte sie eine Woge der Benommenheit, und sie schwankte.

Jetzt untersuchte er sie von Kopf bis Fuß, während sich etwas von dem Frost des Engels auch auf seiner Haut ausbreitete. „Das ist nicht bloß das Blut anderer Leute auf deiner Haut, stimmt's? Du bist verletzt.“

Sorge. Um sie. Hätte sie noch einen Funken Widerstand in sich gehabt, spätestens jetzt wäre er erloschen. „Ich heile schon wieder.“

„Wer hat dir wehgetan?“ Tödliche Bedrohung lag in seiner Stimme.

„*Zorn*, als wir durchs Fenster gesprungen sind. Sonst hat er mich immer gezwungen, aufs Dach zu gehen, aber diesmal hatte er Angst, du würdest mich aufhalten. Also …“, sie zuckte mit den Schultern, „… hat er eine kürzere Route gewählt.“

Jetzt verengte Paris die Augen, konnte die Drohung jedoch kaum hinter seinen dunklen Wimpern verbergen. „Lass ihn nicht noch mal die Kontrolle übernehmen.“

Nicht das kleinste bisschen eingeschüchtert vom Zorn des Kriegers erwiderte sie: „Vorhin wolltest du noch, dass ich genau das tue.“

„Ich hab's mir anders überlegt“, erklärte er und beugte sich zu ihr herab. „Leg's nicht drauf an, Weib. Dazu bin ich zu gereizt.“

Mehrere Sekunden lang starrten sie einander auf diese Weise an, während sich ihr Atem vermischte, schneller wurde. Sie wollte, dass er sie wieder küsste, wollte beenden, was sie begonnen hatten.

„Diese Gegend ist nicht sicher", meldete sich der andere Mann und ruinierte den sinnlichen Moment.

Ruckartig richtete Paris sich auf, streckte sich kerzengerade. „Sienna, das ist Zacharel. Er ist ein Kriegerengel der Einen Wahren Gottheit. Zacharel, das ist Sienna. Sie gehört mir."

Ein Schauder überlief Sienna. Äh, hatte er gerade Anspruch auf sie erhoben? Den anderen Mann gewarnt, sich von ihr fernzuhalten? Freude wärmte ihr das Herz und verjagte die betäubende Kälte, die der Engel mitgebracht hatte.

Zacharel hielt ihr die breite, langfingrige Hand entgegen. „Ich werde dich beschützen", versprach er feierlich.

„Kein Anfassen", knurrte Paris und schubste den Engel weg von ihr. „Niemals."

Keine Sekunde lang änderten sich Zacharels neutraler Gesichtsausdruck oder sein intensiver Blick.

Unbehaglich trat sie von einem Fuß auf den anderen und fragte sich, warum er sie beschützen wollte. Doch in seiner Stimme lag ein Klang der Wahrheit, dem sie sich nicht verschließen konnte. Irgendwie wusste sie, dass er alles in seiner Macht Stehende tun würde, um für ihre Sicherheit zu sorgen.

Oder ... es war ein Trick. Vielleicht baute Zacharel genau wie Galen erst Hoffnungen auf, um sie dann zu zerschmettern. Sie schluckte und sah fragend zu Paris. „Ist er ..."

„Wie Galen?", fragte er, als spürte er, was sie dachte. „Nein. Er ist die echte Nummer, und außerdem ist er ein selbstgerechter Schnösel, der dich an die Grenzen deiner Geduld treiben wird. Außerdem ist er impotent. Also noch mal, wo willst du hin?" Bestimmend packte er ihr Kinn und zwang sie, sich allein auf ihn zu konzentrieren.

Die Hitze seiner Berührung ... Die raue Oberfläche seiner Hände ... Wieder überlief sie ein Schauer. „Ich bin mir nicht sicher." Klang sie für ihn genauso atemlos wie in ihren eigenen Ohren? „Ich bin eher ziellos herumgelaufen, war auf der Suche nach dem Ausgang. Du weißt nicht zufällig, wo der ist, oder?"

„Doch. Zwei Tagesmärsche in die andere Richtung."

„Oh." Dann würde sie am Schloss vorbeigehen müssen, und wenn sie das tat, würde sie unwiderstehlich davon angezogen werden. Keine Frage. Wenn sie da reinging, würde sie nicht wieder rauskommen.

„Ich bring dich hin", beschloss er im selben Moment, als Zacharel anbot: „Ich kann dich innerhalb weniger Stunden dorthin fliegen. Und ich bin nicht impotent. Ich habe nur noch nie Begehren empfunden."

Whoa. Wenn der mal nicht die Aufmerksamkeit auf sich zog. Augenblicklich schossen ihr Fragen durch den Kopf. Warum nicht? Waren Engel asexuell? Wie alt war er? Welche Art von Frau könnte diese eisige Hülle durchbrechen und seine Hormone in Wallung bringen?

Wenn sich alles etwas beruhigt hatte, würde sie ihn vielleicht mit jemandem verkuppeln – nicht, dass sie irgendjemanden kannte –, denn niemand sollte ohne den geringsten Körperkontakt leben müssen. Das war einfach nur schmerzhaft.

Als sie zum ersten Mal die Augen geöffnet und ihre neue geisterhafte Form entdeckt hatte, hatte sie versucht, irgendjemanden zu berühren, egal wen. Niemand hatte irgendetwas von ihr gespürt, und der Mangel an Empfindungen hatte ihren Geist fast gebrochen.

„Du fliegst sie nirgendwohin", knurrte Paris. Ihr wurde klar, dass er sie beobachtet und angespannt auf ihre Reaktion auf Zacharels Angebot gewartet hatte. „Ich hab's dir schon gesagt. Kein Anfassen. Davon abgesehen bleibt sie bei mir, an meiner Seite. Das ist nicht verhandelbar."

Sie hätte mit ihm diskutieren können. Hätte diskutieren *sollen*. Für sie gab es keine gemeinsame Zukunft, und wenn sie das Unvermeidliche hinausschoben, würde sie das am Ende nur zerstören. Doch der Gedanke an zwei weitere Tage mit ihm war unwiderstehlich.

„Ich bleibe bei ihm", stimmte sie zu.

Befriedigung loderte in Paris' Augen auf, als er bestätigend nickte.

„Wenn du mit einer Frau geschlafen hast, verlierst du rasch das Interesse an ihr. Bist du deshalb so erpicht darauf, mit dieser hier allein zu sein?" Ehrliche Neugierde lag in Zacharels Ton, doch die Worte schmerzten trotzdem. „Wenn das der Fall ist, gebe ich euch gern Zeit miteinander."

Sie musste zusammengezuckt sein, denn Paris ließ sie los und wirbelte in Angriffsstellung, zwei Dolche in den Händen. „*Willst* du sterben?"

Zacharel hielt den Blick auf sie gerichtet. „Du musst nur meinen Namen sagen, Frau, und ich werde dich holen kommen." Dann verschwand er.

22. KAPITEL

Paris stürzte sich auf Zacharel, griff ins Leere und spie eine Flut der finstersten Flüche aus. Dann wandte er sich zu Sienna um und erklärte mit verengten Augen: „Sag seinen Namen, und du unterschreibst sein Todesurteil." Er ließ ihr keine Zeit für eine Antwort – nicht, dass sie gewusst hätte, was sie sagen sollte –, sondern kam wieder zu ihr und hob sie auf seine Arme. Sicheren Schrittes marschierte er los, als spürte er ihr Gewicht gar nicht. „Da vorne ist eine Höhle. Erst mal flicken wir dich zusammen, bevor wir uns auf den Weg zum Ausgang machen."

„Woher weißt du, dass da eine Höhle ist?" Obwohl sie hier schon seit Monaten lebte, deutlich länger als Paris, hatte sie nichts von irgendwelchen Höhlen gewusst.

„Ich hab die Gegend ausgekundschaftet, als wir angekommen sind."

So typisch für einen Krieger – und höllisch sexy. Sie seufzte und ließ den Kopf an seine Schulter sinken. Unter ihrer Wange bewegten sich die Muskeln. Und jetzt, wo sie sich wieder auf das Schloss zubewegten, ließ auch das Zerren nach, und sie konnte sich etwas entspannen.

„Ist dir eigentlich aufgefallen", bemerkte sie, „dass wir erst seit Kurzem wieder vereint sind und du mich trotzdem gerade zum bestimmt hundertsten Mal tragen musst?"

Amüsiert schnaubte er. „Ich glaube, da hast du dich ein bisschen verrechnet, Baby. Davon abgesehen mag ich es, dich zu tragen."

Baby. Sie liebte es, wenn er sie so nannte. Ihr wurde die Brust eng, ihre Bauchmuskeln bebten. Er war der Erste, der je so mit ihr gesprochen hatte, und anders als dieses „Süße" damals war es ganz offensichtlich als etwas Besonderes gemeint, das nur für sie bestimmt war.

Als sie die Wange an ihm rieb, traf sein Champagner-Schokoladen-Duft sie unvorbereitet, intensiver als je zuvor, und brachte sie vollkommen aus dem Konzept. Gierig vergrub sie die Nase an seinem hämmernden Puls und sog so viel von diesem köstlichen Aroma in sich auf, wie sie nur konnte. Ihre Nervenenden prickelten, sehnten sich nach seiner Berührung.

Sein Schritt verlangsamte sich. Ein paar Meter weiter stolperte er.

War er abgelenkt durch sie oder verletzt? Besorgnis überdeckte ihre Erregung, als sie sich an die Schnitte auf seinen Armen erinnerte. „Bist du in Ordnung?"

„Mir geht's gut", erwiderte er knapp. Eine Sekunde später stolperte er über einen Felsen und strafte seine Worte Lügen.

Definitiv verletzt. „Lass mich runter." Sie versuchte, sich zu befreien. „Ich will laufen."

„Halt still", zischte er, als hätte er Schmerzen. „Lenk mich ab. Sag mir, warum du dich den Jägern angeschlossen hast. Damals in eurer Zelle hast du's mir schon mal erzählt, aber mir fehlen ein paar Details."

Sie wand sich weiter, bis auch ihre letzten Reserven aufgebraucht waren, ohne etwas zu erreichen. Selbst geschwächt war er immer noch stärker als sie.

Jede neue Sache, die sie über ihn lernte, machte ihn nur noch anziehender.

Schließlich entspannte sie sich in seinen Armen, würde sich jedoch nur so lange geschlagen geben, bis ihr ein besserer Plan einfiel. Oder auch nicht. Ein zweites Mal gerieten ihre Gedanken aus der Bahn, als mehr und mehr von seinem Duft in ihre Nase drang. Langsam drohte sie das Begehren nach ihm zu überwältigen.

„Sienna."

Seine Frage. Richtig. Na gut, wenn er meinte. Sollte er sie trotz seiner Schwäche (oder was auch immer mit ihm los war) tragen, wenn er unbedingt wollte. Sie brauchte seine Nähe wie die Luft zum Atmen. „Ich hab ihnen ihre Ideologie abgenommen. Ich war überzeugt, die Welt würde frei werden von Schmerz, Krankheit, Bosheit und dem Bösen, wenn du und deine Freunde bloß vernichtet würden."

„Und denkst du das immer noch?"

„Wenn ich jetzt Nein sage, wirst du mir glauben?"

Ein kurzes, aufgeladenes Schweigen. „Ja."

Überrascht blinzelte sie, kurzzeitig vom Thema abgelenkt. „Warum?"

„Weil ich dir glauben *will*."

Nicht, weil er mir vertraut, dachte sie und versuchte, nicht enttäuscht zu sein. „Dann: Ja, ich glaube wirklich, dass es nichts bringen würde, euch zu töten."

Als er nickte, war seine Miene wie versteinert. „Nächste Frage. Hat Cronus dir je gesagt, warum er dich zu seiner Sklavin gemacht hat?"

Ein gefährliches Thema, doch sie sagte: „Ja."

Er bewegte die Hand, streifte die Unterseite ihrer Brust. Und schon war ihr Verlangen wieder da. „Und? Erzähl's mir."

Versuchte er, die Antwort durch Verführung aus ihr herauszukitzeln? Das musste er gar nicht. Vor langer Zeit hatte sie ihn einmal angelogen, und seither hatte sie beschlossen, dass sie das nie wieder tun würde. Vertrauen war kostbar, und sie würde seines nicht missbrauchen, egal, wie viel sie damit riskierte. „Er will, dass ich zu den Jägern zurückkehre, dass ich ihren Anführer beobachte und seine Geheimnisse stehle."

An ihrer Wange spürte sie sein Herz aussetzen. Eine Sekunde, zwei. Schließlich legte das Organ wieder los, doch viel zu schnell, viel zu brutal.

„Wirst du's tun?", bohrte er nach. Mittlerweile hatten sie die Höhle erreicht, von der er gesprochen hatte. Sie entpuppte sich als das Maul eines dieser riesigen Schädel. Paris musste sich ducken, um hineinzukommen, ohne sich den Kopf an den Zähnen aufzuschürfen.

„Ja“, flüsterte sie und betete, dass ihre innere Zerrissenheit ihm verborgen blieb. „Das werde ich.“

„Für Cronus oder für dich?“

„Für ... uns alle. Um Antworten über meine kleine Schwester zu bekommen. Sie wurde entführt, schon vor Jahren. Um Rache zu üben. Ich hasse die Jäger. Hasse, was sie tun.“ Für dich, fügte sie im Stillen hinzu. „Auch wenn ich es hoffentlich nicht auf Cronus' Art machen muss.“ Es gab keinen Grund, die Sache mit dem Sex zu erwähnen. Ihr Plan, sich jetzt an ihn heranzuschleichen, ihn zu verhören und zu töten, könnte funktionieren.

Ob Paris ihr glaubte oder nicht, gab er nicht preis. Am Rand der Höhle, wo eine heiße Quelle einen kleinen Teich bildete, setzte er sie ab. Ihre Flügel arrangierte er so, dass die Spitzen nicht auf den dreckigen Boden hingen.

Ein eisiger Luftzug wirbelte durch die Höhle und ließ sie frösteln. Stumm entfachte Paris ein Feuer, ganz altmodisch mit Feuersteinen und Zunder. Goldene Flammen erleuchteten sein Gesicht, badeten seine Züge in einem faszinierenden Wechsel von Licht und Schatten.

Schön war er immer, aber in diesem Augenblick war er überwältigend. Ihr lief das Wasser im Mund zusammen. Ein mythischer Gott aus dem Himmelreich, dessen keine Sterbliche je würdig sein konnte. Vor allem nicht sie.

„Ich bin nicht hergekommen, um dich zu bestrafen“, erklärte er.

Ihr kam der Vorwurf wieder in den Sinn, den sie ihm an den Kopf geworfen hatte, als er sie an die Wand gepresst hatte, während ihre Lippen brannten von dem brutalen Kuss, den er ihr aufgezwungen hatte. Ein Kuss, den sie unter anderen Umständen vielleicht sogar genossen hätte. Aber in jenem Moment, voller Furcht vor den Schatten und ihren Gefühlen für ihn, hatte sie es sanft gebraucht.

Bis „sanft“ ihrem gierigen Körper nicht mehr genug gewesen war.

„Darüber bin ich froh“, antwortete sie leise.

„Du glaubst mir? Einfach so?“ Er schnippte mit den Fingern.

„Ja.“

Unvermittelt richtete er den Blick auf sie, brennend wie die Flammen zu seinen Füßen. „Warum?“

„Weil ich es will.“

Wütend schüttelte er den Kopf. „Vielleicht aber auch nur, weil du mir dankbar bist.“

Sie leckte sich die Lippen, schmeckte ihn in der Luft, wusste, dass sie jetzt in Wahrheit über etwas ganz anderes redeten. „Nein.“

„Oder weil du meine Stärke erhalten willst.“

„Nein.“

„Ganz sicher nicht, weil du mich begehrst“, fuhr er sie in beißendem Ton an. „Nicht, weil du dich nach mir verzehrst.“

Er wollte, dass sie es sagte, wollte, dass sie ihr Begehren für ihn eingestand, solange sie auf Abstand waren. Damit sie nicht behaupten konnte, bloße Lust hätte aus ihr gesprochen. Mehr als das: Er wollte, dass sie es eingestand, ohne dass er dasselbe für sie tat. Jetzt nicht und vielleicht auch später nicht. So oder so, sie musste ein Risiko eingehen. Ein Leugnen mochte zwar ihren Stolz retten, doch möglicherweise würde er sich dann von ihr abwenden, jetzt und für immer. Das Eingeständnis hingegen könnte zwar furchtbar peinlich werden, ihr aber auch Genüsse eröffnen, die sie noch niemals erfahren hatte. Keine Frage.

„Doch“, gestand sie. „Weil ich dich begehre, mich nach dir verzehre.“

Wieder senkte sich Stille herab, und sie war sich nicht sicher, ob er ihre Worte gehört hatte oder sie für ihn überhaupt eine Rolle spielten. Dann wandte er den Blick von ihr, nur um ihn gleich wieder auf sie zu richten, als könnte er seinen Bedürfnissen nicht widerstehen. Wieder schimmerten das Rot seines Dämons und dieses unheimliche Schwarz in seinen Augen. Seltsam und bedrückend, aber nicht beängstigend. Nicht mehr.

„Ich war mir nicht sicher, was ich mit dir anfangen würde, wenn ich dich gefunden hätte“, erzählte er mit rauer Stimme. „Dich retten, ja. Definitiv. Mit dir schlafen, ja, das auch. Ich will dich so sehr, dass es schmerzt. Ohne Unterlass begehre ich dich schmerzhaft, aber auch wenn ich dich bei mir behalten will, hat ein Teil von mir schon immer gewusst, dass ich dich danach würde verlassen müssen. Eine feste Beziehung ist mir nicht möglich, nicht einmal mit dir.“

Nicht einmal hatte er gesagt, als wäre sie etwas Besonderes. Und dass er sein eigenes Begehren eingestanden hatte, fachte ihres von Neuem an. Sie begann, am ganzen Körper zu beben. „Ich weiß, dass du mich danach verlassen musst“, erwiderte sie. Das war nichts, woraus sie ihm einen Vorwurf machen konnte, denn sie würde genauso wenig bei ihm bleiben können.

Tief holte er Luft, die Fäuste um die Steine geballt, die er immer noch hielt. „Ich werde dich nicht anlügen, und ich werde dich nicht betrügen. Beides müsste ich tun, wenn wir versuchen, mehr daraus zu machen.“

Wie mit dieser Susan.

„Vielleicht hat es gar keine Wirkung auf meinen Dämon, wenn ich mit dir schlafe, vielleicht stärkt es mich nicht. Ich weiß es nicht, denn seit ich besessen bin, konnte ich keine Frau zweimal haben. Wenn es nicht funktioniert, werde ich dich früher verlassen müssen als geplant und … mir jemand anders suchen müssen.“

Kein Grund, ihn wissen zu lassen, dass die Vorstellung von ihm mit einer anderen Frau an ihr nagte; ihr offene, blutende Wunden schlug. „Ich weiß.“

„Weil du …“

„Weil ich Susan gesehen habe, ja.“

Traurigkeit flackerte in seinen Augen, dann Wut. Mit der Zunge fuhr er sich über die Zähne, als hätte ihre Antwort ihn irgendwie gereizt. „Wenn es dazu kommt, dann werde ich es dir sagen. Ich werde es dir vorher sagen, bevor ich gehe, und was auch geschieht, ich werde zu dir zurückkommen. Ich werde dafür sorgen, dass du den Ausgang erreichst. Aber danach müssen wir ... verabschieden wir uns voneinander, ein für alle Mal."

Offenbar tat das Feuer seine Arbeit, denn plötzlich war die Höhle warm, die Kälte vertrieben. Vielleicht hatte ihr Körper die Kälte aber auch nur aufgesaugt, denn ihr Blut war eisig. Paris würde nichts gegen ihre Rückkehr zu den Jägern sagen. Sie fragte sich, ob er etwas dagegen einzuwenden hätte, wenn sie eine Beziehung mit Galen eingehen müsste, doch das würde sie nicht ansprechen. Sosehr sie die Antwort auch wissen wollte – sie wollte sie *nicht* wissen.

„Nachdem du das nun alles weißt – willst du immer noch mit mir schlafen?", fragte er schließlich.

Nach seinem Ton zu urteilen, hätte es ihm nicht gleichgültiger sein können, wie ihre Antwort lautete. Als würde er einfach mit den Schultern zucken und sich eine andere suchen, wenn sie Nein sagte. Doch dann sah sie, dass er die Luft anhielt, seine Wangen rot vor Anspannung. Er wollte sie, und es war ihm nicht gleichgültig, ob sie ihn ebenfalls wollte.

„Ich will immer noch mit dir schlafen", erwiderte sie. „Will *dich* immer noch."

Forschend betrachtete er ihr Gesicht und war offenbar zufrieden mit dem, was er sah. „Gut. Jetzt zieh dich aus und ab ins Wasser."

23. KAPITEL

Gebannt sah Paris zu, als Sienna das T-Shirt auf den Boden fallen ließ, wo bereits ihre Hose und ihre Schuhe lagen. Jetzt stand sie in BH und Höschen da. Schlicht weiß. Und doch waren sie an ihrem perfekten kleinen Körper die erotischsten Kleidungsstücke, die er je gesehen hatte.

Seine Erektion ragte bis über seinen Bauchnabel hinaus, die Wurzel dicker als sein Handgelenk. Oh ja, so sehr wollte er sie.

Mehr, flehte *Sex*.

„Den Rest", krächzte er. Sie war so wunderschön … So stark. Diesen ganzen weiten Weg war er gekommen, hatte all diese schrecklichen Dinge getan, und doch hatte sie sich allein aus Cronus' Gefangenschaft befreit. Wenn Paris mal über seinen männlichen Stolz hinwegsah, war er froh darüber. Sie hatte ihren Dämon bekämpft und den Sieg davongetragen, etwas, das ihm nie gelungen war. Was auch immer außerhalb dieses Reichs geschehen würde, sie würde es bewältigen.

Was jedoch innerhalb geschah …

Ich sollte das nicht tun, dachte er und wiederholte trotzdem: „Den Rest. Jetzt."

Sie öffnete den BH, warf ihn auf den Haufen, der schon dalag. Rosige Nippel wurden in der immer noch etwas kühlen Luft hart, zierten Brüste, die er augenblicklich in seinem Mund spüren wollte. Dann schob sie die Daumen unter den Saum ihres Höschens und schob es an ihren langen Beinen hinunter, bis sie vollkommen nackt vor ihm stand. Wie magnetisch angezogen wanderte sein Blick zu dem Dreieck dunkler Locken, hinter dem sich sein absoluter Lieblingsort auf der ganzen Welt verbarg.

Unbehaglich trat sie von einem Fuß auf den anderen, setzte an, die Arme zu heben, und ließ sie wieder sinken. Als wollte sie sich bedecken und würde sich bewusst davon abhalten.

„Du bist perfekt. So süß und perfekt." Schlank, feingliedrig, mit dieser köstlich sommersprossigen Haut, auf der jeder einzelne Fleck wie eine Süßigkeit aussah. Er würde sie von Kopf bis Fuß ablecken.

Wenn sie auseinandergingen, würde es nichts an ihr geben, das er nicht gekostet hatte.

Stirnrunzelnd blickte sie an sich hinab. „Wie kannst du so was über mich sagen?"

„Wenn du dich wieder beleidigen willst, schlage ich vor, du hältst stattdessen die Klappe und gehst endlich ins Wasser."

Bei seinem scharfen Tonfall blinzelte sie verwirrt. „Du bist sauer."

Und ob er sauer war. „Wenn ich dir sage, wie wunderschön du bist, und du daran Zweifel äußerst, nennst du mich damit einen Lügner."

„Nein, ich meine nicht … Es ist nur …" Sie stockte, erinnerte ihn an die brabbelnde, unsichere Frau, die er in Rom umgerannt hatte. Die ihn so unglaublich fasziniert hatte, die ein so bezauberndes Plappermaul gewesen war. „Männer sind einfach nicht …"

Männer. Er fluchte so heftig, dass es ein Wunder war, dass ihr nicht die Ohren bluteten. „Das ist auch gut so, denn sonst müsste ich sie umbringen." Sie gehörte ihm, und jeder, der sie ansah, der auch nur daran dachte, sie zu berühren … *Hör sofort damit auf. Beschränk deine Besitzansprüche auf das absolute Minimum. Das hier ist nur für den Moment. Das muss es sein.*

„Paris", piepste sie.

„Ja." Er wollte wegsehen und konnte es einfach nicht.

„Ich finde dich auch wunderschön." Und als hätte sie nicht soeben seine Welt aus den Angeln gehoben, wandte sie sich der Quelle zu. Er sah die elegante, von Blutergüssen übersäte Silhouette ihres Rückens. Sah, wo diese violett-schwarzen Flügel in zwei perfekten Linien aus ihren Schultern wuchsen. Sah das obsidianfarbene Schmetterlingstattoo zwischen ihnen.

Die Kurve am unteren Ende ihrer Wirbelsäule ließ ihm das Wasser im Mund zusammenlaufen. Zwei Grübchen waren dort zu sehen, kurz über ihrem Po. Und wo er gerade bei ihrem Po war … Hatte er je etwas Lieblicheres gesehen? Fest; genug, um sich daran festzuhalten, wenn er tief in sie hineinstieß; und mit vier Sommersprossen auf der rechten Seite, die ein sternförmiges Muster bildeten.

Daran könnte er sich stundenlang weiden, tagelang.

Mehr. Bitte, mehr. Muss sie berühren.

Ein genießerisches Stöhnen entwich ihr, als sie in das dampfende Wasser sank. Sie tauchte ganz unter, tränkte ihr Haar bis in die Spitzen und kam prustend wieder hoch.

„Hier." Ihm zitterte der Arm, als er ein dünnes Stück eingewickelte Seife aus der Tasche holte. Als er das Zittern bemerkte, wäre er am liebsten im Boden versunken.

Dankbar nahm sie die Seife entgegen, streifte mit den Fingern seine Handfläche. Schweißtropfen traten ihm auf die Stirn. „Danke. Schlau von dir, so eins auf Reisen dabeizuhaben. Das muss ich mir merken."

Äh, ja. Den Grund behielt er für sich. Darüber würde er mit ihr nicht reden. Niemals.

Ihr zu erzählen, dass er *immer* Seife bei sich hatte, dass er niemals wusste, in wessen Bett er landen oder mit was für einer Person er zusammen sein würde – oder wie schmutzig er sich danach fühlen würde –; dass er Seife bei sich trug wie andere Männer Kondome … Kein kluger Schachzug.

Und wo er gerade bei Kondomen war, konnte er ihr die Wahrheit sagen? Geschlechtskrankheiten konnte er weder kriegen noch weitergeben; Schwangerschaften zwischen Unsterblichen und Menschen waren selten, erst recht, wenn der Mensch tot war; und auch wenn er es hasste, mit Fremden zu schlafen, so intim mit ihnen zusammen zu sein, war sein Dämon auf Hautkontakt angewiesen. Kein Kondom also, obwohl sein Schwanz schon mit Tausenden von Leuten in Berührung gekommen war. Es würde sie anwidern.

Das Problem war: *Sex* brauchte *jetzt* Erfüllung. Also ja, wenn er sie nehmen konnte, würde er es tun.

Langsam ließ er sich am Rand der Quelle nieder, während in ihm das Verlangen tobte. Wenn sie das hier durchzogen – und sie würden es so was von durchziehen – und *Sex* danach nicht augenblicklich befriedigt war, würde Paris … was? Tun, was er ihr erzählt hatte, und sich eine andere suchen?

Denk jetzt nicht darüber nach. Sonst würde er die Kontrolle verlieren.

Schon jetzt wirbelte die Dunkelheit in ihm, aufgewühlt verzehrte sie sich nach ihrer eigenen Art der Erlösung, gab ihm das Gefühl, als wäre er von zwei Dämonen besessen, jeder mit seinen eigenen Bedürfnissen. *Sex*, der Sex brauchte, und *Gewalt* mit einem unstillbaren Blutdurst. Doch *Gewalt* war unter Maddox' Obhut, so viel also zu der Theorie.

Egal. Es spielt keine Rolle. Nur Sienna und dieser Moment sind wichtig.

Sienna.

Bald würde sie dieses Reich verlassen, den Himmel verlassen, und sich vor Cronus verstecken. Auf keinen Fall würde Paris zulassen, dass sie die Jagd auf Galen aufnahm. Er würde sie überzeugen, den Kopf unten zu halten und basta. Sie wäre in Sicherheit, und Paris würde zu seinen Freunden zurückkehren. Zu seinem Krieg. Zu seinem alten Leben.

Ein krankes, bemitleidenswertes Dasein, aber verdammt, nach all den Menschen, die er über die Jahrhunderte verletzt hatte, verdiente er nichts Besseres. Vor allem für das, was er Susan angetan hatte.

Susan hatte er wahrhaft bewundert und respektiert. Hatte ihr Treue geschworen, obwohl er sie ihr nicht geben konnte, und ihr langsam, aber sicher das Herz gebrochen. Das würde er nie wieder einer Frau antun.

Aber … Er sehnte sich so sehr nach mehr als wahllosen One-Night-Stands. Er sehnte sich nach Monogamie.

Er sehnte sich nach Sienna.

Und du kannst sie haben, erinnerte ihn *Sex.*

Um sie dann gleich wieder zu verlieren.

Darauf hatte der Dämon nichts zu erwidern.

Warum hast du mir erlaubt, mehrfach von ihr erregt zu werden, obwohl wir sie schon mal hatten? Warum bei niemand sonst? Immer wieder hatte er diese Frage gestellt, und jedes Mal war die Antwort die gleiche.

Ich weiß es nicht. Es passiert einfach.

Eine Menge Dinge „passierten einfach". Er schüttelte den Kopf, um wieder klar zu werden. Von seinem Platz aus hatte er einen perfekten Blick auf die badende Sienna. Gründlich seifte sie sich ein, und verdammt, es faszinierte ihn, wie der Schaum über ihre Brüste lief, kurz an ihren Brustwarzen hängen blieb und dann langsam weiter nach unten zu ihrem Bauchnabel glitt.

„Sienna, ich muss dir etwas sagen." Schamerfüllt senkte er den Kopf. Er konnte ihr nicht ins Gesicht sehen. Vielleicht würde sie gleich gehen und ihm jede Chance auf Sex nehmen, aber er musste das tun, sonst würde ihm sein Gewissen nie mehr Ruhe lassen.

„Du kannst mir alles sagen."

Das würden sie gleich sehen. „Nach deinem Tod musste ich … du weißt schon … Und selbst auf dem Weg hierher habe ich …"

Was machst du da? Du weißt, dass es besser ist, wenn sie nie erfahren, wie es weitergeht, nachdem wir mit ihnen fertig sind.

Wir? *Du meinst* du. *Wenn* du *mit ihnen fertig bist.*

„Ich weiß", unterbrach sie seine innere Diskussion.

Keine Vorwürfe, kein Bohren nach den unschönen Details. Das gefiel ihm an ihr. Sehr. „Das letzte Mal ist ein paar Tage her, das schwöre ich. Ich war mir so sicher, dass ich dich bald finden würde, und ich wollte nur mit dir zusammen sein, wenn es so weit sein würde."

„Paris, wir waren schließlich kein Paar. Im Sterben habe ich dir noch gesagt, ich würde dich hassen. Und das tut mir leid, wirklich. Aber du hast absolut nichts falsch gemacht." Wasser spritzte, als sie aufstand und zu ihm kam. Sie legte ihm die warmen, feuchten Hände in den Nacken, spielte mit seinem Haar.

Er stützte die Stirn gegen die Rundung ihrer Schulter. Weiche, zarte Haut, deren Duft seinen Kopf schon wieder benebelte. Auch *Sex* drehte durch, verzehrte sich vielleicht noch brennender danach, sie zu berühren, als Paris. „Ich wäre nicht so verständnisvoll. Hättest du mit einem anderen Mann geschlafen, auch wenn wir kein Paar waren … Ich würde ausrasten." Auch jetzt würde er sie nicht anlügen.

„Mir gegenüber?"

„Nein. Vielleicht. Ich weiß es nicht." Unwillkürlich streckte er die Arme nach ihr aus, zog sie an sich, brauchte ihre Nähe. Wasser tränkte sein Hemd. Hart rieben ihre Nippel durch den Stoff an seiner Brust, verursachten ein köstliches Prickeln. „Ich will dich ganz für mich allein."

Ja! Das ist es, was ich brauche, wonach ich mich verzehre.

Wonach Paris sich verzehrte.

„Seit dir", sagte sie leise, „hat es keinen mehr gegeben, und vor dir war es schon Jahre her."

Jahre. Das Konzept machte ihn ebenso sprachlos, wie es ihm gefiel.

„Er war … der einzige Mann, mit dem ich je … Ich dachte, wir würden heiraten", erklärte sie. „Er war der Jäger, der mich rekrutiert hat." Eine Pause, in der tausend scharfe Klingen lauerten, dann: „Ich wechsle das Thema, aber nur ein bisschen. Ich möchte einen letzten Zweifel äußern über, äh, mich, bevor wir weitermachen."

Er versteifte sich, ahnte bereits, worauf sie hinauswollte, und ihm graute davor.

Tapfer sprach sie weiter. „Ich weiß, wir haben schon einmal miteinander geschlafen, und du weißt, dass ich bloß ich bin. Aber dieses Mal ist es anders, weil ich dich besser kenne, mich selbst besser kenne, und ich hab Angst, dass du … dass ich nicht … dass ich es nicht mit den anderen aufnehmen kann."

Volltreffer. Genau das, wovor er sich gefürchtet hatte. Er drückte einen Kuss auf ihr Schlüsselbein, leckte über die Stelle und saugte dann so fest daran, dass er sein Zeichen hinterließ. Sie keuchte.

„Ich habe auch Angst, dass ich deine Erwartungen nicht erfüllen kann", gestand er. „Sieh mich an, der Hüter des *Sex*. Was ist, wenn ich dich nicht befriedigen kann? Und, Sienna", fügte er hinzu, bevor sie etwas erwidern konnte, „die anderen können es mit *dir* nicht aufnehmen."

Ja, er war mit Tausenden zusammen gewesen, und bei allen hatte er sich Mühe gegeben, sie zu befriedigen. Schließlich benutzte er sie, das war das Mindeste, was er tun konnte. Aber sie zum Höhepunkt zu bringen, war nicht um ihretwillen geschehen, sondern um seinetwillen. Wenigstens ein bisschen hatte es die Schuldgefühle besänftigt. War ihre Lust ihm wirklich wichtig gewesen? Nein.

„Oh Paris." Rhythmisch strich sie mit ihren zierlichen, wunderschönen Händen über seinen Rücken, erweckte Teile von ihm, von deren Existenz er nichts geahnt hatte. „Wie wär's damit? Heute bist du einfach bloß ein Mann und ich bloß eine Frau. Es gibt keine Vergangenheit, keine Zukunft, nur das Hier und Jetzt. Wir tun genau das, was sich gut anfühlt. Nicht mehr. Nicht weniger."

Oh, Hölle. Wenn sie so weitermachte, würde er kommen, bevor er überhaupt in ihr war. Ihre Worte waren das Erotischste, was er je gehört hatte, je zu hören hoffte, und sie waren ein weiterer Grund, sie zu mögen. Sie tat mehr, als ihn zu erregen. Sie gab ihm Geborgenheit.

„Ja. Das würde mir gefallen", sagte er.

Mir auch!

Genug jetzt von dir. Entschlossen legte er die großen Hände auf Siennas schmale Hüften, hob sie aus dem Wasser und setzte sie neben sich auf den felsigen Rand. Vom warmen Wasser war ihre Haut gerötet, und jetzt rannen die Tropfen überall dorthin, wo auch er hinwollte. Er kniete sich vor sie. Langsam fuhr er mit den Händen über die Oberseite ihrer Oberschenkel. An ihren Knien hielt er inne, kitzelte sie ein paar Sekunden lang mit den Daumen in den Kniekehlen, bevor er mit leichtem Druck ihre Beine so weit spreizte, wie es ging. Rosa und nass glänzend lag sie vor ihm.

Zuerst sollte er ihre Brustwarzen mit der Zunge necken, und das hatte er vor. Das war der Plan gewesen. Sie öffnen, näher rücken und diesen süßen kleinen Knospen die gebührende Aufmerksamkeit zuteilwerden lassen. Doch jetzt, wo sich ihm der perfekte Ausblick auf die hübscheste weibliche Mitte bot, die er je gesehen hatte, war daran nicht mehr zu denken. Er wollte *das*. Jetzt. Wollte, dass sie tropfte.

„Ich brauche dich. In meinem Mund. In meiner Kehle. Überall auf mir. Sag mir, dass du das auch brauchst."

„Ich …"

„Sag's mir."

„Ja. Bitte, Paris. Jetzt."

24. KAPITEL

Nicht eine Sekunde ließ sie ihn zappeln. Seine Frau verdiente eine Belohnung. Sanft küsste Paris sie dort, wo gerade noch seine Daumen gewesen waren, an ihren weichen Kniekehlen, dann leckte und knabberte er sich voran, aufwärts … aufwärts … Ein Schauer überlief ihren Körper, das perfekte Spiegelbild der Vibrationen, die *Sex* in seinem Kopf freisetzte.

Er beugte sich vor … noch näher … atmete tief ein, genoss den erotischen Duft ihres Begehrens. Sein Blut stand in Flammen, brannte sich durch seine Adern, ließ nichts zurück als Begierde. An nichts anderes konnte, nein, wollte er mehr denken. Dann war er endlich dort, direkt vor ihr, und schob die Zunge tief in ihre Mitte.

Hilflos schrie sie auf, und der heisere Klang mischte sich in sein verzücktes Stöhnen. Ihre Erregung bedeckte seine Zunge, und er schluckte sie hinunter, war augenblicklich abhängig. Er schloss die Augen und genoss den Geschmack. Und es war nicht nur Ambrosia, die er schmeckte. Unter der tropischen Süße der Droge lag ein einzigartiges Aroma, das nur ihr gehörte, schwer und dekadent wie Wein. Und zum ersten Mal im Leben glaubte er, das Aphrodisiakum zu *schmecken*, das sein Dämon verströmte. Süß wie Honig und köstlich würzig füllte es seinen Mund, bedeckte seine Kehle, drang aus seiner Haut und vermischte sich mit dem saftigen Aroma Siennas.

Wie oft hatte er davon geträumt, genau das mit ihr zu tun? Unzählige Male. So lange hatte er darauf gewartet, hatte manchmal gefürchtet, es würde niemals wahr werden. Und das hier übertraf selbst seine wildesten Träume. Sie war alles, wonach er sich je gesehnt hatte, und mehr.

Drängend schob sie die Finger in sein Haar, übte einen unglaublich erregenden Druck aus. Seine Frau wollte ihn, wollte, dass er sie befriedigte. Nichts hätte ihn mehr berauschen können. Wieder leckte er tief in sie hinein, doch diesmal zog er sich nicht wieder zurück. Quälend langsam kreiste er mit der Zungenspitze um ihre Klitoris, neckte sie, folterte sie, heizte sie noch mehr an. Hölle, heizte *sich* noch mehr an.

Heftig pulsierte sein Schwanz gegen seinen Reißverschluss, so sehr verzehrte er sich nach ihr.

„Nicht da“, wies sie ihn an, „du bist fast richtig. Bitte, nur ein kleines bisschen näher, und du bist genau richtig.“ Keuchend stieß sie die Worte hervor. Verführerisch kreisten ihre Hüften, während sie versuchte, seine Zunge genau auf ihren geschwollenen Kitzler zu bringen.

Und sie glaubte, sie wäre schlecht im Bett? Närrisches Weib.

Wieder drang er in sie ein, versenkte seine Zunge in ihr, schnell, schneller, jubelte innerlich, als sie seinen Namen japste, ihr Saft sein Gesicht bedeckte, er sie trank, ihre Hüften seinen Stößen entgegenkamen, als sie sich ihm entgegenhob, wieder zurücksank, sich wieder hob.

„Paris! Ja, ja. Da!“

Als er spürte, wie sie sich anspannte, der Erlösung immer näher kam, schloss er die Lippen um ihre Klitoris und saugte, fest, während er erst zwei, dann drei Finger in sie schob, tief, so tief. Dann öffnete er die Finger, änderte in einer einzigen unaufhörlichen Bewegung den Winkel, die Tiefe, die Weite, bis sie einen Sekundenbruchteil davor stand, zu kommen, und zog sich dann ein Stück zurück, wurde langsamer. Ihr Stöhnen ging in zusammenhangloses Murmeln über, als sie die Hüften an ihn drängte, kreiste, versuchte, ihn zurück in ihr seidiges Inneres zu locken.

„Paris! Gib’s mir.“

„Ich will, dass du dich gut fühlst.“

„Das tu ich, versprochen.“

„Aber du willst mehr.“

„Ja. Bitte!“

„Du hast es so gewollt." Schonungslos stieß er die Finger in sie, öffnete und schloss sie, wieder und wieder, flatterte mit der Zunge über ihre schwellende Knospe, und endlich kam sie, mit überwältigender Macht, und hielt seine Finger mit ihren inneren Muskeln fest umklammert. Ein Schrei brach aus ihr hervor, so laut und inbrünstig, dass ihre Stimmbänder nachgaben. Er liebte es, aalte sich in dem Wissen, dass er es war, der sie so weit gebracht hatte.

Sein Begehren erreichte währenddessen gefährliche Höhen, er musste die Finger aus ihr ziehen und sich an ihren Oberschenkeln festhalten, um sich davon abzuhalten, seine Hose aufzureißen und blind in sie zu stoßen.

So verharrte er, bis sie ruhiger wurde. Schließlich sanken ihre Schultern nach unten, ihr Kopf fiel nach vorn. Ihre Mitternachtsflügel zitterten, schimmerten wie poliertes Ebenholz. Flach ging ihr Atem, die Unterlippe hatte sie sich zerbissen.

Als ihr schläfriger Blick den seinen traf, hob er die Finger an den Mund und leckte ihren Saft davon ab. Er konnte einfach nicht genug von ihr kriegen.

Ihre Pupillen weiteten sich, verschlangen das Braun ihrer Augen und hinterließen nichts als Schwarz. Schwarzen Samt, weich und endlos. Darin könnte er sich verlieren und niemals wieder auftauchen.

„Zieh dich aus", flüsterte sie. „Bitte. Ich will dich jetzt ganz."

Er packte sein Shirt am Kragen und zog es sich über den Kopf. Eine Sekunde später spürte er ihre Hände auf seinen Brustmuskeln, die Handflächen an seine Nippel gedrückt.

„Dein Herz rast", stellte sie ehrfürchtig fest.

In diesem Augenblick schlug sein Herz für sie. Nur für sie. Nie hatte er eine Frau so sehr begehrt. Und dass sie wusste, was er war, was er getan hatte, und ihn trotzdem wollte ... Er beugte sich vor und schloss den Mund um eine ihrer rosigen kleinen Brustspitzen, saugte fest und linderte das Ziehen mit einem Flattern seiner Zunge. Dann wandte er den Kopf und machte mit der anderen dasselbe, hinterließ an beiden seine Spuren. Brandmarkte sie, sodass sie, wenn sie in den Spiegel sah, wüsste, sie gehörte jemand anderem. Ihm, nur ihm.

„Lass mich den Rest von dir sehen", bat sie.

Er schüttelte den Kopf.

„Paris …"

Wieder verneinte er. Um seine Hose auszuziehen, müsste er aufhören, sie zu berühren, und das wollte er nicht.

„Bitte. Ich muss dich sehen."

Bebend legte er die Stirn zwischen ihre Brüste. Er schluckte, fand seine Stimme wieder. „Du musst niemals betteln. Nicht bei mir. Was auch immer du willst, ich werde es dir geben." Von seinen bisherigen Partnern hatte er immer nur genommen. Ihr wollte er alles geben, immer. „Aber wenn ich mich ausziehe, werde ich die Kontrolle verlieren. Lass mich dich auskosten, Sienna."

„Kontrolle wird überbewertet. Ich will dich, wie auch immer ich dich kriegen kann."

So wundervolle Worte. „Ich wünschte, wir wären bei mir zu Hause, in meinem Bett, und ich hätte dich auf den Kissen vor mir ausgebreitet. Du verdienst was Besseres als eine dreckige Höhle."

Liebevoll legte sie die Hände an seine Wangen und zwang ihn, ihr in die Augen zu sehen. „Nach allem, was ich dir angetan habe, wie kannst du da so etwas sagen?"

Er erinnerte sie nicht daran, dass dieser Moment keine Vergangenheit hatte. Das konnte er nicht. Auch ihn holte die Vergangenheit ein. „Sienna, du bist zu mir gekommen, als du in Schwierigkeiten warst, als Cronus dich gerade zu seiner Sklavin gemacht hatte. Davor hast du mit mir geschlafen, um mich wieder stark zu machen, trotz deines Entsetzens über unser mögliches Publikum, trotz der Tatsache, dass ich dein größter Feind war. Und *da*vor warst du verwickelt in einen Krieg und hast zu deinem Team gehalten, genau wie ich. Du hast nichts getan, was ich nicht auch getan hätte, wäre die Situation andersherum gewesen."

Tränen traten ihr in die Augen, rollten ihr die Wangen hinab.

„Nichts da. Nicht hier, nicht jetzt." Er fing die Tränen mit der Zunge auf, küsste sie fort. Und jetzt erinnerte er sie. „Nur ein Mann und eine Frau, weißt du noch?"

„Ich ... Ich werd einfach immer so emotional nach so überwältigenden Orgasmen", sagte sie trocken, und er lachte. „Scheint jedenfalls so, wenn man bedenkt, dass das mein erster war."

„Dein anderer Mann hat dich nicht ..."

Seidenweich und spielerisch lächelte sie ihn an. „Welcher andere Mann?"

Braves Mädchen. Er lachte in sich hinein und war zugleich überrascht. Authentischer Humor zwischen Liebhabern war etwas, das er vor ihr mit niemandem erlebt hatte.

„Ich will dich, egal, wo ich dich kriegen kann." Bedächtig nahm sie die Unterlippe zwischen die Zähne, griff nach unten und zog seinen Reißverschluss auf. Mit den Fingerspitzen strich sie über die feucht glänzende Spitze seines Schwanzes, die weit aus seinem Hosenbund hervorragte. „Mmmh, keine Unterwäsche."

„Ich war ... hoffnungsvoll."

Nun war sie es, die leise lachte.

Er packte sie, schob die Hände unter ihren Po und zog sie vorwärts, während er sich zurücklehnte und wieder auf seine Unterschenkel setzte. Sie schwebte in der Luft, nur von seinen Händen getragen. Sorgsam positionierte er ihre Grotte genau über seiner Erektion. So heiß, so feucht, doch noch drang er nicht in sie ein. Noch nicht.

„Küss mich", befahl er, während *Sex* wieder zu schnurren

begann. Der Dämon musste so aufgeregt sein, dass er keinen Moment länger still bleiben konnte. Wenigstens redete er nicht. „Wie letztes Mal. Ergreif Besitz von mir mit deinem Mund."

„Ist mir ein Vergnügen." Ein Schauer überlief sie, als sie ohne Zögern die Lippen auf seine presste, ihm die Zunge in den Mund schob und alles gab, was sie war, Besitz von ihm ergriff, genau, wie er gesagt hatte.

„Ich kann mich nicht zurückhalten", stieß er hervor. Jeder Gedanke daran, diesen Moment auszukosten, verschwand. Es existierte nur noch das Hier und Jetzt. Er musste den Rest von ihr erforschen, musste eins mit ihr werden. „Ich muss in dir sein. Ich brauche es."

„Ja. Du wirst *mich* besitzen."

Tief stieß er in sie hinein, füllte sie aus. Gemeinsam stöhnten sie auf. Paris, Sienna, *Sex*. Es war, als käme er nach einem Jahr in der Wüste nach Hause, so durstig und hungrig, dass es sich anfühlte, als äße und tränke er zum ersten Mal überhaupt. Als wäre er zum ersten Mal wirklich lebendig. Seine Sinne erwachten, registrierten jedes ihrer Bedürfnisse, waren abgestimmt auf jede Nuance von ihr.

Das war es, wonach er sich so verzweifelt gesehnt hatte. Eine Vereinigung nicht nur mit ihrem Körper, sondern auch mit ihrem Geist. Mit ihrer Seele.

Ja. Ja, ja, ja.

Sie war eng, enger als eine Faust, und er wusste, dass er sie dehnte. Wusste, dass er für einen so schlanken Körper zu groß war, doch das hielt ihn nicht davon ab, sie auf und ab zu bewegen, auf und ab, von der Wurzel seines Schafts bis zur Spitze seiner Eichel. Sie war so feucht, dass sie seidenweich an ihm entlangglitt. Ihre Brustwarzen strichen über seine Brust, ließen seine Haut köstlich prickeln. Ein Prickeln, das Stromstöße der Leidenschaft durch seinen gesamten Körper sandte.

Er war absolut verloren in ihr. Sie war in seinem Mund,

an ihn gedrückt, glitt durch ihr Körpergewicht auf ihn herab … herab … bis ganz nach unten … presste die Beine an seine, die Hände auf seinem Rücken, krallte die Fingernägel in seine Haut. Selbst ihre Haarspitzen erregten ihn, tanzten kitzelnd über seine Haut.

Paris massierte ihr den Rücken, knetete die Stelle zwischen ihren Flügeln. Über die Jahre hatte er seinen Freund Aeron ab und zu massiert, um nach den Kämpfen den Muskelkater zu lindern. Deshalb wusste er, wie empfindlich die Schlitze sein konnten, aus denen diese Flügel hervorwuchsen. Durch das ungewohnte Gewicht musste sie vollkommen verspannt sein, deshalb war er vorsichtig, knetete sanft, schob die Muskeln und Sehnen unter seinen Fingerspitzen hin und her.

Ein heiserer Schrei entrang sich ihrer Kehle. „Paris! Oh, Paris!"

Sein Name auf ihren Lippen gab ihm den Rest. Kaum je verriet er seinen Partnern seinen Namen, wollte ihn nicht von ihnen hören, wodurch sie seine Scham nur steigern würden. Doch jetzt, mit Sienna, war er wieder einmal verloren.

Tief stieß er in sie, härter, so verdammt hart, dass sie mit den Zähnen aneinanderstießen, als Sienna ihn wieder küsste. Ihre Zungen kämpften genauso intensiv miteinander. Seine Hoden zogen sich zusammen, die Haut um sie herum wurde fest. Weißglühende Wogen der Lust und Kraft sammelten sich in seinen Lenden, er war kurz davor, zu bersten, von ihnen verschlungen zu werden und sie zu brandmarken.

Er wollte so sehr kommen, doch das würde er nicht, nicht bevor sie auf ihm den Höhepunkt erreicht hatte. Ihre Lust stand an erster Stelle, jetzt und für immer.

Er griff zwischen ihre Körper und kreiste mit dem Daumen um ihren Kitzler. Und oh, süßer Himmel, das war alles, was sie gebraucht hatte. Noch ein Schrei, der zu viel war für ihre Stimmbänder, der drohte, ihm das Trommelfell zu zerreißen, während ihre inneren Wände ihn molken. Heiß ergoss er sich in sie, verströmte all seine Begierde, all seine Lust und Leidenschaft tief in sie hinein. Brüllte und brüllte, so versunken in diesen unglaublichen Empfindungen, dass nichts mehr eine Rolle spielte.

Und als sie eine Ewigkeit später an seiner Brust zusammensank, die Beine kraftlos neben seinen, hielt er sie weiter fest, nicht bereit, sie loszulassen. In jenem Moment war er sich nicht sicher, ob er sie je gehen lassen könnte.

25. KAPITEL

Er war misshandelt worden, so grausam, dass seine Haut sich in Streifen abschälte wie hübsches rosa Geschenkband.

War aufs Schlimmste missbraucht worden.

Doch niemals würde Kane den Lakaienweibchen geben, was sie von ihm wollten.

Es war demütigend, dass er sich nicht freikämpfen konnte, dass sein Dämon irgendwie die Kontrolle übernommen hatte und ihn von innen genauso bewegungsunfähig machte wie die Ketten, die von außen um seine Hand- und Fußgelenke lagen. Er war ein Krieger, Tausende von Jahren alt, hatte seine Erfahrungen auf den blutigsten Schlachtfeldern gesammelt. Das hier sollte für ihn ein Kinderspiel sein. Schon längst hätte er entkommen müssen.

Am meisten demütigten ihn jedoch alle möglichen anderen Dinge, mit denen sich zu beschäftigen er sich weigerte. Die Dinge, die sie ihm angetan hatten …

Später. Damit würde er sich später befassen. Vielleicht. In diesem Moment konnte er sich nur so weit wie möglich loslösen von dem, was mit seinem Körper geschah, als sei es gar nicht wirklich sein Körper, der die Misshandlungen erdulden musste. Als spürte jemand anders Fangzähne in seinem Oberschenkel, Hände, wo ihn noch nie jemand angefasst hatte.

Tropf, tropf, sickerte sein Blut.

Kane war schon früher gefoltert worden. Sogar viele Male. Das hier war das Gleiche in Grün, sagte er sich. Na klar.

Katastrophe lachte, ein grausamer, glücklicher Klang in seinem Kopf. Wenn das doch bloß das erste Mal wäre, aber nein. Der Dämon hatte gelacht und gelacht und gelacht, ein niemals endender Strom des Vergnügens.

Tiefer Hass verzehrte Kane, hielt ihn bei Bewusstsein. Jedes Mal, wenn er spürte, wie er in die Dunkelheit hinabzugleiten drohte, rief er sich den dämonischen Hohen Herrn in seinem Inneren ins Gedächtnis. Trotz seiner instinktiven Distanzierung wollte er genau wissen, was sie ihm alles antaten. Eines Tages würde er es zurückzahlen – tausendfach. Sein Dämon würde auf diese Weise leiden. Sein Dämon würde auf diese Weise sterben.

Oh ja, eines Tages.

Erschöpft wandte er den Blick von der blutbespritzten Höhlendecke über sich ab und auf seinen Körper. Er war nun ein rohes Stück blutbesudeltes Fleisch. *Tropf … tropf …* Waren das seine Rippen? Ja, erkannte er benebelt. Das waren sie, und eine zeigte in die verkehrte Richtung.

Eines. Tages.

In der Ferne hörte er das Klappern von … Pferdehufen? Vielleicht. Was auch immer es war, es sorgte dafür, dass die Lakaien auf ihm und unter ihm, selbst die, die neben ihm hockten und warteten, dass sie auch an die Reihe kamen, in alle Richtungen davonstoben. Allein blieb er auf dem Felsen zurück, nackt und immer noch blutend … tropfend. Rot, was für eine wunderschöne und zugleich entsetzliche Farbe. Leben und Tod, untrennbar verbunden.

Eigentlich sollte er grauenvolle Schmerzen empfinden, doch da war nichts. Nur eine seltsame, willkommene Taubheit.

Ein Wiehern. Stiefelschritte. Das sollte von Bedeutung für ihn sein. Jemand war hier, betrachtete ihn, sah ihn am Boden zerstört. Und es war von Bedeutung, doch er konnte nichts dagegen tun. Hatte keine Möglichkeit, sich zu bedecken oder zu verbergen, was ihm angetan worden war. Diesen Neuankömmling wollte er genauso sehr töten wie die Lakaien und *Katastrophe*. Alles, um jede Erinnerung an diesen Tag auszulöschen. Für immer.

Auf ihn fiel ein Schatten, dann beugte sich jemand herab und sah ihm in die Augen. Dunkles Haar, die Augen von einem grausamen Blau. „Ich kenne dich. Du bist Kane, Hüter der *Katastrophe*. Schlechten Tag gehabt, was?"

Kane fand genug Energie, um den Kopf abzuwenden. So klein die Bewegung auch war, hatte sie ihm die letzte Kraft geraubt und ließ ihn frierend und leer zurück. Er konnte nicht mehr. Natürlich streckte der Kerl die Hand aus und drehte seinen Kopf wieder zurück, zwang ihn, die Aufmerksamkeit auf ihn zu richten.

„Das nehme ich mal als Ja."

Schweigen.

Der Kerl grinste, und es war kein nettes Grinsen. „Es gab eine Zeit, da hätten die Herren der Unterwelt mich nicht mal gegen Geld besucht. Und neuerdings taucht ihr hier dauernd ganz von allein auf. Dein Freund Amun hat mich übrigens Rot genannt, als er hier unten war. Na ja, er hat's gedacht. Viel reden tut er ja nicht, stimmt's?" Diesmal klang echte Belustigung aus seinem Lachen, und doch lag eine deutliche Schärfe darin. „Ich wünschte, den Gedanken hätte ich schon damals gehört, aber da hatte ich ja die hier noch nicht. Ein Abschiedsgeschenk von Amun."

Rot hielt zwei Hände in die Höhe – die weder zu seinem noch zu irgendeinem anderen Körper gehörten. Ihre Haut war dunkel, und sie wurden durch ein Lederband zusammengehalten. Ein Lederband, das Rot um den Hals trug wie ein Boxer seine Handschuhe. Das Innere der Hände war herausgetrennt worden, die Haut gegerbt.

Es *waren* Handschuhe. Menschliche Handschuhe.

In Kanes Magen sammelte sich Säure. Amun war nach hier unten gekommen, um Legion zu retten, und dabei von Hunderten Dämonenlakaien infiziert worden. Das Böse hatte an ihm gehaftet wie Öl an seiner Haut. Die einzige Lösung war gewesen, ihn wieder hierherzuschicken, wo er sich von ihnen befreien konnte.

Die Handschuhe hatten dasselbe Mokkabraun wie Amuns Haut, dieselben Falten.

„Wie meinst du … Geschenk?", brachte Kane aus seiner zerfetzten Kehle hervor. Einer Kehle, die wund war von den

Dingen, die die Lakaien hineingestopft hatten. Ihnen war egal gewesen, dass er versucht hatte, sie zu beißen, und sie hatten sich nicht die Mühe gemacht, ihn davon abzuhalten. Es gefiel ihnen sogar. Sie hatten bloß … *Darüber denkst du jetzt nicht nach. Sonst wirst du so wahnsinnig wie Amun damals.*

„Die Handschühchen hab ich beim Pokern gewonnen“, erklärte Red beiläufig. „Spielst du Poker? Warte. Sag nichts. Lass mich deine Geheimnisse mit meinem neuen Lieblingsspielzeug ergründen.“ Und während er sein unangenehmes Grinsen grinste, schob er die Hände in die Haut-Handschuhe und streckte sie nach ihm aus.

Und berührte ihn.

Kühl und hart pressten sich diese Hände an Kanes Schläfen. Rot schloss die Augen, versteifte sich mit einem Ruck, als hätte man ihn unvermittelt an ein Auto mit einer Menge Pferden unter der Haube gehängt. Einen Moment lang erklang nichts als sein schweres Atmen.

Dann ertönte erneut Hufgeklapper. Wieder Stiefelschritte. Ein blonder Mann mit einem ähnlich zähnefletschenden Grinsen beugte sich über Kane. „Na, was haben wir denn da? Noch ein Dämonenkrieger?“

„Sieht so aus.“ Rot erhob sich, durchbohrte Kane mit seinem blauäugigen Blick. „Ganz schön mitgenommen.“

„Wird er heilen?“

„Weiß nicht.“ Ein Schulterzucken, als spielte die Antwort sowieso keine Rolle, dann: „Der Mann neben mir ist mein Bruder. Amun hat ihn Schwarz genannt. Ich nenne ihn Arschloch. Darfst selbst entscheiden, was dir besser gefällt.“

„Lass mich die Hände benutzen“, sagte Schwarz und rieb erwartungsvoll die Handflächen aneinander.

„Hölle, nein.“ Aus Rots Kehle drang ein Knurren, eine animalische Warnung. „Ich hab sie erst heute gekriegt, diese Woche gehören sie mir.“

„Ich will sie mir doch nur für ’ne Minute ausleihen.“

„Ich bitte dich. Du wirst sie behalten und behaupten, du wärst schon längst an der Reihe."

„Werd ich nicht."

„Wirst du doch."

Ich träume. Das muss ein Traum sein. Oder zumindest eine Halluzination. Brutale Killer – und sie *waren* Killer, hatten dieselbe Härte an sich wie seine Freunde – stritten sich nicht wie die Kindergartenkinder.

„Meinetwegen. Dann erzähl mir wenigstens, was du rausgefunden hast", verlangte Schwarz offensichtlich beleidigt.

„Er war mit dem Dunklen zusammen, und zwar erst vor Kurzem." Liebe und Hass gleichermaßen tränkten Rots Tonfall. „Der Dunkle glaubt, der hier wird uns Weiß wegnehmen. Die beiden wurden gefangen genommen und zum Sterben hierhergebracht. Durch den Einsturz einer Höhle wurden sie getrennt. Er weiß nicht, wo der Dunkle ist. Die Lakaien haben ihn hergebracht, haben versucht, sich mit ihm zu paaren."

Der Dunkle? Der Einzige, der glaubte, Kane würde jemanden namens Weiß mitnehmen, war William. Und woher wusste Rot … Die Hände, wurde Kane klar. Dann waren es also tatsächlich Amuns Hände gewesen. Amun, Hüter der *Geheimnisse*. Rot hatte diese … Handschuhe übergezogen, hatte Kane berührt und tief in seinem Geist herumgewühlt, sich alle Informationen geholt, die er brauchte. Praktische kleine Waffe. Er sollte vor Wut rasen, doch dazu war er immer noch zu betäubt.

Schwarz knackte mit dem Kiefergelenk. „Weiß wird deine Freude über diesen neuen Dämon gespürt haben, genau wie ich. Sie wird schon bald hier sein. Wir dürfen nicht zulassen, dass sie diesem Hüter begegnet." Smaragdgrüne Augen durchbohrten Kane mit ihrem Blick. „Du wirst sie uns nicht wegnehmen."

Ich will doch gar nichts mit ihr zu tun haben, Alter.

„Sollen wir ihn töten und die Sache hinter uns bringen?", fragte Rot, als unterhielten sie sich über das Abendessen.

Schwarz rieb sich die goldenen Bartstoppeln. „Für ihn wäre das eine Erlösung. Eine gute Tat unsererseits."

Kane wollte ihnen mit der Antwort helfen. *Hölle, ja, ihr solltet mich umbringen.* Denn wenn diese Taubheit verging, wenn sein Körper vor Qualen schrie und sein Geist unter seinen Emotionen zu ersticken drohte, würde er leiden. Er würde schreien. Er würde vollkommen durchdrehen.

Rache, rief er sich ins Gedächtnis. Wenn er tot war, konnte er keine Rache üben.

„Nein, wir töten ihn nicht", beschloss Schwarz. „Nicht, bevor ich auch mal einen Blick in seinen Kopf geworfen hab."

„Einverstanden."

Dann würden sie ihn in einer Woche umbringen, wenn Schwarz mit den Handschuhen an der Reihe war. Sieben Tage. Kane wusste nicht, ob er lachen, ihnen danken oder einfach direkt mit dem Schreien und Durchdrehen anfangen sollte.

Gemeinsam lösten die zwei seine Ketten, doch er hatte nicht mehr die Kraft, sich zu bewegen. Konnte einfach nur daliegen und abwarten, ihren Launen hilflos ausgeliefert.

„Grün wird uns dafür in Stücke reißen, dass wir ihn retten", bemerkte Rot. „Du weißt, wie er sich immer als Beschützer aufspielt, wenn es um Weiß geht."

„Stimmt." Schwarz warf sich Kane über die Schulter, ohne seinen bloßgelegten Rippen besondere Beachtung zu schenken. „Sie ist die einzige Frau, die er am Kopf haben kann."

Bei dieser Behandlung verging ein Teil seiner Betäubung, und ihn durchfuhr ein scharfer Schmerz. Sein Geist begann sich zu vernebeln, Sauerstoff ein unerreichbarer Traum.

„Aber bis dahin", fuhr Schwarz fort, während Kane die Sinne schwanden … schwanden …, „bin ich auch an der Reihe gewesen, also ist das irrelevant."

Rots Antwort hörte Kane nicht mehr. Für ihn gingen endlich, dem Himmel sei Dank, die Lichter aus.

26. KAPITEL

Hoch oben im Himmelreich stand Cronus am Fuß seines Bettes und starrte böse auf seine Frau hinab. Sie war immer noch nackt, immer noch gefesselt, doch mit zwei kleinen Worten hatte sie soeben die gesamte Basis ihres Krieges verändert.

„Was hast du gesagt?" Bestimmt hatte er sich verhört.

Hochmütig hob sie das Kinn, und schwarzer Hass glitzerte in ihren Augen. „Schlag mich und lass ihn gehen."

Nein, er hatte sich nicht verhört. Mit schmalen Augen sah er zu dem Jäger, der zu seinen Füßen kniete. Cronus war wie jeden Tag in den vergangenen Wochen hergekommen, um Rhea vor die Wahl zu stellen. Einen Jäger sterben sehen oder seine Fäuste zu spüren kriegen. Oder, in diesem Fall, zwei Jäger sterben sehen – einen Mann und die Frau, die sich geweigert hatte, von ihm abzulassen, als Cronus ihn aus dem Käfig gezerrt hatte. Jedes Mal entschied sie sich für den Tod der Jäger. Jedes Mal.

Außer heute.

Was hatte sich geändert? Ging es um diesen speziellen Jäger? Er war die einzige abweichende Variable. Hieß das, der Mann bedeutete ihr etwas? Nein, beruhigte er sich nach einem Moment der Verwirrung. Rhea bedeutete nur sich selbst etwas. War er wichtig für ihre Pläne im Himmel? Doch wie könnte ein einzelner schwächlicher Mensch einer Göttin helfen? Die Antwort war schlicht. Gar nicht.

Damit blieb nur eine Möglichkeit. Sie begehrte ihn.

Wut bäumte sich in Cronus auf, hämmerte mit eisernen Fäusten gegen seinen Brustkorb. Seine Haut wurde ihm zu eng, spannte schmerzhaft über seinen Knochen. Grob packte er den Menschen bei den Haaren, riss ihn auf die Füße und betrachtete ihn von Neuem. Ende zwanzig, blond, gut aussehend auf diese unaufdringliche Weise, wie sie nur einem

Sterblichen mit begrenzter Zeit gegeben war. Schlank mit einer bloßen Andeutung von Muskeln.

Offensichtlich kein Krieger. Vielleicht ein Wissenschaftler. Fragen konnte er ihn jedoch nicht. Wie all den anderen hatte Cronus auch ihm bereits die Zunge herausgerissen. Das war ein Muss bei diesen Begegnungen. Jemandem zu erlauben, mit Rhea zu sprechen, ihr verschlüsselte Botschaften zu überbringen, die Cronus nicht enträtseln konnte, wäre ein riesiger taktischer Fehler gewesen.

Cronus beging niemals taktische Fehler.

Wieder blickte er zu seiner Frau. Aus ihrer sturen Miene war nichts herauszulesen.

„Lass ihn gehen", wiederholte sie und hob das Kinn noch höher. „Ich hab meine Wahl getroffen. Im Tausch gegen sein Leben lasse ich mich schlagen."

Den Mann gehen lassen? Gesund und munter, all seine Verbrechen gegen den größten König, den Titania je gekannt hatte, vergeben? Undenkbar. Lachhaft. „Und die Frau?", knurrte er, zog an ihrem Haar, um ihren Kopf zu heben.

Sie wimmerte, woraufhin der Mann grunzte. Wie süß, dachte Cronus trocken. Die Menschlein sorgten sich umeinander.

Ein Blick von der Farbe eines blutgetränkten Schlachtfelds richtete sich flüchtig auf das Mädchen. „Sie ist mir egal. Mach mit ihr, was du willst, aber lass den Mann gehen."

Rheas Dämon musste kurz vorm Durchdrehen stehen. Entweder das, oder *Unfrieden* genoss einfach die Show. Tja, es würde Cronus ein Vergnügen sein, ihm noch mehr Konflikt zu liefern. „Deine Wahl gefällt mir nicht, liebe Gattin. Deshalb denke ich, ich werde den Mann enthaupten, bevor ich ihn freilasse."

Einen Moment lang war die Königin sprachlos, rasselte nur hilflos mit den Ketten, die sie ans Bett fesselten. „Hast du eigentlich gar kein Ehrgefühl, *lieber Gatte*?"

„Natürlich nicht. Um zu gewinnen, muss man tun, was

immer nötig ist. Davon abgesehen habe ich nie versprochen, deine Jäger *lebendig* gehen zu lassen, nicht wahr?"

„Du Bastard!"

„Wenn du diesen hier retten willst, wirst du mir sagen, was an ihm so besonders ist. Das ist der neue Deal."

Der Mann bebte vor Angst, und sein kalter Schweiß erfüllte die Luft mit einem beißenden Geruch. Mutig streckte die Frau, die immer noch an Cronus' anderer Seite kniete, die Hand nach ihm aus, um ihm Trost und Unterstützung zu bieten. Ihr Haar war schulterlang und so schwarz, dass die Farbe aus der Tube kommen musste, ihre Augen braun wie Zartbitterschokolade und vor Angst geweitet, tränenerfüllt. Sie war auf subtile Weise hübsch und kam ihm irgendwie bekannt vor.

Sie war nicht die erste Frau, die er zu Rhea gebracht hatte, und würde auch nicht die letzte sein. Es warteten noch mehrere, weitere im Verlies. Jetzt fragte er sich, ob er eine Verwandte von ihr umgebracht hatte, eine Schwester vielleicht, und deshalb glaubte, sie wiederzuerkennen.

„Dir meine Beweggründe zu verraten, war nie Teil unserer Abmachung", erklärte Rhea in diesem hochmütigen Tonfall, den er so verabscheute. Bei dessen Klang er rotsah. „Lass. Ihn. Gehen."

Wie auf Kommando wurde Cronus nur noch wütender. Er richtete die Aufmerksamkeit wieder auf den Menschen. Dunkle Schatten lagen unter seinen Augen, seine Wangen waren eingefallen, und am Kinn lief ihm Blut hinab – lauter Zeichen seiner Sterblichkeit.

Hatte Rhea ihn einmal in ihr Bett eingeladen? War dies einer der Männer, deren Zusammensein mit seiner Frau er in den letzten Monaten gespürt hatte? War dieser Bastard in ihr gekommen?

In den Fängen der Leidenschaft wurde Rhea wild und schamlos und bemerkte nichts von dem Schaden, den sie anrichtete – oder es interessierte sie nicht.

Jeder neue Verdacht fachte das lodernde Feuer seiner Rage weiter an, bis in seinem Inneren nur noch dicker, schwarzer Rauch mit blutrot flackernden Flammen darin war. Nichts anderes nahm er wahr, drohte daran zu ersticken. Und erst dann registrierte er, dass es nicht der Mensch war, der so heftig bebte, sondern *er*, und dieses Wissen beschämte ihn.

Dafür musste der Mann bezahlen.

„Sieh mich an. Jetzt."

Unter langen, goldbraunen Wimpern hervor blickten ihn hasserfüllte Augen herausfordernd an. Auch Abscheu lag darin. Verlangte es diesen Menschen nach dem, was Cronus besaß? Eine Verbindung zu Rhea?

Tja, damit war es jetzt vorbei. Noch bevor Cronus sein Handeln registrierte, hatte er das Mädchen losgelassen, ein Messer gezogen – und dem Kerl die Kehle aufgeschlitzt. Er sah zu, wie das Blut rhythmisch daraus hervorquoll, solange sein Herz noch pumpte. Sah zu, wie Schmerz an die Stelle von Abscheu trat … sah zu, wie selbst das verblasste … verging … und sein Körper in sich zusammensackte.

Das Mädchen kreischte, das schrille Geräusch unangenehm in seinen Ohren. Stirnrunzelnd sah er auf sie hinab, wollte sie zurechtweisen, löste die Hand aus dem Haar des Mannes und griff nach ihr. *Tunk*. Der leblose Körper landete am Boden, und wieder kreischte sie, lief vor ihm weg.

In diesem Moment hörte er Rhea entsetzt aufkeuchen.

Augenblicklich richtete er die Aufmerksamkeit wieder auf sie, das Mädchen für den Moment vergessen. *Seine Frau hatte soeben gekeucht*.

Das bedeutete, dass er sich verrechnet hatte, dass der Mann ihr tatsächlich etwas bedeutet hatte. Während seine Stimmung schon wieder aufbrauste, versuchte er zu begreifen. Warum sollte ihr eine Kreatur wichtig sein, die so begrenzt war in ihrer Zeit und ihren Fähigkeiten? Eine so zerbrechliche Kreatur, so leicht zu töten. Wie er soeben demonstriert hatte.

Das schwarzhaarige Frauenzimmer krabbelte auf die Leiche zu und zog sie an sich. Sie weinte, ihre Tränen eine Flut der Emotionen. Offensichtlich war der Mann auch ihr wichtig gewesen. Aber … warum nur? Was hatte er getan, um die Loyalität gleich zweier Frauen zu gewinnen?

Unwillkürlich bleckte Cronus die Zähne. Die Antwort spielte keine Rolle, nicht wirklich. Der Bastard war jetzt fort und würde niemals zurückkehren. „Lass ihn los", befahl er dem Mädchen.

Mit hasserfülltem Blick sah sie zu ihm auf. Sanft ließ sie den Körper des Mannes zu Boden sinken, drückte ihm einen Kuss auf die Stirn und stand auf. Mit knappen, kontrollierten Schritten kam sie auf Cronus zu, während grauenhafte Laute des Leids aus ihrer Kehle drangen.

Hätte Cronus ihr nicht die Zunge genommen, würde sie ihn jetzt mit Flüchen überhäufen, da war er sich sicher. Doch daraus konnte sie ihm nun wirklich keinen Vorwurf machen. Cronus hatte sie vor die Wahl gestellt. Entweder sie kehrte in den Käfig zurück und starb an einem anderen Tag, oder sie blieb bei dem Mann, verlor ihre Zunge und starb heute. Sie hatte sich entschieden, zu bleiben.

„Ich bin kein Monster", sagte er. „Ihr zwei habt euch in diesem Krieg der falschen Seite angeschlossen, und dafür habt ihr bezahlt." Eins hatte er in den Jahrhunderten im Tartarus gelernt: Ein König ohne Strenge war ein König ohne Thron.

Was als Nächstes kam, hatte er erwartet. Sie stürzte sich auf ihn, trommelte mit ihren kleinen Fäusten auf ihn ein, legte all ihre Wut und ihren Schmerz in jeden Schlag. Er verteidigte sich nicht. Das war nicht nötig. Glaubte sie ernsthaft, sie fügte ihm Schmerzen zu? Dass sie ihm überhaupt Schmerzen zufügen *könnte*?

Zweimal ein klares Nein, doch schon bald nervten ihn ihre unermüdlichen Anstrengungen. Er hatte Besseres zu tun. „Lass das, Weib."

Entweder sie hörte ihn nicht, oder sie gedachte nicht, ihm

zu gehorchen. Er schob sie von sich, eine Gnade, die bei ihm selten war, doch sie kam einfach wieder, schleuderte all ihren weiblichen Zorn auf ihn. Mit einer bloßen Handbewegung hätte er sie an Ort und Stelle erstarren lassen können, doch diesen Weg würde er nicht gehen. Sein Stolz verlangte, dass sie freiwillig gehorchte oder die Konsequenzen trug.

„Willst du auch sterben?“, fragte er sie.

Irgendwie brach die Frage durch ihren Wahn, und sie hielt inne, eine Handbreit von ihm entfernt. Keuchend atmete sie durch den Mund, während diese herzzerreißenden Tränen immer weiter flossen.

Was *dann* kam, hatte er *nicht* erwartet.

Mit einem Schrei aus den Tiefen ihrer Seele warf sie sich in das Messer, das er immer noch hielt. Ihre Augen wurden groß vor Schmerz; Blut blubberte aus ihrem Mund. Sein Messer. Oh, richtig. Noch immer hatte er es in der Hand, die scharfe, silbrige Spitze auf sie gerichtet – jetzt in ihr.

Sie wollte tatsächlich sterben.

„Nun gut, Weib. Und wieder werde ich dir deinen Wunsch erfüllen.“ Ein kurzer Ruck, und die Klinge war wieder frei. Eine schnelle Bewegung, und er hatte sie auf dieselbe Weise getötet wie ihren Mann. Schnell, barmherzig. Ein gnädiger Tod, redete er sich ein.

Ihre Augen verdrehten sich nach oben, als ihr Körper neben den ihres Mannes sank.

Für einen langen Moment herrschte Stille. Etwas brannte in seiner Brust. Vielleicht Reue. Warum er allerdings eine so starke Empfindung verspüren sollte für jemanden, den er nicht kannte, war ihm ein Rätsel. Jeder Sieg ging einher mit Gewalt. Im Himmel gab es das eine nicht ohne das andere.

„Nun denn“, sagte Rhea schließlich, und plötzlich lag kein Funken Bedauern mehr in ihrer Stimme. Auch kein Zorn oder das geringste Gefühl des Verrats. „Kompliment für einen super Job, Schatz.“

Abrupt wirbelte er herum. Weder Tränen noch Vorwürfe erwarteten ihn, nicht einmal Kummer. Stattdessen sah er eine diebische Freude. Lippen, die er einst ehrerbietig geküsst hatte, verzogen sich zu einem selbstgefälligen Lächeln. „Wie war das so, zwei Unschuldige zu ermorden?“

Er verbannte jegliche Emotion aus seiner Miene, weigerte sich, seine Verwirrung preiszugeben. „Warum so überheblich, Weib? Es ist schließlich dein Mann, der hier den Teppich vollblutet, oder etwa nicht?“

„Nein. Ist es nicht.“ Sie hob eine Braue, als er zusammenzuckte. „Glaubst du, ich kenne unsere Prophezeiungen nicht? Dass es mein Galen sein wird, der dich einen Kopf kürzer macht – außer, du bindest ihn an die Frau auf den Schwingen der Mitternacht.“

Bedächtig wischte er sein Messer an dem Überwurf zu Rheas Füßen ab, eine schroffe Erinnerung an das, wozu er fähig war. Eine, die Rhea für den Rest ihres Aufenthalts hier würde sehen müssen. „Wenn *dein* Galen mich einen Kopf kürzer macht, stirbst auch du.“

Ein eisiges Lachen brach aus ihrer Kehle und sandte ihm einen Schauer über den Rücken. „Ich weiß.“ Und sie klang nicht, als würde es ihr etwas ausmachen. „Und ich weiß, wie dein Hirn funktioniert. Du gehst davon aus, dass Galen das geflügelte Mädchen und ihren neuen Dämon benutzen will, aber du bezweifelst, dass er das Mädchen an sich begehren wird. Wie könntest du da eine Verbindung erzwingen? Lass mich überlegen, hmmm … Oh, ja, ich weiß. Indem du sie in eine lebende Quelle der Ambrosia verwandelst und Galen von ihrem Blut abhängig machst. Na, wie dicht bin ich dran?“

Seit Zeus ihn in einen Hinterhalt gelockt und in die Knie gezwungen hatte, hatte Cronus keine solche Furcht mehr verspürt. „Halt den Mund. Du weißt gar nichts!“

Doch Rhea fuhr fort, ihre Stimme eine seidige Liebkosung. „Ein lebendes Mädchen konntest du nicht mit Ambrosia vollpumpen; nur ein totes. Und wer wäre dafür besser geeignet als eine, die der Lord of Sex begehrt? Er würde seine Freunde überreden, ihr nichts zu tun, und sie würde ihn überreden, Galen nichts zu tun. Endlich Frieden im Himmelreich, dein Kopf wäre in Sicherheit. Nicht wahr? So hast du dir das vorgestellt, stimmt's?"

Wild hämmerte ihm das Herz in der Brust. „Falsch", krächzte er. „Du liegst so was von falsch."

„Wie du uns beide mit dieser Lüge entwürdigst. Hast du geglaubt, ich hätte keine Ahnung davon, was vor all diesen Jahrhunderten vorhergesagt wurde?"

Stumm kämpfte er weiterhin um einen neutralen Gesichtsausdruck, war entschlossen, keine weitere Reaktion zu zeigen.

„Und hast du wahrhaftig gedacht, ich hätte nichts unternommen, als ich erfuhr, dass du den Dämon des Zorns an ein totes Menschenmädchen gebunden hast und ihr jetzt Schwingen der Mitternacht wachsen?" Wieder grinste sie verschlagen. „Tja, stattdessen habe ich alles in Erfahrung gebracht, was es über sie zu wissen gibt. Über ihre entführte Schwester Skye und deren Partner. Die zwei, die du gerade ermordet hast."

Er brauchte einen Moment, um ihre Behauptung zu verdauen. Als er begriff, stolperte er rückwärts, schüttelte vehement den Kopf. „Nein. Nein."

„Was denkst du denn, warum ich dir erlaubt habe, mich einzufangen, hm? Was glaubst du, warum ich dir erlaubt habe, meine Leute einzufangen? Woher sollen deine Spione sonst erfahren haben, wo sie versteckt waren? Allein auf diesen Tag habe ich gewartet. Den Tag, an dem du selbst deinen Fall verursacht hast. Den Tag, an dem du begreifst, dass nicht du allein den Allschlüssel in dir trägst, sondern durch dich auch ich. Glaubst du, Sienna wird dir jetzt noch helfen?"

Mit diesen Worten verschwand Rhea vom Bett, und die Ketten, die sie eben noch gehalten hatten, fielen nutzlos auf die Matratze.

27. KAPITEL

Legion tigerte in ihrem Zimmer auf und ab, als stünden ihre Füße in Flammen. Die Herren hatten die Festung bereits in Richtung Rom verlassen, entschlossen, Galen zu finden und zu töten und damit Ashlyn und die Babys zu retten. Dass sie sie nicht holen gekommen waren ... Sie wusste, dass sie keine Sekunde lang in Erwägung gezogen hatten, sie gegen Ashlyn einzutauschen.

So ehrenhaft waren sie.

Und wie zahlte Legion es ihnen zurück? Indem sie sich versteckte. Und wegen dem, was sie getan hatte, würde Ashlyn leiden.

Die süße, liebenswerte Ashlyn. Was tat Galen ihr an? Wenn er sie so misshandelte, wie die Dämonen Legion misshandelt hatten ... Mit rebellierendem Magen stürzte sie ins Bad und krümmte sich über der Toilette zusammen. So oft, wie sie sich in den letzten Tagen – Wochen? – übergeben hatte, war sie überrascht, dass ihre Lungen nicht gleich mit herauskamen. Überrascht und enttäuscht.

Sie wollte sterben. Würde lieber sterben, als noch einmal zu erleben, wie sie betatscht wurde, wie Hände ihr die Kleider vom Leib rissen, wie ... Dinge ... mit ihr ... „Argh!" Sie unterdrückte die giftigen Gedanken, bevor sie Form annehmen konnten. Ein ungebetenes Bild, und sie würde zusammenbrechen, hysterisch werden, tagelang zu nichts zu gebrauchen sein.

Mit einem zittrigen Seufzer lehnte sie die Schläfe an den Klodeckel. Diese wunderschöne blonde niedere Göttin hatte ihr eine Frage gestellt. Wen liebte sie am meisten? Die Männer, die sie gerettet hatten, oder sich selbst? Endlich wagte sie, sich die Antwort einzugestehen. Die Männer, definitiv. Sie hätten sie auch in der Hölle verrotten lassen können, doch sie waren sie holen gekommen, hatten sie gerettet. Aber ... wenn sie sich Galen auslieferte, würde er sie foltern. Immerhin hatte sie ihn vergiftet. Hatte versucht, ihn umzubringen.

Er würde von ihr erwarten, ihm das Bett zu wärmen. Das wusste sie. Vor ihrem Giftanschlag hatte sie mit ihm geschlafen. Ihr erstes Mal mit einem Mann, und es hatte ihr gefallen, sie hatte sich nach mehr gesehnt, bis ...

Sie schluckte und zwang sich wieder, jegliche Gedanken dieser Art auszublenden.

Wenn sie zu Galen ging, würde sie sich freiwillig in eine andere Version der Hölle begeben. Andererseits war es genau das, was es bedeutete, sich zu opfern, nicht wahr? Qualen zu erdulden, damit jemand anders es nicht musste.

Das war es, was die Krieger für sie getan hatten, ein ums andere Mal. Konnte sie da weniger für sie tun?

Ein Schauder des Widerwillens durchlief ihren gesamten Körper, und sie schloss die Augen. Also war es entschieden. Sie würde zu Galen gehen. Würde ihr Leben für das von Ashlyn eintauschen.

Es gab keinen anderen Weg, keine andere Wahl.

Und jetzt, da die Entscheidung gefallen war, gab es für sie nichts weiter zu tun, als die Augen zu schließen und an ihn zu denken, und augenblicklich würde sie vor ihm erscheinen. Die Herren hatten vergessen, dass sie sich genau wie Lucien allein durch Gedankenkraft von einem Ort an den anderen begeben konnte. Nur musste sie keiner spirituellen Spur folgen. Sobald sie jemanden einmal kennengelernt hatte, konnte sie jederzeit vor ihm auftauchen, wo auch immer er war.

Sanft klopfte jemand an ihre Tür, als hätte derjenige Angst, sie zu erschrecken. Legion schnupperte und erkannte den himmelsgetränkten Duft von Danika, der Frau von Reyes. Sie musste gekommen sein, um mit ihr zu reden. Wollte ihr vermutlich versichern, dass sie in Sicherheit war und niemand vorhatte, sie als Köder zu benutzen.

„Geh weg“, rief sie.

„Nein, ich muss – Moment mal. Du sprichst ja. Du sprichst mit mir. Es ist so lange her, dass …“

„Ich hab gesagt, geh weg!“

„Legion, lass mich rein. Bitte. Ich muss mit dir reden. Muss dir erzählen …“

„Bis dann“, flüsterte sie und wusste, sie musste jetzt gehen, oder sie würde den Mut verlieren. Wusste, dass sie niemals zurückkehren würde. Nach dem Austausch, wenn Ashlyn wieder sicher bei den anderen war, würde sie sich umbringen. Lieber würde sie sterben, als noch eine Berührung zuzulassen.

Sie rief sich Galen vor Augen – blond, wunderschön und verdorben. Einen Moment später verschwand der Boden unter ihren Füßen.

28. KAPITEL

Sienna zog sich die Sachen wieder über, die Cronus ihr nach ihrer Ankunft im Schloss gebracht hatte. Das Shirt bedeckte ihre Arme und reichte bis kurz unter ihre Flügel, ohne dass sie es über die Schultern ziehen musste. Unkompliziert, ohne Verrenkungen, und trotzdem war alles bedeckt. Sie zitterte.

Was sie gerade mit Paris getan hatte … Noch nie hatte sie so etwas erlebt. Nicht einmal mit ihm. Nichts hätte sie darauf vorbereiten können, wie ihr Körper bis in die kleinste Faser zum Leben erwacht war. Er hatte genau gewusst, wo er sie berühren, wie er sie küssen, was er sagen musste, um ihre Begierde immer weiter anzufachen. Sie war ihm absolut verfallen gewesen, vollkommen auf ihn konzentriert, hatte den Rest der Welt vergessen.

Und doch, so wundervoll das Liebesspiel gewesen war, saßen sie keine halbe Stunde später schon wieder zwischen lauter Fettnäpfen. Für sie war dieses Erlebnis weit emotionaler und bedeutsamer gewesen, als sie geahnt hatte, und die Frage ließ sie nicht los: War es für ihn immer so, mit jedem?

„Und, hat der Sex mit mir, äh, geholfen?“, fragte sie und wünschte sich augenblicklich, sie könnte ihre Zunge verschlucken, so heftig tobten Furcht und Anspannung in ihr. „Deinem Dämon?“

Er nickte und ließ sich am Rand der Quelle nieder. „Ja. Jetzt bin ich stark.“

Trotz der Bestätigung verstärkte sich ihre Furcht. Er hatte sich vollkommen verschlossen, versteckte sämtliche Gefühle hinter einer ausdruckslosen Maske.

„Kannst du mit Waffen umgehen?“, fragte er abrupt. Und das war offenbar das Ende der Dämonen-Unterhaltung.

O-kay. Also würden sie nicht über das sprechen, was geschehen war. Was bedeutete, dass sie ebenfalls nicht darüber sprechen würden, was in ihrer Beziehung der nächste Schritt war.

Zwei Tage machen noch keine Beziehung, du Idiotin.

„Was für Waffen?" Dämliche Frage. Was auch immer er sagte, die Antwort war dieselbe.

„Ganz egal."

„Nicht wirklich. Wenn *Zorn* die Kontrolle an sich reißt, tötet er mit meinem Körper und allem, was sonst so in der Nähe ist. Während es geschieht, bekomme ich es nie mit – erst im Nachhinein strömen die Erinnerungen auf mich ein –, deshalb konnte ich mir von seinen Fähigkeiten noch nichts aneignen."

„Und bevor ihr verbunden wurdet?"

„Ich hab immer nur hinter den Kulissen gearbeitet." Oh, verdammt. Warum musste sie unbedingt die eine Sache erwähnen, die ihn mit Sicherheit in Mr Distanz verwandeln würde? Beziehungsweise in Mr Noch-mehr-Distanz.

Doch er überraschte sie. Geduldig zeigte er ihr eine kleine Handfeuerwaffe und wie sie das Ding entsichern musste. Dann nahm er das Magazin heraus, zeigte ihr die Kugeln und brachte ihr bei, wie man alles wieder zusammenbaute. „Du musst einfach nur zielen und den Abzug drücken", erklärte er. „Hohlspitzgeschosse richten auf jeden Fall genug Schaden an, egal, wohin du triffst."

Und was, wenn sie gar nicht traf, was ziemlich wahrscheinlich war? Denn allein beim Gedanken, die Waffe zu halten, zitterten ihr die Hände. „Und du willst, dass ich mir eine kaufe und quasi Tag und Nacht bei mir habe?" In ihrem ganzen Leben – und auch danach – hatte sie noch keine Waffe abgefeuert.

„Nein." Er lehnte sich vor und schob ihr das Metall unter den Hosenbund. Kalt war es, und schwerer, als sie gedacht hätte. „Ich will, dass du die hier bei dir trägst. Sie ist gesichert, dir kann also nichts passieren."

„Du hast keine Angst, ich könnte dir eine Kugel in den Rücken jagen?" Der Witz war ein Rohrkrepierer, zu derb für ihre frische Beziehung – oder was es auch war –, und sie wurde rot.

Und natürlich überraschte er sie wieder. „Nein, habe ich nicht." Absolute Zuversicht klang aus seinen Worten.

Erleichterung durchströmte sie. „Da bin ich aber froh."

Er räusperte sich. „Habe ich deine volle Aufmerksamkeit?"

„Ja. Natürlich." Und da begriff sie, krachte hart genug zurück auf den Boden der Realität, dass es schmerzte. Das war seine Art, sich von ihr zu verabschieden. Seine Art, sie auf ein Leben ohne ihn vorzubereiten. Hätte sie gestanden, ihre Knie hätten unter ihr nachgegeben, doch im Sitzen schaffte sie es, sich aufrecht zu halten. „Ja", wiederholte sie.

„Gut. Jetzt hör mir zu, und zwar aufmerksam." Unnachgiebig hielt er ihren Blick fest. „Ich habe eine Menge Nachforschungen über die lebenden Toten angestellt. Wenn jemand dich bedroht, bedeutet das, derjenige kann dich sehen. Und wenn er dich sehen kann, werden er und seine Waffen für dich Substanz haben. An die Männer da draußen muss ich dich nicht erinnern. Wie sie dich gesehen haben und genauso in der Lage gewesen wären, dich zu berühren. Wenn jemand dich berühren kann, kannst du ihn ebenfalls berühren. Also musst du erst handeln, dann denken. Das bedeutet, du erschießt die Bösewichter ohne Zögern, verstanden?"

„J-ja."

„Alles klar. Dann weiter." Als Nächstes zog er einen kristallenen Dolch. Er streckte ihr die freie Hand entgegen und winkte sie zu sich.

Zaghaft rückte sie näher, bis ihre Knie aneinanderstießen. Offenbar reichte das jedoch nicht. Er packte sie an der Hüfte und zog sie zwischen seine langen Beine. Obwohl seine Stimmung alles andere als Sex verhieß, erregte die Berührung sie von Neuem.

Mit tödlichem Ernst in den ozeanblauen Augen zwang er sie, die Finger um das Heft des Dolchs zu schließen. „Wenn dir jemand in die Quere kommt, hat er verdient, was er bekommt. Ziel auf die lebenswichtigen Organe, wo sie weich sind und du dir keine Gedanken machen musst, ob du durch den Knochen kommst. Hier zum Beispiel." Er führte ihre Hand an seine Seite, legte die Klinge ein paar Zentimeter oberhalb seiner Hüfte flach an die Haut. „Und hier." Jetzt schob er ihre Hand zu seinem Waschbrettbauch.

Ihn dort zu berühren, erinnerte sie daran, wie hungrig sie war, und nicht bloß auf ihn – und prompt knurrte ihr der Magen. Schon wieder wurden ihre Wangen heiß. War sie dazu verdammt, sich bis in alle Ewigkeit vor diesem Mann zu blamieren?

Auf seinen vollen Lippen zeigte sich etwas wie ein Lächeln. „Hast immer noch nichts gegessen, hm?"

Selbst dieser bloße Schatten eines Lächelns erhellte sein gesamtes Gesicht. Auch sie musste lächeln, während ihre Nervenenden pulsierten. Mühsam schluckte sie ihre immer weiter wachsende Begierde hinunter und nickte. „Ich bin am Verhungern."

Ein Moment verging, dann fluchte er. „Das geht komplett gegen das letzte bisschen Moral, das ich noch besitze." Mit finsterer Miene ließ er sie los, um seine Taschen zu durchwühlen. Schließlich holte er ein Plastiktütchen hervor, in dem sich ein dunkelviolettes Pulver befand.

„Was?" Sie im Arm zu halten? Ihr Waffen zu geben? Jetzt, da ihr der Hunger wieder bewusst geworden war, fingen auch die Schmerzen an, ihr Blut erhitzte sich bis zum Siedepunkt, schmerzhaft spannte die Haut über ihren Knochen.

Denk nicht weiter dran, das schaffst du schon.

Er legte das Tütchen beiseite, starrte es einige Momente lang an und stieß schließlich frustriert den Atem aus.

Sie wollte ihm Zeit lassen, sich mit dem auseinanderzusetzen, was ihm Kopfschmerzen bereitete, was auch immer es war. Also betrachtete sie den Dolch, den er ihr gegeben hatte. Die kristallene Klinge war gezackt, unter der klaren Oberfläche schimmerten Regenbögen.

„So etwas habe ich noch nie gesehen", sagte sie.

„Wirst du auch nie wieder. Davon gibt es auf der ganzen Welt nur zwei, und den anderen habe ich. Mit dem Baby kannst du alles töten, selbst einen Gott dieser Welt. Solange du den Dolch in der Hand hast, wird er alles tun, was du befiehlst. Wenn du ihn also verstecken willst, halt ihn fest und denk *unsichtbar*."

Ihr fiel die Kinnlade herunter. „Das kann ich nicht annehmen. Diese Dolche gehören ganz offensichtlich zusammen und …"

„Leg dich nicht mit mir an." Schroff und unnachgiebig. Er zog eine kleine Flasche aus der anderen Tasche, nahm sich das Plastiktütchen und kippte die Hälfte des Inhalts in die Flasche.

Sie hatte ihm gesagt, wo sie hingehen würde, wenn sich ihre Wege trennten, und mit wem sie zusammen sein würde. Offensichtlich hatte er das vergessen, sonst würde er darauf bestehen, dass sie ihm den Dolch zurückgab und so tat, als hätte sie ihn nie gesehen.

„Paris, hör mir zu. Ich habe es auf den Anführer der Jäger abgesehen. Verstehst du, was ich dir sage? Du kannst nicht riskieren, dass etwas so Wertvolles in die Hände …"

„Lass es. Sag jetzt kein Wort mehr. Ich habe beschlossen, dass du auf keinen Fall in die Nähe dieses Psychos gehst, und damit hat sich die Sache, also nimm einfach den Dolch und sag Danke." Kurz schwenkte er die Flüssigkeit in der Flasche, bevor er ihr den Flaschenhals an die Lippen hielt. „Und jetzt trink."

„*Du* hast beschlossen? Du kannst nicht …"

„Trink."

Ihr blieb keine andere Wahl, er hatte bereits begonnen, ihr das Zeug die Kehle hinunterzugießen. Und, gütiger Himmel, liebte sie diesen Geschmack. Eine verwässerte Version von dem, was Cronus ihr immer gab, aber trotzdem köstlich. Schluck um Schluck stürzte sie hinunter, und in ihr breitete sich Wärme aus, tanzte durch ihre Adern, vertrieb den Schmerz, bevor sie auch nur blinzeln konnte.

„Das reicht." Er nahm die Flasche weg, bevor sie irgendwelche danebengegangenen Tropfen auflecken konnte. Enttäuscht seufzte sie auf, dann schloss sie die Augen und kostete den Moment aus. Ihre Haut entspannte sich, und wow, sie hätte glatt davonschweben können auf ihrer ganz persönlichen Wolke der Seligkeit.

„Was ist das eigentlich?" Cronus hatte es ihr nie gesagt.

„Ambrosia."

Hm. Eine Substanz, die Unsterbliche zu sich nahmen, hatte sie irgendwo gelesen, als Genuss- und Stärkungsmittel. Doch wie sie mittlerweile wusste, führten Mythen oft in die Irre, waren rundheraus gelogen oder enthielten nur ein winziges Körnchen Wahrheit. „Warum ..."

„Nein. Keine Fragen zu diesem Thema jetzt." Das Fläschchen hängte er an eine ihrer Gürtelschlaufen, und die Tüte mit dem Pulver schob er ihr tief in die Hosentasche. „Wenn du das nächste Mal Ent... Ich meine, wenn du dich das nächste Mal schwach fühlst, trink ein paar Schlucke. Dann geht's dir gleich wieder besser."

„Offensichtlich."

Unnachgiebig hielt er ihrem Blick stand, während das Blau seiner Augen innerhalb von Sekunden zu gefrieren schien, den Ozean in Glas verwandelte. „Du hast gesagt, mit dem, was Cronus dir gegeben hat, bist du eine Woche ausgekommen?"

Soso. Sie durfte ihn also nicht ausfragen, er sie aber schon? Sie hätte die Antwort verweigern oder wenigstens im Tausch selbst eine einfordern können, doch sie tat es nicht. „Ja." Es beunruhigte sie, wie er sich verändert hatte, und sie wollte seinen offensichtlichen Stress nicht noch verstärken.

„Was du gerade getrunken hast, sollte für ein paar Tage reichen." Unvermittelt packte er sie an den Oberarmen. „Ich will, dass du dir meine nächsten Worte genau einprägst. Selbst wenn du sonst nichts behältst, merk dir das, was ich dir jetzt sage."

„Okay", versprach sie, während seine Anspannung auch von ihr Besitz ergriff.

„Niemals, unter keinen Umständen, darfst du zulassen, dass jemand dein Blut kostet. Hast du verstanden? Wenn es doch passiert, musst du denjenigen töten, bevor er dir entkommen kann."

„Wer sollte denn mein Blut trinken wollen?" Menschen? Unmöglich. Die konnten sie nicht mal sehen, geschweige denn spüren. Vampire? Vielleicht. Sie wusste, dass diese Kreaturen der Nacht existierten, aber die wollten jedermanns Blut. Warum sollten sie sich auf den Geist einer Menschenfrau versteifen?

An Paris' Kiefer zuckte ein Muskel, ein Zeichen wachsender Verärgerung. „Du würdest dich wundern. Jetzt versprich's mir. Versprich mir, dass du jeden umbringst, der's tut."

„Versprochen." Sanft berührte sie ihn an den Schultern, gab sich Mühe, ihn zu beruhigen. Er versuchte, ihr etwas mitzuteilen, ohne dass sie durchdrehte. Sie wusste es, spürte es. Er wollte sie beschützen, obwohl sie vom Schicksal dazu bestimmt waren, sich bald wieder voneinander zu trennen.

Er ließ von ihr ab, schob sich das Haar aus der Stirn. An seinen Fingerspitzen entdeckte sie dunkle Flecken. Aus einem dringenden Bedürfnis, ihm zu helfen, und sei es auf noch so unbedeutende Weise, griff sie nach einer seiner Hände und rieb an den tintenartigen Flecken. Sie verblassten kein Stück, und sie runzelte die Stirn.

„Die gehen nicht ab. Das sind Tattoos", erklärte er ohne jede Regung in seiner Stimme. Plötzlich schien er auffällig still, atmete nur noch flach.

Warum sollte er sich Schmutzflecken in die Fingerspitzen tätowieren? Ihr Blick traf seinen, ein untrennbares Chaos der Verwirrung und des allgegenwärtigen Verlangens. Das Erste ignorierte sie und konzentrierte sich auf das Zweite, hob seine Fingerspitze an den Mund und saugte daran.

Seine Pupillen vollführten wieder ihren Tanz, dehnten sich aus, schnappten zurück, dehnten sich wieder. Aus seinen Poren strömte der Duft dunkler Schokolade und kostbaren Champagners, hüllte sie ein, benebelte sie, elektrisierte ihre schon jetzt überempfindlichen Nervenenden. Sanft biss sie in seine Fingerkuppe, und aus seiner Kehle drang ein heiseres Stöhnen.

„Hast du Kinder?", fragte sie und musste gegen eine Woge der Trauer ankämpfen. *Ich kann keine mehr kriegen. Nie wieder.* Um sich abzulenken, saugte sie seinen Finger tiefer in den Mund, umkreiste ihn mit der Zunge und ließ ihn mit einem leisen *Plopp* wieder zwischen ihren Lippen herausgleiten.

Der plötzliche Themawechsel brachte ihn nicht aus der Fassung. „Nein. Ich weiß, wenn eine Frau … Ich meine, *Sex* weiß es und will sie dann umso mehr, aber eine Fremde zu schwängern ist eins von zwei Dingen, zu denen ich mich niemals von ihm habe zwingen lassen."

Sie legte den Kopf zur Seite. „Und was ist das zweite?"

„Mit jemandem zu schlafen, der noch nicht mündig ist."

Wie hart er um solche kleinen Siege gekämpft haben musste. Sie wusste aus erster Hand, wie überwältigend die Befehle eines Dämons sein konnten. „Willst du welche? Kinder, meine ich. Eines Tages, mit einer Frau, die du liebst?" *Hör auf damit. Das ist zu schmerzvoll.*

Er antwortete mit einem beiläufigen Schulterzucken – zumindest versuchte er es. Die Bewegung wirkte steif und zittrig. „Ich will *dich*, hier und jetzt", erklärte er. „Lass mich dich nehmen. Noch ein Mal, bevor wir losmarschieren."

Noch ein Mal – ein Gedanke, der genauso erregend wie deprimierend war. Eine Weigerung kam jedoch nicht infrage. Sie hatte vorhin nicht gelogen. Sie würde ihn nehmen, wie auch immer sie ihn kriegen konnte. „Ja."

Ein leises Pfeifen hinter ihr, ein kaltes Rauschen durch ihren Körper, und plötzlich zuckte Paris heftig zusammen. Seine Augen wurden groß, seine Hände fielen herab. Stirnrunzelnd blickte er an sich herunter. Aus seiner Brust ragte der Griff eines Messers.

Sienna schrie und wirbelte herum, versuchte, ihn mit ihrem Körper zu schützen. Bloß dass eine Klinge bereits durch sie hindurchgeflogen war, als besäße sie nicht mehr Substanz als Nebel. Was auch der Fall war, zumindest für denjenigen, der das Messer geworfen hatte. Offenbar konnte er die Toten nicht sehen, noch berühren, weshalb es auch seine Waffen nicht konnten.

Der Schuldige war ein riesiger – wirklich riesiger – Typ mit pinkfarbenem Haar und tätowierten Tränen aus Blut in einem Augenwinkel. Er stand am Eingang der Höhle.

Auf seinem punkigen Gesicht stand purer Hass geschrieben. „Na, wie gefällt's dir, wenn *ich* unfair kämpfe?", fauchte er.

Paris schob sie so heftig hinter sich, dass sie dabei ins Stolpern geriet und sich prustend im Wasser wiederfand. Rasend pochte ihr Herz, während die Männer einander mit Blicken zu zerfetzen versuchten. Eine physische Wiederholung stand ohne Frage unmittelbar bevor. Als sie in Kampfhaltung gingen, war nicht mehr zu leugnen, dass sie beide mit dem Tanz des Todes vertraut waren.

„Wie hast du mich gefunden? Ach, weißt du was, vergiss es. Ist mir egal. Du hast deinen Dolch auf meine Frau geworfen. Dafür nehme ich dir die Wurfhand ab." Mit einem Ruck und einer Grimasse zog Paris sich die Klinge aus der Brust. Seine Augen glühten leuchtend rot; tauchten den Mann, den er offenbar zu Hackfleisch verarbeiten wollte, in einen blutigen Schein.

„Deine Frau?" Ein höhnisches Schnauben, während der Neuankömmling sich über die Schultern griff und zwei gezahnte Klingen aus einer Kreuzscheide auf seinem Rücken zog. „Welche Frau? Hier gibt's bloß dich und mich, Dämon."

„Ist mir scheißegal, dass du sie nicht sehen kannst." Die Worte verließen seinen Mund als Knurren, ihr Klang mehr tierisch als menschlich. „Sie gehört mir, und du hast Gewalt an ihre Türschwelle gebracht. Dafür wirst du deine Eier verlieren."

„Ist das so? Tja, ich sag's mal so: Du hast mich wegen meiner Frau verletzt, jetzt verletze ich dich wegen deiner." In seinem Grinsen lag keine Spur von Humor, und die ganze Zeit über glänzte und wirbelte das Metall in seinen Händen.

„Das wage ich zu bezweifeln." Paris schloss die Finger um den zweiten Kristalldolch.

Wieder ein Schnauben. „Wenn du hier lebend herauskommen willst, sagst du mir, wo meine Göttin ist."

„Du bist doch der, der für mehr Schmerz und weniger Gerede war, oder?", fragte Paris. „Na, dann komm schon. Hol dir deine Schmerzen ab."

Und schon stürzten sie sich aufeinander. Sie kämpften schneller, als Sienna folgen konnte. Was sie sah, waren vereinzelte Momentaufnahmen: die Pause, als Paris den Punk zu Boden drückte und sein Stiefel auf eine Kehle zuraste. Die entsetzliche Ungewissheit, als eine Klinge auf Paris' Mitte zuschwang. Der Moment des hoffnungsvollen Herzstillstands, als Paris nach einem Knie schlug und traf. Die grauenhafte Sekunde, in der Paris zu Boden ging, sein Gegner knurrend über ihm.

Und was darauf folgte, war ein Ballett von hämmernden Fäusten und Tritten, hinter denen genug Kraft steckte, um Knochen zu brechen. Knie, die auf Weichteile losgingen. Reißende Zähne und Klauen. Klapperndes Metall. Sie krachten gegen die Wände, rollten auf dem Boden umher, hieben aufeinander ein. Blut spritzte überallhin. Noch nie hatte sie etwas derart Brutales gesehen.

Wunderschön und entsetzlich zugleich war ihr Geschick im Umgang mit ihren Klingen. *Uuund* tatsächlich, wie versprochen flog die Wurfhand des Neuankömmlings plötzlich solo durch die Luft. Wieder spritzte Blut. Das hinderte ihn jedoch nicht daran, sich gleich wieder auf Paris zu werfen und in die nächste Runde zu gehen.

Nur zu gern hätte Sienna ihre neue Waffe hervorgeholt und geschossen, doch die beiden waren untrennbar ineinander verschlungen, und sie hatte Angst, Paris zu treffen. Vorhin hatte sie noch Witze darüber gemacht, ihm eine Kugel in den Rücken zu jagen, jetzt konnte sie die Möglichkeit nicht in Kauf nehmen. Darüber hinaus könnte die Kugel dem Punk wahrscheinlich nicht einmal etwas anhaben, würde vermutlich geradewegs durch ihn hindurchfliegen, genau wie sein Messer durch ihren Körper.

Also ... Was konnte sie tun? Zumindest wusste sie, dass sie in ihrer aktuellen Position niemandem etwas nützte, und erhob sich aus dem Wasser. Ein arktischer Windhauch traf sie und ließ sie so heftig erzittern, dass ihr die Zähne aufeinanderschlugen. Auf ihrer Haut bildeten sich Eiskristalle. Eine Sekunde später ragte der Engel Zacharel vor ihr auf.

„Mach, dass sie aufhören“, flehte sie ihn an.

In seinen grünen Augen stand eine stählerne, unbewegte Härte. Sein Blick war allein auf sie gerichtet. „Komm. Überlassen wir die beiden ihrem Kampf.“

Bei ihrem ungeplanten Badeausflug musste ihr Wasser in die Ohren geraten sein. Sie konnte unmöglich richtig gehört haben. „Mitkommen im Sinne von: Paris *zurücklassen*?“ Waren die zwei Männer nicht Freunde?

„Ja.“ Sichtbar ungeduldig wedelte er mit den Fingern. „Du hast mich richtig verstanden. Ich bin mir sicher, Paris würde es vorziehen, wenn du dich nicht in der Nähe derartiger Gewaltausbrüche aufhältst.“

„Mir egal. Ich bleibe.“ So langsam begriff sie, dass Kriegern wie ihm und Paris das Konzept der Weigerung nicht vertraut war, sodass sie jeden Widerstand als Herausforderung verstanden. Bevor dieser hier sich auf sie stürzen konnte, hob sie die Hände, Handflächen nach außen, und wich vor ihm zurück.

Das mochte feige sein, aber es war effektiv. Stirnrunzelnd blickte er sie an.

„Ich bleibe, Ende der Diskussion", fügte sie hinzu.

Mittlerweile hatte auch Paris die neue Bedrohung registriert und stieß ein unheiliges Brüllen aus. Mit ganzer Macht ging er auf Zacharel los und warf den Kriegerengel zu Boden. Der schob ihn nicht von sich. Berührte ihn nicht einmal, und doch flog Paris durch die Höhle und krachte an die gegenüberliegende Wand.

Eine Sekunde später war der pinkhaarige Krieger wieder über ihm, und der Kampf erreichte ein neues Level der Skrupellosigkeit. Doch nicht ein Mal in der ganzen Zeit ließ Paris das Messer los, das ihm der andere in die Brust gejagt hatte. Bis zum Anschlag rammte er es in die besonders weichen Stellen am Bauch und an der Seite des Kerls, die er Sienna vorhin noch gezeigt hatte.

Ein schmerzerfülltes Grunzen, ein rabenschwarzer Fluch. Dann sackte der Typ in sich zusammen, und Paris wirbelte herum, nahm erneut Zacharel ins rot glühende Visier – der plötzlich neben Sienna stand.

Erschrocken keuchte sie auf und rannte um die Quelle herum, brachte so viel Abstand wie möglich zwischen sich und den Engel. „Bleib weg von mir, Engeljunge."

Schwarze Augenbrauen hoben sich bis fast an seinen Haaransatz. „Wohl kaum, Dämonenmädchen. Ich tue das hier, um dich zu retten, um Tausende andere zu retten."

Äh, was genau?

„Komm zu mir, Sienna." Paris keuchte, blutete, bebte, und noch immer stand dieser wahnsinnige animalische Glanz in seinen Augen. „Jetzt."

Mit jeder Faser ihres Seins wollte sie zu ihm rennen. Und das wäre sie auch, hätte der Engel nicht gesagt: „Das kann ich ihr nicht gestatten, Dämon“, um in der nächsten Sekunde an ihrer Seite zu erscheinen, sie am Handgelenk zu packen und nicht mehr loszulassen.

29. KAPITEL

Hölle, nein, dachte Paris. Auf keinen Fall würde er sich von zwei verweichlichten Flattermännern – einer noch in der Ausbildung, der andere gefallen – fertigmachen lassen. Noch hatte er den Gefallenen nicht getötet, sondern ihm nur ein bisschen wehgetan. Oder auch ein bisschen mehr. Wie auch immer. Jetzt wollte er den Bastard für verdammt lange Zeit leiden sehen.

Heiß brannte in ihm das Bedürfnis, Sienna zu beschützen. Die Tatsache, dass der Gefallene ihr Vorspiel unterbrochen hatte, dass jemand anders als er die Lust auf ihren feinen Zügen gesehen hatte, war Grund genug, zu töten. Grausam.

Zacharel hatte er eigentlich sogar ganz gern, aber das bedeutete nicht, dass er jegliche Einmischung in dieses Thema gestatten würde. Das Einzige, was den Kriegerengel im Augenblick noch rettete, war die Tatsache, dass *Sex* entweder schlief oder sich versteckte und dankenswerterweise keine Meinung dazu hatte.

„Lass sie los", knurrte er. Rapide machte sich sein Blutverlust bemerkbar, nachdem die Wunde in seiner Brust plätscherte wie ein Rohrbruch. Es tat höllisch weh, und er wusste, dass er früher oder später zusammenbrechen würde. Er war fest entschlossen, dafür zu sorgen, dass es später sein würde, wenn Sienna in Sicherheit war.

Knapp schüttelte der Engel den Kopf. „Deine Launen sind zu unberechenbar."

Und was zur Hölle spielte das für eine Rolle? „Ich hab mich unter Kontrolle."

„Hast du das wirklich?"

Nein. „Hab ich doch gesagt, oder? Also lass sie los, bevor ich dich dazu zwingen muss."

„Indem du mir die Hand abnimmst? Oder die Eier, wie du es dem Gefallenen angedroht hast?" Eine bedeutungsschwere Pause, während der wilder Zorn aus einem Mann hervorzubrechen drohte, der offensichtlich jegliche Emotionen verleugnete – und sie doch nicht ganz unterdrücken konnte. Eines Tages würde er explodieren, ohne jeden Zweifel. „Was wirst du mit *dir* machen, wenn du deine Frau versehentlich verletzt?"

Ein drohender Schritt, zwei. „Hau ab. Jetzt." So tief war die Dunkelheit in seinem Inneren verwurzelt, dass er wusste, er würde sie nie wieder loswerden, nicht einmal, wenn seine und Siennas Wege sich trennten. *Gerade* dann nicht. Schon jetzt wusste er, dass er in tiefste Verzweiflung verfallen würde, wenn er sie verlor. Wenn er sich gestattete, sich in ihrer Nähe zu entspannen, sie noch mehr zu mögen, würde er sie nur mit sich in den Abgrund zerren. Deshalb hatte er nach dem Sex mit ihr so entschlossen jegliche Empfindungen unterdrückt.

Jetzt war er dankbar für diese Dunkelheit. Wenn er den Engel ermorden müsste, würde er es tun, und die Dunkelheit würde sich vor Begeisterung überschlagen, statt ihn in Reue zu ertränken.

„Deine Dunkelheit", sagte Zacharel.

„Liest du meine Gedanken?" Dafür würde er bezahlen.

„Nein", erwiderte der Engel und rettete damit sein Leben. „Deine Augen. Dort ist die Dunkelheit deutlich zu sehen. Weißt du, was das ist, Krieger? Weißt du, womit du da spielst? Nein? Nun, erlaube mir, es dir zu erklären. So, wie ein menschlicher Körper ein Kind zur Welt bringen kann, ist ein Dämon in der Lage, Böses zu gebären. Das ist es, was du getan hast. Du hast deinem Dämon gestattet, einen neuen Dämon zu erschaffen. Nur dass dieser ganz allein dir gehört, er ist dein Baby, und genau wie der andere, von dem du besessen bist, wird er dich nie wieder verlassen."

Das hätte ihn überraschen sollen, tat es aber nicht. Hätte ihn nicht noch wütender machen sollen, tat es aber doch. Denn Sienna hatte diese Worte der Verdammnis gehört. „Wenn du nicht willst, dass ich euch persönlich bekannt mache, gehst du jetzt besser weg von meiner Frau."

„Paris", sagte sie, und Traurigkeit erfüllte ihre Stimme.

Traurigkeit, nicht Zorn – das verwirrte ihn. Wie dem auch sein mochte: Wenn sie ihm sagen wollte, sie sei nicht seine Frau, sein zweiter Dämon – oder was auch immer es war – sei ein Dealbreaker, würde er ausflippen. Später, wenn er sie sowieso gehen lassen musste, okay. Dann würde er das Ganze noch mal objektiv betrachten und seine Besitzansprüche zurückschrauben. Aber hier? Jetzt? Keine Chance. Gerade hatte er sich in ihr Innerstes versenkt, war in ihr gekommen, hatte sie gezeichnet und spürte noch immer ihren köstlichen Geschmack auf der Zunge. Sie hatte seinen Namen geschrien, hatte mehr gewollt und hätte ihm auch mehr gegeben.

„Ich hab immer noch dein Geschenk", erinnerte sie ihn. „Soll ich ... Willst du, dass ich ... es benutze? Ich dachte, er wäre dein Freund, aber ..."

Er blinzelte. Sie würde den Engel erstechen? Für ihn? Vermutlich hätte der Gedanke seine Begierde nicht schon wieder anheizen sollen, doch das tat er. Und dass sie das für ihn tun würde, nachdem sie gerade vernommen hatte, wie Zacharel ihn verdammt hatte, wärmte ihm das Herz.

„Noch nicht." Hinter sich hörte er den Punk schleppend auf die Beine kommen. Er packte seine Waffe fester.

„Nein", bremste Zacharel ihn. Endlich ließ er Sienna los. „Das Rot verschwindet aus deinen Augen. Das ist gut. Jetzt wirst du dem Mädchen nichts antun. Deshalb werde ich den Gefallenen an einen anderen Ort bringen und später zurückkehren. Was euch betrifft: Ihr werdet euch auf den Weg zum Ausgang aus diesem Reich machen." Einen Moment später war er verschwunden, und mit ihm der Gefallene, obwohl Zacharel ihn nicht einmal berührt hatte.

Als wäre seine Anwesenheit das Einzige gewesen, das ihn noch aufrecht hielt, brach Paris in die Knie. Hastig stürzte

Sienna zu ihm und half ihm vorsichtig, sich hinzulegen. Dicke schwarze Spinnennetze überlagerten sein Blickfeld. Jeden Moment würde er bewusstlos werden.

„Ich bin bei dir", versprach sie. „Ich sorge für dich. Ich lass nicht zu, dass dir was passiert."

Er wollte nicht sagen, was er jetzt sagen musste. Wollte das, was vorhin geschehen war, nicht mit dem besudeln, was jetzt passieren musste. In dieser Situation war er schon tausendmal gewesen. Verletzt und mit schwindenden Kräften – und es gab nur einen Weg für ihn, wieder gesund zu werden.

„Ich muss ... Du musst ... Sex, ich brauche Sex."

Sofort war sein Dämon hellwach, schoss aus seinem Versteck hervor und pumpte Blut in seinen Schwanz.

„Sex? Aber dazu bist du viel zu schwach. Du musst dich ausruhen."

„Kein Ausruhen. Ich hasse es, dass es auf diese Art sein muss, aber ich kann's nicht ändern." Wenn er so schwer verletzt war, brauchte er das volle Programm, harten Sex mit so vielen Partnern wie irgend möglich. Doch selbst wenn er zwischen hundert Schönheiten gelegen hätte – die einzige Frau, die er begehrte, war die, die sich über ihn beugte und stumm mit sanften Händen seine Wunden untersuchte. Eine Frau, der er nicht vertrauen sollte, vor allem, wenn er in einem solchen Zustand war. Doch er konnte, wollte sich nicht von ihr abwenden.

Was auch immer als Nächstes geschehen würde.

„Bitte, Sienna. Reite mich."

Nur ein winziges Zögern. „Bei mir musst du niemals betteln, Paris", wiederholte sie seine eigenen Worte von vorhin, besänftigte ihn. „Ich hab dir gesagt, ich würde für dich sorgen, und das werde ich."

30. KAPITEL

Sollte ich Paris jemals nackt zu sehen kriegen, sterbe ich wahrscheinlich durch spontane Selbstentzündung, dachte Sienna wehmütig, als sie seine schwarze Hose aufknöpfte und den Reißverschluss öffnete.

Um ihn nicht zu viel zu bewegen und ihm dabei vielleicht Schmerzen zuzufügen, schob sie den Stoff einfach nur auseinander, anstatt ihm die Hose ganz auszuziehen. Sie befreite seinen beeindruckenden Schaft, genau, wie sie es vorhin getan hatte. Kein Mann sollte so durch und durch schön sein, von oben bis unten das Sinnbild harter Stärke und dunkler Erotik.

Gequält legte er sich einen Arm über das Gesicht, verbarg seine Züge vor ihrem Blick. „Ich hasse das."

Gerade hatte sie die Hand nach ihm ausgestreckt, doch jetzt zog sie sie hastig zurück. „Es tut mir leid. Ich kann dir jemand anderen suchen, wenn du lieber ..."

„Nein", schnitt er ihr hastig das Wort ab. Er musste das Entsetzen in ihrer Stimme gehört haben. „Ich hasse es nicht, mit dir zu schlafen, und ich will keine andere."

Gut, denn sie war sich nicht sicher, ob sie das hätte durchziehen können. Seine Zuhälterin zu werden, wäre ihre ganz persönliche Hölle.

„Was ich hasse, ist, dass wir im Anschluss an etwas Bedeutsames und Natürliches etwas Klinisches, Mechanisches tun. Etwas Erzwungenes."

Ihr erster Gedanke: *Er hat den Sex mit mir ebenfalls genossen und hält ihn für bedeutsam.* Pure Freude jagte ihr durch die Adern und wärmte sie bis in die letzte Zelle. Ihr zweiter Gedanke: *Er schämt sich.* Und schon verwelkte ihre Freude, kühlte ab. Es gab schon so vieles, das gegen sie stand. Sie konnte ihm nicht erlauben, dem auch noch eine so schreckliche Empfindung hinzuzufügen.

„Du zwingst mich zu gar nichts, Paris. Bevor wir unterbrochen wurden, war ich schon tropfnass. Ich bin immer noch feucht.“ Und zwar nicht durch ihren Badeausflug. „Warum soll es diesmal weniger bedeuten als letztes Mal, wenn wir sowieso schon kurz davor waren?“

Bei *tropfnass* hatte er gestöhnt. Jetzt nahm er den Arm vom Gesicht und blickte mit diesen leuchtend blauen Augen zu ihr auf. „Du bist so wundervoll.“

Wenn er sie auf diese Weise ansah, mit schweren Lidern und so herrlich verträumt, *fühlte* sie sich auch wundervoll. „Warte, bis du erst den Rest von mir gesehen hast.“ Sie stand auf und zog sich aus, während er jede ihrer Bewegungen verfolgte.

Über die Jahrhunderte hatte er unzählige Nackte gesehen. Sie wusste das; hatte sie selbst gesehen. Er hatte mit großen Frauen geschlafen und mit kleinen, mit dünnen, üppigen, schwarzen, weißen und allem dazwischen.

Sienna war nichts Besonderes, und doch – als er diesmal murmelte: „Mehr als bezaubernd“, während ihm der Schweiß auf der Stirn stand, glaubte sie ihm. Er hatte recht. Ihr Dämon hätte eine Lüge gespürt. Die Freude kehrte zurück.

„Dasselbe denke ich über dich“, gab sie zu. Nackt, mutig geworden durch seine Worte, kniete sie sich über seine Hüften und senkte das Becken. Doch sie nahm ihn nicht in sich auf, noch nicht. Er brauchte den Sex, und zwar schnell, aber noch dringender brauchte er Streicheleinheiten. Brauchte die Versicherung, dass sie bei ihm war, hier und in diesem Moment.

Hart und dick ragte sein Schaft zwischen ihren Beinen hervor, ihre Wärme fest an seine Länge gedrückt. Mit den Fingerspitzen strich sie über seine Eichel, und er holte zischend Luft.

„Kletter hier rauf und setz dich auf mein Gesicht“, krächzte er. Mit zitternden Händen fand er ihre Brüste und knetete sie, drehte die harten Nippel zwischen den Fingerspitzen. „Ich will dich noch mal schmecken.“

Das Bedürfnis, genau das zu tun, brachte sie fast um. Mit alarmierender Macht rauschte ihr das Blut durch die Adern, wurde immer heißer und vertrieb auch die letzte Spur von Kälte. „Dabei tu ich dir doch weh. Mein Gewicht ... Du bist an der Brust verletzt."

„Wie wär's damit: Ich *muss* dich noch mal schmecken, und es ist mir egal, ob mir dabei die Brust wehtut."

Sie befeuchtete ihre Lippen. „Wie wär's damit: *Ich* schmecke *dich*."

Augenblicklich erstarrte er, hörte sogar auf zu atmen.

„Außer du willst nicht", fügte sie hastig hinzu.

„Das ist es nicht." Rau brachen die Worte aus seiner Kehle. „Seit Hunderten von Jahren habe ich niemandem mehr erlaubt, das mit mir zu machen." Sein Atem ging schwer. „Nein, das stimmt nicht. Auf dem Weg hierher habe ich einem Sklaven gestattet, den Akt an mir zu vollziehen. Ich habe jede Sekunde davon gehasst."

„Oh." Ihre Augen weiteten sich vor Erstaunen. Alle Männer liebten Oralsex. Oder etwa nicht? Warum also hatte er die Frauen davon abgehalten?

„Aber dich", fuhr er fort, immer noch angespannt, „würde ich lassen. Wenn du willst."

Zärtlich legte sie ihm die Hände auf den Bauch, spürte, wie sich die Muskeln unter ihren Fingern zusammenzogen. „Ich will dich nicht in Verlegenheit bringen oder irgendwas tun, was dir nicht gefällt ..."

„Nein. Das hast du missverstanden. Den anderen habe ich das nicht erlaubt, weil ich sie sowieso schon benutzt habe. Ich wollte nicht, dass sie mir darüber hinaus noch mehr Gefallen tun. Dem Sklaven habe ich es nur aus einem einzigen Grund gestattet: Ich brauchte Antworten, und das war der schnellste Weg, sie zu bekommen."

Antworten über mich.

„Nur damit du's weißt, das mache ich nicht, um dir einen Gefallen zu tun, Paris. Du bist ein wunderschöner, charmanter, intelligenter und höllisch sinnlicher Mann, und ich brenne darauf, dich zu genießen. Genau wie du. Mit all den anderen hast du nur für diesen Moment geübt", neckte sie ihn und hoffte, dass er die Wahrheit in ihren Worten erkannte. „Wenn ich das tue, werde ich uns beiden Genuss verschaffen. Hoffe ich. Ich meine, mit Blowjobs hab ich ungefähr so viel Erfahrung wie mit Sex."

„Wenn das so ist, dann komme ich gleich wie noch nie in meinem Leben. Du wirst perfekt sein." Schon jetzt wiegte er unwillkürlich die Hüften unter ihr, als malte er sich aus, ihre Lippen auf sich zu spüren. „Bitte, Sienna. Bitte tu es."

„Einverstanden, aber nur, wenn's dir gefällt." Sie schob sich nach unten, bis ihre Lippen über diesem prachtvollen Schaft schwebten. Das gehört nur mir, dachte sie berauscht.

„Es wird mir gefallen, ich schwör's."

„Dann lass uns das doch mal überprüfen." Sie schob die Zunge vor, leckte an seinem Schaft auf und ab, schleckte ihn wie einen Lolli. Immer wieder stöhnte er auf, und das nahm sie als Zustimmung. Als sie das dritte Mal nach oben glitt, schloss sie die Finger um seine Wurzel und die Lippen um die Eichel. Während sie sich in seinem göttlichen Geschmack verlor, fuhr sie mit der Hand weiter an seinem Schaft auf und ab.

Ihre Flügel senkten sich über sie, berührten federleicht seine Seiten, und zum ersten Mal genoss sie es, sie zu besitzen. Wenn sie ihn so einhüllte, vergaß sie die Welt da draußen. Nur noch sie beide existierten. Nur noch die Lust.

Ein Fluch brach aus ihm hervor, als seine Hüften zuckten, seinen Schaft tiefer in ihren Mund schoben. Sofort entschuldigte er sich und nahm sich zurück. „Mehr. Bitte, mehr." Mit den Fäusten hieb er auf den Boden ein. „Ich muss mehr haben."

Sie saugte fester, nahm ihn tiefer in sich auf, genoss das Gefühl, glitt so tief, wie sie konnte. Er war zu groß, und ihr brannte der Kiefer vor Anstrengung, doch das war ihr egal. Sein gesamter Körper bebte vor Lust. Und die ganze Zeit machte sie mit ihren Händen weiter, streichelte ihn mit der einen und zog mit der anderen sanft an seinem Hodensack.

Doch dann begann sie sich zu fragen, wie der schmecken mochte, und ließ mit einem *Plopp* von seinem Penis ab, um mit der Zunge über seinen prallen Sack zu fahren. Auch das gefiel ihm, besonders, als sie erst einen, dann den anderen Hoden in den Mund saugte.

Würde sie je genug bekommen von diesem Mann?

Als er ihren Namen schrie, wendete sie sich wieder der Hauptattraktion zu, nahm ihn in sich auf, tiefer und tiefer, während seine Reaktion sie immer weiter anheizte, ihren Unterleib mit einer köstlichen, schweren Hitze erfüllte.

„Ich bin kurz davor, Baby, so kurz. Wenn du mich nicht schmecken willst, dann musst du …“

Ihre Antwort bestand darin, so hart an ihm zu saugen, dass ihre Wangen hohl wurden.

„Oh ja!“ Heftig zuckten seine Hüften, all seine Muskeln verkrampften sich, und aus seiner Kehle brach ein Schrei, lauter als alles, was sie bisher von ihm gehört hatte. Heiß ergoss er sich in ihren Mund, und sie schluckte jeden Tropfen, saugte ihn aus, bis er schließlich zu Boden sank und seine keuchenden Atemzüge in der gesamten Höhle widerhallten.

„Jetzt reite mich“, befahl er mit dieser dunklen, heiseren Stimme. „Ich muss in dir sein. Jetzt.“

„Ja. Jetzt.“ Sie wusste, dass sie bloß wiederholte, was er gerade gesagt hatte, doch aus seiner Haut drang wieder dieser berauschende Duft, hüllte sie ein, ließ sie alles außer ihm vergessen.

Sie erhob sich auf die Knie und bemerkte erstaunt, dass sie zitterte. Ein kurzer Blick, und sie erkannte, dass seine Wunden nicht mehr bluteten, dass die Haut wieder zusammengewachsen war. Und obwohl er gerade gekommen war, war er immer noch stahlhart und bereit für sie.

Wieder kniete sie sich über ihn, und diesmal nahm sie ihn

in sich auf, bis zum Anschlag, bis sie auf ihm saß, ihre Pobacken auf seinen Oberschenkeln ruhten. Wie beim ersten Mal dehnte er sie, doch es war ein so herrliches Brennen, und sie war so verdammt nass, so verdammt bereit.

Fest packte er ihre Hüften und bewegte sie, auf und ab, schockierte sie mit seiner Kraft. Denn jedes Mal, wenn er sie nach unten zog, rammte er in sie hinein, vergrub sich so tief in ihr, wie es nur ging, hob ihr das Becken entgegen.

„Küss mich“, knurrte er. „Beug dich vor und küss mich.“

Und sie gehorchte, während sie ihn weiter ritt, stieß an seine Brust, als er eine Hand in ihren Nacken legte und ihren Kopf zur Seite neigte, um seine Lippen auf ihre zu pressen. Augenblicklich stieß er die Zunge in ihren Mund, nahm sie vollkommen in Besitz. Jetzt wanderten seine Hände auf ihren Rücken, glitten zu den Schlitzen, aus denen ihre Flügel hervortraten. Es war, als drückte er Finger und Mund zugleich auf ihre Klitoris, als benutzte er dazu noch seine Nase und sein Kinn und seine Bartstoppeln; alles, um sie bis zum Äußersten zu stimulieren.

Ihre Erlösung traf sie so heftig wie jeder von Paris’ Stößen. Ein wildes Hochgefühl durchströmte sie, die Erregung so intensiv, dass ihre Nervenenden unter Strom standen. Weiße Punkte explodierten hinter ihren Lidern, Feuer schoss durch ihre Blutbahn. Ein Sturm der Befriedigung erfüllte sie bis in die letzte Zelle.

Es war keine Absicht, doch in ihrer Hemmungslosigkeit biss sie ihm in die Lippe, bis sie Blut schmeckte, und selbst das steigerte ihre Begierde noch. Fest bohrte sie die Fingernägel in seine Kopfhaut, hielt ihn an Ort und Stelle, während sie sich auf ihm austobte. Doch ihm schien es nichts auszumachen, offenbar gefiel es ihm sogar. Mit einer Hand packte er wieder ihren Po und presste sie noch einmal auf die Unterlage, während er sich ihr entgegenstreckte, und dann schrie er, ergoss sich in sie und brachte sie ein zweites Mal zum Höhepunkt.

Als sie schließlich wieder zu sich kamen, sanken sie in einem Knäuel aus Armen und Beinen zu Boden, bebend und keuchend, rangen nach Luft und scherten sich nicht darum, dass sie keine bekamen.

„Danke", brachte er schwer atmend hervor.

„Hat's dir gefallen?", erwiderte sie, als sie ihre Stimme wiederfand.

„Du hast mich fast umgebracht, Weib. Eigentlich sollte ich mich jetzt zusammenreißen und dafür sorgen, dass wir uns endlich auf den Weg machen, aber ich bin vollkommen weggebeamt."

Genau wie sie. Jedes Mal mit ihm war besser als das vorige. „Ich hoffe, das machen wir heute noch tausendmal."

„Ich hoffe, das ist eine gute Schätzung und keine Übertreibung."

„Wenn überhaupt, dann hab ich *unter*trieben mit meiner Schätzung. Das mit meinen Flügeln war der Hammer."

Warm spürte sie sein leises Lachen auf ihrer Haut. „Nicht zu grob?"

„Einfach perfekt." Sie drückte einen Kuss auf den Muskel, der seine Schulter und seinen Hals verband, und biss dann leicht hinein. „Vorher schon mal mit 'ner geflügelten Frau geschlafen?"

„Äh ... Ich ..." Er zögerte.

Und da war sie wieder, seine Scham, und wieder empfand sie tiefes Mitgefühl für alles, was er hatte durchmachen müssen. „Das nehme ich mal als Ja. War sie ein Engel, wie dein Freund?" Er musste sich von diesen Erinnerungen reinwaschen, von den Gefühlen, die sie verursachten.

„Äh ..."

„Noch mal Ja. Auch mit einer Dämonin?"

Diesmal zögerte er nur kurz. „Ja." Wie ein verlegener Schuljunge wandte er den Kopf in die andere Richtung.

Hinreißend. Einfach nur hinreißend. So stark und wild er

als Krieger war, legte er doch Wert auf ihre Meinung. „Paris, es ist in Ordnung. Ich weiß, dass du eine Vergangenheit hast, und ich will dich nicht ausfragen, um dich in Verlegenheit zu bringen. Ich will nur, dass du weißt, dass nichts, was du je getan hast, mich abstoßen könnte."

Langsam wich die Spannung von ihm, und er wandte sich ihr zu. Wieder wirbelten diese dunklen Schatten in seinen Augen, doch während sie zusah, lösten sie sich auf wie Nebel. Zacharel hatte gesagt, diese Schatten seien ein weiterer Dämon, etwas Böses in Paris, das er nie wieder loswerden könne. Sie war sich nicht sicher, warum er dieses Böse in sich willkommen geheißen hatte – oder „geboren" –, und es war ihr auch egal. Für sie war er einfach nur Paris, und nie wieder würde sie den Fehler begehen, jemanden für eine eingebildete Böswilligkeit zu hassen.

„Danke", wiederholte er und drückte sie fester an sich.

„Jetzt pass mal auf. Wenn ich nichts Schlechtes über mich sagen darf, dann darfst du mir auch nicht für meinen überragenden gesunden Menschenverstand danken."

Er legte eine Hand an ihr Gesicht und zwang sie, ihm in die Augen zu sehen. Eigentlich hatte sie ihn nur zum Lachen bringen wollen, doch nie war seine Miene entschlossener gewesen. „Abgemacht."

Ihr wurde die Kehle eng, und sie zwang sich, zu husten. „Wie wär's, wenn ich dir was Peinliches aus meiner Vergangenheit erzähle, damit wir quitt sind?"

Heiser, verletzlich: „Bitte."

„Als ich noch klein war, hab ich mal mit meiner kleinen Schwester Beautysalon gespielt. Ich war die Friseurin und hab ihr wunderschönes honigblondes Haar zu einem Pferdeschwanz gebunden – und dann das ganze Ding abgesäbelt. Sie war die Visagistin und hat mir das Gesicht mit wasserfesten Stiften angemalt. Unsere Eltern waren entsetzt." Plötzlich sehnte sie sich so sehr nach diesem Moment zurück, dass sie ein Schluchzen hinunterschlucken musste.

Enna, Tommy aus meiner Klasse hat gesagt, ich hab zu viele Sommersprossen, und das ist hässlich. Tränen, die zarte Pausbäckchen hinabrollten.

Dann ist Tommy aus deiner Klasse ein Dummkopf. Du hast nicht mal halb so viele Sommersprossen wie ich, und ich bin das hübscheste Mädchen auf der ganzen Welt. Das hast du selbst gesagt.

Ein mädchenhaftes Kichern. *Und ich lüge nie!*

Du fehlst mir so sehr, Skye, dachte sie jetzt. *Ich finde dich. Ich rette dich.*

Sanft strich Paris ihr mit dem Daumen über die Wange. „Irgendwie warst du gerade nicht mehr ganz bei mir."

„Tut mir leid."

„Das muss es nicht. Ich hab bloß gesagt, dass deine Geschichte überhaupt nicht peinlich ist. Sie ist niedlich. Davon abgesehen finde ich deine Flügel echt heiß, und ich frage mich ernsthaft, warum ich nie daran lecken wollte, solange Aeron sie getragen hat."

Sie legte die Hand auf seine und zwang sich, zu lächeln. Bald würde sie ihn verlieren, also musste sie ihn genießen, solange sie konnte. „Versteh das jetzt bitte nicht falsch, aber ich hoffe, dich sticht noch mal jemand ab. Und zwar bald. Deine Krankenschwester zu spielen hat mir einen Heidenspaß gemacht."

Endlich brach ein überraschtes Lachen aus ihm hervor. Dann zog er sie an sich, bis sie auf ganzer Länge auf ihm lag. „Baby, für diese Art Behandlung würde ich mich jederzeit bereitwillig abstechen lassen, aber glücklicherweise ist das gar nicht notwendig. Ich hab da noch ein anderes Wehwehchen, das nach deiner professionellen Aufmerksamkeit verlangt."

31. KAPITEL

Als sie schließlich aus ihrer kleinen Höhle zurück in das große, böse Reich traten, in dem Zacharel der Keuschheitsgürtel auf sie wartete, war Paris wieder bei vollen Kräften – sogar stärker als je zuvor. Adrenalin pumpte durch seine Muskeln, seine Knochen waren wie Stahl. Sogar sein Gang war anders, schwerer durch sein zusätzliches Gewicht, sicherer durch seine überragende Balance.

Alles wegen Sienna.

„Ich habe meine Energie darauf verwendet, den Gefallenen … woandershin zu bringen. Wir werden zu Fuß zum Portal gehen müssen", erklärte Zacharel ihr gerade. Und tatsächlich waren seine Wangen ein wenig eingefallen, fehlte seiner Haut das übliche Leuchten. „Das ist immer noch das, was du vorziehst, richtig? Vorhin hast du gesagt, du würdest sowieso lieber mit Paris laufen, als mit mir zu fliegen. Und auch wenn du bald herausfinden wirst, warum das unklug ist, kann ich dir momentan nichts Besseres anbieten."

„Ist es, vielen Dank", erwiderte sie, höflich wie immer.

„Wenn du unbedingt mit uns rumhängen willst, mach dich nützlich." Paris übernahm die Führung, zog Sienna hinter sich her und zwang den Engel, die Nachhut zu bilden. „Beschütz sie mit deinem Leben."

Ein Windstoß umwirbelte den Engel – und nur ihn –, und mit jeder verstreichenden Sekunde wurde es kälter. „Das habe ich vor. Egal vor welcher Bedrohung."

Locker dahingesagt, und doch zeigte seine Miene deutlich, dass in seinen Augen auch Paris eine Bedrohung war, die Zach aus dem Weg räumen würde, wenn es nötig sein sollte.

Gut zu wissen.

Während ihrer Suche nach Sienna waren sie kaum einem Wesen begegnet und hatten zumindest ein bisschen Licht gehabt, einen blutigen Schimmer des Mondes. Jetzt glitten überall diese hungrigen, triefenden Schatten umher, und die einzigen Lichtquellen waren die hin und wieder auftauchenden Bösewichter – wie jene, die Sienna voller grausamer Absichten verfolgt hatten. Gepfählt standen sie mitten in der Landschaft und verbrannten bei lebendigem Leib.

Paris griff hinter sich und schob ihre Finger in seinen Hosenbund. „Lass nur los, wenn du kämpfen musst." *Ich will nicht, dass sie kämpfen muss.*

„Versprochen." Selbstsicher, furchtlos.

Das ist mein Mädchen. Und weiter zog die kleine Truppe durch die Wildnis – oder, wie jetzt, durch eine Art Feldlager. Zu beiden Seiten erstreckten sich Zelte. *Sex* hielt seine große Klappe, aber diesmal wusste Paris ohne jeden Zweifel, dass er seine Lust ausschlief, statt sich zu verstecken.

Ein Zischen. Ein Zähneschnappen.

Feinde.

Paris suchte die Dunkelheit ab und entdeckte die Quelle der Bedrohung schließlich ein Stück weiter vorn an der Oberseite des nächsten Zelts. Sofort reagierte er, nahm Anlauf, ließ sich fallen und schlitterte auf Knien an dem Zelt entlang, während er mit einem Dolch die Stämme der gleichen kletterpflanzenartigen Kreaturen durchtrennte, die ihm auch bei seinem Abstieg ins Tal begegnet waren. Eine Sekunde später war er schon wieder auf den Beinen und sah zu, wie die leblosen Überreste vom Zelt herunterrutschten.

Keine Zeit zum Luftholen. Drei weitere regneten auf sie herab. Immer weiter blieb er in Bewegung, schnitt, wirbelte, schlitzte, und an den Geräuschen hinter sich erkannte er, dass Sienna und Zacharel das Gleiche taten.

Mit einem kurzen Blick auf seine Frau – sie hielt den Blick auf seinen Rücken gerichtet und stürzte sich auf alles, was sich ihm näherte – versicherte er sich, dass sie keine Wunden davongetragen hatte, ihr nichts passiert war. Eine der Ranken schnappte nach ihr und enthüllte triefende Fangzähne zwischen rasiermesserscharfen Blättern. Sie war zu sehr damit beschäftigt, ihn zu beschützen, um sich selbst zu verteidigen.

Paris schlug das Wesen mit dem Arm beiseite, und plötzlich fehlte an seinem Arm ein ordentliches Stück Haut und Muskel. Scharf atmete er ein, um einen Schmerzensschrei zu unterdrücken. Jetzt wusste er also, was von diesen Fangzähnen tropfte. Säure.

„Flieg sie hier raus", befahl er Zacharel, während er weiter umherwirbelte, kreuz und quer schnitt und hackte, leblose Ranken beiseitewarf. Lieber verlor er sie auf diese Art als auf eine andere, dauerhaftere Weise.

„Hab's dir doch gesagt. Für den Abtransport des Gefallenen habe ich meine letzten Kräfte aufgebraucht."

Von Anfang an hatte Paris gewusst, dass er den punkigen Bastard hätte umbringen sollen, aber *neiiin*, er hatte ja Mitgefühl empfinden müssen für die Lage des Mannes. Das würde er sich eine Lehre sein lassen. Einmal Nachgiebigkeit zeigen, und *zack*, wurde man später dafür bestraft.

„Ich lass dich nicht allein", erklärte Sienna, während sie einen Stängel packte und den Kopf mit der kristallenen Klinge abhackte, die Paris ihr gegeben hatte. Sie war schnell, aber nicht schnell genug, und bald würden sie in Massen über sie herfallen. „Muss die Pistole im Wasser verloren haben. Tut mir leid."

Dunkelheit … erhob sich … Paris ließ die Dolche fallen und griff nach seiner eigenen Kristallklinge. Ein einziger mentaler Befehl, und die Waffe verlängerte sich … und verwandelte sich in eine Fackel. Fest presste er das flammende Ende an das lederne Zelt neben ihm, das bald Feuer fing … und die Funken sprangen auch zum nächsten Zelt über.

Kreischen mischte sich in das Knistern und Krachen der Flammen, während er, Sienna und Zacharel keuchend davonrannten. Nach einem, zwei Kilometern wurden sie schließlich langsamer, und Zacharel bemerkte: „Ich dachte, du wolltest unauffällig bleiben."

„Wir mussten da mal was klarstellen." Und den Göttern sei Dank, auch die Schattenkreaturen hatten es begriffen: Wer sich mit Paris' kleiner Karawane anlegte, würde brennen. Sie blieben auf Abstand. Nur Siennas Gegenwart hielt Paris davon ab, zu ihnen zu marschieren und ein paar abzuschlachten.

Er wollte ihnen wehtun, aber noch mehr wollte er Sienna beschützen.

Du kannst immer noch später zurückkommen. Stimmte. Wenn Sienna ging, würde er einen anständigen Kampf brauchen, um wieder runterzukommen.

Na super. Beim Gedanken daran, dass sie ihn verlassen würde, begann er gleich schon wieder zu kochen. Erst ein paar Stunden später beruhigte er sich langsam. Nichts und niemand wagte sich ihnen zu nähern, und mehr als einmal sprangen seine Gedanken zurück zu dem, was Zacharel gesagt hatte.

Paris' Dunkelheit ... Seine unberechenbaren Launen. Zacharel hatte schon angedeutet, dass Paris eines Tages auch Sienna verletzen würde. Und doch, als er sich in der Höhle in eine dunkle, verzehrende Rage hineingesteigert hatte, war er sich ihrer jederzeit bewusst gewesen. Hatte den Kampf von ihr ferngehalten.

Mit den Ranken war es dasselbe gewesen. Er hatte immer gewusst, wo sie war. Hatte versucht, sie zu beschützen, und dieses Bedürfnis über seinen Zerstörungsdrang gestellt.

Das war doch gut, nicht wahr? Bloß ... Was, wenn *sie* ihn jemals in Rage brachte? Wenn sich all die Dunkelheit in ihm gegen sie richtete?

Oh, Hölle, nein. Das würde niemals geschehen. Zacharel hatte ihn bloß paranoid gemacht. Doch einmal gesät, entwickelten seine Zweifel ein Eigenleben, und immer wieder bekam Paris bei dem Gedanken feuchte Hände.

Sienna hatte eine Wirkung auf ihn wie niemand sonst. Sie akzeptierte ihn, wie er war, das Gute, das Schlechte und das

Hässliche. Doch sollte sie ihn je verraten, ihn belügen oder sich gegen ihn wenden – er wusste nicht, wie er reagieren würde. Vor allem jetzt, da er den Kick ihrer totalen Hingabe kennengelernt hatte.

Warum brütest du dauernd über dem schlimmsten aller Fälle? Er hatte es geschafft, ihr wenigstens ein bisschen Vertrauen entgegenzubringen. Wenn er sich jetzt diesen Ängsten hingab, entehrte er sie beide. Ihm persönlich war Ehre egal, doch der Gedanke, die ihre in den Dreck zu ziehen, lastete schwer auf ihm.

Sie hatte ihn in den Mund genommen, hatte die Essenz seines Wesens gekostet und seinem Körper so unglaublich viel Liebe geschenkt, dass er nie wieder derselbe sein würde. Sie kannte seine dunkelsten Stunden. Kannte seine Vergangenheit, seine Zukunft. Und trotzdem lag Ehrfurcht in ihren Augen, wenn sie ihn betrachtete – als würde er ihr etwas bedeuten. Dieses Geschenk würde er nicht in den Dreck ziehen. Und es *war* ein Geschenk.

Sie stolperte über einen Stein und fiel gegen ihn, riss ihn aus seinen Gedanken. Mit seiner freien Hand fing er sie auf, bevor sie zu Boden gehen konnte.

„Tut mir leid, ich wollte nicht wegdösen“, murmelte sie und richtete sich auf. Auch wenn der Sex ihn gestärkt hatte – sie hatte er offenbar erschöpft.

Darauf hätte er nicht so absurd stolz sein sollen, war es aber trotzdem. „Ich beschwer’ mich jedenfalls nicht, dass ich dich im Arm halten kann.“

Ihr herrliches Grinsen blitzte zu ihm empor. „Stimmt.“

Möglicherweise verdrehte Zacharel die Augen.

Im Geiste zeigte Paris ihm den Stinkefinger, bevor er den Streckenabschnitt betrachtete, der vor ihnen lag. Auf sie warteten noch Kilometer dieser Dunkelheit, gespickt mit lauter kleinen Landminen. Wie zum Beispiel die Pfütze, über die er als Nächstes springen musste, um dann auch Sienna dabei zu helfen. Er rümpfte die Nase. Das Wasser roch nach Verwesung. Vermutlich, weil ... Richtig, dicht unter der Oberfläche trieb ein trübes, lebloses Augenpaar.

Eine Fliege surrte vorbei, so groß wie seine Faust. Dann noch eine. Eine setzte sich auf seinen Arm und biss sofort zu. Angewidert schlug er danach, wollte das Vieh wegscheuchen – und zermatschte es stattdessen, schmierte sich den halben Oberarm damit voll.

Dieses ganze stinkende Reich war ein Cocktail des Grauens mit Versatzstücken aus einigen seiner liebsten schlechten Horrorfilme. Oh ja, er stand auf den Stoff. Und ebenso stand er auf Liebesromane, Bankdrücken mit Kleinbussen und Keksebacken.

Für all diese Dinge hatte er schon eine ganze Weile keine Zeit mehr gehabt, und jetzt ... Jetzt wurde ihm bewusst, wie sehr ihm das fehlte. Wie schön es wäre, einfach eine DVD einzuwerfen, sich mit Sienna zurückzulehnen und den Horror seinen Lauf nehmen zu lassen. Danach könnten sie sich zusammen einkuscheln und vielleicht noch ein paar Kapitel aus einem Liebesroman lesen.

Doch nichts davon würde jemals geschehen. Sobald sie den Ausgang erreichten, würden sich ihre Wege trennen. Und was sagte man dazu: Jetzt wollte er etwas töten – Schmerzen zufügen reichte nicht mehr –, und zwar mit bloßen Händen. Er flehte ernsthaft die Götter an, ein wilder Irrer mit Schaum vor dem Mund möge sich bitte auf ihn stürzen.

Das war nicht gut. Seine Besessenheit von Sienna hatte die nächste Stufe erreicht.

Vor diesen gemeinsamen Stunden in der Höhle hätte er sich vielleicht noch zwingen können, sie ohne großes Aufheben gehen zu lassen. Aber jetzt? Unwahrscheinlich. Sie war alles, was er sich je gewünscht hatte, und dazu noch eine Menge Dinge, von denen er nicht einmal geahnt hatte, dass sie ihm fehlten. Eine Kriegerin, wenn es sein musste, eine Sirene, wenn er sie brauchte, und doch immer sanft und liebevoll und großzügig. Und mutig, so mutig.

Als dieser pinkhaarige Punk aufgetaucht war, hatte sie nicht die Flucht ergriffen. Sie war geblieben – falls Paris sie brauchte und um ihm Zacharel vom Hals zu halten. Das bewunderte er an ihr. Hölle, so langsam bewunderte er *alles* an ihr.

Plötzlich verstand Paris seinen Kumpel Amun auf eine Weise wie nie zuvor. Auch Amuns Frau war eine ehemalige Jägerin, und vor langer Zeit hatte sie geholfen, ihrer aller besten Freund Baden zu ermorden. Aus diesem Grund hatte jeder einzelne der Herren der Unterwelt, Paris eingeschlossen, sie verabscheut, hätte am liebsten ihre Gedärme durch die gesamte Festung verstreut gesehen. Doch Amun hatte zu ihr gestanden und verteidigt, was ihm gehörte, bis sie schließlich alle – mehr oder weniger widerwillig – willkommen geheißen hatten.

Vielleicht würde er für Sienna dasselbe tun, wenn er mit Cronus fertig war – sie mit nach Hause nehmen und ein Leben mit ihr anfangen. Anfangs wäre es sicher schwierig. Zwar hatte sie niemanden umgebracht, doch mögen würden die Herren sie trotzdem nicht. Sie hatten gesehen, wie er nach der Folter durch ihre Freunde zugerichtet gewesen war. Hatten miterlebt, wie er unter ihrem Verlust gelitten hatte – und gehört, wie er sich dafür verfluchte, Gefühle für sie zu haben, obwohl er ihr nie etwas bedeutet hatte.

Bis jetzt. Paris kannte sich aus mit Frauen, und er kannte sich aus mit Sex, und er glaubte, mittlerweile ein ganz ordentliches Gespür für die Gefühle Ersterer während Zweiterem entwickelt zu haben. Außerdem hatte er schon vorher einmal mit Sienna geschlafen. Damals mochte sie ihn ebenfalls begehrt haben, doch das war nichts im Vergleich zu dem, was sie jetzt für ihn empfand. Absolut, allumfassend und *real*.

Was ihren Meinungsumschwung verursacht hatte, wusste er nicht, doch er war froh darüber. Er liebte es, mit ihr zusammen zu sein. Sie entspannte ihn. Beruhigte ihn auf so vielfältige Weise. Was zur Hölle sollte er also ohne sie tun, während er Cronus jagte?

Wen würde er flachlegen, wenn ihn die erste Welle der Schwäche traf?

Oh … verdammt. Bei dem Gedanken, mit jemand anderem zu schlafen, wurde ihm schlecht. Er wollte Sienna, nur Sienna, und wenn sie auseinandergingen – und das mussten sie, denn auf die Jagd nach Cronus konnte er sie wegen der Ambrosia in ihrem Blut nicht mitnehmen, das wäre zu gefährlich für sie –, würde er sich eine andere nehmen *müssen*.

Wenn er darüber noch weiter nachdachte, würde er zusammenbrechen.

Vielleicht spürte sie, wie aufgewühlt er war. Sanft verschränkte sie die Finger mit seinen, hob seine Hand an ihren Mund und küsste den Puls, der an seinem Handgelenk hämmerte. Mit einem Schlag war er wieder in der Realität.

„… hast du eigentlich mit diesem anderen Kerl gemacht? Diesem ‚Gefallenen'?", fragte sie Zacharel soeben. „Hat er, äh, überlebt?"

„Er lebt, ja", antwortete der Engel, führte das aber nicht weiter aus.

„Er wird wieder auf mich losgehen." Diese Art Hass und Schuldzuweisung würde nicht verblassen. Doch bis der Gefallene geheilt war, hätten sich seine und Siennas Wege bereits getrennt. Sie wäre in Sicherheit.

„Ja", bestätigte Zacharel. „Das wird er."

In Siennas süßen Duft mischte sich eine Spur von Furcht. Zärtlich fuhr Paris mit dem Daumen über ihre Knöchel, genoss die Zartheit ihrer Haut ebenso wie ihre Sorge um ihn. „Der kriegt mich schon nicht unter."

Plötzlich raste ein Schatten von seiner Linken pfeilschnell auf Sienna zu. Der einzige Farbfleck in diesem zwei Meter langen Strich aus Dunkelheit waren blutige Fangzähne, die aus einem breiten Maul blitzten.

Augenblicklich trat Paris schützend vor sie, riss seine Hand aus ihrer und packte die Kreatur an der Kehle. Er war überrascht, wie warm und real das Wesen sich anfühlte. Stumm befahl er seinem Kristalldolch, sich zu verwandeln, in was auch immer nötig war, um einen lebenden Schatten zu töten, und stach zu, tief ins Maul der Kreatur. Brennend senkten sich ihre Fangzähne in seinen Arm.

Dann begann der Dolch, von innen heraus zu strahlen wie die Sonne, pulsierte so hell, dass ihm die Augen tränten. Ein schmerzerfülltes Heulen, ein Gurgeln, und dann explodierte die sich windende Masse in Tausende Nebelfetzen, die der Wind zerstreute.

„Danke“, brachte Sienna atemlos hervor. Sie war kreidebleich.

„Für so was bedanken wir uns nicht beieinander, schon vergessen?“ Wenn es um ihren Schutz ging, spielte Lob keine Rolle.

Da öffneten sich diese köstlich vollen Lippen zu einem strahlenden Lächeln, das er bis in alle Ewigkeit in seinen Fantasien sehen würde. Seine Begierde nach ihr erwachte zu neuem Leben.

Sie hob die Hand, vielleicht um die Linie seiner nun vor Sehnsucht schmerzenden Lippen mit dem Finger nachzufahren, doch dann sagte Zacharel: „Möge die Gottheit mich vor solchem Unsinn bewahren“, und sie ließ den Arm schnell wieder sinken.

„Ich glaube nicht, dass du dafür deine Gottheit bemühen musst“, fuhr Paris den Engel an. „Ich bin mir ziemlich sicher, die Frauen erkennen bei dir gleich auf den ersten Blick, dass du die Mühe nicht wert bist.“

Das schien dem Engel zu gefallen.

Absolute Gegensätze, dachte Paris – genau das waren

Zacharel und er. Der Engel hatte noch nie auch nur einen Funken der Erregung verspürt, deshalb hatte er keinen Schimmer, was ihm entging. Schon jetzt bemitleidete Paris das arme Mädchen, das eines Tages sein Interesse wecken würde. Sie bräuchte Eier aus Stahl. Zach würde sich jeden einzelnen Schritt auf dem Weg ins Schlafzimmer wehren und ihr dann wahrscheinlich noch einen Vorwurf daraus machen, dass er durch sie die Leidenschaft kennenlernte.

Himmel, würde er das gern miterleben.

Unter anderen Umständen hätte Paris vielleicht einfach irgendwann das Spezialparfüm seines Dämons auf den Engel losgelassen. Es war mehr als wahrscheinlich, dass selbst Zach den lustvollen Kerzenlicht-und-Seidenlaken-Bildern zum Opfer fallen würde, die alle anderen immer überfluteten. Sein Entsetzen darüber, ausgerechnet Paris zu begehren, würde jahrhundertelang für Belustigung sorgen.

Sienna versteifte sich. Sofort richtete sich Paris' volle Aufmerksamkeit auf sie. Jetzt waren ihre Wangen wieder rosig, leuchteten fast schon fiebrig. Ihre Augen, im Augenblick eher grün als golden, waren starr nach vorn gerichtet – auf das Schloss, das gerade am Horizont erschienen war.

Die Anziehungskraft des Baus musste stärker werden, vermutete er.

Fest legte Paris den Arm um sie und zog sie so eng an sich, wie es ging, achtete dabei jedoch sorgsam auf ihre Flügel. Sie wehrte sich nicht. Stattdessen legte sie die Wange an seinen Hals, warm und weich und ganz allein seins.

Er drückte ihr einen Kuss auf die Schläfe. „Mach dir keine Sorgen. Ich lass dich nicht weg."

Ein Seufzer der Erleichterung und unmissverständlicher Dankbarkeit. „Da … äh, vergiss es."

„Braves Mädchen", lobte er grinsend.

Stirnrunzelnd blickte Zacharel sie an. „Habt ihr immer noch vor, euch voneinander zu trennen?"

Sogleich sank Paris' Laune wieder in den Keller, und er schoss einen Ich-hoffe-du-stirbst-eines-grausamen-Todes-Blick auf den Engel ab. Jetzt war so was von nicht der richtige Zeitpunkt, sich mit diesem Thema auseinanderzusetzen.

„Ja", sagte Sienna in einem Ton, der genauso kalt und beißend war wie der Wind, der um Zacharel herum wehte. Nur um sich dann im Widerspruch zu ihrer schroffen Bestätigung mit der Faust über das Brustbein zu reiben, als hätte sie sich verbrannt. „Unsere Wege werden sich trennen."

Entrüstung stieg in ihm empor, doch Paris schluckte sie herunter. Es musste so sein. Das wusste er, hatte sich von Anfang an damit einverstanden erklärt. Scheiße, er war sogar derjenige gewesen, der es vorgeschlagen hatte.

„Das ist gut." Zufrieden nickte der Engel, wobei sich ein paar Schneeflocken in seinem seidigen Haar festsetzten.

„Was interessiert dich das überhaupt?", wollte Paris wissen. Noch immer wusste er nicht, warum Zacharel überhaupt bei ihnen war.

Gleichgültig hob der Engel eine seiner muskulösen Schultern. „Ich würde nicht sagen, dass es mich interessiert. Ich weiß einfach nur, dass es euch beiden nicht möglich sein wird, eine Beziehung aufrechtzuerhalten."

Der Klang der Wahrheit in seiner Stimme machte deutlich, dass der Engel von dem überzeugt war, was er sagte. „Unsere Beziehung ist nicht deine Angelegenheit, also behalte deine Ansichten für dich."

„Genau genommen seid ihr zwei zu meiner Angelegenheit gemacht worden."

Paris sah rot. Dämonenrot. Eine explosive Reaktion, die eigentlich unnötig war, doch er konnte nichts dagegen tun. Durch pure Willenskraft ballte er die Fäuste an seinen Seiten, statt damit auf Zacharels Gesicht einzuprügeln. „Von wem?"

Weißgoldene Flügel entfalteten sich, im einen Moment war der Engel noch neben ihm, im nächsten vor ihm. Zacharels

Füße schwebten in der Luft, und stetig schlug er mit den Flügeln, hielt sich auf ein und derselben Höhe. Paris musste abrupt stehen bleiben, um nicht in den Kriegerengel hineinzulaufen. Überall um sie herum wirbelte Schnee herab, nur um zu schmelzen, sobald er auf den Boden traf.

Für den Fall der Fälle schob er Sienna hinter seinen Rücken. „Warst du nicht gerade noch zu schwach zum Fliegen?"

„Ich habe meine Kräfte wiedererlangt."

„Wie?"

„Die Antwort wird nichts an dem ändern, was gleich geschehen wird."

Paris hob eine Braue, die Waffe im Anschlag. „Bist du dir sicher, dass du diesen Weg gehen willst?"

„Ein Teil von dir will sie bei sich behalten. Sonst hättest du nicht so heftig auf meine Bemerkung reagiert." Bevor Paris etwas erwidern konnte, fügte er hinzu: „Erinnerst du dich, wie ich dir gesagt habe, du würdest alles verlieren, was dir lieb geworden ist, wenn du deinen zerstörerischen Weg weiterverfolgst?"

Paris knackte mit dem Kiefergelenk. Nur die sanfte Liebkosung von Siennas Händen auf seinem Rücken hielt ihn davon ab, den Engel mit wüsten Beschimpfungen zu überschütten.

„Ich habe nicht gelogen, Dämon. Ich lüge niemals. Und jetzt denke ich, es ist an der Zeit, dir zu zeigen, wie Furcht einflößend ich als Feind sein kann."

Paris blinzelte. Plötzlich schwebte er in der Luft, hoch über der Zugbrücke des Schlosses, fest an Zacharels kampfgestählte Brust gedrückt. Sein Herzschlag wurde unregelmäßig.

„Wie zur Hölle hast du das gemacht?" Und wo zur Hölle war Sienna?

„Durch Mächte, die du dir nicht einmal ansatzweise vorstellen kannst. Doch das ist es nicht, was ich dir zeigen wollte." Einen Finger nach dem anderen löste der Engel seinen Griff.

„Ich hoffe, du begreifst bald, dass ich dir helfen kann … oder dich zerstören."

„Du tust besser nicht das, wovon ich glaube, dass du es tun willst, du dreckiges Stück …"

Jeglicher Halt war verschwunden, und Paris fand sich im freien Fall in Richtung der verfaulenden Planken der Zugbrücke wieder. Hart krachte er auf die Bretter und hatte Mühe, wieder zu Atem zu kommen. Hinter sich hörte er das Kampfgeschrei der Wasserspeier, ihr wildes Flattern, das Kratzen ihrer Klauen auf dem Holz.

Zacharel hatte es wirklich getan. Allen Ernstes. „Du verfluchter Hurensohn!"

32. KAPITEL

Komm. Ich werde dich bis zum Ausgang begleiten." Fassungslos starrte Sienna den Engel an, der soeben vor ihr erschienen war. Gerade noch hatten Zacharel und Paris vor ihr gestanden und Drohgebärden ausgetauscht, kurz davor, einander an die Kehle zu gehen, um dann ohne Vorwarnung spurlos zu verschwinden. Sekunden später war der Engel zurückgekehrt. Ohne Paris.

„Wo ist er?", wollte sie wissen, machte sich jedoch keine allzu großen Sorgen. Auch wenn sie ihre Differenzen hatten, Paris und Zacharel waren Freunde, und *Zorn* hatte noch keinen Pieps von sich gegeben.

„Ich habe ihn zum Schloss gebracht und auf die Zugbrücke fallen lassen."

Zeit für eine Neueinschätzung. Paris und Zacharel waren keine Freunde, auf keiner Ebene. *Zorn* hingegen musste schlicht der Überzeugung sein, Engel könnten nichts Falsches tun. „Warum solltest du so etwas tun?" Klar, die Gargl würden Paris nach drinnen schleppen und anketten. Sicher, er würde sich befreien, und nichts würde ihm geschehen. Doch in diesem Augenblick spielte nichts davon für sie eine Rolle. Wut stieg in ihr auf, dunkel und heiß und gefährlich.

Beruhig dich. Bevor sie den Dolch zückte, den Paris ihr geschenkt hatte, und sich ein Stück Engelsfleisch holte. Sie hatte die Schnauze so was von voll von Männern und ihrem Missbrauch übernatürlicher Fähigkeiten.

Zacharel blinzelte, als sollte die Antwort für jeden offensichtlich sein. „*So etwas*, wie du es genannt hast, macht ein Mann mit einem anderen, wenn sie sich streiten."

„Nein. Nein, macht er nicht."

Ein fast unmerklicher Zug des Missfallens legte sich um seinen Mund. „Das ist es, was dein Paris erst heute Morgen mit William aus der Dunkelheit gemacht hat."

Tja, darauf konnte sie wohl nichts entgegnen.

Zacharel breitete die Flügel aus, langsam und elegant, bis die weißen und goldenen Federn sich bis über seinen Kopf erhoben. Schnee glitzerte in den Daunen. Trotz ihrer Wut verfehlte seine Schönheit nicht ihre Wirkung. Die öde Landschaft bildete den perfekten Hintergrund für ihn, war dunkel, wo er hell war.

Nein, nicht hell, überlegte sie weiter. Von ihm ging eine Aura der Morgendämmerung aus, glühte sanft um ihn herum.

„Und?", fragte sie. „Bringst du mich zu ihm?"

„Deine Augen ...", sagte er, und sein Missfallen schien sich zu vertiefen.

„Was ist damit?"

„Ich kann sehen, dass Paris' Dunkelheit sich auch in dir bereits festgesetzt hat."

Sobald er die Worte ausgesprochen hatte, wusste sie, dass es stimmte. Paris' Dunkelheit, geboren von seinem Dämon, war tatsächlich auch in ihr. Auf ein leichtes Ziehen der Besorgnis folgte ein unbeeindrucktes Schulterzucken. In ihr lebte schon *Zorn*. Was machte da ein weiteres Wesen aus?

„Du hast meine Frage jetzt lange genug ignoriert. Ich bin an der Reihe, und du wirst mir ganz genau zuhören. Ich will, dass du mich zurück ins Schloss bringst."

Die Forderung war unklug, unnötig und kontraproduktiv im Hinblick auf all ihre Pläne: Cronus fertigzumachen, Galen über den Jordan zu schicken und ihre Schwester ausfindig zu machen. Doch das würde sie nicht davon abhalten. Paris würde darum kämpfen, zu ihr zu gelangen. Zweifellos würde sein Beschützerinstinkt von ihm verlangen, mit eigenen Augen zu sehen, wie sie unbeschadet aus diesem Reich entkam – so gut kannte sie ihn mittlerweile. Wenn das geschah, würden ihm die Gargl wehtun.

„Ihr hattet von vornherein geplant, in zwei Tagen getrennte Wege zu gehen", erinnerte er sie unnachgiebig. „Ich habe das Ganze nur beschleunigt."

Auf diese zwei Tage mit Paris hatte sie sich gefreut, hatte ihn wieder und wieder lieben wollen, ihn einbrennen in ihren Geist und ihren Körper, bis auch die letzte ihrer Zellen nach ihm roch.

„Ständig weist du uns darauf hin, dass wir nicht zusammen sein können." Misstrauen mischte sich in ihre Gedanken, als sie die Arme vor der Brust verschränkte. „Warum eigentlich?"

„Weil ihr die Gedächtnisstütze beide braucht." Kühl und fast vorwurfsvoll, als sollte sie sich schämen, dass sie überhaupt fragen musste.

„Warum?", hakte sie nach.

„Warum *willst* du überhaupt mit ihm zusammen sein?" Zacharel neigte den dunklen Kopf zur Seite, betrachtete sie noch intensiver. „Liebst du ihn?"

Tat sie das? Wenn es ihre Trennung doch nur noch schmerzhafter machen würde? „Ich mag ihn." Sehr. Um nicht zu sagen, *wirklich verdammt sehr*. Und sie respektierte ihn, bewunderte ihn. Brauchte ihn wie eine Droge. Er war witzig und gütig und beschützerisch und loyal, und obwohl er allen Grund hatte, sie zu verabscheuen, hatte er sie nicht ein einziges Mal wie eine Feindin behandelt.

„Wir brauchen dich im Himmel, Sienna."

Ach, tatsächlich? „Tja, stell dich hinten an. Neuerdings braucht mich irgendwie jeder." Und keiner verriet ihr den Grund dafür. Sie stemmte die Fäuste in die Hüften. „Was, glaubst du, kann ich für euch tun? Denn im Moment hab ich schon Schwierigkeiten, mich um mich selbst zu kümmern."

„Alles, was ich weiß, ist, dass du unseren Sieg einläuten wirst im furchtbarsten Krieg, den diese Welt je erlebt hat."

Mit offenem Mund starrte sie ihn an. Von ihr sollte der Sieg in einem Krieg abhängen? Nicht, dass er sie unter Druck setzte oder so. Das konnte sie jetzt so was von überhaupt nicht gebrauchen.

Zacharel versteifte sich und warf einen Blick über die Schulter. „Cronus kommt“, erklärte er. „Er hat die Antworten, die du suchst, aber an deiner Stelle würde ich ihm nicht trauen.“

Ihr krampfte sich der Magen zusammen. Nicht Cronus, nicht jetzt, nicht außerhalb des Schlosses. Er würde ausrasten. Obwohl, wenn sie ihn vom Schloss fernhielt, wäre er auch weit weg von Paris, also … „Hau ab, Engeljunge.“

Daraufhin hob er eine Augenbraue. „Ich werde dir gestatten, mit ihm zu gehen. Ich glaube jedoch nicht, dass du mir dafür dankbar sein wirst. Bis zum nächsten Mal, *Dämonenmädchen*.“

Im nächsten Moment war er verschwunden, und ehe sie sich's versah, tauchte auch schon Cronus auf. Endlich hatte er sich von diesem albernen Gothic-Kostüm getrennt und trug nun stattdessen einen grauen Seidenanzug, der ihm perfekt auf den großen, muskulösen Leib geschneidert war und förmlich nach Geld stank.

Zorn hörte auf, in ihrem Kopf auf und ab zu tigern, und begann unvermittelt, sich mit aller Macht gegen ihre Schläfen zu werfen, wollte unbedingt auf Cronus losgehen, ohne zu wissen, warum. Nicht ein einziges Bild von den Sünden des Götterkönigs erschien vor ihrem inneren Auge. Seltsam.

Cronus blickte sich nach allen Seiten um und runzelte die Stirn. „Warum bist du nicht im Schloss? Und wo wir gerade dabei sind, wie bist du überhaupt rausgekommen?“

„*Zorn* hat die Kontrolle übernommen“, erklärte sie und hoffte, er würde nicht auf den Gedanken kommen, andere Unsterbliche könnten ihr geholfen haben.

„Ah.“ Mit einem Lächeln voller perfekter weißer Zähne reichte er ihr eine dunkelrote Rose. „Für dich.“

„Ich, äh …“ Nicht bloß sprachlos, sondern vollkommen überrumpelt nahm sie die taufrische Blume entgegen. „Danke.“

Gnädig neigte er den Kopf ein winziges Stück, als er ihren Dank entgegennahm. Und das ist nicht das einzige Geschenk, das ich dir bringe. Ich habe, was du brauchst.“ Der Rose folgte eine klare Phiole mit einer schimmernden violetten Flüssigkeit darin. „Bitte verzeih die Verspätung.“

Er bat um Verzeihung? Ernsthaft? „Kein Problem?“ Was eigentlich als Feststellung hatte herauskommen sollen, klang durch ihre Verwirrung wie eine Frage.

Cronus räusperte sich, fühlte sich offensichtlich unwohl. „Trink.“

Weil sie nicht das Bedürfnis verspürte, einzugestehen, dass sie bereits versorgt worden war, nahm sie einen kleinen Schluck von dem, was sie jetzt als Ambrosia erkannte. Was sie nicht wusste, war, wieso sie das Zeug brauchte oder warum Paris so krank ausgesehen hatte, als er ihr das Fläschchen gegeben hatte.

Kühles Kokosnuss-Aroma glitt ihre Kehle hinunter, bekam Flügel und segelte durch ihren gesamten Körper. Und wow, hatte das Zunder. Stärke und Schwäche zugleich erfüllten sie, zehrten voneinander und ließen sie in einem Nebel der Verwunderung zurück.

„Braves Sklavenmädchen“, murmelte Cronus.

Ich steh ja so auf gönnerhafte Typen. „Warum bist du so nett zu mir?“, fragte sie und schwankte leicht, als sie ihm die Phiole zurückgab.

Er wedelte mit der Hand, und das Gläschen verschwand. „Ich muss dir etwas zeigen“, kündigte er an, und mit einer weiteren Bewegung verblasste auch ihre Umgebung. Aus dem warmen, dunklen Reich der Blutigen Schatten versetzte er sie an einen kalten, hellen Ort.

Von der Erlösung in die Verdammnis.

33. KAPITEL

Von einem Moment auf den anderen stand Sienna in einem ihr unbekannten Raum mit weißen Wänden, die so hoch reichten, dass sie die gewölbte Decke fast nicht mehr ausmachen konnte. Überall hingen Gemälde. Möbel gab es nicht, nur Marmorsäulen, an denen sich hier und da Efeu emporrankte, und Podeste mit Skulpturen und anderen handgefertigten Artefakten.

Um den mentalen Schock des abrupten Ortswechsels zu verarbeiten, hätte sie am liebsten geschrien. Stattdessen biss sie sich auf die Zunge, bis sie Blut schmeckte.

„Dies", verkündete Cronus, breitete die Arme aus und drehte sich langsam im Kreis, „ist die Halle der Zukünfte." In seiner Stimme lag ein Hauch von Andächtigkeit, etwas, das sie aus seinem Mund noch nie vernommen hatte. „Hier nimmt das Schicksal Gestalt an, und endlose Möglichkeiten eröffnen sich, denn hier sammle ich alle Visionen meines Allsehenden Auges."

„Allsehendes Auge?" Noch immer war sie so desorientiert, dass sie kaum sprechen konnte.

„Eine Frau, die in den Himmel und in die Hölle blicken kann, durch Zeit und Raum, Gegenwart, Vergangenheit und Zukunft." Dringlichkeit schwang in seinem Ton mit. „Wenn die eine stirbt, nimmt die nächste ihren Platz ein. Über die Jahrhunderte haben mir viele gedient. Es gibt keine Grenzen, wie weit diese Frauen nach vorn oder in die Vergangenheit blicken können. Keine Grenzen ihrer Reichweite."

Eine solche Macht wäre Segen und Fluch zugleich, dachte sie.

„Alles, was du hier siehst, haben meine Allsehenden Augen geschaffen." Sienna klemmte sich die Rose hinters Ohr und vergaß seine seltsame Stimmung, als sie zu dem Bild tapste, das ihr am nächsten war. Von der Leinwand blickte ihr eine ältere, zerbrechlichere Version von Cronus entgegen. Auf dem Bild hatte er graues Haar und faltige Haut und trug ein langes weißes Gewand. Das war der Gott, den sie kennengelernt hatte. Nur dass er hier dreckig und zerschrammt war – und in einem Käfig gefangen.

„Ich habe gelernt, dass es für jeden mehrere unterschiedliche Zukünfte gibt, und dass erst die Entscheidungen, die man trifft, auf den einen oder den anderen Weg führen. Komm mit", fügte er ohne Pause hinzu, ergriff ihren Unterarm und zog sie mit sich durch den langen, scheinbar endlosen Saal. „Es gibt etwas, das du sehen musst."

Bei jedem Schritt, den sie gingen, verschoben sich die Gemälde an den Wänden, ordneten sich in stetigem Fluss neu an. Sie versuchte nicht, sich von ihm zu lösen. Immer noch hatte die Benommenheit sie fest im Griff, und sie brauchte seine Hand als Stütze, als Anker.

„Diese Augen, sie verstehen nicht immer, was sie sehen, denn sie kennen nicht den Kontext der Dinge, die sie aufzeichnen. Sie wissen nicht, ob sie die Vergangenheit oder die Zukunft sehen, wie sie etwas verhindern oder vorantreiben können."

„Also musst du raten", folgerte sie.

„Exakt." Er hielt an, und mit ihm auch das Verschieben der Gemälde.

Auf dem Bild vor ihr waren überall Krieger zu sehen, im Kampf auf Leben und Tod. Nicht irgendwelche Krieger, sondern vertraute Gesichter. Dort war Galen, die Flügel ausgebreitet, das lange, blutige Schwert hoch erhoben. Vor ihm stand Cronus mit einer dünnen roten Linie, die von Ohr zu Ohr durch seinen Hals lief – gleich würde der Kopf von seinen Schultern rutschen.

Siennas Herzschlag beschleunigte sich, während sie den Rest in sich aufnahm. Dort war Paris, ganz am Rand, und sah mit schockiert geweiteten Augen zu, was mit Cronus geschah. Er war blutüberströmt, sein Mund geöffnet, als riefe er etwas.

„Das ist eine der Zukünfte, die mich erwarten“, sagte der König. „Vor langer Zeit hat mein erstes Auge mich davor gewarnt, dass mich eines Tages ein Krieger auf weißen Schwingen töten würde. Ich nahm an, es würde ein Engel sein, nur um später zu begreifen, dass es weitere Krieger gab, zum Beispiel die Herren der Unterwelt, die dazu ebenfalls in der Lage wären. Und dann malte mein jüngstes Auge dies.“

„Warum hast du dann nicht einfach alle Herren umgebracht?“, fragte Sienna. Sie wusste, dass er darüber bereits nachgedacht hatte. Ein Wesen wie er konnte nicht anders. „Nur, um sicherzugehen.“

Er ging zwei Schritte weiter, und wieder tanzten die Bilder umeinander. „Den Grund siehst du hier.“ Er blieb stehen, genau wie die Bilder. „Schau.“

Stirnrunzelnd gehorchte Sienna. Auf diesem Gemälde saß ein junger Cronus auf einem Thron aus purem Gold, die Herren der Unterwelt in Reih und Glied hinter ihm, mit ehrerbietigem Gesichtsausdruck und entschlossener Haltung. Offensichtlich beschützten sie ihn, bewachten ihn mit ihrem Leben. So gern hätte sie die Hand ausgestreckt, um mit den Fingerspitzen Paris' Lippen nachzufahren. Wie schön er war. Wie stark.

„Das ist meine wahre Zukunft“, behauptete Cronus, „genauer gesagt, die eine Möglichkeit, die ich wahr werden lassen muss.“

„Wie?“

„Die Antwort liegt in den beiden Kriegern, die in dieser Armee fehlen.“

Sie schluckte, betrachtete jedes Gesicht. „Galen fehlt. Und … niemand sonst.“

„Siehst du den Hüter des *Zorns*?“

„Natürlich. Aeron ist gleich …“

„Ich spreche nicht von Aeron. Er ist nicht länger der Hüter dieses Dämons.“

„Ich?“, quiekte sie.

„Ja. Du bist der Schlüssel zu dieser Zukunft, Sienna.“

Ungläubig schüttelte sie den Kopf. „Das verstehe ich nicht.“ Der Engel hatte gesagt, sie würde ihre Antworten kriegen – und sollte dem, was sie hörte, nicht trauen. Seit seiner Warnung schien bereits eine Ewigkeit vergangen zu sein. Sie war sich nicht sicher, was sie glauben und was sie ignorieren sollte. „Wie kann ich der Schlüssel sein?“

„Sieh genau hin, am unteren Rand.“

Sie beugte sich vor, richtete den Blick auf den unteren Teil des Bildes. Umgeben von Zuschauern stand dort eine Frau. Sie war nur im Profil zu sehen, hatte sommersprossige Haut, ihre Nase, ihre Wangen, ihr Kinn – Siennas Augen wurden groß. Das waren ihre Züge. Das Haar der Frau war braun und gewellt, genau wie ihres, und aus ihrem Gewand ragten schwarze Flügel hervor. Sie stand neben einem knienden Mann, der die Arme um ihre Beine geschlungen hatte, sie festhielt, als wäre sie sein kostbarster Besitz.

Galen, erkannte Sienna. Er fehlte doch nicht auf dem Bild.

„Vor all diesen Jahrhunderten, als mein Auge mir meinen Tod prophezeite, erzählte sie mir außerdem, es gäbe einen Weg, mich zu retten … oder, um genau zu sein, eine Frau, die mir dabei helfen könnte. Überall suchte ich nach dieser Frau, doch sie war nirgends zu finden, und ich drohte zu verzweifeln.“

Was als Nächstes kommt, wird wehtun, dachte Sienna und straffte die Schultern. Um das zu erahnen, musste man kein Genie sein.

„Äonen verstrichen, und ich wurde gefangen genommen, als die unwürdigen Griechen sich mit meiner Frau gegen mich verschworen, nur um sie später ebenso zu verraten. Ich wusste, ich würde entkommen, denn auch das war vorhergesagt worden, die Griechen waren nur zu töricht, diese Vorhersage ernst zu nehmen. Als ich endlich wieder meinen rechtmäßigen Thron bestieg, machte ich die Herren ausfindig und plante, sie alle zu töten, bevor sie mich töten konnten."

Einen Moment hielt er inne und seufzte. „Doch ich hatte meine Macht gerade erst zurückgewonnen und fühlte mich unwohl bei dem Gedanken, die Herren umzubringen und damit ihre Dämonen freizulassen – mir also noch mehr Feinde zu machen. Außerdem *gefiel* mir der Gedanke, Zeus' Elitekrieger zu kontrollieren. Die Wesen, die er geschaffen hatte, als meine persönlichen Laufburschen zu benutzen, während ich nach dem einen unter ihnen suchte, der die Macht hatte, mich zu töten.

Und diese Entscheidung hat sich verdammt gut bezahlt gemacht. Immer habe ich beobachtet, was sie tun, und sie haben sich tatsächlich als erstaunlich nützlich erwiesen. Deshalb weiß ich auch, dass die Zukunft, die du hier vor dir siehst, bereits im Entstehen begriffen ist. Ich werde herrschen, in schönster Harmonie mit diesen Kriegern als getreue Armee an meiner Seite.

Aber da ist immer noch die Sache mit meiner vorhergesagten Enthauptung – und der mir prophezeiten Retterin. Gerade, als ich die Hoffnung aufgegeben hatte, bist endlich du auf der Bildfläche erschienen – eine Frau, die zu keiner Seite des Krieges gehörte und doch zu beiden. Eine Frau, die Galen Treue geschworen hatte und sich trotzdem unleugbar zu Paris hingezogen fühlte. Eine Frau, die sogar nach ihrem Tod noch Einfluss auf jeden Gedanken, jede Handlung eines Kriegers hatte."

Sie konnte nur den Kopf schütteln.

„Oh ja. Er hat an dich gedacht, ausschließlich an dich, und erst dadurch bin ich auf dich aufmerksam geworden. Nie zuvor hatte ich menschlichen Seelen Beachtung geschenkt, doch ich musste wissen, warum er sich so sehr nach dir verzehrte. Und das war der Moment, in dem ich entdeckte, dass du es bist, die das Auge hatte kommen sehen. Du siehst aus wie die Frau auf dem Bild, und du hast dieselbe Vergangenheit wie die Frau, von der mir gesagt wurde, sie würde mich retten. Diese Erkenntnisse können nur eins bedeuten. Du wirst meine Rettung sein."

„Deine Rettung ist mir egal", flüsterte sie.

„Ich weiß. Aber Paris nicht, und wenn Galen stirbt, dann stirbt auch er." Er machte eine Handbewegung, und ein anderes Bild schob sich in ihr Blickfeld. Darauf lagen Galen, Paris und einige weitere Herren der Unterwelt in Stücke gehackt auf einem blutdurchtränkten Boden. Bei diesem Anblick wurde ihr das Herz schwer.

„Und damit wären wir wieder bei deiner Rolle als Retterin – für mich oder für Paris, letzten Endes spielt es keine Rolle, denn so oder so wird dich dein Weg zu Galen führen. Du solltest mir danken", fuhr er fort. „Ich habe dir *Zorn* gegeben. Habe dich stark genug gemacht für alles, was der Hüter der *Hoffnung* dir antun mag." Durchdringend starrte er sie aus seinen schwarzen Augen an, bis ihr noch schwindeliger wurde. „Galen vergöttert Macht, und du sollst seine Partnerin sein."

„Nein." Ein Keuchen, ein Flehen.

Gnadenlos redete er weiter. „Durch deinen Dämon wirst du wissen, wenn ihn jemand belügt, wenn jemand sich bei ihm anbiedert, der ihn in Wirklichkeit hasst, und sie alle wirst du aufhalten, bevor sie ihm Schaden zufügen können."

Erst sollte sie mit ihm schlafen und jetzt auch noch seine Beschützerin sein? „Nein! Ich hasse ihn."

„Ich habe nicht behauptet, du müsstest ihn lieben, um deine Aufgabe zu erfüllen. Ruf dir einfach in Erinnerung, was geschieht, wenn du es nicht tust. Paris stirbt."

Nein. Nein, nein, nein. „Was ist aus dem Plan geworden, Galen seine Geheimnisse zu entlocken und ihn dann zu verraten?" Wut flackerte in ihr auf. „Was ist mit der Suche nach meiner Schwester? Und warum willst du, dass ich andere davon abhalte, ihm zu schaden, wenn er vom Schicksal dazu bestimmt ist, dich zu töten?"

Rot blitzte in seinen schwarzen Augen auf, verriet seine eigene Wut. „Sagen wir mal, ich habe meine Gründe. Und Pläne. Also hör gut zu. Es gibt nur wenige mögliche Zukünfte für mich und damit die Welt. Die erste ist, dass ich bis in alle Ewigkeit als König herrsche. In der zweiten sterbe ich, und damit auch meine Frau. Wenn wir beide tot sind, wird Chaos regieren, und die Herren werden sterben." Er machte eine Geste, und wieder begannen die Bilder ihren Reigen.

Ein neues Gemälde glitt vor sie, und als sie es betrachtete, wurde ihr der Mund trocken. Engel, so viele Engel; blutige Tränen, die von weißgoldenen Schwingen rannen. Männer und Frauen in Togen kämpften verbissen gegen die himmlischen Krieger.

Und dort zu ihren Füßen lagen die Herren, gebrochen ... leblos. Sie wollte weinen, wollte zusammenbrechen.

„Um deine andere Frage zu beantworten", fuhr Cronus fort, „ich will immer noch Galens Geheimnisse erfahren. Ich will immer noch, dass du ihn verrätst. Damit das geschehen kann, ist es auch nötig, dass du ihn beschützt. Wie ich bereits sagte, ich habe meine Gründe und meine Pläne, und von Rechts wegen sollte ich dich dafür bestrafen, dass du die Logik dahinter infrage stellst."

Alles, woran sie denken konnte, war Paris' Tod. Paris, wie er im Sterben lag. Paris, tot. Paris, für immer fort.

Cronus fügte hinzu: „Und bevor du auf die Idee kommst, meine treulose Frau hätte es richtig gemacht, indem sie mich hinter Schloss und Riegel brachte, bevor du einen Plan ausheckst, sie allein an die Macht zu bringen ..." Seine Stimme wurde harsch. „Sei dir dessen bewusst: Wenn Rhea auf dem Thron sitzt, lenkt die Mörderin deiner Schwester die Geschicke deiner Welt."

Mehr Unglauben, Wut, Grauen. Immer schneller drehte

sich ihr alles im Kopf. Cronus hatte soeben gesagt … hatte behauptet … „Aber du hast gesagt, sie sei noch am Leben“, krächzte Sienna.

„Und das war sie auch.“

War. Nicht „ist“. *War.* „Und jetzt?“ Wieder ein bloßes Krächzen.

Genau diesen Moment suchte sich *Zorn* aus, um wieder einzusteigen. Diesmal fauchte er. *Hier ist was faul. Das gefällt mir nicht.*

Seine Stimme brachte sie aus dem Konzept. Natürlich hatte er schon früher zu ihr gesprochen, bei diesen Gelegenheiten hatte er sich jedoch meistens auf Wörter wie *bestrafen*, *töten*, *Himmel* und *Hölle* beschränkt.

Lügt er? Wie Zacharel angedeutet hatte. *Bitte sag mir, dass er lügt.*

Ich weiß es nicht. Ich weiß gerade gar nichts mehr.

Ein Wimmern entwich aus ihrer Kehle.

„Ich habe Nachforschungen angestellt. Skye ist eine Jägerin geworden“, erzählte Cronus. „Vielleicht aus demselben Grund wie du – um das Unrecht ihrer Entführung wiedergutzumachen. Du hättest ihr begegnen können, dich mit ihr unterhalten, ohne es zu wissen, schließlich war sie noch ein Kind, als du sie das letzte Mal gesehen hast. Und genauso wenig hätte sie dich erkannt. Irgendwann ist sie ausgestiegen, aber sie war mit einem Jäger verheiratet. Ihn wollte sie ebenfalls rausholen. Sie … ist mit ihm gestorben.“

„Nein.“ Das war einfach zu viel, um alles auf einmal zu verarbeiten.

„Und als Rhea erfuhr, dass du, meine geflügelte Retterin, auf der Suche nach dem Mädchen bist, hat sie …“ Sein Blick huschte zur Seite. „Rhea hat sie umbringen lassen.“

Wieder fauchte *Zorn. Irgendetwas stimmt nicht.*

„Du lügst. Das muss eine Lüge sein.“ Sienna wackelten die Knie, und sie schaffte es kaum, sich aufrecht zu halten. Dass sie Skye so nah hätte sein können, ohne es zu wissen ... Dass sie jetzt nie wieder eine Chance dazu hätte ... „Beweise es. Beweis, dass ... dass sie ... fort ist.“ Ein dicker Kloß saß ihr in der Kehle. Ihr brannten die Augen vor ungeweinten Tränen.

„Wie du willst.“

Die Luft vor ihr schimmerte, verdichtete sich, und dann sah sie wie durch einen magischen Spiegel ein Schlafzimmer. Am Boden lag ein schwarzhaariges Mädchen, leblos, ihre Kehle aufgeschlitzt. Neben ihr ein Mann, den offenbar das gleiche Schicksal ereilt hatte. Um sie herum breitete sich ein dunkelroter See aus, gerann an den Rändern bereits.

Sienna kämpfte ihren instinktiven Ekel nieder – wie viele grauenvolle Bilder von denen, die sie liebte, würde sie heute noch ertragen müssen? – und zwang sich, zurückzudenken. Soweit sie sich erinnern konnte, war sie dem Mädchen während ihrer Zeit bei den Jägern nicht begegnet. Doch es gab Hunderte, wenn nicht Tausende Niederlassungen und Zellen, und sie hatte niemals Zugriff auf die Mitglieder-Datenbank gehabt.

„Das ist sie nicht“, behauptete sie und schüttelte heftig den Kopf. „Meine Skye war blond.“

„Dieses Mädchen auch. Du weißt, dass das Schwarz nicht ihre natürliche Haarfarbe ist. An ihren Wimpern kann man es erkennen.“

Sienna zwang sich, genauer hinzusehen. Lange braune Wimpern rahmten trübe braune Augen ein.

Enna, wenn du erwachsen bist und heiratest, hast du mich dann immer noch lieb? Unschuldig flatternde braune Wimpern, während Skye die Antwort abwartete.

Ich werde dich immer mehr als alles und jeden auf der Welt lieben.

„Nein.“ Volle Lippen, weich und rosa und genauso breit wie Siennas. Eine zarte Knochenstruktur, ein störrisches Kinn. „Nein.“ Kummer und wilder Zorn brannten wie Säure in ihrem Magen.

„Doch. Als ich … sie so gefunden habe, habe ich ihren Geist durchsucht, ihre Erinnerungen. Das ist deine Skye."

„Nein!"

Ihre Schwester … auf dem Boden wie eine zerbrochene Puppe. Ruiniert. Tot. Für immer fort, genau, wie es mit Paris sein würde. Kein kleines Mädchen mehr, sondern eine erwachsene Frau. Fort … für immer … Unaufhörlich hallten die Worte in ihrem Kopf wider, entsetzlich und schockierend und unerträglich. Fort …

Ist das wirklich Skye? fragte sie *Zorn.*

Ja. Ich kann ihr Leben sehen und dich als Teil davon, aber ihr Tod ist wie ausgelöscht. Warum kann ich ihren Tod nicht sehen?

Sienna hörte nur seine Bestätigung, nichts sonst. Skye war … war … tot. Tot. Ihre geliebte Skye war tot. „Hol sie zurück." Sie wischte die schimmernde Luft beiseite und packte Cronus am Kragen, schüttelte ihn. „Hol sie zurück, so wie du mich zurückgeholt hast."

„So leicht ist es leider nicht immer, auch für mich nicht." Schuldgefühle, so große Schuldgefühle in seinem Ton, in seiner gesamten Haltung.

Falsch, so falsch.

Schluss mit dem Gebrabbel! „Du bist der selbst ernannte König der Götter." Sie schüttelte ihn noch fester. „Herrscher der Titanen. Kerkermeister der Griechen. Anführer der Herren der Unterwelt. Was ist im Vergleich dazu eine einzige kleine Seele? Hol. Sie. Zurück."

„Leben und Tod unterliegen bestimmten Regeln, denen selbst ich mich beugen muss."

„Ihre Seele …"

„Ist nicht mehr zu retten."

„Ich glaube dir nicht."

„Das ändert nichts an den Tatsachen."

„Bastard!" Ohne ihr Zutun schnellte ihre Hand vor und

schlug ihm so hart auf die Wange, dass es sie nicht gewundert hätte, wäre die Haut gerissen. „Du hast mich angelogen. Hast behauptet, sie wäre Galens Gefangene.“

Als er weder zum Gegenschlag anhob noch irgendetwas unternahm, um sich vor weiteren Attacken zu schützen, schlug sie noch einmal zu.

„Du hast gelogen!“

„Ich habe getan, was ich für nötig hielt, um sicherzustellen, dass du mir gehorchen und Galen unter Kontrolle behalten würdest“, gestand er schließlich ein. „Ich wusste, du würdest ihn nicht umbringen, solange du glaubtest, er allein wüsste, wo deine Schwester ist. Und wie ich bereits sagte, habe ich meine Gründe, ihn fürs Erste beschützen zu wollen. Aber nein, Galen hat sie niemals gefangen gehalten. Sie hatte auch kein Kind mit ihm.“

Wieder schlug sie zu, diesmal so hart, dass sie fürchtete, sie hätte sich die eigenen Knochen gebrochen. Immer noch nahm er es kommentarlos hin. „Ihr Tod könnte bloß eine weitere deiner Lügen sein. Du würdest alles tun, um mich springen zu sehen, wenn du pfeifst, nicht wahr?“

Falsch, so falsch, aber sie ist tot. Sie ist tot.

Einen Sekundenbruchteil später stand Sienna in genau dem Zimmer, das Cronus ihr gezeigt hatte. Die Leiche der Frau lag reglos zu ihren Füßen. Schwer hing der kupfrige Geruch von Blut und Tod in der Luft. Und hier, am Schauplatz des Grauens, war die Ähnlichkeit mit ihrer Mutter unübersehbar.

Ihrer *gemeinsamen* Mutter.

Wieder fauchte *Zorn*, wand sich ruhelos hin und her, während ihn weiter etwas „Falsches“ in den Wahnsinn trieb. Doch er wusste nicht, wo das Problem lag, und Sienna hatte nicht die Kraft, es mit ihm durchzudiskutieren. Wie ein Vorschlaghammer traf sie die Trauer, presste ihr sämtliche Luft aus den Lungen. Luft, die sie einfach nicht wieder einatmen konnte, egal, wie sehr sie es versuchte. Immer dichter wurde der Nebel in ihrem Kopf, während heißer Schmerz ihre Brust zu zerreißen drohte, sie von innen heraus verbrannte.

Alles andere verblasste, als sie neben dem Mädchen in die Knie sank und es an ihre Brust drückte, ihr Herz für sie beide schlagen ließ. Endlich fielen die Tränen, liefen, rannen, ein niemals endender Strom des Leids.

„Ich werde dich wieder auf das Schloss bringen“, sagte Cronus so sanft, als würde er mit einem Baby sprechen. „Und ich werde dir Zeit geben, zu verarbeiten, was geschehen ist. Deine Erinnerungen werden dich nicht länger verfolgen, und wenn du es wirklich willst, kannst du das Reich verlassen. Darauf gebe ich dir mein Wort. Aber ich werde wieder zu dir kommen, Sienna, wo auch immer du dann sein magst, und ich werde erwarten, dass du mich unterstützt. Und jetzt ... jetzt, da du gesehen hast, wozu meine Frau, Galens Herrin, fähig ist, nehme ich an, wirst du das auch wollen, nicht wahr?“

34. KAPITEL

Die Herren der Unterwelt waren hier, auf der Insel vor Rom, und rückten in diesem Moment zum Tempel der Unaussprechlichen vor.

Mit Sicherheit haben sie schon einen Angriffsplan, dachte Galen. Höchstwahrscheinlich würden sie ihn einkreisen, verborgen in den Schatten, und nur einer von ihnen würde hervorkommen, um mit ihm zu verhandeln. Außer natürlich, sie überlegten sich, *alle* im Verborgenen zu bleiben, ihm ein paar Kugeln und Pfeile zu verpassen und die Fragen auf später zu verschieben.

So oder so, es spielte keine Rolle. Die Krieger mussten wissen, dass sie geradewegs in eine Falle liefen. Dass Galen nicht diesen Ort als Treffpunkt ausgewählt hätte, wenn er nicht die Unaussprechlichen zu seinem Vorteil einsetzen könnte.

Wenn die Herren erst die Schwelle des Tempels erreichten, hätten die Unaussprechlichen sie in ihrer Gewalt und würden sie augenblicklich in ihr innerstes Heiligtum teleportieren. Hier würden sie sie allesamt festhalten, direkt vor Galens Augen, gelähmt durch unsichtbare Fesseln, damit er seinen Plan vollenden konnte.

Diesen Weg wollte Galen jedoch nicht gehen. Es würde zu viel Zeit kosten, wäre zu riskant – zwar nicht für ihn, aber für die Krieger. Sollte er einen der Herren töten, würden sie niemals den Austausch vornehmen, den er verlangt hatte. Alles, was er in diesem Augenblick wollte, war Legion.

Er ballte die Hände zu Fäusten. Wenn die Krieger sie nicht mitgebracht hatten, würde er einmal in seinem Leben zu seinem Wort stehen. Wie er es Lucien versprochen hatte, würde er noch einen geliebten Menschen aus ihrer Mitte reißen und noch einen und noch einen – bis sie einknickten. Er würde niemanden töten, doch er würde Schmerzen zufügen.

Jeden Tag wurde sein Verlangen nach Legion schlimmer.

Hoffnung hatte ihn mit Träumen von ihr überschüttet, wie er sie vögelte, sie bestrafte, sie zähmte ... sie zu seinem *Eigentum* machte. *Eifersucht* hatte Öl ins Feuer seiner Verbitterung gegossen, während er sich ständig fragte, wo sie war und was sie gerade tat.

Ein Rascheln hinter ihm, bei dem er erstarrte.

Angespannt wirbelte er herum. Aufgereiht zwischen massiven weißen Säulen standen alle fünf Unaussprechlichen. Der mit dem Fell, auf dessen Kopf statt Haaren Schlangen wuchsen. Der Vernarbte, der mehr Muskeln hatte als drei aufgepumpte Boxer zusammen. Die Frau mit ihrem hässlichen Vogelkopf und Hörnern über die gesamte Länge ihrer Wirbelsäule. Und zu guter Letzt die beiden Größten – einer, aus dessen Schädel Schatten zu sickern schienen, und der andere mit gifttriefenden Klingen, die aus seiner Kopfhaut ragten.

Jede der Kreaturen war an diesen Ort gebunden mit Ketten, die sie nicht zerreißen konnten. Doch das galt nur, solange Cronus am Leben war. Sobald der König den Löffel abgab, würden diese Wesen losbrechen auf eine ahnungslose Welt. Niemand, nicht einmal Galen, könnte der Zerstörung Einhalt gebieten, die sie zweifellos über die Erde bringen würden.

Auf einem Altar vor ihm lag Ashlyn, blass und hechelnd, schwitzend, wie die jungfräulichen Menschenopfer von damals. Bloß dass diese Jungfrau hochschwanger war und kurz vor der Geburt stand. Der Schock ihrer Entführung durch Galen hatte ihre Wehen einsetzen lassen.

Seltsamerweise gefiel es Galen nicht, dass sie Schmerzen litt. Sie war gar nicht so übel, und das schönere Geschlecht zu verletzen, war ihm noch nie leichtgefallen. Natürlich würde er es trotzdem tun, *hatte* es schon unzählige Male getan – für seinen Erfolg würde er alles tun –, doch genossen hatte er es nie.

„Schneid ihr die Babys aus dem Bauch", verlangte die gehörnte Frau mit dem Vogelkopf. „Ich will sie für mich haben."

Babys? Mehr als eins?

„Sie müssen sterben“, fuhr der Narbige sie an.

„Nein. Wir werden sie als Tauschobjekte benutzen“, beschloss einer der Muskelberge.

Ashlyn stöhnte vor Schmerzen und richtete die glasigen Augen flehend auf Galen. „Bitte. Tu das nicht.“

Vor ihren Feinden erniedrigte sie sich bis hin zum Betteln. Sie musste diese Babys wirklich aus ganzem Herzen lieben, obwohl sie ihnen noch nicht einmal begegnet war. Ein wenig konnte er das nachempfinden. Vor fast neunundzwanzig Jahren hatte er unwissentlich eine Tochter gezeugt und erst von ihrer Existenz erfahren, als sie schon längst erwachsen war. Zu wissen, dass sie von seinem Blut war, war alles, was es gebraucht hatte, damit er sie ... nicht liebte, dieses Gefühl glaubte er noch niemals erfahren zu haben. Aber er empfand eine gewisse Verbundenheit mit ihr, trotz der Tatsache, dass sie sich so sehr von ihm unterschied wie er sich von den Herren.

Seine Gwendolyn. Eine Harpyie. Eine Frau, die zu verletzen er nicht über sich brachte. Eine Frau, die ihn ohne Zögern abschlachten würde. Das gefiel ihm an ihr, er war stolz auf ihre Skrupellosigkeit.

Galen hatte in seinem Leben furchtbare Dinge getan. Seine Freunde verraten, aus Machthunger gemordet, Städte geschliffen, seine Anhänger drogenabhängig gemacht, damit sie ihn brauchten, ihm folgten. Er hatte ihre Familien abgeschlachtet, wenn sie es wagten, sich ihm zu widersetzen – oder auch nur daran *dachten*, ihn zu verraten. Er hatte mit Frauen geschlafen, von denen er die Finger hätte lassen sollen, auf widerwärtige Weisen.

Es gab keine Grenze, die er nicht überschritten hatte. Keine Grenzen, die er nicht überschreiten *würde*. All diese Dinge hatte er getan – und würde noch tausendfach Schlimmeres tun –, und niemals hatte er sich um die Konsequenzen geschert. Das tat er immer noch nicht. Anders als die anderen

Krieger, mit denen er erschaffen worden war, hatte er niemals Ehrgefühl, ein Band der Bruderschaft oder das Bedürfnis empfunden, irgendjemandem außer sich selbst zu helfen.

Baden, der Erste, der geschaffen worden war, hatte die meiste Güte erhalten, der Rest bloß einen Hauch. Für Galen, der als Letzter entstanden war, war nichts als Kälte und Dunkelheit übrig geblieben.

Vielleicht war das der Grund, warum er Baden als Ersten abgeschlachtet hatte.

Keiner der Herren wusste, dass er mit Baden gesprochen hatte, bevor er seinen Köder ausgeschickt hatte, um den Mann in seine Todesfalle zu locken. Ein Treffen unter vier Augen, das Baden selbst arrangiert hatte. Keiner von ihnen ahnte, dass Galen geschworen hatte, die unsterbliche Armee in Ruhe zu lassen, den Krieg zu beenden, wenn Baden sich opferte.

Besessen vom Dämon des *Misstrauens*, hatte Baden seinem Schwur nicht geglaubt, doch er hatte den Handel trotzdem abgeschlossen, nur für den Fall. Galen wusste, er hatte seinem Dämon die Schuld an seinem instinktiven Misstrauen gegeben und trotzdem auf das Beste gehofft – wegen des Dämons, den Galen in sich trug.

Der Köder – Haidee, eine der Hüterinnen des *Hasses* – war auf den Krieger zugegangen, ohne zu ahnen, dass ihr Opfer wusste, wohin sie ihn bringen würde. Baden hatte nicht gewollt, dass seine Freunde erfuhren, wie bereitwillig er sich in die Arme des Todes begeben hatte. Ebenso wenig hatte er gewollt, dass sie seinen Tod mit ansehen mussten, doch natürlich waren sie ihm gefolgt. Danach war der Krieg nicht mehr aufzuhalten, selbst wenn Galen gewollt hätte. Was aber natürlich nicht der Fall gewesen war.

„Gaaaaaleeeen." Ein leises, schmerzerfülltes Stöhnen entrang sich ihrer Kehle, als Ashlyn sich auf dem steinernen Altar wand. Ihr Gesicht war gerötet, geschwollen, ihr Atem wurde hektischer.

„Bei mir brauchst du nicht nach Hilfe zu suchen, Weib." Die nächste halbe Stunde war entscheidend für den Erfolg seiner Mission, und er würde ihr nicht gestatten, ihn abzulenken. „Ich hab deinem Mann gesagt, was er tun muss, um dich zu retten."

„Bitte. Bitteeee."

Ein Stich in seiner Brust. Würde er ihr jetzt sagen, sie müsste auf Knien zu ihm kriechen, damit er die Babys ihrem Vater übergab – sie würde die Kraft dazu finden und es tun. Selbst die Stiefel würde sie ihm lecken. Sie würde tun, was auch immer er von ihr verlangte, egal wie abscheulich.

Oh ja, sie liebte ihre Kinder. Sie waren ihr eigen Fleisch und Blut, und sie würden ihre Liebe erwidern.

Nichts und niemand hatte jemals ihm allein gehört – außer Legion. Nicht, dass sie je einen Finger rühren würde, um ihn zu retten, oder andersherum. Aber ... Ja, bei ihm gab es immer ein Aber. Er war ihr erster Liebhaber gewesen – und er wollte auch ihr letzter sein.

Er war sich nicht sicher, was ihr während ihres Zwangsaufenthalts in der Hölle widerfahren war. Wusste nicht, was sie genossen hatte und was nicht. Doch sie würde nicht länger ihm allein gehören, das wusste er. Noch etwas, wofür er sie – alle von ihnen – bestrafen würde.

„Die Babys", setzte die Unaussprechliche wieder an. War das ... Verlangen, das er in ihrer Stimme hörte? Sehnte sie sich tatsächlich nach einer Chance, sich als Mutter zu versuchen? „Gib. Mir."

Ihre männlichen Kollegen warfen ihr finstere Blicke zu, drohten und beleidigten, diskutierten über den Gegensatz zwischen dem, was nötig war, und törichten Wunschträumen. In diesem Moment beschloss Galen, was auch immer mit der Mutter geschehen würde, niemals würde er die Kinder den Unaussprechlichen ausliefern.

Endlich auch von ihm eine ehrenhafte Tat. Etwas Gutes,

ohne Arglist oder Eigennutz. Niemand sollte behaupten, er wäre immer nur böse.

„G-Galen. Ich bin h-hier, wie du verlangt hast."

Jeder Muskel in seinem Körper spannte sich an, und sein Blut wurde heiß, brannte in seinen Adern. Eine Halluzination? Er schnupperte, fand den Geruch von Erde, einen Hauch von Höllenfeuer und eine Spur von Meersalz. Keine Halluzination.

Legion war hier.

Die Flut unterschiedlichster Emotionen, die er empfand, überwältigte ihn fast, und augenblicklich wirbelte er herum, suchte nach ihr. Und dort war sie, wenige Meter entfernt. Sie stand am Rand des Tempelgeländes, hinter ihr der Wald. Sie war bezaubernd, wenn auch nicht ganz so, wie er sie in Erinnerung hatte. Groß, vollbusig, mit einer hellen Mähne und Augen von einem sanften Braun. Ihre Lippen waren rissig, als hätte sie darauf herumgekaut, und sie hatte so viel Gewicht verloren, dass ihr das T-Shirt und die Jogginghose nur so am Leib schlotterten.

Die Herren hatten nicht anständig für sie gesorgt. Dafür würden sie mehr leiden, als er ursprünglich geplant hatte. Sie musste bestraft werden, ja, aber allein durch seine Hand. *Zorn* verdrängte alle anderen Empfindungen.

„Bist du bewaffnet?", fragte er, ohne mit einer ehrlichen Antwort zu rechnen.

„Ich …" Plötzlich huschte ihr Blick an ihm vorbei, sie hob die Hand an die Kehle und ihre Augen wurden groß. „Ashlyn." Sie rannte los, schreckte jedoch sofort zurück, als er sich ihr in den Weg stellte. Offensichtlich graute es ihr davor, ihm zu nahe zu kommen.

„Du wirst bleiben, wo du bist."

„L-lass sie g-gehen." Ihr Stottern sagte mehr als alle Worte. Sie hatte Angst vor ihm. „Du hast es v-versprochen."

„Legion, verschwindeeeee!", schrie Ashlyn, während sie

sich unter einer weiteren Wehe zusammenkrümmte. „Sag Maddox …“

„Schweig!“, fauchte Galen. In dieser Sache würde er keine Einmischung dulden.

Legion griff sich an den Bauch und wurde leicht grün. Ihr zitterte das Kinn.

Diese Angst vor ihm zerrte an seinen Nerven. Als er ihr das erste Mal begegnet war, war sie tapfer und voll des Feuers gewesen, in dem sie aufgewachsen war.

„Die Krieger sind fast hier“, schaltete sich einer der Unaussprechlichen ein. „Wir werden sie bei der ersten Gelegenheit hierherteleportieren. Jetzt übergib die Frau in unsere Obhut, damit du ohne Ablenkung kämpfen kannst.“

Das war ihr Plan gewesen, und zum Schein hatte er sich darauf eingelassen. Doch er hasste den Gedanken, irgendjemandem zu gestatten, seine Frau anzufassen. Erst recht jetzt, wo sie hier war. Und als er Legions Reaktion sah – eisiges Entsetzen in tränenfeuchten Augen –, stand seine Entscheidung fest.

„Tritt zurück“, befahl er ihr. „Stell dich da vorn zwischen die Bäume. Und solltest du auch nur daran denken, dich wegzubeamen oder zu fliehen, werde ich der Menschenfrau wehtun.“

Jetzt fielen die Tränen, doch sie gehorchte. Er hasste die Unaussprechlichen dafür, dass sie dadurch wieder weiter von ihm entfernt war.

„Was hast du vor?“, knurrte einer von ihnen.

„Gib sie uns“, keifte ein anderer.

Soweit er wusste, hatten diese Wesen nur eine Schwäche. Sie konnten sich nicht nehmen, was sie haben wollten; es musste ihnen geschenkt werden. Üblicherweise tricksten sie ihre Verhandlungspartner aus, um ihren freien Willen zu gewährleisten – so hatten sie den Tarnumhang von Strider erbeutet. Wenn alles Tricksen nichts half, gingen sie dazu über, ihre Opfer durch Angst in die Knie zu zwingen.

Das würden sie noch begreifen. Galen fürchtete sich vor nichts.

„Beweg dich nicht vom Fleck, egal, was geschieht", wies er Legion an und hielt ihren Blick fest, bis sie nickte.

Dann schluckte sie und hob das Kinn. „Aber nur … Aber nur, wenn du Ashlyn und die Babys Maddox zurückgibst. Lebendig."

Natürlich waren die Unaussprechlichen schneller.

„Nein!"

„Niemals!"

„Sie wird verschwinden, sobald du dich darauf einlässt!"

„Sei kein Narr!"

Wieder flackerte Legions Blick zu den Wesen hinter ihm. Ihre Haut wurde immer grüner, und sie sah aus, als würde sie gleich anfangen zu schreien.

„Augen auf mich", fuhr er sie an, und sofort gehorchte sie. So bezaubernde Augen. Sanft und dunkel und bodenlos, selbst unter Tränen. „Sieh nicht weg von mir."

Sie erzitterte.

Langsam ging er rückwärts, bis er neben Ashlyn stand. Dann beugte er sich herab, schob die Arme unter ihren Körper und hob sie hoch. Sie war schwer, ihre Muskeln hart vor Anspannung. Die ganze Zeit hielt Legion seinem Blick stand.

Die Unaussprechlichen verlangten zu wissen, was er da eigentlich tat. Er ignorierte sie und trug das Mädchen zu Legion.

„Wir haben dir den Umhang gegeben, *Hoffnung*. Dafür schuldest du uns die Frauen."

Hatten sie die beiden also als ihren Lohn behalten wollen? Er lachte ohne besonderes Amüsement. Wahrscheinlich schon. Er hätte dasselbe getan, also konnte er ihnen wohl kaum einen Vorwurf daraus machen.

Moment. Doch, beschloss er. Konnte er.

„Wenn du uns jetzt um unseren Lohn betrügst, werden wir dich jagen. Wir werden dich zerstören, auf die alte Art." Die

Frau lachte hässlich. „Hast du auch nur eine Ahnung davon, welches Grauen das bedeutet?"

Er ignorierte sie und wandte sich an Legion. „Schwöre hier und jetzt, dass du nicht versuchen wirst, mir zu entkommen, dass du bereitwillig mit mir gehen und alles tun wirst, was ich dir sage, wenn ich es dir sage. Ein Blutschwur." Einer, den sie nicht brechen könnte, selbst wenn sie wollte.

Für Unsterbliche wurde die Erfüllung eines Blutschwurs zu einem inneren Zwang.

Wieder lief ein Beben durch ihren Körper. Aus feuchten Augen, umrahmt von langen, nassen Wimpern, sah sie ihn an, und sein Schwanz wurde hart. Er würde sie vögeln. Heute Nacht. „O-okay, aber nur, wenn du schwörst, dass du Ashlyn und die Babys an Maddox zurückgibst, ohne sie zu verletzen. Keinen von ihnen. Heute. Und ohne gegen die Herren zu kämpfen."

Das Mädchen wusste, wie man einen Handel schloss, alle Eventualitäten abdeckte. Eine Komplikation, aber nichts, das ihn aufhalten würde.

So sanft er konnte, legte er die immer noch hechelnde schwangere Frau auf den Boden. Ihre Schmerzen waren zu stark, als dass sie es bemerkt oder darauf reagiert hätte. Als er sich wieder aufrichtete, zog er einen seiner Dolche.

Legion zuckte zusammen.

Wegen dieser Angst würde er etwas unternehmen müssen. Er wollte sein explosives Teufelsweib zurück. Die Frau, die ihn in der Bar verführt und auf der Toilette gefickt hatte. Ihn mit ihrem Biss vergiftet hatte, bevor er kommen konnte.

Und wo er gerade dabei war, sie schuldete ihm einen Orgasmus. Nach den vielen Wochen, die seitdem vergangen waren, schuldete sie ihm mehr als einen. Doch zuerst würde er sich ihre Kooperation sichern müssen. „Im Gegenzug für das Versprechen, das ich von dir verlangt habe, schwöre ich dir hier und jetzt, dass ich die Frau Ashlyn und ihren Nachwuchs ihrem Mann Maddox zurückgeben und keinen von ihnen verletzen werde. Ich werde nicht gegen seine Freunde kämpfen, sondern nur sie und die Babys unbeschadet übergeben und dann meiner Wege gehen." Er drückte die Klinge in seine Handfläche und schnitt so tief, dass er auf Knochen traf.

Blut quoll hervor, und er verschmierte es auf dem Dolch, überzog die Klinge damit. Dann hielt er die Waffe Legion entgegen. Ein Teil von ihm erwartete, sie würde damit auf ihn einstechen, aber nein. Sie wusste, dass sie besiegt war. Zögernd beobachtete sie ihn, unentschlossen. Kooperation war ihre einzige Option. Anders als Lucien konnte sie nicht andere mit sich nehmen, wenn sie sich beamte, also konnte sie Ashlyn nicht in Sicherheit bringen.

„Beeil dich." Jeden Moment würden die Herren hier auftauchen, und dann wäre es zu spät. Er konnte nicht gegen die Herren kämpfen und gleichzeitig Legion im Auge behalten. Ebenso wenig konnte er sich einfach mit ihr davonmachen, um dem Kampf aus dem Weg zu gehen, denn sie könnte sich jederzeit von ihm wegbeamen. Er brauchte ihren Schwur. „Bevor ich's mir anders überlege." Als würde er das je tun.

Mit zitternden Fingern nahm sie den Dolch. Nervös leckte sie sich die Lippen.

Er wartete angespannt.

Endlich hörte er die ersehnten Worte. „Im Gegenzug für das, was du bereits versprochen hast, schwöre ich dir hier und jetzt, dass ich dich bereitwillig begleiten werde, wohin auch immer du willst." Und weiter rannen diese schimmernden Tränen ihre Wangen hinab. „Ich werde tun, w-was immer du befiehlst. Und bleiben, s-solange du nach meiner Anwesenheit verlangst."

Dann drückte sie die Dolchspitze in ihre Handfläche und schnitt. Nicht so tief wie er, doch tief genug, dass sich ihr Blut mit dem vermischte, das er auf der Klinge hinterlassen hatte. Das gefiel ihm – zu wissen, dass jetzt ein Teil von ihm in ihr war.

Er streckte die Hand aus und ergriff die ihre, presste ihre Wunden aneinander. In diesem Moment spürte er ein Ziehen in seinem Inneren, ein Zerren an seiner Seele, und obwohl er so etwas noch nie gemacht hatte, wusste er, dass der Schwur sich soeben in ihm eingenistet hatte. Ihrer Grimasse nach zu urteilen war mit ihr das Gleiche geschehen.

Endlich gehörte sie ihm.

Legion zuckte zusammen.

Hatte er das laut gesagt? Vielleicht war sie aber auch nur ebenso wie er zurück in die Realität gerissen worden, als hinter ihm die Unaussprechlichen in Fauchen und Flüche und Drohungen ausbrachen. Galen legte die unverletzte Hand an ihr Gesicht, liebkoste die seidige Haut ihrer Wange mit dem Daumen. Sie zitterte, wich jedoch nicht zurück.

Er ratterte die Koordinaten seines Zuhauses herunter. „Verschwinde jetzt, mach keine Zwischenstopps, rede mit niemandem, und ich gebe das Mädchen und ihre Babys wie versprochen ihrem Mann zurück." Und die Unaussprechlichen konnten sie nicht aufhalten, anders als die Herren. Na ja, alle Herren außer dem immer wieder nervigen Lucien. „Beeil dich, ich bin schon fast zu spät."

Wieder schluckte sie und riss sich von ihm los. Schon jetzt vermisste er ihre Berührung. Wollte schreien, als sie vor seinen Augen verschwand. *Sie geht zu dir nach Hause. Du wirst sie wiedersehen.*

Jetzt musste er sich nur noch um zwei Dinge kümmern. Ashlyn und die Unaussprechlichen. Diese Wesen konnten jeden, ihn eingeschlossen, mit ihrem Blick in Trance versetzen, konnten Illusionen weben und hypnotisieren. Und das taten sie gern; ebenso spielten sie gern mit ihrer Beute. Dazu war der freie Wille ihrer Opfer nicht vonnöten.

Das wusste er, weil er ihnen einige seiner eigenen Männer zum Fraß vorgeworfen hatte. Solche, die er verabscheute, die Unschuldige verletzten. Zugegeben, das war ziemlich ironisch, wenn man die Dinge bedachte, die *er* schon verbrochen hatte … Doch es war auch eine weitere seiner guten Taten. Ab und zu gönnte er sich eine, und wenn nur zu seinem privaten Vergnügen.

Bald wären die Herren zu nah, um sie in eine andere Richtung zu lenken. Durch seinen Schwur konnte er nicht gegen sie kämpfen, aber die Unaussprechlichen konnten es. Wenn er das zuließ, würden ihm die Unaussprechlichen vergeben, dass er ihnen die Frauen nicht überlassen hatte. Bloß dass Ashlyn während des Kampfes verletzt werden könnte, was bedeutete, dass Galen ihn gar nicht erst zulassen durfte. Also konnte er sich heute weder um die Unsterblichen noch um die Herren kümmern. Beide würden warten müssen.

Den Blick fest zu Boden gerichtet, näherte er sich den Säulen. Hörte Ketten rasseln. Unauffällig zog er den Umhang aus der Hosentasche und schüttelte den Stoff aus. Zischend verfolgten die Kreaturen seinen Weg; heiß spürte er ihre Blicke auf sich ruhen.

In einer einzigen fließenden Bewegung breitete er seine Flügel und zugleich den Umhang aus. Seine Füße lösten sich vom Boden, und er drehte sich herum … wirbelte … wurde unsichtbar. Die rasiermesserscharfen Kanten seiner Flügel schlitzten den ihm am nächsten stehenden Unaussprechlichen auf, während der Umhang gleichzeitig wie ein Tentakel zu dem am weitesten Entfernten schoss und ihm die Luftröhre zerquetschte.

Dem Ersten rutschten die Eingeweide aus einer klaffenden Bauchwunde, und unter animalischem Schmerzgeheul krümmte er sich nach vorn. Der Zweite konnte nicht mehr atmen und brach bewusstlos zusammen.

Einen Sekundenbruchteil später hatte Galen sich schon auf die Nächsten gestürzt, in einer wahren Flut von Bewegungen wirbelte, schnitt, flog und quetschte er noch ein bisschen mehr. Sie konnten ihn nicht sehen, konnten sich nicht wehren, und Himmel, war das ein Heidenspaß.

Keine Minute nach dem Beginn seines Angriffs waren alle fünf am Boden. Federleicht lag der Umhang in Galens Hand, als er landete und sein Körper wieder sichtbar wurde.

„Ihr hättet mir wohl lieber nicht beibringen sollen, wie man den Umhang richtig benutzt", höhnte er.

Dann beugte er sich hinab und hob Ashlyn auf die Arme. Sie war schweißüberströmt und umklammerte schwer atmend ihren Bauch. Ohne den Umhang konnte er sie nicht beamen, und mit würde ihr Mann sie nicht spüren. Deshalb blieb ihm nur eine Möglichkeit. Ohne weitere Erklärung stapfte er vom Tempel fort. Äste reckten sich nach ihm, schlugen ihm ins Gesicht, Zweige knackten unter seinen Füßen.

„Du. Wirst. Sterben", hörte er einen der Verletzten hervorwürgen.

„Das ist *unser* Schwur für dich", keuchte ein anderer.

„Deine Schreie werden bis in alle Ewigkeit widerhallen."

Wieder ignorierte er sie und beschleunigte seine Schritte. Nach dieser Aktion würden sie sich möglicherweise entschließen, den Herren zu helfen. Doch das spielte keine Rolle. Die Kreaturen saßen hier fest, was konnten sie ihm also schon anhaben, selbst mit der Hilfe von anderen Unsterblichen?

„Ruf nach deinem Mann, Ashlyn."

Feucht klebte ihr das honigfarbene Haar an der Stirn, als sie wild den Kopf schüttelte. Ein Moment verstrich. Plötzlich krümmte sie sich noch mehr zusammen und presste die Hände auf die Ohren, eine Reaktion, die er verstand. Wo auch immer sie war, hörte sie jede Unterhaltung, die jemals dort stattgefunden hatte.

Er beugte das Handgelenk an dem Arm, der ihre Schultern stützte, um eine ihrer Fäuste von ihrem Ohr zu ziehen. „Du hast meinen Schwur vor Legion gehört. Ich kann heute weder dir noch deinem Mann etwas tun. Ruf nach ihm. Hol ihn her."

Vielleicht wollte sie sich ein zweites Mal weigern, doch als sich ihr Mund öffnete, drang ein ohrenbetäubender Schmerzensschrei aus ihr hervor. Vögel flatterten aus den Baumkronen auf. Das Summen der Insekten verstummte. Vierbeiner rannten Schutz suchend davon.

Er hätte sie einfach ablegen und dort zurücklassen können, doch er tat es nicht. Was auch immer die Herren mit ihm vorgehabt hatten, mit dem Schrei hatten sie ihre Pläne geändert und rannten in vollem Tempo in seine Richtung. Er hörte ihre donnernden Schritte und blieb stehen, wartete. Wenige Sekunden später barsten sie aus dem dichten grünen Unterholz hervor und fächerten sich zu einem drohenden Halbkreis auf.

Sie waren näher, als ich dachte, begriff er. Interessant. Vielleicht hätten sie diese Runde tatsächlich gewonnen.

Maddox war seine eigene Sicherheit egal, ungebremst sprintete er bis zu Galen. „Gib sie mir." Mit einer Sanftheit, die seine grausame Miene Lügen strafte, nahm er seine Frau auf die Arme. „Oh Liebste. Es tut mir so leid. So unendlich leid."

Wieder spürte Galen einen schmerzhaften Stich in der Brust.

Sie stöhnte. „Tut so weh."

„Ich weiß, Liebling, ich weiß. Lucien", knurrte der Krieger, während er Galen mit verengten Augen im Blick behielt, „schaff sie hier raus. Jetzt. Sie liegt in den Wehen."

„Maddox", keuchte sie. „Will nicht … weg von … dir."

„Schhh, Liebste. Schhh. Wir holen dir Hilfe. Lass Lucien dich hier wegbringen. Danach holt er mich. Er kann uns nicht gleichzeitig beamen, aber ich bin nur ein paar Momente hinter dir."

„Versprochen?"

„Versprochen."

„Wenn irgendwas passiert und ich nicht zu euch zurückkommen kann …", setzte Lucien an.

„Was?“, kreischte Ashlyn, bevor er ausreden konnte. „Warum solltest du nicht zurückkommen können?“

Maddox warf dem narbenübersäten Krieger einen eisigen Blick zu.

„Denkt dran, was Danika gesagt hat.“ Vorsichtig hob Lucien die immer noch protestierende Ashlyn aus Maddox' Armen. „Wir werden nicht in der Festung sein.“

Maddox hielt den Kontakt zu ihr, solange es ging. Als der Hüter des *Todes* und die schwangere Frau verschwunden waren, richtete er sich zu voller Größe auf und durchbohrte Galen von Neuem mit seinem Blick.

Galen war sich nicht sicher, warum er immer noch hier war. Jeder der Krieger war bewaffnet, und all ihre Waffen waren auf ihn gerichtet. Pistolen, Messer, eine Armbrust. Seine eigene Tochter, Gwen, hielt eine Waffe in den Händen, geladen und entsichert.

Ah, jetzt wusste er, warum er geblieben war. Tief in seinem Inneren hatte er gewusst, dass sie kommen würde, und gewollt, dass sie sah, was er getan hatte. Eine seiner seltenen guten Taten miterlebte. Und vielleicht ... vielleicht sogar beschloss, ihn zu mögen.

„Warum hast du sie zurückgegeben?“, verlangte Maddox zu wissen. Obwohl seine Frau unverletzt bei ihm abgeliefert worden war, bebte er vor Wut.

„Warum nicht? Ich habe, was ich wollte.“

Überrascht zog der Krieger die Brauen zusammen, in seinen Augen blitzte Rot auf. „Du hast Legion?“

Soso. Sie hatten sie nicht hergebracht. Sie war aus eigenem Antrieb zu ihm gekommen. Noch ein interessantes kleines Detail, und eins, das seine Besitzansprüche ins Unermessliche wachsen ließ. „Sie gehört mir, ja.“

„Wie?“

Langsam verzog er den Mund zu einem schadenfrohen Grinsen. „Was glaubst du denn?“

Knochen und Schuppen schimmerten durch Maddox' Gesicht, als sein Dämon sich in ihm erhob. „Es gibt da etwas, das du über Legion wissen solltest."

„Und das wäre?" Er wusste, was als Nächstes geschehen würde, wusste genau, was die Krieger vorhatten. Wusste, dass es verflucht wehtun würde. Er hätte sich den Umhang überwerfen können, sich wegbeamen. Stattdessen blieb er stehen und grinste nur noch breiter.

„Du wirst sie nicht wiedersehen." Maddox hob eine Glock, wie Galen es vorhergesehen hatte, drückte ab und jagte ihm eine Kugel in die Brust.

Gleich nach der Kugel regneten Klingen auf ihn nieder, schlitzten ihm den Bauch auf; ein Pfeil traf ihn mitten ins Herz. Er suchte den Blick seiner Tochter, als die Knie unter ihm nachgaben, und griff endlich hinter sich nach dem Umhang. „Jetzt sind wir quitt", sagte er mit schwacher Stimme zu ihr und entschwand in die Unsichtbarkeit.

35. KAPITEL

William sah zu, wie Paris von einer Horde lüsterner, rammelnder Wasserspeier immer weiter auf ihn zugeschleift wurde, und amüsierte sich köstlich. Um genau zu sein: Er platzte beinah vor Lachen. Ja, er wusste, dass es an selbstmörderischen Irrsinn grenzte, den neuen Paris 2.0 zu verspotten, und ihm war klar, dass der Krieger in ein paar Minuten auf ihn losgehen würde, aber er konnte einfach nicht anders. Sollte Paris ruhig kommen – er hatte den Spaß seines Lebens.

„Hey Alter", rief er ihm zu. „Du hast da ein bisschen Sperma auf dem Hemd."

Sex sagte kein Wort. Zeigte ihm einfach bloß den Stinkefinger und hielt ansonsten still, während in seinen Augen die Emotionen brodelten. Emotionen in der Form echt gruseliger Schatten, okay, aber das machte es nicht weniger unterhaltsam.

Offensichtlich hatte Paris vor, noch vor Tagesablauf jemand anderen als William zu ermorden, denn hier ging es – ebenso offensichtlich – um deutlich mehr als bloße Demütigung. Und William vermutete, dieser Jemand war ... die auffällig abwesende Sienna? Nee. Die war schon tot. Zacharel? War der Pisser noch mal aufgekreuzt, um sich einen Nachschlag zu holen? William hoffte es sehr. Hoffte, Paris würde dem Flattermann so richtig den Arsch aufreißen.

William und die Himmelsboten hatten keine schöne gemeinsame Vorgeschichte, und auch wenn sie die viel zu liebreizende Maske seines Gesichts nicht wiederzuerkennen schienen: Sie würden sich auf ihn stürzen wie tollwütige Hunde, wenn er seine wahre Gestalt zeigte.

Nicht, dass er das jemals tun würde. Und trotzdem. Am besten dachte er nicht einmal darüber nach. In diesem Reich wimmelte es nur so von Gedankenlesern.

Als Paris um die Ecke verschwand, materialisierte sich direkt vor William ein todernster und verzweifelter Lucien, der eine schreiende, keuchende Ashlyn auf den Armen trug.

Die Worte, die von ihren blutigen Lippen kamen, gaben sonst höchstens Crackhuren auf Entzug von sich. Und vielleicht Luzifer, der selbst ernannte König der Unterwelt.

„Schlechter Tag?" Noch nie hatte William derart dreckige, widerwärtige Ausdrücke aus dem Mund der sanften Schönheit vernommen. Und nie war sie ihm hübscher erschienen. Ein Knaller.

„Danika hat uns gesagt, sie müsste ihre Babys da zur Welt bringen, wo du bist, ganz egal, wo das wäre", erklärte der Hüter des *Todes* ohne Einleitung. Tiefe Sorgenfalten zeichneten sein Gesicht. „Deiner spirituellen Spur zu folgen, war weder leicht noch angenehm, vor allem, weil meine Krieger mich jetzt brauchen. Bring mich auf der Stelle zu einem Bett."

„Bist du sicher, dass sie gesagt hat, da, wo *ich* bin?" Um sich ganz klar auszudrücken, wies William mit dem Daumen auf seine Brust.

„Bett. Jetzt."

„Jetzt!", schrie Ashlyn. „Sie kommen jetzt. Bitte, bitte. Oder ich sag Maddox, du hättest mich befummelt!"

„*So* was von herzlos. Er hat geschworen, dass er mir mein bestes Stück abnimmt, sollte ich auch bloß in deine Richtung atmen." Trotz seines nonchalanten Tonfalls beeilte William sich, die beiden die Treppen hinaufzuführen. Er scheuchte sie durch den Gang bis in das Zimmer, das er für sich sauber gemacht hatte – in der Absicht, die Unsterbliche aus dem fünften Stock zu befreien und ein paar Tage damit zu verbringen, ihren Körper in jeder verdorbenen Position zu erforschen, die er kannte. Bisher hatte er keinen Erfolg gehabt.

Lucien legte Ashlyn auf das Bett, vorsichtig, unglaublich vorsichtig. „Ich hole jetzt Maddox."

„Danke. *Ooooohhh Gooooooott.*" Sie umklammerte Luciens Hand, und William hörte die Knochen knacken. Erst als sie eine gefühlte Ewigkeit später aus ihrer Wolke der Schmerzen zurückkam, ließ sie den mittlerweile blassen Krieger los. „Maddox. Jetzt. Oder ich reiß dir das Gesicht vom Schädel und ... und ... *Ooooohhh!*“ Ihre Worte gingen über in einen Schrei, der besser zu einer Todesfee aus den dunkelsten Winkeln der Hölle gepasst hätte.

„Und sagst Maddox, er hätte dich damit befummelt?“, schlug William vor, immer hilfsbereit.

„Ich bin gleich wieder da. Kümmere dich um sie.“ Lucien verschwand, das drohende „Sonst“ blieb unausgesprochen, war aber dadurch nicht weniger deutlich.

„Oh, Hölle“, murmelte William und rieb sich die Hand übers Gesicht. Allein mit Chuckys schwangerer Braut und ihrer Brut. Und da sollte er was ausrichten? Ganz sicher nicht. Er war schon froh, dass er es über sich brachte, dazubleiben, ohne Blut zu kotzen.

Einen nach dem anderen beamte Lucien die Krieger ins Schloss. Erst Maddox, dann die anderen, dann die Frauen und schließlich die zwei göttlichen Artefakte, die sich in ihrem Besitz befanden. Griff gerade jemand die Festung in Buda an, oder was zur Hölle war hier los?

Da niemand einen Fuß auf die Zugbrücke setzte, ließen die Wasserspeier sie in Ruhe, und sie konnten sich frei bewegen – beziehungsweise Hals über Kopf vor dem Ausnahmezustand im ersten Stock flüchten.

Stunden später lag Ashlyn immer noch in den Wehen. Furchtbaren Wehen. Die Babys wollten raus, mussten raus, doch sie saßen fest, und niemand hier war ein verfluchter Arzt, deshalb wusste niemand, wie zur Hölle sie ihr helfen sollten.

Maddox stand kurz vor dem Nervenzusammenbruch, tigerte auf und ab, brüllte, schlug Löcher in die Wände. Die anderen hatten aufgehört, das Schloss zu erforschen, und sich nach und nach auf dem Flur vor Ashlyns Zimmer versammelt, um mit ihm zu warten. Außer Danika, der tapferen Seele, die es auf sich genommen hatte, Ashlyn durch die Wehen zu helfen. Sie war in der Höhle des Löwen. Moment. Sie steckte den Kopf aus der Tür.

„Schaff deinen Arsch hierher", kreischte die Blondine William an.

Er war überrascht, dass er sie hörte. Nach Ashlyns letztem Ausbruch tropften ihm immer noch Blut und Hirnflüssigkeit aus den Ohren. Er hatte sich an der gegenüberliegenden Wand postiert, die Arme vor der Brust verschränkt, und konzentrierte sich darauf, dass ihm niemand zu dicht auf die Pelle rückte. „Wer, ich?" Wieder zeigte er mit dem Daumen auf seine Brust.

„Ja. Du. Herumstehen war nicht Teil der Jobbeschreibung, als ich den Jungs gesagt habe, dass Ashlyn dich hier braucht."

Klugscheißerin. „Nur zur Info, kleine Dani: Ich hab keinen blassen Schimmer von menschlichen Geburten." Trotzdem trat er in das Zimmer und ging zum Bett. Beide Frauen waren schweißüberströmt und kreidebleich, beide zitterten. Und hatten, nach ihren riesigen Pupillen zu urteilen, verdammte Angst.

„Aber mit Dämonengeburten kennst du dich aus, oder?"

Manchmal vergaß er, dass Danika das aktuelle Allsehende Auge war. Dass sie Himmel und Hölle sehen konnte, Vergangenheit und Zukunft. Und ebenso hatte er vergessen, dass Maddox halb Mann, halb Dämon und ein Viertel Arschloch war und deshalb dämonische Nachkommen mit ganz speziellen Bedürfnissen zeugen konnte.

„Okay, na dann. Ich übernehme." Und jetzt wusste er, was zu tun war – was eine Erleichterung war. Für ihn. Ashlyn standen die grauenhaftesten Schmerzen ihres Lebens bevor. Schmerzen, die sie um Erlösung flehen lassen würden – und sei es durch den Tod.

„Der lässt seine Finger von ihr!", grollte Maddox und

stampfte auf William zu, um sich vor ihm aufzubauen. Der Bastard musste hinter ihm reingekommen sein.

William hob bloß eine Augenbraue. „Willst du, dass deine Frau überlebt?"

„Natürlich." Ein Fauchen.

„Dann schaff deinen Arsch hier raus! Du auch, Dani, und sag deinem Mann, er soll die Tür bewachen und dafür sorgen, dass alle anderen auch draußen bleiben. Und ich meine *alle*. Egal, was ihr hört." Wenn sie auch nur eine Ahnung von dem hätten, was er vorhatte, würden sie ihm die Hände mit einem rostigen Buttermesser abtrennen.

Ashlyn hatte mittlerweile aufgehört, sich zu winden und zu schreien. Sie lag nur noch da wie ein Haufen Fleisch, reglos unter ihren durchnässten Laken. Wurde mit jeder Sekunde schwächer … fast zu spät …

„Jetzt!", schrie William. „Ich bin die einzige Überlebenschance für die drei."

Die zierliche Danika legte den Arm um den breiten Maddox und schaffte es irgendwie, ihn auf den Flur zu ziehen. William ging hinterher und schloss die Tür hinter ihnen. Dann schob er die Kommode davor, denn falls irgendjemand an Reyes vorbeikam, würde er ein paar Minuten Vorsprung brauchen.

Tief einatmen, tief ausatmen. Er zitterte, als er einen Dolch zog. „Tut mir leid", sagte er. Dann machte er sich an die Arbeit.

36. KAPITEL

Nach einem kurzen Ausflug in den Kerker unter dem Schloss befreite Paris sich von den Fesseln der einfältigen Wasserspeier und gesellte sich zu seinen Freunden. So froh er war, sie zu sehen, so hart traf ihn, was in seiner Abwesenheit passiert war. Ashlyn von Galen entführt. Legion, die sich ihm ausgeliefert hatte, um die Schwangere zu retten. Kane immer noch vermisst. Kein Lebenszeichen. Eine Spur, die in einer Sackgasse endete, die nicht einmal Amun enträtseln konnte.

Er ließ sich auf eine Bank fallen, die jemand in den Flur vor Ashlyns Zimmer geschleppt hatte. Versuchte, sich abzulenken, ruhig zu bleiben. Zacharel war bei Sienna. Hatte sie wahrscheinlich schon zum Ausgang aus diesem Reich geführt. Wahrscheinlich war sie schon auf dem Weg ... wohin auch immer, endlich frei von diesem Schloss.

So war es am besten.

Das Beste war scheiße.

Ich will sie, jammerte *Sex*.

Ich auch.

„In diesem Schloss fehlt irgendetwas", stellte Viola fest, als sie sich neben ihn setzte.

Sie war die Erste, die normal mit ihm sprach. Seine Freunde waren zu sehr mit Ashlyn beschäftigt gewesen, um etwas anderes zu tun, als Befehle zu bellen und nach Wasser, Handtüchern und einem Maulkorb für ... irgendjemanden zu rufen. Wahrscheinlich für William.

Die Göttin hatte ihr aufreizendes Kleid gegen ein glitzerndes T-Shirt und eine graue Seidenhose getauscht, die so durchsichtig war, dass er ihre Unterwäsche erkennen konnte. Okay, vielleicht hatte sie sich von „aufreizend" noch nicht ganz verabschiedet. Das silbrig-blonde Haar hatte sie sich zu einem hohen Pferdeschwanz gebunden, der mit jeder ihrer Bewegungen hin und her schwang.

„Hallo? Hörst du mir zu? Natürlich hörst du mir zu! Ich brauche die Erlaubnis, die Inneneinrichtung umzugestalten, sonst muss ich leider gehen."

Ich will sie! Innerhalb von Sekunden hatte *Sex* Schaum vor dem Mund, hüpfte in Paris' Kopf umher wie ein Flummi, begehrte verzweifelt die Göttin anstelle von Sienna. Genau genommen verzweifelter als je zuvor. *Ich brauche sie. Ich muss sie vögeln. Jetzt, jetzt, jetzt.*

Was sollte *das* denn? Sie hatten erst heute mit Sienna geschlafen. *Sex* sollte bis morgen bei bester Laune sein.

Will, ich will! Will, will, will!

Paris runzelte die Stirn. Als Kaia eine Sekunde später mit schwingenden Hüften vorbeiging und sein Schwanz ihr folgte wie eine Wärmesuchrakete, vertiefte sich sein Stirnrunzeln um das Dreifache.

Normalerweise erschlaffte seine Erektion wie ein undichter Luftballon, sobald er an eine Frau dachte, mit der er schon einmal geschlafen hatte. Das bedeutete doch nicht … Er konnte doch sicher nicht …

Will sie, brauche sie! Will sie alle!

Oh doch. Er konnte. Paris konnte sowohl Viola nehmen (mit der er noch nicht geschlafen hatte) als auch Kaia (mit der er sehr wohl geschlafen hatte), begriff er, als sein Schwanz beim Gedanken an die beiden vor Begierde zuckte. Die Erkenntnis versetzte ihn in pures Entsetzen.

Wie konnte das sein?

Deine Verbindung zu Sienna … Ich weiß nicht … Aber ich kann *sie alle haben und ich* will *sie alle haben!*

Aber … aber … So lange hatte Paris davon geträumt, eine Frau zu finden und mehr als einmal mit ihr schlafen zu können. Irgendeine. Nach seiner ersten Begegnung mit Sienna hatte er geglaubt, sie wäre seine einzige Chance. Er hatte nicht verstanden, wieso, aber es war ihm auch gleich gewesen. Er hatte es akzeptiert und die Gelegenheit beim Schopf ergriffen. Doch jetzt, wo er dasselbe mit jemand anderem haben konnte – offenbar egal, mit wem –, wollte er immer noch … nur Sienna, wurde ihm klar.

Mit einer Frau wie ihr war er noch nie zusammen gewesen. Einer, die über ihn Bescheid wusste und ihn trotzdem akzeptierte. Einer, die mehr gab, als sie nahm, selbst wenn er wollte, dass sie mehr nahm, als sie gab. Eine mit Mut, mit Feuer, die kein Problem damit hatte, ihn zusammenzufalten oder sich zu entschuldigen, wenn sie etwas falsch gemacht hatte. Eine, die für das kämpfte, woran sie glaubte, die tat, was sie tun musste, um ihr Ziel zu erreichen – egal was.

Plötzlich stand Strider vor ihm, ein Glitzern in den marineblauen Augen, während er Paris' Hinterkopf gegen die Wand drückte. „Ich hoffe für dich, dass der Prügel in deiner Hose für die Göttin neben dir gedacht ist und nicht für den Rotschopf, der gerade an dir vorbeigelaufen ist."

Den mochte ich lieber, als er noch mit anderen Dingen beschäftigt war. Statt den Kerl noch weiter zu reizen und eine Prügelei zu riskieren, die der Krieger gewinnen müsste, um auf den Beinen zu bleiben, nickte Paris. „Genau. Die Göttin." Endlich konnte er Striders besitzergreifenden Zug nachempfinden. Dass der Krieger andere Männer schon dafür umbringen würde, wenn sie bloß ansahen, was ihm gehörte. Paris würde jeden töten, ob Mann oder Frau, Gott oder Göttin, gut oder böse, der es wagte, sich an Sienna heranzumachen.

In seinem Tonfall hatte genug Wahrheit gelegen, um seinen Freund zu versöhnen. „Okay." Trotzdem knackte er mit den Nackenwirbeln, als er sich wieder aufrichtete. „Dann ist ja gut."

Paris sah ihm nach und traf Gideons amüsierten Blick. Der Hüter der *Lügen* musste die Halbwahrheit gespürt haben. Niemand kam einem Lügner schneller auf die Spur als Gideon. Egal, wie klein die Lüge war.

Schuldbewusst wandte Paris sich ab. Das hier dürfte nicht passieren.

Sein Dämon gackerte frohlockend vor sich hin und gierte weiter.

Plötzlich war er froh, dass Sienna sich entschieden hatte, nicht noch einmal zu ihm zu kommen. Er fühlte sich dreckig und abscheulich und beschämt. Er brauchte eine Dusche.

Als der Duft von Schokolade und Champagner aus seinen Poren zu sickern begann, fluchte er in sich hinein. *Ich werde weder mit Kaia noch mit Viola noch mit irgendeiner anderen Frau hier schlafen.* Es war ihm scheißegal, was sein Körper oder sein Dämon von ihm verlangte. Er würde es nicht zulassen. Das würde er sich nicht bieten lassen. *Und du kannst mich nicht dazu zwingen, indem du sie anlockst. Hast du verstanden? Hör sofort damit auf, oder ich schneide mir den Schwanz ab und lache, während wir dahinwelken!*

Aber … aber …

Nein! Keine Ausreden, kein Betteln. Er würde mit niemandem schlafen, nicht heute, nicht morgen und nicht übermorgen. Nicht mal überübermorgen. Keine Chance. Niemand außer Sienna, dachte er mit einer Entschlossenheit, die ihn erschreckte. Und es war ihm egal, wie schwach er dadurch würde. Seine Hände prickelten immer noch vom Gefühl ihrer weichen, warmen Haut. Er hatte immer noch ihren süßen exotischen Duft in der Nase. Das würde er nicht aufgeben.

„Hallo. Ich bin auch noch da“, meldete sich Viola schmollend. „Ist es dir denn egal, dass ich gehen könnte, wenn ihr mir nicht gebt, was ich will?“

Für so etwas hatte er jetzt überhaupt keinen Kopf. „Du darfst das Schloss nicht verlassen, okay? Das hier ist für euch alle der sicherste Ort, sicherer als die Festung in Budapest. Galen und seine Jäger können hier nicht rein, ohne schwere Verluste zu erleiden, und wenn sie es versuchen, sind wir rechtzeitig gewarnt.“

Außerdem hatte er die blutigen Streifen an allen Fenstern und Türen gesehen und wusste, dass William sie mit seinem Blut präpariert hatte. Die Schattenmonster konnten nicht mehr hinein.

„Wer hat denn von Sicherheitsmaßnahmen gesprochen? Wir brauchen Bilder von mir, da, da und da." Beim Sprechen zeigte sie ihm die Stellen.

„Ich richte es dem Inneneinrichter aus", murmelte er finster.

„Und da."

Sex hatte die Hoffnung noch nicht aufgegeben, sie flachzulegen, und Paris' Schwanz zuckte schon wieder. Er knirschte mit den Zähnen. Klar, die Göttin war der Hammer. Wenn man von ihrer Persönlichkeit mal absah, war sie genau sein Typ. Üppig, kurvig.

Doch jetzt, nachdem er eine so umfassende Befriedigung erlebt hatte, dass er nie wieder derselbe sein würde, hatte sie keinen Reiz mehr für ihn. Siennas schlanker Körper war alles, was er brauchte. Er verzehrte sich nach ihr. Hatte keinen Blick für andere übrig. Ihr Geruch, ihr Geschmack trieben seine Erregung in Höhen, die er mit niemandem sonst jemals erreichen würde.

„Du bist echt unerträglich", warf ihm Viola vor.

Er war unerträglich? Na sicher. „Du kannst so viel dekorieren, wie du willst. Zufrieden?" Wenn er nicht bald das Thema wechselte, würde sie ihn den ganzen Tag damit nerven, bis ihre Zunge intime Bekanntschaft mit seinem Dolch machte. „Wo ist eigentlich dein Hund?"

„Mein kleines Prinzesschen ruht sich in meinem neuen Zimmer aus. Reisen schlägt ihm immer so auf sein zartes Gemüt."

„Natürlich." Weil alle vampirischen Tasmanischen Teufel ein zartes Gemüt besaßen. Und warum zur Hölle hatte sie ein Männchen „Prinzessin" getauft? Paris rieb sich das Gesicht, müde, hungrig und innerlich zerrissen. Zum Teufel mit alldem hier. Sobald er wusste, dass Ashlyn und die Babys okay waren, würde er abhauen, Sienna aufspüren und sich vergewissern, dass auch sie okay war. *Dann* würde er sie endgültig gehen lassen, damit er sie nicht betrog, nicht ihr Vertrauen missbrauchte, wenn er mit einer anderen schlief.

Aber vielleicht ... vielleicht würde er vorher noch ein letztes Mal mit ihr schlafen. Sex mit ihr war eine Offenbarung. Nicht nur, weil sie ihn gestärkt und geheilt und er mit ihr den heftigsten Orgasmus seines Lebens erlebt hatte, sondern auch, weil es nicht um ihn ging, wenn er mit ihr schlief. Es ging um sie *beide*. Ihre Bedürfnisse. Ihre Sehnsüchte.

Nichts daran war dreckig, einseitig oder gleichgültig. Sie berührten einander, küssten einander und verschafften sich gegenseitig Lust, weil es sich gut anfühlte, weil in ihnen hell die Leidenschaft brannte.

„... mir eigentlich nicht zu?" Entrüstet warf Viola die Arme in die Luft.

Er schüttelte den Kopf, stand kurz davor, ihr die Wahrheit zu sagen, und bremste sich dann doch. Wenn er das tat, würde ihr Dämon durchdrehen. Wahrscheinlich würde sie ihm danach an den Fersen kleben wie ein einsames kleines Hündchen. „Sicher, äh. Ich bin fasziniert. Interessant."

Maddox tigerte auf und ab, auf und ab. Reyes versuchte ihn mit einem Schulterklopfen zu beruhigen, doch der Krieger schüttelte seine Hand ab und marschierte weiter. Als Nächstes versuchte es Lucien, doch auch ihn schob Maddox beiseite. Was ein Fehler war. Zur Strafe stellte Anya ihm ein Bein, als er an ihr vorbeikam.

„Warum versuche ich mich eigentlich immer mit den hoffnungslosen Fällen anzufreunden?", klagte Viola. „Wie selbstsüchtig ist das eigentlich, mich auszublenden, wenn ich so fesselnde Dinge zu erzählen habe? Andererseits sollte ich wohl nicht überrascht sein. Ich meine, dank meiner bist du verheiratet und hast noch nicht mal Danke gesagt."

„Mmh. Wie gesagt, faszinierend“, murmelte Paris abwesend. Und dann sickerten ihre Worte zu ihm durch. „Wie war das?“ Er wandte sich zu ihr um, starrte sie mit verengten Augen an. „Hast du gerade in Bezug auf mich das Wort *verheiratet* verwendet?“

„So ist es. Und ich wiederhole mich nie. Außer wenn ich es doch tue. Aber das ist meistens nur, wenn ich erwähne, wie seidig mein Haar ist und wie meine Augen funkeln. Hey, glaubst du, irgendwer hat Erdnüsse? Die scharfen?“

Ich werde sie nicht erdrosseln. „Mit wem genau bin ich verheiratet, und wann soll das passiert sein?“

„Oh, hab ich schon wieder vergessen, dir das zu erzählen? Du bist mit deinem Geistermädchen verheiratet. Die, für die du dich tätowiert hast. So werden untote Ehen geschlossen. Asche zu Asche, Staub zu Staub und der ganze Kram. Na ja, zumindest einseitige untote Ehen. Sie ist nicht mit dir verheiratet, deshalb kann sie schlafen, mit wem sie will, ohne irgendwelche uralten Gesetze zu brechen und entsetzliche Strafen erdulden zu müssen.“

Ihm sackte der Kiefer herab – und schloss sich wieder, als Viola weiterredete. Und redete. „Sei mal kurz still. Wie kann ich mit Sienna verheiratet sein?“

Schweigen.

Andererseits sagte Violas finsterer Blick mehr als tausend Worte.

„Tut mir leid“, murmelte er. „Ich stehe bloß unter Schock. Ich kann nicht … Was du da sagst, ist nicht … Es kann einfach nicht sein, dass …“

„Bist du, ist es und kann es. Das ist einer der Gründe, warum du jetzt mit ihr interagieren kannst. Du hast dich an sie gebunden.“

Gebunden. Es fühlte sich an, als hätte er einen Kurzschluss im Gehirn. Er war gebunden. Er war mit Sienna verheiratet. Sie war sein. Seine Frau. Wirklich und wahrhaftig. Für immer.

Seine.

Frau.

Und offenbar war er jetzt zwar körperlich in der Lage, mit jeder Frau, die er wollte, zu schlafen, sooft er wollte, konnte das aber nicht tun, ohne ein Gesetz zu brechen, von dem er noch nie etwas gehört hatte, und sich damit irgendeiner Art von Strafe auszusetzen. Einer Strafe, von der er sich nicht sicher war, wer sie austeilen würde.

Vor diesem Hintergrund ergab die Reaktion seines Dämons einen Sinn. *Sex* war schon auf der richtigen Spur gewesen. Wegen seiner Bindung an Sienna würde jetzt seine Untreue den Dämon stärken. Doch Sex mit Sienna ebenfalls. Er hatte sie geheiratet, bevor er sie gefunden hatte, und seitdem hatten sie dreimal Liebe gemacht.

„Bist du dir sicher?", krächzte er, als Viola eine kurze Pause machte. Er wollte es, wurde ihm klar. Wünschte sich so sehr, es wäre wahr, dass er seine Vorfreude förmlich schmecken konnte. Spürte die Schwingung in seinem Blut, das Summen in seinen Ohren. Er wollte unwiderruflich an Sienna gebunden sein.

Gönnerhaft tätschelte Viola ihm den Kopf. „Als würde ich jemals falschliegen. Aber Paris, hör zu. Wir *müssen* jetzt mal einen Moment lang ernst werden."

Das waren sie noch nicht? „Also hast du das mit der Heirat nicht ernst gemeint?" Er würde sie umbringen. Ihr einfach die Halsschlagader abdrücken und sie ausknipsen.

„Natürlich hab ich das ernst gemeint." Mit trauriger Miene legte sie die Hände an seine Wangen. Dann schnupperte sie und leckte sich die Lippen. „Hm, du riechst gut." Und sie lehnte sich näher … näher … Schnupperte an seinem Hals. „Wirklich, *wirklich* gut."

Dämlicher Dämon.

„Und jetzt sag mir die Wahrheit", verlangte sie und senkte die Stimme. „Bin ich in deinen Augen die schönste Frau, der du je begegnet bist? Und, noch wichtiger: Sehe ich in diesem Outfit fett aus?"

„Dich verkupple ich mit dem gefallenen Engel", murmelte er und wich etwas zurück. Ihr Griff wurde fester, ihr Blick verschleierte sich bereits vor Lust. „Das wird seine Strafe dafür, dass er mich verfolgt hat."

Ein langsames, verwirrtes Blinzeln. „Dem gefallenen was?"

Sie konnte sich nicht mal mehr an ihren hartnäckigen Verehrer erinnern. Nett.

„Was ist los mit mir? Warum fühle ich mich so?", fragte sie und stöhnte unvermittelt. „Ich finde dich nicht attraktiv, will gar nicht deine Welt in den Grundfesten erschüttern, und doch bin ich mehr als bereit."

Ein Schrei hallte durch die Mauern des Schlosses und rettete Paris. Alle auf dem Flur waren erstarrt, niemand wagte auch nur zu atmen.

„Ashlyn." Maddox stürzte zur Schlafzimmertür, doch Reyes warf ihn zu Boden.

Der Hüter der *Gewalt* machte seinem Namen alle Ehre, und mehrere Krieger mussten Reyes zu Hilfe eilen, um ihn unter Kontrolle zu bringen. Gerade wollte Paris sich ebenfalls ins Getümmel stürzen, als er aus dem Augenwinkel am anderen Ende des Gangs die vertrauten schwarzen Flügel entdeckte.

Sein Kopf ruckte herum, und er sah in bezaubernde haselnussbraune Augen, die größer waren als normalerweise. Siennas Gesicht war erhitzt, ihre Augen waren rot und verquollen, als hätte sie geweint, und ihre Lippen geschwollen. Eine Sekunde später war er auf dem Weg zu ihr, sprang über den Haufen seiner Freunde, stolperte, rappelte sich wieder auf und rannte weiter.

Sienna war nicht wütend. Was sie fühlte, ging so himmelweit über Wut hinaus, dass ein einzelnes Wort dafür nicht ausreichte. Eine Mischung aus Zorn, Schuld, Kummer und noch etwas Zorn vielleicht. Und dann noch ein bisschen Zorn mit einem Schuss gebrochenem Herzen. Und eine Menge Zorn. Ihre Schwester war tot, und die Königin der Titanen hatte sie ermordet. Ihr einfach die Kehle aufgeschlitzt und sie dann liegen lassen, als wäre sie Abfall.

Als Cronus sie hier abgesetzt hatte, war ihr einziger Wunsch gewesen, Paris zu finden und sich in seine Arme zu werfen. Nicht um zu weinen – sie bezweifelte, dass sie je wieder weinen würde –, sondern um zu vergessen, wenigstens für eine kleine Weile. Stattdessen hatte sie entdecken müssen, dass irgendeine fremde Schönheit schneller gewesen war.

Eine Schönheit, die seine Freunde vermutlich mochten. Offenbar hatten sie Siennas Schloss übernommen, und wahrscheinlich würden sie sich genauso auf sie werfen, wie sie sich gerade aufeinandergeworfen hatten, sollte sie auch nur einen Schritt in Paris' Richtung machen.

Die großen, breiten Krieger waren schwer bewaffnet, eine bedrohliche Armee, und jeder Soldat besaß einen animalischen roten Blick, der Bände sprach. Hauptsächlich im Tenor von „Ich werde lächeln, während ich dich töte".

Vor einer Ewigkeit hatte sie diese Männer studiert. Sie jetzt in Fleisch und Blut vor sich zu sehen, hätte sie in Furcht versetzen sollen. Und vielleicht hätte es das auch, wäre *Zorn* nicht damit beschäftigt gewesen, sie mit Bildern zu überfluten – und auf allen spielte die blonde Frau die Hauptrolle.

Mit ihrem Lächeln, ihrem Lachen, *allem* an ihr brachte sie Männer dazu, sich in sie zu verlieben. Ihre Bewunderung war Nahrung für sie. Und dann, wenn sie ihr zu Füßen lagen, ließ sie sie fallen, zog weiter zum Nächsten und vergaß sie einfach.

Das würde sie auch Paris antun. Und warum sollte er ihr nicht verfallen? Sie war die schönste Frau, die Sienna je gesehen hatte. Hölle, selbst *sie* fühlte sich in Versuchung geführt.

Paris tauchte vor ihr auf, schloss sie in die Arme, rieb seine

Wange an ihrer. Er riecht nach Lust, bemerkte sie, nach so berauschender Lust. „Ich bin so froh, dich zu sehen."

„Du … du …"

„Was ist los, Baby? Was ist passiert?"

Finster blickte sie zu ihm auf und machte sich von ihm los. „Erst seit ein paar Stunden bin ich weg …", und hatte sich in der Zwischenzeit entschlossen, mit Galen zusammenzukommen, um Paris' Leben zu retten, aber das sagte sie nicht laut. „… und schon bist du weitergezogen." Sie lachte bitter. Auch wenn sie gewusst hatte, dass das passieren würde, hätte nichts sie auf den Schmerz vorbereiten können, der sie überflutete, als sie es mit eigenen Augen sah. „Du hast versucht, mich zu warnen, nicht wahr, und ich hab gesagt, ich würde es verstehen." *Aber das kann ich nicht!*

„Weitergezogen? Zu Viola?" Er verzog das Gesicht. „Hölle, nein. Wir haben uns bloß unterhalten."

„Ja, klar. Eure Körpersprache war eindeutig." Gerade hatte sie seinen Steifen nur gesehen – und er war auf die Blondine gerichtet gewesen. Jetzt spürte sie ihn, hart und lang und dick, und gütiger Himmel, sie wollte ihn immer noch. Wollte Paris.

„Bist du eifersüchtig?"

„Natürlich nicht!"

„Doch, bist du. Du bist eifersüchtig." Er lachte, und in seinem Ton lagen Ehrfurcht und Entzücken zugleich. „Darf ich dir sagen, wie sehr mich das anmacht?"

„Alles macht dich an", fauchte sie und versuchte, ihre Wut niederzukämpfen. Wenn er bloß nicht so verdammt zufrieden mit sich wäre. Und mit ihr! „Und ich bin nicht eifersüchtig."

„Doch, bist du, und ich liebe es. Davon abgesehen, mein Dämon benimmt sich seltsam, das ist alles. Ich schwöre dir, ich hab nicht mit der Göttin geschlafen und werde es auch nicht tun. Niemals."

„Sie ist eine *Göttin*?"

„Die mich nicht interessiert."

Vielleicht log er. Vielleicht sagte er die Wahrheit. Nein, er sagte definitiv die Wahrheit, entschied sie einen Augenblick später, ohne *Zorns* Hilfe zu benötigen. Paris war nicht der Typ Mann, der log. Vor Konsequenzen hatte er keine Angst.

„Das spielt keine Rolle." Resigniert ließ sie die Schultern sinken. „Ich hätte nicht zurückkommen sollen."

„Spielt keine Rolle? Gibst du mich auf? Uns?"

Er packte sie an den Armen und schüttelte sie. „Ich weiß, wir haben gesagt, unsere Wege trennen sich, wenn du das Reich verlassen kannst, aber diese Entscheidung will ich umstürzen. Das kommt für mich nicht mehr infrage. Und ich weiß, es wird dir schwerfallen, das zu glauben, aber egal, wie mein Körper auf andere reagiert, egal, was mein Dämon will, für mich bist du die Einzige. Hast du verstanden?" Noch ein Schütteln, härter als zuvor.

„Äh, Paris", mischte sich Strider ein. „Mit wem redest du da, Alter?"

Paris wandte den Kopf, und sie spähte an ihm vorbei. Die Krieger hatten aufgehört zu kämpfen, und alle außer dem Vernarbten und der blonden Göttin beäugten Paris, als hätte er gerade endgültig den Verstand verloren.

„Sie können mich nicht sehen", erinnerte sie ihn.

Eine Antwort blieb ihm erspart, als die Tür zum Gang aufschwang und der dunkelhaarige William heraustrat. Er war blass, deutlich erkennbar erschüttert bis in die Seele und über und über blutverschmiert.

Sie keuchte. „Was ist mit ihm passiert?"

William klatschte in die Hände, um die allgemeine Aufmerksamkeit zu gewinnen. „Okay, hört zu. Ich hab eine gute und eine schlechte Nachricht. Weil ich so ein positiver Mensch bin, werden wir mit der guten anfangen. Ashlyn hat die Geburt überlebt, genau wie ihre Brut."

Überall hallten Seufzer der Erleichterung wider – und keiner seufzte lauter als Maddox.

„Und was ist die schlechte Nachricht?“, fragte jemand nach.

Nach einer dramatischen Pause eröffnete der Krieger: „Mein Conditioner ist alle. Jemand muss sich hier wegbeamen und mir welchen besorgen. Kleiner Tipp, ich rede mit dir, Lucien. Und ja, gern geschehen – ich freu mich, dass ich meinen überwältigenden Beitrag zur Erweiterung eurer süßen kleinen Familie leisten durfte. Die kleinen Biester haben mich echt auseinandergenommen.“

„William“, fuhr ihn jemand anders an. „Bleib bei der Sache und erspar uns die unnötigen Details. Wir sind hier am Durchdrehen.“

„So viel zum Thema Dankbarkeit. Also meinetwegen, kommt schon rein und begrüßt eure Nichte und euren Neffen, Mord und Totschlag. Oder, wenn ihr sie bei ihren Kosenamen rufen wollt – und ich bin mir sicher, dass ihr das wollt, wenn sie euch erst mal in den Fängen haben: Knarre und Klappmesser.“

37. KAPITEL

So glücklich Paris auch über die überstandene Geburt war, so gern er auch die Babys kennenlernen wollte – zuerst musste er sich um seine Frau kümmern. Kurzerhand warf er sich Sienna wie einen Sack Mehl über die Schulter, rief: „Keiner betritt mein Schlafzimmer, ganz egal, was ihr hört“, und marschierte zu dem Zimmer, wo er Sienna verarztet hatte. Jeder einzelne seiner Freunde warf ihm schräge Blicke zu, bis er um die Ecke bog. Hauptsächlich, weil sie dank Maddox' Ausbruch alle noch halb tot am Boden lagen, aber mit Sicherheit auch, weil sie glaubten, Paris hätte die letzten fünf Minuten über Selbstgespräche geführt.

Ich will sie immer noch, stellte *Sex* nicht wenig überrascht fest.

Keine Sorge. Wir kriegen sie.

Sienna war offenbar überrumpelt und schwieg einen Moment, doch mit jedem seiner Schritte steigerte sie sich mehr in einen erstklassigen Wutausbruch hinein. Schon bald trommelte sie auf seinen Rücken ein, zog ihm an den Haaren und versuchte, ihm das Knie ins Gesicht oder in die Eier zu rammen. Stur ging er die Treppe hinauf, den nächsten Gang entlang und entging nur gerade so seiner Entmannung. Dann kickte er die Tür zu seinem Zimmer auf, stürmte hinein und warf sie mit einem Tritt hinter sich wieder zu.

Er war auf direktem Wege in einen furchterregenden Wutanfall gewesen, doch allein Siennas Anblick hatte ihn beruhigt. Einfach so. Zacharel konnte ihn mal kreuzweise, denn ganz offensichtlich würde er diese Frau niemals verletzen.

Sie war seinetwegen zurückgekommen. Dafür verdiente sie eine Belohnung.

Sanft stellte er sie auf die Füße, und augenblicklich stürzte sie sich auf ihn. Um ehrlich zu sein: Er war heilfroh. Alles war besser als dieser Ausdruck der Resignation. Wütend trommelte sie mit ihren kleinen Fäusten auf ihn ein; er ließ es klaglos über sich ergehen. Bis er bemerkte, dass sie die Faust falsch ballte und sich damit selbst wehtat. Er schlang einen Arm um ihre Taille, wirbelte sie herum und presste sie an seinen harten Körper, um sie zu stoppen.

„Lass mich los."

„Sofort." Trotz ihrer Gegenwehr zog er den Daumen unter ihren Fingern hervor und arrangierte ihre Faust neu. „So musst du zuschlagen." Dann ließ er sie frei.

Sofort wirbelte sie herum, um weiter auf ihn einzuschlagen, und diesmal taten ihre Hiebe weh. „Du setzt keinen Fuß vor diese Tür, bis ich dich umgebracht hab!"

Das wäre in der Tat ein netter kleiner Trick. Vielleicht würde er das später mal ausprobieren. „Du darfst alles mit mir machen, was du willst, aber vorher hätte ich gern eine Erklärung. Worum geht's hier eigentlich?"

„Argh!" Sie warf die Hände in die Luft, ließ von ihm ab und begann, auf und ab zu tigern. Er sah die Funken förmlich sprühen. „Es geht darum, dass alle Männer Arschlöcher sind! Und falls das nicht deutlich geworden ist, du gehörst dazu."

„Das hoffe ich doch. Anderenfalls würde unserer Romanze definitiv etwas fehlen."

Ein grünes Feuer loderte in ihren Augen, keine Spur mehr von Gold. „War das ein Witz über deinen Penis? Denn wenn ja: Du warst echt schon mal besser." Sie stapfte zur Kommode und schob mit aller Kraft, warf das Ding um. Holz splitterte, die Granit-Deckplatte zersprang. Sämtliche Schubladen rutschten heraus. Mit wutverzerrtem Gesicht packte sie eine und schleuderte sie auf ihn.

Er duckte sich, und das leere Behältnis krachte an die Tür. Beides splitterte. Sofort folgte noch eine, und er schaffte es nur mit Mühe, auszuweichen.

„Warum sind deine Freunde hier? Hast du keine Angst, dass ich sie ausspioniere und all ihre Geheimnisse ergründe?"

„Nein." Und das stimmte. Schon einmal hatte er zu hart über sie geurteilt, das würde ihm nicht noch mal passieren. „Genauso wie du keine Angst hast, dass ich mit einer anderen schlafe, solange wir zusammen sind."

Noch eine Schublade. „Dasselbe hast du Susan erzählt!"

„Ich weiß, und seitdem haben meine Schuldgefühle mir nicht einen Tag Ruhe gelassen. Das werde ich dir *niemals* antun. Sag mir, dass du das weißt."

„Ja, das weiß ich, aber vor fünf Minuten waren wir nicht zusammen. Was bedeutet, dass du der ersten Schlampe ins Netz gegangen bist, die sich dir an den Hals geworfen hat, sobald wir auseinandergegangen waren. Aber ich bin nicht deine Freundin und werd's niemals sein, also kann ich mich nicht beschweren, nicht wahr?"

„Nein", sagte er leise. „Du wirst niemals meine Freundin sein." *Denn du bist bereits meine Ehefrau.* Dieses Wort. Er hätte nicht erwartet, es je in Bezug auf sich zu benutzen. Doch jetzt, da er es tat, spürte er seinen Besitzerinstinkt auflodern. Dabei war es nicht besonders hilfreich, dass Sienna die erotischste Frau war, die er je gesehen hatte. Ständig unter Strom, knisternd, Funken sprühend, das Sinnbild der Leidenschaft. Er war hart wie ein Stahlrohr.

Wieder flog eine Schublade in seine Richtung. Vier waren noch übrig. Die würde er ihr lassen, und dann würde er loslegen.

„Ich bin diese Welt so leid, mit all den Lügen, den Tricks und dem Töten." Eins. „Diese Frau wird bezahlen. Die wird so was von bezahlen." Zwei. „Ich mach einfach mit und töte auch mal ein bisschen. Nicht durch *Zorn*, sondern mit meinen eigenen Händen." Drei. „Cronus, dieser Bastard, glaubt, er könnte mich manipulieren, aber das kann er nicht. Ich bin fertig mit euch allen!" Vier. „Und ich werde dich nicht retten, das hast du davon! Jetzt kannst du zu deiner ..."

In diesem Augenblick schnellte Paris vorwärts, packte sie um die Taille und warf sie aufs Bett. Als sie von der Matratze hochfederte, schossen ihre Flügel hervor, um ihren Fall zu bremsen. Er stürzte sich auf sie, bevor sie sich fangen und in der Luft schweben konnte, und ausnahmsweise war er mal nicht vorsichtig. Er nagelte sie mit seinem Gewicht auf die Matratze, begrub ihre Beine unter seinen muskulösen Schenkeln und hielt ihre Arme über ihrem Kopf fest. Sich aufbäumend versuchte sie, ihn abzuschütteln, doch alles, was sie erreichte, war, seinen Steifen gegen ihren Kitzler zu pressen.

Ein Aufschrei des Verlangens teilte diese hübschen Lippen.

Mehr!

„Bist du schon feucht für mich, Baby?" Ohne um Erlaubnis zu fragen, schob er ihr mit einer Hand T-Shirt und BH hoch, während er mit der anderen weiter ihre Arme festhielt. Die Nippel ihrer so entblößten Brüste waren rot und hart, riefen förmlich nach ihm.

„Nein", behauptete sie, doch er wusste, dass sie log. „Nicht feucht, nicht feucht, so was von nicht feucht." Oh ja, sie wusste es auch.

Er senkte den Kopf und saugte. Wieder brach so ein herrlicher Schrei aus ihr hervor, und unter ihm wand sie ihre Hüften. Er saugte weiter, und sie wand sich weiter, bis er es nicht mehr aushielt und die Finger in ihre Hose schob, in ihr Höschen hinein und direkt in ihre heiße Mitte. Fast hätte sie ihn abgeworfen, so heftig bäumte sie sich auf.

Ja, bitte, ja.

Ein Finger, zwei, drei. Tief schob er sie in sie hinein, so tief es nur ging.

„Paris … Ich … Oh ja, ja!"

„Das ist mein Mädchen." Sie war tropfnass, genau, wie er es mochte, so heiß und seidig, so perfekt für ihn, selbst auf diese Weise. „Als du mich mit dem Mund verwöhnt hast, wollte ich das Gesicht zwischen deinen Beinen vergraben. Will ich immer noch. Und nächstes Mal werde ich das auch. Ich werde deinen süßen Saft in meiner Kehle spüren."

„Paris … Gleich … Ich bin schon so dicht dran.“ Die Augen hatte sie zusammengepresst, die langen Wimpern ineinander verwoben. „Lass meine Hände los. Ich will dich auch berühren. *Muss* dich berühren.“

„Schon das Vorspiel mit deinen kleinen Fäusten vergessen? Und Hölle, Baby, ich war schon lange vorher hart für dich.“

„Wirklich?“

„Oh ja. Bist du immer noch sauer?“

„Ja, aber hör nicht auf.“

„Ich muss. Muss dir mehr geben.“ Kurz bevor sie kam, zog er die Finger aus ihr heraus, und sie kreischte frustriert auf. „Muss dir was Besseres geben.“

Schwer ging ihr Atem, die Lust hatte sie voll im Griff. Und gleich würde er sie nehmen. Hart. Er war *berauscht* von seiner Leidenschaft für sie, sie füllte seinen Kopf, strömte durch seine Adern.

Ruckartig zog er ihren Reißverschluss auf, machte sich aber nicht die Mühe, ihr das Höschen runterzuschieben. Konnte nicht. Er war zu beschäftigt damit, seine eigene Hose zu öffnen. Auch die schob er nicht runter, und sobald sein Schwanz frei war, positionierte er sich an ihrem Eingang. Durch die enge Hose konnte sie die Beine nicht besonders weit öffnen, deshalb musste er sich mit Kraft in sie schieben. Doch als er drin war, war er wirklich *drin*, ihre inneren Wände fest um ihn geklammert, enger als jede Faust, die er je gemacht hatte.

Sie schrie auf, und er liebte es.

Mit jedem Stoß schob er sich hart und langsam in sie hinein, und bei jedem Zurückziehen rieb sein Körper über ihre Klit. Mittlerweile brachte sie nur noch zusammenhanglose Wortfetzen hervor, keuchend und verloren in alles verzehrender Leidenschaft. Genau wie *Sex*. Hölle, genau wie Paris. Seine Hoden zogen sich immer fester zusammen und glitten trotzdem noch über ihre Oberschenkel.

Wild kämpfte sie gegen seinen Griff – oh, Baby, hatte er sie etwa nicht losgelassen? –, doch er ließ nicht los, genoss, wie sie ihm die Brüste entgegenwölbte, wie ihre Nippel über seine Brust rieben, das köstliche Prickeln ihrer Berührung. Befriedigung, Lust, verzweifelte Begierde, Glück. Die freie Hand legte er ihr ans Kinn.

„Sieh mich an." Er verlangsamte seine Stöße.

Einen Moment brauchte sie, doch schließlich gehorchte sie. Fiebrig leuchteten ihre Augen, verschleiert, die Pupillen weit geöffnet.

„Du bist noch nicht mit mir fertig. Hörst du? Du bist noch nicht fertig. Du gehörst mir."

„Ich …" Und noch einmal schrie sie, molk ihn mit ihren inneren Wänden, hob ihm die Hüften entgegen … bäumte sich auf … hob selbst seinen schweren Körper mit an, versenkte ihn tiefer, als hätte möglich sein dürfen.

Sex schrie laut auf bei diesem überwältigenden Gefühl.

Und dann kam auch Paris, spürte seinen Orgasmus aus seinen Lenden wogen, durch seinen Sack und seinen Schwanz tief in sie hinein, pumpte seinen Samen in seine Frau. Wieder und wieder. Er kam so gewaltig, dass er Sterne sah.

Als schließlich auch der letzte Tropfen versiegt war, öffnete er die Augen und bemerkte, dass Sienna erschöpft auf die Matratze gesunken war – und er auf sie, sie wahrscheinlich gerade erdrückte. Er rollte sich auf die Seite, doch er war immer noch in ihr, also nahm er sie mit. Kraftlos rollte ihr Kopf vor, lag an seiner Halskuhle.

Lange schwiegen sie, während sie wieder zu Atem kamen und ihr Herzschlag sich normalisierte, doch die ganze Zeit über war er sich sicher: Sex wie diesen hatte er noch mit niemandem sonst erlebt und würde es auch niemals. Hölle, wollte es nicht.

„Ich war noch nie jähzornig", murmelte sie benommen.

Sanft strich er ihr mit den Fingerspitzen über den Rücken. „Tja, jetzt schon, so viel steht fest."

Mit den Zähnen zwickte sie ihn spielerisch ins Schlüsselbein, und er wartete auf die Reaktion seines Dämons. Doch der rührte sich nicht – schlief tief und fest. „Das hätten wir nicht tun sollen."

„Ich wollte dich beruhigen, und das hab ich. Missionarsstellung erfüllt."

Noch ein Zwicken. „Ich meinte, wir hätten keinen Wutsex haben sollen."

„Ich konnte nicht anders. Dein Temperament hat mich so heiß gemacht."

„Das hab ich gesehen. Gibt's eigentlich irgendeine Position, in der du nicht überwältigend bist? Ich bekomme langsam Komplexe."

„Wenn ja, hilfst du mir dann so lange beim Üben, bis das behoben ist?"

„So oft, dass du jeden Respekt vor dir selbst verlieren wirst."

Er lachte, konnte einfach nicht anders. Er war … glücklich. Dass sie ihn neckte, als wären sie Freunde. Dass sie Freunde *waren*. „Ich hatte nicht vor, mit dieser Göttin zu schlafen", sagte er. „Das schwöre ich dir. Mit der werde ich niemals schlafen."

Sie drückte ihm einen Kuss auf die Stelle über seinem Herzen. „Mach das nicht. Versprich mir nicht solche Sachen. Denn so eifersüchtig ich auch war – und ja, ich gestehe freimütig, dass ich ausgeflippt bin wie eine Stalkerin: Lieber sollst du mit Tausenden wie ihr schlafen als dahinwelken und sterben."

Ihm wurde die Brust eng. Sanft zog er sich aus ihrem süßen, süßen Körper zurück, und beide stöhnten sie über den Verlust. Dann zog er sie aus, danach sich selbst, legte seine Pistole auf den Nachttisch und sein Messer unter sein Kissen. Nachdem für die Sicherheit gesorgt war, machte er sich gleich wieder daran, Sienna eng an sich zu kuscheln. Vorher gab es allerdings noch einen Begrüßungskuss für ihre Brustwarzen.

„Darüber unterhalten wir uns noch, und auch über deine Reaktion auf die Geschichte mit der Göttin, denn ich weiß, dass da mehr dahintersteckt", setzte er ihre Unterhaltung fort. „In ein paar Minuten. Jetzt will ich aber erst mal ein paar Dinge loswerden, und dann will ich, dass du mir von dir erzählst. Ich will dich besser kennenlernen." Auf jede nur mögliche Weise.

Dieses Bett würden sie nicht verlassen, bis er auch ihre Seele nackt gesehen hatte, daran führte kein Weg vorbei.

„O-kay."

„Susan Dille", begann er. „Ich hatte sie gern. Ich wollte, dass es mit uns funktionierte, doch ich wurde immer schwächer. Schließlich bin ich eingeknickt und habe mit einer anderen geschlafen. Ich fühlte mich elend, sie hat's rausgefunden, und von da an ging es bergab. Das will ich mit dir nicht noch mal erleben."

„Was macht mich so anders?", flüsterte sie. „Ich meine, warum kannst du mit mir mehr als einmal schlafen?"

„Das habe ich mich auch gefragt, und ich glaube, es liegt daran, dass mein Begehren nach dir stärker ist als mein Dämon."

„Das ist … Oh, Paris. Das ist das Schönste, was ich je gehört habe."

„Gut. Jetzt bist du an der Reihe mit den Geständnissen. Rede."

38. KAPITEL

Ich, na ja ... Hmm", setzte Sienna an.

„Komm schon, Baby." Liebevoll fuhr Paris ihr mit den Fingern durchs Haar. „Sieh über meine unerträgliche Persönlichkeit und mein abstoßendes Äußeres hinweg und gib mir irgendwas. Bring mir bei, wie ich dich anständig umwerben kann."

Sie schnaubte. „Das mit dem abstoßenden Äußeren wage ich zu bezweifeln."

„Aber nicht meine unerträgliche Persönlichkeit? Autsch. Das tat weh, Baby."

In ihr nächstes Schnauben mischte sich ein Lachen. „Ha, aus dieser Geschichte wirst du nicht viel lernen, außer über meine Dummheit. Einmal hab ich versucht, mir die Sommersprossen mit Selbstbräuner zu überdecken. Danach hab ich ausgesehen wie eine Karotte mit einer ansteckenden Krankheit."

„Ich liebe deine Sommersprossen. Eine meiner liebsten Fantasien ist, wie ich jede einzelne davon ablecke. Aber gib mir noch mehr Geheimnisse. Ich will mehr." Er hungerte danach.

Eine bedeutungsschwangere Pause. Als sie das nächste Mal die Stimme erhob, war sämtlicher Schalk daraus verschwunden. „Der Kerl, den ich heiraten wollte ... Ich war schwanger von ihm, aber im fünften Monat ..." Sie erschauderte. „Ich hab sie verloren. Mein kleines Mädchen. Danach bin ich einfach zusammengebrochen, und mein Verlobter ist gegangen. Ich wurde an einen anderen Standort der Jäger versetzt."

„Oh Sienna, oh Baby, das tut mir so leid."

Tränen stiegen ihr in die Augen, doch schnell blinzelte sie sie fort. „Ich hab's verarbeitet."

Niemand konnte einen solchen Verlust je vollständig verarbeiten.

„Ich erlaube mir nie, an sie zu denken. Wahrscheinlich ist das ungesund, aber …"

„Aber so überlebst du. Wie hast du sie genannt?" Er wusste, dass sie dem kleinen Mädchen einen Namen gegeben hatte.

Wieder zögerte sie, dann: „Rebecca Skye."

Ihm fiel ein, wie sie ihn gefragt hatte, ob er überhaupt Kinder wollte. Hatte sie sich je ein zweites Kind gewünscht? Wahrscheinlich. Der Verlust musste eine tiefe Wunde in ihr hinterlassen haben, eine, die niemals ganz verheilen würde. Diese Art von Verlust kannte er nur zu gut. Doch Untote konnten nicht schwanger werden. Obwohl er sich fragte, ob eine Adoption möglich wäre. Vielleicht könnten sie eins der übernatürlich begabten Kinder aufnehmen, die Anya über die Welt verstreut versteckt hatte, um sie vor den Jägern zu retten. Sienna wäre eine fantastische Mutter, beschützerisch, liebevoll, leidenschaftlich.

„Ich glaube, sie ist im Himmel. Nicht in dem von Cronus oder diesem oder wo auch immer wir sind, auch nicht in dem von Zacharel. Ich habe es noch nie jemandem erzählt, aber als ich gestorben bin, wusste ich, dass es einen wundervollen Ort gibt, an dem ich bis in alle Ewigkeit bleiben könnte, genauso wie einen furchtbaren Ort. Vielleicht ist Cronus meine persönliche Hölle, mein furchtbarer Ort. Aber Rebecca ist an jenem anderen, viel besseren Ort, über den jemand viel Gütigeres als Cronus oder Zacharels Gottheit herrscht. Und jetzt will ich über was anderes reden. Etwas Unbeschwertes."

Unbeschwert. Das konnte sie haben, auch wenn er tausend Fragen hatte zu diesem „besseren Ort" und diesem „besseren" Herrscher, zu dem, was sie erlitten hatte und zu ihren Träumen. „Ich sehe mir gern romantische Komödien an, Actionfilme, Horror, alles Mögliche. Hauptsache, keine Untertitelfilme. Dieses Kunstzeug ist sterbenslangweilig." Er legte die Hand auf den süßesten Arsch der Welt und spürte, wie er schon wieder hart wurde.

„Erzähl mir mehr." Heiser sagte sie: „Ich will auch mehr über dich erfahren."

„Ich erzähl dir alles, was du wissen willst. Egal, was." Und das meinte er auch so.

„Du und deine Freunde … Ihr seid euch wirklich nah."

Ebendiese Freunde würden ihm jetzt sagen, sie wäre bloß auf der Jagd nach Informationen, die sie gegen sie verwenden könnte. Paris wusste es besser. „Wir wurden gemeinsam erschaffen. Wir sind eine Familie."

„Erschaffen?"

„Ja. Zeus hat uns erschaffen, aus dem Blut seiner besten Krieger, Stahl, niederen Instinkten … so was."

„Also hast du keine Mutter, keinen Vater?"

„Nö."

„Das tut mir leid. Unter Blutsverwandten ist auch nicht immer eitel Sonnenschein, aber es ist tröstlich, sie zu haben. Es tut mir leid, dass du das nie erlebt hast."

„Dadurch bin ich nur umso enger mit meinen Jungs verbunden, aber manchmal habe ich mich tatsächlich gefragt, wie das wohl sein mag. Dann dachte ich darüber nach, was ich habe – Männer, die für mich sterben würden –, und mir wurde klar, dass ich alles habe, was ich brauche."

„Jemanden zu haben, der bereit ist, für einen zu sterben, ist selten. Und dann gleich mehrere? Überwältigend."

„Ja. Das ist es."

„Ich bin froh, dass du das hast. Das ist besser als Familie."

Wie sehnsüchtig sie klang. „Du hast das nicht?"

„Nein. Nie."

Und das brach ihm fast das Herz. Ich würde möglicherweise für sie sterben, dachte er, mich vielleicht für sie vor ein Schwert stürzen. „Und jetzt tut's *mir* leid. Ich meine, du bist für mich gestorben, aber ich habe …" Oh, verdammt. Das waren die falschen Worte. Er wartete darauf, dass sie sich anspannte, dass die Stimmung kaputtging.

Nichts davon geschah. „Tja, das bin ich wohl, was? Hast *du* ein Glück.“

Kein Vorwurf in ihrer Stimme, bloß freundliche Erheiterung, nachdenklich, träumerisch. Sein Herz bröckelte noch weiter.

„Als wir uns kennengelernt haben“, setzte er an, „hast du behauptet, du würdest an einem Liebesroman schreiben. Du hattest sogar ein paar Seiten dabei. Ich weiß noch, wie sie zu Boden geflattert sind, als ich dich umgerannt habe. War das die Wahrheit? Waren die von dir? Seit ich in dieser Zelle aufgewacht bin, war ich der Überzeugung, das wäre gelogen gewesen. Aber jetzt, wo ich dich besser kenne, denke ich anders.“

„Das war von mir, ja. Ich liebe Liebesromane und wollte selbst einen schreiben. Vielleicht werde ich das auch eines Tages. Nicht, dass es einen Verlag für Untote gäbe.“

„Na ja, einen Leser hast du jedenfalls schon mal. Ich will lesen, was du geschrieben hast, und auch, was du noch schreiben wirst. Versprochen?“

Sie leckte sich die Lippen, berührte dabei auch seine Haut mit der Zunge, und oh, wie ihm das gefiel. „Warst du je, äh, verliebt?“, fragte sie und ignorierte seine Forderung.

Okay, na gut. Diesmal würde er ihr die fehlende Antwort in Bezug auf ihren Roman noch durchgehen lassen. „Einmal dachte ich, ich wäre es, aber es hat nicht funktioniert. Und es gab ein paar Frauen, bei denen ich mich nach mehr sehnte, nachdem wir Sex hatten, und noch eine Weile blieb. Ein paarmal habe ich mich sogar mit Frauen getroffen, ohne mit ihnen zu schlafen, in der Hoffnung auf so etwas wie eine Beziehung. Aber nebenbei musste ich doch immer mit anderen schlafen, fühlte mich schuldig und hab mich dann irgendwann zurückgezogen.“

„Das tut mir leid.“

„Muss es nicht. Ist ja nicht deine Schuld.“

„Und dann bedrohen auch noch die Jäger jeden, den du liebst.“

„Stimmt."

„Wie gehst du damit um? Dass es eine ganze Gruppe von Menschen gibt, die dich jagen, dich hassen?"

„Leicht ist es nicht. Manchmal übertreiben wir es, um Dampf abzulassen. Drogen, Alkohol, Sex, was auch immer unser persönliches Laster ist – aber wir halten durch, und wir passen immer aufeinander auf." Ihr warmer Atem auf seiner Haut faszinierte ihn. „Und in letzter Zeit sind wir fast so normal wie die Addams Family – du weißt schon, lieben und leben, während wir versuchen, mit dem klarzukommen, was unsere Feinde auf uns loslassen."

Sie bohrte die Fingernägel in seine Brust. „Die Jäger ... Mehr als die Hälfte der Organisation hatte eine Gehirnwäsche. Immer wieder wird uns erzählt, wie böse ihr seid, dass ihr verantwortlich seid für alles Schlimme, das uns und jedem anderen je widerfahren ist. Wie perfekt unser Leben sein könnte, wenn es euch nicht gäbe. Sie zeigen uns Bilder, grauenvolle Bilder von Folter, Krankheit und Tod, und sie spielen unsere Schwächen gegen uns aus. Wie mit meiner Schwester – als sie mir erzählt haben, es würden keine kleinen Mädchen mehr entführt, wenn es keine Dämonen mehr auf der Welt gäbe."

Erst hatte sie ihre Schwester verloren, dann ihr Baby. Fest drückte er sie an sich. „Es tut mir leid, dass du sie verloren hast." Alles, was sie in ihrem zu kurzen Leben hatte durchmachen müssen. Und er hatte nur noch Schlimmeres hinzugefügt. „Das hätte ich dir gleich sagen sollen, als du sie erwähnt hast, aber ..."

„Aber wir hatten uns gerade erst wiedergetroffen und konnten einander nicht trauen."

Er küsste sie auf die Schläfe. „Wir wussten immer, dass die Jäger uns ausspionieren. Wusstest du daher, dass ich an dem Tag in Rom sein würde? Woher wusstest du, dass der Roman mich ablenken würde und womit du mich betäuben musstest?"

„Ich habe die Infos von meinem Boss Dean Stefano bekommen und er von Galen. Und Galen wusste es mit Sicherheit von Rhea, Cronus' Frau. Schon komisch, diese Befehlskette ist mir erst nach meinem Tod klar geworden."

Paris konnte nicht anders, er drückte ihr noch einen Kuss auf die Schläfe. Ihr Gespräch wurde wieder ernst, und ihm machte das nichts aus – er wollte alles mit ihr teilen, auch die ernsten Dinge. Doch sie wollte nicht darüber reden, und das würde er respektieren.

„Ich wechsle mal kurz das Thema, okay?"

Ihre Erleichterung war fast greifbar. „Bitte." Einen nach dem anderen löste sie ihre Fingernägel von seiner Brust.

„Ich weiß, dass du nie verheiratet warst, aber mal abgesehen von dem Schlappschwanz, der dich verlassen hat … wolltest du's je sein?" Er versuchte, ganz beiläufig zu fragen, als spielte die Antwort keine große Rolle, doch es gelang ihm nicht, die Sehnsucht in seiner Stimme zu verbergen.

Ihre Reaktion war purer Schock, und er war sich nicht sicher, ob das Gefühl eher in Richtung Überraschungsparty-gut oder mehr in Richtung Vom-Bus-überrollt-schlecht ging. Abrupt setzte sie sich auf, und ihr dunkles Haar ergoss sich über ihre Schulter. Ihre Augen waren immer noch mehr grün als braun und das Auffälligste in ihrem Feengesicht. Die wundgeküssten Lippen hatte sie leicht geöffnet.

„Ich … Ich …"

Eier auf den Tisch. Er würde das zu Ende bringen. „Ich will, dass du mich heiratest", erklärte er. Er wollte sie genauso an sich gebunden wissen, wie er an sie gebunden war. Geistig, emotional und körperlich.

„Paris …"

Mit den Fingern fuhr er ihr durchs Haar. „Sag jetzt nichts. Denk einfach nur darüber nach." Denn eins war klar: kein Gerede mehr von Trennung. Sie würden zusammenbleiben, basta. Er würde sie nicht gehen lassen, und ganz sicher würde er sie nicht betrügen. Was auch immer ihn das kostete.

Von jetzt an gab es für sein Schwert nur noch eine Scheide. Würde es Probleme geben? Komplikationen? Oh ja. Vermutlich mehr, als er sich ausmalen konnte, und er hatte sich bereits ziemlich viel ausgemalt. Aber lieber würde er sich *mit ihr* mit diesen Problemen befassen, statt ein bequemes Leben zu haben – ohne sie.

„Ich muss dir was sagen", flüsterte sie, und innerhalb einer Sekunde war ihre Resignation zurück. „Ich hab gelogen. Ich werde sie *nicht* umbringen, und er *kann* mich manipulieren. Anderenfalls seid ihr auch alle tot, und das kann ich nicht zulassen."

„Wen nicht umbringen? Wer kann dich manipulieren? Sag's mir und ich bringe das in Ordnung." *Ich werde ihr Ritter in weißer Rüstung sein.*

„Das kannst du nicht. Rhea … sie … Meine Schwester wurde entführt, als wir zusammen im Freibad waren. Mom hatte uns immer gesagt, wir sollten da nicht allein hingehen, aber ich war vierzehn und dachte, ich hätte alles im Griff, und Skye wollte so gern schwimmen gehen. Eigentlich sollten wir in den Park, stattdessen sind wir zum Freibad gelaufen. Es war furchtbar voll an dem Tag, ich musste aufs Klo, und als ich wieder rauskam, hab ich gesehen, wie ein Fremder sie weggezerrt hat. Die anderen Leute müssen gedacht haben, sie hätte bloß einen Tobsuchtsanfall, denn niemand hat sie aufgehalten, und ich konnte sie nicht erreichen."

Gerade öffnete er den Mund, um sie zu trösten, ihr zu sagen, dass es nicht ihre Schuld war, dass, auch wenn sie ihrer Mutter nicht gehorcht hatte, nicht sie es gewesen war, die das kleine Mädchen entführt hatte – doch sie war noch nicht fertig.

„Heute habe ich erfahren, dass Skye all diese Jahre über am Leben war. Bis vor Kurzem. Sie wurde ermordet. Rhea hat sie ermordet. Hätte ich sie doch bloß schon früher gefunden, aber das hab ich nicht, und jetzt muss ich mit dem Wissen leben, dass sie … dass ich …“ Unkontrolliert brachen die Worte aus ihr heraus, als wären sie bereits viel zu lange in ihr gefangen gewesen und überschlügen sich jetzt auf ihrem Weg in die Freiheit.

Er litt mit ihr. Sehnte sich nach ihr, wie er sich noch nie nach etwas anderem gesehnt hatte. Und er nahm seinen Entschluss, ihr Ritter in weißer Rüstung zu sein, nicht auf die leichte Schulter. Er würde tun, was getan werden musste. „Sprich weiter, Baby. Erzähl mir den Rest.“

Ein Beben überlief sie, und sie holte tief Luft. „Cronus hat mir erzählt, Skye wäre Galens Gefangene, dann hat er gesagt, er wüsste gar nicht wirklich, wo sie sei, und dann hat er mir ihren leblosen, blutüberströmten Körper gezeigt.“

Paris hatte gewusst, dass der Bastard purer Abschaum war, aber das … Ihm fehlten die Worte. Sein Vieraugengespräch mit Cronus würde *bald* stattfinden müssen – mit Messern. Kein Wunder, dass Sienna bei ihrer Rückkehr ins Schloss so aufgewühlt gewesen war. „Es tut mir so leid, Baby. Könnte ich dir deine Schmerzen nehmen, ich würde es tun.“ Endlich sprach er aus, was er schon vorhin hatte sagen wollen: „Es ist nicht deine Schuld, das war es nie. Du bist nicht für das verantwortlich, was andere tun. Das warst du nie und wirst es nie sein. Aber ich weiß, dass es wehtut, und wie auch immer du damit umgehen willst, ich werde dir helfen.“

„Cronus hat sie mir gezeigt, weil er von mir erwartet, dass ich Galen ausspioniere und … und mit ihm zusammenkomme.“

Schwarze Punkte blitzten in seinen Augen auf. „Wenn du *zusammenkommen* sagst, meinst du dann, du sollst mit Galen schlafen?“

Ein schamerfülltes Nicken, in dem auch eine Spur Entschlossenheit lag – als hätte sie es nicht anders verdient.

„Dass du das auch nur in Erwägung ziehst, verrät mir, dass du dich bestrafen willst“, stellte er fest, während ihn die Erkenntnis traf wie eine Ohrfeige. „Für das, was du mir angetan hast, und für das, wovon du glaubst, du hättest zugelassen, dass es deiner Schwester passiert."

Stur schob sie das Kinn vor. „Vielleicht."

„Dann wollen wir mal sehen, was hast du sonst noch getan, dass ein Teil von dir glaubt, du hättest Strafe verdient? Für eine Sache gekämpft, an die du geglaubt hast? Stimmt. Mit einem Mann geschlafen, zu dem du dich trotz allem hingezogen fühltest? Stimmt. Ihn gerettet, als du ihn einen langsamen, qualvollen Tod hättest sterben lassen können? Stimmt."

Sie ballte die Hand zu einer (anständigen) Faust. „Ich hab dir schon gesagt, dass ich dich gehasst habe, als ich im Sterben lag."

„Jedes Paar wirft sich im Streit mal Sachen an den Kopf, die nicht so gemeint sind."

„Aber ich hab's damals so gemeint! Und davor hab ich dich unter Drogen gesetzt."

„Genau, und ich hatte vor, dich zu ficken und zu vergessen wie Tausende andere vor dir." Bei seinen groben Worten zuckte sie zusammen, doch er machte weiter. „Und weißt du, was? Damals fand ich das vollkommen in Ordnung. Ich habe Frauen geliebt und beschützt, aber trotzdem habe ich sie benutzt. Meiner Ansicht nach war das mein gutes Recht. Ich brauchte jemanden, der mich wachrüttelt, und du hast mir den Gefallen getan."

„Nein, du …"

„Such jetzt nicht nach Entschuldigungen für mich. Du hast meine Vergangenheit gesehen, du weißt, dass ich die Wahrheit gesagt habe."

Wütend schnappte sie nach ihm. „Du behauptest also, du trägst mir nichts nach? Kein bisschen?" Sie schnaubte ohne die geringste Spur von Humor.

Er packte ihr Haar wesentlich fester, als er vorgehabt hatte, doch er weigerte sich, seinen Griff zu lockern. „Baby, ich bete dich an."

Und wieder suchte sie vergeblich nach einer Antwort. Sämtlicher Zorn wich aus ihr und ließ nichts zurück als pure Sehnsucht. „Anbeten?“, piepste sie.

„Du hast schon richtig gehört.“

Auf seine schroffe Antwort hin seufzte sie verträumt, was ihn zugleich verwirrte und erregte. „Ich korrigiere meine Aussage von vorhin. *Das* ist das Schönste, was ich je gehört habe.“

Dann drehe ich jetzt mal ein bisschen auf. Wenn so etwas sie glücklich machte, wie entzückt würde sie erst sein, wenn er das volle Programm abspielte. „Nichts zu erwidern?“

„Hm, doch. Cronus sagt, mein Zusammensein mit Galen ist der einzige Weg, dich und deine Freunde zu beschützen.“

Hölle, nein. Damals auf dem Olymp war Galen einer von Paris’ besten Kumpels gewesen. Sie hatten ihre Freizeit gemeinsam verbracht und gemeinsam gekämpft. Paris hatte Galens emotionale Distanz bewundert, seine Fähigkeit, zu tun, was auch immer notwendig war, um einen Job erfolgreich zu Ende zu bringen. Und okay, zugegeben, sie hatten auch Frauen miteinander geteilt. Manchmal sogar zur selben Zeit.

Damals war ihm das egal gewesen. Heute nicht. Nicht nur, weil Galen ihr größter Feind war, sondern weil Sienna ihm gehörte, ihm allein. Sie würde bei ihm bleiben.

„Du gehst nicht zu Galen.“ Keine Chance, niemals. Eher würde Paris sterben. „Und nur zu deiner Info: Anscheinend haben meine Freunde den Hüter der *Hoffnung* heute Morgen mit Kugeln gespickt. Der ist bis auf Weiteres zu gar nichts zu gebrauchen.“

„Aber er wird sich erholen, das weiß ich, und dann … dann …“ Der Rest der Geschichte sprudelte aus ihr hervor. Die Halle der Zukünfte, die Gemälde, die drei Wege, die das Schicksal der Welt nehmen konnte. Cronus’ Schicksal. *Sein* Schicksal.

Zu viel, um es auf einmal zu verarbeiten, aber nichts würde

seinen Entschluss ins Wanken bringen, Sienna hierzubehalten.

„Wir haben Zeit", erklärte er. „Wir haben Zeit, eine Lösung zu finden, und das werden wir. Aber du wirst nicht zu ihm gehen. Du gehörst mir. Mir allein. Und ich gehöre dir. Ich werde nie wieder mit jemand anderem schlafen. Verstehst du, was ich dir sage? Niemals wieder. Ich hab's ernst gemeint, als ich gesagt habe, dass du die Einzige für mich bist. Keine andere, ob du bei mir bist oder nicht. Und, Sienna: Du *wirst* bei mir sein."

Während er sprach, fiel ihr die Kinnlade herunter, und mit einem Klacken schloss sie den Mund wieder. „*Sag* so was nicht."

„Baby, ich werde mehr tun, als es bloß zu sagen. Ich werde einen Blutschwur ablegen." Er griff nach dem Dolch unter seinem Kissen, doch sie warf sich auf ihn und schlug ihm die Waffe aus der Hand. Dann fegte sie zur Sicherheit auch noch die Pistole vom Nachttisch.

Na, wenn das mal nicht der Dämpfer seines Lebens war. Doch er war nicht beleidigt durch ihren Widerstand. Sie wollte, dass er in Sicherheit war, dass er lebte, dass es ihm gut ging. War sogar bereit, ihr eigenes Glück dafür zu opfern.

„Hast du mich gerade herausgefordert?", fragte er. Sie lagen Haut an Haut, Mann und Frau. Mit einem Rauschen breitete sie die Flügel aus, verdeckte den Rest des Zimmers. Sie war alles, was er sah, alles, was er fühlte. An seiner Brust spürte er ihre Brustwarzen bereits wieder hart werden. Genoss, wie ihre heiße Mitte über seinen pochenden Schwanz rieb, ihre Beine über seinen gespreizt. „Ich glaube, du hast mich gerade herausgefordert."

„Nein. Hab ich nicht."

„Und ob. Kleiner Hinweis: Stell dich zwischen einen Mann und seine Waffen, und du könntest ihm genauso gut das Knie in die Eier jagen. Gleiches Ergebnis. Also: Ich nehme die

Herausforderung an.“ Und so schnell, dass ihr keine Chance zum Widerstand blieb, drehte er sie auf den Rücken, spreizte ihre Beine und drang mit einem Stoß in sie ein.

Kein Vorspiel. Nur schlichter, harter Sex in seiner ursprünglichsten Form. Sie war feucht, so unglaublich feucht, dass sie keine Probleme hatten.

„Paris!“

„Ja, Baby, genau so. Nimm mich auf, bis zum Anschlag.“

„Belohnst du alle deine Herausforderer so?“, fragte sie zwischen heftigen Atemzügen.

„Nur dich.“

Ihr lustvolles Stöhnen erfüllte den Raum, mischte sich mit seinem Zischen purer Glückseligkeit. Wenn er mit ihr fertig war, würde sie wissen, zu welchem Mann sie gehörte – denn er würde keinen Teil von ihr unberührt lassen.

39. KAPITEL

Galen erschien in der Mitte des Schlafzimmers, und Legion verkroch sich tiefer in ihre verschattete Ecke. Schon seit mehr als einer Stunde war sie hier, hatte sich augenblicklich zu den Koordinaten teleportiert, die er ihr genannt hatte. Sie hatte keinen Schimmer, wie der Rest ihres neuen Zuhauses aussah. Feige, wie sie war, hatte sie sich nicht getraut, die relative Sicherheit dieses Zimmers zu verlassen. Zu ihrer immensen Erleichterung hatte auch niemand anders es betreten.

Auch wenn sie versucht gewesen war, hatte sie nicht einmal den Rest des Zimmers erforscht. Der ganze Raum war übersät mit herrlichen Haufen glänzender Goldmünzen, glitzernder Juwelen und seltsamer, uralter Waffen. Waffen, die sie nicht gegen ihren Kidnapper einsetzen konnte – warum sich also damit befassen?

Im Tempel hatte Galen noch Weiß getragen, mittlerweile hatte er sich ein rotes Gewand übergezogen. Ein *tropf, tropf, tropfendes* rotes Gewand. Sie runzelte die Stirn. In der Luft lag ein durchdringender Kupfergeruch. Und da begriff sie. Es war kein rotes Gewand, sondern ein blutgetränktes.

Seine Knie gaben unter ihm nach, und er sackte zu Boden, konnte sich gerade noch rechtzeitig aufstützen, um nicht auf dem Gesicht zu landen. Seine Flügel waren zerfetzt, aus seiner Brust ragten Messer und Pfeile hervor.

All das Blut …

– Hände begrapschten ihre Brüste, ihre Schenkel –

– Zähne kratzten über ihre Haut –

– Klauen rissen ihr die Augen aus –

– etwas Hartes zwischen ihren Beinen –

– Gelächter, so viel Gelächter –

– Ketten an ihren Handgelenken, ihren Fußknöcheln –

Bittere Galle brannte in ihrem Magen, fraß sich durch ihren Körper. Mit einer zitternden Hand bedeckte sie sich den Mund und kämpfte mit den Tränen. Ganz verließen die Erinnerungen an ihre Zeit in der Hölle sie nie, doch manchmal überrollten sie sie geradezu, zerrten sie hinab in eine andere Art von Hölle. Eine der Demütigung, der Entwürdigung, der Hilflosigkeit und des Entsetzens.

„Fox!", rief Galen zittrig. „Ich brauche dich."

Legion musste ein Wimmern ausgestoßen haben beim Klang seiner Stimme, denn Galens Kopf ruckte in ihre Richtung. Seine himmelblauen Augen waren rot gerändert, seine Wangen dreckverschmiert. Würde er zusehen, während „Fox" Dinge mit ihr tat?

Seine Miene wurde weicher. Nur ein kleines bisschen, aber genug, um ihre drohende Hysterie zu bremsen. „Du denkst, ich bin in schlechter Verfassung? Du solltest mal den anderen Kerl sehen."

Zarte Fühler der Hoffnung regten sich in ihr, versuchten sie zu locken. Hoffnung auf etwas Besseres. Hoffnung auf eine Zukunft mit dem Mann vor ihr. Plötzlich ergriff nun doch die Panik Besitz von ihr, und mit all ihrer geistigen Kraft kämpfte sie gegen diese fremde Hoffnung an. Schließlich verblassten die Fühler, verschwanden.

„Bitte tu mir nicht weh", krächzte sie.

Er runzelte die Stirn.

Dann erklangen eilige Schritte, und kurz darauf schwang die Tür auf. Eine große, schlanke Frau mit pechschwarzem Haar und kantigen Gesichtszügen glitt herein. Sie war attraktiv, auf eine majestätische Weise, mit Augen in den Farben verschieden heißer Flammen – einem seltsamen Mix aus Blau und Gold.

Doch auf ihrer Haut lag ein gräulicher Ton, tiefe Schatten umgaben ihre Augen, und obwohl sie in beiden Händen eine Waffe hielt, zitterte sie. Mit einem schnellen Blick in die Runde suchte sie den Raum ab und entdeckte Legion. Hob eine der Waffen.

Ja, dachte Legion, plötzlich seltsam getröstet. *Ja. Ein Ende. Endlich.*

„Nein!“ Trotz seiner Wunden warf Galen sich schützend vor sie.

Das Mädchen – Fox? – nahm augenblicklich den Finger vom Abzug, senkte die Waffe.

Enttäuschung senkte sich auf Legions Schultern. Vielleicht hätte sie ihrem Leben schon vor langer Zeit selbst ein Ende setzen sollen. Warum hatte sie das nicht getan? Plötzlich wusste sie es nicht mehr, konnte sich nicht mehr erinnern.

„Du wirst ihr nicht wehtun“, befahl Galen mit einem deutlich drohenden Unterton. „Niemals.“

In die Enttäuschung mischte sich Verwirrung. Gerade hatte er … sie verteidigt.

Fox fuhr sich mit der Zunge über die Zähne. „Hat sie dir das angetan?“

„Nein. Und jetzt hilf mir zum Bett.“

Während Fox ihre Waffen wegsteckte, starrte sie Legion weiter mit verengten Augen an, hasserfüllt. Selbst als sie schließlich zu Galen ging, ihren Arm um den Krieger schlang und ihm auf die Beine half, behielt sie Legion immer im Blick. Schwer stützte er sich auf sie, und Schritt für Schritt stolperten sie zum Bett. Langsam, vorsichtig, setzte er sich auf den Rand der Matratze.

Waren die beiden ein Paar?

Sichtbar schwächer werdend, mit flachem Atem, befahl Galen: „Besorg deine Instrumente und hol diesen Scheiß aus mir raus.“

Mit einem letzten warnenden Blick in Legions Richtung eilte Fox aus der Tür.

„Wird sie dir gehorchen?“, fragte Legion leise. „Was mich betrifft?“

Himmelblaue Augen richteten sich auf sie, die Lider schwer. Unter anderen Umständen ein unglaublich erotischer Blick, und sie hasste sich dafür, dass es ihr aufgefallen war. „Ja. Der Einzige, um den du dir Sorgen machen musst, bin ich."

Das war es also. Er wollte sich ihre Folter ganz für sich allein aufheben. Und er würde sie foltern. Daran hatte sie keinen Zweifel.

– etwas Scharfes drang zwischen jede ihrer Rippen –

– nach Verwesung stinkender Atem strich über ihr Ohr, wanderte hinunter zu ihrer Brust –

Sie schlang die Arme um ihre Schultern. *Lenk dich ab*. „Haben die Herren das mit dir gemacht?"

„Ja", wiederholte er. „Wie versprochen habe ich sie gehen lassen, ohne zurückzuschlagen."

„D-danke." Sorge um die Herren der Unterwelt war ein weiterer ständiger Begleiter in ihrem Leben.

Ein langer Moment verstrich unter Schweigen, und wieder gerieten ihre Gedanken ins Schleudern. Bald schon malte sie sich aus, was geschehen würde, wenn Galen wieder bei Kräften war. „Warum hasst du sie so sehr?", fragte sie schließlich, nur um die Stille zu durchbrechen.

„Ich hasse sie nicht." Vorsichtig stützte er die Ellbogen auf die Knie, lehnte sich vor, verlagerte sein Gewicht. „Ich passe bloß auf mich auf."

„Warum?"

„Wer tut's sonst?", dann: „Genug von mir. Was ist in der Hölle mit dir passiert?"

Sämtliches Blut wich ihr aus dem Gesicht, dann aus dem Rest von ihr. Als leere, kalte Hülle blieb sie zurück. „Ich kann … nicht darüber reden, bitte zwing mich nicht, darüber zu reden."

Er starrte sie an, und eine Reihe von Emotionen spiegelte sich auf seinem Gesicht wider. Wut, Reue, Hoffnung, Eifersucht, wieder Wut.

Hektisch kam Fox wieder hereingelaufen und ließ die schwarze Tasche, die sie mitgebracht hatte, mit einem schweren, dumpfen Geräusch vor Galen zu Boden fallen. Legion zog die Knie an die Brust, tat ihr Bestes, die Angriffsfläche so klein wie möglich zu halten, doch Fox hatte jetzt Besseres zu tun, als sie einzuschüchtern.

Neben ihrer Tasche ging sie auf die Knie und begann, darin herumzuwühlen. Nachdem sie ihm das Gewand vom Leib geschnitten hatte, pfiff sie, während sie ihn betrachtete. „Das wird höllisch wehtun."

„Egal. Tu, was nötig ist."

Während die Frau arbeitete, betrachtete Legion ihren Hinterkopf. Vielleicht, weil Galen *sie* betrachtete, sie immer noch anstarrte, als versuchte er, durch ihre Haut bis in ihre Seele zu blicken.

Fox trug einen Dämon in sich, begriff sie. Nachdem sie unter den dunklen Herren der Hölle aufgewachsen war, spürte sie das Böse in ihr, fühlte, wie sie troff vor … Misstrauen. Ja. Das war es, was so an ihren Nerven schabte.

Misstrauen. Ein Hoher Herr. Stärkster der Starken, Anführer unzähliger Lakaien. Legion war eine Lakaiin von *Unfrieden*, und die beiden Dämonen hatten einander ständig bekämpft, ihre Armeen gegeneinander in die Schlacht ziehen lassen. Doch *Misstrauen* war irgendwie … verdreht. Die Bösartigkeit, die aus allen Poren des Mädchens sickerte, war verzerrt, fast fiebrig. Kein Wunder, dass ihre Haut grau war und sie so dunkle Schatten unter den Augen hatte. Sie musste gezwungen sein, unaufhörlich gegen den Dämon anzukämpfen, jede Stunde, jeden Tag, um selbst bei Verstand zu bleiben.

„Und willst du mir erzählen, was passiert ist?", fragte Fox. „Was ist los?"

„Nein", erwiderte Galen scharf. „Will ich nicht."

„Tu's trotzdem. Erst verschwindest du nach Rom, um mit den Unaussprechlichen zu verhandeln und den Umhang zu besorgen, und ich höre wochenlang nichts von dir. Ich dachte, du wärst tot. Dann tauchst du hier plötzlich wieder auf und *bist* praktisch tot."

Mittlerweile hatte sie alles aus seiner Brust entfernt, was nicht dorthin gehörte, und wusch ihm das Blut ab. Als das klebrige Rot fort war, begann sie, die Tattoos auf seiner Brust wieder zusammenzuflicken, seine Haut zu vernähen. Ein Schmetterling auf seiner linken Brust, einer auf der rechten.

Zwei Schmetterlinge?

Überrascht hob Legion den Blick und begegnete seinem. Noch immer beobachtete er sie aus verengten Augen und schien sie herauszufordern, etwas zu sagen. Sie schluckte und schwieg.

„Ich hab mir den Mantel geholt, Maddox' Frau gestohlen und sie gegen diese eingetauscht." Mit dem Kinn wies er auf Legion. „Hey! Kannst du wenigstens so tun, als wärst du eine Frau, und etwas vorsichtiger sein?"

„Weichei. Warum sie?", wollte Fox wissen und verstrich eine helle Paste auf jeder Wunde.

„Mach dir um sie keine Gedanken. Sie gehört mir, und sie wird mir nichts tun. Nicht wahr, Legion?"

Schön wär's. Sie schüttelte den Kopf.

„Sag es. Ich will es hören."

Ein Zittern überlief sie. „Ich werde dir nichts tun." Das konnte sie nicht. Selbst wenn er sie in Ketten legte und … Dinge … *Galle, überall in ihrem Körper …*

„Weil ich dir befehle, dich um mich zu kümmern, und du musst mir gehorchen, nicht wahr?"

„Ja", flüsterte sie.

„Beruhig dich, Gay Man. Dein Herz bockt wie ein Esel, du blutest zu viel."

„Du weißt, dass ich es hasse, wenn du mich so nennst."

Zwar hatte er die Zurechtweisung düster gegrollt, doch er hatte sie nicht geschlagen, und das erschütterte Legion bis ins Mark. Er musste die Frau wirklich mögen. Und war das … konnte das … Eifersucht sein, die sie da spürte?

Auf keinen Fall. Legion wollte nichts mit Galen zu tun haben. Nichts! *Ich hasse ihn*. Für das, was er Aeron angetan hatte. Für Ashlyn.

Kurze Zeit später hatte Fox ihn fertig verbunden und ganz auf die Matratze bugsiert. Sie steckte die Decke um ihn herum fest und blieb dort stehen, strich ihm das Haar aus der Stirn, bis er mit einem letzten zittrigen Befehl einschlief: „Tu ihr nichts."

Und im selben Moment wandte Fox sich um und durchbohrte Legion mit dem bösartigsten Blick, den sie je gesehen hatte – und sie war ein paarmal mit dem Teufel persönlich aneinandergeraten.

„Galen mag dich als sein Eigentum betrachten, Kleine, aber *er* ist *mein* Eigentum. Und ich beschütze – und räche! –, was mir gehört. Tu ihm weh, egal auf welche Weise, und nicht einmal er wird mich davon abhalten können, es dir mit gleicher Münze zurückzuzahlen."

40. KAPITEL

Cronus schäumte vor Wut, als er entdeckte, dass die Herren sein Versteck gefunden hatten – das Reich der Blutigen Schatten, wo er Sienna mit den drei anderen dämonenbesessenen Kriegern gefangen gehalten hatte. Sie waren in sein eigenes Schloss eingefallen. Alle außer Torin, dem Hüter der *Krankheit*, der in der Festung in Buda zurückgeblieben war. Er hatte sich geweigert, sich von Lucien herbeamen zu lassen. Das Risiko sei zu groß, hatte er gesagt, selbst wenn er von Kopf bis Fuß in Schutzkleidung gehüllt wäre.

Eine Berührung Haut an Haut mit Torin, und Lucien wäre mit derselben Krankheit infiziert, die in der Blutbahn des anderen Kriegers lauerte. Torin stellte das Wohl seiner Freunde immer über sein eigenes – eine Haltung, die Cronus weder verstand noch respektierte. Doch der Gedanke erinnerte Cronus daran, dass es einen Weg gab, diese Situation zu seinem Vorteil auszunutzen.

Torin würde alles tun, um eine Menschenfrau berühren zu können, ohne ihr Schaden zuzufügen. Selbst ein Geschenk annehmen, das keines war. Ein Geschenk, das ein Fluch war. Ein Todesurteil. Ein Geschenk, das Rheas Pläne ruinieren würde. Nicht, dass er davon etwas ahnte. Cronus grinste.

Anders als Lucien musste Cronus eine Person nicht berühren, um sie von einem Ort an einen anderen zu versetzen. Cronus sagte nur ein Wort, und Torin erschien vor ihm.

Torin zog zwei Messer und wirbelte auf der Suche nach dem Schuldigen herum, noch während er sich in seiner neuen Umgebung orientierte. Als er Cronus entdeckte, entspannte er sich etwas, blickte sich jedoch weiter aufmerksam um, prägte sich alle Details ein, jeden Fluchtweg.

Um sie herum erstreckte sich ein riesiges Ambrosiafeld, das die Luft mit einem herrlich süßen Duft erfüllte, die violetten Blüten schimmerten unter den Strahlen einer Sonne, die sie mit der perfekten Menge an Wärme und Licht versorgte.

„Cronus“, begrüßte Torin ihn mit einem Nicken. Falls er verärgert oder gar entzückt war, zum ersten Mal in Jahrhunderten aus seiner Festung in Budapest rauszukommen, zeigte er es nicht. Und natürlich verbeugte er sich auch nicht.

All seine aktuellen Probleme waren aus seiner Nachsicht den Herren gegenüber entstanden, sinnierte Cronus. Sie erteilten Befehle und erwarteten, dass er gehorchte. Dann, wenn er Befehle erteilte, verweigerten sie sich, manchmal ganz offen, manchmal durch hinterlistige Tricks. Sein Fehler bestand darin, dass er versucht hatte, einen Zugang zu ihnen zu finden, einer von ihnen zu werden. Stattdessen hätte er von Anfang an seine Macht demonstrieren und ihnen unmissverständlich klarmachen sollen, welche Folgen es hatte, sich ihm zu widersetzen. Er war nicht ihr Freund, würde es niemals sein. Er war ihr König, ihr Herr und Meister.

Und jetzt würde er es beweisen.

„Du hast gerufen?“

Oh ja. Er würde es beweisen. Cronus betrachtete ihn, diesen Krieger, den er benutzen würde. Torin hatte weißes Haar, das ihm zerzaust um ein verruchtes Gesicht fiel, nach dem sich jeder Mensch für den Rest seines Lebens verzehrte, der das Pech hatte, einen Blick darauf zu erhaschen. Smaragdgrüne Augen, in denen die Sünde wohnte. Lippen, die noch nie eine Frau geschmeckt hatten.

„Geh ein paar Schritte mit mir“, befahl er und erwartete absoluten Gehorsam.

Und bekam ihn. Als der Krieger an seiner Seite angelangt war, wandte Cronus sich um und schritt durch das Feld, während die üppigen Blüten sanft über die Hosenbeine seines Anzugs raschelten. Im Kopf ging er ein Szenario nach dem anderen durch, erwog Pro und Kontra seiner Entscheidung.

„Also … was ist los?“

Der aufmüpfige Ton verärgerte ihn, doch er behielt seinen

Kommentar für sich. Noch. „Ich habe eine Aufgabe für dich."

Ein Stöhnen. „Du und deine Aufgaben. Foltere diesen, töte jenen, such deine Jungs zusammen und schick sie in die Schlacht ... Na dann los, lass mal hören. Ich wette, die wird mich genauso in Entzücken versetzen wie die anderen."

„Tonfall", warnte Cronus ihn scharf.

„Ja, hab ich."

Ruhig bleiben. „Und du wirst deine Zunge verlieren, solltest du ihn noch einmal verwenden."

Schweigen.

Hervorragend. „Heute, *Krankheit*, mache ich dir ein Geschenk. Den größten Schatz, den ich besitze. Trotz deines enttäuschenden, beleidigenden Benehmens."

Torin verdrehte die grünen Augen. „Meinetwegen. Ich beiß mal an. Was ist das für ein Geschenk?"

„Mein ... Allschlüssel." Er musste ihn abgeben, doch das ärgerte ihn, wenn er sich daran erinnerte, was er alles auf sich genommen hatte, um ihn zu bekommen.

„Toll, aber ich hab keinen blassen Schimmer, was das sein soll."

Natürlich nicht. Außer vier Personen hatte Cronus jeden ermordet, der davon gewusst hatte. Die vier? Anya, die niedere Göttin der Anarchie und seine Vorbesitzerin; ihr Vater Tartarus, der ihn ihr gegeben hatte; Lucien, der jedes von Anyas Geheimnissen kannte; und Reyes, der es einmal gewagt hatte, Cronus in Ketten zu legen und mit ihm um die Freiheit seiner Frau zu feilschen. Und das Quartett lebte nur deshalb noch, weil es seinen Nutzen für Cronus hatte. Hätten sie den Schlüssel je erwähnt, wäre ihre Nützlichkeit für Cronus irrelevant geworden, und das wussten sie.

„Dieser Schlüssel öffnet jede Tür, jedes Gefängnis, bricht jeden Fluch. Alles. Nichts kann dich aufhalten. Und wenn irgendjemand es versucht, stirbt er dabei."

Doch das bedeutete nicht, dass Torin seinen Dämon los

wäre. Die beiden waren aneinander gebunden, zwei Teile eines Ganzen. Einer konnte ohne den anderen nicht überleben.

„Hört sich cool an, aber warum ich?“

Weil Torin ein Einzelgänger war, der mehr Zeit allein verbrachte als mit seinen Freunden. Weil er sich niemals verlieben würde, noch seine Geheimnisse einer Frau anvertrauen, während sie ihre Zeit im Bett vergeudeten. Etwas, das in letzter Zeit für Cronus' Geschmack viel zu oft vorkam. Etwas, dessen er einst selbst schuldig gewesen war.

„Solltest du irgendjemandem von diesem Geschenk erzählen“, fuhr er fort, ohne Torins Frage einer direkten Antwort zu würdigen, „werde ich dich töten, und ebenso denjenigen, dem du es erzählt hast. Solltest du versuchen, den Allschlüssel zu verschenken, werde ich dich töten, und ebenso alle, die du liebst. Und wenn ich von dir verlange, ihn mir zurückzugeben, wirst du das ohne Zögern tun. Ein einziger Moment des Widerstands, und ich werde mehr tun, als deine Liebsten zu töten. Ich werde ihnen Schmerzen zufügen, die du dir nicht einmal vorstellen kannst.“

Nicht eine Sekunde lang gerieten Torins zielstrebige Schritte ins Stocken. „Tja, dann danke, dass du an mich gedacht hast, aber lieber fresse ich Dreck.“

Cronus sandte eine Welle der Macht gegen den Krieger aus, die wie ein Vorschlaghammer gegen seine Schläfen donnerte und ihn umwarf. Schwer fiel er zu Boden, wand sich vor Schmerzen, und einen Moment später troff ihm Blut aus den Ohren.

Drohend über ihn gebeugt, fragte Cronus: „Was wolltest du sagen?“ Eine Handbewegung, und die Schmerzen endeten.

Keuchend und schweißüberströmt lag Torin da. „Ich wollte sagen, Dreck ist köstlich, vielen Dank für den Mundvoll.“

Cronus schürzte die Lippen. Um die Herren zu brechen, würde er offensichtlich mehr brauchen als seine üblichen Schlägertaktiken. Sie lächelten, wenn er ihnen wehtat, lachten, wenn er sie bedrohte. Sosehr ihn das frustrierte und erzürnte, so sehr faszinierte es ihn auch. Trotz allem waren sie ehrenhaft. Wenn sie ihr Wort gaben, standen sie dazu. Eigentlich eine törichte Eigenheit, aber eine, auf die er gelernt hatte, sich zu verlassen, wenn es um die Herren ging.

Nur wenn er die bedrohte, die sie liebten, fügten sie sich ihm. Doch Torin durfte nicht aus bloßer Angst kooperieren. Nicht diesmal. Nicht, wenn es um etwas so Wichtiges wie den Allschlüssel ging.

„Erfülle diese Aufgabe, bewahre den Schlüssel für mich auf, und ich werde dir einen Gefallen gewähren“, erklärte Cronus. „Was auch immer du dir wünschst. Natürlich nur, was in meiner Macht steht, dir zu geben.“

Misstrauen tanzte in den Augen des Kriegers, und Cronus wusste, dass er seine Möglichkeiten abwägte. Dem König seine Hilfe verweigern und der Strafe ins Auge sehen. Den Handel annehmen und riskieren, ausgetrickst zu werden. Betrogen. Doch bei der Aussicht auf eine solche Belohnung würde er nicht Nein sagen.

„Ich denke, wir wissen beide, was du willst“, drängte Cronus. „Eine Chance, eine Frau zu berühren, ohne sie krank zu machen und eine Epidemie auszulösen.“

Torin hielt die Luft an, und Cronus wusste, er hatte ihn. „Kannst du mir diese Chance geben?“

„Gewissermaßen. Was ist mit dem Fläschchen Wasser passiert, das der Engel Lysander euch gegeben hat?“ Wäre auch nur noch ein Tropfen übrig, könnte Torin eine Frau berühren und ihr dann das Wasser einflößen, um sie zu retten, denn das Wasser des Lebens heilte jede Wunde bei jedem Lebewesen. Könnte er sie danach noch einmal berühren? Nein, aber seine Bedingung wäre erfüllt worden.

„Leer. Und die Engel wollen uns nicht mehr davon geben.“

Unglücklich, aber verständlich. Die Engel mussten grausame, entsetzliche Dinge auf sich nehmen, um sich dem Fluss des Lebens, aus dem das Wasser kam, auch nur zu nähern. Cronus selbst hatte nie gewagt, dorthin zu gehen. „Es gibt da eine Frau … Ich werde sie zwingen, sich mit dir zu treffen. Du kannst sie berühren, so oft du willst, und sie wird trotzdem nicht krank werden."

„Ja, äh, nein danke. Ich will mir meine Frau schon selbst aussuchen."

„Das kann ich dir nicht geben, und das war nicht unsere Abmachung. Du wolltest eine Frau, die du berühren kannst. Ich kann dir eine geben."

Ein langer Moment verstrich, in dem Torin das Angebot überdachte. „Ist sie tot?"

„Nein. Sie lebt."

„Alt? Ein Kind?"

„Nein. Sie ist weder zu alt noch zu jung."

„Wie werde ich sie …"

„Antworten waren ebenfalls nicht Teil der Abmachung. Entscheide dich!"

Schließlich nickte Torin, wie Cronus es von Anfang an gewusst hatte. „Na dann. Wir haben einen Deal."

Er erlaubte sich nicht, zu lächeln. Wenn der Allschlüssel seinen Besitz verließ, würden seine Kräfte auch Rhea verlassen. Er könnte sie gefangen nehmen. Sie wäre ihm vollkommen ausgeliefert.

Was er nicht erwähnte: Der Allschlüssel löschte die Erinnerung dessen aus, der ihn fortgab. Ausgenommen Cronus, und durch ihre Verbindung wahrscheinlich auch Rhea. Cronus hatte den Schlüssel erschaffen und dabei dafür gesorgt, dass er niemals gegen ihn wirken konnte. Diesen Vorteil hatte jedoch niemand sonst, einschließlich Torin.

Als Torin die Knie anzog, um aufzustehen, schüttelte Cronus den Kopf und streckte die Hand nach unten aus. „Bleib da. Das könnte jetzt ein bisschen wehtun."

Am anderen Ende des Himmelreichs trat Lysander aus der Wolke, die er mit seiner Gemahlin, der Harpyie Bianka, bewohnte. Die Flügel hatte er gerade weit genug ausgebreitet, um an Ort und Stelle zu schweben.

„Ich bin dabei, zu versagen“, gestand Zacharel zähneknirschend. Der Schneesturm, der ihn unablässig verfolgte, wurde immer stärker; die Flocken hingen ihm in den Wimpern, zwischen den Federn seiner Flügel, zerrten ihn mit ihrem Gewicht nach unten.

„Du hast nicht versagt, und du *wirst* nicht versagen. Ich habe absolutes Vertrauen in dich. Also, was kannst du von dem Mädchen berichten?“

Zacharel sammelte sich und erklärte: „Obwohl sie glaubt, sie könnte Paris in ein paar Tagen zurücklassen, sind die beiden sich nähergekommen. Und noch schlimmer: Sie trägt jetzt seine Dunkelheit in sich.“ Er hatte die Schatten in ihren Augen tanzen sehen, nachdem er Paris fortgeschafft hatte.

„Der Krieg rückt immer näher“, antwortete Lysander. „Sie wird trotzdem noch von großem Nutzen für uns sein.“

„Bist du dir sicher? Cronus hat sie hereingelegt, sie überzeugt, ihm zu helfen. Ich habe damit gerechnet, dass er sie belügt, aber ich habe auch damit gerechnet, dass ihr Dämon es bemerkt. Doch das hat er nicht. Und jetzt, da Paris von seiner Ehe mit ihr erfahren hat, wird er bis zum Tod um sie kämpfen.“ Er hatte nicht damit gerechnet, dass Paris je von dieser Verbindung erfahren würde, was der einzige Grund war, dass Zacharel sich bereit erklärt hatte, ihm mit den Tätowierungen zu helfen. Hätte er sich geweigert, hätte Paris es trotzdem getan und sich ihm früher widersetzt als geplant.

„Cronus ist ein gieriger Narr, aber Paris hat mich überrascht. Er mag seine Dunkelheit an sie weitergegeben haben, aber sie hat auch etwas von ihrem Licht mit ihm geteilt.“ Einen Moment lang überlegte Lysander. „Wenn er sie so sehr will, wie ich meine Bianka will, wird er sich nicht bereitwillig von ihr trennen.“

Zu wahr. Leidenschaft, Begehren, Lust, wie auch immer man diesen ungezügelten Paarungsdrang nennen wollte, all das befand sich immer noch außerhalb Zacharels Verständnisbereichs. Doch er konnte nicht abstreiten, dass *irgendetwas* die beiden packte, wenn sie einander auch nur ansahen.

Wie Magneten waren Paris und Sienna zueinander hingezogen. Sie kämpften füreinander, und ihre Trennung würde etwas tief in ihrem Inneren zerstören. Dass er einmal geglaubt hatte, Paris überzeugen zu können, sie freiwillig ziehen zu lassen, war töricht gewesen. Er würde Gewalt anwenden müssen.

„Was immer du von mir verlangst", erwiderte er und beugte den Kopf, „werde ich tun."

Lysander stieß einen erschöpften Seufzer aus. „Wir brauchen sie. Um jeden Preis. Tu, was auch immer du tun musst, um sie zu überzeugen, sich auf unsere Seite zu stellen. Wenn das nicht ausreicht, nimm sie einfach mit."

In den Tiefen der Hölle trieb Kane dahin zwischen Wachsein und Bewusstlosigkeit. So verwundbar er auch war, während er schlief, zog er das doch den lähmenden Schmerzen vor, die ihre Klauen in ihn schlugen, während ihm die Gedärme zurück in den Bauch gestopft wurden und das Fleisch wieder zusammengetackert. Und dann, als das Tackern nicht funktionierte, schmolzen sie ihm das zerfetzte Gewebe mit flüssigem Feuer zusammen. Er fühlte sich, als hätte jemand einen Bus auf seiner Brust geparkt, ein paarmal die Reifen durchdrehen lassen, bis es qualmte, und dann die Fahrgäste alle gleichzeitig nach draußen gejagt.

Und das Gelächter … Oh, das Gelächter seines Dämons. *Katastrophe* liebte es. Liebte den Schmerz, die Erniedrigung, die Hilflosigkeit. Genauso musste Legion sich gefühlt haben, als sie hier unten festgesessen hatte, vermutete Kane.

Er hätte sie mehr unterstützen sollen. Hätte versuchen sollen, ihr zu helfen. Nicht, dass Kane selbst Hilfe wollte. Ein Teil von ihm wollte noch immer sterben.

Die Reiter – Schwarz und Rot – waren Retter und Tyrannen zugleich. Als er geschrien hatte, während sie ihn „verarzteten“, hatten sie ihm kurz darauf einen Ballknebel umgeschnallt. Als er sich hin- und hergeworfen hatte, hatten sie ihn festgekettet. Dabei waren sie jedoch nie grausam, sondern einfach nur pragmatisch, als täten sie ihm einen Gefallen. Ein Grund, aus dem er sie nicht mit sich in den Tod reißen würde, wenn es für ihn endlich vorbei wäre.

Jetzt stand Rot über ihn gebeugt, blies Zigarrenrauch in seine Richtung. „Schon fit genug für eine Runde Poker?“

Wann immer die beiden mitbekamen, dass er wach war, stellten sie ihm dieselbe Frage. Diese. Er schüttelte den Kopf, unsicher, warum ein Kartenspiel so wichtig für sie sein sollte.

„Verdammt.“ Ehrliche Enttäuschung zeigte sich auf seinem Gesicht. „Aber bald.“

Weil er nicht wusste, was er sonst tun sollte, nickte Kane zustimmend und schloss die Augen. Ohne Gegenwehr trieb er wieder zurück an seinen Lieblingsort, eine schwarze Leere, absolutes Nichts.

41. KAPITEL

Am nächsten Morgen, nachdem er die Nacht damit verbracht hatte, Sienna zu lieben, duschte Paris und warf sich ein paar Klamotten über, die ihm jemand von zu Hause mitgebracht hatte. Dann bewaffnete er sich und vergewisserte sich, dass Siennas Kristalldolch auf dem Nachttisch lag, griffbereit, sollte sie ihn brauchen. Obwohl er es hasste, sie zurücklassen zu müssen, verließ er das Schlafzimmer und betrat eine völlig neue Welt.

Offenbar hatte Danika, das aktuelle Allsehende Auge, vorhergesehen, dass in der Festung in Budapest furchtbare Dinge geschehen würden. Sie hatte gespürt, dass ihre einzige Hoffnung auf ein Überleben darin bestand, dicht bei William zu bleiben. Und hier waren sie nun alle eine große, glückliche Familie. Wie seine Freunde es allerdings geschafft hatten, derart schnell einen Kraftraum, eine professionelle Bar und ein Technikzimmer im Schloss einzurichten, würde er vielleicht niemals erfahren.

Während er die Gänge entlangstapfte, konzentrierte er sich auf die Veränderungen, um nicht an seine Frau zu denken, die friedlich schlafend in seinem Bett lag. Nackt, befriedigt, rosig von seinem Mund und seinen Händen und seinem Körper. Um nicht an die heiseren Laute zu denken, die sie ausgestoßen hatte, wie sie seinen Namen geschrien und um mehr gebettelt hatte. Um nicht daran zu denken, wie sie *ihn* dazu gebracht hatte, um mehr zu betteln. Wie sie so verdammt perfekt zueinanderpassten.

Zu Anfang mochte er von ihr besessen gewesen sein, ohne sie zu kennen. Doch langsam lernte er sie kennen. Unter ihrem spröden Äußeren und ihrer eisernen Sturheit war sie sanft und gütig. Zart. Sie liebte von ganzem Herzen, und sie kämpfte, um zu beschützen, was ihr gehörte.

Sie war engagiert. Dieses Temperament machte ihn unglaublich heiß. Mit jeder Schublade, die sie auf ihn geworfen hatte, war er härter geworden. Wie viele Frauen waren mutig genug, ihn zu einem Kräftemessen herauszufordern? Nicht viele. Doch sie hatte es getan, denn wenn sie ihn ansah, blickte sie hinter das Gesicht und das Haar und die befleckte, verdorbene Vergangenheit. Sie sah einen Mann. Nur einen Mann.

Fast wäre er umgedreht und zurück zu ihrem Zimmer marschiert. Er wollte ihre Erregung auf seinem Gesicht, ihre Fingernägel an seinem Rücken. Er wollte von ihr gezeichnet sein, auf jede nur mögliche Weise. Dann wüsste jeder, der ihn ansah, Bescheid. *Er* gehörte *ihr*. Und –

Was zur Hölle hing da an der Wand? Abrupt blieb er stehen. Wie in der Festung in Buda hingen überall an den Wänden der Gänge Gemälde. Bloß dass hier jedes einzelne Porträt Viola zeigte.

Viola im Abendkleid. Viola in Leder. Viola liegend. Viola stehend. Viola, wie sie den Betrachter über ihre Schulter hinweg ansah. Eine endlose Reihe von Posen.

„Atemberaubend, nicht wahr?“ Mehr eine Feststellung als eine Frage, und sie erklang direkt hinter ihm. Viola trat an seine Seite, ein Bild der Lieblichkeit in ihrem rosafarbenen Tanktop und der tiefsitzenden Hüfthose. „Ich hab sie aus einem meiner Häuser geholt.“

„Äh, sicher. Atemberaubend.“

„Welches gefällt dir am besten?“ Nachdenklich tippte sie sich mit dem Zeigefinger ans Kinn und betrachtete sie eingehend. „Ich kann mich wirklich nicht entscheiden, zwischen dem da und … allen anderen.“

„Äh … lass mich nachdenken.“

Während er so tat, als würde er sich die Bilder genauer besehen, schnurrte *Sex* laut vor sich hin, wollte näher zu ihr. Sekunden später war Paris steinhart. Scheiße. Beschämt fuhr er sich mit einer Hand durchs Haar. Selbst das hier fühlte sich an, als würde er Sienna betrügen.

Warum tust du mir das an? fragte er seinen Dämon vorwurfsvoll. *Ich dachte, wir hätten darüber gesprochen.*

Betrügen fühlt sich gut an. Ich will mich gut fühlen.

Tja, Betrügen kannst du dir abschminken. Und ich will, dass du dir mal kurz was vor Augen führst. Jedes Mal, wenn wir mit Sienna schlafen, kriegen wir zwei zum Preis von einem. Hölle, vielleicht sogar noch mehr. Sie ist ein Mensch, ein Geist, eine Ambrosiaquelle, eine ehemalige Jägerin und ein Dämon, alles in einem einzigen köstlichen Paket. Und wenn wir ihr untreu sind, verlieren wir sie. Und du kriegst nie wieder einen Fünfer.

Verdammt, sie ist eine regelrechte Orgie.

Ganz genau.

Eine bedeutungsschwangere Pause. *Oh … hmm … na ja.*

„Und?", bohrte Viola nach.

Ach ja. Womit könnte er sie zufriedenstellen? „Ich kann mich nicht wirklich entscheiden. Sie sind alle gleich bezaubernd."

„Ich weiß, nicht wahr. Ich lasse dir eins in dein Zimmer bringen. Du und deine Hand, ihr könnt Stunden damit verbringen, die Details zu betrachten. Ich hab ein paar kleine Überraschungen einbauen lassen. Gern geschehen." Fröhlich vor sich hin pfeifend spazierte sie davon.

Einen Moment lang stand er da und dachte an den gefallenen Engel, der sie so begehrte. Er sollte die beiden wirklich miteinander verkuppeln. Denn mal im Ernst, gab es eine schlimmere Strafe für den Kerl, als bis in alle Ewigkeit *damit* festzusitzen? Interessanter Gedanke.

Schließlich machte er sich wieder auf den Weg und war nicht im Geringsten überrascht, Anya anzutreffen, die die Bilder von Viola abhängte und gegen welche von ihr austauschte. Mochte die Inneneinrichter-Schlacht beginnen.

„Gwen, Kaia, echt jetzt", fauchte die (Halb-)Göttin der Anarchie und versuchte relativ erfolglos, einen Bilderrahmen und einen Hammer gleichzeitig festzuhalten, während sie auf einer Leiter balancierte. „Das ist die wichtigste Mission eures Lebens, und ihr hängt bloß tatenlos am Spielfeldrand rum? Bewegt eure Ärsche hierher, ihr faulen Miststücke!“

In der Hoffnung, nicht auch noch rekrutiert zu werden, zog Paris den Kopf ein und ging weiter, ohne anzuhalten. Aus dem Augenwinkel erhaschte er einen Blick auf die Harpyien-Schwestern, die in einem der Schlafzimmer ein lebensgroßes – und ziemlich verzerrtes – Bild von Galen betrachteten. Auf dem Gemälde hatte er Hörner, schiefe Zähne und an jeder Hand drei Finger. Seine Clownsfüße waren viel zu groß für seinen Körper, und anstelle von Genitalien hatte er ein rotes X. Ein sehr kleines rotes X.

Gwen mimte das Spannen einer Armbrust und zielte auf sein Herz, wozu Kaia nur den Kopf schüttelte und auf seine nicht vorhandenen Kronjuwelen zeigte.

Sex begann wieder mit seinem Schnurren. Vielleicht aber auch nur aus Gewohnheit, denn ein paar Sekunden später verklang das Geräusch schon wieder. Und das Beste? Er hatte nicht einmal ansatzweise einen Steifen gekriegt.

In seinem Kopf ertönte ein müdes Seufzen. *Wenn wir das mit dieser Beziehung durchziehen, werde ich sie oft brauchen.*

Der Dämon war bereit, es zu versuchen. Paris konnte nicht anders, er reckte eine Siegerfaust in Richtung Decke. *Glaub mir, das weiß ich. Und wir werden wesentlich öfter mit ihr schlafen als „oft“.*

Was für ein verdammt fantastischer Tag. Auf seinem Gesicht breitete sich ein strahlendes Grinsen aus. Oh ja, er hatte eine Menge zu erledigen. Einen netten Plausch mit Cronus, dessen Frau den Hintern versohlen, Galen töten, wenn er gerade am schwächsten war, und Kane finden. Aber erst mal wollte er hören, wie es seinen Freunden in der Zwischenzeit ergangen war, und die neuesten Familienmitglieder besuchen.

Im nächsten Gang stand ein Tisch, auf dem Snacks aller

Art aufgetürmt lagen. Im Vorbeigehen schnappte Paris sich einen Apfel und eine Packung von Striders „Red Hots“. Ein Bissen Apfel zusammen mit ein paar der Zimtbonbons, und man hatte einen Mundvoll eines der köstlichsten Geschmäcker überhaupt.

Eine Menge von seinen Jungs hatten sich auf dem Gang vor Ashlyns Zimmer eingefunden, aßen, redeten, lachten und waren entspannter, als er sie seit Langem gesehen hatte. So wie jetzt sollte ihr Leben immer sein, sinnierte er.

William saß in der Ecke, ein dunkelhaariges Mädchen an seiner Seite, und schien eine ernsthafte Diskussion mit ihr zu führen. Gilly war ein Teenager auf der Schwelle zum Erwachsensein und war in ihrer Kindheit unvorstellbar missbraucht worden. Danika hatte sie unter ihre Fittiche genommen, und jedem außer William war das Mädchen mit Misstrauen begegnet. Aus irgendeinem Grund hatte sie den Bastard von Anfang an angehimmelt.

Vielleicht, weil sie noch nicht wusste, dass William kürzlich ihre gesamte Familie abgeschlachtet hatte. Paris fragte sich, wie sie reagieren würde, wenn die Wahrheit ans Licht kam. Und das würde sie; das tat sie immer.

Gilly hatte ihre Mutter, ihren Stiefvater und ihre Brüder gehasst, doch tief in ihrem Inneren hatte sie sie vermutlich auch geliebt, und über so ein Gefühl kam man nur schwer hinweg. Das wahrscheinlichste Szenario: Sie würde verschwinden, und William würde ihr folgen und sie beschützen. Er könnte nicht anders. Das Bedürfnis, zu beschützen, brannte sich einem Mann direkt in die Seele, und sobald er den ersten Funken davon verspürte, war es ebenfalls nur schwer zu vergessen.

Jetzt, da er Blut für sie vergossen hatte, würde dieses Bedürfnis umso stärker werden, wie Paris nur zu gut wusste. Mit jedem Leben, das er ausgelöscht hatte, war sein Drang, Sienna zu erreichen, gewachsen. Doch jetzt hatte er sie gefunden. Sie waren zusammen – und er würde sie nicht wieder gehen lassen.

Als Paris bei den beiden ankam, berührte er das Mädchen an der Schulter, um auf sich aufmerksam zu machen. Überrascht quiekte sie auf, verpasste ihm reflexartig eine Ohrfeige und drückte sich enger an William. Damit sie nicht auf die Idee kam, er wäre sauer oder würde zurückschlagen, hielt Paris den Blick fest auf den anderen Krieger gerichtet. „Was gibt's Neues von den drei Unsterblichen oben?"

Genauso gut hätte er selbst nachsehen können, ihre Zimmer waren bloß ein paar Türen weiter, doch er wollte es lieber von dem Klatschmaul William hören und Zeit sparen.

Finster erwiderte William seinen Blick. „Verflixt noch mal. Entschuldige dich."

Verflixt noch mal? „Sie muss sich nicht bei mir entschuldigen." Beruhigend grinste er ihr zu. „Mir wurde vor Kurzem mitgeteilt, mein Gesicht sei wie gemacht für Ohrfeigen."

„Sie hab ich nicht gemeint, ich hab mit dir geredet. Entschuldige dich, dass du sie erschreckt hast."

Oh. „Sorry, Gilly."

Sie antwortete mit einem sanften Lächeln. Ein hübsches kleines Ding war sie, mit dunklem Haar und dunklen Augen, leicht gebräunter Haut und der Art von Kurven, die kein Vater an seiner Tochter sehen wollte. „Kein Problem. Meine Schuld. Ich hab vollkommen meine Umgebung vergessen."

„Na ja, kein Wunder, dass du lieber alles ausblendest, als deine Aufmerksamkeit Williams hässlicher Visage zu schenken."

Sie kicherte, und Paris wandte sich wieder an William: „Also, die Unsterblichen?"

William zuckte mit den Schultern. „Alles unverändert. Ich hab alles probiert, was mir eingefallen ist, und glaub mir, das war ziemlich beeindruckender Sch… äh, Kram, aber nichts hat funktioniert. Die sitzen fest in ihren Schlafzimmern."

„Irgendwelche Neuigkeiten von Kane?"

„Äh, ja, die Sache." Mit der freien Hand massierte William

sich den Nacken. „Er ist am Leben, und er ist in der Hölle, aber nicht mehr in Feindeshand. Wenn ihr ihn allerdings zurückhaben wollt, werdet ihr runtergehen und ihn holen müssen."

Irgendetwas an seinem Tonfall war seltsam. „Woher weißt du das?" Nicht einmal Amun hatte die Wahrheit herausfinden können.

„Ich weiß es eben. Morgen zieht der Rettungstrupp los – du bist übrigens nicht eingeladen. Ich schätze mal, sie halten dich für einen irren Psycho, der mit sich selbst rummacht, aber das ist bloß so eine Vermutung."

Was auch immer. „Wer ist alles dabei?"

„Amun, Haidee, Cameo, Strider und Kaia."

Fast nur Mädchen. Kampfgruppen-Umstrukturierung oder was? „Du gehst nicht mit runter?"

„Wer's glaubt, wird selig. Ich meine, na ja, seine Gastgeber haben es quasi zur Bedingung gemacht, damit sie ihn freilassen, aber … Ach nö. Ich glaub nicht. Hab Sachen zu erledigen, weißt schon. Ich und John Frieda werden einen intimen Abend zu zweit verbringen."

Ein Date mit seinem Conditioner. Na klar. „Wer sind diese *Gastgeber*? Und warum bestehen sie drauf, dass du mitkommst?" Auf Williams Absage ging er nicht weiter ein, denn – ganz im Ernst? Das hatte gar nichts zu sagen. Wenn seine Anwesenheit eine Bedingung für Kanes Freilassung war, würde er anwesend sein. Basta.

William blickte zu Gilly hinunter, seine Miene plötzlich sanft und andächtig, und gab ihr einen kleinen Stups. „Sei ein Schatz und besorg mir ein paar Gummibärchen."

Ihre Augen, normalerweise halb geschlossen zu einem sündhaften Schlafzimmerblick, sobald sie den Krieger ansah, verengten sich. „So was von bevormundend." Trotzdem erhob sie sich und stapfte davon, genau, wie er es gewollt hatte, sodass sie ein bisschen Privatsphäre hatten.

„Und pass auf, was du sagst, während du mir meine Süßigkeiten holst", rief William ihr hinterher. In dem Moment entdeckte Paris die Aufschrift seines T-Shirts. Dort stand in Großbuchstaben *Rette eine Jungfrau, nimm mich*. „Widerworte sind äußerst unattraktiv."

„Hast recht. Ich sollte mehr Respekt vor Älteren haben." Sie wandte sich nicht noch einmal um, aber über die Schulter zeigte sie ihm den Stinkefinger.

Paris lachte in sich hinein. „Was bringst du dem Mädchen bloß bei?"

Plötzlich ernst, presste William hervor: „Zu überleben. So, um noch mal zum Thema zurückzukommen. Kanes Gastgeber sind zufälligerweise ein paar echt harte Typen, mit denen ich früher da unten zu tun hatte."

Harte Typen ließ etwas klingeln bei Paris. „Du sprichst von den Reitern der Apokalypse, oder? Denn, na ja, möglicherweise hat Amun erwähnt, dass du ihr Daddy bist."

„Dieser verdammte Amun." In Williams elektrisierend blauen Augen glitzerte das Versprechen auf Vergeltung. „Was für eine feige Tratschtante!"

Jetzt wurde also wieder geflucht, nichts mehr von wegen *verflixt*?

„Oh, und wo wir gerade bei Tratsch sind", fuhr William erwartungsvoll fort, „hast du Blut und Gedärme schon gesehen?"

„Was?"

„Knarre und Klappmesser. Mord und Totschlag. Ich gebe ihnen alle paar Stunden neue Namen, das macht's interessanter."

Wenn er meinte – aber wie waren ihre richtigen Namen? „Darum bin ich hier. Ich will sie kennenlernen."

„Hey, warum hast du das nicht gleich gesagt?" William legte ihm einen Arm um die Schultern und bugsierte ihn durch das Gedränge vertrauter Körper. „Aus dem Weg, ihr Mutanten. Mein Kumpel Paris geht als Nächster rein."

„Aber ich bin dran", beschwerte sich Cameo, und er wollte

verdammt sein, wenn das kein Quengeln war, das sich da unter das versammelte Leid der Welt in ihrer Stimme mischte. Mit verschränkten Armen stellte sie sich ihnen in den Weg. „Wusstet ihr, dass jedes Jahr siebentausend Babys sterben, weil …“

„*Das* ist der Grund, warum wir dich überspringen.“ Zuckersüß lächelte William sie an. „Außerdem hab ich diese Satansbraten auf die Welt geholt und wäre dabei fast abgekratzt. Ich bestimme die Reihenfolge, und ich sage, Paris ist der Nächste.“

Cameo blickte finster drein. Sie war eine der schönsten Frauen, die Paris je gesehen hatte. Sogar schöner als Viola, mit langem schwarzen Haar und glänzenden silbergrauen Augen. Lippen so üppig und frisch wie eine Rose.

„Wusstet ihr, dass ungefähr ein Prozent aller Geburten Totgeburten sind?“, fragte sie. Das Quengeln war verschwunden, übrig blieb nur Elend.

Außerdem konnte sie einen echt runterziehen.

Bitte stecht mich ab, dachte Paris. Weil sie die Hüterin des *Elends* war, reichte allein der Klang ihrer Stimme, um erwachsene Männer in Tränen ausbrechen zu lassen. Dazu noch die unzähligen Todesstatistiken, mit denen sie immer häufiger um sich warf, und die Party war gelaufen.

„Irgendjemand soll dem Mädchen gefälligst einen Lolli besorgen, und dann tief in ihren Mund damit. Aber dalli“, rief William, während er sich mit Paris an ihr vorbei zur Tür drängte. Er machte sich nicht die Mühe zu klopfen, sondern stürmte einfach hinein. „Okay, Ladys. Wir sind dran.“

Neben dem Bett saß Reyes, dunkel und bedrohlich, mit dem blonden Riesen Strider zu seiner Linken. Beide Krieger gurrten den dick eingewickelten Wonneproppen an, den Reyes auf dem Arm hielt.

Ashlyn ruhte halb aufgerichtet im Bett, blass, zittrig und offensichtlich ziemlich schwach. Neben ihr saß Maddox, das zweite Baby im Arm.

„Raus hier", fügte William hinzu. „Paris will Smith und Wesson sehen."

„Nenn sie nicht so", sagte Maddox. Noch nie hatte Paris den Hüter der *Gewalt* mit so sanfter Stimme sprechen hören. Es war schockierender als ein Schlag ins Gesicht.

„Wie soll ich sie denn sonst nennen? Übel und Gefährlich? Sam und Max? Nee, der gefällt mir nicht. Black and Decker? Alter, diese Bälger sind knallharte Gangster. Die brauchen Wahnsinnsnamen, nicht diesen Sch… Mist, den ihr euch ausgesucht habt."

Langsam stand Reyes auf, wartete, dass William zu ihm kam, und legte ihm das Bündel sanft in die Arme. Im Hinausgehen klopfte der dunkelhaarige Krieger Paris auf die Schulter, und Strider tat dasselbe. Bloß dass er außerdem kurz anhielt und sagte: „Wir treffen uns im Kraftraum, wenn du fertig bist", bevor er verschwand.

Paris nickte und kämpfte gegen das Gefühl einer dunklen Vorahnung an. Dann waren die beiden fort, die Tür geschlossen, und er blendete das bevorstehende Gespräch aus. Neugierig ging er zu William, der sich pudelwohl zu fühlen schien mit so einem zerbrechlichen kleinen Ding auf dem Arm. Nur ganz insgeheim hatte Paris sich gestattet, von einer Familie zu träumen, denn auf keinen Fall wollte er ein Kind mit einem One-Night-Stand. Jetzt, mit Sienna, der ihre Chance auf Mutterschaft genommen worden war …

Er wollte ihr das hier geben.

Neben William blickte er neugierig auf das erste halb menschliche, halb dämonische Kind, das zu ihrer Crew dazugekommen war – und was er sah, verpasste ihm beinahe einen Herzstillstand.

„Eine bezaubernde kleine Teufelin, oder?", meinte William und strahlte sie an. Er kitzelte sie am Bauch. „Oh ja, das ist sie. Ja, ja, wirklich wahr."

Fröhlich glucksend wedelte das Baby mit den kleinen Fäusten. Die Augen des Mädchens waren offen und klar, leuchteten in einem glühenden Orange-Gold und blickten beängstigend intelligent drein – trotz der Tatsache, dass sie William schlicht anzubeten schien. Und ja, sie war bezaubernd. Schon jetzt hatte sie den Kopf voller honigblonder Locken. Aber der wahre Schocker? Sie hatte den ganzen Mund voll Zähne. Und zwar verdammt scharfe. Und diese süßen kleinen Fäustchen? Statt Fingernägeln hatte sie gebogene Krallen.

„Wird sie jemals so tun können, als sei sie ein Mensch?", fragte er leise, damit die vermutlich empfindliche Mutter es nicht hörte.

„Vielleicht ja, vielleicht aber auch nicht", antwortete Ashlyn trotzdem. „Die Zeit wird's zeigen. So oder so, sie sind beide schöner, als ich sie mir je hätte vorstellen können."

Kein Wunder, dass sie ihn gehört hatte. Sie mochte zwar ein Mensch sein, doch sie konnte jede Unterhaltung hören, die an einem Ort geführt worden war, egal, wie lange es her war. Das war ihr Fluch. Wenn das mal nicht ein Traum für die Zwillinge war – eine Mom, vor der man nichts verbergen konnte.

„Wie heißt sie?", fragte er.

„Ever", sagte William mit deutlichem Abscheu.

Ever streckte eine Siegerfaust in die Luft. Aus Stolz? Oder Zorn?

„Der Name ist perfekt, genau wie sie", stellte Ashlyn fest. Ihre Lider flatterten, als hätte sie Schwierigkeiten, sich wach zu halten.

„Na los, schlaf, Liebling. Ich kümmere mich um alles."

„Danke", sagte sie seufzend, und schon rollte ihr Kopf zur Seite.

„Willst du sie mal halten?", fragte William.

„Ashlyn? Nein danke." Maddox würde ihm den Schädel einschlagen, genauso wie Paris jedem den Schädel einschlagen würde, der versuchte, Sienna zu halten. Nicht, dass irgendjemand außer William und vielleicht noch Lucien sie im Augenblick sehen könnte.

William verdrehte die Augen. „Du weißt, was ich gemeint hab. Das *Baby*. Ever."

„Oh, äh, klar. Ich wusste absolut, was du meinst."

„Müsst ihr so laut sein?", fuhr Maddox sie mit dieser leisen, sanften Stimme an, die so gar nicht zu seinen harten Zügen passte.

Paris hob abwehrend die Hände und flüsterte: „Auf gar keinen Fall halte ich den Winzling." Er war einfach zu groß, zu hart, um irgendetwas anderes zu tun, als das kleine Mädchen zu verletzen. Außerdem knurrte Ever in seine Richtung, fletschte die winzigen Fangzähne und war offensichtlich sehr glücklich, wo sie war.

Er ging um das Bett herum, wo Maddox den Jungen im Arm hielt. Natürlich strahlte der Krieger vor Stolz, als er das Laken zurückzog, um das Gesicht des Kleinen zu zeigen. Genau wie Ever sah das Baby aus, als wäre es schon Monate alt. Sein Haar war schwarz, und seine Augen hatten den gleichen violetten Ton wie die seines Vaters – mit einem diamantharten Glitzern darin. Zwei kleine Hörner ragten aus seinem Schädel hervor, und auf den Händen hatte er an manchen Stellen Schuppen, schwarz und glatt wie Glas.

Mit konzentrierter Intensität betrachtete der Junge Paris. Und Paris zweifelte keine Sekunde lang daran, dass der Kleine ihn innerhalb eines Herzschlags durchschaut hatte, all seine Schwächen und Makel kannte, genau, wie seine schlechten Angewohnheiten, und sich gerade auf den Angriff vorbereitete.

„Wie ist sein Name?"

„Urban", antwortete William, bevor Maddox es konnte, und wieder lag Abscheu in seinem Ton.

Ever und Urban. Niedlich, auf eine verschrobene Hollywoodart. „Warum habt ihr gerade diese Namen ausgesucht?"

„Haben wir nicht", sagte Maddox. „Das waren sie."

Paris' Augen weiteten sich. „Sie können sprechen?"

„Nein, aber sie können sich sehr gut verständlich machen."

Und das sollte ... wie funktionieren? „Äh, ich hab gehört, die Geburt war schwierig. Wie hat William die Kuh vom Eis geholt?"

Maddox versteifte sich, während William den Kopf schüttelte und Ever in das Körbchen neben dem Bett legte. Als er sich wieder aufrichtete, fuhr er sich mit gestreckten Fingern quer über die Kehle – die universelle Geste für „Halt sofort die Klappe".

„Dieser verflixte götterverbrannte Hundesohn hat meine Frau aufgeschnitten, die Babys rausgerissen und sie wieder zusammengenäht." Maddox' Nasenflügel bebten heftig. „Ohne Betäubung."

William knackte mit dem Kiefergelenk. „Es war keine Zeit mehr. Sie waren dabei, sich aus ihr rauszugraben, und wenn ich noch länger gewartet hätte, wäre deine Ashlyn hundertprozentig gestorben. Und besser ein einzelner Schnitt, als von innen zerfetzt zu werden. Übrigens: Gern geschehen. Sie sind alle drei am Leben."

So viel also dazu. Wie ein Feigling verzog Paris sich und überließ William dem Zorn des frischgebackenen Vaters. Er machte sich auf den Weg zum Kraftraum im Erdgeschoss des Schlosses. Wie versprochen war Strider bereits dort und rannte auf dem Laufband wie ein Besessener. Was er ja auch war.

Das blonde Haar klebte ihm am Kopf, und Schweiß rann ihm über die gebräunte Haut.

Am anderen Ende des Raums war der weißhaarige Torin beim Bankdrücken. Unter dem Gewicht, das er da stemmte, hätte eigentlich der Marmorfußboden splittern müssen. Einen Moment lang war er vor Schock wie festgenagelt. Torin mischte sich nie unter die Leute, hatte viel zu viel Angst, jemand könnte ihn aus Versehen berühren.

Wie war er überhaupt hierhergekommen? Das Letzte, was er gehört hatte, war, dass *Krankheit* Luciens Angebot, ihn herzubeamen, ausgeschlagen hatte. Und wann zur Hölle hatte Torin sich diese mörderischen Muskeln antrainiert? Normalerweise hockte er allein in seinem Zimmer, von Kopf bis Fuß in Schwarz eingehüllt. Jetzt, ohne Shirt, sah Paris, dass der Krieger einen Körper hatte, mit dem selbst Paris nicht mithalten konnte.

Beide Männer hielten inne, als sie sein Eintreten bemerkten. Paris legte das Pistolenholster und die Messer ab, zog sich das T-Shirt über den Kopf und deponierte alles zusammen auf einer Bank, bevor er zu dem Laufband neben Strider ging.

„Worüber wolltest du mit mir reden?" Er drückte ein paar Knöpfe, dann hob sich das Ding und begann zu laufen, mutete ihm eine zermürbende Steigung zu und erforderte ein Sprinttempo, das sich unglaublich gut anfühlte. Schon ewig hatte er nicht mehr so trainiert.

„Was höre ich da für Geschichten über dich und eine unsichtbare Jägerin in unserem Revier?", fragte Strider und fing ein Handtuch auf, das Torin ihm zugeworfen hatte. Er trocknete sich das Gesicht ab, den Blick weiter unverwandt auf Paris gerichtet. „Die Jägerin, die jetzt *Zorn* in sich trägt, möchte ich hinzufügen."

Ich hätte es wissen müssen. „Sie ist keine Jägerin, nicht mehr, und ihre Anwesenheit steht nicht zur Diskussion."

„Und wie sie das tut. Meine Frau ist hier, verdammt."

„Ganz genau, und deine Frau kann ganz gut auf sich aufpassen."

Stolz flackerte in Striders dunkelblauen Augen auf. „Wohl wahr. Aber die Tatsache bleibt, dass ein unsichtbarer Feind immer noch der gefährlichste ist. Deine Kleine kann jedem hier ungeahnten Schaden zufügen."

Paris drehte die Geschwindigkeit noch ein paar Tausend Stufen hoch, bis seine Stiefel so heftig auf das Band hämmerten, dass das ganze Gerät ratterte. „Sie hat nicht vor, uns etwas zu tun."

„Äh, ich muss dann mal ein paar Kabel legen", erklang Torins Stimme hinter ihnen. „Macht euch ruhig übereinander her, Jungs." Schritte, und dann waren sie nur noch zu zweit.

„Du willst mir ernsthaft erzählen, dass das Mädchen, das dich unter Drogen gesetzt und dann zugesehen hat, wie du gefoltert wurdest, keine Bedrohung mehr für dich oder sonst irgendwen darstellt?", fragte Strider skeptisch. „Also bitte."

„Wir haben das geklärt." Auch er begann zu schwitzen, tropfte langsam vor sich hin. Seine Muskeln brannten herrlich, liebten die Herausforderung.

„Ja klar, im Bett, aber das bedeutet bloß, dass du mit was anderem denkst als mit dem Ding zwischen deinen Ohren. Das muss dir doch klar sein."

Fordere ihn nicht heraus, fordere ihn nicht heraus, wage es ja nicht, ihn herauszufordern. Mit Strider musste man vorsichtig sein. Sein Dämon nahm jede Andeutung einer Konfrontation persönlich, und dann musste Strider es austragen, alles in seiner Macht Stehende tun, um seinen Gegner auszuknocken, oder er würde tagelang leiden.

„Haidee hat jeder akzeptiert", erinnerte Paris ihn, „und sie war auch eine Jägerin."

„Jetzt ist sie die lebende Verkörperung der Liebe. Es fällt schwer, sie *nicht* zu mögen und ihr zu vertrauen. Aber dein Mädchen können wir weder sehen noch hören. Können ihre Worte und Taten nicht selbst beurteilen. Können nicht sehen, wie sie mit dir umgeht. Und muss ich dir wirklich noch mal die Hör-auf-mit-deinem-Schwanz-zu-denken-Predigt halten?"

Dunkelheit ... erhob sich ... „Ich bitte dich, aufzuhören", sagte Paris, „bevor das hier hässlich wird und wir es auf die harte Tour austragen müssen." Wenn er eine Herausforderung aussprechen musste, um Strider davon abzuhalten, über seine Frau herzuziehen, würde er es tun.

Schweigen. Dann ein gepresstes: „Ich fühle …“

„… beim Pinkeln so ein Brennen?“ *Jetzt bist du einfach nur gemein.*

„Echt erwachsen“, murmelte Strider, aber er beruhigte sich ein wenig. „Du und ich, wir haben eine gemeinsame Vergangenheit. Mehr als die anderen wissen, mehr als wir beide jemals eingestehen wollen. Aber wir wissen beide, dass das einer der Gründe ist, warum sich unsere Wege getrennt haben, als die beiden Gruppen für eine Weile allein umhergezogen sind – ich mit Sabin und du mit Lucien.“

Hitze brannte in Paris’ Wangen, und das Gefühl hatte nichts mit körperlicher Anstrengung zu tun. „Wir haben abgemacht, wir würden niemals wieder darüber sprechen oder daran denken.“ Und er hatte sich immer daran gehalten.

„Die Zeiten ändern sich offenbar. Du warst schwach, lagst im Sterben. Weit und breit waren keine Menschen, und du hast dich geweigert, dir von irgendeinem von uns helfen zu lassen.“

„Halt die Klappe.“ Sein fantastischer Tag verabschiedete sich gerade endgültig. „Halt einfach die Klappe.“

„Also hat mein Dämon die Herausforderung angenommen, und ich hab mich um dich gekümmert. Jetzt bitte ich dich, dich ebenfalls um deine Freunde zu kümmern. Werd das Mädchen los“, fuhr Strider fort und ignorierte Paris einfach. „Uns fehlt noch ein Artefakt, genau eins, und wenn wir das zurückhaben, können wir endlich nach Pandoras Büchse suchen. Wir können uns endlich erlösen. Sie dagegen kann uns nicht nur ausspionieren, bestehlen und unseren verwundbareren Familienmitgliedern Schaden zufügen, sondern auch unsere Zukunft zerstören. Denk bitte drüber nach. Für mich.“

Strider warf sein Handtuch in den Wäschekorb und stapfte davon.

42. KAPITEL

Für Sienna verstrichen die folgenden Tage in einer glückseligen Umneblung, unterbrochen von Momenten der Trauer. Abgesehen von zwei Dingen war in ihrer Welt alles perfekt. Doch über diese zwei Dinge würde sie nicht nachdenken. Dann würde sie nur wieder in einen ihrer rasenden Wutausbrüche verfallen und das gesamte Schloss auseinandernehmen.

Stattdessen sinnierte sie über die Tatsache, dass Paris sie *vergötterte*. Dachte an all die Male, die sie sich geliebt hatten und wie er sich jedes Mal noch verzweifelter danach verzehrt hatte, in sie einzudringen. Er hatte sie in Stellungen genommen, die skandalös waren, herrlich und überwältigend, und während sie danach gemeinsam zu Atem zu kommen versuchten, hatten sie geredet.

Kein Thema war tabu gewesen. Sie sprachen über die Jäger – wo einige ihrer Stützpunkte waren, die Namen einiger hochrangiger Offiziere, die Koordinaten der Höhle, in der Galen sich dem Hörensagen nach mit Rhea zu treffen pflegte, um mit ihr gemeinsam Rituale zu vollziehen, die angeblich dem Wohl der Menschheit dienten. Ebenso hatten sie über sich selbst gesprochen, wohin sie reisen und was sie dort tun würden, gäbe es nicht diesen Krieg.

Paris entschied sich für die Berge, mit Kälte und Schnee und einem Bärenfell vorm Kamin. Sie träumte vom Strand, wollte den Anblick genießen, wie er aus dem Wasser stieg, glitzernde Rinnsale über seinen Waschbrettbauch liefen und sich an ihrem neuen absoluten Lieblingsort sammelten – weil die Wellen ihm die Badehose entrissen hätten.

Und natürlich war er heute Morgen aus der Dusche gekommen, tropfnass und weit und breit kein Handtuch in Sicht, mit einem verruchten Grinsen auf dem Gesicht, und sie hatte sich fast zu Tode gekichert über seine Schelmereien (nachdem sie wieder zu Atem gekommen war). Zugleich versuchte sie verzweifelt, ihr Herz nicht ganz an ihn zu verlieren, denn sie wusste, dass sie ihn trotz allem für Galen würde verlassen müssen. Dass sie Rhea davon abhalten musste, den Thron der Titanen zu erobern. Dass sie ihre größte Feindin nicht töten durfte, weil damit auch Cronus sterben würde, und wie er angekündigt hatte, würde dann das Chaos regieren und *Paris* würde sterben.

Galen – und durch ihn Rhea – zu kontrollieren war der einzige Weg, Paris zu retten. Keine besonders befriedigende Rache, aber das war alles, was sie sich gestatten durfte.

Sie wünschte, Skye hätte Paris kennengelernt, wünschte, das Mädchen hätte das Gute in ihm sehen können. Dass Mann und Dämon nicht ein und dasselbe waren und dass zwar der Dämon dunkel und gefährlich war, destruktiv, der Mann jedoch witzig und liebevoll, dass er ihren Respekt verdiente. Genauso wie auch Sienna nicht aus der Summe von *Zorns* Taten bestand, sondern eine Frau war, die für die gute Sache kämpfte.

Früher einmal hatte Sienna darüber nachgedacht, Aeron den Dämon zurückzugeben. Doch wenn sie das täte, würde sie sterben – wirklich und endgültig – und könnte nicht mehr ihre Schwester rächen, egal auf welche Weise. Außerdem brauchte sie ihn. Sie hatte immer noch nicht rausgefunden, was so „verkehrt" war an Skyes Tod.

Nicht weinen, Enna. Jungs sind doof, Mama hat das auch gesagt, und wenn dieser Blödian Todd nicht mit dir auf den Abschlussball gehen will, ist er der Doofste von allen!

Du fehlst mir so sehr, Skye. Sienna trat um eine Ecke – und krachte mit einem Golfmobil in voller Fahrt zusammen. Nachdem sie hart auf dem Hintern gelandet war, sah sie, dass das Golfmobil blau lackiert war, mit orangenen Flammen auf der Seite, und dass am Steuer die niedere Göttin des Lebens nach dem Tod und zugleich Hüterin des *Narzissmus* saß.

„Sorry, tut mir leid.“ Meistens achtete Sienna nicht besonders darauf, wo sie langging, denn nur Paris, Viola, William und Lucien konnten sie sehen. Durch jeden und alles sonst glitt sie hindurch wie ein Geist, ohne dass sie jemand bemerkte. Da das Golfmobil jedoch Viola gehörte, war das Metall, das ihr gerade die Luft aus den Lungen gejagt hatte, für sie so real wie für jeden anderen.

„Ich bin spät dran“, erklärte Viola und wedelte mit einem Zettel in der Luft herum. „Du auch? Soll ich dich mitnehmen?“

Wie immer überflutete *Zorn* Siennas Geist mit Bildern. Viola, wie sie Herzen brach. Viola, wie sie andere aufs Kreuz legte, um sich zu retten. Viola, die sich nicht scherte um den Kummer, den sie verursachte.

Bestrafen ...

Ein Flüstern statt eines unwiderstehlichen Zwangs. Aus irgendeinem Grund hatte *Zorn* sich in letzter Zeit vorbildlich benommen, nicht ein Mal versucht, ihr die Kontrolle zu entreißen – sein Hunger hielt sich in Grenzen, obwohl sie in letzter Zeit nichts unternahm, um ihn zu füttern.

„Sienna. Menschen... Geisterfrau. Willst du mitfahren? Die Zeit drängt.“

„Sehr gern.“ Sie brauchte ein paar Minuten allein mit der Frau, und dies war die perfekte Gelegenheit. „Ich hab sowieso nach dir gesucht.“ Mittlerweile trug sie der Frau nichts mehr nach. Sie hatte gesehen, wie Paris sich im Umgang mit Viola verhielt, und der Kerl konnte kaum verbergen, wie eilig er es jedes Mal hatte, von ihr wegzukommen.

Und während ihrer Beobachtungen hatte Sienna erkannt, wie sie mit der Göttin umgehen musste. Sie wusste ebenfalls, dass Viola eine der wenigen war, die sie nicht von vornherein beschimpfen, sondern ihr zuhören würden.

„Na, dann hüpf rein und hör auf, da so gedankenverloren rumzusitzen. Ich will nicht den besten Teil verpassen.“

Sienna fragte nicht nach, was der beste Teil war, denn die Frau hätte nur bis ins kleinste Detail dargelegt, inwiefern sich alles um sie drehte. Stattdessen rappelte sie sich einfach hoch und glitt in den weichen Ledersitz, wobei sie sorgsam auf ihre Flügel achtete.

„Und?", fragte die Göttin und drückte das Gaspedal durch. Ruckartig sausten sie los, Kurven schneidend, ins Leere hupend und mit ununterbrochen auf- und abblendenden Lichtern. „Worüber wolltest du mit mir reden?"

Erst mal schmeicheln. „Du bist so intelligent und mächtig, dass du die Einzige bist, die mir helfen kann."

„Ja, natürlich bin ich das. Kleine Info für dich: Ich bin mehr als das Sinnbild der Perfektion. Ich *bin* die Perfektion." Stolz warf Viola sich das helle Haar über die Schulter. Sie trug ein Abendkleid in schimmerndem Gold. Der Stoff war unter ihren Brüsten gerafft und fiel von da seidig fließend zu Boden. Das Kleid hätte auf jedem roten Teppich mithalten können. „Und weiter?"

„Ich versuche, herauszufinden, wie ich am besten erklären kann, was ich brauche."

„Versuch's mal mit Mund aufmachen und Wörter bilden. So mache ich das, und ich kann dir versichern, dass meine Methoden immer überragend sind."

Sienna fuhr sich mit der Zunge über die Zähne und schluckte nur mühsam eine bissige Antwort hinunter. Sie glaubte nicht, dass Viola absichtlich so überheblich war, aber wirklich, es gab Grenzen der Erträglichkeit. „Na ja, mir läuft die Zeit davon."

Und damit waren sie beim Hauptauslöser ihrer jüngsten Wutanfälle. Unaufhaltsam rann ihr die Zeit durch die Finger. Bald schon würde sie fortgehen müssen. Nicht nur, weil sie gehört hatte, wie einige von Paris' Freunden planten, sie auszuschalten, und nicht nur, weil diese Freunde sie abgrundtief hassten und ihr niemals vertrauen oder vergeben würden.

Sondern, weil sie zu Galen gehen musste, ihn von Cronus fernhalten, damit Cronus seine Frau von seinem Thron fernhalten konnte. Ganz egal, was für übelkeiterregende Dinge sie dazu tun müsste.

„Willst du, dass ich dir mehr Zeit erkaufe?“, fragte Viola, als wäre so etwas möglich. Sie kamen an der Treppe an, und sie fuhr ungebremst weiter. *Ratter, ratter, ratter*, holperten sie hinunter. „Das müsstest du mir natürlich zurückzahlen. Ich meine, mit zweihundert Prozent Zinsen, aber ...“

„Nein, ich ... Also, wenn ich gehe, wird Paris schwächer werden.“ Schmerzhaft knallte ihr Kopf an das Dach des Gefährts. *Oh bitte, bitte, lass meinen nächsten Tod nicht durch einen tragischen Golfmobilunfall passieren.* „Ich weiß nicht, ob dir das bewusst ist, aber er braucht jeden Tag Sex, oder ihm versagen die Organe. Sein Dämon hat ... starke Bedürfnisse, weißt du.“

„Bla, bla, bla, langweilig.“ Als sie endlich heil unten angekommen waren, erhöhte Viola auf volle Geschwindigkeit (vierzig Stundenkilometer).

Sienna biss sich auf die Zunge, um ihre Antwort zurückzuhalten. „Wenn ich fortgehe, will ich, dass du dafür sorgst, dass Paris mit den Frauen schläft, die Lucien ihm bringt, und dass er nicht damit aufhört.“

Und das war der zweite Grund für ihre Tobsuchtsanfälle. Auf Drängen ihrer entschiedensten Gegner beamte Lucien immer neue Frauen her, in der Hoffnung, dass eine davon Paris von ihr weglocken würde.

Während Paris seine Freunde problemlos ignorieren konnte, würde die hartnäckige und entschlossene Viola einen Weg finden, ihren Willen zu kriegen. Wenn nicht, wäre sie eine Versagerin, und das würde die Göttin sich niemals erlauben.

„Für mich hört sich das an, als sei ich die Einzige, die zwischen deinem Mann und dem sicheren Tod steht“, stellte Viola fest. „Was ist also für mich dabei drin, wenn ich ihn rette?“

Einen Moment lang konnte Sienna nicht antworten, weil ihr ein riesiger Kloß im Hals steckte. Das hier brachte sie um. Sie wollte Paris ganz für sich allein, jetzt und für immer. Oh verdammt, sie liebte den Mann wirklich, nicht wahr? Mit Leib, Herz und Seele liebte sie ihn. Langsam und stetig war ihre Liebe gewachsen, und jetzt war Sienna ihr vollkommen hilflos ausgeliefert.

Er war alles für sie. Ihr Licht, wenn das Leben zu dunkel wurde. Wenn sie weinte, tröstete er sie. Wenn sie lachte, lachte er mit ihr. Er behandelte sie, als wäre sie unheimlich kostbar. Er beschützte sie, sorgte sich um jeden Schmerz, jedes Leid, das sie verspüren mochte.

Um ihn zu retten, würde sie die Welt in Stücke reißen. Solange sie wusste, dass er dort draußen war, am Leben, würde sie bereitwillig alles Leid der Welt auf sich nehmen.

„Was willst du haben?“ Sienna würde nicht feilschen. Was die Göttin wollte, würde sie bekommen. So einfach war das.

„Du bist doch *Zorn*, oder? Also dann, wenn ich von dir verlange, einen meiner Feinde zu töten, musst du ihn töten. Ohne Fragen, ohne Zögern.“

„Solange dieser Feind niemand ist, den Paris oder seine Freunde kennen und mögen. Oder am Leben erhalten wollen.“

Einen Moment lang überlegte die Göttin und nickte dann. „Wir haben einen Deal.“

„Gut. Jetzt habe ich noch eine andere Bitte.“ Sie erklärte, was sie wollte.

Viola warf ihr ein durchtriebenes Grinsen zu. „Wie unartig – ganz schön schockierend, so was aus deinem Mund zu hören. Ich hatte ja keinen Schimmer, dass du auf so was stehst. Du siehst doch so unscheinbar aus. Aber es sind schließlich immer die Stillen, nicht wahr?“

„Wirst du's tun?“

„Dann schuldest du mir zwei Tode, zu den gleichen Bedingungen.“

„Abgemacht." Geschafft.

„Und jetzt halt dich fest, denn ich werd das Baby hier mal so richtig auf Touren bringen. Ich bin mir fast sicher, dass sie nicht ohne mich anfangen würden, aber diese Herren haben es manchmal nicht so mit der Logik, man kann nie wissen."

„Oh, gut." Vor ihnen erschien eine Frau mit lockigem dunklen Haar, einem unschuldigen Engelsgesicht und schneeweißen Flügeln. „Ich hab dich gefunden."

Viola rammte den Fuß auf die Bremse, und quietschend kam das Gefährt nur wenige Zentimeter vor der anderen Frau zum Stehen. „Was ist denn heute los? Ständig springen mir Frauen vors Auto und halten mich auf! Eifersüchtig?"

„Ich will zu Sienna."

„Zu mir?" Plötzlich fühlte sich Siennas Herz an, als hätte ihr jemand eine Ladung Adrenalin hineingejagt. Sicher, das war knapp gewesen gerade, aber das war nicht der Grund, warum ihr Herz auf einmal raste. „Himmel", flüsterte sie andächtig, und die Sehnsucht in ihrer Stimme kam auf direktem Wege von ihrem Dämon.

„Ja, zu dir. Ich bin Olivia", erklärte der Engel mit einem lieblichen Lächeln. Von oben bis unten in ein weißes Gewand gehüllt, sah sie aus, als käme sie geradewegs aus einem Traum.

Viola sprang aus dem Golfmobil und hastete an Olivia vorbei. „Viel Spaß, Mädels, ich werde woanders gebraucht." Mit wehendem blondem Haar verschwand sie in dem Ballsaal ein paar Meter weiter.

„Ich erkenne dich wieder", murmelte Sienna, obwohl sie einander nie begegnet waren. Mit zittrigen Knien stand sie auf, ging zu ihr – *Himmel, mein Himmel* – und nahm eine ihrer Locken in die Finger. Weich, seidig. „Ich glaube, *Zorn* liebt dich."

Olivias Lächeln verwandelte sich in ein glückliches Strahlen, und sie kraulte Sienna hinter dem Ohr. „Und wie geht's meinem kleinen Liebling?"

Zorn schnurrte wie ein Kätzchen.

„Ihm geht's, äh, super."

„Da bin ich froh. Er ist wirklich ein Schatz, oder?"

Zorn?

Der Dämon warf sich auf den Rücken, streckte alle viere von sich und erbebte, als ihn Wogen der Verzückung durchliefen.

„Lass uns später ein bisschen plaudern, okay?", meinte Olivia und ließ den Arm sinken. Während *Zorn* schmollte wie ein Vierjähriger, setzte der Engel hinzu: „Aeron hat mich geschickt. Er wollte selbst mit dir reden, aber er kann dich nicht sehen, und über einen Dolmetscher mit der Frau zu reden, die seinen *Zorn* in sich trägt, wäre ein bisschen zu schmerzhaft. Eines Tages vielleicht. Aber ich schweife ab. Alles ist bereit zum Aufbruch, um sich auf die Suche nach Legion zu machen, aber er weigert sich zu gehen, weil Paris gerade kurz vor einem Hirninfarkt steht. Er glaubt, du bist die Einzige, die seinen Kumpel beruhigen kann."

Paris. Augenblicklich stieg Sorge in ihr auf, überschattete selbst die Wiedersehensfreude des Dämons. „Wo ist er?"

„Folge einfach Viola." Olivia trat zur Seite und deutete zum Ballsaal.

Sienna hastete los, flog förmlich durch die offene Tür und blieb dann wie angenagelt stehen. Eine Gruppe der Krieger stand gemeinsam mit ihren Partnerinnen unter einem Banner, auf dem in großen Blockbuchstaben INTERVENTION zu lesen war. Jeder von ihnen hielt ein Stück Papier in der Hand. Viola hatte in der Mitte Platz genommen und wartete ungeduldig darauf, ihren kleinen Vortrag halten zu dürfen.

An der Seite entdeckte Sienna den Krieger namens Aeron, der einst *Zorn* in sich getragen hatte. Er hatte raspelkurzes dunkles Haar, wunderschöne violette Augen, und sein Körper, der früher mit Bildern der Opfer seiner Blutrauschattacken übersät gewesen war, füllte sich nun langsam mit Tattoos seines Engels.

Bei seinem Anblick drehte *Zorn* in Siennas Kopf durch, wollte die Hand ausstrecken, den Krieger berühren. *Freund. Mein Freund.*

Ich weiß, aber jetzt ist nicht der Zeitpunkt für ein Schwätzchen. Und, mal ganz ehrlich? Sie war sich nicht sicher, dass dieser Zeitpunkt je kommen würde. Der Typ jagte ihr Angst ein. Er sah aus, als würde er Katzenbabys zum Frühstück verspeisen und Reißzwecken zum Lunch. Über sein Abendessen wagte sie nicht einmal nachzudenken. Organe könnten eine Rolle spielen.

Zorn schmollte. Der Dämon hatte sich genauso sehr nach Aeron zurückgesehnt, wie Sienna ihn hatte loswerden wollen. Doch mittlerweile hatte sie ihre Meinung geändert, und sie hoffte, dass es *Zorn* genauso ging. Er flehte nicht darum, aus ihrem Körper freigelassen zu werden. Soweit sie wusste, war er genauso süchtig nach Paris wie sie.

Freund. Mit Freund reden.

Bald, versprach sie. *Zorn* winselte, und sie musste sich zwingen, woandershin zu sehen. Vor der Gruppe stand Paris, mit dem Rücken zu Sienna. Von der Hüfte aufwärts war er nackt, und die Muskeln unter seiner leicht gebräunten Haut sahen zum Zerreißen gespannt aus. Die Hände hatte er an seinen Seiten zu Fäusten geballt.

Gerade las Anya ihren Brief vor. „... bist schon in Ordnung, schätze ich. Ich meine, wenn Lucien sagt, ihr seid alle anständige Leute, dann seid ihr anständige Leute. Ich finde, du hast einen echt heißen Körper mit einer Menge köstlicher Muskeln, und obwohl ich nicht mit dir in die Kiste steigen würde, ohne direkt im Anschluss eine Notuntersuchung machen zu lassen, würden eine Menge Frauen mit niedrigem Selbstwertgefühl total darauf abfahren."

„Anya", presste Lucien zwischen zusammengebissenen Zähnen hervor.

Unschuldig blickte sie zu ihm empor. „Was denn? Du hast

gesagt, ich soll mit was Nettem anfangen, bevor ich zur Wurzel des Problems komme. Jetzt halt die Klappe, damit ich weitermachen kann. Du durftest deinen schon vorlesen.“ Sie räusperte sich und wandte sich wieder ihrem Zettel zu. „Mit einer unsichtbaren Frau rumzumachen, ist krank. Und echt gruselig. Wenn ich dich noch einmal die Luft befummeln sehe, schleife ich mir die Hornhaut mit Sandpapier ab.“

„Es reicht“, warnte Paris sie bedrohlich leise.

„Ich bin dran“, schaltete Viola sich ein.

Die schlanke Göttin der Anarchie ignorierte sie beide und fuhr fort. „Wenn man dazu noch die Tatsache betrachtet, dass Miss Unsichtbar eine Jägerin ist, sieht die Sache ganz schnell richtig scheiße aus. Was nicht gut ist für deine Gesundheit. Oder unsere. Hauptsächlich unsere. Aus diesem Grund bitten wir dich untertänigst, dass du dich in Therapie begibst, bevor diese Frau dich mit Messern und Knarren zu Tode therapiert. Und mit Messer meine ich nicht das in deiner Hose.“

Wow, das tat weh. Obwohl es das nicht sollte. Das hatte Sienna sich selbst eingebrockt, hatte es zu hundert Prozent verdient, denn sie hatte nichts getan, um ihr Vertrauen zu gewinnen. *Trotzdem*. Autsch. Die Freunde ihres Geliebten hatten eine Intervention angeleiert, um Sienna aus seinem Leben zu vertreiben.

Eine von Paris’ Händen glitt hinter seinen Rücken, seine Finger legten sich um das Heft eines Messers.

Er würde ausrasten, und sie wollte nicht, dass er sich ihretwegen gegen seine Freunde stellte. Nicht jetzt und nicht später. Niemals. Also ja, sie würde gehen. Früher als geplant.

Ihr zog sich die Brust zusammen, ein Vorbote der Qualen, die ihr gebrochenes Herz ihr bereiten würde. Doch das spielte keine Rolle. Sie würde noch einen Tag mit ihm verbringen. Nur einen. Dann hieß es auf Nimmerwiedersehen. „Paris“, sagte sie und tat ihr Bestes, den Schmerz in ihrer Stimme zu unterdrücken.

Er wirbelte herum, die strahlend blauen Augen sprühten Funken der Wut, und in den Tiefen seiner Pupillen tanzten jene bösartigen Schatten.

Sanft bat sie ihn: „Komm mit mir aufs Dach", und winkte ihn zu sich. „Ich muss Fliegen üben." Das war die Wahrheit – und einer der Gründe, dass sie das Schloss nicht augenblicklich verließ, sondern sich noch diesen einen Tag mit Paris gönnte. Sie musste auf alles vorbereitet sein. Und außerdem wollte sie sich vernünftig von ihm verabschieden – im Bett. „Um die Ranken müssen wir uns da oben keine Sorgen machen, die Gargl fressen die Dinger von den Wänden. Und auf dem Geländer ist Williams Blut, ich hab nachgesehen, also können uns die Schatten auch nichts tun."

„Meine Freunde sind ... Ich muss ..." Er atmete so heftig, dass sich seine Nasenflügel blähten.

„Nein, musst du nicht. Du wirst wegen dem hier nicht sauer auf sie sein." Ein Befehl, dessen Einhaltung sie nicht erzwingen konnte, aber sie würde darauf bestehen.

„Oh doch."

Hinter ihm erzählte Viola die Unterhaltung nach, die nur Lucien und sie hören konnten, offensichtlich begeistert, dass sie im Mittelpunkt der Aufmerksamkeit stand. Sienna blendete sie aus. Jetzt war nur Paris wichtig.

Etwas bestimmter sagte sie: „Paris, ich bin nicht beleidigt wegen dem hier." Sie war am Boden zerstört. „Jetzt komm mit. Ich brauche einen Cheerleader, und ich glaube, du würdest entzückend aussehen mit Röckchen und Pompons."

Er lächelte nicht. Diese unheilige, bösartige Wut hatte ihn immer noch fest im Griff. Dann blieb ihr wohl nur noch eins.

„Fang mich auf", sagte sie und sprintete auf ihn zu. Er würde es sich niemals verzeihen, wenn er mit seinen Freunden aneinandergeriet.

„Nein, komm nicht in meine Nähe, wenn ich ... *so* bin. Uff."

Sie hatte sich auf ihn geworfen. Und tatsächlich fing er sie mit diesen starken Armen, wand sie ihr um den Körper und umklammerte sie fest. Sie spürte ihn am ganzen Körper beben.

Ohne ihm Zeit zum Nachdenken zu lassen, zwickte sie ihn mit den Zähnen ins Ohr. „Wenn du sie verletzt, kommt mir nur Blut auf die Wände. Na ja, mehr Blut. Und das wird mich sehr unglücklich machen.“ Nur einmal hatte sie es bei ihm bisher mit weiblicher List probiert – als sie sich das erste Mal begegnet waren. Jetzt hob sie den Kopf gerade weit genug, dass er ihr Gesicht sehen konnte, und flatterte mit den Lidern. „Bitte komm mit mir aufs Dach. Bitte.“

Lange blickte er stumm auf sie herunter, bevor er sich schließlich entspannte. Er drückte ihr einen Kuss direkt auf den Mund, gönnte sich eine kurze Geschmacksprobe, neckte sie und marschierte dann aus dem Raum, während er sie immer noch auf den Armen trug.

„Meine Augen“, wimmerte Anya. „Oh, meine Augen.“

„Ich glaube, wir haben gerade einen riesigen Fehler begangen“, sagte Lucien ernst.

Weder Paris noch Sienna blickten zurück.

43. KAPITEL

Im selben Moment, als er das Dach betrat, spürte Paris das Böse, das sich dort zum Angriff bereit machte. Dank Williams Blut konnten die Schatten nicht ins Schloss oder am Geländer vorbei, wie Sienna gesagt hatte, doch was hier auf ihn wartete, war nicht wirklich ein Schatten.

Sex verkroch sich in die hinterste Ecke seines Bewusstseins.

Paris stellte Sienna auf die Füße, zog seine Kristalldolche – nein, nur den einen, den er noch besaß – und schob seine Frau hinter sich. Der Himmel war wie schwarzer Samt, kein einziger Stern zu sehen, nur der blutrote Sichelmond. Die Luft war feucht, an manchen Stellen warm und an anderen eisig kalt.

Entweder spürte Sienna die Bedrohung ebenso, oder sie wusste, dass sie ihn nicht ablenken durfte. Sie verhielt sich still. Suchend ließ er den Blick über die Aussichtsplattform wandern, bis er einen dunkleren Fleck in der Luft entdeckte, und Scheiße, dann noch einen und noch einen. Sie glitten aufeinander zu, vereinten sich, wuchsen in die Länge … bis ein Mann vor ihm stand, verhüllt vom Nebel, der seine Gestalt umwaberte.

Sienna keuchte. Ob aus Faszination oder Entsetzen, konnte er nicht einschätzen.

Ein gut aussehender Kerl, wenn man auf Serienmörder stand. Kalte schwarze Augen, mehr Muskeln als Torin und Schultern, die breit genug waren, die gesamte erste Verteidigungslinie in einem Footballspiel abzuräumen.

Paris duckte sich, ging in Kampfhaltung, wie eine Kobra, die kurz vor dem Angriff stand. Der Kerl hatte sich den ungünstigsten Moment für sein Auftauchen ausgesucht. Seit er zu Beginn dieser Intervention begriffen hatte, dass seine Freunde immer noch wollten, dass er Sienna fallen ließ, brodelte in ihm die Wut.

Er verstand ihre Gründe. Wirklich. Und er konnte ihnen

keinen Vorwurf daraus machen. Aber das so offen abzuziehen, nur um ihr wehzutun, ging zu weit.

Er befahl seinem Dolch, sich in eine Waffe zu verwandeln, die eine solche Kreatur töten konnte, und augenblicklich wurde das Ding zu – einer Taschenlampe? Ernsthaft?

Der Schattenmann lachte bösartig, ohne einen Funken Freude. „Ich weiß, was du dich fragst. Ich kann das Blut überschreiten, ja. Und wenn ich muss, tue ich das auch. Meine Blutigen Schatten ernähren sich von den Unsterblichen, das ist der Preis für ihren Aufenthalt an diesem Ort. Doch jetzt beherbergt ihr hier den Herrn der Dunkelheit, ihren größten Feind, und verweigert meinen Jungs, was ihnen zusteht. Das ist inakzeptabel."

„Deine Blutigen Schatten werden sich nicht von meinen Freunden ernähren." Noch immer stand ihm der Krieger vor Augen, der in einem See seines eigenen Bluts lag, die kümmerlichen Reste seiner Eingeweide um ihn herum verstreut. Allein ihn so zu sehen, war schon unerträglich gewesen. Paris wollte sich nicht vorstellen, wie der Kerl sich gefühlt haben musste.

„Dann muss ein anderes Arrangement getroffen werden, sonst werde ich euch aus meinem Reich vertreiben. Und meine Methoden werden euch nicht gefallen, das versichere ich dir."

Manchmal musste man kämpfen, manchmal verhandeln. „Was essen sie sonst noch?"

„Unsterbliche." Knapp, wütend. „Nur Unsterbliche."

„Dann haben wir ein Problem." Zentimeter um Zentimeter schob er sich rückwärts, drängte Sienna zur Tür.

Beängstigend schnell jagte der Schattenmann auf sie zu, während dieser dunkle Nebel sich streckte und durch die Luft glitt wie Flügel. Paris schwang die Taschenlampe und legte mit dem Daumen den Schalter um. Weißes Licht schnitt durch die Dunkelheit, doch kurz bevor es seinen Gegner erreichte, fuhr der Mann in der Luft herum und wich aus.

Wieder standen sie sich gegenüber. Lässig wirbelte Paris die Taschenlampe in der Hand. „Ist das alles, was du draufhast? Na?" Eine Stichelei, um Sienna Zeit zu verschaffen, sich nach drinnen zu verziehen. Er hoffte, dass sie das verstand, doch er hörte keine Schritte, keine Tür.

„Wenn ich dir zeigen würde, was ich draufhabe, wäre das das Letzte, was du je siehst."

„Beweis es."

Und schon stürzten sie sich aufeinander, fochten in einer Choreografie, die direkt aus *Star Wars* hätte stammen können. Lustig, dass sie den Ablauf beide kannten. Paris benutzte seine Taschenlampe wie ein Lichtschwert, wirbelte den weißen Strahl umher, während er sich immer wieder wand und duckte, um diesen gleitenden Nebelflügeln auszuweichen.

Endlich ein Treffer. Als das Licht durch eins der Beine des Schattenmannes schnitt, zischte es, Dampf stieg auf, und der Kerl stieß einen ohrenbetäubenden Schrei aus. Sein Zorn war wie kleine Kugeln, die auf Paris' Geist einprasselten und ihn mit der Heftigkeit des Angriffs ins Stolpern brachten.

Und für dieses Stolpern bezahlte er bitter.

Einer dieser schwarzen Flügel schnappte vor und traf seinen Arm mit solcher Macht, dass ihm die Taschenlampe aus der Hand flog. Doch kein Nebel. Dann ragte dieser riesige Körper über ihm auf, umschloss ihn. Schreie, Abertausende Schreie hallten um ihn herum. So laut, dass ihm die Trommelfelle platzten und warmes Blut aus seinen Ohren tropfte.

Ebenfalls schreiend hielt er sich die Ohren zu und ging in die Knie. Ameisen krabbelten über seinen gesamten Körper, fraßen sich in sein Fleisch, rissen es ab, verzehrten ihn Stück für leckeres Stück.

Doch plötzlich gab ihn die Dunkelheit wieder frei. Er brauchte einen Moment, um sich zu orientieren, und bei dem, was er dann sah, hätte er sich am liebsten übergeben. Der Schattenmann stand ein paar Meter entfernt, und Sienna hielt ihn mit der Taschenlampe auf Abstand. Ihre Münder bewegten sich, doch Paris konnte nicht hören, was sie sagten.

Bis … *krach* … seine Trommelfelle heilten und die Lautstärke explosionsartig zurückkehrte.

„… mit wie vielen … Spendern könntest du dich zufriedengeben?“, fragte Sienna und versuchte, ihren Abscheu zu verbergen.

„Fünf. Am Tag.“

„So viele hatten sie vorher nie! Einen“, verlangte sie. „Pro Woche.“

„Drei. Am Tag.“

„Drei. Pro Woche.“

Ein Moment des Schweigens, bevor der Schattenmann nickte. „Einverstanden. Die erste Zahlung muss *heute* erfolgen.“

„Auch einverstanden, aber nur, wenn alle von uns – die Herren, ihre Frauen und Freunde, die Babys, die Unsterblichen und ich – sicher sind, egal, wohin wir in diesem Reich gehen oder was wir tun.“

Ein weiteres kurzes Schweigen, und wieder nickte er. „So soll es sein. Aber beeil dich lieber, Weib. Vielleicht überlege ich es mir noch anders, bevor die erste Zahlung kommt.“ Mit diesen Worten wurde der schwarze Nebel dünner, trieb auseinander und verschwand schließlich ganz.

Sienna stürzte zu Paris und sank neben ihm auf die Knie, tastete ihn ab, suchte nach Verletzungen.

„Alles in Ordnung?“

Beschämt ließ er den Kopf hängen. Er hatte sie nicht gerettet, hatte ihr nicht geholfen. *Sie* hatte *ihn* retten und ihm helfen müssen. Er hatte auf so viele Arten versagt. Was für ein Krieger war er eigentlich?

„Es tut mir leid, Baby.“

„Was? Warum?“ Sie gab ihm die Taschenlampe zurück.

Ein kurzer geistiger Befehl, und in seiner Hand lag wieder

der Kristalldolch. Er steckte ihn in die Scheide an seiner Hüfte.

„Ich hab dich enttäuscht. Du hättest verletzt werden können.“ Und davor hatte Zacharel ihn schließlich gewarnt, nicht wahr? Dass Paris' Jähzorn mit ihm durchgehen und er seiner Frau Schaden zufügen würde. Er hatte geglaubt, Zacharel meinte, er würde auf sie losgehen, doch das würde niemals passieren, das wusste er mittlerweile. Aber nein. Der Engel hatte es besser gewusst. Durch seinen Jähzorn war er unkonzentriert. Gab *anderen* die Möglichkeit, ihr Schaden zuzufügen.

Und um nichts in der Welt würde er das noch mal zulassen. Von jetzt an würde er seinen Jähzorn im Zaum halten, was immer er dafür auch tun musste.

„Paris, du hast mich noch nie enttäuscht“, widersprach sie mit Nachdruck.

Oh doch, das hatte er, aber von nun an hatte das ein Ende. Die Muskeln in seinen Beinen brannten wie Feuer, als er aufstand. Dann half er auch ihr hoch. Als sie wieder im Schlossinneren waren, drängte er sie in eine Ecke, kontrollierte kurz das einzige Fenster in dem schmalen Alkoven, um sich zu vergewissern, dass Williams Blut noch an Ort und Stelle war – war es –, und legte die Hände an ihre Wangen.

„Tu mir den Gefallen und bleib hier, okay? Ich muss Lucien losschicken, uns drei akzeptable, äh, Mahlzeiten zu besorgen.“

„Es müssen keine Unsterblichen sein“, warf sie ein. „Am Ende hat er zugegeben, dass Unsterbliche zwar besser schmecken, aber jeder andere geht auch.“

Dann wusste Paris genau, wen sie dafür benutzen würden. Soweit er sich erinnerte, waren in der Festung in Buda noch einige Jäger eingesperrt.

„Wen …“

„Mach dir darüber keine Gedanken.“ Sollte sie die Männer kennen, na ja, er war sich nicht sicher, wie sie reagieren würde. „Weißt du was, warum gehst du nicht lieber in unser Zimmer, statt hierzubleiben? Ich bin gleich bei dir. Okay?“ Er küsste sie und verschwand, bevor sie etwas erwidern konnte.

Er brauchte nicht lange, um Lucien aufzuspüren. Der Krieger war immer noch im Ballsaal, und sobald er Paris entdeckte, entschuldigte er sich tausendmal, die zweifarbigen Augen voller Reue.

„Über die Intervention unterhalten wir uns später. Jetzt musst du erst mal was für mich erledigen.“

Er erklärte, was er brauchte, und augenblicklich verschwand der Krieger, um wenige Minuten später mit einem Jäger in jeder Hand zurückzukehren. Menschen waren leichter zu teleportieren als Unsterbliche.

Die Männer, beide Ende dreißig, waren schmutzig, schwach und hatten jeglichen Kampfgeist verloren. Paris übernahm sie, und Lucien verschwand, um einen dritten zu holen.

Vielleicht hätte ihn das belasten sollen, doch diese Männer waren erwischt worden, wie sie versuchten, seine Freunde und ihre Geliebten abzuschlachten. Ohne Zögern hätten sie auch den Menschenfrauen die Kehle durchgeschnitten.

Sie verdienten, was sie erwartete.

Als Lucien wieder da war, zerrten sie ihre Gefangenen die Treppen hinauf bis zu dem schmalen Alkoven – aus dem Sienna sich nicht fortbewegt hatte, wie Paris leise fluchend feststellte. Doch sie sagte nichts, als sie die Jäger sah, obwohl sie den Mund öffnete, als fiele ihr dazu so einiges ein. Sie sah nur mit großen Augen zu, als Lucien und er auf das Dach traten.

„Bleib da“, befahl er und schloss die Tür vor ihrer Nase. Er wollte nicht, dass sie mit ansah, was als Nächstes kam.

Gemeinsam traten Lucien und er an den Rand, wo es keine Brüstung gab, und sahen nach unten. Ganz schön langer Fall bis zum Aufprall auf dem felsigen, blutgetränkten Boden. Wie dem auch sei. Er würde sich nicht schlecht fühlen deswegen. Doch wieder fragte er sich, ob Sienna diese Männer kannte. Ob sie verstehen würde, warum er sie ausgewählt hatte. Ob ihr klar war, dass er die Informationen, die sie ihm gegeben hatte, dazu verwenden würde, weitere Jäger aufzuspüren und als Blutzoll hierherzuverfrachten. Solange es auch nötig sein mochte.

Werft sie runter, erklang eine körperlose Stimme, die er nun wiedererkannte, mit einem plötzlichen Windstoß.

Erst dann begannen die Jäger, sich zu wehren. Kurz bevor sie die Männer über die Kante stießen, blickte Paris seinem Freund in die Augen und entdeckte dort die gleiche leichte Übelkeit, die auch er verspürte. Dann war es getan. Augenblicklich stürzten sich Schatten vom Himmel herab, umringten die Männer, fingen sie auf und zerfetzten sie dann. Grausigere Schreie als jene, die er im Inneren des Schattenmannes gehört hatte, erfüllten die Luft. Dann war es wieder still.

Und damit ist der Handel besiegelt, verkündete ein weiterer Windstoß. *Ihr seid in Sicherheit. Fürs Erste.*

Er war sich nicht sicher, ob sie dem Schattenmann vertrauen konnten, doch Sienna hätte jede Lüge entlarvt. Also gut. „Danke“, sagte er zu Lucien.

„Ist doch selbstverständlich.“ Eine Pause, ein Seufzen. „Hör zu. Es tut mir *wirklich* leid, was da unten passiert ist, und ich werde mit den anderen reden. Mir hat die ganze Zeit nicht gefallen, wie wir mit dir umgegangen sind, wie wir dich bedrängt haben. Ich werde dafür sorgen, dass deine Frau respektiert wird. Sie ist es, die du willst, also sollst du sie auch haben.“

Ihm wurde die Kehle eng. „Danke“, wiederholte er.

Lucien hieb ihm auf die Schulter, ein Zeichen seiner Zuneigung, hinter dem mehr Kraft steckte, als ihm vermutlich klar war, und machte sich auf die Socken. Als er im Schloss verschwunden war, kam Sienna heraus.

„Hey“, sagte sie mit ausdrucksloser Miene.

„Hey“, erwiderte er. Nervös wartete er auf ihre Reaktion.

„Also habt ihr den Blutzoll gezahlt?"

Stumm nickte er.

„Gut. Ich habe ihre Sünden gesehen. Diese Männer waren grauenhaft, haben schreckliche Dinge getan. *Zorn* wollte direkt auf sie losgehen."

Das war alles? Das war ihre Reaktion? Sie verhörte ihn nicht, tadelte nicht? Akzeptierte es einfach? „Ich liebe dich", sagte er. Er konnte die Worte nicht zurückhalten. Die Wahrheit war nicht länger zu verbergen, nicht einmal vor ihm selbst.

Ihr fiel die Kinnlade herunter. Wieder einmal waren ihre wunderschönen Augen mehr smaragdgrün als haselnussbraun. Er liebte diese Frau mehr als je eine andere. Liebte sie so sehr, dass er für sie sterben würde. Bereitwillig, glücklich.

Sie passte einfach perfekt zu ihm. Machte ihn glücklich. Entspannte ihn, erregte ihn, forderte ihn heraus.

„I-ich ..." Zwei rosa Flecken erschienen auf ihren Wangen. Erregung? Er hoffte es jedenfalls.

„Nein, sag nichts." Er winkte sie zu sich, raunte heiser: „Komm einfach her."

Stolpernd kam sie zu ihm, und er zog sie an sich. Tief atmete er ihren tropischen Duft ein, bis er ihn ganz ausfüllte. Nichts und niemand könnte ihn von seiner Frau fernhalten. Sie gehörte ihm. Jetzt und für immer.

Sanft küsste er den wild hämmernden Puls an ihrem Hals. „Lass uns mal sehen, wie das mit deinem Fliegen so geht, okay?"

„O-okay."

Sie erwiderte seine Liebe, musste sie erwidern. Wenn nicht, würde er sie verführen, sie mit Komplimenten überhäufen und umwerben, bis sie es tat. *Die wichtigste Schlacht meines Lebens.*

Schließlich wich er ein paar Schritte zurück, und die folgenden Stunden verbrachten sie damit, dass sie übte, wie sie ihre Flügel richtig und schnell genug entfalten konnte. Außerdem arbeitete sie hart daran, ihre Füße vom Boden fortzubekommen. Auch wenn er selbst nie Flügel besessen hatte, gab er die Dinge an sie weiter, die Aeron ihm erzählt hatte, genau wie das, was er durch bloßes Zusehen gelernt hatte, und war stolz auf ihre Fortschritte. Aber verdammt, er wusste, dass es eine Menge gab, was er übers Fliegen nicht wusste.

Irgendwann kam auch *Sex* wieder aus seinem Versteck hervor, genoss jede Berührung und drängte Paris, das Ganze ein wenig zu beschleunigen.

Noch nicht. Das hier ist zu wichtig.

Du hast gesagt „oft".

Und das hast du auch gekriegt, du blöder Penner.

„So wird sie niemals fliegen lernen." Eine vertraute männliche Stimme. Hinter ihm.

Paris machte sich nicht die Mühe, sich umzudrehen. „Was schlägst du vor?" In dieser Sache, und nur in dieser, war er durchaus bereit, sich helfen zu lassen.

Gemessenen Schrittes trat Zacharel neben ihn und rieb sich mit den Fingern über das glatte Kinn. „Ich kann es ihr nur so beibringen, wie es mir beigebracht wurde. Sie muss am Rand des Dachs stehen und ihre Flügel so weit ausbreiten, wie sie kann."

„Aber was, wenn ich falle?", fragte sie entsetzt. „Ich werde mich nicht fangen können."

„Du wirst nicht fallen", beschied ihr der Engel, der Klang der Wahrheit in seiner Stimme so überzeugend wie immer.

Zweifelnd sah Sienna zu Paris herüber, und er nickte. Fliegen war wichtig. Fliegen könnte eines Tages ihre Seele retten. Denn wie die Blutigen Schatten bewiesen hatten, konnten auch Seelen verschlungen werden.

Sie schluckte schwer, als sie an ihm vorbeiging. Ihre Finger strichen über seine, und er hielt sie fest, verschränkte sie miteinander und beschloss, mit ihr zum Rand zu gehen. Mit jedem Schritt zitterte sie stärker.

„Höhenangst, Baby?“, fragte er, als sie schließlich an der Stelle ohne Brüstung standen.

„Eigentlich nicht, aber das ist ein echt weiter Weg bis nach unten.“

„Alles ist gut. Wir lassen nicht zu, dass dir was passiert. Versprochen.“

„Tritt zurück“, befahl Zacharel, und auch wenn es ihn schmerzte, sie loszulassen, gehorchte Paris. „Jetzt streck deine Flügel aus“, sagte der Engel zu Sienna.

Und sie breitete diese hauchzarten Schwingen zu ihrer vollen Spannweite aus, bezaubernd schön auf eine Weise, die ihm vorher nie aufgefallen war. Ein kräftiges, samtiges Lila zog sich durch das Schwarz, wurde in der Mitte dichter und lief zu den Spitzen hin aus.

„Hervorragend. Und jetzt versuch, dich von dem nächsten Teil nicht zu sehr ängstigen zu lassen.“ Ohne weitere Vorwarnung stieß Zacharel sie von der Kante.

Entsetzt keuchte sie auf, als sie vom Dach stürzte und fiel … fiel …

„Neeeeiiin!“, Paris rutschte der Magen in die Kniekehlen, und er warf sich nach vorn, wollte ihr hinterherspringen.

Der Engel hielt ihn mit einem so harten Kinnhaken auf, dass er rückwärts stolperte. *Sex* winselte, als Schmerzen in seinem Kopf explodierten, doch er weigerte sich, zurückzuweichen, weigerte sich, sich zu verstecken.

„Du hast gesagt, sie würde nicht fallen!“, schrie Paris den Engel an, stand auf und wollte es gleich wieder versuchen. Er würde ihr folgen, basta.

„Sie ist nicht gefallen. Ich habe sie gestoßen.“

„Wenn sie verletzt ist …“

Zacharel verschwand und tauchte einen Sekundenbruchteil später mit Sienna an seiner Seite wieder auf. Ihre Haut hatte einen Stich ins Grünliche, und als sie begriff, dass sie wieder festen Boden unter den Füßen hatte, krümmte sie sich würgend und unkontrolliert zitternd.

„Du … Bastard …“, brachte sie hervor.

„Das ist die einzige Art, es zu lernen.“ Keinerlei Emotionen lagen in Zacharels Stimme. Nur eine ganze Menge *Was-hab-ich-denn-falsch-gemacht*. „So wird es uns beigebracht. Davon abgesehen: Du bist eine Seele. Wärst du auf dem Boden aufgetroffen, bezweifle ich, dass du wie eine Melone aufgeplatzt wärst.“

„Du bezweifelst es!“

„Finde deinen tapferen Kern, Dämonenmädchen. Stell dich wieder hin, und wir versuchen es noch mal.“

Diesmal verpasste Paris ihm einen Kinnhaken. Hart flog der Kopf des Engels zur Seite, Blut quoll aus einem Riss in seiner Unterlippe, doch er richtete sich einfach wieder auf und blinzelte nur verwirrt.

„Mach so was noch mal, und ich lösche dich aus.“ Paris wartete nicht auf eine Antwort, sondern nahm Sienna auf seine Arme und trug sie in ihr gemeinsames Zimmer.

44. KAPITEL

„Warum gehst du nicht unter die Dusche und entspannst dich ein bisschen, Baby?", schlug Paris vor, als er sie auf dem Bett absetzte. „Ich bin gleich wieder da."

Sie hatte keine Ahnung, was er vorhatte oder wohin er gehen wollte, doch sie nickte. Ein paar Minuten allein wären jetzt wirklich nicht verkehrt. Ihr raste das Herz wie verrückt.

Liebevoll küsste er sie auf die Stirn und war auch schon verschwunden. Eine Dusche, ja, das konnte sie jetzt gebrauchen. Immerhin war sie gerade dem sicheren Tod entgegengestürzt, unfähig, ihre Flügel zum Funktionieren zu bringen, und der einzige Grund für ihr Überleben war der Engel, der versucht hatte, sie um die Ecke zu bringen. Indem er sie *Sekunden* vor dem Aufprall aufgefangen hatte.

Bestrafen, knurrte *Zorn.*

Das erste Mal überhaupt, dass er einem Engel wehtun wollte. Entweder hatte er die Episode persönlich genommen, oder sein Hunger kehrte zurück.

Während sie ins Bad stolperte, bemerkte sie, dass Viola ihr Versprechen wahr gemacht hatte. Auf dem Nachttisch lag ein Ring, der Stein darin ein riesiger Amethyst. Gut. Ja. Gut. Nicht herzzerreißend.

Das warme Wasser entspannte sie etwas, doch lange hielt sie sich nicht unter der Dusche auf. Shampoonierte sich bloß die Haare, schäumte sich mit Duschgel ein, spülte alles ab und rieb sich halbwegs trocken. Alles in allem dauerte es etwa fünf Minuten. Was für ein Tag. Und doch, trotz der Nahtoderfahrung hatte sie so ein Gefühl, dass sich dieser Tag im Rückblick als der schönste ihres Daseins erweisen würde. Paris hatte gesagt, dass er sie liebte.

Es nicht zu erwidern, hatte sie beinahe umgebracht. Vor allem, als er dann begonnen hatte, mit ihr zu arbeiten, seine

Hände zwischen ihren Flügeln, zärtlich und doch bestimmt. Als er ihr beigebracht hatte, was er über das Fliegen wusste. Doch morgen würde sie ihn verlassen, würde niemals zurückkommen, ihn nie wiedersehen, und na ja. Themawechsel.

Als sie aus dem Bad kam, sah sie ihn auf der Bettkante sitzen. Er blickte ihr entgegen, die Unterarme auf die Knie gestützt, auf dem Gesicht einen Ausdruck, wie sie ihn noch nie bei ihm gesehen hatte. So erfüllt von glühender Zärtlichkeit, dass ihr fast die Knie nachgaben.

„Komm her“, murmelte er.

Ohne Zögern ließ sie das Handtuch fallen und ging auf ihn zu, nackt und feucht glänzend, bis sie zwischen seinen Beinen stand. Er legte ihr die großen Hände auf die Hüften, strich mit den Daumen über die Kurve ihrer Taille. Ein Schauer überlief sie.

„Wo warst du?“ Mit den Fingern fuhr sie ihm durchs Haar, genoss das Gefühl der weichen Strähnen, wie sie sich hoben und wieder legten.

„Bloß draußen im Flur. Ich stand kurz vorm Durchdrehen und wollte nicht, dass du das siehst. Hab ein paar Löcher in die Wände geschlagen. Jetzt will ich dich einfach nur eine Weile halten. Okay?“

Immer. „Ja.“

Er zog sie an sich, schlang die Arme fester um sie und lehnte den Kopf an ihr Brustbein. Warm strich sein Atem über ihre Haut, sein Ohr lag über ihrem Herzen. So blieben sie lange Zeit stehen – bis sie förmlich bebte, weil sie sich so danach sehnte, ihn zu berühren, eins mit ihm zu werden.

Er musste ihr Begehren spüren, denn er zog sie mit sich, lehnte sich zurück, bis er auf dem Rücken lag und sie auf ihm. Dann rollte er sich mit ihr auf die Seite und drehte sie um, sodass sie in Löffelchenstellung an ihn geschmiegt war. Ihr Rücken an seiner Brust, seine Erektion zwischen ihren Pobacken.

„Lass mich dich lieben“, flüsterte er. „Ich will dich ausfüllen und mich in dir bewegen und in dir kommen. Ich will so tief in dir sein, Baby. So verdammt tief.“ Zärtlich strich er ihr mit der Hand über den Oberkörper, umfasste und knetete ihre Brust, rieb die Brustwarze, löste ein herrliches Ziehen in ihrem Unterleib aus.

„Ja“, wiederholte sie. Ihr vernebelte sich der Kopf, jeder Gedanke konzentriert auf ihn, auf das, was er tat.

Die andere Hand schob er zwischen ihre Beine, ins Zentrum ihrer Lust. „All dieser Honig. Alles für mich.“ Mit einem Finger drang er tief in sie ein, dann mit dem zweiten.

Sie schob ihm die Hüften entgegen, bewegte sich mit seinen Fingern. „Ich liebe es, wie du mich berührst.“

Spielerisch knabberte er an ihrem Ohr. Schob einen dritten Finger in sie hinein. Stöhnen um Stöhnen entrang sich ihrer Kehle, erfüllte das Zimmer.

„Du bist so nass, Baby. Ich will dich überall an mir, deinen Saft auf meiner Haut, will von dir durchnässt sein.“

Und weiter wiegte sie sich … wiegte sich an seinem Körper, vergaß alles um sich herum, wollte nie wieder erwachen, für immer in diesem Moment verweilen, mit ihm.

„So perfekt. Mehr.“

Sie schloss die Augen, nahm Geräusche wahr, die ihr vorher entgangen waren. Sein rauer Atem, schneller und schneller. Das Wispern seiner Hüften, wenn sie über das Laken glitten. Das langsame Reiben von Haut an Haut. „Paris.“

„Ich werd's dir so gründlich besorgen.“ Seine Stimme klang kehlig, unglaublich animalisch. „Ich werde in dir sein und dich in meiner Kehle haben, deinen Geschmack in meinem Mund. Und du wirst mich tief in dich aufnehmen, sag es.“

„Oh ja. Bitte, ja.“

Er zog seine Finger aus ihr zurück, und sie stieß einen frustrierten Schrei aus, als ihr Verlangen in verzweifelte Höhen raste. Wie er bewerkstelligen wollte, was er ihr gerade beschrieben hatte, wusste sie nicht, aber wenigstens musste sie nicht lange diese Leere in sich ertragen. Fest packte er ihr oberes Knie, spreizte ihre Beine und glitt so tief in sie hinein, wie er versprochen hatte, ohne auch nur einmal innezuhalten in seinen Bewegungen. Wieder schrie sie auf, diesmal vor Erleichterung, gedehnt und ausgefüllt und fast wahnsinnig vor Begierde.

Dann bewegte er sich in ihr und strich ihr zugleich mit nassen Fingern über die Lippen – nass von ihrem Saft –, schob zwei davon in ihren Mund. „Saug daran."

Und sie gehorchte, oh, sie gehorchte, schmeckte ihren Körper, eine vollkommen neue Erfahrung für sie, aber so unglaublich erregend. Schob diese Finger mit der Zunge in ihrem Mund herum, saugte daran, wie er befohlen hatte, biss hinein. Dann waren seine Finger fort, und er hob ihr Kinn, wandte ihr Gesicht in seine Richtung, und sein Mund drückte sich auf ihren, seine Zunge stieß in sie vor, kostete ihren Geschmack. Und die ganze Zeit bewegte er sich in ihr, so unglaublich tief, dann fast vollständig aus ihr heraus, dann so, *soooo* tief.

Das hier war mehr als Sex, sagte ihr ein bisher unbekannter Instinkt; es verband sie, verschmolz sie miteinander. Er war überall, um sie herum, in ihr, und auch sie war überall um ihn herum, in ihm. Dieser Mann … oh, dieser Mann. Sie konnte nicht genug von ihm kriegen, würde niemals genug von ihm kriegen.

„Wo bin ich?", verlangte er plötzlich zu hören. Seine Stöße wurden unkontrollierter, härter.

„Hier." Ein lustvolles Stöhnen. „Bei mir."

„Wo bin ich?"

„Überall um mich herum. In mir."

„Oh ja, ganz genau. Überall um dich herum. In dir. Ich gehöre dir, und du gehörst mir." Noch einmal küsste er sie, nahm sie ihn Besitz, stahl ihre Seele mit diesem Kuss, bis sie glaubte zu zerspringen. „Das gefällt dir."

Es war keine Frage gewesen, doch sie antwortete trotzdem. „Ich liebe es.“ So oft sie auch miteinander geschlafen hatten, noch nie war er so eindringlich gewesen, so besitzergreifend. Und Hölle, sie wollte ihn ebenfalls besitzen. Sie griff nach oben, hinter sich, und schob die Finger in sein Haar, packte zu, hielt sich fest, nahm keine Rücksicht.

Zischend sog er die Luft ein.

Sie streckte ihm die Hüften entgegen, noch härter diesmal, während er in sie rammte. Gemeinsam stöhnten sie auf. Immer schneller raste sie auf den Höhepunkt zu, und er war ganz nah bei ihr.

„Nimm mich, Baby. Nimm mich in dich auf. Ja. Genau so. Du weißt, wie.“

Die Anspannung wuchs, wuchs, verzehrte sie. Nur noch ein winziges Stück … „Paris!“ Noch ein harter Stoß, und sie war verloren, vergaß alles um sich herum, ertrank in einer Flut der Lust. Ihre inneren Wände umklammerten ihn, hielten ihn fest, zeigten ihm, dass er genau dort war, wo er hingehörte, dass dies richtig war, dass das zwischen ihnen richtig war.

Er rollte sie weiter, legte sie auf den Bauch, drückte ihr Gesicht in die Kissen und rammte noch härter, noch fester in sie hinein. Ein Brüllen brach aus ihm hervor, so rau wie seine Stöße, und er füllte sie aus, ergoss sich in sie, immer weiter und weiter. Und sie folgte ihm, verlor sich in einem zweiten Orgasmus, der sie unerwartet packte und dafür in noch unglaublichere Höhen trug.

Als sie wieder zu sich kam, öffnete sie blinzelnd die Augen. War sie in Ohnmacht gefallen? Es musste wohl so sein, denn Paris lag auf der Seite, genau wie sie, einander zugewendet, doch sie konnte sich nicht erinnern, sich bewegt zu haben. Noch immer ging sein Atem unregelmäßig, also nahm sie an, dass nicht allzu viel Zeit vergangen war. Er hatte die Decke über ihre Körper gebreitet und betrachtete sie, als versuchte er, sich ihre Züge bis ins letzte Detail einzuprägen.

„Ich will mit dir fortgehen“, sagte er. „Irgendwohin, wo Cronus dich nicht finden kann. Wo dir niemand etwas anhaben kann.“

Ihr Herz machte einen Satz. Niemand – damit schloss er seine Freunde ein. „Ich hab's dir doch gesagt. Ich will nicht, dass du meinetwegen auf irgendjemanden sauer bist.“

„Sie haben dich respektlos behandelt.“

„Und ich hatte es verdient.“

„Nein!“ Wütend rammte er die Faust in das Kopfteil des Betts, und Holzsplitter regneten auf sie herab. „*Ich* hab *dir* gesagt, du sollst nicht so von dir reden. Und das nächste Mal, wenn du das machst, leg ich dich übers Knie. Sie sind nicht perfekt, keiner von ihnen. Wir alle haben Dinge getan. Dinge, für die sich selbst hartgesottene Kriminelle schämen würden.“

„Aber sie sind geläutert.“

„Genau wie du. Ich sage ja nicht, dass ich sie für immer verlassen will. Ich liebe sie. Brauche sie. Ich will ihnen bloß Zeit geben, dich zu akzeptieren. Und nur dass du's weißt, würde ich es wagen, ihre Frauen so zu behandeln, wie sie dich behandelt haben, würden sie sich rächen.“

Sie musste das Thema wechseln. *Musste*. Unter seinen Worten schmolz ihre Entschlossenheit dahin. Er war genau, was sie brauchte, sagte so wundervolle Dinge. Und er meinte, was er sagte. Sein Tonfall zeugte von tiefstem Ernst.

„Ein Versteck vor Cronus“, bemerkte sie. „Ich glaube nicht, dass es so etwas gibt.“

Langsam wich die Spannung aus ihm. „Es gibt Amulette. Wer auch immer sie trägt, ist verborgen vor ihm und all seinen Anhängern. Er hat sie uns einmal gegeben und dann wieder weggenommen. Ich kann eins stehlen.“

Und das Ungeheuer in Rage versetzen, mit dieser Tat *sich* in ewige Gefahr begeben? „Nein, ich muss das tun, Paris. Ich muss zu Galen gehen, und Cronus wird mich zu ihm bringen. Ich muss einfach“, wiederholte sie lahm. *Für dich, für mich.*

„Das war's?" Von Neuem erwachte Zorn in diesen elektrisierenden Augen. „Du denkst nicht mal drüber nach? Obwohl der bloße Gedanke daran, dass mein Feind dieselbe Luft atmet wie du, mich zu Mord und Totschlag verleitet?"

Nun wurde auch sie wütend. „Wenn es darum geht, dich in Gefahr zu bringen oder dafür zu sorgen, dass du überlebst? Da gibt es nichts, worüber ich nachdenken müsste."

Das besänftigte ihn – etwas. „Mir geht es genauso. Ich will nicht, dass du dich in Gefahr begibst. Niemals. Und du musst noch etwas bedenken: Ohne dich werde ich vergehen. Ja, ich weiß, ich bin der König der Manipulation, spiele deine Gefühle gegen dich aus, aber ich würde *alles* tun, um dich bei mir zu behalten. Ich würde töten. Ich würde lügen. Ich würde verraten und betrügen und stehlen. Ich würde Berge versetzen."

„Paris, ich ..."

Doch er war noch nicht fertig. „Mein Leben lang habe ich gekämpft und gefickt und geglaubt, ich wäre zufrieden. Bis du mich sauer gemacht und aufgeweckt hast und mir klar wurde, dass ich die ganze Zeit bloß vor mich hin existiert hatte, akzeptiert hatte, was mir zugeteilt worden war. Und es mag zwar mein Dämon gewesen sein, durch den du meine Aufmerksamkeit geweckt hast, aber behalten hast du sie deinetwegen. In diesem Moment könnte ich jede haben – und nein, das ist kein Ego-Gelaber und auch keine Heuchelei. Was ich dir damit sagen will, ist Folgendes: Jetzt, wo er weiß, dass ich mich auf dich festgelegt habe, verpasst *Sex* mir einen Steifen für jede verdammte Frau, der ich begegne – zumindest hat er das, und er kann es wieder tun. Aber ich will sie nicht, und ich werde nicht mit ihnen schlafen."

Vorsichtig, Mädchen. Dieser Mann, *dieser Mann, den sie liebte*, könnte sie zu allem überreden. Unmöglich konnte sie den Rest der Nacht mit ihm verbringen. Sie musste gehen. Und zwar jetzt.

Die Erkenntnis zerschmetterte sie.

„Sienna, Baby. Ich weiß, das ist eine Menge Zeug, das du verarbeiten musst. Ich weiß, dass ich viel von dir verlange. Bitte ... gib mir einfach ein bisschen Zeit, okay? Wir kriegen das hin. Es gibt eine Lösung, es muss eine geben. Vertrau mir."

In tausend Stücke zerschmettert und verstreut, die sie niemals wieder würde zusammensetzen können. „Das tue ich", krächzte sie. „Ich vertraue dir." Es stimmte, doch das würde sie nicht aufhalten.

„Gut." Er musste glauben, sie hätte sich einverstanden erklärt, ihm mehr Zeit zu geben. Sie korrigierte seinen Irrtum nicht.

„Und jetzt will ich, dass du mir ganz genau zuhörst. Weißt du noch, als ich dich gewarnt habe, niemanden dein Blut riechen zu lassen, dich immer sofort sauber zu machen, wenn du verletzt bist?" Er wartete ihr Nicken ab, bevor er fortfuhr. „Das habe ich gesagt, weil Cronus dich in eine Ambrosiaquelle verwandelt hat. Dein Blut ist eine Droge für Unsterbliche, und es macht sofort abhängig."

„Das kann nicht ..." Kein Grund, diesen Satz zu beenden. Alles war möglich. Sie war der lebende – äh, untote – Beweis dafür. Bitterkeit stieg in ihr auf, vereinte sich mit dem Zorn und der Hoffnungslosigkeit. „Wie hat er das gemacht? *Warum*?" Und noch während sie fragte, erkannte sie die Antwort.

Natürlich, damit sie Galen leichter „verführen" und kontrollieren konnte. So würde sie sein Interesse niemals verlieren. Wie hatte er es wagen können! Sie kochte vor Wut. Wie hatte er es wagen können, sie in eine ... eine ... lebende Droge zu verwandeln!

Bestrafen ... BESTRAFEN.

Ja. Sie würde ihn bestrafen. Würde sie das davon abhalten, zu tun, was getan werden musste? Nein. Nicht, wenn Paris' Leben auf dem Spiel stand. Doch Cronus und sie würden ein Wörtchen miteinander reden. Und was für eins.

Zorn grunzte zustimmend.

Unbeholfen grollte Paris: „Es tut mir leid, was mit dir geschehen ist, Baby. Ich wünschte, ich könnte es ungeschehen machen, ihn aufhalten."

Und sie schmolz … „Gibt es einen Weg, das wieder in Ordnung zu bringen?"

„Nicht, soweit ich weiß."

Verzweifelt schmiegte sie sich an ihn, drückte ihre Lippen auf seine. Er wollte die Unterhaltung fortführen, das spürte sie; trotzdem ließ er sich auf den Kuss ein, spielte mit ihrer Zunge, nahm sie an, als gehörte sie ihm – und das tat sie. Während er abgelenkt war, griff sie nach dem Ring, den Viola ihr hingelegt hatte. Schob sich das Metall über den Mittelfinger.

Tränen brannten in ihren Augen. *Tu es.*

„Sienna", sagte Paris. Er legte ihr die Hand an die Wange, wie er es so gerne machte, so sanft, als wäre sie ein kostbarer Schatz, den er um keinen Preis verletzen wollte. „Rede mit mir. Sag mir, was du denkst. Bitte."

Tu es. Tu es! Erst noch einen Kuss, nur noch einen. Noch einmal lehnte sie sich vor, traf seine Lippen, erfüllte ihren Mund mit seinem ganz eigenen Geschmack. All diese Hitze und Schokolade. Was vor ihr lag, war eine Ewigkeit in Elend, doch das war ihre Strafe, nicht wahr? Für das, was sie ihm damals angetan hatte. Vage hatte sie sogar das Gefühl, dass *Zorn* das gefiel, denn mittlerweile schnurrte der Dämon in ihrem Hinterkopf, wie er es bei Olivia getan hatte, nährte sich von ihrem Kummer.

Tu. Es. Und immer noch zögerte sie. War sie gerade dabei, sich das Ganze auszureden? Nein, oh nein. Sie überredete sich, wurde ihr klar, als der nächste Gedanke sie traf. Paris musste sich entlieben. Er musste es einfach. Musste den Eid vergessen, den er ihr geschworen hatte, und leben. Glücklich leben.

Und so tat sie es. Tat die eine Sache, für die er sie garantiert hassen würde.

Vorsichtig legte sie ihm die Hand mit dem Ring an den Hals, wie sie es schon einmal getan hatte – an jenem Tag, als sie einander zum ersten Mal begegnet waren. Sein Puls ging unregelmäßig.

TU ES. Ein klägliches „Es tut mir leid" wich ihr von den Lippen, als sie zustach. Das hätte sie nicht sagen sollen. Hätte kalt sein sollen, herzlos.

Er riss die Augen auf. „Was zum ..." Begreifen sickerte in seine Augen, noch während sie glasig wurden. Augenblicklich hatte die Flüssigkeit die Blut-Hirn-Schranke durchbrochen. Statt sie anzuschreien, sie zu verfluchen, brachte er schleppend hervor: „Verlass mich nicht. Geh ... nicht ... Bleib ... bei mir ... Bitte ..."

Sosehr er auch gegen die Droge ankämpfte, er konnte sie nicht aufhalten, und seine Lider fielen zu. Schlaff fielen seine Arme herab. Er lag sehr still, gleichmäßig hob und senkte sich seine Brust. Es kostete sie unglaubliche Überwindung, aus dem Bett zu steigen. Sich die Kleider anzuziehen, die Cronus ihr zur Verfügung gestellt hatte. Sie wählte ein Hemd mit langen Ärmeln, das ihre Flügel freiließ, eine schwarze Lederhose und Kampfstiefel. Die ganze Zeit über bebte sie, Tränen rannen ihr die Wangen hinab.

Sie nahm zwei Dolche an sich, keiner davon aus Kristall. Letztere ließ sie auf dem Nachttisch zurück, dicht nebeneinander. Sie gehörten ihm. Er würde sie brauchen. Dann schnallte sie sich die Waffen an die Handgelenke, das Heft nach unten. Einmal die Arme ausschütteln, und die Messer würden ihr direkt in die Hände fallen.

Einen Moment lang schloss sie die Augen. Es musste sein, es musste sein, sagte sie sich immer wieder. Doch das machte ihren Schmerz auch nicht geringer. Oder ihre Schuldgefühle. Warum hatte Paris sie nicht zornig ansehen können, eben, kurz vor dem Ende? Warum hatte er so verständnisvoll sein müssen?

Sie machte sich nichts vor. Er würde nach ihr suchen.

Das musste sie verhindern.

Fast wäre sie schluchzend zusammengebrochen, als sie das Zimmer verließ, doch irgendwie schaffte sie es, sich zusammenzureißen und das Schloss zu durchsuchen. Ein paar Türen weiter fand sie Lucien, in dem Zimmer, das er und Anya mit Beschlag belegt hatten. Er saß auf einem samtbezogenen Stuhl, ein Glas mit einer bernsteinfarbenen Flüssigkeit in einer Hand und den anderen Arm um Anya gelegt, die auf seinem Schoß saß.

Augenblicklich spürte er ihre Anwesenheit, und sein Blick schnellte zu Sienna. Er stellte das Glas auf den Boden.

„Was ist los?", wollte Anya wissen. „Du hast dich angespannt."

Als er Sienna erkannte, entspannte er sich wieder, verlor den Gleich-wird-jemand-sterben-Ausdruck auf seinem narbigen Gesicht. „Anya, Liebste, tust du mir einen Gefallen?", fragte er und fuhr zärtlich mit den Fingern durch ihr langes helles Haar.

„Alles, Blümchen." Sie leckte ihm den Hals, summte begeistert. „Das weißt du doch."

Er packte eine dicke Strähne und zog ihren Kopf von seinem Hals, zwang sie, mit der Liebkosung aufzuhören. „Gehst du in die Küche und machst mir eine heiße Schokolade? Mit Sahne *und* Marshmallows?"

„Moment mal. Was?" Irritiert verzog sie die roten Lippen. „Ich dachte, du willst, dass ich irgendwas total Abgefahrenes mit deinem Körper anstelle, und dafür war ich aber so was von hundertprozentig startklar. Aber heiße Schokolade ..."

„Anya. Bitte. Ich habe gerade Lust darauf."

Ihre Augen wurden schmal. „Bist du schwanger?"

„Anya."

„Was? Ist doch wohl eine berechtigte Frage, wenn man bedenkt, was du dafür ausschlägst. Aber meinetwegen. Mein

Mann hat Lust auf Kakao." Und sie verschwand grummelnd und ließ Lucien, ohne es zu ahnen, allein mit Sienna.

„Ich hab Paris unter Drogen gesetzt", gestand sie. Wow, was für ein mieser Einstieg in diese Unterhaltung.

Mit finsterer Miene sprang Lucien auf. „Hast du ihn verletzt?"

„Nein, nein. Natürlich nicht." Sie ließ sich gegen den Türrahmen fallen, konnte nicht länger aus eigener Kraft stehen. „Cronus will, dass ich ... zu Galen gehe ... um für ihn zu spionieren, um Galen zu kontrollieren." Warum fiel ihr das alles so schwer? Sie hatte den Mann betäubt, den sie liebte; das hier sollte ein Kinderspiel sein. „Es ist der einzige Weg, Paris – und euch alle – vor dem sicheren Tod zu bewahren. Je länger ich hierbleibe, desto größer wird die Wahrscheinlichkeit, dass Galen den König erwischt und Rhea den Thron an sich reißt." Und desto schwerer würde es ihr fallen, Paris zu verlassen.

In Luciens blauem Auge schien etwas zu wirbeln, hypnotisierte sie, während sein braunes Auge sie mit seinem Blick festnagelte. „Ich könnte jetzt sagen, du lügst; dass du das nur behauptest, damit wir keinen Verdacht hegen, du könntest dich deiner Truppe wieder anschließen und unsere Geheimnisse preisgeben."

Am liebsten hätte sie geflucht, doch sie machte unbeirrt weiter. „Ja, könntest du. Und das wäre auch nichts Neues für mich. Aber Paris vertraut mir, er will, dass ich bleibe. Er würde mich nicht gehen lassen."

In der nun folgenden Stille fiel ihr etwas auf. *Zorn* war jetzt ebenfalls still; er hatte sich tatsächlich von ihrem Schmerz genährt und von dem, was sie getan hatte – und Lucien interessierte ihn nicht im Geringsten. Außerdem hatte sie vielleicht mit ihrer früheren Vermutung recht gehabt, und Aeron hatte diesen Kampf bereits für sie ausgefochten. Möglicherweise waren die Herren ausgenommen von dem ganz speziellen Gerechtigkeitsempfinden des Dämons. Wie dem auch sein mochte – es spielte keine Rolle. Lange würde sie sowieso nicht mehr hier sein, nicht wahr? *Zorn* könnte sich bis in alle Ewigkeit an ihrem Schmerz satt fressen.

„Paris wird mich suchen", erklärte sie. „Du weißt, dass es so sein wird."

Sarkastisch zog Lucien eine dunkle Augenbraue fast bis an den Haaransatz. „Um sich dafür zu rächen, dass du ihn unter Drogen gesetzt hast?"

„Nein. Um mich aus Galens Klauen zu retten."

Er schürzte die Lippen, während er ihre Worte auf sich wirken ließ. „Was erwartest du von mir?"

„Halte ihn auf." In ihrer Kehle fühlten sich die Worte an wie Glasscherben. „Ich muss bei Galen bleiben, ich muss irgendeinen Weg finden, ihn zu kontrollieren."

„Ich hätte da einen Tipp: Bring ihn um", schlug Lucien vor.

Wenn es doch nur so einfach wäre. „Cronus sagt, das geht nicht. Wenn Galen stirbt, seid auch ihr so gut wie tot. Dies ist der einzige Weg." Während sie es sagte, straffte sie die Schultern. Ihre Entschlossenheit wuchs, machte sie hart wie einen Felsen.

Sienna war nicht schwach, und sie war kein Feigling. Nicht mehr. Sie würde das hier tun, selbst wenn es sie ihr eigenes Glück kostete. „Lasst ihn nicht nach mir suchen. Behaltet ihn hier und sorgt dafür, dass er bei Kräften bleibt. Also. Na dann. Das wollte ich nur loswerden."

Eine lange, angespannte Pause verstrich, während er sich seine Antwort zurechtzulegen schien. „Du weißt, worum du da bittest, oder?"

„Ja." Um den nächsten Tränenausbruch zu überspielen, senkte sie den Blick auf ihre Stiefel. „Du bist ihm ein guter Freund, und darüber bin ich froh." Schon wieder dieser Kloß im Hals. „Ich bin froh, dass er dich hat. Pass auf ihn auf, Lucien. Wenn ich jemals etwas erfahre, das euch eine Hilfe sein könnte, werde ich euch die Info irgendwie zukommen lassen.

Und ob ihr sie dann glaubt oder nicht, sie wird euch zur Verfügung stehen, wenn ihr sie haben wollt."

„Sienna ..."

„Pass ... einfach auf ihn auf, wie ich gesagt habe." Kein Grund, die Tür zu öffnen. Sie trat einfach hindurch und machte sich auf den Weg aufs Dach.

Jetzt gab es nur noch eins zu tun.

45. KAPITEL

Siennas Flügel erhoben sich anständig hinter ihrem Rücken, schleiften nicht länger auf dem Boden. Ihr schmerzten die Schultern, doch das zwischenzeitliche Ziehen war nichts, womit sie nicht umgehen konnte. Sie war entschlossen. Immer noch felsenfest überzeugt. Unbeugsam.

Sie würde es durchziehen. Würde nicht ins Wanken geraten.

Als sie auf das Dach hinaustrat, umhüllte sie wieder einmal die klebrige Dunkelheit des Reichs der Blutigen Schatten. Keine Spur von diesem Schattenmann…ding; andererseits war sein Blutzoll schließlich bezahlt worden, und er hatte versprochen, sie alle in Frieden zu lassen. Ob er sein Wort auch halten würde, konnte sie nicht einschätzen. *Zorn* hatte die Bedrohung gespürt, die von ihm ausgegangen war, doch die Bilder, mit denen der Dämon ihren Kopf gefüllt hatte, waren körnig und, na ja, verschattet gewesen und hatten sie bloß beide verwirrt.

Nichts war klar erkennbar gewesen, deshalb hatte sie keine Ahnung, wozu der Schattenmann imstande wäre. Sie vertraute ihm, weil sie keine andere Wahl hatte.

In der Mitte der Plattform blieb sie stehen und breitete die Arme aus. Sie zögerte nicht, holte nicht vorher noch einmal Luft. Würde sich nicht mit dem beschäftigen, was hätte sein können – oder sollen. „Cronus! Cronus! Ich rufe dich!"

Ein weißes Aufblitzen zu ihrer Linken. Mit hämmerndem Herzschlag wandte sie sich um. Der Engel Zacharel hatte sich materialisiert, betörend in seiner himmlischen Pracht, umhüllt von einer glühenden Aura, die vor Energie pulsierte. Doch bei seinem Anblick kroch ihr die Angst in den Nacken. Sein Gesicht war vollkommen ausdruckslos, die weißgoldenen Flügel hielt er majestätisch ausgebreitet, sein Gewand war wie immer blütenrein weiß.

Zorn reagierte so, als hätte er gerade Olivia entdeckt. *Himmel!*

„Mein Volk braucht dich, Sienna“, erinnerte Zacharel sie dann. „Das habe ich dir gesagt.“

Sie hob das Kinn. „Und ich hab dir gesagt, ihr sollt euch hinten anstellen.“

„Warum sollte ich das tun, wenn ich mir einfach nehmen kann, was ich will?“

„Wenn ihr damit leben könntet, dass ich nicht freiwillig mitmache, hättest du mich schon längst ‚genommen‘.“

Bei ihrer Logik neigte er den Kopf zur Seite. „Dann komm aus eigenem Willen mit mir. Du bist der Schlüssel zu unserem Sieg.“

Ich kann diese Worte nicht mehr hören. „Warum bin ich der Schlüssel? Wie soll das gehen?“

„Ich weiß es nicht.“

Und erst recht nicht diese Antworten, die keine sind. „Tja, dann kriegt ihr diesen Schlüssel nicht. Davon abgesehen hätte ich nicht gedacht, Engel und Dämon würden je zusammenarbeiten.“

Um die jadegrünen Augen herum wurde seine Miene eine Spur weicher. „Die Hohen Herren unter den Dämonen, wie der in deinem Inneren, waren einst selbst Engel. Ich kenne – kannte – deinen *Zorn*. Vor langer, langer Zeit einmal war seine Gerechtigkeit weder pervertiert noch verzerrt, sondern wirklich gerecht und klar.“

„Das ändert nichts an meiner Entscheidung.“ Wo zur Hölle blieb Cronus? „Paris steht an erster Stelle, und dies ist mein Weg, ihn zu retten.“ Und wenn nicht einmal Paris ihre Meinung hatte ändern können, hatte Zacharel keine Chance.

Er runzelte die Stirn, während er ihre Worte im Geiste begutachtete. „Warum liebst du ihn?“ Aus seiner Stimme klang ehrliches Erstaunen. „Warum opferst du dich und dein Glück für ihn?“

„Er ist stark.“

Ein Schnauben. „Auch andere sind stark.“

Sie erinnerte sich, wie sie dasselbe mit Paris gemacht hatte, wie sie allem widersprochen hatte, was er gesagt hatte. War sie auch so ätzend gewesen? „Er ist klug und großzügig, er nimmt Anteil und ist gütig und …“

„Er ist ein Killer.“

Mit verengten Augen fuhr sie fort, als hätte er sie nicht unterbrochen: „Er will mich beschützen, und er gibt mir das Gefühl, etwas Besonderes zu sein. Er sorgt für mich. Und auch er bringt Opfer für mich.“

„Du wünschst ein Opfer? Schon erledigt. Nenn mir deinen Preis, und ich werde mich augenblicklich darum kümmern.“

In ihr erwachte Hoffnung. „Kannst du Paris vor dem Schicksal retten, das Cronus mir gezeigt hat? In zwei der möglichen Zukünfte stirbt er. Kannst du ihn und seine Freunde retten?“

„Nein“, antwortete Zacharel ehrlich – was sie nicht hätte überraschen sollen und es trotzdem tat. „Die Straßen sind bereits gepflastert, die Wagen beladen und unterwegs. Es werden keine Pausen gemacht.“

So eindrücklich diese Metapher auch war, aus der Realität gab es kein Entkommen. Ihre Hoffnung verbrannte zu Asche und flog im Wind ihrer Enttäuschung davon. „Also gut. Cronus!“, schrie sie. „Cronus!“

Zacharel strich sich mit dem Zeigefinger über eine Augenbraue. „Der Titanenkönig hat dich belogen, weißt du das? Über so viele Dinge.“

Ihr blieb der Atem in der Kehle stecken, gefror in ihrer Lunge. „Über Paris?“

„Nein.“

Dann spielte nichts anderes eine Rolle. „Cronus!“

Er stieß einen frustrierten Seufzer aus. „Hilf uns, Sienna. Im Himmelreich braut sich ein Krieg zusammen. Gut gegen Böse. Du wirst auf der Seite des Guten stehen wollen.“

Alles schon gehabt und damit Leben zerstört, dachte sie. „Cronus!“

„Wir werden dich niemals belügen“, drängte er und schwebte näher, „und du wirst die Chance haben, dich für alles Unrecht zu rächen, das dir und denen, die du liebst, zugefügt wurde."

Zorn gefiel diese Idee verdammt gut, und heftig warf er sich gegen ihre Schläfen, um ihre ungeteilte Aufmerksamkeit zu gewinnen.

Brauchst dir gar nicht mehr Mühe zu geben. Der Gedanke, auf der Seite der Engel zu stehen – und diesmal wirklich –, war der Hammer, und ja, ein Teil von ihr wollte sich ohne Zögern für die gute Sache in den Kampf stürzen. Aber. Oh ja, es gab immer ein Aber. „Es tut mir leid, das tut es wirklich, aber ich habe einen guten Mann unter Drogen gesetzt, um das hier tun zu können, und ihr könnt nicht für seine Sicherheit garantieren, also kann ich euch nicht helfen."

Einen langen Moment betrachtete Zacharel sie stumm. Dann: „Nun gut. Ich werde dir erlauben, mit dem Titanen zu gehen. Wenn du mich brauchst, und das wirst du, sag einfach meinen Namen, und ich werde kommen, um dich zu holen."

Und zwar direkt in den Himmel. „Findet einen Weg, Paris und seine Freunde zu retten, und ich gehöre euch. Siehst du, ich habe etwas gelernt in dieser neuen Welt der Unsterblichen. Alles hat seinen Preis, kostet einen Tribut. Die Herren sind mein. Ihre Leben im Tausch gegen meins, oder wir kommen nicht zusammen."

„Nun gut", wiederholte er, bevor er verschwand.

Einen Sekundenbruchteil später erschien Cronus vor ihr, und oh, war der angepisst. Ein finsterer Gesichtsausdruck verzerrte seine ebenmäßigen Züge, verwandelte eine königliche in eine bösartige Miene. Wenigstens hatte er sich von den Goth-Klamotten und den maßgeschneiderten Anzügen zugunsten seines weißen Gewands verabschiedet.

„Du hast mich gerufen und dann gewagt, mich zu blocken?" Die Augen changierend in einem Mix aus Schwarz und Tiefrot, fauchte er sie an: „Wie hast du das gemacht?"

Und wie beim letzten Mal wurde *Zorn* plötzlich still, unfähig, in Cronus' Vergangenheit zu blicken. Frust überkam sie beide. Sosehr die kranken Dinge, zu denen der Dämon sie gezwungen hatte, sie in Rage versetzten, so sehr hatte sie sich daran gewöhnt, sich auf seinen messerscharfen Blick ins Innere der Personen um sie herum zu verlassen.

„Ich hab dich nicht geblockt", antwortete sie ehrlich, Gift in ihrem Tonfall. Ich hasse diesen Mann, wurde ihr klar. Für alles, was er ihr angetan hatte, und alles, was er Paris antat. „Ich habe dich gerufen, um dir zu sagen, dass ich bereit bin. Ich will zu Galen gehen. Aber vorher ..."

Mit gelassenen Schritten ging sie auf ihn zu. Die Arme hielt sie an ihren Seiten und schüttelte unauffällig ihre Handgelenke aus. Wie geplant glitten die Messer in ihre Hände, und in dem Augenblick, als sie Cronus erreichte, wirbelte sie heftig herum, stieß ihn mit dem Rücken gegen die Außenmauer des Schlosses und drückte ihm die Spitze ihres Dolchs an die Halsschlagader.

Er hätte sie abwehren können, doch so plötzlich, wie der Angriff geschehen war, riss er nur erstaunt die Augen auf.

„Du hast mir Ambrosia eingeflößt, hast mich zu Ambrosia *gemacht*."

Schließlich stieß er sie doch von sich, schleuderte sie rückwärts. Nur durch hektisches Flattern konnte sie verhindern, dass sie über die Brüstung stürzte.

„Und wo ist das Problem?" Er wischte sich ein Stäubchen von der Schulter. „Ich habe getan, was nötig war, damit das hier funktioniert. Du hattest recht, du bist nicht hübsch genug, um Galens Aufmerksamkeit zu gewinnen, und wir brauchen seine Aufmerksamkeit."

Kein Wort der Entschuldigung. Bastard.

Eines Tages ...

In seidigem Ton fuhr er fort: „Und jetzt gestatte mir, die deine zu gewinnen."

Sie blinzelte, und ihre Umgebung veränderte sich, nicht mehr dunkel, sondern hell, nicht mehr trostlos, sondern pompös. Verwirrt steckte sie ihre Waffen weg.

Über ihrem Kopf hing ein Kronleuchter von der fein geschnitzten Decke. Zu ihren Seiten verhüllten dicke Vorhänge aus rotem Samt die Fenster, und Stühle und Chaiselonguen mit Bezügen aus dem gleichen Stoff standen im Raum verteilt. Ein Schreibtisch aus Rosenholz, Kerzenleuchter, Tische auf kunstvoll geschmiedeten goldenen Beinen. Unter ihren Füßen lag ein dicker, weicher Teppich, in den ein wunderschönes Blumenmuster in leuchtenden Farben gewoben war. Die Luft war erfüllt vom Duft nach Jasmin und Geißblatt.

„Was ist das für ein Ort?", fragte sie.

„Dies", erwiderte Cronus, „ist dein neues Zuhause."

Sie würde nicht weinen. Würde sie *nicht*. „Hier wohnt Galen?"

„In Rheas Teil des Himmelreichs? Ja. Normalerweise belegen seine Männer sämtliche Räume, aber viele von ihnen werden momentan vermisst." Leichten Schrittes überquerte Cronus die Distanz zwischen ihnen. Er packte sie an den Armen, zwang sie, zu ihm aufzusehen. „In genau sechzig Sekunden wirst du diesen Raum dort betreten." Mit dem Kinn wies er auf eine Tür hinter ihr.

Warum sollte sie warten? Andererseits, wen interessierte es? „Alles klar."

„Galen wird dich nicht so akzeptieren, wie du bist, nicht mehr. Du stinkst nach Paris, seinem Feind."

Und sie sollte diesen grauenhaften Mann von etwas anderem überzeugen? Fabelhaft.

„Es gibt nur einen Weg, das zu umgehen", fügte Cronus hinzu.

Übelkeit stieg in ihr auf, das Blut gefror ihr in den Adern. „Und der wäre?"

„Dies."

Sie sah nicht einmal, wie er sich bewegte. Im einen Moment hielt Cronus sie gepackt, im nächsten stieß er ihr etwas in den

Bauch. Beißender Schmerz durchfuhr sie, und mit weit aufgerissenen Augen blickte sie an sich hinab. In der Hand hielt er das Heft eines Messers, das er ihr bis zum Anschlag in die Eingeweide gerammt hatte.

Zorn brüllte auf bei dieser Ungerechtigkeit, und in diesem Moment brauchte der Dämon keinen Einblick in Cronus' Vergangenheit, um das heiße Bedürfnis zu verspüren, den Mann anzugreifen. *Bestrafen!*

„Warum hast du … Warum …?" Blut rann ihr aus dem Mundwinkel. *Eines Tages werde ich ihn wirklich umbringen.*

BESTRAFEN. BESTRAFEN. BESTRAFEN.

„Ich hab's dir gesagt. Auf andere Weise hätte Galen dich nicht gewollt." Cronus trat zurück, nahm die Waffe mit. Und wieder gab er keinerlei Entschuldigung für seine Taten von sich.

Ich hasse ihn. Blut tränkte ihr Oberteil, strömte über ihre Haut. Ihre Knie zitterten, gaben nach.

BESTRAFENBESTRAFENBESTRAFEN.

Mit verengten Augen kroch sie auf ihn zu, schüttelte erneut die Dolche in ihre Hände.

Er grinste. „Es wäre unklug, deine verbleibende Energie an mich zu verschwenden. Ich schlage vor, du kriechst zu der Tür, die ich dir gezeigt habe, und suchst nach Galen. Anderenfalls werde ich zu Paris zurückkehren und ihn selbst töten."

Mit diesen Worten ließ er sie zurück, allein und langsam verblutend.

Spinnennetze zogen sich über ihr Sichtfeld. Benebelt dachte sie: Zacharel hat recht gehabt. Wieder und wieder hatte Cronus sie belogen und betrogen, und wie eine Närrin hatte sie es mit sich machen lassen. Mittlerweile bereute sie ihre Entscheidungen. Doch sie konnte nicht nach dem Engel rufen.

Ihr eigener brennender Wunsch vermischte sich mit dem von *Zorn*. Irgendwie, auf irgendeine Weise würde sie Cronus, Rhea und Galen umbringen und Paris retten – und dem Rest der Welt sagen, er könnte sie mal kreuzweise.

46. KAPITEL

Ruckartig schreckte Paris hoch. Ein undurchdringlicher Nebel umwaberte seinen Geist, und in seiner Brust hatte sich ein überwältigendes Gefühl der Verdammnis eingenistet. Schwach tastete er nach dem Platz neben sich. Kalt, leer.

„Sienna“, rief er und vermutete, sie wäre vielleicht im Bad. Er musste sie im Arm halten, musste wissen, dass es ihr gut ging. Eine böse Vorahnung erwachte langsam in ihm.

Stille.

„Sienna.“ Diesmal schrie er ihren Namen, und bei dem lauten Klang verdünnte sich der Nebel, und Erinnerungen strömten auf ihn ein.

Sienna hatte ihn verlassen. Ihn verlassen, um zu Galen zu gehen. Er warf die Beine über den Bettrand und ignorierte eine Woge der Benommenheit.

Brauche sie, sagte *Sex.*

Ich weiß. Ich werde sie finden.

„Steh nicht auf“, erklang eine vertraute Stimme. Gerade hatte Lucien sich ins Zimmer gebeamt.

Paris spannte sich an, versuchte sein Möglichstes, sich zu konzentrieren. Sein Freund zog einen Stuhl neben das Bett, streckte die langen Beine aus und verschränkte die Finger vor dem Bauch. Auch wenn seine Haltung entspannt war, das dunkle Haar lag ihm zerzaust und verknotet um angespannte Züge und ernste Augen.

„Ich muss.“ Hastig suchte Paris den Raum mit Blicken nach Dingen ab, die er brauchen würde. Kleider, Stiefel. Waffen. Sein Blick fiel auf den Nachttisch, wo seine Kristalldolche lagen. Beide. Er knirschte mit den Zähnen. Sie war da draußen – schutzlos.

Für einen Moment überwältigte ihn die Furcht, und er ließ den Kopf in die Hände sinken.

Brauche sie!

Ich weiß, verdammt! Glaubst du, das weiß ich nicht?

„Sie ist zu mir gekommen, weißt du", erzählte Lucien. „Hat mich gebeten, dich hierzubehalten."

Er hob den Kopf und begegnete dem zweifarbigen Blick seines Freundes, während Zorn in ihm aufstieg. „Hast du ihr was getan?"

Lucien erbleichte, und die Narben an seiner Wange schienen deutlicher hervorzutreten. „Nein."

Okay, gut. Okay. „Was hast du zu ihr gesagt?"

„Dazu komme ich gleich. Anscheinend ist sie auch zu Viola gegangen und hat die Göttin gebeten, dafür zu sorgen, dass dein Dämon vernünftig versorgt wird."

Er knackte mit dem Kiefergelenk. Sienna wollte, dass er mit einer anderen schlief. Einem anderen Mann hätte diese Information das Herz brechen können, und auch er war verärgert und aufgewühlt, aber er verstand ihr Motiv. Sein Wohlbefinden war ihr wichtiger als das ihre. Er empfand dasselbe, weshalb er trotzdem nach ihr suchen würde. Dann würde er einen Weg finden, sie dauerhaft an sich zu binden, ob auf ehrliche Weise oder durch Betrug.

Sie gehört uns. Anfangs mochte *Sex* noch zögerlich gewesen sein, doch mittlerweile war er voll mit an Bord.

Von mir hörst du da keinen Widerspruch.

Einst hatte Paris geglaubt, er würde sie gehen lassen können. Hatte geglaubt, er könnte niemals von jemandem verlangen, rund um die Uhr mit ihm zusammen zu sein. Hatte geglaubt, die Schwierigkeiten seien unüberwindbar. Tja, er hatte sich getäuscht. Wenn es um Sienna ging, gab es nichts, was er nicht tun würde, nichts, was er nicht ertragen würde – oder von ihr zu ertragen verlangen würde.

Entschlossen erhob sich Paris und schwankte.

Lucien tat es ihm nach.

Paris rollte die Schultern, lockerte sich, bereitete sich auf einen Kampf vor. „Willst du versuchen, mich von ihr fernzuhalten?“ *Nichts und niemand wird mich von ihr fernhalten.*

„Hölle, nein.“ In einer fließenden Bewegung zog der Krieger seine Glock, überprüfte das Magazin. „Ich geh mit dir dein Mädchen holen.“

Sienna kroch auf die Tür zu. Hinter ihr tränkte eine Blutspur den schönen Teppich, doch schließlich erreichte sie ihr Ziel. Sie hatte erwartet, einfach hindurchgleiten zu können, stattdessen traf sie auf Widerstand. Eine undurchlässige Wand. Verdammt! Ihre Finger zu heben und um den Türknauf zu schließen, war ein Kraftakt. Schon jetzt war sie benebelt und schwach, und mit jeder verstreichenden Sekunde wurde es schlimmer.

Zwei Dinge trieben sie an. Ihr Hass auf Cronus, Rhea und Galen und ihre Liebe zu Paris. Sie konnte das schaffen. Würde es schaffen. Sie war schon so weit gekommen, da würde sie jetzt nicht aufgeben. Große weiße Sterne wirbelten durch die Spinnennetze vor ihren Augen. Das Atmen fiel ihr schwer, die Luft schien immer dicker zu werden, jedes Mal, wenn sie einatmete.

Knopf drehen. Tür mit der Schulter aufstoßen. Quietschende Scharniere. Ja! Geschafft.

Eine Hand vor die andere, nutzlos schleifte sie ihre Beine hinter sich her. Über die Schwelle. Eine Hand vor die andere, schleifende Beine. Sterne, Sterne, so viele Sterne, dass sie die Spinnennetze überstrahlten.

Wenige Meter entfernt ein Rascheln. Das Wimmern einer Frau.

Der Fluch eines Mannes.

Galen? „Helft … mir …“, brachte Sienna hervor.

Füße setzten auf dem Boden auf. Schritte ertönten. Das Gleiten von Federn über Holzdielen. Dann kniete ein gut aussehender blonder Mann vor ihr. Hallo, Galen – der Mann von dem Gemälde. Er war oberkörperfrei und über und über verbunden mit blutbefleckten Bandagen. Über den Kopf erhoben hielt er ein Messer, als wollte er sie erstechen, doch dann zögerte er, blähte die Nasenflügel, und augenblicklich wurde sein Blick glasig.

„Wer bist du?“, krächzte er.

Ihr Herz schlug schneller, wodurch sie noch mehr Blut verlor. Wie Nebel flohen ihre Gedanken, waren nicht mehr greifbar. „Ich bin … *Zorn.* Jägerin.“ Und warum bombardierte ihr Dämon sie nicht mit Bildern von Galens Vergehen? War er genauso schwach wie sie? Hing seine Kraft von ihrer ab, wie es andersherum oft der Fall war?

In einer verschatteten Ecke sah sie eine hellhaarige Frau vorsichtig herüberlinsen. Ihre Züge waren angespannt, ihre Haut farblos. War das Legion, das Mädchen, nach dem die Herren suchten? Das Mädchen, das sich ausgeliefert hatte im Tausch gegen Ashlyn?

Das Mädchen, für das Galen sein Leben riskiert hatte, um sie in seinen Besitz zu bringen?

Hölle, wimmerte *Zorn.*

„Warum bist du hier?“, fragte Galen fordernd. „Wie bist du hierhergelangt?“

Sienna wünschte, sie hätte sich vorher eine Geschichte zurechtgelegt oder dass Cronus sie mit einer versorgt hätte. Jetzt hatte sie gar nichts. Keine Worte, um ihn zu beruhigen und von ihrer Vertrauenswürdigkeit zu überzeugen. Wenigstens so lange, bis sie sich wieder verteidigen konnte.

„Hilfe“, wiederholte sie nur.

Legion kroch auf sie zu. „*Z-zorn*? Ich kann dich nicht sehen, aber ich spüre dich.“

Meine Hölle.

„Bleib, wo du bist, Legion“, bellte Galen, und augenblicklich krabbelte das Mädchen zurück in ihre Ecke. Keine Sekunde lang wandte er den Blick von Sienna.

Was hatte er Legion angetan, um solche Furcht in ihr zu wecken? Was *wollte* er ihr antun? Was es auch sein mochte, Sienna konnte nicht zulassen, dass er dem Mädchen wehtat. Musste einen Weg finden, sie in Sicherheit zu bringen.

Als hätte er ihre Gedanken gelesen, stieß Galen bedrohlich hervor: „Sie gehört mir. Fass sie an, und du stirbst – nachdem ich ein bisschen mit dir gespielt habe."

Zornig starrte Sienna ihn an. In letzter Zeit waren ihr so viele Drohungen an den Kopf geworfen worden, dass diese nur ein weiterer Teil des weißen Rauschens war.

Er leckte sich die Lippen, beugte sich vor und schnupperte. „Du riechst so gut." Langsam fing er an zu nuscheln. *„Dermaßen* gut."

Sie verharrte reglos, während ein Teil von ihr wollte, dass er ihr Blut kostete, und der Rest von dieser Idee einfach nur abgestoßen war. Doch dies war sie, ihre Möglichkeit, ihn zu kontrollieren. Und sosehr sie Cronus dafür hasste, war sie plötzlich auch ein bisschen dankbar. Wenn Galen erst unter dem Einfluss ihrer Ambrosia stünde, wäre Paris in Sicherheit.

Und dann würde sie die vorhergesagte Zukunft neu schreiben, einen vierten Weg schaffen. Wie sie es sich geschworen hatte, würde sie sowohl den König als auch die Königin der Titanen töten. Sie würde keine Gefangenen machen, keine Gnade zeigen.

Noch ein Schnuppern, ein ekstatisches Beben, und dann zuckte Galen zurück, landete ungelenk auf dem Hintern. „Fox", schrie er und kroch rückwärts auf allen vieren fort von ihr. „Fox!"

Verdammt sollte er sein. Sienna raffte all ihre – bescheidenen – verbliebenen Kräfte zusammen und kroch hinter ihm her. Sie musste ihn dazu bringen, zu kosten. Musste … Sie streckte eine blutige Hand nach ihm aus.

„Fox!" Entsetzen stand in seinen aufgerissenen Augen, als er die Wand in seinem Rücken spürte und nicht weiter vor ihr fliehen konnte, während sie weiterkroch ... Zentimeter für Zentimeter ...

Schritte hinter ihr, dann eine harte Hand, die sie grob bei den Haaren packte und zurückzerrte. Also war sie auch für andere als nur den Herrn des Hauses sichtbar, sinnierte sie benommen, während ihre Kräfte versiegten. Offensichtlich hatte Cronus seinen Zauber auch auf Galens Handlanger ausgeweitet.

„Töte sie", krächzte Galen. „*Töte* sie."

Kane wusste, er musste träumen. Warum sonst sollte er Amun und Haidee sehen, die den zwei Reitern gegenüberstanden, das Klirren von aufeinandertreffenden Klingen hören, Grunzen und Stöhnen in der Luft? Warum sonst sollte sich Haidees Haut eisblau verfärben und Eiszapfen aus ihrem Haar wachsen? Warum sonst sollte William sich die Fingernägel polieren, während er unbeteiligt an einer Wand lehnte?

Warum sonst sollte eine wunderschöne Frau mit silbrig-blondem Haar, das ihr lang über eine Schulter fiel, und Augen von einem unglaublich klaren Lavendelblau auf ihn hinuntersehen, während sie die Stirn runzelte und an den Fesseln um seine Hand- und Fußknöchel zerrte?

Hölle. Vielleicht träumte er doch nicht. Vielleicht war sie ein Engel. „Tot?", krächzte er. Schließlich hatte er mit aller Macht sterben wollen, und vielleicht hatte seine Seele endlich, mochte sie gesegnet sein, seinen Körper verlassen. Vielleicht war er seinen Dämon los. Vielleicht war er auf dem Weg in jenes geheime Reich im Himmel, in dem die verstorbenen Krieger des Zeus lebten, Pandora und Baden. Ein Reich, in dem die Dämonenbesessenen den Rest ihres ewigen Lebens nach dem Tod verbringen sollten.

Baden, einst sein bester Freund. Damals war er der Hüter des *Misstrauens* gewesen. Aeron hatte eine kleine Weile in jenem geheimen Reich verbracht, hatte mit Baden gesprochen –

und sogar mit Pandora, die sie alle mit einer Intensität hasste, die über die Jahrhunderte an nichts eingebüßt hatte.

Aeron war mit seiner Olivia entkommen. Doch Kane wollte nicht entkommen.

„Tot?“, fragte er erneut. Doch während er sprach, sandte sein Gehirn ein glühendes Neonschild in sein Bewusstsein: *Meins*.

Die Frau, mit Sicherheit die lieblichste Kreatur, die er je hatte sehen dürfen, sagte nur eins. „Nein.“ Doch die Macht in ihrer Stimme erfüllte ihn bis in die letzte seiner Zellen. Rein, bezaubernd, betörend.

Meins. Ein Brüllen.

Engel konnten nicht lügen, deshalb wusste er, dass sie die Wahrheit gesagt hatte. Obwohl in ihrer Stimme nicht dieser unheimliche, unwiderstehliche Klang der Wahrheit mitschwang. Wenn er also nicht tot war, musste er am Leben sein. Der Gedanke gefiel ihm nicht. Er hasste es, dass eine Schönheit wie sie ihn in diesem Zustand sah. Völlig am Ende, misshandelt, verletzt, schwach.

„Dann töte mich“, befahl er.

Meins. Noch lauter. Er verstand diesen Besitzerinstinkt nicht, doch das wollte er auch gar nicht. Möglicherweise würde ihn das von seinem geplanten Weg abbringen.

Schweigen. So drückendes Schweigen. Die Ruhe vor dem Sturm. Denn in der nächsten Sekunde protestierte *Katastrophe*. Lauthals. Schrie und schrie und schrie in Kanes Kopf.

Nein, er war nicht tot.

Kane hob die Hände, um seine Ohren zu bedecken, und es gelang ihm. Vage registrierte er, dass ihm die Ketten von den Handgelenken genommen worden waren. Das hatte die Frau also getan. Ihn befreit.

„Nein“, wiederholte sie. „Ich werde dich nicht töten.“

Meins.

Halt die Klappe. Er wandte sich wieder seiner Traum-Theorie zu. Dies war ein Traum, nur ein Traum, was bedeutete, dass sie alles tun musste, was er von ihr wollte. Richtig? „Töte. Mich."

Ihre Hände glitten unter seine Schultern, und langsam richtete sie ihn auf. Er spürte ihre Hitze, die Weichheit ihrer Handflächen. Roch den Duft von Patschuli, hintergründig, üppig und moschusbeladen, erotisch und erdig. Tief in seiner Nase, gefangen in seinen Nebenhöhlen, breitete er sich aus in seine Mitte, seine Blutbahn.

MEINS.

Ein Knurren stieg in seiner Kehle auf, drohte ihm zu entweichen. Seine Arme erschlafften und fielen kraftlos an seinen Seiten herunter, und trotzdem musste er gegen den Drang ankämpfen, nach ihr zu greifen. Er wollte sie unter seinen Lippen spüren, wollte in ihr sein.

Er wollte … also würde er sie kriegen.

MEINS, SIE IST MEINS.

Die Blondine – die plötzlich nicht mehr blond war, sondern eine wunderschöne Schwarze, nein, eine üppige Latina – beugte sich vor, bis sie fast Nase an Nase waren, und durchbohrte ihn mit dem Blick aus ihren dunklen Augen. „Ich bin nicht hier, um dein Leben zu beenden, sondern um es zu retten", erklärte sie. „Ich werde dich in die Welt der Menschen bringen – und als Gegenleistung wirst *du mich* umbringen. Das musst du mir schwören, bevor ich dir helfe."

Katastrophe hörte auf zu schreien und fing wieder an zu lachen.

Cronus wanderte allein durch seine Halle der Zukünfte, während seine Gefühle auf der rasiermesserscharfen Kante zur Zerstörung balancierten. Überall hatte er gesucht, Rhea jedoch nicht gefunden. Auch die Jäger, die er gefangen genommen und eingesperrt hatte, waren verschwunden. Irgendwie hatte Rhea sie befreit, das wusste er. Und Sienna hatte immer noch nicht ihre Aufgabe bei Galen erfüllt.

Wenn er die Welt in Schutt und Asche legen müsste, um sich zu retten, würde er es tun.

Ob auf die eine oder die andere Weise, er würde bekommen, was er wollte. Herrschaft über die Menschenwelt. Kontrolle über seine Frau. Und Leben. *Ewiges* Leben. Er war ein Unsterblicher, ein König, der Mächtigste seines Volkes – selbst wenn er vor ein paar anderen da draußen zitterte.

Vor einer Vase, die eines seiner Allsehenden Augen vor so langer Zeit geformt und bemalt hatte, blieb er stehen. Darauf war Scarlet, Hüterin der *Albträume*, Rheas verhasste Tochter, dabei zu sehen, wie sie ihn enthauptete. Also ja, es gab zwei Prophezeiungen über seinen Tod. Zwei vorhergesagte Morde. An unterschiedlichen Orten, zu unterschiedlichen Zeiten.

Warum?

Dieses spezielle Rätsel hatte er nie ergründen können. Nur eine Person konnte ihn töten, nicht wahr? Außer, Scarlet und Galen arbeiteten zusammen? Doch die beiden hassten einander, kämpften auf gegnerischen Seiten. Der jüngste Beweis: Vor Kurzem war Scarlet in Galens Träume eingedrungen und hatte den Mann von seinem bevorstehenden Untergang überzeugt. Diese Träume hatten den Hüter der *Hoffnung* dazu getrieben, ihren Mann Gideon anzugreifen, was sie noch mehr in Rage versetzt hatte.

Cronus blinzelte, als ihm eine Idee kam. Konnte die Antwort so einfach sein? War Scarlet irgendwie in die Träume seines Allsehenden Auges eingedrungen? Hatte ihm eine falsche Realität gezeigt? Schon seit ihrer Geburt waren Scarlet und er Feinde gewesen, und einander Schmerzen zuzufügen war für sie beide schon zu einer Art Spiel geworden.

Vielleicht, dachte er. Ja, vielleicht. Was bedeutete, dass er wahrscheinlich auf dem richtigen Weg war. Galen war die größere Bedrohung, also musste Galen außer Gefecht gesetzt werden.

Sienna wusste nun ganz genau, wie skrupellos Cronus sein konnte, um sicherzustellen, dass er seine Ziele erreichte. Deshalb würde sie ihre Aufgabe erfüllen. Wenn sie versagte, würde er seine Drohung wahr machen. Paris würde sterben. Und er würde sie zwingen, dabei zuzusehen.

47. KAPITEL

Meine Hinrichtung ist vorerst aufgeschoben, dachte Sienna, aber nur, weil Galens Bodyguard Fox getan hatte, wovor er selber zurückgeschreckt war. Sie hatte ihr Blut gekostet. Als sie Sienna aus dem Schlafzimmer gezerrt hatte, hinab in einen Kellerraum, in dem nichts als ein langer Tisch mit einem Abfluss darunter stand, hatte sie Blut an die Hände bekommen. Dafür hatte Sienna gesorgt. Sie hatte Paris versprochen, sie würde jeden töten, der von ihrem Blut kostete, und sie war entschlossen, dieses Versprechen zu halten.

Als die Frau sie auf den Tisch gehoben hatte, war ihr der süße Kokosnussduft der Ambrosia in die Nase gestiegen. Sie hatte geleckt, die Augen geschlossen und verzückt gestöhnt. Darauf war natürlich ein Festmahl gefolgt. Fox war über sie hergefallen, hatte sie abgeschleckt, sie gebissen. Und als sie fertig war, hatte sie Sienna nicht den Todesstoß versetzt, sondern sie in ihr Schlafzimmer geschafft und dort gefesselt in eine Ecke geworfen.

Das war vor … wie vielen Tagen gewesen? Sienna hatte den Überblick verloren. Für sie verging die Zeit zu langsam – und doch zu schnell. Ihr Verstreichen wurde nur durch die Anzahl der Besuche markiert, die Fox ihr abstattete. Siennas anfängliche Wunde war verheilt, doch Fox schnitt sie immer wieder, trank mehr Blut, hielt sie schwach.

Was Paris wohl gerade machte? Verabscheute er sie? Hasste er sie? Hatte Lucien es geschafft, ihn im Schloss zu halten? Ziemlich wahrscheinlich. Die Herren hatten ihre Meinung über sie mehr als deutlich gemacht und würden sich nur so auf diese Chance stürzen, seine negativen Gefühle zu verstärken.

Denke nicht darüber nach. Das ist schlecht für deine geistige Gesundheit. Davon abgesehen musste sie einen Plan schmieden. Das Wichtigste? Legion hier wegschaffen. Aufgabe Nummer zwei: zurückkehren und Galen zwingen, ihr Blut zu trinken. Denn wenn sie ihm erst seine Frau abspenstig gemacht hatte, würde er ihr im Leben nicht mehr vertrauen. Und sie brauchte sein Vertrauen wirklich dringend. Sie konnte ihn nur töten, wenn sie nah an ihn herankam.

Legions ängstliches Gesicht blitzte vor ihrem inneren Auge auf. Nicht Galens Frau. Galens *angebliche* Frau.

In ihrem Kopf streckte sich *Zorn*. Genau wie sie wurde er langsam schwächer. Er musste sich ernähren, musste dringend jemanden bestrafen, und Galen war der perfekte Kandidat dafür.

Ungelenk wälzte sie sich auf dem Boden hin und her, versuchte, die Fesseln um ihre Handgelenke an der Wand hinter sich aufzureiben. Unglücklicherweise gerieten ihr ständig die Flügel dazwischen. Außerdem war sie geknebelt, damit sie nicht um Hilfe rufen konnte. Nicht, dass sie das getan hätte. Denn Zacharel würde sie ohne Umwege direkt in den Himmel befördern und erwarten, dass sie nach seiner Pfeife tanzte. Aber das kam überhaupt nicht infrage.

Abrupt flog die Zimmertür auf, und Fox stürmte herein. Sie trug Kampfstiefel, eine schwarze Lederhose und ein Bustier. Die Haare waren in einem straffen Pferdeschwanz zurückgebunden. Sie leckte sich bereits die Lippen – sie war gekommen, um aufzutanken.

Vor Sienna sank sie auf die Knie und nahm ihr den Knebel ab. Gleichzeitig fragte sie: „Hast du mich vermisst?“, und zückte einen Dolch.

Komm schon, wehr dich. Tu irgendwas. „Du bist bemitleidenswert, weißt du das? Galen hat die Kraft besessen, mir zu widerstehen, aber du nicht. Ist dir das nicht peinlich?“

Fox war zu hypnotisiert von dem Puls an ihrer Kehle, um zu antworten. Nicht einmal ihre Fesseln überprüfte sie – etwas, das sie bisher jedes Mal getan hatte. Offenbar wurde ihre Abhängigkeit schlimmer. Gut.

„Ich wette, das ist es nicht. Du bist zu dumm zum …"

Mit einem Knurren stürzte Fox sich mit gesenktem Kopf auf sie. Sienna riss die Knie hoch und traf die Frau an der Schläfe, sodass sie im hohen Bogen zur Seite flog. Ungeschickt richtete Sienna sich auf und kam auf die Füße – keine leichte Aufgabe mit hinter dem Rücken gefesselten Händen und eng zusammengebundenen Fußgelenken. Ganz zu schweigen von dem Karussell in ihrem Kopf.

Mit bitterböser Miene sprang Fox auf. „Das wirst du büßen."

Was als Nächstes kommen würde, wusste sie nicht, doch es spielte auch keine Rolle mehr. Plötzlich tauchte Legion unbemerkt hinter Fox auf und schwang mit ganzer Kraft eine Pfanne. Mit einem lauten *Klong* krachte das Eisen gegen Fox' Schädel. Deren Augen weiteten sich, verdrehten sich, bis nur noch das Weiße zu sehen war, dann brach sie in die Knie.

Legion ließ die Pfanne fallen, als wäre sie glühend heiß, stand einfach nur keuchend da und starrte Fox entsetzt an.

„Schnapp dir das Messer und mach mich los." Sienna übernahm das Kommando. „Beeil dich, wir haben nicht viel Zeit."

Legion rührte sich jedoch nicht, sondern fing nur leise weinend an zu zittern. „I-ich weiß, dass du hier bist, aber ich kann dich – kann dich nicht sehen, kann dich nicht hören."

Nein. Nein, nein, nein. Wenn Legion sie nicht sehen konnte, würde sie sie auch ebenso wenig berühren können. Sienna probierte alles, was ihr nur einfiel, um sich bemerkbar zu machen. Gleichzeitig warf *Zorn* sich unaufhörlich gegen ihren Schädel, versuchte verzweifelt, zu entkommen. Endlich, als sie nicht mehr wusste, was sie sonst noch tun sollte, ließ sie ihn das Ruder übernehmen.

Zum allerersten Mal nahm Sienna auch nach dem Rückzug gegenüber dem Dämon ihre Umgebung, ihren Körper und ihren Geist weiterhin wahr. Sie war sich nicht sicher, ob es geschah, weil *Zorn* schwächer oder weil sie stärker war, doch sie spürte, wie ihre Haut sich veränderte, von glatt zu schuppig wechselte. Wie ihre Zähne schärfer wurden und ihre Fingernägel sich in Krallen verwandelten.

Eine Sekunde später keuchte Legion auf. „*Zorn.*"

„Hölle." Siennas Stimme klang tiefer, schroffer als je zuvor.

Das Mädchen sammelte genügend Mut, um das Messer aufzuheben und zu ihnen zu kommen. Zarte Hände schnitten die Fesseln durch, befreiten Siennas Arme.

Durch den Dämon nahm Sienna ihr das Messer ab. Sich vorzubeugen, um die Fußfesseln selbst durchzuschneiden, erwies sich jedoch als schwerer Fehler. Ihre Benommenheit schwoll zu einer Woge des Schwindels an, und Sienna fand sich flach auf dem Bauch liegend wieder. Stur zog sie die Knie an und begann, das Seil um ihre Fußgelenke durchzusäbeln, während jeder Zentimeter ihres Körpers vor Schmerzen pochte.

„Ich wusste, dass sie dich nicht umgebracht hat", erklärte Legion mit leiser Stimme. „Ich konnte meinen *Zorn* spüren. Ich wäre schon früher gekommen, aber Galen hatte mir befohlen, so lange in seinem Zimmer zu bleiben, wie er selbst es nicht verlassen konnte. Letzten Endes waren es drei Tage. Heute Morgen ist er gegangen und hat den Befehl damit außer Kraft gesetzt, und sofort bin ich Fox gefolgt. Erst zur Küche und dann hierher."

Zu Sienna drang nur eine Information durch: drei Tage. Paris hätte mit mindestens einer Frau schlafen müssen, um bei Kräften zu bleiben. Eher mit zweien. *Darüber darfst du auch nicht nachdenken.* Ein Nervenzusammenbruch würde sie nur daran hindern, zu tun, was getan werden musste.

Mittlerweile endlich frei, schob sie sich die Klinge in den Hosenbund, erhob sich wieder und streckte Legion eine Hand entgegen. Noch immer war das Mädchen wie erstarrt, einen Ausdruck tiefster Verzweiflung auf dem Gesicht.

„Wo ist Galen jetzt?" Siennas Stimme hatte immer noch diesen schroffen Klang.

„Ich weiß es nicht. Er ist nicht zurückgekommen."

Gut. Das war gut. „Wir gehen." Erklärend wedelte sie mit ihren klauenbewehrten Fingern. „Du und ich, augenblicklich."

Blondes Haar flog um schmale Schultern, als Legion den Kopf schüttelte. „Ich kann nicht."

„Du kannst. Komm schon."

„Nein, ich kann nicht. Ich habe einen Schwur geleistet." Die Verzweiflung auf ihrem Gesicht wuchs. „Ich muss bei ihm bleiben."

Das werden wir ja sehen. Schwur oder nicht, Sienna würde dieses Mädchen in Sicherheit bringen. *Jetzt.* Diskussionen kosteten bloß Zeit. Kämpfen wäre ineffektiv. So schwach, wie Siennas Körper war, würde Legion ihr innerhalb von Sekunden entwischen. *Hinterlist, jetzt komme ich.*

„In Ordnung. Wir gehen ohne dich", log sie. „Aber zuerst brauchen wir noch eine Waffe." Obwohl sie währenddessen gefühlte tausend Mal ins Schwanken geriet, schaffte sie es, die Pfanne aufzuheben, sich aufzurichten – und das Mädchen genauso auszuknocken, wie es das selbst zuvor mit Fox getan hatte. *Klong.*

Legion brach zusammen und landete auf Fox. Gut so. Das würde blaue Flecken geben.

Sich das Mädchen, das beileibe kein Leichtgewicht war, über die Schulter zu werfen, erwies sich als fast unmöglich. In letzter Sekunde fand Sienna die Kraft, es zu tun und die Balance zu finden. Doch das kostete sie einiges. *Zorn* verlor die Kontrolle über ihren Körper, ihr Aussehen wurde wieder normal, und sie musste sich nun aus eigener Kraft aufrecht halten. Stolpernd schaffte sie es bis in den Flur.

Ein langer Flur. Tapezierte Wände, frisch polierte Möbel. Alles vom Feinsten. Am Ende des Ganges wartete eine Wendeltreppe – sie wirkte meilenweit entfernt.

In dem Moment schoss Galen am Ende des Gangs wie auf

Rollschuhen um die Ecke, der Inbegriff von Geschwindigkeit und wilder Eleganz. Er war bewaffnet wie ein Panzer, und Bedrohlichkeit troff ihm aus allen Poren. Wäre sie ihm auf der Straße begegnet, sie wäre um ihr Leben gerannt und hätte um einen schnellen Tod gebetet. Jetzt konnte sie einfach nur zusehen, wie er auf sie zuraste, eisern entschlossen, sich Legion zurückzuholen.

Nein, jetzt würde er ihr niemals mehr vertrauen. Ihre einzige Hoffnung war, ihn in einen Kampf zu verwickeln und ihm währenddessen ihr Blut einzuflößen. Dann würde er sie lebendig haben wollen. *Stimmt's? Bitte lass das stimmen.*

Gerade wollte sie Legion ablegen, als sie Zacharel in der Nähe entdeckte – und den Schattenmann aus Cronus' verstecktem Reich auf der anderen Seite. Verdammt noch mal, wie viele Leute waren denn noch hinter ihr her? Diese zwei kamen näher. Auch Galen bemerkte sie und stieß einen mörderischen Fluch aus. Sie wären vor ihm bei ihr.

Und dann geschah es. Kontakt. Der schwarze Nebel hüllte sie zuerst ein. Sie und Legion wurden davongetragen in eine Welt erfüllt von betäubenden Schreien. Darunter glaubte sie, in weiter Ferne Zacharels Brüllen der Frustration und des Zorns zu vernehmen. Das musste ein Irrtum sein. Der Engel war vollkommen emotionslos.

Zorn zog sich in ihren Hinterkopf zurück, und gerade als Sienna den Mund öffnete, um selbst zu schreien, verstummte der Lärm. Wieder fing *Zorn* die körnigen Bilder auf und war ratlos, wie er darauf reagieren sollte. Sie versuchte sich freizukämpfen, doch der schwarze Nebel hielt sie erbarmungslos umschlungen und verdeckte jeden Blick auf ihre Umgebung.

„Frau." Die Stimme des Schattenmannes war heiser und verlockend. „Ich habe dir einen Handel vorzuschlagen."

Legion entglitt ihrem Griff. Hastig versuchte Sienna, sie zu packen, konnte sie jedoch nicht erreichen. Das Mädchen blieb gefangen in dem Nebel, schwebte, drehte sich langsam. Sie hatte die Augen geschlossen, schlief weiter.

„Hast du einen Namen?“, fragte Sienna.

„Ja.“

Als er nicht weitersprach, fuhr sie ihn an: „Und der wäre?“

„Manche nennen mich Hades.“

Der König der Toten? Herrscher über die Unterwelt? Griechischer Gott? Derjenige, den die Jäger mehr als alle anderen fürchteten? *Dieser* Hades? *Ich bin nicht eingeschüchtert.* „Ich höre“, gestand sie ihm zu, weil sie nicht wusste, was sie sonst sagen sollte.

„Dein Mann braucht dich.“

Ihr rutschte der Magen in die Kniekehlen. „Was meinst du damit?“

„Er lehnt alle Frauen ab und wird stündlich schwächer. Ich werde dich zu ihm bringen. *Nachdem* wir unsere Verhandlungen zufriedenstellend abgeschlossen haben.“

Paris, schwach und auf dem Weg in die vollkommene Hilflosigkeit. Eigentlich hätte die Nachricht von seiner Treue zu ihr sie nicht erleichtern und mit Freude erfüllen sollen, doch das tat sie. Und zwar ungemein. „Woher soll ich wissen, ob du die Wahrheit sagst? Was würdest du als Gegenleistung verlangen?“ Mehr Opfer für seine Schatten?

„Anders als dieser Narr Cronus habe ich es nicht nötig, zu lügen. Und ein Teil von mir hofft, dass du dich weigerst und ich dich zwingen kann. Deine Schreie werden sich zu den anderen um mich herum gesellen, und die Sinfonie wird mich über Jahrhunderte entzücken. Doch ich fühle mich heute großmütig, deshalb versuchen wir es erst auf deine Weise.“

Das kann nur böse enden.

Er fuhr fort: „Ich habe gehört, was der Engel zu dir gesagt hat. Ich habe gehört, was Cronus zu dir gesagt hat. Du bist der Schlüssel zum Sieg, und ich will, dass du für mein Team spielst.“

Argh! Früher hatte niemand sie gewollt. Jetzt kamen sie alle an. „Sorry, tut mir leid. Ich habe mich bereits für meine Seite entschieden.“

„Ich habe mir schon gedacht, dass du so etwas sagen würdest. Aber ich habe gehört, wie du mit der Göttin gefeilscht hast. Sie hat dich um einen Gefallen gebeten, und du hast dich einverstanden erklärt. Ich biete dir dasselbe Arrangement an.“

„Du willst, dass ich einen deiner Feinde töte?“ Das schockierte sie. Für ihn sollte es nun wirklich kein Problem darstellen, so etwas selbst zu erledigen.

„Nein. Ich möchte schlicht einen Gefallen, den ich zu einem späteren Zeitpunkt benennen kann. Alles, was ich mir wünsche, solange es weder deinem Mann noch seinen Freunden schadet. Nimmst du an?“

„Ich kann nicht zu Paris zurück. Du wirst etwas anderes unternehmen müssen, um ihn zu retten.“

„Das kann ich nicht, aber du kannst es. Alles, was du tun musst, ist, mir zu erlauben, dich zu ihm zu bringen. Ganz leicht, ein Kinderspiel.“

Wohl kaum. „Ihn zurückzulassen hat mich fast umgebracht.“

„Wenn du von ihm wegbleibst, wird *ihn* das umbringen.“ Seine Stimme wurde zu einer Liebkosung. „Lass mich dich zu ihm bringen. Du kannst mit ihm schlafen, ihn stärken und retten, und dann kannst du ihn überzeugen, dich aufzugeben, denn das hat niemand sonst geschafft. Niemand sonst *wird* es schaffen.“

Ich bin so schwach. Ich kann ihn nicht in dieser Gefahr schweben lassen. „Das Mädchen kommt mit mir, das ist nicht verhandelbar.“

„Natürlich. Im Gegenzug für einen zweiten Gefallen.“

Himmel noch eins, wie viele Gefallen würde sie ihm schulden, wenn das hier vorüber war? „Also gut, aber nur unter denselben Bedingungen.“

„So soll es sein. Und so ist der neue Handel abgeschlossen.“ Obwohl sie in der Dunkelheit keine Gesichter ausmachen konnte, verdünnten sich die Schatten an einem Fleck, und Licht sickerte herein, genug, um die Andeutung eines Lächelns zu enthüllen. „Ich bringe dich zu deinem Mann, der nach dir sucht, und Legion zu Aeron, der nach ihr sucht.“

Sienna blinzelte und fand sich in einem Zelt wieder, das irgendwo außerhalb des Reichs der Blutigen Schatten stehen musste. Zu viel Licht drang durch die Ritzen ins Zeltinnere. Doch dann sah sie den Bärenfellteppich, und ihr Aufenthaltsort verlor jegliche Bedeutung, denn darauf ausgebreitet lag Paris, still und reglos. Zu reglos. Fast hätten ihr vor Angst die Knie nachgegeben. Bis sie einatmete. Warme Luft, erfüllt mit dem Duft von Champagner und Schokolade, der ihren Geist auf köstlichste Weise benebelte. Der ganz spezielle Geruch seines Dämons. Ihr lief das Wasser im Mund zusammen und ihr Herz schlug schneller. Ihre eigenen Verletzungen waren vergessen, als sich Feuchtigkeit zwischen ihren Beinen sammelte.

„Paris“, flüsterte sie. Seine Haut war fiebrig gerötet, überzogen mit feinen Schweißtropfen. Herrlich nackt und überdeutlich erregt lag er da. Die Augen unter seinen Lidern bewegten sich nicht, seine Brust hob und senkte sich nur unmerklich. „Oh, Paris.“ *Ich kann nicht zulassen, dass er jemals wieder in diesen Zustand gerät. Ich muss etwas unternehmen.*

„Sienna?“

Sofort eilte sie an seine Seite und küsste ihn, wusste, dass selbst eine so kleine Geste ihm helfen würde. Je länger ihre Zungen einander umtanzten, desto aggressiver wurde er. Als er die Augen öffnete, glühten seine Pupillen in einem leuchtenden Rot. Mit einem Knurren packte er sie an der Taille und warf sie auf den Rücken. Ihr Herz schaltete in den Turbogang, als sich reflexartig ihre Flügel entfalteten, damit sie nicht zerquetscht wurden.

Er zerrte an ihren Kleidern, zerriss sie rücksichtslos. In derselben Sekunde, in der sie endlich nackt war, drängte er ihre Beine auseinander und war in ihr, stieß hart und tief zu.

Während er sie bearbeitete, warf er den Kopf in den Nacken und brüllte. Sie hob sich ihm entgegen und nahm ihn noch tiefer in sich auf. Grausam, wundervoll.

Das hatte sie vermisst, hatte *ihn* vermisst. Sie brauchte es, brauchte ihn. Hart krallte sie ihm die Fingernägel in die Pobacken und feuerte ihn zu einem noch schnelleren Rhythmus an. Die Leidenschaft riss sie mit sich, überwältigte sie, verzehrte sie, brach ihr das Herz und setzte die Scherben neu zusammen. Ihre Liebe zu ihm kannte keine Grenzen.

Gerade als sie kurz vor dem Höhepunkt stand, hielt er inne. Hörte einfach auf und blickte heftig atmend auf sie herab. Die Fieberröte war aus seinen Wangen gewichen, und Erkenntnis blitzte in seinen Augen auf, gefolgt von Sorge und Entsetzen.

„Oh, Baby. Hab ich dir wehgetan?“ Unendlich sanft strich er ihr mit dem Daumen über die Lippen.

„Geredet wird später. Jetzt mach Liebe mit mir.“ Sie stand so dicht davor. Jede Sekunde würde sie von ihrem Höhepunkt mitgerissen werden.

Sein Schwanz zuckte in ihrem Inneren, als hätte ihr Befehl alle möglichen schmutzigen Begierden in ihm geweckt. „Warum bist du hier?“

„Später!“ Sie presste seinen dicken Schaft zusammen.

„*Jaaaa.*“ Seine Hüften schnellten vor und zurück, einmal, ein zweites Mal, und dann hämmerte er in sie hinein, und sie stöhnten gemeinsam auf. Seine Lippen waren auf ihren, ihre Zungen schienen miteinander zu verschmelzen, sie schluckte seinen Geschmack, und er war köstlicher denn je, sie konnte nicht genug kriegen, wollte, dass das niemals aufhörte und … und … und … Oh!

Kleine Bomben der Lust explodierten überall in ihrem Körper. Wieder und wieder entfloh sein Name ihren Lippen, unterlegt mit seiner Stimme, die *ihren* Namen schrie, während er kam. Heiß ergoss er sich in sie, gab ihr jeden Tropfen seiner Lust. Sie badete in dem Moment, kostete ihn aus, war überwältigt von alldem, was Paris war.

Als er auf ihr zusammensank, schloss sie ihn in die Arme. Sie war genau dort, wo sie sein wollte. Wo sie für immer bleiben wollte. Einmal hatte sie ihn verlassen. Sie glaubte nicht, dass sie das noch einmal schaffen würde.

„Ich liebe dich", flüsterte sie. „Ich liebe dich so sehr."

„Das will ich auch hoffen", murmelte er an ihrem Ohr.

Das ist mein Mann. So ein typischer Spruch für Paris – sie musste einfach grinsen.

Dann zog er sich aus ihr zurück und rollte auf die Seite, behielt sie jedoch eng in seinen Armen. „Und jetzt, wo ich nicht mehr im Sterben liege", kündigte er an, und sein Gesichtsausdruck wurde ernst, „werden wir uns unterhalten."

48. KAPITEL

Paris zwang seinen Körper, sich zu entspannen, damit Sienna sich nicht unwohl fühlte – oder ihr klar wurde, dass er sie praktisch im Schwitzkasten hatte. Ein sanfter Schwitzkasten, der ihr die Möglichkeit zum Atmen ließ, aber dennoch.

Sie würde nirgendwohin gehen, basta.

Dankenswerterweise war *Sex* immer noch ausgeknockt und konnte sich dazu nicht äußern.

„Okay", sagte sie. „Lass uns reden. Ich fange an. Hasst du mich jetzt?"

„Dich hassen? Baby, ohne dich beleidigen zu wollen, aber das könnte durchaus das Dümmste sein, das du mich jemals gefragt hast."

„Ich bin nicht beleidigt. Dazu bin ich zu erleichtert. Nach allem, was ich dir angetan habe …"

„Alles, was du getan hast, war, mich daran zu erinnern, dass ich ein bisschen besser auf Zack sein muss, wenn es um dich geht." Und um ehrlich zu sein: Ihr Verhalten hatte ihm Hoffnung gegeben, dass ihre Gefühle für ihn genauso tief waren wie seine für sie.

„Du bist nicht sauer auf mich, weil ich zu Galen gegangen bin?"

Wenn er an ihrer Stelle das Gleiche getan hätte? „Nur auf mich selbst. Ich hätte dich so überwältigend befriedigen müssen, dass du nie wieder in der Lage gewesen wärst zu laufen."

„Wenn du noch ein bisschen übst", neckte sie ihn, „könntest du das durchaus schaffen."

„Hexe."

Als sie die Hand hob, um sich das Haar aus dem Gesicht zu streichen, sah er, dass sie von Schnitten und Blutergüssen übersät war. Mühsam schluckte er ein wütendes Brüllen hinunter. Da er selbst schon ein- oder zwölfmal in seinem Leben gefangen gehalten worden war, erkannte er diese Art Wunden wieder. Sie hatte sich die Haut an einem Seil aufgescheuert. „Hat Galen dir das angetan?"

Grauen überschattete ihre Züge. „Nein, und ich will nicht darüber reden."

Na gut. Erst einmal wollte er ihr sowieso ein paar Dinge versichern. Doch danach *würde* er herausfinden, wer sie verletzt hatte, und sobald er das wusste, würde er auf einen Rachefeldzug gehen.

„Das bedeutet, du bist bereit für den zweiten Teil unseres Gesprächs", erklärte er und verbannte jegliche Heiterkeit aus seiner Stimme.

„I-ich weiß nicht so richtig."

„Zu schade. Du musst wissen, dass ich mit niemandem geschlafen habe, während du fort warst." Egal, wie schwach er geworden war, egal, wie viele Frauen ihm seine Freunde vorgesetzt hatten. Schließlich hatten sich alle der Suche nach Sienna angeschlossen.

Notiz an ihn selbst: *Tod* sagen, dass er die Suche abblasen konnte.

Wo er gerade dabei war – er war sich ziemlich sicher, dass Lucien hier aufgetaucht war, während sie Sex hatten, um ihn zu beschützen, vor was auch immer gekommen war, um ihn zu töten. Als er begriffen hatte, was los war, hatte er sich aber schnell wieder verzogen.

„Ich weiß." Mit den Fingerspitzen zog sie träge Kreise um seine Brustwarzen. „Ich vertraue dir. Aber Paris, du warst dem Tod so nah." Sie küsste seine Brust, genau über dem Herzen. „Es gefällt mir nicht, dass du zugelassen hast, in diesen Zustand zu verfallen."

„Mir egal. Und nur dass du's weißt, *Sex* hat dich ebenfalls vermisst. Du trägst eine Menge Hüte, und er will sie alle genießen."

Leise lachte sie in sich hinein, ein warmer, samtiger Klang, der wie Manna für seine Ohren war. „Im Augenblick habe ich meinen ‚Strenge-Chefin-Hut' auf, also hört lieber beide gut zu. Ich muss gehen. Ich kann nicht anders, aber ich muss wissen, dass du auf dich aufpasst und …"

„Nein."

„Sei nicht so."

„Versuch doch zu gehen. Versuch's einfach. Wirst schon sehen, was passiert."

„Paris …"

„Du bleibst, oder ich vergehe. Ende der Geschichte. Versprich's mir."

Lastendes Schweigen. „Ich habe einen Plan, den ich zu Ende bringen muss."

„Pläne ändern sich."

Sie trommelte mit den Fäusten auf seine Brust. „Du bist so frustrierend."

„Sag mir, was ich hören will, Sienna."

Ein Seufzen entwich ihr und schien all ihren Kampfgeist mit sich zu nehmen. „Na gut. Ich bleibe bei dir, aber wir werden uns etwas verdammt Gutes ausdenken müssen, um unsere Probleme mit Cronus und Rhea, mit Galen und mit dieser Alle-werden-sterben-Prophezeiung zu lösen. Denn – hab ich dir das erzählt? Cronus hat mir gesagt, wenn Galen stirbt, werden auch du und deine Freunde sterben. Und wenn Cronus stirbt, auch."

„Ich behaupte nicht, dass ich bezweifle, was du gehört hast, aber ich stelle die Quelle infrage. Doch selbst wenn das, was er sagt, stimmt, wird es einen Weg geben, dieser Prophezeiung auszuweichen. Es gibt immer einen. Ich mache mir nicht die geringsten Sorgen." Im Gegenteil: Er war überglücklich. Und waren das *Tränen* in seinen Augen? Oh ja. Ja, das waren sie. Wenn ihn das zu einem Waschlappen machte, dann sollte es eben so sein. Es war ihm egal. Sie war hier, sie würde bleiben. Sie gehörte ihm.

Er ließ seine Hand von ihrem Nacken bis hinunter zu ihrem Steißbein gleiten und genoss das Gefühl ihrer Kurven unter seinen Fingern. „Danke“, sagte er, doch das Wort reichte nicht aus. Es drückte nicht annähernd aus, was er empfand. „Und jetzt, da wir offiziell zusammen sind, will ich dir ein paar Dinge über mich erzählen. Ich will alles offenlegen, nichts verbergen. Ich will alles mit dir teilen, was ich bin.“

Sie schien zu spüren, worauf er abzielte. „Das musst du nicht. Was in der Vergangenheit geschehen ist, ist vorbei.“

„Absolute Offenheit. Ich will, dass du weißt, worauf du dich einlässt. Damit wir uns, wenn *Zorn* dir etwas zeigt oder meine Freunde etwas sagen, bereits damit auseinandergesetzt haben.“

„Was auch immer du sagst, es wird meine Gefühle für dich nicht verändern.“

„Das macht mich froh, aber ich werde es trotzdem tun.“

Wie köstlich ihr Seufzen seine Haut liebkoste. „Na gut.“

Sie liebte ihn. Das hatte sie zugegeben. Alles würde gut werden. „Ich bin abhängig von Ambrosia. Aber ich habe das Zeug nicht angerührt, seit ich mich auf die Suche nach dir begeben habe“, fügte er eilig hinzu. „Und wenn je etwas passiert und ich deinem Blut ausgesetzt bin, brauchst du dir keine Sorgen zu machen. Ich werde dir *nicht* wehtun.“

Ihr seidiges Haar kitzelte seine Brust, als sie nickte. „Ich weiß, dass du mir nicht wehtun wirst, aber Paris, ich hab dich unter Drogen gesetzt. Ich wusste nichts von deiner Abhängigkeit, sonst hätte ich einen anderen Weg gefunden, dich außer Gefecht zu setzen. Es tut mir so, *so* leid, das werde ich mir niemals verzeihen.“

Er hasste die unterschwellige Bestätigung, dass sie ihn trotzdem verlassen hätte, doch ihre Sorge um ihn war wie ein Lebenselixier für ihn. „Und ob du dir verzeihen wirst, und zwar genau jetzt. Das ist ein Befehl. Aber natürlich werde ich dir noch den Hintern versohlen, bevor ich dir vergebe.“

Sie machte das liebenswerteste Geräusch der Welt, eine Mischung aus Schnauben und Lachen. „Ich akzeptiere. Das habe ich wahrlich verdient."

Um seine Lippen zuckte es. „Du kannst nicht deine eigene Strafe annehmen, Baby. Du musst mit mir darüber streiten."

Sie schnurrte, wirklich und wahrhaftig, und die Vibration, die dabei entstand, machte ihn augenblicklich wieder eisenhart.

Erzähl ihr den Rest, damit wir mit dem guten Kram weitermachen können. Das wischte ihm das leichte Grinsen vom Gesicht. „Okay, jetzt kommt der dritte Teil. Ich weiß, du hast mir gesagt, dass du meine Vergangenheit gesehen hast, aber ich bin mir nicht sicher, ob *Zorn* dir alles gezeigt hat. Von dem Sklaven auf meinem Weg hierher habe ich dir schon erzählt, aber er war nicht der Einzige. Ich … habe mit Männern geschlafen."

Nicht das winzigste Zögern. „Ach, tatsächlich? Tja, auf dem College hab ich ein Mädchen geküsst. Sie war meine Zimmernachbarin, draußen hat es geregnet, es war dunkel, ab und zu hat es geblitzt, romantisch und gruselig zugleich. Du weißt ja, wie das ist."

Dass sie daraus keine große Sache machte, dass sie wieder einmal jede einzelne seiner Facetten akzeptierte … Kein Wunder, dass er diese Frau liebte. „Hat es dir gefallen?"

„Irgendwie schon", gestand sie mit einem verlegenen Flüstern.

Mmh, sie gefiel ihm, wenn sie verlegen war. Was er wohl tun könnte, um das öfter aus ihr herauszukitzeln? Was würde sie nervös machen, aber gleichzeitig zu sehr erregen, als dass sie Nein sagen würde? Das auszutesten … Noch nie hatte er sich mehr auf eine Nacht gefreut.

„Später, nachdem ich dir den Hintern versohlt habe, werden wir ein kleines Rollenspiel veranstalten. Ich werde deine süße, unschuldige Zimmergenossin sein, und du wirst mir diesen Kuss demonstrieren." *Und dann werde ich dich zu Dingen überreden, von denen du bisher nur geträumt hast.*

„Unverbesserliches Ungeheuer."

„Aber du liebst mich trotzdem."

„Ich liebe dich *immer*."

Bevor er darauf etwas erwidern konnte, explodierte weißes Licht im vorderen Teil des Zelts. Mit rasend schnellen Bewegungen und vor Wut schäumend packte Paris die beiden Kristalldolche und drückte einen Sienna in die Hand. Einen Augenblick später war er bereits auf den Beinen, vollkommen unberührt von seiner Nacktheit.

Cronus war hier, und wenn seine Furcht einflößende Miene auch nur das geringste Indiz für seine Stimmung darstellte, war er außer sich. Erster Instinkt: Angriff. Den unterdrückte Paris augenblicklich. Gerade so. Der zweite: Aufklärung. Antworten, er brauchte Antworten.

Mit verengten Augen blickte der König an Paris vorbei zu Sienna, die sich gerade wieder anzog. „Du hast alles ruiniert", grollte er.

Paris trat vor sie und versperrte dem König die Sicht. Cronus deutete bloß auf die Seitenwand des Zelts, und Paris wurde von einem mächtigen Windstoß dorthin getragen und mit unsichtbaren Fesseln bewegungsunfähig gemacht. Sosehr er auch kämpfte, er konnte sich nicht befreien.

Hilflos. Einfach so. Panik füllte seinen Mund wie bittere Pillen, und er schluckte so viele davon, dass er möglicherweise an einer Überdosis zugrunde gehen würde.

Dunkelheit ... so viel Dunkelheit ... Ich werde ihm wehtun. Ich werde ihn töten. So wild kämpfte er, dass seine Muskeln sich von seinen Knochen zu lösen begannen. Doch das hielt ihn nicht auf.

Mit finsterer Miene sprang Sienna auf. *Benutz den Kristall*, versuchte er ihr mit dem letzten Fetzen Kontrolle, der ihm noch blieb, zu übermitteln. Doch sie tat es nicht; sie hielt Cronus' Blick stand, das Kinn hocherhoben.

„Ich gehe nicht zurück zu Galen", verkündete sie.

„Selbst wenn er abhängig von dir wäre, Galen wird dir jetzt ohnehin niemals mehr vertrauen oder gar folgen. Er hasst dich. Du hast seine Gefangene gestohlen, seine Soldatin beschädigt – und er ist nicht der Typ, der so etwas vergibt oder vergisst. Wenn es nach ihm geht, wird jedes Vergehen gegen ihn tausendfach geahndet."

Langsam entfalteten sich ihre hauchzarten schwarzen Flügel. „Es gibt einen anderen Weg. Wir finden ihn. Gib uns nur etwas Zeit."

„Zeit? *Zeit.*" Bedrohlichkeit sickerte Cronus aus allen Poren. „Du hast mich einmal gefragt, warum ich deine bereitwillige Mitarbeit wollte. Die Antwort war einfach. Irgendwann hättest du dich gegen mich gewendet. Jetzt hast du es getan, und das bedeutet, dass ich mir darüber nicht länger Gedanken machen muss. Also: Nein, ich fürchte, dir bleibt keine Zeit mehr. Jetzt werde ich alles zerstören, was dir lieb und teuer ist."

Paris fauchte wild, als Cronus verschwand und direkt vor Sienna wieder erschien. Er packte sie am Haar. Endlich gelang es Paris, sich zu befreien, wobei er sich beide Schultern ausrenkte. Er rannte zu ihnen. Hatte sie fast erreicht.

Und kurz bevor er bei ihr war, rief Sienna laut: „Zacharel! Ich rufe dich."

Cronus holte aus und stach auf Paris ein. Sienna keuchte laut auf. Gemeinsam begannen die beiden zu verschwinden; Sienna hielt ihren Blick fest auf Paris gerichtet, der von brennendem Schmerz überwältigt auf die Knie fiel.

49. KAPITEL

„Das machen wir *nicht* schon wieder", schrie Sienna, erfüllt von Sorge um Paris, während sie verzweifelt versuchte, zu ihm zurückzukehren. „Ich hab's satt, dass mich jeder dahin zaubert, wo er mich gerade haben will." Um sie herum herrschte Schwärze. In ihrer Nase, ihren Lungen, tief in ihrer Blutbahn. Keine Farbe, kein Leben, nur eine endlose Leere. „Das hat *sofort* ein Ende."

„Du hast es versäumt, den leichten Weg zu gehen, und jetzt wirst du mit Plan B leben müssen", stahl sich Cronus' Stimme aus dem Nichts an ihr Ohr.

Ich werde nicht fragen. Seine Pläne bedeuten mir gar nichts.

„Zacharel!", rief sie wieder. Mit den Engeln zusammenarbeiten? Warum nicht? Sie würde fliegen lernen und endlich ein für alle Mal ihr Schicksal selbst kontrollieren.

Ein kurzes Aufflackern. Dann wieder absolute Dunkelheit. Wieder ein Flackern, diesmal ein kleines bisschen länger. In seinem Glanz entdeckte sie große Quellwolken, die an der endlosen Weite eines Nachthimmels hingen. Hier und da blinzelte ein Stern von seinem hohen Sitz auf sie herab, wie Augen, die auf sie gerichtet waren und jede ihrer Bewegungen verfolgten. Sie musste in einem anderen Reich sein. In einem ohne einen einzigen lebenden Bewohner.

Sie drehte sich einmal um ihre Achse und entdeckte Cronus ein paar Meter entfernt. Breitbeinig stand er da, die Arme vor der Brust verschränkt. Plötzlich war sie sehr dankbar, dass es ihr gelungen war, den Kristalldolch festzuhalten, den Paris ihr gegeben hatte.

„Ein weiterer Grund, aus dem ich wollte, dass du aus freiem Willen mitmachst ...", erklärte Cronus, „wenn du dich gegen mich gewendet hättest, wärst du zu Rheas Soldatin geworden und hättest unter ihrem Schutz gestanden."

Jetzt wollte er also reden? Wenn es nach ihr ging, konnte

er sich seine Geständnisse sonst wohin schieben. „Ich warne dich. Bring mich zurück zu Paris. *Jetzt.*“

Spöttisch hob er eine Braue. „Sonst was?“

„Sonst kämpfe ich gegen dich.“ *Das hatte ich sowieso vor, du hast es nur beschleunigt.*

Ein dröhnendes Lachen, scharf und bitter und ein wenig erwartungsvoll. „Du könntest es versuchen.“

„Bring mich zurück zu Paris“, wiederholte sie. „Das ist deine letzte Chance.“

Unbeeindruckt sprach er weiter, als hätte sie nichts gesagt. „Rhea hat deine Schwester nicht getötet. Das war ich.“

Ihr Herz setzte einen Schlag aus, während Ungläubigkeit sie durchflutete. „Nein.“ Eine Lüge, mit Sicherheit. Um sie zu bestrafen. Denn wenn er die Wahrheit sagte, hätte sie genau dem Mann geholfen, der ihre kostbare Skye ausgelöscht hatte, sie blutig und zerstört achtlos hatte liegen lassen. Mit einem Messer, das durch ihre Haut schnitt, als letzter Erinnerung. Sie hätte geblutet für einen Mann, der eine Unschuldige getötet hatte. Hätte fast ihr eigenes Leben und ihr Glück geopfert für *den Mörder ihrer Schwester …*

Nein!

Und doch, plötzlich ergab *Zorns* Beharren, dass an der Geschichte etwas faul war, einen Sinn. Ihr wurde der Mund trocken. Ihre Kehle verengte sich, sie hatte Schwierigkeiten, Luft zu holen. Schwindel ergriff Besitz von ihr.

„Ich habe sie in meinen Händen gehalten und ihr die Kehle aufgeschlitzt. Ich habe zugesehen, wie das Leben aus ihr herausrann. Zuerst habe ich ihren Ehemann getötet. Habe sie dabei zusehen lassen. Ich kann es beweisen.“ Er griff nach oben und riss sich eine Kette vom Hals. Daran hing ein Schmetterling, geschliffen aus einem einzigen schwarzen Diamanten.

Und im nächsten Augenblick zerfiel der Schild, der *Zorn* daran gehindert hatte, seine Sünden zu sehen, zu Asche. Sie presste die Hände an die Schläfen, kniff die Augen zusammen, während sich in ihrem Kopf eine Szene aufbaute. Cronus, der Skye und einen Menschenmann festhielt. Sie in die Knie zwang. Den Mann erstach. Skye, wie sie kämpfte und sich in sein Messer stürzte. Skye, blutend. Cronus, wie er ihr den Garaus machte. Skye, sterbend.

Übelkeit stieg in Sienna auf, eine brodelnde Säure, die überzukochen drohte. Ein flammender Zorn, scharf wie Glassplitter.

„Ich lebe bereits seit Jahrtausenden", erinnerte Cronus sie. „Glaubst du, ich hätte dabei gar nichts gelernt?"

Wir werden ihn bestrafen. Ein Flüstern. *WIR WERDEN IHN BESTRAFEN. Ein Schrei.*

Das werde ich, erwiderte sie. Ein Schwur. *Oh ja, das werde ich*. Für Skye. Für Paris. Für sich selbst.

„Du hast meinen Plan ruiniert – jetzt werde ich deinen ruinieren", fauchte er. „Ich werde einen Handel mit Galen schließen. Für seine ewige Treue zu mir werde ich ihm dich übergeben, damit er dich nach seinem Gutdünken bestrafen kann. Wenn du vor ihm fliehst, werde ich dich zu ihm zurückbringen. Und wenn du auch nur daran denkst, zu deinem Dämonen-Liebhaber zu fliehen, werde ich Paris leiden lassen, bevor ich ihn töte. Und glaub mir, ich werde ihn töten. Er hat vor, sich an mir zu rächen für alles, was ich dir angetan habe."

Diese Art von Drohung hatte der König einmal zu oft ausgesprochen.

Hass mischte sich in die Übelkeit, und dazu ein Hauch Dunkelheit. Zwischen diesen Schatten tanzte Gewalt umher, bis der Drang, zu verstümmeln und zu töten, so stark war, dass sie das Gefühl hatte, darin zu ertrinken. Sie kämpfte nicht dagegen an; sie hieß es mit offenen Armen willkommen.

Er würde seine Strafe bekommen. Hier. Heute.

Warte noch, sagte *Zorn. Noch nicht … jetzt noch nicht …*

Sie hatte keinen Schimmer, was *Zorn* vorhatte; alles, was sie wusste, war, dass sie ihm mit Freuden die Leitung ihres Rachefeldzugs anvertraute.

Ahnungslos fügte Cronus hinzu: „Wusstest du, dass man vier Artefakte braucht, um die Büchse der Pandora aufzuspüren? Galen besitzt eines davon und die Herren drei. Das wird sich ändern. Ich werde das Allsehende Auge, den Zwangskäfig und die Rute an mich nehmen und sie Galen überlassen. Alle vier Artefakte werden ihm gehören. Für meine Geschenke wird er mir so dankbar sein, dass er schwören wird, mir niemals Schaden zuzufügen. Er wird die Büchse finden, und deine ach so tollen Herren werden sterben."

Warte ...

„So sehr vertraust du Galen? Du glaubst allen Ernstes, er würde sein Wort halten? Dass er nicht versuchen wird, auch dir deinen Dämon zu nehmen?" Gönnerhaft lächelte sie ihn an. „Ich wette, er ist genauso vertrauenswürdig wie du. Also, wenn du das alles für ihn getan hast und er dir den Todesstoß versetzen will, was wirst du tun, hm? Wirst du gegen ihn kämpfen? Oder deine Hinrichtung endlich als verdient akzeptieren?"

Cronus näherte sich ihr, hielt jedoch auf halbem Weg inne. Seine Ohren zuckten. Ein selbstgefälliges, unheimliches Lachen stieg aus seiner Kehle. „Wenn man vom Teufel spricht. Oder in diesem Fall: von dem Mann, der sich als Engel tarnt. Galen ist auf dem Weg hierher, Weib. Und noch nie war ein Krieger zorniger. Er will zurückhaben, was du ihm gestohlen hast, und er wird dich mit deinem Fleisch bezahlen lassen."

Warte ...

„Na, dann komm schon", forderte sie ihn heraus. Denn ja, auch Galen würde sie bestrafen. Für jedes Verbrechen gegen Paris, das er je begangen hatte. Für alles, was er Legion angetan hatte. Alles, woran er je auch nur *gedacht* hatte. Endlich.

Wütend blähte der König die Nasenflügel. Offensichtlich war ihm Siennas Mangel an Furcht gar nicht recht.

Tja, Pech gehabt.

„Keine Sorge, Baby. Wir sind schon da“, ertönte Paris’ Stimme hinter Cronus.

Die Dunkelheit verschwand, als hätte jemand einen Vorhang herabgerissen. Grelles Licht durchdrang alles, strahlender Sonnenschein. Ihr schmerzten die Augen, doch eisern hielt sie sie geöffnet. Paris war blass und blutete, doch sein Stand war sicher. Gemeinsam mit den anderen Herren stand er hinter Cronus aufgereiht, der herumwirbelte, um sich ihnen zu stellen. Sie waren bewaffnet wie für einen Krieg. Und anders als auf dem Gemälde in seiner Halle der Zukünfte waren sie nicht hier, um ihn zu beschützen.

Noch besser: Hinter ihnen stand eine Armee von Kriegern, deren weiße Flügel sie als Engel auswiesen, und auch sie waren in voller Kriegsmontur angetreten. An vorderster Front stand Zacharel. Bei jeder ihrer Begegnungen hatte seine Emotionslosigkeit sie erstaunt und sogar verstört. Jetzt war sie dankbar dafür. Er war die Entschlossenheit selbst; so kalt und grausam wie der Schnee, der um ihn herumwirbelte; offensichtlich bereit, *alles* zu tun, um seine Ziele zu erreichen.

„Du hast die Regeln gebrochen, Cronus“, erklärte der Kriegerengel. „Und jetzt wirst du dafür bezahlen.“

Was für Regeln?

„Was dagegen, wenn wir auch mitmischen?“, erklang eine weitere Stimme – diesmal weiblich – hinter Sienna. „Auf diesen Moment warte ich schon viel zu lange.“

Sienna fuhr herum und erblickte eine wunderschöne Brünette, die nur Rhea sein konnte. Die majestätische Königin der Titanen stand an Galens Seite, der Sienna so hasserfüllt anstarrte, als wollte er auf sie als Erste losgehen. Hinter ihnen war eine Armee von Jägern aufgetaucht, von denen sie ein paar wiedererkannte.

Ich habe mich für meine Seite entschieden. Hütet euch, machte sie mit einem Blick aus zusammengekniffenen Augen deutlich.

„Was ist hier los?“, verlangte Cronus zu erfahren.

„Die erste Schlacht des neuen Krieges“, erwiderte Zacharel ernst.

„Na dann. Los geht's. Da werde ich wohl meine eigene Armee brauchen, nicht wahr?“ Auf eine bloße Handbewegung hin erschienen Massen seiner Untertanen. Titanische Götter und Göttinnen umringten ihn, verbargen ihn in einem Meer betörender, makelloser Gesichter und perfekt geschnittener, juwelenbesetzter Abendroben und Togen. Offensichtlich waren sie alle etwas verwirrt durch den plötzlichen Ortswechsel – und keiner von ihnen war bewaffnet.

Als sie die Bedrohung um sich herum wahrnahmen, korrigierten sie das schnell. Waffen aller Art materialisierten sich aus der bloßen Luft.

„Bis zum Tod!“, brüllte Cronus.

Als wäre sein Schrei ein Startschuss gewesen, stürzten die Armeen sich aufeinander.

Jetzt! brüllte *Zorn* sie an.

Sienna öffnete ihren Geist für ihren Dämon, erlaubte ihm, die Kontrolle zu übernehmen, und warf sich mitten in die Schlacht.

50. KAPITEL

Seine oberste Priorität: Sienna.

Ausnahmsweise einmal versteckte *Sex* sich nicht in der hintersten Ecke von Paris' Geist. Stattdessen pumpte der Dämon ihm Kraft direkt in die Blutbahn, während er zu ihr stürzte. Seine Stichwunde war bereits verheilt. Die Dunkelheit in seinem Inneren brodelte, wirbelte, führte ihn, aber verzehrte ihn nicht. Die drei waren eins geworden.

Als er einen Mann hinter Sienna auftauchen sah, einen Jäger, die Glock im Anschlag, brüllte er auf und lief noch schneller. Rammte dem Kerl mit präzisem Schwung die Klinge seines Kristalldolchs in die Kehle, bevor der auch nur einen Schuss abfeuern konnte, während er gleichzeitig seine Frau hinter sich schob.

Zacharel hatte ihn gewarnt, dass sie hier oben, in dieser Welt zwischen den Welten ganz nah am Herz der Himmelreiche, für *jeden* sichtbar wäre. Und wer in der Lage war, sie zu sehen, konnte sie auch berühren. Wer sie berühren konnte, konnte sie verletzen. Und genau wie ihn könnte man sie töten, wenn ihr Körper zu schwere Verletzungen erlitt, als dass *Zorn* ihn wiederherstellen könnte. Insbesondere, wenn man die Verletzungen bedachte, die ihr während ihrer Trennung zugefügt worden waren – über die sie ihm immer noch nichts erzählt hatte.

Paris' erstes Opfer in dieser Schlacht brach zusammen. Einer erledigt. Blieben nur noch ungefähr tausend mehr. „Kannst du in Sicherheit fliegen?“, fragte er und stach einen weiteren Jäger ab. Nummer zwei.

Von ihr kam keine Antwort. Er befürchtete das Schlimmste und wirbelte sein Schwert herum, um jegliche Bedrohung auszuschalten, die sich vor ihr aufgebaut haben mochte. Bloß dass sie schon längst wieder vor ihm stand. Er erhaschte einen Blick auf ihren Hinterkopf, auf sicher verborgene Flügel, und sah, dass sie in ihren eigenen Kampf verwickelt war. Entweder hatte sie *Zorn* das Ruder überlassen, oder sie hatte ein paar neue Fähigkeiten aufgeschnappt, seit sie vor einer Stunde getrennt worden waren. Er setzte auf die erste Variante. Gut.

Mit nichts als dem Kristalldolch in der Hand tänzelte sie durch die Menge, eine tödliche Bedrohung, vollkommen auf Cronus und die ihn umgebenden Männer und Frauen fokussiert. Überall um sie herum fielen Jäger wie die Fliegen. Sie drehte sich, duckte sich, schnellte nach links und nach rechts. Plötzlich entfalteten sich ihre Flügel, und sie erhob sich in die Luft, noch etwas höher, und schnitt jemandem unter ihr die Kehle durch.

Ein wahrer Todesengel. Noch nie hatte Paris etwas so Wunderschönes gesehen. Aufmerksam folgte er ihr und schlachtete jeden ab, der es wagte, sie ins Visier zu nehmen. Kein Zögern. Keine Reue.

Ein Wurfstern schlitzte ihm den Unterarm auf. Ein scharfer Schmerz, ein warmes Blutrinnsal. Keins von beidem hielt ihn auf, und er vergeudete keine Zeit damit, den Schuldigen zu suchen. Hier waren so viele Menschen, so viele Körper, so viele Flügel und Waffen.

Die Götter und Göttinnen in ihren juwelenbesetzten Gewändern summten in ihrer elektrischen Energie, die ihm die Haare zu Berge stehen ließ. Manche konnten Feuer aus ihren Fingerspitzen schießen, manche Eis. Abgesehen von Cronus und Rhea hatte er mit den Titanen nie wirklich ein Problem gehabt, doch die Engel, die – Wunder über Wunder – auf seiner Seite standen, schienen eins zu haben, also … *Der Feind meines Freundes ist mein Feind.* Jedes Mal, wenn Paris einen Titanen entdeckte, erschlug er ihn kompromisslos.

Aber warum kämpften die Engel eigentlich gegen die Titanen? War das vielleicht eine Reviersache? So in der Art von: Der Himmel gehörte den Flattermännern, und sie würden die Eindringlinge nicht länger dulden? Schien logisch, aber selbst wenn der Grund gelautet hätte: „Wir mögen die Titanen nicht, wääh, wääh, buuhuu, die sind so gemein" – er wäre trotzdem mit vollem Einsatz dabei gewesen.

Eine Gruppe von Jägern stürmte auf Sienna zu und zog seine ganze Aufmerksamkeit und Wut auf sich. Sie schienen sie als eine der ihren zu erkennen – beziehungsweise als Verräterin. Ihr Abscheu war nicht zu übersehen, genau wie ihre ungeteilte Konzentration auf sie – als hätten Rhea und Galen sie ganz oben auf die Todesliste gesetzt.

Schneller, als das menschliche Auge wahrnehmen konnte, wand und drehte sich Paris, kreuzte und schwang dabei kontinuierlich seinen Dolch. Grunzen und Stöhnen ertönte. Und Schreie. Ein Stück weiter vorn zielte ein Jäger mit einem Kaliber .40. Im Weitergehen schleuderte Paris seinen Kristalldolch, als wäre er ein tödlicher Bumerang. Und das war er tatsächlich. Im Flug veränderte er seine Gestalt, und bevor der Jäger abdrücken konnte, trennte die Klinge ihm die Hand ab und kehrte dann in Paris' wartende Finger zurück.

Leider hatte er den anderen Jäger übersehen, der seine Waffe auf Lucien gerichtet hielt. Paris holte aus, um den Dolch erneut zu werfen, doch schon hallte der Schuss und traf Lucien in die Seite. Blut schoss hervor. Der Krieger schrie, ging jedoch nicht zu Boden, sondern kämpfte weiter.

Die anderen Herren sammelten sich um ihn herum, beschützten ihn. Gute Männer. Die Besten. Schon seit Langem kämpften sie Seite an Seite, im Himmel und auf der Erde. Sie wussten, dass sie dicht beieinander bleiben mussten, Rücken an Rücken kämpfen und den Kreis enger schließen, wenn jemand verletzt wurde.

Doch Lucien rappelte sich wieder auf und beamte sich direkt hinter den Jäger, der ihn verletzt hatte. Der Mann war tot, bevor sein Körper auf dem Boden aufschlug.

„Pass auf", rief Paris, als ein weiterer Jäger auf seinen Freund zustürzte. Mit hämmernden Schritten rannte er los, um dazwischenzugehen.

Lucien duckte sich. Dort, wo der Dolch des Menschen entlangzischte, befand sich plötzlich nichts als Luft. Und dann hatte Paris den Kerl erreicht, warf sich mit vollem Gewicht auf ihn, rammte ihn zu Boden. Er schlug zu, hörte Knochen brechen, schlug noch einmal zu, *fühlte* Knochen brechen, und erledigte den Kerl mit einem Dolchstreich.

„Danke", sagte Lucien und half ihm hoch.

„Kein Ding." Noch während er seine Umgebung absuchte, warf er sich in den nächsten Kampf. *Scheiße*. Er hatte Sienna aus den Augen verloren. Noch immer standen Menschen und Unsterbliche einander gegenüber, gingen mit ihren Waffen aufeinander los. Die Verletzten hatten sich an den Rand geschleppt, um sich vor Schlimmerem zu retten. Natürlich jagten die Krieger ihnen nach und erledigten sie.

In der Zwischenzeit flogen abgetrennte Körperteile umher, und Blut spritzte durch die Luft. Und war das ein Flügel, dort zu seinen Füßen? Weiß, durchzogen von schimmerndem Gold? Tatsächlich. Verdammt. Armer Engel.

Finde Sienna. Ein Befehl von seinem Dämon, seiner Dunkelheit und ihm selbst.

Rücksichtslos pflügte er los in die Richtung, in der er sie das letzte Mal gesehen hatte, und hinterließ eine Spur aus Blut und Tod. Das war es schließlich, wofür er geschaffen worden war. Um zu kämpfen. Um zu töten. Er gab sich der Gewalt hin, wand sich, richtete sich auf und sprang zur Seite, was auch immer notwendig war. Schlug um sich, durchtrennte Haut und Innereien. Vage registrierte er mehrere weitere Stiche und warme Rinnsale, doch er machte immer weiter.

Aus dem Augenwinkel glaubte er, Maddox fallen zu sehen. Dann Reyes. Und war das Sabin? Sie werden es schon schaffen, sagte er sich. Genau wie Lucien waren sie stark. An eine andere Möglichkeit würde er nicht einmal denken.

Ein paar Meter weiter wurde Gideon der Bauch quer aufgeschlitzt, und er blutete wie ein Schwein, während er sich gegen zwei Riesen wehrte. Strider war ... nirgends zu sehen. Verschwunden. Aber dort waren Kaia und Gwen, Haidee und Scarlet und hieben und stachen sich mit einem Grinsen auf den Lippen durch die Feindeslinien.

Meinen Jungs geht's gut, sonst wären die Mädels nicht so zufrieden, versicherte Paris sich. Er lief etwas schneller und enthauptete einen der Riesen von hinten, sodass Gideon sich voll auf den anderen konzentrieren konnte. Doch es waren einfach so viele Jäger, so viele Unsterbliche. Wenn sie seine Freunde verletzen konnten, wäre Sienna ...

Dort! Aus dem Augenwinkel entdeckte er ihre schwarzen Flügel. Blut tropfte daran herab, und er war sich nicht sicher, ob es ihres oder das von jemand anderem war. Unwillkürlich bewegte er sich immer schneller. Kriegsgebrüll ertönte, und von rechts stürzte sich ein Mann auf sie. Paris warf sich auf ihn, packte ihn um die Hüfte und schlitterte mit ihm über den Boden. Ein scharfer Ruck, und er hatte dem Kerl das Genick gebrochen.

Paris sprang auf und machte sich wieder auf den Weg zu seiner Frau. Mit einem Streich ihres Dolchs fällte sie einen brutal aussehenden Hünen von einem Mann. Bis zu den Ellbogen waren ihre Arme mit Blut überzogen. Ihr Oberteil war zerrissen, an der Seite blutete sie.

Die Dunkelheit in ihm verdichtete sich.

Direkt vor Sienna erschien Zacharel, focht ihr den Weg frei und griff die Titanen an, die sich den anderen Engeln vor Cronus entgegenstellten. Und, wen wunderte es, Cronus selbst war ebenfalls in die Schlacht verwickelt. Von der anderen Seite drangen Rheas Männer auf ihn ein und hackten und stachen nach ihm, als wäre er eine Piñata, und sie wollten unbedingt an die Süßigkeiten in seinem Inneren. Und trotzdem hatten sie ihm nicht eine einzige Verletzung zufügen können. Er war zu stark, zu schnell. Zu verdammt mächtig.

Dann waren diese Jäger erledigt, und es hieß Cronus gegen

Rhea, niemand mehr zwischen ihnen, während die restliche Schlacht hinter ihnen tobte. Beide hielten zwei Kurzschwerter in den Händen und rasten aufeinander zu. Trafen aufeinander. Metall krachte auf Metall, Funken stoben.

„Schlampe!"

„Bastard!"

„Wenn Galen mich tötet, stirbst du genauso", spie Cronus ihr entgegen.

„Das ist es mir wert", presste die Königin hervor.

Überall um sie herum spürten die Menschen und die Engel – und, verdammt, selbst die Herren, denn auch Paris fühlte es – ihre Wut noch höher lodern. Als speisten sich ihre Emotionen aus denen des Königs und der Königin. Zähne wurden gebleckt. Klauen ausgefahren.

Paris kam der unheimliche Gedanke, dass wahrscheinlich die ganze Welt von der Erschütterung dieser Schlacht bebte. Erdbeben, Tsunamis, Vulkanausbrüche, Stürme in allen Farben und Formen. Wie würde diese Welt aussehen, wenn er dorthin zurückkehrte?

Konzentration jetzt.

Töten, dachte er. Dann warf er sich wieder ins Getümmel. Schwang den Dolch. Sah Körper fallen. Sienna ganz in seiner Nähe. Endlich war er bei ihr. Natürlich war das der Moment, in dem Galen erschien. Er war blutgetränkt, bebte vor Wut. Und er schwang ein riesiges Breitschwert direkt auf Siennas Hals zu.

Sie bemerkte es nicht einmal, sie war zu beschäftigt damit, einen anderen Jäger zu erledigen.

„Nein!" Paris sprang zwischen die beiden Gegner. Weil er größer war als Sienna, schnitt die Spitze von Galens Schwert durch seine Brust statt durch seinen Hals. Haut, Muskel, Knochen, alles gab nach. Warmes Blut strömte an ihm hinab, als er in die Knie brach.

Dann platzten ihm fast die Trommelfelle, als ein durchdringender Schrei voller unheiliger Wut und panischer Verleugnung ertönte. Sienna hatte es bemerkt. Möglicherweise hatte sein Herz auch etwas abbekommen, denn das Organ setzte einen Schlag aus, dann noch einen.

Seine Sicht vernebelte sich. Aus Körpern wurden farbige Schlieren. Schwarz – Sienna und ihr rasender Zorn. Weiß – Galen und seine brutale Kraft. Die beiden fielen übereinander her, ein tödlicher Wirbelsturm.

Komm schon, komm schon. So würde Paris nicht zugrunde gehen.

Mühsam rappelte er sich auf, wurde jedoch sofort wieder zu Boden geworfen. Jemand hatte sich auf ihn gestürzt, schlug auf sein Gesicht ein. Zerschmetterte ihm mit Wucht die Lippe, die an seinen Zähnen aufplatzte. Auch wenn Paris den Schuldigen nicht sehen konnte, vermutete er, es war ein Mensch, und trat nach ihm. Das Gewicht verschwand von ihm, und er erhob sich erneut.

Wieder ging der Mann auf ihn los. „Ich wollte schon immer die Ehre haben, einen von deiner Art zu töten."

Noch immer hielt Paris seinen Dolch in der Hand und schwang ihn blind. Ein Treffer, ein Gurgeln. Und wieder eine Leiche auf dem stetig wachsenden Haufen.

Sienna ... Sienna ... Dort! Sie kämpfte weiterhin mit Galen. Doch ihre Bewegungen wurden langsamer, und es sah aus, als mischten sich Tausende roter Streifen in das Schwarz ihrer gebrochenen Flügel. Sie hatte Schmerzen, wurde schwächer. Paris verengte die Augen, nahm sein Ziel ins Visier und kämpfte sich vorwärts. Noch mehr Jäger strömten auf ihn zu, doch er hielt den Blick auf seinen Preis gerichtet und stach auf jeden ein, der sich ihm in den Weg stellte. Dann geschah es.

Galen warf sie zu Boden, setzte an zum Todesstoß.

„Wo ist Legion?", schrie der Hüter der *Hoffnung*. Er ließ sich auf die Knie fallen und hielt damit ihre Schultern durch sein Gewicht an Ort und Stelle.

„Das verrate ich … niemals …“ Keine Spur von *Zorn* lag mehr in ihrer Stimme. Was bedeutete, dass sie gerade ohne die Führung des Dämons handelte. *Sie* hatte die Kontrolle. Sie würde jede Verletzung spüren.

Beeil dich! Geh zu ihr! Paris stolperte, fing sich, lief weiter. Näher … immer noch nicht nah genug … so verdammt weit weg.

Noch ein Mensch, achtlos beiseitegeworfen.

„Wo ist sie?“ Galen.

„Da, wo du sie niemals finden wirst.“

Hinter ihnen parierte Cronus den nächsten Schlag von Rhea mit solcher Macht, dass ihr das Schwert aus der Hand fiel. Der König schnellte vor, packte sie bei den Haaren und zwang sie in die Knie. Und sie konnte nichts dagegen tun, unbewaffnet, wie sie jetzt war.

Mit der freien Hand zog Cronus eine dünne silberne Kette aus einer Tasche und fesselte ihr die Hände hinter dem Rücken. Unaufhörlich wehrte sie sich, überhäufte ihn mit Flüchen. Er wand die Kette um ihre Fußknöchel. Die perfekte Art, sie bewegungsunfähig zu machen. Die Königin würde nirgendwohin gehen, solange er sie nicht ließ.

Zwischen seinen Schulterblättern flammte scharfer Schmerz auf. Irgendjemand hatte ihm gerade ein Messer in den Rücken gejagt, begriff Paris benommen. Und wieder brach er in die Knie. Diesmal konnte er nicht wieder aufstehen. Stumm befahl er seinem Kristalldolch, sich zu verlängern, stieß damit hinter sich und traf denjenigen, der ihn niedergestochen hatte. Dann begann er zu kriechen. Er *würde* Sienna erreichen. Das würde er, auch wenn er auf jedem Zentimeter eine breite Blutspur hinterließ. Ehrlich gesagt hatte er bereits so viel Blut verloren, dass er nicht wusste, warum er überhaupt noch bei Bewusstsein war.

Galen erhob sich, befreite Sienna von seinem Gewicht, doch sie blieb, wo sie war. Hilflos, reglos.

Was hatte der Bastard mit ihr gemacht? „Nein. *Nein.*“ Auf Händen und Knien schleppte Paris sich in ihre Richtung. „Halt durch, Baby, ich komme.“

Jetzt umkreisten Cronus und Galen einander. Beide hatten unzählige Schnitte und bluteten stark. Beide humpelten.

„Nun gut. Unser Showdown, endlich“, kommentierte der König. Er hustete und spuckte einen Zahn aus. In seinen Händen waren keine Waffen mehr, denn er hatte beide Schwerter fallen lassen, als er seine Frau gefesselt hatte.

Er konnte sich anscheinend nicht wegbeamen. Vielleicht war er zu schwer verletzt.

Galen hob sein Schwert. „Gut ist das in der Tat. Du hast mir nicht gebracht, was du mir versprochen hast, und jetzt bist du wehrlos.“

„Bin ich das? Ich glaube nicht. Wenn du deine Frau haben willst“, fuhr der König fort, „wirst du jetzt verschwinden. Ich werde sie zu dir bringen, und du wirst sie behalten dürfen. Aber niemals mehr darfst du dich mir widersetzen. Also verschwinde. *Jetzt.*“

Sienna zuckte. Zuckte noch einmal. Erleichterung durchströmte Paris. Fast war er bei ihr, fast … Langsam erhob sie sich, schüttelte den Kopf und nahm stumm die Szene in sich auf, die sich vor ihr abspielte. Offensichtlich stand sie doch immer noch unter *Zorns* Einfluss. Cronus hatte ihr den Rücken zugewandt, ihm gegenüber stand Galen, doch der beachtete sie nicht.

Der Kristalldolch in ihrer Hand glomm im Licht auf. Dann verlängerte er sich, wie der von Paris es gerade getan hatte, wurde breiter, bildete am oberen Ende einen Bogen, wurde zu einer Sense. Er verwandelte sich in die einzige Waffe, mit der man den Mann töten konnte, der vom Thron der Titanen aus regierte. Paris begriff, was nun geschehen würde, und erstarrte.

Oh, verdammt. Jeder, der hinter Galen stand – was der

Perspektive auf Danikas Gemälde von diesem Moment entsprach –, konnte nur Cronus sehen. Die schlanke Frau hinter ihm blieb verborgen. Die Frau, die mit ihrer nächsten Tat die Welt verändern würde.

„Ich werde mich dir niemals beugen", fauchte Galen. „Und ich werde mir meine Frau selbst holen."

„Dann bekommst du sie erst, nachdem ich sie getötet habe."

Galen brüllte auf, die Waffe in seiner Hand bebte.

„Eigentlich", schaltete Sienna sich ein, als Galen bereits ausholte, „bist du derjenige, der sterben wird." Auch sie schwang ihre Sense.

Ihre Waffe war länger, stärker und viel mächtiger, und in diesem Rennen schlug sie Galen.

Cronus bekam nicht einmal mit, was geschah.

Sein Kopf löste sich vom Rumpf, flog zur Seite, und sein Körper brach zusammen. Rhea schrie, doch einen Sekundenbruchteil lang sah sie fast triumphierend aus. „Das war es … wert", flüsterte sie, und dann verstummte auch sie plötzlich reglos.

Meine Frau. Stolz mischte sich unter Paris' Erleichterung. *Meine Frau hat das geschafft. Sie hat diese Schlacht gewonnen.*

Als die Nachricht sich in erstaunten Rufen in der Menge verbreitete, erhob sich eine dunkle, kreischende Gestalt aus dem Körper des Königs, mit glühenden blutroten Augen, langen, scharfen Fangzähnen und einem Schwanz, der bedrohlich hin und her zuckte. Eine ähnliche Gestalt stieg auch aus Rhea auf, doch ihre hatte einen Buckel und so lange Klauen und Zähne, dass es fast Säbel hätten sein können.

Ihre Dämonen flohen aus ihren Körpern.

Gefangen im Wahnsinn schossen *Gier* und *Unfrieden* hoch in die Luft und verschwanden in die Nacht. Zwei von Pandoras Dämonen würden erneut über die Welt hereinbrechen.

„Jemand sollte sie verfolgen", versuchte Paris zu sagen, doch dann schrie Sienna, fiel hart auf die Knie, und nichts anderes war mehr wichtig für ihn. Sie breitete die Arme weit aus, bog den Rücken durch, verkrampfte sich am gesamten Körper. Der Kopf fiel ihr in den Nacken, und ein weiterer Schrei entrang sich ihrer Kehle, und noch einer, wieder und wieder.

Endlich erreichte Paris sie. Schließlich wurde sie still, hatte ihre Stimme vollkommen erschöpft. Doch sie verharrte in dieser Position, zitterte, zitterte so schrecklich. So gern wollte er sie in die Arme nehmen, sie trösten, stattdessen stellte er sich vor sie. Er war ihr Schutzschild. Jetzt und allezeit.

Neben ihnen stand Galen, außer Atem, und vielleicht hätte er sie angegriffen, doch die Schlacht war so plötzlich zu Ende gegangen, wie sie begonnen hatte. Die wenigen verbleibenden Jäger begriffen, dass sie in der Unterzahl waren, und rannten augenblicklich davon – obwohl ihm nicht klar war, wohin sie hier oben entkommen wollten. Blutverschmierte Götter und mitgenommene Göttinnen sanken auf die Knie. Manche senkten die Köpfe, andere sahen einfach nur verblüfft aus.

Die Engel kamen zu ihnen und reihten sich neben Sienna auf, als warteten sie nur darauf, dass der Hüter der *Hoffnung* einen Angriff wagte.

„Gegrüßt seist du, neue Königin", sagte plötzlich eine Göttin.

Der Rest der Titanen wiederholte den Satz, die Stimmen erfüllt von glühender Verehrung, als sie sich einer nach dem anderen vor Paris hinknieten. Er war sich nicht sicher, was hier los war; sie würden doch sicherlich nicht ihn als ihre neue Königin bezeichnen. Natürlich, er hatte seine Glanzmomente, aber vielleicht war das so ein Tick der Titanen, wie bei Viola, die ihr männliches Haustier „Prinzessin" getauft hatte.

„Sie meinen das Mädchen hinter dir", erklärte Zacharel und gesellte sich zu ihm.

Sienna? Sienna war *Königin*? Der Titanen? Immer noch in Angriffsstellung wirbelte er zu ihr herum. Sein Schwindel verschlimmerte sich, und er begriff, dass seine Optik einen tierischen Schlag abbekommen hatte.

Mit rauer Stimme fügte der Engel hinzu: „Unsere Entscheidungen bestimmen unsere Zukunft. Und obwohl es mir bis gerade eben nicht mitgeteilt wurde, war Sienna dazu bestimmt, des Königs wichtigste Waffe zu werden – oder sein Untergang, je nachdem, wofür sie sich entscheiden würde."

„Aber *er* hätte … es doch … wissen müssen. Seine … Augen … hätten ihm … das doch … gesagt." Jedes Wort brannte in seiner Kehle. Mit jedem Wort wurde er schwächer.

„Ich bin mir sicher, dass sie das auch getan haben", meinte Zacharel. „Auf ihre eigene Weise. Vielleicht hat er nicht genau genug hingesehen, vielleicht haben sie ihm auch nicht alles gezeigt. Und jetzt hat Sienna den Thron der Götter übernommen. *Deshalb* wollten wir sie auf unserer Seite. Deshalb wollten *alle* sie auf ihrer Seite. Die Kräfte, die Cronus über die Jahrhunderte von so vielen anderen gestohlen hat, gehören jetzt ihr."

Hab ich ein Händchen bei der Frauenauswahl oder was? Ein weiterer Hut, den sie tragen würde, fiel ihm mit einem kraftlosen Lachen ein, bei dem ihm Blut die Kehle hinaufblubberte und aus dem Mund tropfte.

Ein Nebel waberte durch seinen Geist, doch die Erkenntnis, dass er nun sterben würde, konnte er nicht verhüllen. Schon jetzt hatte er viel zu viel Blut verloren, und mit jeder verstreichenden Sekunde fiel ihm das Atmen schwerer. Doch Sienna wäre in Sicherheit, für immer in Sicherheit, und das war alles, was noch eine Rolle spielte. Mehr konnte er sich nicht wünschen. Abgesehen von einer Zukunft mit ihr. Das hätte ihm gefallen.

Als ihn der letzte Rest seiner Kraft verließ, ließ er sich nach hinten fallen und legte den Kopf in ihren Schoß.

„Paris?"

Eine Dunkelheit, die nichts mit seinem Zorn zu tun hatte, zog sich immer enger um ihn zusammen. „Ich … liebe … dich", krächzte er.

„Paris!“

„Rette … Freunde … Nicht … sterben lassen.“ Die Dunkelheit verschlang ihn, und er wusste nichts mehr.

Außer …

„Paris!“

Ihre Stimme riss ihn zurück. Ein weißes Aufblitzen. Dunkelheit. Wieder ein weißer Blitz, einige Sekunden länger. Noch ein Blitz, der anhielt … anhielt … Sein Körper und sein Dämon schienen voneinander fortzustreben, sich voneinander zu lösen … Bis er Siennas Stimme hörte und alles wieder an seinen Platz zurückschnellte.

„… mich nicht verlassen! Das lasse ich nicht zu. Erinnerst du dich daran, dass wir darüber geredet haben, wie es ist, jemanden zu haben, für den man sterben würde? Tja, das bist du für mich. Du bist dieser Jemand. Wenn du diese Welt verlässt, werde ich dir folgen.“ Oh, war sie wütend. Da regte sich wieder dieses mörderische Temperament. „Hast du mich gehört?“

Unter ihm bebte die Erde.

Er lächelte, denn in diesem Moment begriff er etwas Wundervolles. Alles würde gut werden. Sienna war stur bis ins Mark. Sie hatte Cronus besiegt, Galen hereingelegt. Das hier war gar nichts.

Sie würden zusammen sein, so oder so. Dafür würde sie sorgen.

51. KAPITEL

Nur höchst ungern ließ Sienna ihren Paris allein im Bett zurück. Sie wollte nicht, dass er ohne sie an seiner Seite erwachte. Sein Körper heilte nur langsam von den schweren Verletzungen, die ihm in der Schlacht zugefügt worden waren, und wenn er die Augen öffnete, würde er Antworten verlangen. Antworten, die sie ihm bereitwillig geben würde, sobald sie selbst sie in Erfahrung gebracht hatte.

Nachdem sie ihm also zärtlich mit den Fingerknöcheln über das schöne Gesicht gestrichen hatte – zwar wandte er sich ihr zu, zeigte jedoch keinerlei sonstige Reaktion –, verließ sie eilig das Zimmer, das sie im Reich der Blutigen Schatten miteinander teilten. Dann blieb sie stehen. Moment, Moment, Moment. Sie konnte sich doch jetzt beamen, oder?

Um genau zu sein, hatte sie auf diese Weise Paris und all seine Freunde hierher zurückbefördert. Ein bloßer Gedanke hatte ausgereicht: *Ich wünschte, ich wäre zu Hause*, und schwupps, sie hatte geblinzelt, und jeder Einzelne von ihnen hatte sich im Schloss wiedergefunden. Der Schock hatte sie überwältigt, sie in die Knie gezwungen. Schwindelerregende Möglichkeiten hatten sich ihr aufgetan – Hawaii, Russland, Irland, Key West und jeder andere Ort, den sie je hatte besuchen wollen –, und unabsichtlich hatte sie sich über die ganze Welt hin- und hergebeamt.

Das war jetzt wie lange her? Zwei Tage. Zwei Tage, die ihr wie eine Ewigkeit erschienen, doch schließlich hatte sie diese spezielle Fähigkeit in den Griff gekriegt. An manche, von den anderen, würde sie sich wohl niemals gewöhnen.

Macht wogte in ihrem Inneren. So viel Macht, dass sich ihre Haut zu klein für ihren Körper anfühlte, ihre Poren überdehnt, als könnte sie jeden Moment in tausend Stücke zerspringen. Augenscheinlich hatte ihre Enthauptung des Götterkönigs den Anspruch auf fast all seine Kräfte mit sich gebracht – und auf seinen sämtlichen materiellen Besitz. Wie zum Beispiel sein Zuhause im Himmelreich und sogar seinen Harem – aus dem sie augenblicklich alle befreit hatte.

Eine der Frauen dort – Arca – hatte sie gefragt, ob Paris sie geschickt hätte. Im Tausch gegen Arcas Hilfe hatte er geschworen, sie zu befreien, nachdem er Sienna gerettet hätte. Sie hatte Ja gesagt, diese Schuld war also bezahlt.

Obendrein waren jetzt Cronus' Verbündete auch die ihren – genau wie seine Feinde. Doch darüber machte sie sich keine Sorgen.

Die Dunkelheit in ihrem Inneren, von der Zacharel gesprochen hatte, konnte sie mittlerweile tatsächlich spüren. Eine Dunkelheit, die Paris ihr geschenkt hatte – und mit der *Zorn* sich liebend gern vollstopfte. Von ihr hatte er sich nie genährt, dafür jedoch bei Paris damit begonnen. Damit nahm er dem Krieger immer mehr von dieser Dunkelheit, verringerte ihre Macht über Paris. Zacharel würde das nur gutheißen können.

Mit einem Seufzen beamte sie sich in Luciens Zimmer, um mit ihrem täglichen Check-up bei allen von Paris' Freunden zu beginnen. Er und Anya waren im Bett und schliefen friedlich. Seine Verletzungen waren weniger schlimm als die von Paris, und heute Morgen war er sogar aus dem Bett gekrabbelt, nur um in den Unterhaltungsraum zu humpeln, sich Anya über die Schulter zu werfen und mit ihr zu verschwinden.

Auch Maddox und Ashlyn waren im Bett, säuselten jedoch auf ihre Babys ein, die in den Armen ihrer überglücklichen Eltern strampelten und gurrten. Maddox war ziemlich stark verbunden, blass und vom Kampf gezeichnet, doch er lächelte. Der kleine Junge, Urban, hielt Siennas Blick fest und zwinkerte.

Zwinkerte? Bestimmt nicht.

Strider und Kaia – hatten Sex. *Oh, oh, uäh! Meine Augen.* Hastig wechselte Sienna in den nächsten Raum.

Sabin und Gwen – *Herr im Himmel, rette mich. Oh, das*

bin ja ich. Die beiden waren ebenfalls mittendrin. Was war nur mit den Leuten in diesem Schloss los? Hatte Paris' Dämon irgendwie auf sie alle abgefärbt?

Gideon und Scarlet kuschelten und redeten. Und eine seltsamere Unterhaltung hatte Sienna noch nie gehört.

„Ich hasse dich."

„Ich hasse dich mehr."

„Ich hasse dich am meisten."

Weiter.

In der Küche fand sie Amun und Haidee, die Kekse backten. Haidee hatte Mehl auf den Wangen und Handabdrücke auf den Brüsten und dem Hintern – ein freundlicher Gruß von Amuns geschickten Fingern.

Reyes und Danika waren in ihrem Schlafzimmer. Wie Paris schlief auch Reyes seine Verletzungen aus. Danika malte.

Sienna wusste, dass Danika das aktuelle Allsehende Auge war, und sah absichtlich nicht auf die farbenfrohe Szene, die auf ihrer Leinwand entstand. So wie Cronus wollte sie nicht enden, besessen von dem, was geschehen mochte und wie sie es verhindern könnte, während sie vollkommen vergaß, im Jetzt zu leben.

Alles, worauf sie sich eingelassen hatte, war, Danikas Aussage Gehör zu schenken, dass die Festung in Budapest bald zu gefährlich sein würde, um sich darin aufzuhalten, auch wenn sie nicht wusste, warum. Danikas Überzeugung nach musste die Truppe fürs Erste hierbleiben. Dazu hatte Sienna natürlich ihren Segen gegeben.

Cameo befand sich im Unterhaltungsraum und polierte ihre Dolche, während im Fernsehen eine Folge „1.000 Arten zu sterben" lief. Ja, die Krieger hatten einen Weg gefunden, im Reich der Unsterblichen Satellitenempfang zu bekommen.

Aeron und Olivia – nicht schon wieder! Echt jetzt. Dieses Schloss glich einem Affenhaus. *Zorn* gurrte sein übliches Himmel-Hölle-Gesäusel, und in seinem Ton lag immer noch eine gewisse Sehnsucht, aber wenigstens winselte er nicht mehr.

Zufrieden, dass du bei mir bist? fragte Sienna den Dämon. *Wenigstens ein bisschen?*

Ganz so furchtbar bist du nicht.

Sie lachte. Mittlerweile sprach *Zorn* immer öfter mit ihr, und das auch noch in ganzen Sätzen – nicht bloß in einem Strom von wütenden Befehlen, die sich alle um das eine drehten. Auf dem Schlachtfeld hatte er ihr geholfen, sie angeleitet, aber nicht die Kontrolle an sich gerissen. Genau wie im Kampf gegen Fox, als er es ihr ermöglicht hatte, mit ihm zusammenzuarbeiten und zu tun, was nötig war. Sie hatte den Verdacht, dass er hoffte, auf diese Weise zu helfen, seinen Aeron und Olivia zu beschützen.

Legion befand sich ebenfalls in dem Zimmer, das sie für sie ausgesucht hatten, aber eines ihrer Handgelenke war an die Wand gekettet. Eine lange Kette erlaubte ihr, sich frei im Zimmer zu bewegen, doch das Metall um ihren Arm verhinderte, dass sie sich zu Galen beamte, um ihren Schwur einzuhalten.

Das werde ich in Ordnung bringen müssen, dachte Sienna.

Hoffnung *wird bis zum Tod kämpfen, um sie zurückzugewinnen*, warnte *Zorn*.

Tja. Wahrscheinlich. Aber mit diesem Problem würde sie sich später am Tag befassen.

Viola und ihr Prinzessinnen-Hunde-Ding waren bei Legion im Zimmer, und die Göttin ergötzte das angekettete Mädchen mit Geschichten über sich. Ein gefesseltes Publikum, wie es aussah. Aber … Arme Legion. Die Prinzessin leckte ihr die Füße.

Torin saß in seinem eigenen Zimmer vor einer Reihe von Monitoren. Auf seinem Gesicht lag ein vollkommen abwesender Blick, und sie fragte sich, worüber er wohl nachdachte.

… was soll ich jetzt mit dem Allschlüssel machen? Cronus wird ihn nicht zurückverlangen, der ist tot, und heilige

Scheiße, was ist da bloß passiert mit Paris' Frau als Königin der Titanen? Wollt ihr mich verarschen? Sie ist ein ehemaliger Mensch und noch dazu tot. Nicht zu vergessen, eine ehemalige Jägerin. Und wir wissen bereits, wie absolut beschissen es ist, von Dämonenbesessenen regiert zu werden. Müssen wir uns jetzt vor ihr verneigen? Verdammt, ist das alles seltsam, ich hab keinen Schimmer …

Genug! dachte sie, und sein innerer Monolog verstummte, als hätte ihn jemand leise gedreht. Genauso, wie sie nichts über die Zukunft erfahren wollte, versuchte sie, nicht mehr als den ihr zustehenden Anteil an der Gegenwart zu nehmen. In die Köpfe anderer Leute einzudringen, war so was von uncool. Schließlich hatte sie Manieren.

Auch wenn Sienna in den vergangenen Tagen nicht viel mit den Herren gesprochen hatte, weil sie zu beschäftigt gewesen war, sich um Paris zu kümmern und sich an ihre neue Position zu gewöhnen, wusste sie, dass viele von ihnen sich immer noch nicht ganz wohlfühlten mit ihr. Na ja, was sollte es. Das würde Zeit brauchen. Zeit, die sie ihnen bereitwillig geben würde. Alles, um mit Paris zusammen sein zu können.

Als Nächstes beamte sie sich nach oben in den Flur vor den Zimmern der drei Unsterblichen, die Cronus gefangen genommen hatte. Cameron, Winter und Irish. Anders als all die Male zuvor sah sie keine Bilder von ihren Verbrechen vor ihrem inneren Auge aufblitzen. Während der Schlacht im Himmel hatte *Zorn* sich bis zur Übelkeit satt gefressen und verspürte momentan keinen Appetit.

Cameron entdeckte sie als Erster und gab den anderen Bescheid. Dass sie Sienna jetzt doch sehen konnten, verwunderte sie nicht. Alle anderen konnten es auch. Die Gefangenen traten an die unsichtbare Versiegelung vor ihren Türen.

Neugierig schnupperte Cameron, fing ihren Geruch ein und knurrte. „Ambrosia. Schon wieder. Ich kenne dich. Du bist die unsichtbare Spionin dieses Bastards."

„Tja, frohe Neuigkeiten“, erwiderte sie. „Der Bastard ist tot, und ich bin ganz offensichtlich nicht mehr unsichtbar.“

Alle drei blinzelten. Irish reagierte gar nicht, doch die anderen beiden lachten ohne wirklichen Humor.

„Ja, klar.“

„Was du auch sagst.“

„Ich werde euch freilassen“, kündigte sie an, und damit hatte sie ihre volle Aufmerksamkeit. Plötzlich ernst, starrten sie zu ihr herüber. Sie hatte das noch nicht früher getan, weil sie sich nicht sicher war, ob das der klügste Weg war. Wie würden sie auf Sienna als Königin reagieren? Versuchen, sie zu töten? Doch dann hatte sie beschlossen: und wenn schon. *Meine Kräfte sind weit größer als ihre.* „Wenn ihr den Herren der Unterwelt, euren Brüdern im Geiste, Schaden zufügt“, betonte sie, „werdet ihr es bereuen. Sie gehören mir, und ich beschütze, was mir gehört. Habt ihr verstanden?“

Steifes, ungläubiges Nicken allseits.

„Hört euch um“, empfahl sie ihnen. „Ihr werdet entdecken, dass ich euch auf Arten Schmerzen zufügen kann, die euch bis in alle Ewigkeit nicht mehr loslassen werden.“

Sie trat vor und berührte Winters Tür. Das Kraftfeld verschwand, und Winter keuchte auf. Eine Sekunde später war das Mädchen verschwunden. Sie wiederholte das bei den Männern, und beide waren ebenfalls im Nu verschwunden.

So einfach ging etwas, das ihr vor wenigen Tagen noch unmöglich gewesen wäre. Was sollte man davon halten.

Traurigerweise war sie noch nicht fertig mit ihren Aufgaben.

William war nicht in seinem Zimmer, aber ein Menschenmädchen – Gilly, rief sie sich in Erinnerung – schlief tief und fest in seinem Bett, das dunkle Haar über sein Kissen ausgebreitet. In der Luft lag *nicht* der Duft von Sex, sondern der von Angst mit einem Hauch von Trost. Voller Sorge um William, der ebenfalls verletzt worden war, war Gilly hergekommen. Er hatte sie beruhigt, bis sie neben ihm eingeschlafen war, dann hatte er sich verdrückt.

Jetzt hockte er auf dem Dach des Schlosses, warf sich Gummibärchen in den Mund und sprach in leisem Ton mit einem anderen Mann. Hades. Augenblicklich spürten beide ihre Anwesenheit und blickten in ihre Richtung.

„Hallo, Mädchen, dem ich wieder und wieder geholfen habe“, lautete Williams Begrüßung – sein Humor hatte offensichtlich nicht unter seinen Kampfverletzungen gelitten.

„Hallo, Mädchen, das mir eine Menge Gefallen schuldet“, fügte Hades hinzu. Schwarzer Nebel hüllte ihn ein, und feurige Adern durchzogen etwas, das wie Flügel aussah.

Vielleicht hatten ihre neuen Kräfte auch ihre Sehfähigkeit verbessert, denn plötzlich nahm sie Dinge wahr, die ihr bisher entgangen waren. Er hatte langes, pechschwarzes Haar, Augen von reinstem Schwarz ohne erkennbare Pupillen und ein Gesicht, das schöner als selbst das von Paris war. Na ja, ein Gesicht, das manche Frauen für schöner als das von Paris halten würden. Sie nicht.

Seine Muskeln waren riesig, und auf die Brust schien er unzählige winzige Sterne tätowiert zu haben.

Ich mag ihn, befand *Zorn*.

Das macht mir ein bisschen Angst, nur dass du's weißt.

„Wenn ‚zwei‘ in deiner Welt gleichbedeutend ist mit ‚viele‘, dann ja“, gab sie trocken zurück. „Weißt du mittlerweile, was ich für dich tun soll?“ Was sie beunruhigte, war, dass er sie um die Welt bitten könnte – und sie würde sie ihm geben müssen, solange Paris und seine Freunde dabei nicht zu Schaden kämen.

Hades schüttelte den schattenverhangenen Kopf und grinste sie mit einem Serienmördergrinsen an. „Bald“, versprach er.

„Super“, befand sie und überließ die beiden ihren geheimen Beratungen. Ein Blinzeln, und sie befand sich im Himmel, genauer gesagt in Zacharels Wolke.

Dass Engel in Wolken lebten, hörte nicht auf, sie zu erstaunen – und ebenso, dass diese Wolken tatsächlich wie Häuser waren. Mit Möbeln, Fluren, Gärten. Was auch immer der Besitzer sich wünschte. In der von Zacharel gab es das obligatorische Bett, aber darauf war ein Mann mit pinkfarbenem Haar und blutrot tätowierten Tränen im Augenwinkel festgekettet. Seine Augen waren verbunden, und im Mund trug er einen Knebel. Über seine Hüften gebreitet lag eine Decke. Sonst trug er nichts.

Nicht hinsehen, das geht mich nichts an. Auf dem Nachttisch stand ein sanduhrförmiges Glas mit einer viskosen Substanz darin. Sie wollte nicht darüber nachdenken, was er mit dem Zeug anstellte.

„Zacharel", rief sie, während ihr Blick bereits wieder zu dem pinkhaarigen Mann wanderte. Sie verengte die Augen. Das war Paris' Angreifer aus der Höhle … und, wie sie mit ihrer neuen, verbesserten Sehfähigkeit auf einen Blick erkannte, gar kein Mann, sondern ein gefallener Engel. Seit wann wurden seinesgleichen denn an dem Ort gefangen gehalten, dem zu entfliehen sie beschlossen hatten? Sie sah zu, wie er sich zu befreien versuchte.

Zacharel kam durch die gegenüberliegende Tür herein, nackt und nass, und Himmel, war er überwältigend. Einfach … wow. Muskeln, die es mit denen von Paris aufnehmen konnten, und verdammt, was für ein Waschbrettbauch. Er hatte kleine braune Nippel, beeindruckende Kronjuwelen und keine Körperbehaarung. Sein einziger Makel war ein schwarzer Fleck von der Größe ihrer Faust mitten auf seiner Brust, der an den Rändern wie ein Tintenklecks verlief. Moment. Nein. Nicht der einzige Makel. Spuren von Peitschenhieben wanden sich um seinen Brustkorb, rot und empfindlich. Und konnte sie den Schnee, der immer noch aus seinen Flügeln fiel, wirklich als Zeichen der Perfektion werten?

Er hielt inne, als er sie sah. Eine Sekunde später war er in ein weißes Gewand gehüllt. Außerdem waren sein Bett und der Gefangene darauf verschwunden. „Ich hatte eine Bitte-nicht-stören-Barriere vor dem Eingang." Da war sein emotionsloser Ton wieder. „Wie bist du hereingekommen?"

„Äh, ja, das tut mir leid", stammelte sie. „Ich hab mich einfach, äh, hierherversetzt."

Keine Rüge. Nur ein angespanntes „Was willst du?".

„Ich wollte mich bei dir bedanken." Er war der einzige Grund, warum Paris und seine Freunde noch lebten. „Du hast mir Wasser aus dem Fluss des Lebens gegeben. Zu jenem Zeitpunkt wusste ich noch nicht, was du auf dich nehmen musstest, um es in deinen Besitz zu bringen, doch jetzt weiß ich es und bin mir bewusst, dass es eine Art Opfer war."

In den seltsamsten Momenten kamen ihr dieser Tage Informationsfetzen zu Bewusstsein, und erst heute Morgen war ihr klar geworden, dass Engel etwas aufgeben mussten, das sie liebten, wenn sie sich dem Fluss des Lebens auch nur nähern wollten. Und um mit einem Fläschchen voll Wasser wieder zu gehen? Dafür mussten sie Blut lassen. Eine Menge. Vielleicht war er deshalb ausgepeitscht worden.

Nach der Schlacht, als Paris mit seinem Blut sämtliche Lebenskraft verlor, hatte Zacharel ihr eine Phiole dieses Wassers angeboten im Tausch gegen ihr Versprechen, den Engeln in dem bevorstehenden Krieg zu helfen. Offenbar war der Kampf gegen Cronus nicht der einzige, bei dem sie Hilfe zum Sieg brauchten.

„Ich werde alles für euch tun, was ich kann", endete sie. Auch ihren Fähigkeiten waren jedoch Grenzen gesetzt. Ihre Schwester hatte sie nicht zurückholen können, obwohl sie es versucht hatte. Sie konnte Kane nicht aufspüren. Konnte andere nicht heilen. Cronus war niemals die allmächtige Kreatur gewesen, als die er sich dargestellt hatte.

„Du musst noch viel über dich lernen", erklärte der Engel. „Die nächsten paar Wochen wirst du mit uns verbringen, und wir werden dir beibringen, was du wissen musst."

„Sobald Paris wieder auf den Beinen ist. Er wird mich begleiten", kündigte sie an. Und sie betete, dass sie recht hatte, dass er das auch wollte.

„Er hat seine Dunkelheit mit dir geteilt, und du willst ihn trotzdem noch?"

„Natürlich. Ich bin für ihn ein Licht, ein Ausweg, und auf seltsame Weise ist seine Dunkelheit *mein* Licht."

„Das ist ..."

„Genug davon, ich weiß. Ich will, dass er bei mir ist, und damit Ende." Sie verschwand, denn sie hatte noch eine Station vor sich, bevor sie zu Paris zurückkehren konnte.

Galens Zuhause.

Gemeinsam saßen er und Fox am Küchentisch, Berge von Waffen und Munition um sich herum verstreut. Sie polierten Metall, überprüften Magazine, füllten Kugeln nach.

Zorn grollte, sagte jedoch nichts.

Galen sah aufgewühlt aus. Fox wirkte ausgelaugt. Ihre Nasenflügel blähten sich, und sie schnupperte, sog tief die Luft ein, dann fuhr ihr Kopf herum. Als ihr Blick auf Sienna fiel, sprang sie auf die Füße und wollte sich auf sie stürzen.

Mit einer Bewegung ihres Handgelenks teleportierte Sienna die Frau auf genau den Tisch, auf dem Sienna selbst ausgesaugt worden war, und legte sie dort in Ketten.

Auch Galen sprang auf, so heftig, dass sein Stuhl hinter ihm fast umfiel. „Du!"

„Ich."

„Ich will meine Frauen zurück. Legion *und* Fox."

„Und ich will, dass du Legion von ihrem Blutschwur dir gegenüber entbindest."

„Niemals."

„Ich hab mir schon gedacht, dass du das sagen würdest." Sie glitt auf ihn zu und ließ sich auf Fox' Stuhl nieder. Er wagte keinerlei aggressive Bewegung in ihre Richtung, denn schließlich wusste er auch mittlerweile, wozu sie fähig war.

Möglicherweise hätte sie ihn umbringen sollen für all das Unrecht, das er begangen hatte. Doch die meisten seiner Jäger waren tot, gefallen in der Schlacht, und vielleicht hatte er genug gelitten. Außerdem wollte sie seinen Dämon nicht auf die Welt loslassen wie *Gier*, der zu Cronus gehört hatte, und *Unfrieden*, der Rheas Dämon gewesen war. Ohne Zweifel tobten die beiden jetzt durch die Welt da draußen.

„Wie du weißt, waren die Unaussprechlichen an Cronus gebunden. Jetzt, wo er tot ist, sind sie frei. Ich habe versucht, sie gefangen zu halten, aber bis ich realisiert hatte, wer und was sie sind, und dass auch ich sie binden kann, waren sie schon längst verschwunden." Durchdringend blickte sie ihn an. „Sie wollen dein Blut, Galen. Und zwar aus tiefster Seele. Sie werden dich unbarmherzig verfolgen." Und in der Tat war sie überrascht, dass sie ihn nicht längst erwischt hatten. „Willst du Legion wirklich einer derartigen Situation aussetzen? Einer derartigen Gefahr?"

Ein langer Moment verstrich. Mit seiner Antwort würde er seine wahren Gefühle für das Mädchen enthüllen.

Seine Schultern sanken. Er sank zurück auf seinen Stuhl. „Nein. Das will ich nicht."

Sienna wurde klar, dass das Mädchen ihm wahrhaftig etwas bedeutete.

„Ich … gebe sie frei", presste er hervor. „Ich befreie sie von ihrem Schwur, bei mir zu bleiben und mir zu gehorchen."

Doppelt wow, doch sie kommentierte es mit keinem Wort. Sie wusste nicht, was sie sagen sollte. Also ging sie über zum nächsten Tagesordnungspunkt. „Du hast etwas, das ich will."

Er tat gar nicht erst so, als verstünde er sie nicht. „Den Tarnumhang?"

„Ja."

„Der gehört mir. *Mir*."

Wie sehr sie wünschte, sie könnte ihn dazu zwingen, ihr das Artefakt zu übergeben, doch der freie Wille war eine größere Macht als das, was in ihrem Inneren brodelte. Was auch immer Cronus ihr darüber erzählt hatte, dies war der Grund, warum er so hart daran gearbeitet hatte, sie von seiner Sache zu überzeugen. Unsterblich oder nicht, König oder nicht: Wer mit dem freien Willen herumpfuschte, wurde bestraft. Und zwar hart. Sie war sich ziemlich sicher, dass sie ihn aus diesem Grund am Ende besiegt hatte. Weil er ihr den ihren genommen hatte, hatte er seinen eigenen ebenfalls verloren.

„Womit kann ich dich überzeugen, mir den Umhang freiwillig zu geben?", fragte sie. Mittlerweile hatte sie das eine oder andere über das Handeln gelernt.

Er schaute sie aus zusammengekniffenen Augen an. „Schutz. Du musst mich vor den Unaussprechlichen beschützen."

Und würden die Herren das nicht einfach *großartig* finden? „Für ein Jahr", schlug sie vor.

„Für die Ewigkeit."

„Zwei Jahre."

„Ewigkeit."

„Ein Jahr", erwiderte sie und verengte selbst die Augen.

Er knackte mit dem Kiefergelenk. „Meinetwegen. Zwei Jahre Schutz. Vielleicht bringe ich dich in dieser Zeit um und nehme mir diese königlichen Mächte selbst. Beschütze mich selbst."

Bis dahin hätte sie die Büchse der Pandora längst gefunden, doch das verriet sie ihm nicht. „Wage irgendein krummes Ding, Galen, und du wirst dich für die nächsten zwei Jahre in einem ganz speziellen Gefängnis für Unsterbliche wiederfinden."

Er erbleichte.

Oh ja. Er hatte verstanden, worauf sie hinauswollte. Er würde Seite an Seite mit den Griechen, die er einst verraten hatte, im Tartarus verrotten. „Gib mir den Umhang."

Mit eckigen Bewegungen zog er ein kleines Viereck aus grauem Stoff aus seiner Hosentasche und warf es ihr zu. „Da. Er gehört dir."

Ihr blieb keine Zeit, sich an ihrem Sieg zu erfreuen.

„Sienna!“

Trotz der unermesslichen Entfernung zwischen ihnen hörte sie Paris’ bellenden Ruf nach ihr ganz deutlich. Mit vor Freude geröteten Wangen schob sie sich den klein zusammengefalteten Umhang in den Ausschnitt. Er war wach! „Ich muss weg“, sagte sie und wünschte sich zurück in ihr Schlafzimmer.

52. KAPITEL

Paris stand kurz vor einem Feldzug der Zerstörung, als seine Frau neben seinem Bett erschien. Er hielt die Luft an und ließ sich wieder in die Kissen sinken. Herrlich glänzend fiel ihr das dunkle Haar über eine Schulter. Sie trug ein golddurchwirktes Abendkleid in Smaragdgrün, und Edelsteine funkelten in dem Stoff. Die schwarzen Flügel erhoben sich majestätisch über ihren Schultern.

Nie war sie schöner gewesen.

Ihm entwich ein Seufzer des Glücks, als sie sich auf ihn warf. „Ich bin so froh, dass du wach bist!" Ihr Federgewicht ruhte auf seinem Körper, und ihr Haar bildete einen Vorhang, der ihm das Gefühl gab, sie beide wären die einzigen Personen auf der ganzen Welt. Innerlich jubelte er. Sie gehörten zusammen.

„Stimmt es, dass du jetzt unser Boss bist?"

Sie schnaubte. „Wie geschickt du dich immer ausdrückst. Aber ja, ich bin quasi euer Boss. Ständig sind Titanen aus dem Nichts aufgetaucht, um mir ihren Respekt zu zollen, und zu guter Letzt musste ich mir mit einem königlichen Erlass etwas Privatsphäre verschaffen."

Königin Sienna. Das gefiel ihm. „Ich schätze mal, das macht mich zu König Paris."

Ihr entwich ein glockenhelles Lachen. „Ich wusste schon immer, dass du zu Großem bestimmt bist."

„Natürlich werde ich meine Jungs rumkommandieren können."

„Natürlich."

Er grinste. Er war so verdammt glücklich, dass er hätte platzen können. „Ich wusste, dass du mich zurückholen würdest, Baby. Also, bin ich eine untote Seele?"

Mit einem liebevollen Lächeln auf den zarten Zügen hob sie den Kopf. „Nein, du bist sehr lebendig, und deinen Dämon hast du auch noch."

Ja, er spürte, wie der Bastard aufwachte, sich reckte und streckte und nach Sienna verlangte, nur nach Sienna. *Sex* war nicht mehr auf wahlloses Rammeln aus. Der Dämon hatte Sienna und all die verschiedenen Facetten ihrer Persönlichkeit voll und ganz angenommen und wollte sie nicht verlieren. Sie war sein Sechser im Lotto.

Während er sie mit einer Hand weiter berührte, tastete er sich mit der anderen kurz ab. Keine Verletzungen. Er war vollständig geheilt. „Was ist da oben passiert?"

Sie küsste ihn auf die Wange, auf den Hals. „Nachdem du in Ohnmacht gefallen warst und ich vollkommen ausgerastet bin, hat Zacharel mich wieder auf den Teppich geholt und mir meinen neuen Status und meine Fähigkeiten erläutert. Außerdem hat er mir eine Phiole mit dem Wasser des Lebens gegeben. Für eine Gegenleistung. Ich habe dir und allen anderen Herren einen Schluck gegeben, und ihr Jungs seid seitdem stetig gesünder geworden."

„Was für eine Gegenleistung?", wollte er wissen.

„Na ja, die Engel wollten mich die ganze Zeit im Himmel haben, um ihnen bei ihrem Krieg zu helfen. Ich habe ihnen gesagt, dass ich bereit bin zu helfen, aber dass ich nicht dort leben werde. Ich werde bei dir bleiben. Wenn du mich willst. Aber ein paar Wochen müssen wir doch da oben bleiben, damit ich lernen kann, wie ich meine neuen Kräfte einsetzen muss. Da war ich gerade. Und ich rede schon wieder wirres Zeug, oder?"

„Ich liebe es, wenn du das tust. Aber haben gerade wirklich die Worte ‚Wenn du mich willst' deinen Mund verlassen?" Er konnte nicht anders, er küsste sie hart und schnell und erneuerte so seinen Besitzanspruch. „Ich will dich, heute und an jedem anderen Tag. Und ich werde dir helfen, den Engeln zu helfen. Und ja, ich werde mit dir gehen, wohin auch immer du gehen musst."

Ihr entwich ein Seufzer der Erleichterung. „Ich bin so froh.

Oh, und nur falls es zur Sprache kommt, die Dunkelheit in deinem Inneren ist jetzt auch in mir."

„Was?" Perplex suchte er nach Worten und erbleichte. „Es tut mir leid, so furchtbar leid. Ich wollte nicht ..."

„Mach dir keine Sorgen darüber ... *Ehemann*."

Alles in ihm erstarrte. Sein Herz, seine Lungen, die Synapsen in seinem Gehirn. „Du weißt, dass ich dich geheiratet habe?"

„Natürlich." Ein hintergründiges Lächeln erschien auf ihren Lippen. „Ich weiß jetzt eine Menge Dinge. Weltbewegende Dinge zum Beispiel."

„Weltbewegend am Arsch. Kommst du damit zurecht, auf ewig mit mir verbunden zu sein? Denn ich habe den Eindruck, dass es keine beidseitige Ehe ist, bis du das sagst."

„Ich sage es, und ich komme damit mehr als zurecht."

Er liebte diese Frau so unglaublich.

„Gut, denn ich empfinde dasselbe. *Ehefrau*."

Ihr Lächeln geriet ins Zittern, als kämpfte sie mit den Tränen. Sie erzählte ihm von Arca, und statt in seine übliche Spirale der Scham und Schuldgefühle für seine Taten zu stürzen, küsste er sie sanft. Sie liebte ihn ebenfalls, und sie hatte ihm vergeben. Sie sah das Beste in ihm.

„Danke", sagte er. „Von ganzem Herzen danke."

„Gern geschehen. Jetzt noch mal zurück zu der Dunkelheit." Sie versuchte sich an einem geschäftsmäßigen Ton und versagte dabei völlig. Seine Frau war ein Softie, eine Waffel mit Cremefüllung, und er liebte auch das. „*Zorn* nährt sich davon, und das hilft mir, ihn ruhig zu halten. Und du weißt, was das bedeutet, oder? Wir sind auf *jede* Art perfekt füreinander."

„Dem schließe ich mich so was von an. Wir sind eine Familie, du und ich, und ich liebe dich mehr, als ich je werde ausdrücken können."

„Das ist gut, denn so sehr liebe ich *dich*."

Er küsste sie flüchtig auf die Lippen. Irgendetwas darüber

hinaus, und er würde sie verschlingen, bevor er alle Informationen hatte, die er brauchte. „Also, wo sind wir mittlerweile?"

Ein schelmisches Glitzern in ihren Augen. „Zurück im Reich der Blutigen Schatten. Alle Herren außer Kane sind hier. Amun und Haidee haben ihn gefunden, um ihn gekämpft, ihn dann aber irgendwie wieder verloren. Aber mach dir keine Sorgen, ich kümmere mich jetzt um den Fall. Ich werde ihn ein für alle Mal finden. Und ich bin ein, äh, ziemlich dicker Fisch."

Er grinste.

„Und jetzt zum nächsten Thema. Ich möchte dir etwas zeigen", sagte sie und rollte sich auf die Seite, blieb jedoch in seiner Umarmung. Mit der Hand wischte sie durch die Luft über ihnen. Ein Lichtschimmer, die Luft verdichtete sich, und dann erblühten Farben darin.

Er sah Baden. Rotes Haar, muskulöser Körper.

Freude und Trauer erwachten in ihm.

Er sah Pandora. Schwarzes Haar, schlanker, gestählter Körper.

Schuld und Scham.

Er sah Cronus. Braunes Haar, muskulöser Körper.

Selbstzufriedenheit.

Er sah Rhea. Schwarzes Haar, schlanker Körper.

Befriedigung.

Ihre Münder bewegten sich, doch er konnte sie nicht hören. Sie standen zwischen den dicken weißen Säulen eines Tempels.

„Ich bin tot", erklärte Sienna, „und doch lebe ich. Deshalb kann ich das tun, wozu selbst Cronus nicht in der Lage war, als er auf dem Thron saß. Ich kann dorthin reisen. Ich kann mit ihnen reden. Und ich glaube, ich kann sogar euren Baden zurückholen."

Plötzlich brannten Tränen in seinen Augen. Und wieder erwies er sich als Weichei, aber was sollte es. Gerade wurde ein Traum für ihn wahr. „Das fände ich großartig. *Danke*."

Auch ihre Augen wurden feucht, und sie räusperte sich. „Okay, willst du als Nächstes erst die gute oder erst die schlechte Nachricht?"

Es gab noch mehr? Ihm wurde die Brust eng. „Die schlechte. Gib mir die schlechte, egal, was es ist."

„Mit Cronus' Tod sind seine Feinde nun auch meine. Ich bin mir nicht ganz sicher, wer sie sind, deshalb bin ich mir nicht ganz sicher, wem ich vertrauen kann. Außerdem sind die Unaussprechlichen frei, und ich muss Galen vor ihnen beschützen."

Erleichtert stieß er den Atem aus. Er wusste nicht, was er erwartet hatte, aber das war es nicht gewesen. „Mit diesen Feinden beschäftigen wir uns, wenn es so weit ist. Was Galen angeht, werden wir das besprechen."

Wieder küsste sie ihn auf die Wange. „Hervorragend, denn das ist die perfekte Überleitung zu meiner guten Nachricht."

Er würde niemals genug von ihren Zärtlichkeiten kriegen und neigte den Kopf, damit sie ihn besser küssen konnte. „Was denn?"

„Na ja, das ist ein Zweiteiler. Zuerst: Die Jäger wurden so gut wie ausradiert. Und zweitens: Galen hat mir den Tarnumhang gegeben."

„Moment, Moment, Moment. Stopp mal. *Was?*"

„Ihr seid augenblicklich frei von jeglichen Feinden."

„Ich ..." Er fand keine Worte. Schock ergriff von ihm Besitz, dann Aufregung, dann Ungläubigkeit, dann wieder Schock. So lange hatte er gegen die Jäger gekämpft. Jahrhundertelang. Und jetzt fand er plötzlich heraus, dass er niemals wieder einem gegenübertreten müsste? Das war fast zu viel, um es zu begreifen.

Als er seine Stimme wiederfand, brachte er krächzend hervor: „Warum hat Galen dir sein einziges Artefakt überlassen?"

„Na ja, als Cronus und Rhea gestorben sind, wurden die

Unaussprechlichen befreit, wie ich vorhin schon erzählt habe. Sie sind jetzt hinter ihm her. Ich habe ihm meinen Schutz im Gegenzug für den Mantel angeboten. Es war nicht leicht, aber ich habe ihn auf zwei schlappe Jahre heruntergehandelt."

„Du hättest dir die Mühe sparen sollen. Erstens: Jeder hier will seinen Tod, um jeden Preis. Und zweitens: Jetzt, wo die Jäger fort sind, brauchen wir den Umhang gar nicht mehr. Wir werden ihn nicht benutzen müssen, um auf Feindesgebiet einzudringen."

„Gern geschehen", merkte sie an und hob das Kinn.

„Tut mir leid, tut mir leid. Ich bin dankbar, das schwöre ich dir. Das hab ich ganz falsch ausgedrückt. Ich hasse einfach nur den Gedanken, dass du in seiner Nähe warst – und ihn jetzt auch noch beschützen musst." Was bedeutete, dass auch *Paris* ihn beschützen musste.

Sie wurde weicher. „Und ihr braucht den Umhang trotzdem noch. Ihr könnt euch niemals sicher sein, dass sich nicht jemand anders gegen euch erhebt. Da ist es besser, ihr habt jede Waffe zu eurer Verfügung, als dass sie in Feindeshänden liegt."

„So ein kluges Mädchen."

Unser Mädchen.

Definitiv.

„Davon abgesehen können wir jetzt nach der Büchse der Pandora suchen", erinnerte sie ihn strahlend.

Alle vier Artefakte, sinnierte er und spürte eine tiefe Ehrfurcht vor dieser Frau. Sie hatte recht. Sie brauchten die Artefakte nicht nur, um sie vor den Händen ihrer Feinde zu bewahren, sondern auch, um die Büchse der Pandora zu finden und zu zerstören, bevor jemand sie gegen sie verwenden konnte. Das Ziel, auf das sie so hart und seit so langer Zeit hingearbeitet hatten, war näher als je zuvor. „Aber lass uns nicht jetzt sofort auf die Suche gehen", murmelte er und zupfte an ihrem Kleid.

„So ein kluger Junge." Sie begegnete seinem wartenden

Mund mit dem ihren, leckte und küsste und saugte an ihm. „Wir suchen später. Viel später."

Ja! Ich bin dabei!

In einem versteckten Winkel in Siennas Kopf stiegen die Gedanken eines Mannes auf. *Was soll die Scheiße? Jetzt muss ich mich schon wieder entschuldigen.*

Striders Stimme, erkannte sie. Und er war auf dem Weg zu ihrem Schlafzimmer.

Ich hab versucht, Paris zu überreden, dieses Mädchen abzuschießen, wie schon bei Amun, und beide haben dafür gelitten. Ganz zu schweigen davon, wie ihre Frauen sich gefühlt haben müssen. Das war's für mich. Ich bin raus. Nie wieder mische ich mich bei meinen Jungs und ihren Frauen ein. Aber jetzt sind sowieso nur noch Kane und Torin übrig, und Torin ist ein Einsiedler, der zählt nicht. Und wenn Cameo jemals einen Typen mit nach Hause bringt, garantiere ich für nichts. Der Kerl muss sich erst mal als würdig erweisen, keine Diskussion. Und verdammt, ich bin schon fast da. Ich hoffe bloß, Kaia bedankt sich anständig für diese Aktion, schließlich hat sie darauf bestanden. Ich hasse Entschuldigungen, und Paris ist echt nachtragend. Er wird mich zwingen, ihn auf Knien um Vergebung anzuflehen, ich weiß es. Das wird verdammt peinlich. Und schmerzhaft!

Klopf, klopf.

„Geh weg", rief Paris, die Hände auf Siennas Po gepresst.

„Ich muss mit dir reden, Mann", erwiderte Strider, seine Stimme gedämpft durch das Holz der Tür. „Und auch mit Ihrer Hoheit, von der ich mal annehme, dass sie mit dir da drin ist. Ich muss sie nicht wirklich *Eure Hoheit* nennen, oder?"

„Doch, das musst du. Wir unterhalten uns später."

„Jetzt. Also, äh, ja. Es tut mir leid. Bis dann." Ja, das tat genauso weh, wie ich mir das vorgestellt habe, dachte Strider.

Seine Schritte verklangen.

„Was sollte das denn sein?“, fragte Paris.

Jetzt war Siennas Kopf von ihren eigenen Gedanken erfüllt. *Ich werde nicht lachen.* „Es ging um mich. Er hat sich dafür entschuldigt, wie er in Bezug auf mich mit dir umgesprungen ist. Eigentlich hat er sich sogar bei uns beiden entschuldigt.“

„Ich liebe dich, Baby“, sagte Paris.

Sie lächelte. „Ich dich auch.“

Als sie endlich beide nackt waren, versenkte er sich in sie. Er war zu Hause, endlich zu Hause. Und er spürte einen tiefen Frieden. Seine Frau war bei ihm, und sie würde ihn nicht verlassen. Sie würden zusammen sein.

Was auch immer kommen mochte, was auch geschehen mochte, sie würden zusammen sein, genau, wie er es sich von Anfang an gewünscht hatte.

EPILOG

Wieder einmal fand Zacharel sich hoch oben im Himmelreich wieder, Lysander an seiner Seite, und gemeinsam blickten sie auf ein sehr glückliches Paar namens Paris und Sienna hinab.

„Ich habe sie für uns gewonnen“, sagte er, „aber nicht so, wie du es wolltest. Paris wird ihr hier Gesellschaft leisten.“

„Dies ist nicht die Farce, die ich befürchtet hatte“, erwiderte Lysander. „Im Zusammenspiel mit Menschen und ihren Emotionen muss man immer etwas nachsichtig sein. Manchmal vergesse ich das.“

Emotionen. Zacharels Einschätzung nach reine Energieverschwendung. Man lebte, man kämpfte, und eines Tages starb man. Alles darüber hinaus war unnötig.

Lysander fuhr fort: „Ich bin überrascht, dass sie einander so gut ergänzen, und sogar noch überraschter, dass sie einander sowohl emotional als auch körperlich helfen. Damit hätte ich niemals gerechnet.“

Ebenso wenig wie Zacharel. Paris hätte Sienna von Rechts wegen mit sich in den Abgrund reißen sollen. Sie hätte nicht die Entschlossenheit und Stärke besitzen sollen, ihn stattdessen dort herauszuholen. „Was geschieht jetzt?“

„Jetzt werde ich mit Siennas Ausbildung beginnen und Verantwortung für Paris übernehmen. Und du wirst dich dem jüngsten Befehl der Gottheit widmen.“

„Nun gut.“ Der jüngste Befehl – oder vielmehr die jüngste Strafe – der Gottheit war erst heute Morgen gekommen. Zacharel war in den Tempel der Gottheit gerufen worden, wo ihm eine zweite Strafe für seine bisherigen Vergehen auferlegt wurde, als reichte der ewige Schneefall nicht aus. „Du musst zugeben, dass du die leichtere Aufgabe hast.“

„Wohl wahr. Ich beneide dich nicht, mein Freund.“

Zacharel sollte seine eigene Armee von Kriegern anführen. Krieger wie er selbst, nur noch viel schlimmer. Männer, die einmal zu oft die Regeln gebrochen hatten. Männer, die ihm – angeblich – den Wert der Einhaltung himmlischer Gesetze vor Augen führen sollten.

Sie waren anders als jeder andere Engel, mit dem er je zu tun gehabt hatte. Manche nahmen sich Liebhaber. Manche fluchten und tranken. Manche waren tätowiert und gepierct und trugen einen düstereren Geist in sich als so mancher Mensch.

Wenn er sie gut ausbildete, hatte die Gottheit erklärt, würde der Schnee aufhören, aus seinen Schwingen zu rieseln, und er dürfte im Himmel bleiben. Wenn er versagte, wenn sie versagten, würden sie alle gemeinsam fallen, für immer verbannt aus der einzigen Heimat, die sie kannten.

Was auch immer er dafür tun müsste, Zacharel *musste* im Himmel bleiben. Hier war sein größter Schatz, und lieber würde er sterben, als sich davon zu trennen. Diese Verbundenheit empfand er nicht als emotional, sondern schlicht als überlebensnotwendig.

Vielleicht überlebe ich nicht mal, wenn ich hier oben bleibe, dachte er und rieb sich die Stelle, wo sich der schwarze Fleck auf seiner Brust ausbreitete.

„Wenn du mich je brauchen solltest", holte Lysander ihn aus seinen Grübeleien zurück, „musst du nur nach mir rufen."

„Danke. Für dich gilt dasselbe. Solltest du mich je brauchen …" *… bin ich vielleicht nicht mehr hier, um dir zu helfen.* In diesem Moment kamen ihm die Abschiedsworte der Gottheit wieder in den Sinn. *Schon bald wird dein Leben sich auf eine Weise verändern, die du dir nicht einmal vorstellen kannst. Ich hoffe, du bist bereit.*

War er das? Wahrscheinlich würde er es gemeinsam mit seinen Männern herausfinden, nahm er an.

– ENDE –

*****

Das Abenteuer hat gerade erst begonnen für Zacharel und seine Armee himmlischer böser Jungs. Verpassen Sie nicht WICKED NIGHTS, das erste Buch aus Gena Showalters heißer neuer Serie ANGELS OF THE DARK, *bald hier bei MIRA Taschenbuch!*

Die Herren der Unterwelt
Glossar der Charaktere und Begriffe

Aeron	ehemaliger Hüter des *Zorns*
Allsehendes Auge	Artefakt der Götter, das die Macht hat, in den Himmel und in die Hölle zu sehen
Amun	Hüter der *Geheimnisse*
Anya	griechische (Halb-)Göttin der Anarchie; Luciens Verlobte
Arca	Botengöttin
Ashlyn Darrow	Menschenfrau mit übernatürlichen Fähigkeiten; Maddox' Frau
Baden	Hüter des *Misstrauens* (verstorben)
Bianka Skyhawk	Harpyie; Schwester von Gwen; Lysanders Gemahlin
Cameo	Hüterin des *Elends*
Cameron	Hüter der *Obsession*
Cronus	König der Titanen; Hüter der *Habgier*

Danika Ford	Menschenfrau; Allsehendes Auge; Reyes' Frau
Dean Stefano	Jäger; rechte Hand von Galen
dimOuniak	Reliquie der Götter; die Büchse der Pandora
Eine Wahre Gottheit	Herrscher über die Engel; Vorsitz des Himmlischen Hohen Rates
Ever	Tochter von Maddox und Ashlyn; Zwillingsschwester von Urban
Fox	neue Hüterin von *Misstrauen*; Galen zu Diensten
Galen	Hüter der *Hoffnung* und der *Eifersucht*; Anführer der Jäger
Gideon	Hüter der *Lügen*
Gilly	Menschenfrau; Freundin von Danika
Griechen	ehemalige Herrscher über den Olymp; jetzt im Tartarus gefangen
Grün	einer der Reiter der Apokalypse

Gwen Skyhawk	Harpyie; Tochter Tabitha Skyhawks mit Galen; Sabins Frau
Hades	Vater von Luzifer und William
Haidee	ehemalige Jägerin; Amuns Frau
Herren der Unterwelt	verbannte Krieger der Griechen, in deren Körpern nun Dämonen leben
Himmlischer Hoher Rat	Gerichtsbarkeit der Engel
Jäger	sterbliche Feinde der Herren der Unterwelt
Kaia Skyhawk	Harpyie; Schwester von Gwen und Bianka; Frau von Strider
Kane	Hüter der *Katastrophe*
Köder	Menschenfrauen; Komplizinnen der Jäger
Kriegerengel	himmlische Dämonenhenker
Legion	Dämonenlakaiin in einem menschlichen Körper; Freundin der Herren der Unterwelt

Lucien	Hüter des *Todes*; Anführer der Budapester Krieger
Luzifer	Prinz der Dunkelheit; Herrscher über die Hölle; Williams Bruder
Lysander	Elite-Kriegerengel; Bianka Skyhawks Gemahl
Maddox	Hüter der *Gewalt*
Olivia	gefallener Kriegerengel, jetzt Schutzengel; Aerons Frau
Pandora	Kriegerin der Griechen; einst Wächterin der *dimOuniak* (verstorben)
Paris	Hüter der *Promiskuität*, auch bekannt als Lord of Sex
Prinzessin Fluffikans	vampirischer Tasmanischer Teufel; Haustier von Viola
Púkinn	aka Irish Hüter der *Gleichgültigkeit*
Reich der Blutigen Schatten	eine düstere, versteckte Gegend von Titania
Reyes	Hüter des *Schmerzes*

Rhea	Königin der Titanen; Hüterin des *Unfriedens*; Cronus' entfremdete Frau
Rot	einer der Reiter der Apokalypse
Rute	Artefakt der Götter, das die Macht hat, Seele und Körper voneinander zu lösen
Sabin	Hüter des *Zweifels*; Anführer der griechischen Krieger
Scarlet	Hüterin der *Albträume*; Gideons Frau
Schwarz	einer der Reiter der Apokalypse
Screechen	abgewandelte Form des Twitterns für Unsterbliche
Sienna Blackstone	ehemalige Jägerin (verstorben); neue Hüterin des *Zorns*; Paris' Geliebte
Skye	Siennas Schwester
Strider	Hüter der *Niederlage*
Tabitha Skyhawk	Harpyie; Mutter von Taliyah, Bianka, Kaia und Gwen

Taliyah Skyhawk	Harpyie; Schwester von Gwen
Tarnumhang	Artefakt der Götter, das die Macht hat, seinen Träger unsichtbar zu machen
Tartarus	griechischer Gott der Gefangenschaft; Anyas Vater; außerdem das Gefängnis der Unsterblichen im Olymp
Titanen	derzeitige Herrscher über den Olymp (jetzt Titania)
Titania	Stadt der Götter; ehemals bekannt als Olymp
Torin	Hüter der *Krankheit*
Unaussprechliche	verschmähte Götter; Gefangene von Cronus
Urban	Sohn von Maddox und Ashlyn; Zwillingsbruder von Ever
Viola	(niedere) Göttin des Lebens nach dem Tod; Hüterin des *Narzissmus*
Weiß	Reiterin der Apokalypse
West Godlywood	Titanias bestes Luxushotel

William der Lustmolch	unsterblicher Krieger; Freund von Anya; Luzifers Bruder
Winter	Hüterin der *Selbstsucht*
Zacharel	Kriegerengel
Zeus	König der Griechen
Zwangskäfig	Artefakt der Götter, das die Macht hat, jeden Insassen zu versklaven

Lesen Sie auch:

Stephanie Chong

Im Bann der Dämonin

Ab Juni 2013 im Buchhandel

Band-Nr. 65076
8,99 € (D)
ISBN: 978-3-86278-730-2

PROLOG

Chiesa del Santissimo Redentore

Gegenwart

Wer wird es sein?

Im schmucklosen marmornen Innenraum der Renaissancekirche stand Luciana Rossetti und betrachtete die Eröffnungszeremonie eines Festes, das sie verabscheute. Dämmriges Licht drang durch die hohen Fenster ein und beleuchtete schwach das Bronzekruzifix, das hoch über dem Altar schwebte. Um Punkt neunzehn Uhr begannen die Priester ihre feierliche Prozession durch das Kirchenschiff und in den Chor.

Ja, so ein Priester wäre eine wunderbare Opfergabe, dachte Luciana amüsiert und stellte sich vor, wie scharlachrotes Blut die prachtvollen creme- und goldfarbenen Ornate befleckte.

Oder lieber etwas Einfacheres? Ein Mitglied aus der staunenden Menge von Gottesdienstbesuchern und Touristen?

Im Grunde war es ihr egal. Sie hasste sie alle.

Außerdem endeten alle Menschen irgendwann gleich.

Tot und begraben.

Ihr idiotischen Sterblichen. Ihr habt ja keine Ahnung, was das Jenseits wirklich für euch bereithält. Wenn ihr das wüsstet, würden die meisten von euch augenblicklich schreiend aus der geliebten Basilika des Erlösers rennen. Ein Lächeln huschte über Lucianas Lippen, als sie darüber nachdachte.

Ein einzelnes Tröpfchen Schweiß rann zwischen ihren perfekt geformten Brüsten herunter und tropfte ins Mieder ihres Seidenkleids. Sie schloss für einen Moment die blassgrünen Augen vor dem Sonnenlicht, das ihr Gesicht wärmte.

Anders als diese Herde von Idioten war sie nicht hier, um das Erlöserfest zu feiern.

Nein, sie hatte eine vollkommen andere, eine böse Absicht: dem Herrscher der Finsternis die Ehre zu erweisen.

Luciana Rossetti war hier, weil sie auf der Jagd war.

Sie würde sich aus der Masse der Gläubigen, die sich an diesem heißen Juliwochenende hier versammelt hatten, ihr Opfer wählen. Ein einzelnes Opfer, das sie eintauschen würde gegen gewisse Privilegien und Freiheiten, die ihr dafür in der Welt der Dämonen garantiert wurden. Es war eine Opfergabe für den Herrn der Finsternis.

Auge um Auge, Zahn um Zahn. Seele um Seele.

Von der Kanzel herab dröhnten die Worte des Priesters.

Erlösung. Rettung. Darum ging es.

„Wir danken unserem Herrn Jesus Christus für die Erlösung, die er Venedig zuteilwerden ließ, als er die allerdurchlauchteste Republik 1577 von der Pest befreite. Aus Dankbarkeit haben damals die Bürger Venedigs diese Kirche gestiftet."

Erlösung, überlegte Luciana, ist eine seltsame Angelegenheit.

Fünfzigtausend Menschen hatte die Pest damals dahingerafft. Ein Drittel der Bevölkerung war ausgelöscht worden, ihre Leichname in Massengräbern bestattet. Ein halbes Jahrhundert später kehrte die Pest jedoch nach Venedig zurück, um sich diesmal achtzigtausend Seelen zu greifen. Doch davon erwähnte der brave Priester nichts. Aber was konnte man auch schon von einem Mann erwarten, der einen mittelalterlichen Kopfputz trug und mit all seinen Ritualen offensichtlich viele Hundert Jahre in der Vergangenheit verhaftet war.

Wenn das die Erlösung sein soll, wähle ich auf jeden Fall die Alternative. Darüber musste Luciana nicht lange nachdenken.

Hinter ihr murmelte und brummelte jemand mit leiser Stimme unzufrieden vor sich hin, aber es war nicht möglich, irgendein Wort davon zu verstehen. Luciana drehte sich um und bemerkte eine alte Frau in der Bank hinter ihr. Als die Alte Lucianas Gesicht erblickte, erstarrte ihre Miene, und im selben Moment durchbrach ihr plötzliches Geschrei die Stille und schreckte die andächtig lauschende Menge auf.

„*Demonessa!*", schrie die Frau und zeigte mit dem Finger auf Luciana. „*Una demonessa nella casa del Dio!*"

Eine Dämonin im Haus Gottes.

Jeder einzelne Anwesende schien zu erstarren und drehte sich nun zu der verrückten alten *nonna* um, die gar nicht mehr aufhören wollte zu zetern. Unter ihren prüfenden Blicken setzte Luciana ein frommes Lächeln auf und versuchte, rein und unschuldig wie ein Täubchen zu wirken. Sie hatte einen Platz ganz außen in der Kirchenbank gewählt, jederzeit bereit, die Flucht zu ergreifen. Doch das war hoffentlich nicht nötig.

Die Menschen erkannten sie so gut wie nie.

Nur ganz selten. Sehr selten.

„*Mamma! Basta!*", fuhr ihr Sohn die Alte an, ein kahl werdender Mann um die fünfzig, der schamrot wurde, während er seine Mutter zurechtwies. Er flüsterte eine an die Gemeinde gerichtete Entschuldigung, in der er etwas von Alzheimer und vergessenen Medikamenten murmelte. Dann zerrte er die alte Frau mit sich durch den Mittelgang nach draußen, während sie fortwährend ausspuckte und Schreie ausstieß.

Um sich herum hörte Luciana bedauerndes Gemurmel, Wortfetzen wie „*strega pazza … stronza vecchia*". Verrückte alte Hexe.

Gesù Cristo, fluchte die Dämonin im Stillen. Menschen. Wie erbärmlich.

Nach außen hin lächelte sie schulterzuckend.

Die Zeremonie ging weiter. Als die endlosen langweiligen Rituale endlich beendet waren, schritten die Priester durch den Mittelgang an den Gläubigen vorbei nach draußen. Einige von ihnen betrachteten Luciana, neugierig, wer die Ursache des Tumults gewesen war. Sie schenkte jedem ihr frommstes Lächeln. Doch tatsächlich landeten die meisten Blicke der Herren tiefer, auf ihrem prallen Dekolleté.

Auch die Männer Gottes waren eben nur Männer, das hatte sie schon immer gewusst.

Die Menge der Gläubigen zerstreute sich allmählich, strömte hinaus in den frühen Abend. Zum Picknick und zu den Feierlichkeiten, zu den mit Blumengirlanden, Ballons und Papierlaternen geschmückten Booten. Zu Musik und Tanz und, sobald die Sonne untergegangen war, zum Feuerwerk.

Luciana verweilte noch ein wenig in der Kirche. Sie schlenderte auf eine der Seitenkapellen zu, kniete sich zum vorgetäuschten Gebet auf den kühlen Marmorboden und warf einen flüchtigen Blick auf die wenigen Gläubigen, die sich so wie sie noch in der Kirche aufhielten.

Wer wird es dieses Jahr sein?

Wer von ihnen wird der Auserwählte sein?

Heute hatte sie das Verlangen nach einem gut aussehenden jungen Mann. Einem Mann, dessen Leben sie für eine einzige, spektakuläre Nacht verändern würde. Dessen geheimste Fantasien und wildesten Träume sie in dieser Nacht wahr werden ließ. Einem Mann, der mit ihr das Spiel der Verführung spielen würde. Einem Mann, dessen Leben vor Sonnenaufgang sein Ende finden würde.

Sie drehte sich um und erblickte ihn, und sein Anblick raubte ihr den Atem.

Chi è? Sie musste sich ziemlich bremsen, damit sie es nicht laut sagte: Wer ist denn das?

Groß, dunkelhaarig, gut aussehend.

Ja. Aber noch etwas anderes, viel Wichtigeres charakterisierte ihn.

Gefährlich. Wild. Wütend. Das war es, was ihr als Erstes an ihm auffiel.

Er war schöner als eine Michelangelo-Statue. Seine muskulösen, sonnengebräunten Arme waren mit Tattoos bedeckt. Kurz geschorenes, dunkles Haar wie ein Soldat. Rasiert, aber nicht aus ästhetischen, sondern aus rein praktischen Gründen, so glaubte sie zumindest. Ein konzentrierter und stechender Blick aus hellgrauen Augen. Dieselbe Farbe hatte der Regen. Diesen Mann umgab die Aura eines rastlosen Ozeans. Sein Aussehen bildete das krasse Gegenteil zu dem der herausgeputzten *mammoni*, der italienischen Muttersöhnchen, von denen Venedig voll zu sein schien.

Er war schön. Nicht einfach nur ein hübscher Junge.

Sein muskulöser Körperbau und seine selbstbewusste Haltung deuteten darauf hin, dass er nicht von hier stammte.

Kein Venezianer. Kein Italiener. Kein Europäer.

Kein Mensch.

Der Gedanke erschreckte sie. Sie wusste nicht, wieso.

Über ihr flatterte ein Vogel durch die Kirchenkuppel. Sein schneller Flügelschlag, sein gurrendes Tremolo verloren sich im Raum. Die Touristen reckten die Hälse und deuteten nach oben. Auch Luciana schaute nach oben. Es war nur eine Taube, eine dieser widerlichen Flugratten, die Venedig seit Jahrhunderten verpesteten.

Doch der Lärm des Vogels löste plötzlich Zweifel in ihr aus.

Denn das Geräusch von schlagenden Flügeln war oft ein Vorbote anderer geflügelter Belästigungen.

Sein Gesicht war schöner als das jedes Sterblichen, den

sie je gesehen hatte. Sie schloss die Augen und richtete ihre Energie direkt auf ihn. Und wartete auf ein Zeichen. Auf das tiefe Wissen. Auf das Gefühl von Macht, unsterblich und außergewöhnlich, das von allen göttlichen Wesen ausging.

Und jetzt spürte sie die auflodernde Energie. Keine bloße intuitive Empfindung war das, sondern eine spürbare, geballte Energieladung erfasste sie und ließ sie nach hinten taumeln. Es warf sie beinahe um.

Er war ein Engel.

In diesem Moment rauschte ein ganzer Schwarm Tauben durch die geöffneten Kirchentüren in den Innenraum. Sie schraubten sich in die Höhe, schwangen sich zu dem bisher einsamen Vogel in der Kuppel auf, und schnell erfüllte ihr dutzendfaches Gurren und lautes Flügelschlagen das Rund.

Der Lärm der Tauben und die Stimmen der Touristen vermischten sich zu einer Kakofonie. Ausrufe auf Italienisch, Englisch, Deutsch, Japanisch und einem Dutzend anderer Sprachen erklangen, und alle Leute deuteten und starrten auf die in der Höhe kreisenden Vögel. Das donnernde Flattern der vielen Flügel und das menschliche Stimmengewirr vereinigten sich allmählich zu einem Summen, das erst leiser wurde und schließlich ganz verstummte.

Wenigstens für Luciana.

Denn sie achtete nur noch auf ihn. Der erste Mann und die erste Frau, die sich in einem wilden Paradiesgarten trafen. Oder der letzte Mann und die letzte Frau auf der Welt, die sich am Ende der Zeiten auf einer vertrockneten Ebene gegenüberstanden.

Engel und Dämon.

Eingeschworene Feinde.

Sie standen in der Seitenkapelle. Sie sahen sich an. Sein Blick hielt ihrem stand. In diesem Moment zogen ganze Jahrhunderte vor Lucianas innerem Auge vorbei. Sie kam sich vor, als wäre sie soeben neu erstanden, ganz allein durch die Anwesenheit dieses Mannes.

Der in das Innerste ihrer Seele hineinzuschauen schien. So wie sie in seine.

Einen Moment lang vergaß sie ihre Jagdgelüste. Vergaß die Rachegefühle und den Wunsch, die gesamte Kompanie der Engel auszulöschen. Sie konnte nichts mehr denken, kannte nur noch diesen Augenblick, wie sie in der stillen Kapelle stand, die letzten Sonnenstrahlen des Tages auf ihrem Gesicht.

Mit ihm.

Wäre er ein Mensch, hätte sie ihn seinem kostbaren Erlöser überlassen. Dann hätte sie ihm gestattet, die Kirche zu verlassen, sich mit den Venezianern in die Feierlichkeiten zu stürzen und die Stadt zu genießen. Sie hätte ihm gestattet, sich das Feuerwerk anzusehen, billigen Prosecco zu trinken und am nächsten Morgen wieder abzureisen.

Sie hätte ihm gestattet, weiterzuleben.

Doch diese Vorstellung ging so schnell, wie sie gekommen war. Das Gekreisch der Vögel und das Gemurmel der Menschenmassen wuchsen sich wieder zu einem ohrenbetäubenden Lärm aus. Die Leute schubsten sich und drängelten aneinander vorbei, um dem Chaos zu entkommen. Luciana kehrte in die harsche Realität zurück, zurück zu der Erkenntnis, dass sie in dieser viel zu heißen Kirche stand, die sie so sehr verabscheute.

Und jetzt wusste sie auch wieder, wie sehr sie diesen Mann hasste und alle aus seiner Art.

Sie würde ihn zerstören. Sie musste ihn zerstören.

Noch nie zuvor hatte sie einen Engel geopfert.

Wie konnte sie Satan besser die Ehre erweisen? Ja, dieser Mann gab ein prächtiges Opfer ab. Luciana verzog die Lippen zu ihrem typischen Lächeln – ein Lächeln, das sie über viele Jahrhunderte geübt hatte und das einem Mann wilde Lust versprach, ganz ohne Worte. Dieses Lächeln schenkte sie dem Unbekannten durch den Schauer von grauen Federn hindurch, der auf sie herabregnete.

Vergiss die Erlösung. Möge die Jagd beginnen!

Eine verbotene Liebe, Blutsgeheimnisse und eine Heldin zwischen zwei Welten: Melissa Darnells mitreißendes Romandebüt!

Melissa Darnell
Herzblut – Gegen alle Regeln

Band-Nr. 65073
12,99 € (D)
ISBN: 978-3-86278-513-1
eBook: 978-3-86278-583-4
400 Seiten

Wenn zwei Herzen in deiner Brust schlagen und du für deinen Freund zur größten Gefahr werden kannst – was würdest du tun?
Als Kinder waren sie wie Seelenverwandte. Doch auf der Jacksonville High leben sie wie in zwei Welten. Denn Tristan gehört zur elitären Clann-Clique. Und es vergeht kein Schultag, an dem Savannah den Hass der anderen Clanns nicht zu spüren bekommt? Dennoch fühlt sie sich immer noch die besondere Verbindung zu Tristan. Als plötzlich dunkle Kräfte in Savannah erwachen, offenbart ihr Vater ihr ein erschütterndes Blutsgeheimnis. Jetzt weiß sie, warum die Clanns sie ablehnen und warum sie Tristan nicht lieben darf: Sie alle haben eine magische Gabe, aber Savannah ist anders – und kann für Tristan zur tödlichen Gefahr werden! Und trotzdem siegt Savannahs Sehnsucht, als Tristan sich heimlich mit ihr treffen will …

„Wirklich, ich liebe, wie Magie und Vampire hier auf neue, kreative Weise vereint werden.“ *Endlessly Bookish*